下卷 铸剑江东

满碧乔 著

人民文学出版社

# 目录

## 下卷 铸剑江东

第一章 浴火涅槃 ... 三
第二章 一寸离肠 ... 九
第三章 鹬蚌相争 ... 一六
第四章 他山鹧鸪 ... 二三
第五章 君子好逑 ... 三〇
第六章 二地相悬 ... 三八
第七章 再临寿春 ... 四四
第八章 鱼传尺素 ... 五一
第九章 求之不得 ... 五九
第十章 情似垓下 ... 六七

第十一章 悦君不知 ... 七五
第十二章 宛陵一日 ... 八一
第十三章 初探谜窟 ... 八七
第十四章 死生契阔 ... 九四
第十五章 庄生晓梦 ... 一〇一
第十六章 嫁娶不啼 ... 一〇八
第十七章 十面埋伏 ... 一二〇
第十八章 孙郎如何 ... 一三〇
第十九章 二乔重逢 ... 一三七
第二十章 周郎堪顾 ... 一四三
第二十一章 琴瑟在御 ... 一六一
第二十二章 雨雪霏霏 ... 一七一
第二十三章 千钧一发 ... 一八〇
第二十四章 清扬婉兮 ... 一八八
第二十五章 东南之美 ... 一九九
第二十六章 陌头杨柳 ... 二一五
第二十七章 云胡不喜 ... 二三一

第二十八章 碧海青天 二四六
第二十九章 得此良人 二五六
第三十章 僭号成祸 二六四
第三十一章 处易备猝 二七四
第三十二章 宛城之围 二八四
第三十三章 破城纳妻 二九六
第三十四章 不负相思 三一三
第三十五章 得成比目 三二九
第三十六章 沙羡之战 三四三
第三十七章 天挺之秀 三五〇
第三十八章 乱象横生 三六〇
第三十九章 前波未灭 三六七

第四十章 人杰鬼雄 三七六
第四十一章 长歌当哭 三八九
第四十二章 命也奈何 四〇一
第四十三章 风浪再起 四一〇
第四十四章 质子风波 四二三
第四十五章 烈烈其人 四二八
第四十六章 不速之客 四三八
第四十七章 战和之辩 四四四
第四十八章 陈兵赤壁 四四八
第四十九章 枕戈饮胆 四五四
第五十章 火烧赤壁 四六〇

# 下 卷

# 铸剑江东

# 第一章 浴火涅槃

寿春城中,夜色虽深,灯市犹在,火树银花,星桥铁锁,上元热闹未尽。乱世如斯,百姓皆需要一些场合来释放己心,不消说,这节庆便是最好的机会。

周瑜与孙策穿梭在人流间,神色与欢庆的人群格格不入。只听孙策压低嗓音问周瑜道:"公瑾,你我拔腿就走,未管那老板娘,她不会死了吧?"

"不会的,老板娘只是寻常醉酒,我已知会过前堂的伙计了,她不会有事的。倒是大乔姑娘别提有多担心你,你还是先把手头事处理好,别再记挂不相干的人了。"

孙策眉头紧锁,沉声道:"那女子有问题……"明明是十里华灯流光,孙策却周身寂寥,与这节庆景致扞格难入。

周瑜见他下颌紧绷,不似平时玩笑神态,眸色瞬间肃然:"你为何这么说?"

"她与我闲话时,看似随口闲聊,可每三句话的开头,却在重复'东(東)东(東)日'三字,周而复始……"

周瑜略一思量,神色大变,这"东(東)东(東)日"三字合在一起,便是篆体的"曹"字,难道这女子竟与曹操有关?他拉过孙策,顾左右而言他:"这里不是说话的地方,我们回驿站再说。"

驿站客房内,周瑜将门窗紧闭,确认过四下无人后,才走回案畔,弯身坐下对孙策道:"伯符,不瞒你说,今日那女子,我看着有些眼熟,好似在哪里见过似的……"

眼下形势只怕比想象中还要复杂,仿若天罗地网,孙策自知必须压下愤怒,恢复理智,可他不欲周瑜太过担心,换上一副打趣态度调侃道:"怎么?难道你还与那老板娘惹了风流债不成?"

周瑜根本不理会孙策的玩笑话,思忖道:"这女子若是曹操的人,为何出现在寿春?还开了那样一家酒肆……今时今日你才失了庐江太守之位,失意怅然,她便出现与你对饮,我怎么都觉得此人此事有些蹊跷。"

"是啊,究竟真是曹操的人,还是袁术下的圈套,抑或是其他人设计离间,都有可能……只是那女子得到消息倒是快,若不是袁术的人,便是在袁术军中有眼线。"

"单凭'东(東)东(東)日',自是无法断定。可袁术并非良主,曹操若有意与你结识,自然还会有更多行动。另外,这信是伯母托人从吴郡带来的,你快看看罢。"

听闻母亲来信,孙策一把接过,展开细看。周瑜本欲趁孙策看信的工夫喝口热茶,孰料他方提起壶盏,便听孙策高声大骂:"这老小子,早晚有一日,我孙伯符定要亲手揭了他的皮!"

周瑜放下杯盏,星目一沉:"伯符,你在这里大骂,若是隔墙有耳,说不定会有人以讹传讹,攀诬你骂的是袁术……"

"我骂的就是他!"孙策好不容易压下的怒火又霍然蹿起,"公瑾,你看看,这老儿实在欺人太甚!"

孙策早晨方受过重创,现下又有何事,能令他如此愤恼?周瑜接过信笺读来,一向老成持重的他亦起了怒意:"竟有人将你家吴郡的房子翻了个底朝天?他们掘地三尺在找什么?难道……"

孙策勾过周瑜的肩背,偏头小声道:"掘地三尺自然是在找宝贝啊,找我父亲当年从洛阳皇城崇德殿里带出来的宝贝。"

周瑜明白,孙策说的乃是传国玉玺。这些线索如千千结,在周瑜心中纠缠不休,愈发迷乱,他掏出袖中羽扇轻摇:"看来这位后将军为了争权夺势,已不在意是否会得罪我们了……不过这传国玉玺,天下觊觎者甚众,不止袁术一人,此事究竟是否是袁术所为,犹未可知啊。伯符,接下来你有何打算?"

虽骁勇无畏,孙策也不过是个不满十九岁的少年,从袁术那里受到的打击令他明白,再不可轻信依附旁人。他心中隐隐有个念头,却不知该如何宣之于口。

周瑜与孙策自幼亲厚,自是与孙策心有戚戚,他摸出怀中羊皮卷地图,摊开放在案上,对孙策道:"伯符,如今天下纷争,曹孟德挟天子以令诸侯,袁绍占据河北,袁术统御淮南,而我们之所以如此被动,所求不得,四处驱驰,皆是因为没有自己的地盘。"

"公瑾,你这几句话,真是说到我心坎里去了。正是因为没有立足之地,我才不得不依附袁术那老儿,为他攻城略地,还要受他摆布,到头来,千辛万苦为他人作嫁衣裳,还耽误了我与莹儿的婚事!只是无论曹操还是袁氏兄弟,祖上皆有庇荫,而我父亲当年再骁勇无敌,也不过是个小小县侯啊。现下我们手上不过两千余兵,若是贸然起势,公然与朝廷作对,被人抓了把柄,那袁术、曹操趁机给我们扣个造反之名,岂不要牵连兄弟们全军覆没?"

周瑜俊秀如画中人,与尘间凡土不容,一言一行却踏实恳切:"没错,正因如此,你切不可与那三位争锋,唯有另辟蹊径,占据一方,同时明修栈道暗度陈仓,才是举大计之法。"

孙策若有所悟,因迷茫而如蒙薄雾的星目瞬转清亮:"我明白你的意思了,袁术反复无常,又无才无德,迟早会尽失人心。若我能占下一隅,进可攻退可守,逐渐壮大,定有一日能囊括天下,庇护黎民!公瑾,你属意的我们安身立命之处究竟在何处?"

孙策终于不再似白日那般颓然,周瑜放心了几分,与他玩笑道:"小时候你总喜欢试验你我默契,今日我们就像小时候一样,默数到三,同时指在这羊皮卷上,如何?"

见周瑜起了玩心,孙策点头应允,心数三下后,两人同时出手,继而抬眼相视而笑,心中皆有了成算。

大事谈罢,周瑜想起大乔泪眼婆娑央求自己的模样,十足不忍,语带沉吟道:"伯符,你与大乔姑娘的婚事,打算怎么办……"

孙策只觉心口倏然一紧,指尖好似痉挛一般,痛得难以握拳,他叹了半晌气,才无力回道:"乔将军不会把莹儿许给我了,袁术如此待我,摆明是忌惮我。乔将军身为袁术帐下大将军,若是招我为婿,日后在军中如何立足……我不愿莹儿为难,更不想看她难过。现下我才算明白,为何莹儿样样好,母亲却反对我们的亲事。当真是我年轻懵懂,想得太少。可想到她会嫁与旁人,把她的温柔她的好都给了那登徒子,我当真比死还难受!地盘没了可以再打,可这世上再也不会有那么好的莹儿了……"

孙策说着说着,愈发难受,良久再说不出一字来。周瑜抬手一敲孙策的心口,为他打气:"我倒觉得,你大可不必这么悲观。乔将军部已接到命令,明日一早就要拔营回寿春了,大乔姑娘不知会不会随父一道离去,趁着在舒城好说话,回去见见他们罢。这世上最在意大乔姑娘的,便是乔将军与你,我想他应当有话对你说。"

依照孙策与周瑜的谋算,他们择日便要班师远道,若是错过如此时机,说不定今后再也难见到大乔。想到此处,孙策无法忍耐下去,起身阔步走出了客房。

月破东岭云,西斜渐下山头,夜幕淡去,鱼肚翻白。乔蕤部八千士兵已收拾停当,随时可以出发回寿春。可乔蕤独自策马立在阵前,一动不动,好似在等着什么人。

终于,城外丛林间传来一阵打马声,孙策与周瑜一前一后策马而来,金盔银甲儒裳纶巾,互相呼应。乔蕤好似松了口气,抓缰绳的手却不由握得更紧。

虽已过了上元,清早寒气未退,孙策打马前来,却是满头大汗,他慌张对乔蕤一礼:"乔将军,孙某来迟了。"

乔蕤面上喜怒难辨,扬鞭一指眼前丛林:"孙少将军,借一步说话。"

孙策一颔首,老老实实跟着乔蕤策马入林。朝阳缓缓升起,射破林间朦胧雾霭,乔蕤一勒缰绳,放缓了脚步:"少将军雄才大略,年少有为,一年间先破祖郎再胜陆康,实在是少年英雄啊。"

被乔蕤这么一夸,孙策心里发虚,磕磕巴巴应道:"多、多谢乔将军襄助。"

视线尽头满是盘根交错,望不到边界的草木,仿佛一眼望不到底的人生,乔蕤太息道:"莹儿中意于你,我这做父亲的,本应玉成此事,却因身在其位,百般掣肘。你要知道,本将军并非刻意牺牲女儿幸福来保全富贵。只是我这麾下两万儿郎,亦有亲人家眷哪。"

乔蕤这席话,算是回绝了孙策与大乔的婚事。孙策心下吃痛,薄唇颤抖,使出全力才将两手抱拳:"孙某倾心于莹儿,却不愿她伤心为难。莹儿孝顺至极,心中所思所想,皆是乔将军与小乔姑娘的安危。只可恨孙某无福,无法求娶莹儿为妻,孙某斗胆僭越,恳请乔将军,务必,务必……"

孙策本想说务必为她寻个好人家,却怎么也说不出口,双唇打架舌头打结,一颗心更是如同置于沸水中。乔蕤看穿孙策心思,长叹连短叹,未置可否,转而问道:"少将军今后有何打算?"

"袁将军下辖郡县已无孙某立足之地,为了养活我手下这两千士兵,孙某欲转战旁处,开疆拓土,今日便会奏表袁将军……"

今日乃正月十六,本是孙策所定的提亲之期。可惜天不遂人愿,今日来见乔蕤,竟是告别。孙策心下酸涩难当,回起话来亦少了几分底气。

听孙策如是说,乔蕤明白,往后相见之日寥寥,他本有几句话欲嘱咐孙策,此时却什么也说不出来,只道:"孙少将军,好自为之。"便调转马头,打马而去,俄顷便消失在了丛林尽头。

孙策不会明白,乔蕤心头的痛惜伤怀,丝毫不逊于他。哪有做父亲的愿意伤子女的心呢?乔蕤贴身内兜里,还揣着大乔的生辰八字,本是今日提亲所用,现下却变成了废纸一张,烫在他的心口上,万般灼人。

乔蕤离去后许久,孙策仍戳在原处,一动不动。南国初春,料峭风寒,枝头上冒出星点嫩芽,却衬得枯枝愈枯,无比萧索。周瑜不知何时御马进了林间,看孙策愣神,他低声道:"伯符,你怎的还在这里?乔将军已经率部回寿春了。"

孙策双唇颤抖不止,他极力压抑情绪,声线却仍十足发紧:"我知道了……"

"你知道什么啊?两位姑娘没走,现下大乔姑娘正在中军帐里等你,你快去看看罢。"

乍暖还寒日,大乔褪了绢绣夹袄,换上罗纱春裳,可她的心情却全然不似春景那般明艳。父亲此次回寿春,本欲将她们姐妹二人一道带走,可大乔与小乔各怀心事,皆不愿与父亲同行。最终,乔蕤答允她二人自行回宛城老家去,待乔蕤率兵离去后,大乔便焦急来到此处寻孙策。

昨夜她一宿未眠,纠结反复,辗转反侧。不知何时起,她竟与孙策情深至此,如梁间双飞燕,殉情死鸿鹄,难以割舍得开。只要孙策一句话,她便愿意等,等孙策建功立业,等父亲功成身退,不再受袁术束缚,无论十年二十年,甚至一生,她都心甘情愿。毕竟人生短短数十载,除了孙策,又有谁配得上她一世倾心呢?

终于,一阵急匆匆的脚步声传来,帐帘翻飞,那风姿特秀、高俊绝伦的少年郎大步走入,看到大乔,他竟鼻尖一涩,讷道:"莹儿……"

大乔再顾不得闺秀矜持,翻跹而上,扑入孙策怀中,哽咽道:"孙郎……"

周瑜本随孙策一道返回,见他二人如此,赶忙为他们放下帐帘转身欲走。孰料周瑜回眸一瞬,竟看到小乔蹲在窗下偷听。

周瑜轻轻走上前,俯身在小乔之后,低声问:"你听什么呢?"

小乔自是大惊,吓得一屁股坐在了地上,她微一侧脸,只见周瑜与自己相距不足半尺,不由愈发紧张不安,磕巴道:"没、没什么!"

## 第二章 一寸离肠

东风缱绻,吹绿江南堤岸。舒城外的十里连营却好似未被春风拂槛,仍是满眼肃杀苍凉。

中军帐里,大乔玉容淌泪,如一树梨花带雨。孙策愧疚伤怀,抬手为大乔拭泪,却说不出只言片语宽慰。

大乔泪眼汪汪望着孙策,一脸凄楚:"孙郎,我们的事可怎么办呢?"

孙策垂头不敢与大乔相视,硬着头皮道:"袁术下辖之地,已经没有我孙伯符的立锥之处了。为今后计,我打算奏报袁术,请他同意我不日启程去攻打江东……"

大乔从这话中听出了些许弦外之音,她即刻从孙策怀中起身,拭泪轻问:"那,你还会回来吗?"

孙策与大乔一样,情窦初开,对彼此掏心掏肺,未有半分迟疑保留。眼下危机浮现,他却不得不逼迫自己冷静理性,跳脱情感思量利弊。如若他足够强大,定会将大乔留在身侧,一瞬也不愿让她离开视线。可现下,他却是泥菩萨过江自身难保,又哪里能牵连拖累她一生?孙策定息良久,艰难回道:"江东形势复杂,四方割据,战乱频仍。而我手下只有两千余兵,此一去,胜负生死,着实难料。"

大乔周身微微战抖,语气轻描淡写,神色却清苦非常:"孙郎,你……

你不会打算就这样不要我了吧?"

孙策一怔,抬眼对上大乔泪水涟涟的双眸,心头咯噔一下。从昨夕流泪到今朝,大乔清亮的眼眸红肿如小兔,可她顾不上自怜,痴痴望着孙策,既害怕又希冀。

孙策怎会不明白大乔的心思,从前他只觉得"心如刀割"这词太过夸张,今时今日才明白,原来身处其间,心中之痛乃是有过之而无不及!他缓缓捧起大乔的小脸儿,细细端详着,好似要将她的模样一笔一画镌刻在心上:"莹儿,你应该明白,有袁术在一日,我便不能娶你为妻,否则定会妨到你父亲。江东是我祖籍,亦是我父亲当年起势之处,现下我舅父被封为吴郡太守,我率兵过去,算是名正言顺。可我……可我不知道自己能否成功,也不知究竟该不该让你等我。莹儿,若非遇见你,我不会知道,这世上竟会有如此美好的女子。我真的做梦都想娶你为妻,若非顾及你父亲与你妹妹,我真想带你一走了之……可是前面的路太苦了,我自己熬着便罢了,我怎能舍得让你陪我一起受煎熬?"

大乔连连摇摇头,泪水抛洒而出,如流星坠落:"看来你早已想好了罢,想好要离开此地,将我撇下。不过你不必担心,我虽对你有情,却也不会赖着你拖着你,你只管走罢……"

见大乔欲离开,孙策急忙从身后将她环住。大乔冰凉的泪珠不住落在孙策的手背上,他有苦说不出:"莹儿,我若负心,就让我天打雷劈!这世上不会有人比我更在意你,可我越是在意你,就越不能让你以身犯险啊莹儿!"

正当两人拉扯之际,帐外传来士兵通报之声:"少将军,几位将军求见!"

大战初平,韩当朱治程普黄盖等人求见,定是为着今后之打算。毕竟刘勋已继任庐江太守,他们陈兵城外,实在不妥。可乔蕤已率兵离去,大乔两眼又肿如春桃,让这些人看到,不知会如何想。权衡之下,孙策将大乔带至内室,嘱咐道:"莹儿,你先在这里等我,一会子就好……我真的好喜欢你,绝非负心,你千万不要胡思乱想。"

大乔不愿听孙策的军机秘事,可若现下出去,与那几员老将照面,只会平添尴尬,她只好领首答允,忍住啜泣待在内室中。

孙策这才命人将四员老将带入帐来,黄盖开门见山,对孙策道:"少将军,城防已依令交给刘勋部,若再在此处待下去,恐怕刘勋会生疑啊。"

韩当亦帮腔道:"是啊少将军,况且方才换防的时候就有许多兄弟不服气,说什么'庐江乃是少将军打下的,为何要交给他们?'再不开拔,万一真打起来,可要如何收场啊?"

围城大半年,吃了百般苦,到手的胜利被旁人横刀夺走,士兵有怨气,自在情理之中。孙策自己虽委屈,却更对士兵有愧:"旁的将军攻城获胜,有酒有肉有银钱分赏,他们跟着我打了一整年,什么也没有,实在委屈了。这几日我会筹些银钱,无多有少,给兄弟们分了罢。另外,我有要事与你们商议,今日就算几位不来,我也打算差人去请。"

猜到孙策要商议之事与今后打算相关,四人齐齐拱手道:"但听少将军吩咐!"

"几位将军都知道,我父亲是吴郡富春人,母亲是吴郡姑苏人,父亲虽南征北战数十载,远征洛阳,逐鹿荆楚,大破黄巾,可我孙氏一门的根基,仍在江东。去岁我舅父才被封为吴郡太守,可这席位还未坐热,便遭那背信弃义的刘繇驱逐。我想借此为由,上表袁术,允诺为他开拓疆土,广招兵马,出兵江东,不知各位意下如何?"

四人纷纷交换神色,最终由年纪最长的老将程普上前拱手道:"少将军,现下江东乱势,门阀纷争,刘繇占曲阿,王朗占据会稽,故而鲜少有人愿意去蹚这趟浑水啊。"

孙策听程普如是说,自是急躁,可他还没辩驳,便听朱治接话道:"袁术自身亦政德不立,刘繇与王朗亦非善主,江东百姓久在水深火热之中,备受剽掠,度日艰难。而少将军却不一样,昔日老将军于江东百姓尚有余恩,庐江一战,少将军更是凭借宽大对待陆氏一族而收获了仁义之名。此时此刻,我等出兵江左,江东百姓即便不是箪食壶浆夹道欢迎,亦会心向往之!"

朱治说罢,程黄韩朱四人竟一道含笑望着孙策。孙策不由一怔,旋即笑道:"你们四个老狐狸,老早就商量好了,来我这里一唱一和地做戏呢?"

韩当捋须回道:"少将军说笑了,我们哪有这般远见?都是听公瑾说的罢了。"

原来周瑜早就在为自己筹谋,孙策清冷的神色里终于有了几分暖意:"若非公瑾在,我实在没有把握出兵。有了他,此事便成功一半了。"

程普叹息道:"我等老将擅长攻城略地,今后亦当在谋略上为少将军分忧。只是我们虽知袁术无耻,却不知他竟能言而无信至此!军中甚至有传言,说乔将军乃是受袁术指使,刻意以大乔姑娘为饵,哄着少将军为他卖命呢。"

程普这话,本是想突出对袁术的不满,却不知大乔人在内室。果然,孙策听了这话,登时不悦:"乔将军若真想利用女儿攀附权贵,又何必对付我这没名没分的小子?往后这种话,不许再说,更不许再传。"

方才周瑜看到几名将军一道向中军帐走来,赶忙带着小乔绕帐离去,未落入他们眼中。

小乔一路被拉入周瑜的营帐,疑惑不已:"怎么了?为何不能让那几名老伯看到我们啊?"

"伯符定然不欲他们知道大乔姑娘就在帐里,若让他们看见你,岂非不打自招?"

小乔"哦"了一声,抬眼望着周瑜,小脸儿倏地红了。周瑜这才发觉自己竟一直拉着小乔的手腕,他赶忙松了手,拱手赔礼道:"并非有意唐突,请小乔姑娘恕罪……"

两人皆十足赧然,看着周瑜面颊上那一抹若有似无的红晕,小乔的心跳登时漏了一拍,她抬起小手挠挠面颊,磕巴岔话道:"周、周郎,先前你说我姐姐冰雪聪明,定会想到万全之策,那万全之策到底是什么啊?"

"此事事关令姊终身,还是要看他二人如何打算,我们贸然出主意只会添乱。何况我那万全之法,并非什么刁钻计谋,令姊若是有心,一定会想到的。"

小乔这两日为了大乔的婚事已想破了脑袋,现下见周瑜不肯明言,她颓然坐下往案上一趴,嘟囔道:"父亲回寿春了,姐姐和孙伯符的婚事也没了下文,可怜昨日还是我生辰,无人操持便罢了,现在竟一口热饭都吃不上,我这是犯了什么太岁啊……"

语罢,小乔瘦削的小身子内传来一阵细微的嗡鸣声,周瑜见她扁着小嘴,楚楚可怜,不禁软了眉眼:"我给你做碗汤饼罢。"

小乔还未反应得及,便见周瑜起身走出了营帐,约莫一盏茶的工夫又折返而还,手里捧着一碗热腾腾的汤饼,飘香四溢。

小乔已顾不得矜持,道一声谢,就狼吞虎咽地吃了起来。周瑜坐在小乔身侧,边为她斟水边道:"说来真是抱歉,行军餐饮简薄,我翻来翻去,也没找到什么好吃的,实在是委屈你了。"

小乔闻言一哽,呛咳两声,竟落下了几滴泪。周瑜以为小乔想起了难产去世的母亲,才蓦然垂泪,不由自悔唐突:"不知小乔姑娘平日如何过生辰,若犯了忌讳,还请姑娘不要难过,原谅周某无心之失罢。"

小乔摇摇头,长长的睫毛微微颤抖:"没什么忌讳的……其实我对母亲并没有任何印象,虽然很多时候还是会很想她。小时候父亲连年征战在外,家中只有姐姐与几名老仆,街坊家的小孩时常欺负我们。每当那时,我就会暗暗难过,心想若是我有母亲,大概旁人就不敢如此了罢。长大些,我才慢慢懂得,虽然我们的母女情分太浅,她却还是为我做了她能做到的一切。周郎,你知道吗?我出生在晌午,稳婆说我胎位不正,母亲生我时撕心裂肺,出血不止,才把我生下便陷入了昏迷。即便如此,她硬是拖过了午夜才咽气,大概是不愿我的生日与她的忌日相同,让我负罪一生罢……"

正是因为这凄苦的身世,小乔生性要强,这些话从未对任何人说过,今日却毫无保留地告诉了周瑜。小乔见周瑜凝眉许久未语,自悔失言,毕竟周瑜父母早逝,自己蓦然提起这伤心事,只怕会勾起他伤怀的回忆。

正当小乔不知所措之际,周瑜抬手轻轻拍拍她的小脑袋,似宽慰亦似立誓:"从今往后,都不会有人再欺负你了。"

这轻描淡写的一句话,竟令小乔的泪水决了堤,她啜泣了好一阵,才拭泪笑道:"我已经十四了,明年便是及笄之年了呢。"

"是啊,要长成大姑娘了。"

小乔心悦周瑜,只觉得他的每字每句落在她耳中,皆如琼浆醴酪,沁润心扉。想到不日周瑜便要回居巢,小乔欲趁此时将自己的小心思表露,她磕磕巴巴道:"周、周公瑾……我……"

哪知帐外好死不死传来一阵脚步声,周瑜探身一望,只见那几位将军从中军帐里走了出来,各自回部传令去了。

看似是毫不相干的事,却令周瑜变了神色,他蹙紧眉头对小乔道:"小乔姑娘,令姊与伯符的婚事究竟如何,只怕少时便会揭晓了。"

从昨日到今天,大乔一直在自我麻痹,始终不肯直面孙策错失庐江太守的后果。方才听了孙策与几位将军交谈,她才渐渐清醒明白,原来孙策真的要离开此处,远赴江东了。

而他二人万般珍视、千般呵护、奉若珍宝的感情,就这样被人轻易扼杀,未给他们留下分毫回旋的余地,想到这里,大乔如万箭穿心,难以自持。

送走几名将军后,孙策急不可待地返回内室。看到大乔颓然跪倒,掩面而泣,孙策痛心疾首,弯身将她紧紧环住,声声唤着:"莹儿……"

大乔在孙策怀中抽泣:"孙郎,为何我们想在一起就那么难?"

孙策亦不免鼻尖发酸,无比温柔地揩去大乔面颊上的泪珠,将薄唇轻轻落在她的鬓发间、面颊上,最后才落上了她的樱唇。从珍重婉转到唇齿交合,两人皆全情投入,仿若天已荒芜海亦干枯,这世上唯有彼此的呼吸和心跳才是真实,而他二人在此间载浮载沉,不受尘世所扰。

不知过了多久,孙策恋恋不舍地将大乔放开,他不知那微咸的泪,究竟是自己的还是大乔的,不免慌张垂下头,竭力压制情绪道:"莹儿,过两日,我就派人送你们姐妹回宛城罢。世道太乱,若没有人相送,我实在不放心。"

晶莹的泪滴挂在长长的睫毛上,大乔一张白玉面庞妆泪阑干,竟是一种说不出的娇娆妩媚。她笑得十足凄然,两滴泪陡然坠落:"送我回宛城,然后呢?我已到嫁龄,刘勋乃是袁术故旧,有他在,少不了要为我保媒,而我父亲身在袁术帐下,势难拒绝。待我配得良人之日,少将军可会回来喝喜酒?"

大乔这轻声细语的一句话,却如利刃般,径直刺入了孙策心口,他猛地一痛,脑中浮现大乔一身嫁衣待字闺中的模样。孙策面色煞白,星一般的眼眸死一般的黯淡,可他什么话也说不出,只觉浑身血液凝滞,又霎时化作利刃,将他身与心的每一寸凌迟。

正如周瑜所言,此事或许有万全之法,可那所谓万全之法,仍不免给大乔带来困苦忧愁,他孙伯符又如何能如此?

见孙策满面犹疑,大乔泪下更疾。从第一日心悦孙策起,大乔便明白,她的心上人乃是世间一等一的英雄豪杰。她爱他,亦敬他,可今时今日,值此两难之地,他却不再为她筹谋,只想将她送走。若非他已下定决心,又怎会如此绝情绝义?

既然如此,她又何必让他知道她有多痛,博取他转瞬而逝的些许同情?想到这里,大乔强行敛起伤怀之色,解下腰间罗缨,双手奉还,倾国一笑中带着几分自嘲:"既然铁了心要送我走,此物必当奉还,还请少将军他日觅得佳偶时,再行相送罢。"

语罢,大乔含泪跑出了中军帐,孙策僵坐着未动,亦未起身去追。手中细细的罗缨还有大乔的温度,可那美好的人儿,却已抽离出他的人生。彻骨心痛,不过如此,孙策紧握罗缨,不知不觉间竟在手心抠出几道深深的血痕。

即便情深至不畏生死,亦逃不出凡尘作茧,到头来终究是痴心空付、两败俱伤罢了。

## 第三章 鹬蚌相争

曹操攻破彭城后,遭袁术吕布刘备等人多方夹击,最终难守其地。而徐州牧陶谦见曹军屠城,流血漂橹,深感难辞其咎,惶恐畏惧,惴惴不可终日,不过两月便病逝了。

刘备因助陶谦守城有功而继任徐州牧,轻而易举拿下了曹操袁术等人觊觎良久的战略要塞。袁术自是大怒,卧榻之侧,怎能容许刘备这卖草鞋的得意!于是袁术集结三万大军,亲自挂帅征讨,刘备亦率军应敌,与袁术对垒于破釜塘畔的小县盱眙。

是日一早,天方大亮,袁术便一身甲衣坐在帐中,查阅各地所报文书,看似十分勤谨。

杨弘、纪灵等人立在左右等吩咐,却因行军劳累而昏然欲睡。忽然间,袁术毫无征兆地大笑起来,惊得纪灵险些前扑跪倒,他慌张起身道:"主公恕罪!"

杨弘本也在打瞌睡,此时却不忘倒打一耙:"纪将军怎的睡着了,真是在主公面前失仪!"

纪灵心下一紧,暗骂杨弘使诈,嘴上却少不得认罪道:"这几日有些疲累,请主公责罚!"

袁术未理会这一茬儿,而是将手中奏报摊开,招呼道:"来来来,给你们看个稀罕物,孙伯符这不知天高地厚的小子,竟奏报孤,说要替孤去打江东……"

纪灵见袁术未怪罪,赶忙上前细看那奏报,旋即哂笑道:"呵!乳臭未干的臭小子,毛还没长齐,打赢了陆康那老朽,便觉得自己勇猛无双、天下无敌了?还说什么,去江东能招揽三万人,再帮主公打天下,简直是痴人说梦!"

杨弘身为谋士,心思到底比纪灵这武将细腻,深知这几日袁术颇为如何安置孙策而烦恼。毕竟这样一位虎将,弃之不用实在可惜,留在身侧却又怕他心怀不臣。现下孙策自请去江东,也算是有自知之明。

杨弘双眸一转,拱手躬身道:"恭喜主公!贺喜主公!现下刘繇正在江东闹事,若是派那孙伯符前去镇压,说不定能收复失地,即便不能,亦可让那孙少将军磨磨性子,未尝不是件好事啊!"

袁术轻笑几声,大力拍了拍杨弘的肩:"杨卿与孤真是心有戚戚!江东之地多湖泽水路,龙盘虎踞,易守难攻,王朗、刘繇分列南北,此二人皆非善主,又老道狠辣。待孙伯符这小子去了江东,莫说招来三万人,只怕手下这两千人,过不了半年也要打光喽!"

纪灵怎肯将这拍马的好机会白白送与杨弘,亦赔笑道:"主公计谋安天下!只是姓孙的那小子好似有几分歪才,为防止他真的在江东立足,主公还是要多加控制啊。"

袁术偏头一想,顿时觉得纪灵之言不无道理:"两位卿家可有妙计?"

纪灵早已想好了应对之语,就等袁术这一问,谁知不待他答话,杨弘又高声抢了先:"启禀主公,孙伯符手下二千余人不足为惧。但是主公去岁方封了他舅父吴景为吴郡太守,堂兄孙贲为丹阳都尉,这两人若是与孙伯符暗通款曲,只怕对主公不利。故而臣以为,主公只要严密监控吴景与孙贲二人,便可杜绝孙策于江东起势。"

是啊,孙策手下那两千余人虽不起眼,可他与吴景和孙贲的血缘关系却不容小觑,袁术冷哼一声,咬牙道:"若他二人吃里爬外,也不必留了!"

杨弘察言观色,适时添油加醋道:"主公身边的人,须得尽心竭力才好。臣以为,主公不妨派吴景与孙贲前去讨伐刘繇,与孙伯符互为鼎助,隔江列阵,同时在军中安插大量眼线,一旦他三人有不臣之意,便即刻命神将斩杀吴景、孙贲二人,再越江歼灭孙伯符,主公以为如何?"

纪灵听了杨弘这话,不寒而栗,心中暗骂他歹毒。若真依照此计,一旦有人存心陷害,吴景与孙贲便会含冤做了刀下鬼。可纪灵偷眼看袁术反应,竟是一脸赞许,心中惶恐不觉更甚。

果不其然,袁术捋须赞叹道:"杨卿之计甚妙!来人,传孤的令,命吴景与孙贲即刻率兵往丹阳剿灭刘繇,不得有误!"

舒城外军营里,天方擦亮,周瑜便前往中军帐寻孙策,可他左找右找不见人,寻了一大圈,最后竟是在内室卧榻之后找到了一个无比颓然的身影。

周瑜好笑又心疼:"伯符,你这是怎么了?跟大乔姑娘吵架了?"

孙策无力起身,俊颜煞白,眼窝乌青,大抵一宿未眠:"我今日没心思与你玩笑,若是没什么事,就让我自己待会儿罢。"

"怎会没事?袁术虽还没回话,可大军拔营迫在眉睫,有多少事需要筹谋,你这一军主帅怎能躲在这里发愁呢?"

孙策强打起几分精神,从屏风后拿出洗马的木桶和长刷,边向外走边向周瑜道:"你说的我都明白,这几日我一直在看江东地图,水文陆路皆已烂熟于心。等那老儿的指令下来,便可出发了。只是我总觉得,以袁术的心胸,不会轻易让我们如愿。"

说话间,两人来到马棚处,孙策在井边打水后,将大宛马牵出,一下一下为它刷着马鬃。

周瑜倚着护栏回道:"不错,袁术身侧那几个谋士并非善主。这些年袁术横征暴敛,为祸一方,这几人皆脱不了干系,只是现下还不是收拾他们的时候。不过……伯符,你能不能不要一跟大乔姑娘吵架就来刷马,即便人受得了马也受不了啊。"

周瑜这话,令孙策想起去年初遇大乔时的一幕幕。人生的际遇实在奇妙,才短短一年时间,他便已如此倾心于她。心头那酸痛之感愈发明晰,孙策疲沓地撑在木槛上,欲言又止:"你……能不能帮我去看看莹儿……"

"不必看了,一大早,小乔姑娘就去找我,说大乔姑娘一夜未眠,坐在榻旁愣愣地掉眼泪。伯符,你不是惯会哄姑娘开心,怎的一遇上自己的心上人,反而手足无措了?"

想到大乔与自己一样不眠不休,孙策心里别提多不是滋味:"若能让她开心,我孙伯符愿意付出任何代价。只可惜我对她的感情,本身就是一种拖累,只会害她更痛苦……"

周瑜与孙策相识十载,两人交好亲厚无话不谈,相携渡过许多难关,可今时今日这样茫然无措的孙策,竟是周瑜从未见过的。

晓风吹过,周瑜直起身,敛起随风飘摇的宽袖,正色道:"伯符,我从未问过你今后抱负,那是因为我认定,许多事你我心照不宣。我之所以帮你、追随你,并不全然是冲着你我从小一起长大的情分,更是因为我觉得,你是那个能肩负我们理想的人,是那个能够在乱世里闯出一方天地之人。"

"我明白你的意思,袁术反复无常,并非善主,我迟早会与他决裂。而各路诸侯与天下百姓,亦早已对他心存怨怼,即便不是我,也会有人来收拾他。你怕是想说,我可以照常与莹儿相处,甚至可以先纳了她,待袁术崩盘之日,便可以名正言顺,是吗?"

"难道不是吗?乔蕤将军并非不允准你们的婚事,若你不要她、不管她,她们姐妹便只能回宛城老家。现下山越贼人横行,宛城匪患严重,若是把她二人劫去,以大乔姑娘的性子,定会宁死不屈……伯符,真到那时,你难道不会后悔吗?"

孙策眼眶泛红,双唇不住颤抖。周瑜所说之事,他连想都不敢想,若真走到那般田地,他岂不害了大乔一生?可孙策亦有他的苦衷:"你我兄弟,我不瞒你,我真的做梦都想要她……可是公瑾,身为男子,我既心悦于她,便应当明媒正娶,纳彩问名,如何能让她受委屈,不明不白跟了我?再者,不知袁术何时才会失势,若让他知道我私自纳了莹儿,乔将军岂不是要跟着遭殃?"

"两害相权取其轻,何况我问过小乔姑娘,她们并不常去军中寻乔将军,倒是书信往来更密切些。总之,此事究竟如何,都要看你如何打算。我知道,你是觉得这般私纳了大乔姑娘,她在名分上只是个妾,你心中有愧。可你若认定她是你的结发妻,又有何人能委屈她分毫?无论是伯母还是仲谋尚香,都不是小性挑理之人,事从权宜,哪里还顾得上虚礼?"

孙策苦笑道:"公瑾,你是个儒生,能让你说出这样的话实在难得。"

"我既是为着你,更是为着两位姑娘,大乔姑娘温柔可人,小乔姑娘活泼可爱,我不希望她们之中任何一个遭遇危险,更不希望你遗恨终生!我已失去爱妻,深知那样有多痛,伯符,我不愿意看你重蹈覆辙。"

周瑜的话字字锥心,可孙策始终无法越过心中那道坎儿,更无法去向大乔开这个口。

正当他迟疑不决时,小乔快步跑来,高声喊道:"周公瑾!周公瑾!"

周瑜听得小乔呼唤,赶忙转身迎上,只见小乔小脸儿通红,气喘不止,一面躲着孙策,一面小声对周瑜道:"别……别让孙伯符听见,方才我去伙房拿饭回营,姐姐竟然不见了……"

"不见了?大乔姑娘可是出营去了?你可有问过四面营门的看守?"

小乔急得直跺脚:"四处都问过了,最奇怪的就是,他们都说没看到姐姐。我把能找的地方都找了个遍,也没有找到她,我姐姐不会出什么事吧……"

小乔眼巴巴地望着周瑜,好似希望从他身上汲取些许力量以获安心。周瑜自是明白她的心思,可他亦不知大乔为何会平白无故消失在军营内:"小乔姑娘莫慌,我陪你找,一定能把令姊找到。只是方才姑娘为何要瞒着伯符?难道有什么难言之隐?"

正在几人踟蹰为难之际,千里外的洛阳城内,草木又深深。破败的城垣已被修缮完整,一切又恢复原状,好似这里从未遭受战乱,仍是那繁华阜胜的天下之中。街头巷尾人流涌动,可百姓脸上的疲惫与不安,又昭示着一切早已与原先不同。今日有酒今日醉,谁知自己究竟能不能活过明天呢?

　　街巷内人头攒动,城东那一方宅院四周,却飞鸟不近,行人疏离。不消说,此处正是这洛阳城中只手遮天的司空曹操的府邸。

　　门外虽平静冷清,其内却分工明确,运转如行云流水。校事府都尉手捧一卷刻有"机密文书"字样的信筒递入大堂,几经辗转,终于送上曹操的案头。

　　负责审阅机密要件的尚书令荀攸用小刀一划,剖开竹筒取出信笺,对闭目养神的曹操道:"主公,寿春来信。"

　　曹操时年将及不惑,身量不算高大,长须满面,他霍然睁眼,眸中闪着狡黠的光芒,接过信笺细细端详,片刻后扯开嘴角笑道:"若说当年的孙坚如同大猁,这孙策便是猁儿,猁的野心可都不小,并非袁术这冢中枯骨手里那两根小骨头可以满足。袁术这般戏弄孙策,实在是自掘坟墓,估计过不了几年,便会被孙策这小子给收拾了。"

　　说罢,曹操将信笺投入身畔注满清水的铜盆中,但见那纸遇水后,字迹竟迅速消退,徒剩"亲启"二字,即时亦消失得无影无踪了。

　　荀攸听出曹操的弦外之音,捋须笑道:"一个未曾谋面的小子,竟能得主公如此评价,实在难得,看来主公欲做那驾驭猁儿之人?"

　　曹操的笑容奸猾里又透着几分磊落:"远了不好操控,近了又难免挨咬,若非有她在,孤还真不知该如何用这枚棋子。不过,你记得给她带句话,此子初出江湖,能有如此作为,心智与谋略只怕还在他父亲孙坚之上。当年十八路诸侯集结讨伐董卓,那乌程侯孙坚,可是其中最骁勇的一个。我们万不可轻敌,一旦有何异动,即刻向孤汇报。"

## 第四章 他山鹧鸪

初春时节，万物生长，柳条将舒未舒，连小乔这才满十四岁的丫头亦有了窈窕婉转之意，此时她立在周瑜身前，眉间微蹙，眼波如淡烟流水。

巡逻士兵往复来回，见他两人迎风玉立，都忍不住互使眼色，好似乐见其成。

可士兵们却知道，他二人并不是在谈情，而是在为孙策与大乔的婚事烦心。周瑜既已听出自己话里有话，小乔便只得硬着头皮照实答道："今天一大早，姐姐不知从哪里翻出了一只包袱，里面全是男装，有长衫还有鞋袜……可是姐姐给孙伯符做的春衫早就给他了，给父亲做的衣裳父亲也带走了。我没敢问姐姐，又怕孙伯符听了生气，毕竟女子只给心爱之人做衣裳，若是……"

说着说着，两人视线蓦然交汇，小乔愣怔一瞬，霎时红了脸，赶忙垂下眼眸，良响未再言语。原来小乔只顾担心大乔，未注意周瑜今日穿的正是自己做的儒裳。她咬着薄唇一瞋杏眼，暗骂自己真是犯傻，即便那小小的心思没打算瞒他，也不必此时表露出来罢。

哪知周瑜像是没听到似的："那衣裳可是皂色的，内外一套？"

小乔见周瑜未往心里去，不知该庆幸还是失落，小嘴一撇欲回话，却忽然感觉背后一凉。两人不约而同转过身去，只见明丽春日，孙策大步走来,却好似携沙裹雨,一身煞气,嘴角明明扯着笑,眸底冷光却令人不寒而栗:"莹儿还给旁人做了衣服?谁啊?"

小乔本是不怕孙策的,今日看他如此神情,却瞠目结舌,不知该怎样回答。

周瑜深谙风俗人情,转念一想,就明白了这衣裳的来历,旋即大笑起来。

"你这小子,我拿你当兄弟,你却只顾着笑话我?"

周瑜笑得呛咳不住,来不及解释,就听到韩当在不远处大声喊道:"少将军,末将有要事回报!"

孙策心里放不下大乔,但看韩当如此严肃,所报应当是大事,只得沉着脸对周瑜道:"公瑾,劳烦你先跟妻妹去找莹儿,我马上就来。"

说罢,孙策背着手,与韩当一道走回大帐。小乔这才松了口气,嘟囔道:"这该死的孙伯符,真吓死我了。"

"只要遇到与令姊相关的事,伯符便会有些焦躁。不过生出这误会也好,他二人好歹能有个说话的机会。估摸要不了多久伯符便会出来,我们等等他罢。"

见周瑜轻摇羽扇,一副成竹在胸的模样,小乔十足好奇:"不会罢,你知道那衣服是做给谁的?"

舒城北部小山上,大乔换了男装,身着甲衣站在崖边,宽大沉重的铠甲与她纤细的身量毫不相称,可她若不如此,便走不出那四四方方的营地,亦无法来到这里,登高远眺。

去年夏日初围城时,孙策曾御马带她来此,正是那日,他许下誓言,让自己可以尽力依靠他,万事皆可以依靠他。时光如流水般匆匆,那深情又戏谑的神色好似仍在眼前,孙策却已背信弃义,要舍弃她打江东去了。

想到这里,大乔不觉又滚下泪来,孙策眼眶通红垂首不语的神情浮现脑中,大乔黯然神伤,五脏六腑皆绞痛,自嘲又困惑,为何明明是他抛下了自己,却还要做出那副凄婉伤怀的样子来?

既然孙策已无挽留之意,大乔准备即日便出发回宛城老家。可她今日一早收拾行囊时,却发现了一只奇怪的包袱,里面装着几件男装,正是孙策的尺寸。

大乔猜出这应是乔蕤为孙策准备的纳彩回礼,想到少言寡语的父亲默默做这一切,大乔潺潺的泪转作崩溃号啕,她忍不住怨怼苍天:为何她与孙策两相情愿,亦有父母之命媒妁之言,却碍于时局无法相守?而这动荡时局、连年兵祸下,又有多少战死之骨,犹是秋闺梦中之人。

那厢军营中,韩当随孙策一道入帐,还未落稳帐帘,便急急道:"少将军,前几日你让我盯住李丰,我就派人日夜监视,谁知道他今日一早竟然出事了……"

孙策眉头一紧:"哦?怎么回事?"

"我们的人回报,每月初七、十七和二十七,李丰都会独自策马去六安,说是采买药品,可他并无病症,实在蹊跷……"

提起六安,孙策瞬间想起那日他策马去追大乔,在六安城外遇伏之事,不由眸色一凛,沉声道:"先不要打草惊蛇,继续暗中监视,务必顺藤摸瓜,揪出他身后主使。"

韩当面有难色,挠头磕巴道:"这……少将军,许是手下人不小心,露出了端倪,今日一早,李丰在寿春到六安的官道上坠了马,脖子都摔断了……"

李丰一个久经沙场的将军,竟能骑马摔断脖子?孙策不寒而栗,剑眉紧拧,怒道:"让你们看个人都看不住?就这样死了?"

李丰一死,怪鸟与黄祖的线索便断了个干净,韩当深知事态严重,跪地请罪道:"末将知罪,请少将军责罚!"

事情既已发生,即便惩处韩当也毫无裨益,说不定还会走漏风声,引火烧身,孙策压下情绪,缓缓吐口道:"韩将军,李丰的线索断了也罢,你务必要多派些人护得乔将军安全,若是乔将军有分毫闪失,我便唯你是问。"

韩当见孙策未怪罪,大力抱拳应道:"少将军放心!绝不会再有半分差池!"

语罢,韩当转身退下,留孙策独自站在帐里发呆,他只觉自己仿若置身于一个夹谷内,前有猛虎后有豺狼,进退两难。正如周瑜所说,现下此等形势,如若将大乔送回宛城,且不说山越贼人如何,李丰那暗处的同伙会善罢甘休吗?

想到这里,孙策冲出帐,欲去把大乔找回。周瑜和小乔正等在门外,看到孙策,周瑜招呼道:"伯符,舒城附近风景极好,你与大乔姑娘一道去过哪处啊?"

孙策思绪正乱,周瑜这一问倒似醍醐灌顶,他大步跑至马棚处,牵出大宛驹翻身而上,一骑绝尘消失在了视野之中。

小乔仍放心不下,不安道:"我们不去吗?孙伯符到底能不能找到我姐姐啊?"

"小乔姑娘放心吧,此时此刻,只有伯符才能找到她,你我去了也没什么用,在一旁与他二人大眼瞪小眼,反倒让他们不好说话。"

小乔倚着矮篱托着粉腮,一声连一声叹气:"就听你一次吧,我真没想到那一套衣衫会是我爹爹给孙伯符准备的回礼……到底是成过亲的人,你知道的还真是多。"

小乔这话,令周瑜的思绪倏然回到了三年前,他随父亲一道入王司徒府上提亲时,还是个方年满十六的朗朗少年。明明不过数年光景,物是人非,恍若隔世,那些无比清晰如刀劈斧刻在心头的记忆,渐渐染了光晕,徐徐淡出,变成了邈远而飘忽的碎片。可心中的痛惜之感,却未曾缓解一分,只是从噬魂销骨的剧痛转作了酸痛,仿若阴雨天里湿寒症,侵扰折磨着他身体的每一寸。

见周瑜神色忽地黯淡,小乔便知他又想起了亡妻:"对不起,是不是我说的话害你难受了……"

周瑜淡笑道:"无妨,故人已逝,只能记在心里。我总想着,只要我惦记着,他们便好像还在一样。"

小乔轻轻颔首,明明是艳若桃李的面庞,神情却凄风苦雨,比周瑜更加哀婉:"你好歹还有人能记得,我却连母亲长什么样子都不知道呢……

不如你的故人,我也帮你记着罢,这样我也有人惦记,你也不用太累,可好?"

周瑜本正神伤,此时心头却蓦地一暖,他眉眼弯弯,眼底满是温柔,有磁性的嗓音轻道:"真是孩子般的玩话,小乔姑娘什么时候才能长大呢?"

周瑜不知自己这一丝浅笑落在小乔眼中,差点让她滚下泪,她赶忙压抑住情绪,转言道:"对了,你和孙伯符为何要去江东啊?你们……不是只想给孙伯符的父亲报仇罢?"

城北山路上,孙策攀山而上,轻而易举就在清泉白崖间寻到了大乔的身影,她不盈一握的纤腰在宽大的甲衣间显得愈发纤细,乌亮如藻的长发未绾,而是如男子一般扎起了束发,平添几丝英气妩媚。

孙策脚步轻轻,从身后牢牢环过大乔的瘦肩:"莹儿……"

大乔本正出神,未留意身后有人,此时被孙策一抱,自是吓了一跳,可她很快恢复了平静,冷道:"少将军怎么来了?"

孙策早猜到大乔不会给自己好脸色,团身转到她身前,拉过她的皓腕,坏笑道:"莹儿,公瑾说我一跟你吵架就去刷马,我回想一下,只觉自己太幼稚。可是咱们一吵架,你就叫我少将军,是不是也太孩子气了?"

既已说要送自己回宛城,此时何必再做出这副轻佻模样,大乔将手挣脱,杏眼一瞋道:"若是无事我就走了,少将军自便。"

"我不要自便。"孙策不顾大乔挣扎,将她拘在身前,"你不是一直在查李丰的事吗?我这里有消息,难道你不想听?"

为保护乔蕤周全,大乔确实曾暗地打探过李丰乐就等人虚实,只是孙策怎会知道?

看大乔满脸惊愕,孙策一挑剑眉,温柔又得意:"我既说过,要守护你与你父亲周全,便会说到做到。莹儿,近日出了些意外,李丰坠马摔死了,乔将军帐下细作既已除掉,你就再也不必悬心了。"

那李丰跟随乔蕤南征北战数年,心思深沉,筹谋缜密,怎会突然死了?大乔不由花容失色:"怎么死的?意外?还是……有人刻意将他除掉?"

"应当是意外罢,"孙策不欲大乔再担心,胡乱诌道,"听说他是去六安探亲,路上不慎坠马摔断了脖子。莹儿别怕,我们不必理会他,他心怀不轨,恶有恶报罢了。"

想起孙策与李丰旧时恩怨,大乔抬起苍白的小脸儿,满面不信:"你少打量着蒙我,是不是你派人……"

"我哪里会那么蠢?前几日我才奏他叛逆通敌,现下杀他,岂不惹得一身脏?我在你眼里怎就那么蠢,连这没轻没重的事也会做吗?我确实怕他威胁乔将军安危,派人盯了他,可这不代表我要亲自下手啊。"

原来孙策竟然如此惦记父亲,在她不知道的地方早已做了安排,大乔难以抑制地动容几分:"多谢你……"

见大乔不再那般拒他于千里之外,孙策总算松了口气,抬手轻轻一捏她白嫩的面庞。两人明明还在吵架,孙策这般举动,令大乔十分不自在,她一偏小脑袋,躲开了孙策的亲昵,垂着小蒲扇似的长睫,眼下一片黑青。孙策的心一下揪了起来,嘴上却逗弄道:"光说谢有什么用?你亲我一口罢。"

大乔一愣,立即收了感激之色,抬眼嗔怒:"你轻薄我……"说罢,起身就走。

见大乔真生了气,孙策赶忙赔笑:"莹儿,别生我气了,你睡不着,我也睡不着啊。我睡不着就算了,你这么美,若是因为跟我生气变丑了,我岂不罪恶滔天了?"

山路难行,孙策在其后喋喋不休,大乔又身着甲衣靴履,一个不留神分心扭了脚,"哎哟"一声,险些摔倒,所幸孙策出手及时,将大乔牢牢扶稳,不由分说三下五除二解了她的甲衣大力抛入一侧的沟壑中:"这东西这么沉,穿着它路都不会走了……"

大乔的小脸儿霎时红得冒起了烟,她伸手欲拦,却还是眼睁睁看着孙策将甲衣扔到了崖涧中。大乔气急,点点泪盈盈于睫:"你这让我怎么回去啊?我可是女扮男装出来的!"

孙策将大乔拦腰一抱,低头瞥她身前一眼,亦红了脸:"你这身子怎么看都不像个男人,别白费功夫了,甲衣可是找阿蒙借的?你看我回去怎么收拾他。"

大乔扭伤了脚,挣扎不过,即便又气又恼,也只得被孙策抱着走。看到大乔乖乖窝在自己怀中,孙策内心的不安渐渐消退:"莹儿,我后悔了,你不要回宛城了……"

昨日他还那般斩钉截铁,今日怎会忽然服软了?大乔不禁怀疑起自己的耳朵来,抬起清泓眼眸怔怔望着他。孙策自知大乔在等他解释,紧了紧抱着她的手,又道:"莹儿,宛城在闹匪患,你们两个姑娘家还生得如此貌美,实在不安全。我送你们去吴郡罢,我舅父在那里经营多年,母亲与弟妹必不会薄待你们……"

大乔的眸色由亮转暗,偏头嗔道:"你到底把我当什么人?我若这般不明不白去投奔你的母亲与舅父,旁人会如何指戳我父亲?何况你舅父军中人多眼杂,与袁术有千丝万缕的瓜葛,若是被发现了,我父亲可怎么是好。"

去吴郡的事,孙策确实未做权衡考量,只是他不敢提出让大乔就这般跟了他,亦不敢轻易许诺,只剩无奈叹息:"莹儿,你知道我对你的心思。"

"我不去,我有父亲有妹妹,不必寄人篱下,你不要再为我操心了。"

孙策猜到大乔会拒绝,他深知她有多温柔便有多倔强,所以未做勉强。大乔身量极轻,孙策抱着她毫不费力,不过一炷香的工夫就下了山,两人共乘一骑,快马加鞭向营地赶去。

距营门不过十余丈时,大乔好似嗅到了一丝不同寻常的意味,她侧身对孙策道:"好似是……袁术派人来了……"

孙策亦注意到了营中那些攒动的人头,他满面肃然,将缰绳塞在大乔手中,翻身而下对大宛驹耳语几句,又解下腰牌递上:"莹儿,大宛马会驮着你慢慢从旁门入营,若有士兵拦你,你就把这腰牌给他看,我去去就来。"

大乔来不及嘱咐,孙策便已转头走开,与此同时,大宛驹缓缓起步向反方向驶去。虽不善马术,大乔仍忍不住回眸相望,只见十里连营下,孙策八尺之躯显得形单影只、萧瑟无限。

营门前,周瑜与小乔仍在攀谈,见大乔策马而来,周瑜起身上前稳稳拉住辔头。小乔搀扶大乔下马,关切道:"姐姐的脚怎么了?扭着了吗?"

方才被孙策抱着未着地,不知脚伤竟如此之重,大乔不顾擦拭涔涔香汗,焦急地问周瑜:"周明廷,是袁术派人来了吗?"

"正是,据说袁术答允了伯符去打江东的请求,亦上表朝廷为他求了官阶,只是……"

"只是什么?"

大乔如此在意孙策,周瑜不忍相瞒:"只是袁术要伯符回寿春受封,再从寿春率部出发,不知在做什么盘算,或许是鸿门宴罢。"

时值晌午,暖阳融融,大乔却犹如被人兜头淋了一盆冰水。袁术果然不会让孙策轻易如愿,此次又要出什么花招?大乔小手握得紧紧的,葱白指甲在手心里按出了几个弯弯的月牙。

## 第五章　君子好逑

才过上元正月半,寒潮未退,晨起还是东风袅袅,午后却蓦然转作阴云密布。冬阳被流云遮挡,昏暗似傍晚,及至夕阳西下,更是漆黑如深夜。气温骤降,冷意弥散,顷时风雨大作,直欲吹落墙角白梅。

孙策应付罢袁术的令官,满身泥水回到帐中,他褪去铠甲,摘掉金盔,露出英气绝伦的面庞,那额上的浅浅伤痕却比他璀璨的双眸更加醒目。

围城这一年,他受尽千般委屈,历经重重磨难,却未得到想要的结果,对袁术此人已是深恶痛绝,再无分毫信任。可他尚在袁术帐下,此时此刻不得不忍辱负重,只盼能早日开拔去往江东。

可袁术注定不会让他好过,方才那令官来此,称袁术已答允了他的请求,只是要他率部回寿春听封。

孙策不知袁术又要搞什么名堂,只是可怜这朝廷礼官三天两头要往寿春跑,实在辛苦,不若干脆住在寿春侍奉袁术拉倒,也省了舟车劳顿。

想到这里,孙策的神色更冷了三分,袁术人不在寿春,却执意让他回去复命,只怕会是一场鸿门宴。可莫说是鸿门宴,即使是刀山油锅,孙策亦没有选择的余地。他并不畏惧,甚至还有几分兴奋,毕竟他的志向远不在此,若现下就畏首畏尾,还提什么终结乱世,匡定天下?

孙策活动活动筋骨,拖着疲惫的身躯走入内室,脱掉衣衫准备洗澡。

不管怎么说,既是受封,沐浴焚香总不能少,孙策方欲解裤带,忽闻外堂一阵窸窣声,他想当然认为来人应是吕蒙,高声道:"臭小子,今日是你给莹儿找的甲衣罢?还好她没出什么事,若是出了岔子,看我不拧断你的脖子!把外面那两桶热水给我提进来,我有事嘱咐你。"

外堂的窸窣声突然停了,那人踉跄一步,差点绊倒。这等身手定然不是吕蒙,孙策目光一凛,团身鱼跃而出,如电光火石,霎时便将那人扑倒按在了地上。

满怀软玉温香,口鼻间尽是兰桂之气,孙策怔在当场,讷道:"莹儿?怎么是你?"

与此同时,吕蒙晃晃悠悠来到中军帐外,神情沮丧。今日一早,大乔来寻他,欲借一身甲衣,他想也没想就借了出去。结果没过多久便被韩当叫去一顿臭骂,还让他去孙策帐里谢罪。

吕蒙百般不情愿,磨蹭到天黑才来,一掀帘,竟看到孙策赤膊压在大乔身上,大乔的纤纤玉手还抚着孙策紧实的胸膛,场面颇为香艳。

吕蒙一句"少将军"未唤出,便改作了高声尖叫。孙策的脸色不由更加阴沉,从牙缝里挤出了一句:"出去!"

吕蒙脚底抹油,行动却有些不听使唤,两脚一绊差点摔倒。待吕蒙的脚步声渐远,孙策才尴尬赧地问大乔:"莹儿,你怎么来了……"

大乔偏头不敢看孙策,一张小脸儿红得像在滴血,羞煞桃花:"孙郎,我们成亲罢……"

得知李丰死讯后,周瑜深觉此事有诈,收拾好行囊,准备明日一早回居巢去,继续追查怪鸟与黄祖。可他没想到,这个节骨眼上,袁术竟然命孙策回寿春听封,不知有何阴谋。

雨势渐渐转小,缠绵淋漓,冷风阵阵间,周瑜系好黛蓝色披风,在穿林打叶声中徐徐前行。排排营帐在暗夜细雨间朦胧如矮丘,周瑜行走其间,放眼四望,好似在寻着什么人。

虽然已经加柴添油,大雨中的篝火仍是火光微暝,越过大半个军营,周瑜来到中下士兵的住所,终于寻到了自己要找之人,他信步上前,拱手道:"程将军。"

程普身为老将,事必躬亲,此时正在和几名士兵交代拔营之事,他显然未想到周瑜会来,呆立好一阵子,才回礼道:"周明廷。"

自打程普擅自攻城,愧疚自戕后,他二人鲜少见面。毕竟程普曾跟随孙坚南征北战多年,劳苦功高,总要顾惜他的颜面。程普清楚周瑜平日里对自己的敬重趋避,今日见他亲自找上门来,便知他定有要事嘱托。程普摆手示意左右退下,面色不冷也不热:"周明廷来找我,所为何事?"

蒙蒙小雨中,周瑜的发髻毛茸茸的,像才出世的雏鹰:"这里不方便,可否请程将军到我帐里说话?"

程普未置可否,背着手向前走去,周瑜知道他这便是答允了,偏头一笑跟了上去。

及至帐中,周瑜为程普烹茶,双手奉上:"这是我从父托人带来的茗茶,还望程将军不嫌弃。"

程普垂手未接,蹙眉道:"我是个粗人,不讲这些,周明廷有什么话就直说罢。"

周瑜放下茶盏,轻叹一声:"周某明日一早就要回居巢去了,有件事想拜托程将军:少将军回寿春复命时,周某希望程将军能陪少将军一道……"

"周明廷这话从何说起,少将军既要班师,我等自当跟随。"

"我的意思是,希望程将军随少将军一道去营中受封。若论位阶,本该韩当将军或朱治将军跟随,可以现下的形势,周某以为,程将军相随再合适不过。"

程普死死盯着周瑜,好似不懂他葫芦里卖的什么药。周瑜起身压灭了煮水的小炉,闲聊般不急不躁问道:"程将军在孙氏帐下,已有近二十年了罢。"

"是,我随老将军南征北战,伐黄巾讨董卓,已二十载有余。"

"既如此,程将军应当对袁术的性情了若指掌。此番他轻易答应了伯符去打江东的请求,心中必然存有疑虑。周某决不能容许小人趁机作梗,破坏大计,故特意前来请程将军出山。"

周瑜的话确实有道理,可这计策,程普却愈发听不懂:"不知我能做什么,还请周明廷明示。"

"程将军什么也不必做,只要随伯符一道去受封就好。当年孙老将军自江东起势时,伯符还是个孩子,此次他提出去打江东招揽旧部,袁术定会认为是有人在他身后为他出谋划策。明日一早,我就会回居巢去,袁术安插在附近的细作估计会猜测,我是因为与伯符意见不合,才会负气离去。程将军想想,此时若是你同伯符一道去受封,袁术军中人会怎么想?"

程普了然于胸,向来不苟言笑的人牵起了嘴角:"程某明白了,周明廷这是欲让我去扮那迷惑少主的老将,让袁术帐下诸人以为,少将军只是听了我的混话,一时脑热才欲去打江东,对不对?"

周瑜拱手礼道:"委屈程将军了。"

"若是这招数管用,让程某再扮十次也无妨。"未想到自己先前与周瑜的矛盾冲突能助力孙策,程普积压在心口良久的块垒彻底消散,答应得毫不犹豫。

周瑜早就猜到程普会答允,站起深深揖道:"多谢程将军。"

原本与周瑜有嫌隙,现下见他一心为孙策筹谋,并无其他,程普亦不由以礼相待:"程某先告辞,周明廷一路顺利。"

语罢,程普敛裾起身,大步离去,周瑜出帐相送。雨夜氤氲间,周瑜无意瞥见有一美人儿身着霜色襦裙单衣,远远站在篱墙处,手里捧着一盏天灯,她的裙裳随风恣肆,与雨幕溶溶,狼狈又凄美,宛若谪仙。

周瑜眸色一暗,想也没想就走上前,解下披风搭在她肩头:"小乔姑娘怎的在这?雨这么大,身子怎么吃得消?"

小乔转过身来,小脸儿冻得青白,鼻尖却是红红的,一看便是刚哭过。周瑜不少见她落泪,却从未见她如是伤心,语气更软了几分:"怎么了?"

小乔咽泪装欢,微微摇头:"我……我是在许愿,希望姐姐跟孙伯符能终成眷属……"

周瑜心下了然:"大乔姑娘去找伯符了罢。"

小乔扬起小脸儿,凝眉嗔道:"你所谓的万全之法,便是这样吗?"

"值此乱世,就连王公亲贵都顾不上礼数周全,更何况我们这些寻常人?伯符与大乔姑娘两情相悦,你们父亲和伯符母亲亦都赞同,这样有何不可?"

小乔怔怔地望着周瑜,讷道:"若是你,也会如此吗?"

"我?"周瑜偏过头去,好似天幕尽头有他触不到的爱人,瞋视而有情,"我比伯符更不会放手。"

小乔心里一酸,木木点头,更招下一串长泪,盈盈抛洒如珍珠:"他们走了这么多路,如何对待彼此,我看在眼里……姐姐能与心悦之人相守,我其实是开心的,但不知为什么,眼泪一直停不下来……"

周瑜掏出绢帕,轻轻为小乔拭泪:"即便大乔姑娘嫁给伯符,你也不会失去姐姐,反而等于有了伯符和我这两位兄长啊。大乔姑娘那么疼惜你,若是知道你哭成这样,心里不知该多难过。"

听了周瑜这句"兄长",小乔别提多心寒,她虽不曾明言,小小的心事却昭然若揭。周瑜是当真鲁钝未察觉,还是装傻不愿面对?两人虽相距咫尺,小乔却看不透他的心思:"听说……你明日一早就要走了?"

周瑜与孙策一道长大,常来常往短暂分别的日子不少,他二人早就习以为常,却未想到小乔会这般伤心。可周瑜亦说不好,下次相见会是何时,更何况小乔日渐长大,她小小的心思就像暗夜里流光四溢的明珠,那般难能可贵,但他却无法回应,只能眼睁睁看着她滚下泪珠濡湿了鲛绡。

看周瑜半晌不语,小乔以为自己犯了他的忌讳,赶忙抽泣几声,忍泪而笑:"对了,前几日姐姐带我去烧香,我才想起来,小时候被拐时待的那个破庙里未曾供奉佛祖菩萨,倒是供了些奇奇怪怪的泥塑……"

周瑜眸中精光一聚:"你可还记得那些泥塑是什么样子?"

"记不真切了,当时年纪太小,只知道跟寻常寺庙里看到的不一样。"

所有的线索都似镜花水月,令人毫无头绪,可周瑜已下定决心,定会抽丝剥茧,揭开真相:"劳烦小乔姑娘,若是想起什么,随时送信去居巢给我。"

话说到如此地步,小乔清楚分别就在眼前,她不想再掩藏自己的心事,却也不好意思直说,嗫嚅道:"你看那边,有人点起了天灯呢。"

周瑜下意识顺着小乔所指的方向望去,却看夜幕下黑漆漆一片哪里有人,更莫说什么天灯了。正当他纳闷之际,小乔忽然踮起脚尖,红着小脸,在他面颊上轻轻一吻,而后逃也似的眨眼没了踪影。

落雨凌乱,周瑜更是十足茫然,若非手里还握着绢帕,他只怕要以为自己在做梦。冷风吹刮得面颊生疼,被小乔吻过那处却是软软的、暖暖的。

周瑜不自在地偏过身去,却始终没有擦拭,他抬眼望着苍茫的夜,雨滴密密落在清亮的眼眸中,却涤荡不平他的心。又是一年春日,万事似乎皆与从前不同了,他又该何去何从呢。

中军帐里,孙策听了大乔的话,只觉浑身的血液瞬间涌上了脑袋。大乔看他愣着不动,小声嘤咛道:"你能不能先起来……"

孙策这才觉察,自己还赤着身子压在大乔身上,他赶忙起身,不自在地挠挠头:"对,对不起,莹儿,我以为是阿蒙……"

大乔理了理凌乱的衣衫和鬓发,垂首不语。两人这样僵坐了许久,孙策才踟蹰打破僵局:"莹儿方才说……要嫁给我?"

大乔依然不敢与孙策相视,羞怯递上身后包袱:"这是我爹爹给你备下的衣裳,应是打算赠你的纳彩回礼罢。"

孙策心想,大乔如是反常,定是因为担心他被袁术算计丢了性命,可她到底明不明白,在一个血气方刚的少年面前说这样的话,到底意味着什么?

孙策直起身子,俯视着如娇花般堪折的小人儿,抬手揩摸着她凝脂如玉般的小脸儿,哑着嗓子问道:"莹儿,你明白你的话是什么意思吗?"

大乔还未回答,却见孙策猛然吻了下来,双手将她拦腰一抱,走向内室,不由分说便将她放卧榻上,欺身而下。

此时的孙策与以往任何时候都不一样,强势又霸道,他的吻密密落在大乔的薄唇、面颊和纤细的脖颈上,大乔不由慌了,不得不去推他紧实如铁的胸膛。可孙策并没有停下的意思,抬手一扯,便拉开了大乔的交领。大乔只觉胸前一凉,眼泪瞬间飞溅而出,虽然她已想好,不在意虚礼,拼上此生与孙策相守,可他这样却实实在在地令她害怕。

孙策发现大乔吓哭了,赶忙停下了动作,方才他确实是想吓她,此时却是实打实地意乱情迷。他挣扎起身,僵着身子坏笑道:"怕了吗?"

大乔呆了一瞬,继而满面怒色:"你可知道我下了多大决心,才来此处寻你,你就这样戏弄我!"

孙策偏身躺下,将大乔牢牢圈在怀中,收起笑容道:"我哪里是戏弄你,我只是想让你知道,成亲可不是嘴上说说……莹儿,你突然这样,是不是担心明天我受封的事?"

大乔被戳中了心事,神色转怒为忧,惶恐满眼:"孙郎,我……害怕……"

大乔性情温柔又倔强,且颇具胆气,当日在大别山夹谷内,面对山越匪众和太史慈都毫不畏惧,今日却因为自己说怕,孙策眸色一荡,心底甜蜜与酸涩交织涌上:"所以你就来找我,要跟我成亲?你可想过,若是我明日真有个好歹,你这辈子可怎么办?"

大乔双唇颤个不住,语气却坚定不移:"我不后悔。"

孙策将大乔环得更紧,无限疼惜道:"你可真傻,袁老儿帐下那几个老匹夫伤不了我的。成亲是大事,不能光说说,我已无法明媒正娶,就更不能这样草率地要你……莹儿,这是一辈子的事,我希望到老了,我们还能有美好的回忆,而不是我乘机占了你的便宜,你明白吗?"

大乔似懂非懂,只知孙策好似十分疼惜她,乖顺地点了点头。

不知不觉间,夜已深了,孙策拉开榻上锦被,对大乔道:"外面雨太大了,今晚就在这里歇着吧……我不会碰你的。"

大乔眨眨眼,神色有些迟疑,孙策明白她的顾虑,将地上的包袱捡起,拿出亵衣穿上:"让我试试岳父给我备的衣服可还合身。"

大乔这才裹紧被子转过身去,一颗心却扑通扑通跳个不住。

帘外细雨潺潺依旧,孙策将帐帘扎好,压灭了丛丛油灯,而后轻轻躺在了大乔身旁。

这丫头方才明明怕得要死,现下竟然一转眼就睡着了。孙策望着大乔恬静的睡颜,心生自嘲:今夜他简直比柳下惠还要厉害,竟然真的忍了下来,什么也没做。放着这等大美人在榻,不知算不算暴殄天物?

孙策长叹一声,复坐起了身子,在夜色里发起了呆。虽然他对大乔言之凿凿,心里却实在没底,万一受封之事有诈,他又该如何脱身呢?

横竖今夜是睡不着了,澡盆中水亦冷了,索性就让他洗个冷水澡,好好冷静几分罢。

## 第六章 二 地相悬

雨淅淅沥沥下了一夜,天明方休。清晨一早,周瑜准备出发回居巢。为求反目效果逼真,孙策未曾前来相送,只有吕蒙揉着惺忪睡眼,哈欠连天地为周瑜拿行李。

周瑜牵出白马,低声对眼角还挂着眼眵的吕蒙道:"务必保护好伯符,一旦有什么变故,即刻派人去居巢寻我。"

吕蒙虽瞌睡,大事上却不敢有分毫造次,拱手应道:"明廷放心,阿蒙谨记……另外,少将军交代过了,蒋钦会从小路暗地相随,护明廷一路回居巢去。"

吕蒙现下越来越像样,不再似从前那般鲁莽,周瑜颇感欣慰:"才把你带出来一年时间,谈吐已是越来越得体了。"

被周瑜这么一夸,吕蒙得意非常,笑得见牙不见眼,十足开怀:"劳烦明廷回去后,也在婶婆那里夸夸我,不然她总当我是个小孩呢。"

"婶婆看着你长大,就算有朝一日你能位列三公,她也还是会当你是孩子。话说回来,有工夫时你也该多看看书,哑儿现下已熟读四书了,你们俩打小在一处,不当逊于他啊。"

说话间,周瑜抓稳缰绳,翻身上马。吕蒙赶忙将包袱递与他,周瑜接过,却未驾马离开,而是牢牢盯着不远处的营门,好似在等什么人。

吕蒙不由有些纳闷:为了落实偏听程普计策,与周瑜口角反目之嫌,孙策不能来此相送,周瑜心知肚明,那他此时此刻又在等谁呢?蒋钦、周泰不便前来,几位将军更是身份特殊,周瑜眼底这几分若有似无的失落,究竟是因为什么呢?

吕蒙哪里会知道,眼前这位出尘绝伦无欲无求的周公瑾,竟然会因为一个小丫头踮起脚尖的轻吻而彻夜失眠。原本周瑜是打算趁着分别之际与小乔好好说一说,让她收收心思,谁知她竟然没来。

周瑜不禁蹙起了眉头,十分不解:莫不是被她戏弄了……

吕蒙不知周瑜在想这些,看他神色凝重,以为他放心不下孙策,拍着胸脯保证道:"明廷放心,有阿蒙在,少将军定会事事顺利,你就放心出发回居巢罢。"

若是再耽搁下去,袁术的眼线只怕要怀疑,周瑜无法,只得讷讷颔首,调转马头,双腿一夹马肚,扬鞭打马向居巢方向驶去。

晓风清寒,十余丈开外的营帐后,小乔定定地望着周瑜御马而去的身影,不知有多难过。为了防止自己哭得太大声,小乔将手背死死抵在唇间,却仍浑身颤抖,上气不接下气。

乱世如斯,此一去也许死生不复相见,小乔不舍地望着周瑜的背影,直到他彻底消失在绵延官道的尽头,再也望不见。而她的三魂七魄仿若瞬间溃散,腾云驾雾亦随他去了几缕,整个人木呆呆的,只剩一具美艳的躯壳。

不知哭了多久,小乔才游魂儿般走回帐里。大乔正在换衣裳,看到小乔双眼红肿无精打采,不由吓了一大跳,赶忙上前握住她的小手:"婉儿这是怎么了?你去送周明廷了吗?"

小乔那好不容易压下的心酸难过又泛了起来,她抽噎个不住,靠在大乔怀中又哭了好一会儿,才缓解了情绪,起身问道:"姐姐,我们什么时候出发去寿春?你怎的突然穿上了男装啊?"

大乔笑得无奈又甜蜜:"孙郎说,让我们俩扮作谋士,一路方便些。这些衣裳是吴夫人当初做给周明廷的,周明廷借给我们穿,你也快选一件罢,周明廷个子太高了,还得抓紧时间改改呢。"

小乔迟疑片刻,一把拉过包袱,上下翻了个底朝天。还好他未曾将自己为他所制的衣衫留下,小乔长长舒了口气,破涕为笑,对他的思念愈重了几分。

大乔眼睁睁看着小乔时哭时笑,无比心疼,抚着她的总角:"婉儿……"

还不等姐妹两人说些体己话,孙策的声音便在帐外响起:"莹儿,我们准备出发了,你们准备好了吗?"

周瑜策马赶回居巢时,正值晌午,一路畅通无阻,并无危机。蒋钦远远看着周瑜进了大门,放心地折身而还,疾驰向寿春方向去追赶孙策的队伍。

周瑜牵马进门,哑儿连蹦带跳上前接过马缰,扒头瞪眼好似在等什么人,周瑜回身道:"别看了,阿蒙没有回来。"

哑儿满面失落,旋即又将双手攥拳比在头顶,捋捋鬓发,指着面颊,一脸期待。周瑜无奈而笑,又道:"两位姑娘也没来,只有我自己回来了。"

哑儿瞬间没了神采,悻悻牵马向矮棚走去。鲁肃闻声从堂屋里蹿出来,手里还捏着半个米糕:"呵,公瑾回来了!"

"你怎的又来我家蹭吃蹭喝了?"

听了这话,鲁肃气得大步走下石阶:"你这小子有没有良心?当日你撂下一句'伯符有难',起来就往舒城蹿,周婶与哑儿皆靠我鲁子敬照料,我没收你的银子,已是天地良心,你怎的还好意思说我蹭吃?"

周瑜爽朗而笑,拱手揖道:"都是我的不是,子敬兄有请,里面上座。"

鲁肃骄矜地甩甩衣摆,与周瑜一道走回堂屋分主客坐定。周婶为两人备了餐饭后,躬身退下带上了房门,留空间给他二人说话。

鲁肃一改嬉笑的神色,忧心忡忡问周瑜道:"公瑾,最近你从父总送信来,是不是出什么事了?"

周瑜目光一黯,放下竹筷,神色极度无奈:"无事,你不必担心。"

"若有什么不虞,你可别自己扛着,"鲁肃看不懂周瑜的神情,心下忧虑更甚,"我虽只有薄田寡丁,却也会尽全力帮你的。"

周瑜见鲁肃不信,随手抽了一封信笺递上。鲁肃不知是否得宜,但看周瑜一副无所谓的样子,便打开看了。谁知他看不过三两行,便搥桌大笑:"你从父三日一封信大老远送来,竟是催你续弦娶妻的?"

"我的堂兄弟多死于战乱,现下我这一辈,只剩我一人了。老人家想看人丁兴旺,所以催得急了些。"

"你既然知道,为何不依了他,随便娶一个他选的名门闺秀,过几年若有可心的,纳了做妾不也罢了?"

周瑜垂眸摇头,语气坚定:"我不要,若非真心实意喜欢对方,只为传宗接代,与畜生有什么分别?"

听了这话,鲁肃抬手指着周瑜,扬起下巴佯作不悦道:"你骂谁畜生呢?"

周瑜扶额而笑,致歉道:"算我失言,多有得罪。我们谈点正事罢,先前我让你看着的那个黟山里的樵夫,可有什么异动?"

提起这一茬儿,鲁肃神情讪讪:"呃,原本是好好看着的,他每日上山砍柴下山卖柴,没什么奇怪之处。可是前几日他忽然出了山,就一直没回来……"

"哦?"周瑜眸色一凛,"他去了何处?我们的人可有跟上?"

"跟着跟着便跟丢了,不过,他好似是往寿春方向去了。"

距寿春三十里外官道上,两千余人号令齐整,步履坚定。韩当与朱治骑着高头大马于头前开路,程普与黄盖则在最后压阵。

孙策今日未骑马,而是与谋士身份乔装打扮的大小乔同乘马车。吕蒙为他们驾车,脑中一直循环浮现孙策黑着脸将马鞭塞与他的那一幕,一句"我没睡好,今日不骑马了",实在令吕蒙两眼放光,控制不住地胡思乱想,再联系起昨晚在孙策帐下看到那一幕,吕蒙觉得自己简直知道了什么不得了的事,策马十分勤谨,驾车极稳,分毫不敢有误。

小乔与大乔孙策同在车中,只觉得他二人眉眼间电光火石,电得她浑身上下不自在,索性转过身去装睡。

孙策本就不顾旁人,此时更是肆无忌惮地将大乔圈在怀中:"莹儿,这次回寿春形势不明,你们姐妹俩一定要注意身份,不要露面。我会寻个合适的机会去找岳父大人,让他同意我带你走……"

大乔眼波微动,不无担忧:"不知爹爹会不会答应你,我觉得自己真是不孝,给爹爹添堵了。更不知吴夫人是何态度,会不会嫌我不知礼教……"

孙策为大乔理理鬓发,安抚道:"傻莹儿,你父亲从来没有不答应我们的婚事。至于我母亲,你就更不必担心了。这世上哪有比你更好的姑娘,我母亲怎会不喜欢你?何况她回吴郡前,我就与她说过了,你放心罢。"

若是受封一切顺利,大乔不日便会随孙策去往江东,离开她打小生活的庐江郡和父亲。大乔只觉这一切皆是这般不真实,对故土的留恋和对亲人的思念在她心中席卷如骤雨狂风。

见大乔伤怀,孙策与她十指交叠,保证道:"莹儿,你放心,只要时机得宜,我就会让你回去看岳父大人的。我也会努力照顾好妻妹,帮着岳父早日给她找个好人家。"

孙策的话勾起了大乔心底的隐忧,她轻轻为小乔盖上披风,小声问孙策:"周明廷以后会来江东吗?今日他走了,婉儿不知有多难受。"

"莹儿,我觉得你最好找个机会劝劝妻妹罢。前几日,公瑾跟我说,他的从父已在为他张罗续弦娶新妻的事了。公瑾的父母虽然不在了,可周家毕竟是大门大户,现下又只剩公瑾这一个独苗,周家人不会坐视不管的。毕竟公瑾的夫人已经去世两年多了,而他二人又只有夫妻之名却无夫妻之实,年近二十尚未有一子半女,周家人肯定会心急的。"

大乔长睫一翘,回嘴道:"让你这位英武非凡的少将军娶我这小门小户的女儿,也真是委屈你了。再者说,求娶我妹妹的人可不少,比周明廷家世好的也大有人在,何苦说这些俗气话,没的让人看扁了几分呢。"

被大乔这么一通揶揄反呛,孙策毫不愠恼,抱臂躺靠在车厢上,笑得十分开怀。

大乔眉间微蹙,不解道:"你笑什么?"

孙策捏了捏大乔的小脸儿,眼底温情流动:"莹儿,我真的爱极了你的温柔,却更爱你那小小的泼辣。你知道吗,当年我父亲抢我母亲为妻时,我母亲不过是姑苏城外的浣纱女。父亲带兵从村边经过,一眼便相中了母亲。可村里人都害怕我父亲,把他当阎罗,母亲乃是为着全村人的安危才嫁给他的……结果没几年,就生了我们兄弟姐妹好几个。莹儿,我们姓孙的男人娶妻,只管自己喜不喜欢,其他的都不重要,你就安安心心地嫁与我就行了。"

大乔又羞又恼,偏过身去不肯理他:"谁要管你娶妻的事,我只问你,以你对周明廷的了解,他会这么快成婚吗?"

"说实话,我与公瑾一起长大,你若问我他喜欢什么书、什么兵器,喝几分热的茶,我都能答出来。可你问我他喜欢什么样的女人,我却一个字也答不上,就更说不好他会什么时候成婚了。不过,我听说公瑾的先夫人并非绝色,只能算作中人偏上之姿,想来公瑾自己生得太好看,反而不在意这些,应是想娶个琴瑟和鸣的知己罢。妻妹虽生得好看,个性却像个假小子似的,她的所长又非公瑾看重的,故而我觉得他们俩没什么可能。"

马车晃晃悠悠如摇篮,小乔真的差点睡着,可当她听到"公瑾"两字时,却一下竖起了小耳朵。

周瑜家中亲眷竟在为他张罗婚事,小乔只觉心头被人横插一刀,痛不欲生鲜血淋漓,可她却只能僵着不动,暗暗喘息试图让自己平静下来。

是啊,到底是她太傻,想得太少了。他虽无父无母,总还有旁的亲眷,何况像他这样的男子,本身就璀璨夺目,怎会没人惦记呢?

可她一点也不甘心,不甘心就这样,将心爱之人拱手相送。她还未到及笄之年,父亲也不曾在朝为官,似乎无论如何,她都无法走到周瑜的视野中。想到这里,小乔愈发难过,视线迷糊交织,什么也看不真切了。

正当她想要装作熟睡翻身,偷偷拭泪时,吕蒙忽然勒马驻跸,高声对马车内的孙策道:"少将军,寿春城到了。"

## 第七章 再临寿春

寿春城外，八公山下，孙策部于此处扎营。大乔与小乔不便露面，只能躲在马车上。窝了一个多时辰后，小乔再也难以忍受，不住撺掇着大乔与她一道进城玩。

袁术部驻军在城南，孙策则屯兵在城北，平日里军令严格，士兵们都无法出帐，想来应该不会有什么差池。大乔不忍看小乔这般可怜兮兮的模样，应道："好吧，不过咱们可说好了，不要走远，就在东市里转一转。"

吕蒙奉孙策之命保护大小乔，见她二人欲离开队伍，连忙拦住去路："两位姑娘要去哪？总要请示了少将军才行啊。"

小乔一撇嘴："我又不是他的囚犯，去哪里为何要请示他？再说我们就去城里逛逛吃点东西，又不会惹出什么事端。"

语罢，小乔拉着大乔就走，吕蒙无法，只好招呼了蒋钦，跟随她二人向不远处的寿春城北门走去。

孙策并不知情，仍在方扎好的帐里与几位老将议事。受封看似寻常，朱治、韩当却显得比战时更加紧张。听了孙策的提议，朱治拱手回道："程将军年长，我们几人皆十分敬重。可是袁术多疑，手下诸人更是各怀心思，不知要做出什么事来，最好还是让末将或韩将军陪你一道前去，以备万一啊。"

孙策未置可否,只问:"袁术不在寿春,可打听清楚了,他帐下目前是谁主事?"

黄盖一脸忧色,回道:"是张勋主事,此人虽庸碌无谋,却有自己的小九九,少将军万不可轻视啊。"

"乔将军既是袁术帐下第一大将,为何主事的是张勋?"

韩当听孙策如是问,笑着揶揄:"若是你岳父主事,我们几个还能担心成这样?"

孙策面色一沉,不悦道:"以后莫再称呼乔将军为我岳父,现下风头这么紧,若是给他招来祸端可如何是好。"

韩当自知失言,连连拱手致歉:"末将知错了……不过正因为现下局势太紧,还请少将军听朱将军的劝,让我们这两个将兵的随你一起入营听封罢。"

"怎么?你二人便这么信不过老夫?"一直缄口不语的程普沉声道,"此番前去,我就算豁上性命,也定会护得少将军周全。你们若是信我不过,不妨问问我手里的长剑,看它是不是已然老不中用,就这般让你们嫌弃?"

程普是老将,年纪最长,话已说到如此地步,其他人哪还敢再说什么?不过围舒城时,这老头一个人斩杀了陆家三位公子,拉都拉不住,如此凶猛,袁术帐下人应当多少会有忌惮。

事已至此,多想无益,孙策随便找了个由头告辞,结果才出帐子就一头撞在了一块硬邦邦的肉垫上。孙策揉揉吃痛的高挺鼻梁,定睛一看,眼前竟是周泰。

周泰扶稳孙策,一脸愧疚:"少将军……少将军不要紧罢。"

孙策甩甩头,定神道:"啊,我没事,你怎的在此处?"

"阿钦和阿蒙护着两位姑娘进城去了,特意让我在这等少将军。"

寿春城虽小,却是南北要塞,城里三教九流云集,媒婆神汉交织。听说大乔跟小乔进城去了,孙策担心不已,毕竟在他看来,蒋钦虽机敏却太过老实,小乔与吕蒙一样,看似伶俐实则蠢笨,再加上几分三脚猫的功夫傍身,简直不知天高地厚,与这些人在一起,岂不苦了他的莹儿?想到这里,孙策疾声问道:"什么时候去的?现下人呢?你们几个怎的连两个姑娘都看不住?"

周泰不由有些委屈,挠头道:"少将军,你那妻妹厉害得很,还会飞石头,我们又打她不得,除了跟着也别无他法啊。"

孙策无奈叹息,心想除了周瑜,旁人确实制不住小乔:"现下她们人在何处?身份未被旁人识破罢?"

"少将军放心,她们俩好着呢,现下在东市南边第三家酒肆用饭。"

孙策方放松几分,听了那句"东市南边第三家酒肆",却猛地变了脸色,大叫一句:"糟了!"便大步向外跑去。

春日既至,寿春百姓们拿出越冬剩粮,交换些日常用具和种子。街摊热闹,门市却冷清,唯有那望春楼生意甚好,人来人往翻台不断。

大小乔一行着实等了好一阵,才等到位置,四人围桌坐下,蒋钦拱手低声道:"今日僭越了,与两位姑娘同席,情况特殊,还请二位海涵。"

小乔一身男装,竟有几分潇洒之意,她跷腿把弄着杯盏:"一起吃就一起吃罢,你们俩的饭钱可得自己出。"

大乔轻按压下小乔的腿,含笑对蒋钦与吕蒙道:"劳烦两位前来相护,这顿饭就当谢礼了,你们看看想吃什么?"

小乔不悦嘟囔道:"姐姐既不花父亲的钱,又不花孙伯符的钱,靠着你卖绣活儿挣下几个银子,日子过得紧巴巴的。他们俩好歹有饷银,这里的菜这么贵,让他们出自己的总没错吧?阿蒙有多能吃,姐姐又不是不知道。"

小乔这话不无道理,这小小的馆子开在寿春,装潢清雅精致,菜价亦可与京城洛阳的名店相比。可大乔诚心诚意感激吕蒙与蒋钦,不单是为了今日护送之恩,更是为了平日里他们对孙策的守护帮衬。

大乔不好意思言明,还未回嘴,忽见两名伙计走来,在案上摆满玉盘珍馐,鲍鱼熊掌不在话下。

小乔吓了一跳,赶忙制止:"哎哎,我们还没点菜呢,你们这是干什么?"

伙计恭敬回道:"看几位腰牌,应是孙少将军帐下,我们老板娘与孙少将军有旧,特意款待,分文不取,请几位慢用。"

四人面色皆是一僵,只听小乔又问:"等等,你们老板娘是谁?为何与孙伯……为何与孙少将军有旧?"

那伙计笑道:"我们都是寿春人,并不知老板娘私旧,只听说她也是吴郡人士,许是过去相识罢。"

语罢,那伙计躬身退下。吕蒙如丈二和尚摸不着头脑,小声嘀咕道:"我先前也听兄弟们说过这老板娘,听说她长得十分漂亮,好像是个寡妇。但是她怎么会认识我们少将军,还请我们吃这么多好东西?"

蒋钦拿起吕蒙手边的筷子,夹起一大块肉塞入他嘴中:"不要钱的饭,你还不快吃!哪里这么多话!"

被突然摆了这么一道,大乔有些发蒙,她方走入这酒肆时,便感觉有人在暗处打量自己,现下看来,并非臆断。这一句"与孙少将军有旧"不轻不重,却说得煞有介事。可大乔细想孙策与自己相处之种种,并不像见惯风月之人,她沉心静气,莞尔一笑道:"既然有人请客,我们便承了这人情罢。伙计,既是款待,能否给我们上些酒来?"

月上柳梢时,孙策才匆匆赶到望春楼。四人酒足饭饱,正要离去。大乔薄饮微醺,神色却无异常,孙策见此,才放心了几分,命几人乘车与自己一同回军营。

后院内室里,姬清正抚七弦琴,伙计叩门低声道:"掌柜的,孙少将军来了,却又走了……"

琴声未停,姬清垂眸而笑:"不要紧,过不了几日,他就会自己来寻我的。"

回营路上,小乔喝多了酒,熟睡恍若昏迷。大乔面颊虽红,意识却还清醒,她望着孙策,双眸含水,一身男装在身,更有几分说不出的英气妩媚:"孙郎,你没有什么话跟我说吗?"

方才的事,蒋钦已言简意赅地向孙策说明。这姬清来历不明,背后还不知有什么玄机,若是告诉大乔,她定会忧心,孙策赖笑一声,故作油滑:"莹儿这是吃味了?"

大乔媚眼如丝,一瞥孙策:"早就听说少将军颇得人望,尤其是在姑娘之间。只是没想到,竟有姑娘从江东追到此地,当真是魅力超然。"

孙策大笑不止,拉过大乔的手攥在怀中:"方才在酒肆里见你那般平静,我简直要心凉半截,现下看来,还是在意我的,对吧?乔夫人?"

孙策这般涎皮赖脸,简直让人生不起气来,大乔无奈抽手,嗔怪道:"你可要当心,莫被人算计了去。袁将军本就多疑,此人若是四处攀诬你与她有旧,说不定袁将军会觉得,这酒肆是你在寿春城里的眼线……"

看到大乔忧虑,孙策不再玩赖,一本正经道:"这些事交给我,不必你操心,我一定会处理妥帖,更不会祸及乔将军。好在那些人应当不认识你们,你们姐妹的身份若是暴露,只怕会有危险。"

想起那酒肆里的目光,大乔只觉背后发凉,今晚与小乔一道入城来玩,确实是她太欠考虑,可人生没有后悔药,只能走一步看一步,见招拆招了。

见大乔玉羽眉紧蹙,孙策以为她还在生气,轻吻她的面颊,指天誓日道:"莹儿,你别信旁人的屁话,我只与你有旧,也只与你有新。"

大乔抬眼对上孙策的双眸,轻笑道:"酒喝多了有些困乏,加上担心婉儿和周明廷的事,并不是误会你。明日一早就要入营受封了,你好好筹谋罢,不必管我。"

是啊,他们两人一个才满十九,一个不到十七,却简直好像要操尽全天下的心。明日的册封还不知会不会生出什么祸端,孙策撩开车帘,望着不远处如魑魅幽冥般的群山,心头的阴郁赫然加重了许多。

翌日一早,孙策沐浴更衣,随老将程普一道策马向寿春城北军营驶去。

才入营门,孙策便听说乔蕤前日奉命开拔,往盱眙支援袁术去了。孙策悔得直拍大腿,此次又失良机,无法提出带大乔去江东之事。不过更让他棘手的,则是听闻张勋的亲侄亦入了袁术帐下,趁机向乔蕤提亲了,只是乔蕤还未置可否。

孙策心下又添一忧,生恐自己老岳父一时兴起真的答允了,受封时不免心不在焉。直到令官宣布,袁术已派了孙贲与吴景一道渡江打刘繇去了,孙策才回过神来。不消说,袁术此法仍是对他提防,刻意让他的舅父与堂兄去了丹阳郡,名义上让他隔江相助,其实就是要将他这两千人框死在那里。若是他与吴景孙贲有什么密谋往来,军中细作只怕会先斩后奏,届时裨将挂帅,横江一渡,他这两千人顷刻就会死无葬身之地了。

这般形势,孙策与周瑜早就料到,此刻应验,也谈不上什么喜怒。

册封毕,孙策依例去张勋营中谢恩。张勋明白,自己是替袁术受谢,态度显得十分谦恭,半避席与孙策对礼:"孙少将军年轻有为,今日得以受封'折冲校尉',乃是步着袁将军的后尘,他日加官晋爵,前途不可限量啊。"

场面上的套话孙策说起来比张勋还溜:"伯符年幼无知,承蒙几位将军念及与先父同僚之义,多加教导,才让我这未及弱冠的竖子有所斩获。伯符感激不尽,他日若有机会,必当报答。"

这一席话全然不似孙策平时说话的语气,甚是恭敬客套。张勋心想必是程普所教,这毛都没长齐的小子,只怕真的被孙坚的老将掐住了命门,对他的警惕又放松了几分:"少将军太谦虚了,我有个侄子,与你年纪相若,却还一事无成。主公见他勉强有几分智计,便纳入了帐下做谋士。今日他听说你要来,非逼着让我引荐,孙少将军可愿意卖本将军一个薄面?"

这张勋的亲侄,应是向乔蕤提亲那一位,自己还未找他,他竟自己送上门来。孙策坏笑应道:"那自然是好,只是不知他人在何处?"

张勋即刻高声唤道:"修儿!"

眨眼的工夫,一朗朗少年掀帘走来,躬身向张勋一礼:"伯父。"

张勋引荐二人相见:"孙少将军,这是我的亲侄。修儿,这位就是孙少将军了。"

孙策与那人以平辈之仪见礼:"在下孙伯符,不知公子如何称呼?"

那人爽朗一笑,回道:"鄙人张修,见过少将军。"

张勋适时插嘴道:"你们两个年轻人,交谈起来不拘束,本将军还有军务,先走一步。"

言罢,张勋未再耽搁,大步走出。主人走了,那张修倒是毫不生分,张罗道:"不知孙少将军是否喜欢用茶?修学过几日茶道,可为你烹煮。"

这人倒是自来熟,孙策暗地将张修打量,只见他一身素衣儒裳,长眉入鬓,生得十足俊俏。孙策不动声色,和气回道:"我不拘这些,随便喝什么都无所谓。敢问张公子先前在何处谋事?张将军在袁将军帐下多年,怎的不早些前来投奔?"

张修见孙策无心饮茶,自斟自饮起来:"修先前丁父忧,为父亲守孝三载,一直在山中砍柴为生,故而未出仕……我怎么觉得,孙少将军好似十分提防我?不管怎么说,若是事成,咱们俩也是连襟,孙少将军总要对我客套些罢?"

连襟?孙策愣怔一瞬,才明白张修的意思:"敢问张公子,向乔将军提亲求娶的难道……"

"正是小乔姑娘。"

居巢老宅中,周瑜坐正在案前画图。居巢县位巢湖畔,虽风景秀美,水文灌溉便利,却常年饱受洪涝之苦。一到梅雨季节,湖水倒灌农田,百姓备受其害,周瑜欲修筑堤坝,为百姓防洪,这几日正刻苦钻研历代水利建筑。

这图纸画了一大半,已快完工,方才东风破窗一瞬,周瑜却笔锋一顿,一大滴墨滴落纸间,晕开了一大片水污。

那长木修竟出了山,往寿春方向去了。周瑜起身站在窗前,背手望着窗外天光湖色,眉头越蹙越紧,一颗心高高悬起,似是在担心孙策,又好似更担心旁人。

## 第八章 鱼传尺素

普天之下无人不知，袁术帐下大将军乔蕤无子，却有两个名震四方、国色天香的女儿。身在乱世，枭雄四起，女人如同军功，是各方诸侯彪炳权势的资本，大小乔姐妹自是饱受多方觊觎。

孙策初见大乔时，虽觉得她美极，却没什么异样情愫。慢慢相处间，才逐渐被她的孝顺坚韧吸引，实打实地动了心。

可若提起小乔，孙策满脑子都是她甩袖飞石凶巴巴的模样，这样的女子，生得再美又如何？孙策看着张修，眼中满是同情："这位兄台，婚姻乃人生大事，不可只听旁人讹传。模样再俊俏，也不能当饭吃，一定要三思啊。"

张修一怔，旋即笑呛："孙少将军真是会开玩笑……实不相瞒，我与小乔姑娘早就相识，娶她为妻乃我多年夙愿，还请孙少将军得空为我美言几句，好让修早日抱得美人归啊。"

世界之大，无奇不有，竟然当真还有人喜欢小乔这样的姑娘。孙策压住满心讶异，佯装苦恼："不瞒你说，乔将军未答应我与大乔姑娘的婚事，两位姑娘已经回宛城去了。孙某自身难保，无法帮张公子美言，还望海涵。"

张修轻笑起来，摇摇手示意无妨："今日修来得匆匆，未曾表明诚意，少将军不肯交我这朋友,自在情理之中。可修这里有少将军最想知道的情报,你难道不想听听吗?"

又到日暮时分,大乔登上营房外不远处的小丘,一瞬不瞬地望着营门发呆。昨日她听说父亲率兵赶赴盱眙,心里的惆怅漾开如湖波涟漪。宛城正闹山越匪患,回去只怕是死路一条,待在寿春亦无法自保,好似唯一的出路就是跟孙策去江东。父亲带兵作战虽忙碌,却从未像现在这样,对她们姐妹二人置之不理,大乔禁不住诧异:难道父亲知道她会随孙策去江东,才这般不闻不问吗?可他若是真的同意这门亲事,当日在舒城外,为何不答应孙策呢?

要知道,她这般跟孙策离去,身份只是妾室,还是个见不得光的妾室。嫁与孙策无疑是一场豪赌,赌的正是袁术失道寡助,总有一日会尽失人心,而他们则得以全身而退,再行婚仪。

可这些盘算现下看来不过都是痴人说梦,袁术屯兵淮南,依旧稳如泰山。自己的父亲咳疾正犯,还要被他调配来去,不知身体能否承受得住。

一旦赌输了,被人识破自己与孙策的关系,父亲在袁术帐下必定要步履维艰。若是孙策用兵不善,迫于压力再娶个豪门贵胄女子为正妻,自己的日子可就实打实地难过了。

明明放弃他再寻良人便可两头周全,却偏偏放他不下。正当大乔烦忧时,孙策与程普御马入了营门,一众人等哄然围上,七嘴八舌问个不住。

他就是这样,轻而易举就能吸引所有人的注意,哪怕在万人之中,他亦是最夺目耀眼的那一个。

看到孙策,大乔莫名放松了几分,不知不觉间软了眉眼。看来受封之事无虞,大乔放心回帐去等,谁知等到日薄西山,孙策也没来寻她。大乔只得避过耳目,掀帘走入,轻唤道:"孙郎……"

孙策本坐在案前握着一张薄纸发怔,听到大乔的声音,他赶忙将薄纸压在案上,尽量笑得十足自然:"莹儿怎么来了,用过晚饭了吗?"

大乔一眼就看出了孙策笑容里的勉强,迟疑道:"你不是说回来便要找我,让我等你吗?"

"啊,手头有些事耽搁了,实在抱歉。"

孙策从前从不跟自己说这些客套话,大乔笃定他心中有事,却没有挑明:"我来是想告诉你,我准备给我父亲写一封信,跟他说宛城山越作乱,我打算带婉儿去会稽郡投靠我们的姨母了。"

孙策一时慌神,不解道:"莹儿不是要跟我去江东,怎又要去会稽找姨母了?我……我可不让你去。"

握在纤细皓腕上的手加重了几分力道,大乔实打实感受到孙策的不舍,低垂眼帘道:"你可真傻呀,我没有姨母……"

乔蕤不在近前,大乔与孙策的婚事却不该再耽搁。明着送信问,势必会被袁术的眼线截获,会稽郡地处江东南部,大乔这般传信,乔蕤应当能明白她的意思。让大乔如此,实在是委屈了她,孙策轻吻大乔的小手,喃喃道:"莹儿,此一世我绝不会负你的……"

大乔含羞点头,方欲问他可是有何心事,话到嘴边,却被孙策堵了回去:"对了,莹儿,今日我去袁术军中,听说了一件事,正想告诉你:张勋有个侄子,名叫张修,前几日跟你父亲提亲,求娶妻妹为妻。我方才与他见面了,听他说的意思,与妻妹是旧相识。你最好知会妻妹一声,看看她到底怎么想。"

大乔惊讶一瞬,苦笑道:"也是了,只有我一直当婉儿是孩子,明年她就要及笄,也该定亲了。只是我不曾听说过什么张勋的侄子,婉儿怎会与他相识?"

"这就要问妻妹了,我看她年纪虽小,却顽皮得很,保不齐是在哪里认识的。"

大乔白了孙策一眼,嗔道:"怎的你说起婉儿就没好话,我妹妹哪有那么顽劣。"

孙策大笑道:"她若是个男孩,我天天带她骑马打猎,只可惜是个丫头。乔夫人别恼,赶快回去跟妻妹商量商量才是正章啊。"

孙策所说虽不中听,却还是有几分道理的。大乔不再与他闲话,回帐找小乔去了。

孙策倏然收起笑容,眉宇间满是深深忧虑,他朗声吩咐帐外守卫:"来人!传吕蒙来!"

小乔年纪尚小,无忧无虑,全然不知旁人对自己的担心,正与周泰蒋钦几人比赛扔石头。

大乔远远走来,冲小乔一招手,小乔便将手中石子全部塞给了周泰,扮鬼脸道:"今天就到这,明天再跟你们打。"

语罢,小乔飞一般向大乔跑去。大乔见她白嫩的额上尽是细汗,拿起绢帕轻轻为她擦拭:"你呀,穿上这身衣服,更没个姑娘样子了。"

小乔一吐小舌,眸中闪烁着雀跃:"姐姐,孙伯符受封顺利吧?我们什么时候出发去江东啊?周公瑾他……什么时候来呢?"

大乔身子一滞,小声问道:"婉儿……你认识张修吗?"

小乔一时摸不着头脑,不解道:"张修?是谁啊?"

"那便奇怪了,张修是张勋将军的侄子,前几日忽然向父亲提亲,要娶你为妻,而且他今日跟孙郎说,你们是旧相识。"

小乔一脸嫌恶,不悦道:"哪里来的疯子罢,我可不认识,我管他是谁的侄子,横竖我都不嫁。"

果然,小乔仍是思念着周瑜,旁人皆看不进一眼,可周瑜似乎对她并无他想,这张修又不知为何会说他二人相识多年。大乔真不知小乔是继续单恋周瑜好,还是找个踏实之人,平顺一世更好。正在她胡思乱想之际,忽见小乔脚步一顿,回身惊诧:"张修……不会……是长木修吧?"

已到仲春二月,晚风不再那般寒冷,两千余士兵边用晚饭边嬉笑攀谈。孙策趁此时机,褪了戎装换上一身常服,独自策马向寿春城中驶去。

下午在张勋帐下时,张修说自己认识一人,知晓孙坚遇刺之线索,并大笔一挥写了个地址,让孙策自己去问。

孙策展开一看,他写的竟是望春楼。这张修来得蹊跷,竟还与姬清有关,孙策心里七上八下,焦躁不安。可他人在袁术营中,无法逼问张修,只好待日暮西斜时,便装出营来望春楼,找姬清问个清楚。

不知何时下起了朦胧细雨,孙策一路疾驰,约莫一炷香的工夫就来到了望春楼门前。伙计看到孙策,赶忙上前为他牵马:"孙少将军可算来了,里面雅间请。"

看来这女的知道自己今日会来,她与张修定是时时传递消息,他二人究竟是什么关系,难道就不怕自己将这些事全都捅出去吗?

孙策带着满心疑惑,随伙计来到二楼,辗转过不知多少来回后,终于来到一间雅室。姬清一身青色襦裙,长发未绾,轻轻扇动着团扇,柔声招呼道:"小女子有礼,劳孙少将军惦念,特来看我,实在感激不尽。"

那伙计十分识相,躬身退下,为两人关上了房门。姬清见孙策冷脸站着不动,笑意更浓:"少将军为何不坐?还怕我吃了你不成?"

这女的葫芦里到底卖的什么药?竟把自己引到她的闺房来。孙策黑着脸上前坐下,语带讥诮:"没想到望春楼的老板娘,竟与张勋将军的亲侄有私?"

姬清丝毫不慌,躬身为孙策斟茶:"小女子不单与张公子有私,更与张将军有私呢。张将军欲投靠他山,与洛阳城中的某位大人物攀亲,若无人引荐,岂不是瞎子点灯白费蜡了?不过孙少将军就不一样了,是大人物看中的良才,小女子可是颇费了一番功夫,才与您递上话。"

张勋身为袁术帐下第二大将,竟然在暗自结交曹操的人?孙策不敢确信姬清的话几分真几分假,只问:"我听张修说,你有关于我父亲遇伏的线索?"

姬清放下壶盏,打开妆奁盒,取出一个小小的竹筒,用金锁钥轻轻一插,一封卷好的信笺弹射而出。姬清将信笺递与孙策,叹道:"如此良将这般陨落,当真令人不忍哪。"

孙策一脸狐疑,展开细看,不由目光一凛,呆坐许久未语。

姬清递上温酒,宽慰道:"少将军节哀,喝杯酒定定神罢。"

孙策俊俏的脸上如凝三秋之霜,良晌才定了神思,冷声质问:"这信你从何处得来?"

"当年黄巾军虽是孙老将军击破,却是由曹司空将其尽数收编,能得来这信,也不足为奇罢。"

"你算尽机巧,让我来此处寻你,应当不是只是为了告诉我,四年前我父亲遇害的事罢。"

这少年目光这般冷,如冰似箭,要将人心射穿一般,若是一般人,只怕早已吓得说不出话。可姬清毫不怯场,笑容依旧暖如三春,语带娇嗔道:"少将军还好意思说?上次小女子薄饮醉倒,少将军起来就跑,都不送小女子回卧房,实在令人心寒哪。"

"老板娘如果愿意,打开窗子吆喝一声,想来送你回香闺的大有人在。孙某一介武人,怕把你那小胳膊小腿撇断了,实在不敢代劳。"

孙策这话本没什么特别的意味,姬清却蓦地红了脸,她干咳两声,压下情绪,又道:"听闻少将军要去打江东了,实在是一招妙棋,小女子在这里先祝少将军旗开得胜……不过,袁将军似乎并不放心少将军,对少将军多有防备,在他手下做事,实在是太过委屈你了。"

姬清既能拿到黄巾内部密函,应当不是普通商人。可她若真是曹操的人,为何这么轻易就表明了自己的身份?这寿春城可是袁术的大营,难道这女的就不怕自己传信禀告了袁术,再带兵端了他们的老巢吗?

面对孙策审度的眼光,姬清轻笑从贴身绣包中取出一块腰牌递上:"小女子乃曹司空下属校事,主公爱才,故而设下此局,欲与孙少将军结识。今日密函,只是见面礼,若是少将军愿为主公所用,他日定会助你得报父仇,了却心愿。"

校事是曹操所设官职,安插四处,旨在离间各路诸侯,让他们祸起萧墙,不战而屈人之兵。

见姬清亮明底牌,孙策径直站起身,正色道:"我孙伯符起兵,并非为某家某人打天下。曹司空若是如此看待孙某,只怕是找错了人,告辞。"

孙策拒绝得干脆利索,姬清并不意外,依旧坐在原处品着茗茶,她薄唇轻启,在白壁杯盏上留下一个香艳的胭脂印:"少将军,你母亲藏着的传国玉玺可还烫手吗?"

夜半人静时,居巢老宅里鲁肃的叫嚣声仍响彻天地,只见他立在周瑜的卧榻畔,不住数落道:"公瑾啊公瑾,你说说你,修堤筑坝也罢了,你非往上蹿什么？心不在焉扭了脚，把十村八乡的小丫头片子都引来了，若非我赶去，只怕你今日要被人踩死！"

周瑜无奈道："哪里有你说的那么夸张，我是在想事情，一时未留神脚下……"

鲁肃不悦一哼，吹胡子瞪眼道："又是因为孙伯符罢？他今日受封可还顺利？"

周瑜蹙眉未答，却听大门处传来了一阵隐隐的叩门声。哑儿起身揉揉惺忪睡眼，蹬上草鞋应门，旋即在门口大蹦大跳了起来。

鲁肃闻声吓坏，急忙对周瑜道："我去看看，到底跳什么大神。"

"哎，不必。哑儿乐成那样，来人应是吕蒙，估摸是伯符遣他传信来了。"

说话间，吕蒙的声音在门外响起："明廷。"

鲁肃上前开门，迎吕蒙进屋："路上没被人跟上吧？"

这大半夜的，鲁肃怎的还在这里不回家，吕蒙惊诧一瞬，磕巴道："啊……没有，我绕了一大圈才过来，就算有人，也早甩掉了。"

旁的不说，吕蒙驰马的功夫绝对世间一流，周瑜毫不怀疑，只问："伯符让你来的吧，信呢？"

"少将军怕路上遭人埋伏，让我口头转述，不曾写信……"

"嚄！"鲁肃一咧嘴，眉梢眼角尽是嫌弃，"孙伯符不知道阿蒙几两轻重罢？还让口头转述？就阿蒙这脑子，估计已经被马颠出九霄云外了。"

吕蒙叉腰鼓腮，不悦道："鲁明廷浑说！我背了七八遍呢，一个字也不会错漏！"

他们二人只要一见面便要斗嘴，周瑜赶忙从中调停："阿蒙赶快说罢，你再跟他闲聊，岂不忘得更多？"

吕蒙嘟着嘴，轻咳几声，学着孙策的模样，背手一字一句道："公瑾，今日我入帐受封了，我老丈人率兵去了盱眙，袁术帐下，目前是张勋那老儿主事。"

鲁肃忍不住笑出了声："别说，学得还真是挺像的……"

吕蒙白了鲁肃一眼,继续道:"果然不出你我所料,袁术留了后手,派我舅父和堂兄去讨伐刘繇,与我们隔江相望。不过有你的良计在侧,我不担心,唯一让我有些意外的,则是张勋不知哪里蹿出了一个侄子,名叫张修,长得还不错,却总是透着一股阴阳怪气……"

听到这里,周瑜蓦地从榻上惊起:"这人长什么样子?是不是儒裳纶巾,一副儒生打扮?"

吕蒙一脸难色,磕巴道:"明廷,你可别真把我当少将军啊,我又没见到他,怎知道他长什么样……"

周瑜眸色一黯,心中顿觉不妙。鲁肃见他如此,低问道:"怎么了,公瑾?难道张勋这侄子有什么问题?"

周瑜思虑未停,又听吕蒙双手一拍:"对了!这小子还向我老丈人提亲,要求娶我妻妹为妻呢!"

这张修若真是长木修,倒是铁了心要搅和到他们几人之间,周瑜再也坐不住,对吕蒙道:"快别学了,你去收拾一下,天亮我随你一道回寿春!"

## 第九章 求之不得

孙策离开望春楼时,春雨下得愈大,他推却了小二递来的油伞,冒雨牵着大宛驹向灯火阑珊的雨巷走去。

街巷中车少马稀,全然不似平时那般热闹,冷风裹挟雨丝,吹得寥寥无几的行人战栗不已。孙策一身单衣,却未觉得冷,只想着自己单人单骑出营,定会让大乔担心,现下应该尽快赶回,免得生出乱子。可他无法调整情绪,亦不知该如何面对那双清澈的眼睛。

袁术尚未解决,现下又被曹操那老贼盯上了。方才姬清提起传国玉玺,着实令孙策背后一凉,看来他们已实打实暗查许久,这姬清就是冲着他孙伯符来的。

孙策深深感到自己正处在一个危险的漩涡中,随时可能丢了性命。也许,现下对大乔最负责任的办法,便是离她而去,总好过害她深陷泥淖中。

孙策正胡思乱想,抬眼忽见不远处小巷尽头有个纤瘦窈窕的身影,在街巷烛火与斑驳雨幕交映出的光晕下,美好如同梦中人。

细雨滴在青石板上,汀汀淙淙,孙策回过神来,惊惶加困惑,眉头不由蹙得更紧:还以为大乔会为他担心,没想到自己前脚离开,她后脚就出来见人了。那个与她并肩的儒生模样男子又是谁?他二人正相对闲话,孙策虽看不清大乔的眉眼,看她的姿态,却是十足放松的,这般安然不设防,不是应当只属于他吗?

孙策心中的不安与不快又多了几分,他带着比寒风更冷的煞气,牵马上前:"莹儿,你怎么在这儿?"

大乔回过身来,看到脸黑得像抹了锅底灰似的孙策,毫不意外:"孙郎……"

孙策定睛看大乔身侧那男子,倒是颇有几分面熟,好像在哪里见过。明明是个手无缚鸡之力的书生,看到孙策却一点也不畏惧,那男子拱手礼道:"军医裴某,见过孙少将军。"

原来这小白脸便是那裴军医,大乔难道不知道不该与袁术帐下人来往,免得暴露行踪,惹祸上身吗?可孙策拿大乔一点办法也没有,只能冷着脸对裴军医道:"莹儿找你,应是问乔将军身体罢?她既信任你,希望你能守口如瓶,不要跟旁人提起今日在此处见过她。如果你能信守承诺,我孙伯符必会记下你的好;如果不能,莫怪我冷面无情,追到天涯海角,也会索你性命!"

孙策素善言辞,俊脸上时常挂着笑意,把帐内外几个老将哄得服服帖帖,一遇到大乔相干的事,却只剩下蛮横无理。大乔不搭理孙策这一套,侧身对裴军医道:"今日真是劳烦你了,父亲的事,往后还请你费心呢。"

街口处,蒋钦牵着一辆马车立在雨幕中,孙策看到蒋钦,面色不由更黑,他冲蒋钦一招手,不再与裴军医纠缠,拉着大乔就往街口走。别离交汇一刻,只听裴军医不卑不亢回道:"这世上并非只有你怜惜她,也不是所有人都要向权势低头的。"

裴军医这态度令孙策愈发火大,上了马车后,他还未坐稳便不悦道:"你若担心你父亲,我找人多加打听就是了。如果他把你们的行踪告诉袁术,乔将军岂不更危险?"

大乔情绪不高,没有像平时那般顺着孙策,而是倔倔道:"我与他打小就相识,他是什么品性,我心里有数。"

今日发生了太多事不能言明,大乔不会知道,孙策现下坐在此处心里多么煎熬。曹操的眼线或许就在附近,若是对大乔不利可得了?孙策压下心头不快,将她的小手握紧几分,好言道:"莹儿,我真的是担心你。若是那军医说漏了嘴,我们先前的筹谋岂不都白费了?你就算要见他,也好歹跟我商量商量,你若有个好歹,我……"

大乔不似往常,未曾娇羞动容,眸底荡漾着几丝疑惑:"孙郎,用罢晚饭后,我去你帐里找你。可是你不在,我只看到你案上压着的那张纸……你方才,去望春楼了吧?"

望春楼暖阁里,孙策走后,姬清捧着铜制暖炉,望着窗外的雨夜,满面疲色。

来到江南数载,她已忘却了家乡的冬春之交是什么样子,只依稀记得寒风尤烈,却没有这般湿冷。这几年光景里,她学吴语,穿江南时兴的蓑衣斗笠,画细长黛眉,俨然已成了江南女子,可每到这样的时节,膝骨中隐隐的酸痛,还在提醒她与这样的环境是如此的格格不入。

正在姬清伤春悲秋时,张修,亦是长木修,从内室中走出:"姐姐,你方才与孙伯符说得太多了。你当了这么多年的校事,怎么非但没有进益,反而倒退了不少。我们是要让孙伯符为曹司空所用,你东拉西扯旁的做什么?你可别看他生得俊俏,就迷上他了。"

姬清关好木窗,回过身来,面色极冷:"你这臭小子,躲在山里这些年,一出来竟敢指教到我的头上来了?我告诉你,孙伯符不是寻常人,若想将他拴牢,不用些手段可不行。"

长木修与姬清正是一对亲姐弟,姬清本名长木清,正是长木修曾提起过的嫁到寿春去的长姐,他们姐弟二人同在曹操帐下供职,皆为校事。

长木修弯身端起樽酒,轻抿一口却辣得他伸出舌头直扇风:"若要控制孙伯符,先得玉成他与大美人的婚事。只要他老丈人还在袁术帐下,不愁他不来投靠我们。"

姬清复摇起小扇,魅惑的眼波一转:"你在张勋帐下如何?他可还听话?另外,你为何忽然要求娶乔蕤的小女儿,是真心还是假意?不会……只是为了接近孙伯符罢?"

提起小乔,长木修这八尺男儿显出了几丝羞赧:"张勋就是个草包,害怕他与曹司空暗通款曲的事被袁术发现,吓得夜夜睡不着,怎会对我不客气?不过我要娶婉儿是真心的,也算是假公济私,姐姐不至于连这也要干涉吧?"

虽是姐弟,可长木修向来主意大,何况他颇得曹操赏识,姬清自是不好说什么,只警告道:"你好自为之,莫要砸了自己的脚。"

长木修胸有成竹,轻笑道:"放心,我自有分寸。"

清晨,吕蒙驾马车载周瑜向寿春赶去。两人快马加鞭,才过晌午便赶到了六安。周瑜命吕蒙歇歇脚,饮马吃些干粮,再一鼓作气向寿春进发。

今日来去匆忙,周瑜还没来得及好好筹措,先前为迷惑袁术,他们曾放出风去,称他与孙策政见不合,才反目离去,现下巴巴地赶回,实在有些立不住脚。可他总有种感觉,好似自己不尽快赶去就会出大事似的。

周瑜最终将目光放在了吕蒙身上,他上下打量一通,下令道:"把你的盔甲脱下来。"

吕蒙下意识一捂胸前,嗔道:"明廷要干什么?!"

周瑜一脸无语,夺过吕蒙手里的铁盔戴上:"我装作你的下属,混入营区,你再去告诉伯符我来了,万万不可声张,莫要被袁术的眼线发现。"

吕蒙乖乖脱下甲衣递与周瑜,待周瑜穿好后,两人重新上路。吕蒙边驾车边不时向后看,惹得周瑜十分不自在:"你不好好看路,总回头看我做什么?"

吕蒙一挥马鞭,偏头笑道:"头一次见明廷穿甲衣,当真好看,若是那些小姑娘看见,还不知会是什么样子。"

"你不读书,倒学别人嚼起舌根来了?好好驾车,天彻底黑透前,我一定要赶到寿春。"

"放心!"吕蒙撸起袖管,眸中火光四射,"明廷坐稳了!"

孙策此次驻兵之地背靠八公山,营门外不远处就有几棵枣树,去岁结的果子还挂在枝头,已然干瘪得不成样子。

小乔尚在长身体的年纪,那些军粮吃下肚,与不吃没什么分别,时常饿得夜里睡不着觉,便惦记起了那几颗干枣。

是日下午,小乔瞅准时机,独自跑出了营,来到枣树前,几颗小石子飞出,打落了片片新叶,那几颗枣儿却纹丝不动。小乔不由有些焦躁,她清亮的双眼骨碌一转,计上心来,敛起衣摆顺着枣树攀爬而上。

离地一丈半处,小乔飞袖一甩,只见几颗枣儿应声落了地,她尝到了甜头,更来了几分精神,继续往上爬了爬,打算将树冠顶上最大的几颗一并打下。

春阳夕照,万物皆笼罩在一片金色光晕中。小乔右手牢牢抱着树干,左袖大力一挥,打下枣子的一瞬人却失了平衡,尖叫一声便跌下树来。

完了,这树虽不算特别高,可下面却是石地,扭了脚回去还不知大乔要怎么骂。小乔眯着双眼薄唇紧绷,等待着坠地的痛感,可须臾间她只觉自己落在了一个人身上,将那人"咚"的一声砸倒在地了。

这下彻底完了!扭伤事小,竟还砸死了人!小乔不敢睁眼,心里却怕得要死。忽然间,有双大手牢牢抓住了小乔的肩,语气急迫道:"婉儿……婉儿,你没事吧婉儿?"

小乔神色怔怔,睁开双眼望着身前之人,十足茫然:"修哥哥……你怎么在这儿?"

长木修搀扶小乔起身,为她掸去膝盖处的灰尘:"我奉命为你姐夫送军粮来,远远看见你在这里爬树,紧赶慢赶过来,还好你没伤着。"

小乔想起提亲之事,小脸儿倏地一热,垂首问道:"修哥哥……你到底是长木修,还是张修啊?"

小乔不过是个小丫头,问起事来,却比他这八尺男儿还磊落。长木修垂首一笑,挠头道:"本想找个合适的机会再跟你说的……不过,婉儿,不管我是张修还是长木修,我要求娶你为妻的心是真的。现下有很多事不能跟你言明,等到能跟你说明的时候,我一定知无不言言无不尽地告诉你……"

这么炙热的言辞,让小乔更加不自在,她赶忙转言道:"哎呀,我的枣儿!你都给我坐碎了!"

方才接住小乔的一瞬,长木修后退倒地,一屁股坐碎了一地枯枣,实在是不雅。被小乔这么一说,他愈发窘迫,回身抖抖后衣襟:"你姐夫也太小气了吧?看把我们婉儿饿的。我带了烧鸡和熏鱼,去你帐里喝杯茶可好?"

小乔听说有好吃的,暂且忘却了羞怯,拉着长木修的袖笼道:"快快快,有请有请!"

周瑜和吕蒙赶到驻地时,运粮队伍正在与孙策手下交接补给。周瑜趁乱扮作普通士兵,混进了营中。

孙策帐外四处必定多有眼线,几位将军身侧亦不安全。周瑜思来想去,辗转到小乔帐外,低声唤道:"小乔姑娘,你在吗?"

脱口刹那,周瑜隐隐听到帐内有男女嬉笑之音,他还没反应过来,垂落的帐帘便被人掀起。四目相对一瞬,周瑜眸色一暗心头一揪,眼前之人,竟是长木修?

比周瑜更震惊的则是小乔,手里的鸡腿掉了她都浑然未觉,脑中只想着周瑜怎会在这里啊?先前为了让孙策能顺利出发前往江东,周瑜回了居巢,现下他莫名折返,竟被长木修逮了个正着。长木修是张勋的侄子,若他回去找张勋告状,张勋再快马加鞭告诉袁术,以袁术之多疑,说不定会认定孙策在假意纵绔。

还不等小乔和周瑜吱声,长木修便先声夺人:"哟,这不是婉儿的兄长吗?"

长木修既然知道小乔是乔蕤的女儿,怎会不知道她没有兄长,这一问好似在引周瑜走入陷阱。周瑜一向机敏,冷声回道:"我不是她兄长。"

事已至此,小乔没有更好的办法,只能硬着头皮上前,磕巴对周瑜道:"你……你不是说不喜欢我了吗?还来找我做什么?"

看小乔如此反应,周瑜暗暗叫绝,马上接过她抛来的戏码:"婉妹,我那是说的气话。回居巢这几日,我无有一刻不、不惦记你。"

当初在袁术帐下,周瑜扮作匈奴门客,建言献计慷慨陈词,未曾有过半分怯弱。在危急情势下单人单骑入陆家,更是舌战群儒,化解干戈。可他今时今日在此,他的嘴却笨得像个瓢。

长木修是何方神圣,可不是那么好对付的。周瑜明白单凭对话并没有什么说服力,便拉过小乔的袖笼,想将她拽至身前,显得亲近些,孰料小乔亦在发蒙,竟脚下打结,一头撞在了周瑜怀里。

两人皆是大窘,可此刻若是抽身,岂不更落实了是在演戏?周瑜只觉自己耳根烫得吓人,好似要熟了一般,嘴上却只说:"婉妹,你不要怪我了,若非太过在意你,我哪里会乔装来此看你,你就别与我怄气了罢。"

长木修本笃定这两人是在做戏,但看他们眼底涌动的情愫,长木修只觉胸口好似被人大力抡了一锤,他下意识地捂住胸口,微笑里透着尴尬:"非礼勿视,张某出去看看,粮草交接得如何了。"

语罢,长木修大步走出,小乔这才从周瑜怀中起身。长木修离去,此事却未完结,看出周瑜眸中的忧虑更甚,小乔自告奋勇道:"你放心,我去跟他说,不会让他声张的。"

见小乔转身要走,周瑜一把将她拉住:"婉……小乔姑娘,此人奸诈,一定留神,万不可授人以柄。"

"你放心罢,我没那么糊涂。"做下这保证后,小乔偏身走出。周瑜这才摘掉盔甲,擦擦满头细汗,扶额暗自嘲讽。千算万算,怎就没算到,会在这毫无防备之际与长木修见了面。暴露身份可能会给孙策招致祸端,现下能否稳住长木修,且要看小乔如何与他沟通了。可不知怎的,周瑜只觉心里十分舒服,却说不上来究竟为何。

夕阳已落地平线下,长木修独自向营门处走去,孤影拉得甚是顾长。明明是步履铿然,却莫名显得有些孤寂悲凉,长木修仍未缓过神来,心中满是难言惆怅。

小乔碎步追上,小声唤道:"修哥哥……"

听到小乔的声音,长木修脚步一顿,旋即转过身来,他面色惨然,嘴角却仍挂着一丝宠溺笑意:"婉儿,你当真相中了周公瑾吗?"

小乔虽生得国色天香,却不似大乔那般仰慕者众多,或是因为性格或是年纪,总之她从未想过,长木修竟然喜欢她,还向父亲提了亲。

看到长木修眼底的落寞，小乔蓦地想起了自己，她鼻头一酸，喃喃道："是……修哥哥，我一直都把你当作兄长、好友，却从来没敢想，你会……喜欢我……"

在旁处或许有智计万千，在小乔面前却只剩白纸一张，长木修低叹道："打小我就一直心悦于你，其后数年，我因为家中变故隐居山林，却不想能与你在山中相见。婉儿，我以为这是天定的缘分，没想到却还是晚了一步，但我放不了手……从今天起，请你记下，我长木修时时刻刻喜欢你，世间第一喜欢你。若是有一日，你能在某些时候对我有分毫思念，便请你不要嫁给周公瑾，好吗？"

嫁给周公瑾？小乔神情愈发苦涩，说到底，她与长木修是一样的人，都只有爱而不得的单相思罢了，小乔不忍拒绝他，颔首而笑："好……不过，修哥哥，希望你不要告诉张勋将军，周公瑾今日来找了我，我不想因为自己的关系，让袁将军猜忌孙伯符。这两日我姐姐跟孙伯符吵架，他已经焦头烂额了，我不想再给他添麻烦，你……能答应我吗？"

"哦？孙少将军跟令姐吵架了？这又是为何？"

## 第十章 情似垓下

听说周瑜来了,孙策黯然的面庞上终于有了一丝笑容,可他碍于眼线,一直巴巴等到午夜才入帐与周瑜相会。大乔不在帐里,小乔懒懒地拎着壶盏上前,为他二人添水:"真是的,你们说个话像做贼似的,还要跑到我们帐里来……你们俩快些聊啊,人家还要睡觉呢。"

"你姐姐去哪了?怎的只有你个小丫头在?"一日未与大乔见面,孙策十分挂心,本想着能与她搭上几句话,谁知她竟然不在帐里。

小乔乜斜了孙策一眼,不悦道:"你的相好不见了,你自己去找啊,问我干什么?"

"你这丫头,"孙策明白小乔对自己有气,可他无从辩解,"怎么说也是你姐姐,这夜黑人寂去了哪里,你也不关心?"

不知怎的,这两人只要一碰面,就会无休无止地争吵。周瑜实在看不下去,含笑对小乔道:"大晚上的,令姊在外确实不安全,劳烦小乔姑娘去找找她罢。我也有些要紧事,想说与伯符,不知可否行个方便?"

周瑜这般好声好气,小乔哪有不听话的道理,态度即刻一百八十度大转弯,垂首轻声应道:"好,我这就去……"

孙策看小乔如同淑女般袅娜出帐,吓得龇牙咧嘴:"这妮子太皮,简直不把我这长辈放在眼里,在你这里倒是听话。"

"去去去,你算是哪门子长辈?不过,伯符,你难道真的进了那寡妇的门,还被大乔姑娘撞见了?"

这话从周瑜嘴里说出来,孙策只觉得尤其不受用:"又是我妻妹翻得闲话罢?你先别管这些,我给你看样东西。"

孙策从怀中掏出小竹筒,轻巧地扔与周瑜。周瑜接过打开,细读须臾,冷言道:"果然,当年暗害孙伯父的,乃黄巾余孽……"

"果然?公瑾,难道你也查到了什么线索?"

周瑜摊开羊皮卷地图,指着丹阳郡南部的花山道:"先前小乔姑娘跟我说,她小时候被拐的庙里供奉的并非佛祖,我以此为线索,派人在庐江、丹阳、九江几郡的高矮山林间寻找线索,功夫不负有心人,来此处前,探子回报,此地似有黄巾遗迹,与你那竹筒中所记载相符。我打算带小乔姑娘去看看,若是可以确定,我们就能多几分成算。不过,黄巾余孽应当已经扫除了,那怪鸟又是从何而来?一路跟着我们,先是在居巢,后又是在舒城外,还劫持了运粮队,若说不是有人刻意指挥,我无论如何都不会相信。"

"黄巾军当年是我父亲所破,他们恨我憎我,设下埋伏,并不稀奇。可他们为何要诱拐妻妹,又为何要袭击妻妹,我实在不懂。难不成……他们之中有什么高人,算出来我与莹儿有姻缘,这才下手的?"

周瑜对孙策这样的揣测实在万分钦佩:"你当他们能未卜先知吗?"说到这里,周瑜一哽,忽然想起在黟山时,长木修那一句"你可听说过大卜一脉?"

周王室大卜一脉兴于周代,及至战国王室衰微,大卜一脉亦受牵连,唯有鬼谷子这一位掐算派传人传世。及至今时今刻,已有数百年未曾听闻大卜一脉的消息。这长木修应当与此无关,可他究竟是何人?真的是张勋的侄子,还是曹操的细作,抑或还有什么旁的身份?

孙策见周瑜蹙眉发呆,抬手在他眼前晃晃:"公瑾,你这是怎么了,表情那么难看?"

"伯符,今天下午我见到那个张修了,他与张勋的关系必定有诈。来者不善,你要多加留神。"

"你放心,我知道。那种小白脸,一看就不是善荏儿,我早有防备。话说回来,你打算什么时候动身去花山?"这一席话,孙策说的泰然自若,却忘了他与周瑜亦生得白面俊俏、眉目如画。

周瑜忍着好笑回道:"明日一早出发。"

"一早出发?你可问过莹儿了?她答应你带妻妹出去了吗?"

"现下大乔姑娘跟你置气,你又不能言明,心里应当很是苦闷吧?我悄悄带小乔姑娘走,大乔姑娘着急找人,才会跟你说话。你我兄弟,不必谢了,记得欠我一顿喜酒就行了。"

听了这话,孙策哭笑不得:"你这小子,损招还挺多啊?不过,我现下真的不知道该不该再把莹儿留在我身边……那位大姐是曹操的校事,还知道传国玉玺的事,我真是担心他们会对莹儿不利。"

"我看你大可放手一搏,完全不必畏首畏尾,关心则乱。对手已然逼上门来,我们哪有退缩的道理?至于大乔姑娘,还是在你身边更安全些,事已至此,你不会还想把她送回宛城罢?"

见周瑜一板一眼地为自己分析形势,孙策不禁笑了起来:"我啊,也就是那么一说,我若是把莹儿送走,那些裴军医、乐就之类的小白脸混球可不就趁机凑上来了?我还等着我老丈人回信呢,一旦他答允,我马上就跟莹儿成亲。"

"你还是先别做大梦,早日将大乔姑娘哄好再说。依我看,她应当不是真的怀疑你与那寡妇有什么,而是气你对她不坦诚罢。"

孙策无奈摇头:"不然我又能怎么办?难道把曹操的事和盘告诉她,让她日夜悬心睡不着觉吗?现下她恨我怪我,我也只能受着。说不定有朝一日,她知道我的良苦用心,还会更爱我呢。"

见孙策一脸自得,周瑜不忘给他泼盆冷水:"大乔姑娘可跟吴郡那些喜欢你的毛丫头不一样,你还是好自为之,莫要真把美人气跑了!"

袁术既已派人送了军粮来,孙策不欲再耽搁时间,翌日天方擦亮,便喊来韩当与朱治,一道统算着军需供给。

埋头良久，朱治只觉浑身酸痛，他起身活动活动筋骨，自嘲道："平日里剑拿多了倒不觉得累，拿不多会子毛笔，倒是累得不行了。不过这账也核得差不多了，现下的军粮，大抵能支撑多久？"

韩当停笔回道："满打满算，应当能撑三个月。按照行军速度，我们应当渡江未久。"

袁术这粮草也是给得小气，好似料定孙策会带兵跑了，跟着这样的主公，也难怪人心存怨怼。孙策早就料到会是如此，沉声道："三个月内，我们必须攻克横江渡口！只要攻克了横江渡口，就能接手刘繇部的军粮。"

横江渡口背靠长江天险，易守难攻，乃通往江东的要塞，刘繇派手下虎狼将樊能守之，若欲攻克，实在不易。可韩当与朱治曾随孙坚打过不少硬仗，今日见如此挑战在前，非但没有退缩畏惧，反而有些兴奋，抱拳应道："末将定当尽心竭力！"

不消说，孙策已连夜定好了行军路线，朱治与韩当看孙策成竹在胸，心下更笃定了几分。正当三人准备细细商讨时，吕蒙忽然在帐外唤道："少将军，有人求见！"

孙策想当然以为来人是大乔，他撩开帘子，低声吩咐道："你让莹儿回帐里等我，我忙完就去寻她。"

吕蒙如丈二和尚，十足茫然："不是大乔姑娘寻你，是张勋那侄子又回来了，还带了袁术的命令，少将军快去看看罢。"

六安城外，周瑜驾马车载着小乔向丹阳郡驶去。小乔显得极其欢悦，掀开车帘，所见街景一片盎然春意，不由心情更好。

周瑜手中马鞭不停，偏头与小乔商量："小乔姑娘，路途遥远，今日无法赶到，只怕要在宛陵过夜。我的从父现下正是丹阳太守，我们去府邸寻他，一切必当无虞。"

提起周瑜这位从父，小乔眼波一转，问道："听说你从父最近正张罗为你娶妻，可有此事？"

周瑜挥鞭的手一滞，神色竟有些不好意思："大司马霍去病曾说'匈奴不灭，何以家为？'周某亦有此志，故而暂时没有娶妻的打算。"

听了这话,小乔也不知自己该开心还是该不开心,仰面躺倒在车厢中,半晌没有接话。

江南春日,景色极美,道旁的红豆树亦抽条发芽,寸寸皆是相思。周瑜好听的嗓音传来,明明清晰入耳,却又显得那般不真实:"你呢?你……会嫁给张修吗?"

小乔望着周瑜驾车的背影,心下忽地一暖:他这么问,难道是在意自己吗?虽明知有所谓"欲擒故纵"之法,小乔却不愿对周瑜用半分心计:"我对修哥哥只有兄妹之谊,没有其他念想。所以……就算爹爹答允,我也不会嫁给他的。"

周瑜好一阵没回应,小乔看不见他的表情,亦不知他的喜怒。大约过了一炷香的工夫,周瑜才低声道:"长木修不是好人,你不要搭理他,更不要把他当兄长。"

小乔托腮不解道:"修哥哥到底怎么了,你怎的一直这么不喜欢他?各自阵营不同,各为其主罢了,你周公瑾雅量恢宏,难道连这点事也想不通吗?"

"哦?他与你说了他的身份?那他到底是张修还是长木修,可有与你说明?"

"他没有跟我明言。我知道,你觉得我的话只是姑娘家没见识的废话,可是我觉得修哥哥不会害孙伯符的,他若是成心害你们,现下袁术已经知道你去孙伯符军营的事了,我们又怎么能安然出来,还走了这么远?"

周瑜也不明白自己为何这般警惕长木修,见小乔这般为他说话,愈发觉得他心机深重:"但愿如你所言罢。"

寿春城北大营里,孙策大步走出,只见长木修带着一众人等站在马棚处,似是在清点战马数量。

马棚外,近百名士兵手握利刃,对长木修一行怒目相视。孙策拨开人群上前,坏笑问道:"张兄,昨日一别今日又相见,不知是来给我们送什么好东西啊?"

长木修冲孙策拱手一礼："孙少将军，来而无往非礼也。昨日张某来给你送了军粮，今日自是索要回礼的。奉袁将军之令：前线战事吃紧，收缴各部战马，全部供给前线。少将军帐下战马四百余匹，基本都是讨伐祖郎时，从纪灵将军帐下借的。今日张某奉命收回，还请少将军行个方便。"

长木修话未说完，孙策身后众将士群情激奋，吵嚷不休。黄盖大步上前，握紧铁拳，对长木修道："小子，我们少将军确实曾从纪灵帐下借了四百匹战马，可是刀剑无眼，作战损耗极大，死伤近二百匹。现下的战马，大半是我们从舒城收缴的，你即便要召回，也不当把我们的战利品召回罢？"

长木修轻笑对黄盖抱拳道："黄将军，实在抱歉，张某听吩咐做事，无法决定召回几匹马。还请几位配合，莫要惹恼了袁后将军才是啊。"

黄盖与程普皆握拳如锤，只恨不能将长木修等人胖揍一顿。孙策虽恼，却深知此时不可作色，他微一摆手，示意众人不必多言，扬眉道："既是袁将军之令，孙某不敢相忤。劳烦张公子的人细细清点，莫要把我们兄弟从家带来的马匹牵走了。"

在见到孙策前，长木修曾听过许多关于他的流言：有人说他如虎兕般骁勇，又如龟鼋般隐忍，才能连克祖郎与陆康；亦有人说他不过是躺在父亲的功劳簿上吃老本，举棋不定优柔寡断，被几名老将把持，只是傀儡一枚。这几日与孙策相处，长木修只觉他外表俊俏风流，看似爽快憨直，实则心肠九曲，筹谋极深。今日他奉命前来，做这无礼之事，曾想过数种孙策的反应，却从未想过，他居然什么条件也没谈，就交出了手中的战马。

人群物议如沸，韩当与朱治万分心焦，异口同声道："少将军，战马可不能丢啊！"

孙策回身一笑，低低道："无妨，张公子既然说了，来而无往非礼也，想来今后会给我们送大礼的。"

长木修一怔，旋即朗笑起来："今日不名一文，先欠下少将军的，待他日一并奉还。听说少将军这里得了些好茶，不知张某可有这福气品一品?"

今早大乔起床时,便发现小乔收拾了包袱,不见人影,她左找右找找不到,最终问了吕蒙,才得知小乔竟一早跟周瑜寻花山去了。

大乔气恼、担心又无奈,正当她踟蹰徘徊之际,忽见远处走来几个面生的士兵,她赶忙闪身一躲,藏进了孙策的军帐里。

按照规矩,高阶将领与普通士兵分圈扎帐,忽然看到那几个生面孔,大乔自是十足顾忌,可她没想到,自己前脚入帐,孙策与长木修后脚就走了进来。大乔不好露面,只得躲在内室中,等他二人谈罢再出去。

孙策与长木修分主次坐定,只听孙策道:"本将军不爱喝茶,故而帐里未曾准备,张公子若是爱喝,我去找程将军要些。"

长木修低笑回道:"张某来寻少将军,自然不是为了品茶。不知……那日少将军去望春楼,可有何斩获?"

内室里,大乔本无意偷听他二人的谈话,此时却不由立起了小耳朵,只听孙策故作轻松,语调中却满是陷阱的意味:"哦,望春楼啊,饭食一般,酒倒是还不错。张公子既为张勋将军的亲侄,是否也常带你伯父去吃酒啊?"

长木修明白孙策的忌避,脸上泛起一抹极其酸涩的笑容:"不瞒少将军,我并非张勋将军的侄子,那望春楼的老板娘是我的胞姐,我们本是冀州人士,十五年前随父母往南阳贩药材。孰料不知怎么得罪了袁术,父母连同家中亲眷皆被斩杀于闹市,姐姐带着我一路南逃,被逼无奈,自卖为富庶人家的童养媳。彼时姐姐只有十二三岁,受尽欺凌,若非因缘际会,被曹公所救,我们姐弟二人早已不在人世了。"

其实前几日见长木修时,孙策就有些生疑,虽然他与姬清口音不同,眉眼间却有几分相似,故而今日听长木修说起,并未有分毫意外。

见孙策如此笃定,应是已有了筹谋,长木修不再拐弯抹角,双手奉上一卷舆图:"我今日既来寻少将军,自当略表诚意。不瞒少将军,鄙人已截获袁将军私下与张勋等部将拟定的清剿计划,请少将军过目。"

孙策半信半疑地接过舆图,展开一看,但见里面正是横江、当利一带的地形图与张勋各部的进军路线,而在其正中孤悬、江边四面包围的死地,正是当利渡口以及标红的"孙伯符"三字。

"我与姐姐奉曹公之命,来此处正是为着少将军。如今少将军风头正盛,袁术多有忌惮,若是孙少将军按之前报与袁术的计划行动,则必定会落得当年乌江之畔项羽一般的下场。如若少将军愿与曹公联手,曹军必当从后方策应,逼迫袁术放弃围剿你的军队。将军人中龙凤,只要能渡过此劫,飞黄腾达指日可待,还请少将军速做决断。"

内室里,大乔将这一席话尽数收于耳中,乔蕤正在前线抗曹,安危悬于一线,若是曹军正面突袭,乔蕤岂非会有生命危险?

可以袁术之心性,只怕真的会在当利布下重兵,若是孙策有个好歹,难道她要像虞姬一样,自杀殉情吗?

既担心父亲又记挂孙策,大乔心下一抽,修长的双腿收拢,在草垫上划出轻微的声响,虽细不可闻,却还是被长木修捕捉。他霍然站起,高声质问道:"谁在后堂?!"

## 第十一章 悦君不知

风涌缱绻,吹来淡淡花香,空气里弥漫着清甜滋味,大乔的心间却满是苦涩。毫无疑问,孙策已站在了悬崖边上,好似只有借曹操之力,才能闯出一条活路。可自己的父亲是徐州前线将领,若是曹军挥师南下,必会首当其冲。大乔手臂紧紧环膝,一颗心七上八下,根本未留神自己发出了声响。

听到长木修那声质问,大乔吓了一跳,手足无措间,就见孙策与一个未曾谋面的俊秀男子一道绕过屏风,出现在自己面前。而这未曾谋面之人,应当就是那张修了。

看到大乔,孙策十足惊讶:"莹儿?你怎么在这?"

大乔深吸一口气,起身掸掸衣襟,冷道:"不打扰二位,告辞。"

不消说,乔蕤正在前线,生死未卜,孙策却要与曹操结盟,大乔心里必然十足不痛快。孙策一把拉住大乔的手,低道:"莹儿,你别走,我……"

"怎么,不慎听了你们的对话,少将军就要杀人灭口吗?"

长木修立在一侧,觑眼看着这一对冤家,深感上天相助,有大乔在,若不出意外,今日应当能够拿下孙策。

见大乔误会了自己,孙策情急一把扳过她的身子:"我知道你在想什么,你是觉得我不顾你父亲,要与敌人结盟了罢?我告诉你,我就算现下去死,也断不会拿乔将军做赌注,你要相信我啊!"

大乔瞥了旁侧的长木修一眼,见他脸上挂着浅笑,心里不由更难受:"你手下两千士兵的性命皆仰赖你这少将军,如何选择是你的事,与我何干?可我父亲人在徐州前线,若他因此遇险,我此生绝不再见你一面!"

言罢,大乔用力想要推开孙策,平日里无比纤弱温婉的人儿,此刻却像欲挣脱缰绳的野马。现下若是放大乔走了,日后便更无法解释得清,孙策赶忙大喝一声:"张修!"

长木修赶忙应道:"少将军有何吩咐?"

孙策将大乔揽在身前,怒对长木修道:"小子,你听着。事已至此,我孙伯符可以与你合作,但是我有个条件:无论如何,乔将军必须安然无恙。若是乔将军有个好歹,我一定第一个带兵攻入洛阳,把那姓曹的人头砍下来!"

孙策怒目瞋视,咄咄逼人,长木修反而愈发云淡风轻,拱手礼道:"少将军请放心,即便不是为着少将军,张某亦会为了婉儿,力保乔将军的安全。何况乔将军也是人中豪杰,我们主公一向爱才,又如何会为难于他?张某这就去给曹司空传信,还望两位勿忘隔墙有耳……"

话未说完,长木修突然宽袖一甩,只听帐外一声低吟后,又传来一声闷响。三人迅速掀开帐帘大步走出,但见一名士兵模样的人双眼圆睁,口吐白沫,须臾便断了气。

原来方才帐外竟有人偷听,孙策心头余悸未平,便闻长木修冷冷的声音从身后传来:"此人在帐篷外站立多时却一声不吭,想必应是袁将军派来监视少将军的细作罢。还请少将军今后一定注意,营帐周围必要派专人巡视,切莫像这般粗心大意了。"

见四周无人,大乔颤声怒嗔道:"就算真的是细作,你也不能就这样把他杀了罢?三两日间若是无人传信回去,袁术岂不更对孙郎心生猜忌?"

长木修大笑几声,朗然回道:"大乔姑娘果然对少将军情重。两位不必担心,一旦曹军有所行动,袁将军便会寝食难安,届时必定连早已定好的围剿少将军的计划都顾不上,又如何会去管区区一个细作的死活。二位好自为之,修告辞,烦请问令妹好。"说着,长木修对孙策和大乔一揖,一甩宽袖,扬长而去了。

一道残阳铺在清水河中,经过一整日的舟车劳顿,周瑜终于带小乔来到了宛陵。

小乔分毫未觉疲累,好奇地四下张望。周瑜见她清亮的眼波里倒映着如火夕阳,低声轻问:"你没有来过宛陵吧?"

小乔笑容绚烂,眉眼弯弯十足可爱:"不算上小时候被拐那次的话,我从未出过庐江郡呢。"

小乔未曾出过远门,却二话不说,随自己来此处寻山,周瑜深感责任重大,愈发不愿她吃苦受累,打马道:"从南城门进去不远,就是我从父家。你安心住下,好好休息休息,明日我去集市置办些登山的东西,后日一早我们再出发。"

小乔乖顺地点点头:"见了你从父,我该怎么称呼呢?"

周瑜不解,偏头问:"小乔姑娘为何要纠结于此?"

小乔脑中浮现出女子随夫君见公婆时,娇羞问如何称呼的画面,小脸儿比夕阳更红,矢口否道:"不不不,我可不是那个意思,你别瞎想!我只是,我只是……"

小乔少女心动,思虑良多,周瑜自是无法体会那些小心思,笑回道:"我从父为人随和,从不苛待小辈儿,等你见到就知道了,实在不必拘束。"

周瑜这般坦荡,反而让小乔有些失落。不管怎么说,这是她第一次见到周瑜的家人,一定不能莽撞,小乔轻抿薄唇,又问:"你的从父是伯父吗?"

"我从父其实就是我的堂伯,他的父亲与我祖父是亲兄弟,先父去世后,族中大小事皆是从父在张罗。前几年战乱加时疫,我的堂兄堂弟先后离世,家中小辈只剩我一人了。从父生怕我也有个好歹,这几年便格外留神照顾我。"

"所以他才总催你续弦娶媳妇罢。"既然知道周瑜现下没有续娶的打算,小乔便放心大胆地揶揄起他来。

果然,周瑜一脸尴尬,欲言又止道:"对了,小乔姑娘,一会儿……若是我从父说些什么奇怪的话,你可千万别往心里去。毕竟,我从未带姑娘来找过他,加上他老人家最近心急……"

看到周瑜这般窘态,小乔差点笑出声,她赶忙忍住,拍着胸脯保证道:"你放心,我不会往心里去的。"

说话间,两人进了城。时下宛陵亦在闹山越匪患,全郡之内实行宵禁,太阳落山之际,街道上已行人寥寥。周瑜快马加鞭,载小乔来到城南处的白墙乌瓦宅院前,叩门三两下,便有老仆开门相迎,见到周瑜,老仆十足开怀,一面牵过骏马,一面向内堂通报道:"家公!周明廷来了!"

不多时,头发花白的老妇搀扶着六十上下的老者走出,二人皆是宽衣博带,儒雅精神。不消说,这二位便是周瑜的从父,时任丹阳太守的周尚与夫人。周瑜赶忙携小乔上前,礼道:"从父,伯母,见你们身体这般硬朗,公瑾就放心了。"

小乔亦乖巧行礼:"见过周明府,见过夫人。"

诚如周瑜所料,周尚与夫人的注意力根本未放在他身上,而是一道齐刷刷地望向小乔。周老夫人拉过小乔的手,眸中光辉闪耀:"这孩子……"

小乔以为被误认,赶忙解释道:"夫人,那个,我是女的……"

小乔这话惹得周老夫人掩口轻笑:"这孩子真有意思,你生得这么俊俏,伯母怎会看不出来?"

周瑜看他二人神色,就知道他们一定是想歪了,赶忙澄清:"这位是小乔姑娘,乔蕤大将军的次女。我带她一起来,是想让她帮我调查线索。劳烦伯母为她安排间上房,莫要委屈了客人。"

周老夫人眉眼间满是过来人的了然:"放心吧,在伯母这里,必委屈不了她。"

语罢,周老夫人带着小乔向后堂走去。明明是两个慈眉善目的老人,小乔却感觉有些羞赧无措,这才明白为何周瑜在城外那般嘱咐自己,她转身冲周瑜一笑,周瑜亦回了个无奈的笑容。可这落在两位老人眼中,分明就是眉目传情啊!

周瑜随周尚一道走入堂屋,案上早已备好了餐饭,周尚团身坐下,张罗道:"你伯母忙活了一下午,才做了这几个菜,都是你爱吃的。现下还是我们公瑾有面子,平日里无论我说什么,那老太婆都不肯下厨给我烧一口菜,今日我可是沾了你的光喽!"

父母去世后,周瑜已多年未有过如此温馨之感,他喉间一涩,举盏道:"从父伯母身体康泰,是公瑾的福气。"

周尚抚膝叹道:"孩子,你是我看着长大的,你知道,我与你伯母对你没有旁的要求,只希望你没灾没病、平安一世。咱们周家虽非钟鸣鼎食之家,却也有几分薄田、一点威望,横竖能支撑我们在这乱世里生活下去。我现下唯一的心愿,便是希望你能找个知冷知热之人陪在你身边,总好过你一个人孤苦伶仃,连天冷了都不知道添衣罢。"

真是越怕什么越来什么,面对老人家殷切期待的目光,周瑜不忍驳斥,只道:"缘分未到,等到有合适的姑娘,公瑾一定……"

"我看小乔姑娘就不错,模样好,人也机灵。她爹虽在袁术帐下,却也是个刚正不阿的汉子。若非对你情深义重,人家姑娘也不会随你大老远来查什么悬案。婉丫头殁了两年了,你再重情,也不能一直这般耗着罢,你过得不好,那丫头在九泉下能安心吗?"

每每有人提及续弦娶妻,周瑜心上好不容易愈合的伤疤便会被再度揭开,鲜血淋漓。乱世如斯,不知哪一次别离便会是永别,周瑜只觉自己已再也经不起那般离殇。若是早晚会失去,不如从未拥有过,也好过到头来,还是只剩他一个人。可这些话,周瑜不能告诉周尚,更不愿老人为他担心,他赶忙压下心中的伤怀,挤出一丝笑意:"从父说的是,公瑾记下了。"

这孩子还是跟从前一样,孝敬恭顺,从不忤逆。可他老头这些话,这孩子究竟听进去了几分,周尚心里并没有把握。

明知强求无用,周尚垂眸叹息,操起手转言问道:"对了,伯符那小子现下如何了?"

与从父攀谈罢,周瑜未着急回房歇息,而是在回廊飞檐下踱步徘徊。

虽远离寿春数百里,周瑜却仍对孙策十足挂心,不必说,现下孙策正处在一个玄妙的关键点,袁术和曹操必然还会有动作,不知今日情形如何,孙策又是如何应对。正胡思乱想之际,周瑜竟走到了小乔的房间外。烛火透过窗棂,在明纸窗纱上投影着她完美无瑕的轮廓,长睫毛低垂,琼鼻尖翘,好似是在读书。

周瑜不由自主地走上前,轻轻叩门:"小乔姑娘……"

听到周瑜的声音,小乔欢欣上前开门,四目相对一瞬,周瑜却是大窘,避过身去,赧然道:"姑娘怎的只穿着深衣?"

车行一日,难免有些疲累,小乔用过晚饭后就褪了外裳,散了束发,方才听到周瑜的声音,一时欢喜竟然忘了。她赶忙躲回屏风后,穿上披风才又走出:"反正衣服也厚,也没露什么,你就当没看到吧。"

周瑜这才走入房间,尴尬地捡起案上的书卷:"姑娘在看《诗》?"

小乔点头应道:"正看到'死生契阔,与子成说',想着现下的乱世,倒是十分应景。听说你自幼熟读四书五经,你喜欢哪一篇?"

"小时候读书,无非是父亲让学什么,我就背什么,谈不上什么好恶。倒是姑娘喜欢这《击鼓》篇,让周某有些意外。"

"我不喜欢这篇,只是凑巧读到罢了。我最喜欢的诗,是越人歌里的'今夕何夕兮,搴洲中流。今日何日兮,得与王子同舟。蒙羞被好兮,不訾诟耻。心几烦而不绝兮,得知王子。山有木兮木有枝,心悦君兮……君不知……'"小乔说着话,忽然害羞起来,这后两句拉长的尾音,反而更令人徒增联想。

山有木兮木有枝,心悦君兮君不知。周瑜似是感受到了小乔的弦外之音,许久才应道:"我知道……"

## 第十二章 宛陵一日

长木修离去后,孙策找人迅速掩埋了细作的尸体,而后招来蒋钦、周泰,吩咐他二人专排一支小队负责自己寝帐及中军帐等核心要害部位的巡逻守卫。见出了这档子事,蒋周二人皆不敢怠慢,俯首领命,疾步退下安排。

孙策亦不耽搁分毫,交代罢二人后,马上赶回帐里,安抚老将情绪。此番远征江东,四百匹战马本已捉襟见肘,现下更是只剩不足十匹,只够孙策与几名老将代步之用,如此穿小鞋之举,实乃兵史罕见。消息传开,士兵们免不了怨声载道,压力自然而然转到几位老将身上。

孙策方走到帐门口,便听黄盖大怒道:"袁术那老贼简直欺人太甚!现下我们连粮草都拉不动,又何谈渡江作战!"

程普此番倒未像先前那般冲动,沉声道:"公覆,你莫要心急,少将军也是不得已而为之,我们在这里怨天尤人也解决不了问题,眼下还是要想想如何才能获取马匹啊。"

黄盖哼道:"获取马匹?哪有那么简单?此一去途经刘繇、王朗的地盘,皆与我等为敌,百姓历经战祸,连田地都荒芜,又如何能养得起战马?"

见两位老将辩得凶,韩当即刻化身和平使节,劝道:"两位将军别吵了,吵也无用,还给少将军添堵。两位经验丰厚,现下应当多想想如何帮少将军稳定军心啊!"

听韩当如是说,孙策猜到这样无意义的争论已持续了不止一个回合,他刻意一咳,掀帘而入。

"少将军!"见孙策到来,所有人立即停止了争论,齐齐抱拳一礼。

孙策摆手示意免礼,随便拣了个蒲团坐下:"今日张修来得突然,又是直接传袁大将军口令,我确实无法拒绝。只不过'塞翁失马焉知非福',此去江东,没有袁术旧部束手束脚,我等反而可以放手一搏,大闹一场。朱将军,劳烦你起草一份文书,就说我孙伯符先平祖郎再克庐江,眼下要渡江打吴地去。凡是有志男儿,想要建功立业的,皆可投我麾下。今后凡属我治下郡县,只要家中有人参军,便免除赋役,如备齐武器、铠甲和马匹者,直接晋为队领,自带粮食逾一石者,直接晋为主簿……"

众将听闻孙策此计,皆不由拍案叫绝。孙策笑道:"多亏方才黄将军提醒,我才能想出此计。要知道百姓荒种,并非地不产粮,而是赋役过重。这份通告,劳烦朱将军令人抄写个百十张,于附近各县闹市张贴,好令其家喻户晓。"

计划已定,朱治便马不停蹄地开始操办。当日下午,附近诸乡的闹市中便有许多人围观起贴出的告示。只是围观归围观,百姓中却无人响应,时不时有人对着告示指指点点,交头接耳,一脸茫然。

贴出告示的吕蒙见此,脑中浮现出周瑜给他和哑儿讲学时,自己脸上的迷茫神色,他即刻了然,清清嗓子,大声地宣读。原来,百姓们大都是目不识丁的农民,故而光看告示不会有什么反应。只是吕蒙也比他们好不了多少,硬着头皮按照朱治所授读音生记下来,不免磕磕绊绊。即便如此,在听到"免除赋役"四个字之后,方才还鸦雀无声的人群中爆发出一阵欢呼声,男丁们争先恐后开始排队登记入伍,甚至有人为了先后顺序打作一团。

听闻招兵之计奏效,孙策紧锁的眉头终于略略舒缓。只是,与曹操结盟兹事体大,还牵扯到前线征曹的乔蕤,孙策寻来吕蒙,吩咐道:"我嘱咐你几句话,你快马加鞭赶去宛陵,告诉公瑾……"

吕蒙翻了孙策一眼,踟蹰道:"少将军,我去不了,我……"

吕蒙话未说完,就遭孙策劈头盖脸一通臭骂:"混球臭小子,还没让你干点什么,就推三阻四!你是跑肚拉稀还是头疼脑热,怎的这么磨磨唧唧!"

吕蒙的嘴撇得像瓢一般,驳斥道:"哪里是我磨唧,我的马被张修收走了,宛陵那么远,少将军总不能让我走去罢?"

这吕蒙真是哪壶不开提哪壶,专说孙策的烦心事,态度还这般吊儿郎当,不免惹得孙策起身冲他飞踹两脚:"你的马没了,不会找旁人借吗?"

"阿泰的马也被收走了,阿钦的马是他岳父家筹钱买的,他宝贝得像什么似的,平日里摸都不肯让我们摸,哪里还会借我……"

孙策无奈轻叹,叉腰道:"罢了,你骑我的大宛驹去宛陵罢。现下我说的话,你可要一字不漏地给我记好了,若是出了什么岔子,我可唯你是问!"

江南春夜里,细雨潺潺如银丝,卧榻安枕,本十足舒适,小乔却辗转反侧,无法入眠。

周瑜那一句不明所以的"我知道",令小乔愣愣说不出一句,谁知他自说自话,接了一句"你们姑娘家,都喜欢这样的诗"。

小乔十足惶惑,不懂他那一句"我知道",指的究竟是自己对他有意,还是自己喜欢那句诗呢?她辗转反侧,难以入眠,口干舌燥间,爬起来倒水喝,几杯清水下肚,少女的心绪却愈发烦乱。

那日的轻吻,她仿佛用尽了毕生勇气,难道他仍是不懂,把那看作是妹妹吻兄长吗?小乔气鼓鼓地噘着嘴,心想这几日一定找机会再亲他一口,跟他说清自己的心思。

可光是这么想,已经让她坐立不安,小乔深吸两口气,怎么也平静不下来,直到东方泛白,才昏然睡去,再转醒时已是晌午。

小乔揉揉蒙眬睡眼,见太阳已有偏西之势,吓得一个鲤鱼打挺坐起,蹬上绣鞋向外跑去。拉开内室门,木案上摆着几件质地极佳的裙裳和些许吃食,她羞愧尤甚,赶忙洗漱停当换好衣衫,大步走出了客房。

房门外,两名婆妇正在闲聊,看到小乔,两人满脸慈爱笑意:"姑娘醒了?郎君等你半晌,见你仍睡着,就自己先出门去了。"

听说周瑜走了,小乔急得要哭:"他往哪去了?去了多久了?"

"姑娘莫急,郎君只是去东市买东西去了,姑娘若想去,这就安排人送你过去。"

小乔这才想起来,周瑜昨日说过,明天才出发去花山,不由大窘:"如此,便、便劳烦二位了。"

宛陵东市上,周瑜买了手杖与干粮后,恰巧遇到几个相熟的姑娘,被围着攀谈了起来。小乔坐马车赶来,远远看他被一群姑娘围在中间,相谈甚欢,不禁暗暗嘟囔道:"臭美,招蜂引蝶的……"

周瑜看到府上马车,便知小乔来了,他拨开人群上前,撩开车帘探手欲接她下车。

小乔只觉心跳漏了一拍,暗自不解:这木头疙瘩今日是怎么了,众目睽睽之下,竟然这么体贴吗?不过小乔亦未露怯,须臾调整好情绪,递上小手,缓缓走下车来。

春景甚好,这两人并肩而立,周围好似自然而然形成了一个小小的圈子,旁人无法染指。周瑜将所买器具皆交予仆役,接过马缰道:"你先拿东西回去罢,我带小乔姑娘去尝尝宛陵的河蟹和银鱼。"

仆役自是乐见他二人独处,欢快地拱手一礼,接过周瑜买来的物件就疾步退下了。

那几个姑娘看到小乔,眉眼间满是说不清道不明的失落。不消说,这丫头虽形容尚小,模样却是从未见过的俊俏灵动,难怪周瑜望向她的眼神是那般温柔。

周瑜无心体察旁人心思,拱手与她们道别后,带小乔来到道旁一家酒肆。酒肆二楼风光甚好,可远眺江南风韵碧波荡漾的清河。两人拣了一张靠窗的方桌坐下,小乔凭栏远眺,蓦然回首道:"方才与你闲谈的那个姑娘,是不是喜欢你啊?"

方才四五人围在周瑜身侧闲聊，小乔却还是一眼看出了端倪。其中最出挑的那姑娘，是本地豪绅之女，周瑜的从父曾托人打探过这姑娘的生辰八字。这姑娘本也矜持，得见周瑜本人后，却忘了娇羞，芳心暗许，今日刻意在此制造邂逅机会，与他攀谈。周瑜本对她无意，明白她心意后，更是避之不及。见小乔坐车前来，周瑜便就坡下驴，借她作了挡箭牌。

没想到这丫头这样灵透，竟然察觉了，周瑜笑得十足尴尬："她没有跟我明说过，我就当不知道罢。"

这话虽然是说旁人，却让小乔有万箭穿心之感，她疾步走回，扑通坐在周瑜面前，嗔道："你好坏啊，怎么能揣着明白装糊涂？你知道姑娘家喜欢一个人，要下多大勇气吗？"

小乔这一嗔不打紧，回过神来却发现两人只相距咫尺间，一颦一笑皆映在对方眼中，小乔甚至能感受到周瑜的呼吸。她吓得往后仰倒，方才的气势全无，久久难以回神。

周瑜心中亦有波澜，可他未动声色，舀起青梅温酒，薄饮暖身："今天这身衣裳，是我伯母给你的吧？很好看。"

不知周瑜是夸衣服还是夸人，小乔红着小脸，眼睛看鼻子鼻子看嘴，暗骂自己不成器：这才哪到哪呀？她就怂了，还怎么亲他，怎么跟他告白？

这一顿饭吃得食不知味，小乔甚至不知自己是何时吃完的，都吃了什么，就晕晕乎乎上了马车，随周瑜回府去了。

路行一半，一身泥泞满脸擦伤的吕蒙忽然从道旁闪出，看到周瑜，他登时快哭出声来："明廷，我可找到你了……"

看到吕蒙这般，周瑜惊吓交加，全然忘了礼数，拽着他的衣襟急道："你这是怎么回事？难道伯符，伯符他……"

小乔亦是十足焦急，口不择言道："你们打败仗了？孙伯符有个三长两短也罢，我姐姐……我姐姐没干什么殉情的傻事罢？"

吕蒙被他二人问得发蒙，待缓过神来，他哭笑不得，呛咳道："少将军无事，大乔姑娘也没事。只是昨日你们才走，那张修就奉命带人来，带走了我们的战马……少将军让我来报信，就把大宛驹给我骑。结果这马……脾气比少将军还差,一路把我甩下好几次!"

没想到自己前脚刚走,孙策营里就出了这样的事。看吕蒙这般惨样,周瑜拿出手帕,轻轻揩去他脸上的血污:"先别说了,跟我去府上处理一下伤势,再图其他。"

吕蒙一抱拳,一瘸一拐地给大宛驹套上车辕,又接过周瑜手上的马鞭,驾车向城南周家驶去。

小乔与周瑜同坐车厢内,见周瑜愁思满眼,小乔小声轻问道:"没了马匹,孙伯符怎么去江东呢?"

明明方才说孙策坏话,现下却为他悬心,周瑜无奈地揉揉小乔的脑袋,叮嘱道:"以后,不许说伯符有个三长两短也罢了。"

小乔顽皮地一吐小舌,却不知自己这般有多么可爱又撩人:"怎么说也是我姐夫,我怎会真心实意地咒他。"

闲聊间,三人已回到周府。周瑜吩咐下人带吕蒙去清洗伤处换件干净衣衫,自己则在偏房相候。小乔亦记挂着前线情势,本想随周瑜一道听听,谁知一回来就被周老夫人拉去聊女红。

小乔难却盛情,只得老老实实随周老夫人一道转过回廊,来到厢房中。暮春将至,各富裕人家的女眷皆开始裁制春裳,周家自是不例外。小乔看着各色绣样,只觉眼花缭乱应接不暇,她不愿意骗周老夫人,挠头道:"实不相瞒,平日里这些都是我姐姐做的,我都不大懂……"

周老夫人放下手中绣活,屏退左右,拉过小乔的手道:"傻孩子,你以为我叫你来,真的只为跟你探讨女红吗?"

"那……夫人的意思是?"

话还未说出口,周老夫人却先拭起了泪。小乔不知她怎么了,慌张道:"夫人怎的哭了啊?"

周老夫人举帕拭泪,自嘲笑道:"上了年纪,难免有些感怀,姑娘见笑了。今日老妇请姑娘前来,确实有些倚老卖老之嫌,敢问姑娘,是否对我们公瑾有意啊?"

## 第十三章 初探谜窟

寿春城里,大雨缠绵,春意阑珊。望春楼二楼厢房内,长木修裹着锦裘窝在炭火旁,苍白的面颊被炭火映得一片堂皇。

姬清拖着华服裙裾推门而入,看到长木修这副病歪歪的模样,她好气又心疼:"那丫头知道你当年为了救她,伤得这么重吗?"

每当提起小乔时,长木修这张英俊却显得过于精明的面庞上,才会显出几分符合他年纪的青涩:"她知道我受伤,但不知道每逢阴天下雨,我这左臂就像废了一样。姐姐也不要告诉她,我不想婉儿愧疚。"

不习惯自己早熟又稳重的弟弟如此肉麻,姬清一撇嘴,走到火盆旁,饮了两杯温酒:"别说得好像你明日就要娶她似的,主公交代的事,你办得如何了?"

长木修含笑轻扬手中的信笺,神情又变得无比精明:"放心吧,我正在处理此事。这两日,大美人少不了要给孙少将军脸色看,我也该帮他一把,让他早日抱得美人归啊。"

城外军营里,韩当望着无边无际的雨幕,一颗心越来越凉,他冲入中军帐里,对孙策道:"少将军,这几日来投的人虽不少,却大多是穷苦农人,来我们这里只张嘴吃饭,却未带来米粮,长此以往,只怕会愈发不利啊。"

孙策坐在案旁擦拭着银枪,眼也不抬:"韩将军放心罢,过不了几日,一定会有有识之士,带着车马和米粮来投我,到时候只怕你登记到手软,人也认不过来呢。"

大雨声中,孙策这一席话显得尤为不真实,韩当恍惚若在梦中:"少将军这么说,难道是已有成算了吗?"

"没有,但我孙伯符乃天之骄子,必定得有天助,这些事根本不必担心。韩将军就把心放在肚子里,静待佳音罢。"

此等逻辑听得韩当目瞪口呆,不过见孙策神色如此轻松,韩当亦放松了几分:"也是了,老将军声望犹存,少将军又有宽仁之策,总能招来有识之士……"

孙策漫不经心地点点头,继续埋头擦枪。阴雨天帐内极黑,韩当却还是留意到孙策眼下的一片青黑,他开口试探道:"听说这两日,大乔姑娘一直在托人找车马,好像是要去前线找乔将军。少将军既然是天之骄子,总不至于连自己夫人都……"

韩当这话无疑戳中了孙策的痛点,他眸色一沉,放下银枪,抬眼冷道:"你可把人给我看好了,若是出了什么岔子,我唯你是问。"

果然不出所料,他二人又吵架了。明明费尽九牛二虎之力,摒弃重重阻遏要与对方相守,现下却总闹别扭,实在令人不解。韩当虽是下属,却也是长辈,忍不住开口劝道:"少将军,女人哪有不任性的,大乔姑娘已经够贤惠了,少将军也该让着她几分,若是真把她惹恼了,难受吃瘪的不还是你自己……"

韩当不知孙策与曹操结盟之事,自然不会明白大乔为何与孙策怄气。听这没头没尾的劝谏,孙策更加烦闷:"韩将军,你身为校尉,统领我麾下大半人马,好歹该多用心思想想如何将兵,怎的天天盯着我的亲事?你若是不想干了,就言语一声,我让人在寿春城里给你盘个铺子,让你好好给人保媒拉纤,过足瘾再说!"

韩当打从入伍,便是在孙坚麾下,算是孙氏家臣。平日里孙策豁达不拘小节,他们这几个老将便有些倚老卖老,今日见他当真动怒,韩当不敢怠慢,赶忙跪地谢罪:"末将知错,不该议论少将军私隐,现下便去巡查营房。"语罢,韩当恭恭敬敬地退了下去。

待营帐里只剩自己一人,孙策一抹俊脸,颓然扶额,脑中不住盘旋着大乔的声声质问。昨日真是点背,与长木修说话刚巧被大乔撞见,乔蕤正在前线抗曹,九死一生,她自是无法原谅孙策与曹操结盟。事后无论孙策如何保证解释,大乔皆只问:"我与我父亲的性命,于你而言有多要紧?要紧得过你手下的两千士兵吗?"

平日里孙策不知多爱大乔的聪慧,现下却只恨她为何不能笨一点,把万事都交给他。若再这般下去,大乔迟早会因为担忧乔蕤而离开自己,可这平白无故的,孙策又怎能让大乔相信,自己定能护得他们父女周全?

在吴郡时,明明举手投足皆能迷倒万千少女,游刃有余,在大乔这里却连续吃瘪,孙策重重捶案,恼恨不休。

可若这般轻易认命,他就不是孙伯符,没有机会表忠心,总可以制造机会罢?不论如何,要先把人稳住,想到这里,孙策猛地站起,冲出帐外吩咐道:"来人!快去把蒋钦和周泰给我叫来!"

宛陵城外,一辆马车沿着丛林间小路疾疾前行。仆役驾车,周瑜坐在车厢中,反复端详着手中的地图,小乔安坐周瑜身侧,一张灵动的小脸儿此时此刻却呆若木鸡,她脑中不断回旋周瑜伯母的话:"小乔姑娘,老妇看出你对我侄儿有意,实不相瞒,老妇以为我侄儿也中意于你……"

昨日听了老太太这句话,小乔的脸腾地红了起来,心跳霎时加速到难以负荷,再也听不进只言片语,一整日皆在自问:周公瑾也对我有意?真的假的?

周瑜看罢地图,心中存有疑窦,抬眼问道:"小乔姑娘,你幼时……小乔姑娘?"

小乔这才回过神来,却不敢与周瑜相视:"啊,怎么了?"

周瑜见小乔面色潮红,担心问道:"我看你脸色有些奇怪,是不是哪里不舒服了?"

小乔极不自在,垂首嗫嚅道:"只是昨晚没睡好,不打紧的。"

"若是被褥不舒服,姑娘可以让下人更换,不该这样客套,让自己这般委屈啊。"

"不不不,被褥舒适得很,是我自己的问题。"周瑜愈是关切,小乔就愈是羞怯,急急转移话题,"你方才想问我什么呢?"

周瑜沉声一叹,欲言又止:"我先前只想着调查当年的事,却忽略了你的感受……故地重游,你应当会害怕罢,若是支撑不下去,随时告诉我,我不会勉强你的。"

周瑜这样温柔地体贴她的心思,令小乔感动不已,她低声喃道:"有你在,我不怕。"

周瑜不知小乔这话背后有着怎样的勇气,只是如长辈般轻轻拍了拍她的小脑瓜。

周围的空气似乎停止了,小乔只能听到自己的心跳,她望着周瑜那张英俊绝伦的面庞,神情愈发迷茫:周老夫人是从哪里看出周瑜对她有意的呢?她怎么看,都觉得他待自己没什么特别啊。

车行大半日,两人终于来到位于丹阳郡南部的花山,其山不高,山势亦不算陡峭,怎看都不似卧虎藏龙之所。周瑜接小乔下马车,吩咐两名小厮道:"你们俩在这里等着,留神警醒着些,我若有事,就以响箭示警。"

两小厮拱手称是,将攀山用具递上,周瑜不再耽搁,与小乔一道沿着林间小道向山上走去。

暮春三月,春景极美,繁花铺道,小乔看到此景,瞬间忘了烦恼,连蹦带跳,欢悦不已。周瑜嘴上说着"慢些,慢些",嘴角却漫起了浅笑。

一高一矮两身影在坡道上翩跹,融入如画春景,格外赏心悦目。谁知到了山顶处,风云突变,黑云出岫遮天蔽日,足下莫名生风。周瑜弯身探查,忽听小乔一声尖叫,待他回头时,四下茫茫冷风如旧,小乔却不知所踪了。

周瑜只觉心跳漏了一拍,高声疾呼:"小乔姑娘!小乔姑娘!"

风吹青草沙沙,一瞬仿若一世,终于,小乔的吟哦隐隐传来:"周郎……我……我在这儿呢!"

周瑜屏息凝神,顺着她微弱的声线寻去,只见数丈外草垛中有个小小的裂洞,洞口极窄,只能容下小乔这样瘦削的少女。周瑜弯身蹲下,焦急道:"小乔姑娘,你还好吗?"

洞下极黑,小乔什么也看不真切,只觉阵阵冷风从足下起,似是要将自己刮飞,她又惊又怕,夹杂几分委屈,语调里不由带了哭腔:"我,好害怕……"

周瑜不知洞内情况,只怕若再这般耽搁下去,小乔会闷死,他不管三七二十一,拔出佩剑,铆足浑身之力,捣碎了洞口的土石。

蜷缩着的小乔听到动静睁开双眼,只见洞口处那圆圆的光影好似太阳般邈远,她挪挪身子,这才注意自己方才下跌时摔破了腿。这洞这么深,她又腿脚不便,无论如何也难以爬得上去,她才想说让周瑜喊家丁来救,却见洞口处忽地一暗,周瑜从天而降,稳稳地跳落在了自己身侧。

"你还好吗?"周瑜站稳后立即上前为小乔查看伤势,见她双腿刮伤严重,无法独自行走,便背过身去,"来,我背你。"

"你背我?"虽然从前周瑜也背过她,可今时不同往昔,小乔格外忸怩。

"此地有风冒出,应当另有出口。洞内昏暗,地上碎石遍布,切莫再加重姑娘的伤势,得罪了。"

说着,周瑜拉过小乔,让她环住自己的脖子,随后弯身一甩宽袖,让白色的衬袖完全覆盖上自己的手,再从小乔的膝骨内侧穿过:"可坐稳当了?"

小乔本十足羞怯,看到周瑜那双被衬袖包裹又张开,如大鹏展翅的双手,倒觉有些好笑:"坐稳了。"

听得此言,周瑜才开始在洞内缓缓前行。适应黑暗后,两人四处张望,只见这洞穴远比想象中大,无数的钟乳石从穹顶上倒悬而下。两人正站在一个形似高台的处所上,环绕高台四周的,竟是重重天堑,深逾百丈,黑不见底,唯有正前方一根巨大的钟乳石飞架其间,似是通路。可巨石那头又接往何处?周瑜与小乔皆不得而知。

似此等奇异诡谲之所,会是自然形成?疑惑之感在周瑜脑中排山倒海而来,可他还未理清思绪,又听小乔惊道:"快看这边!"

周瑜一回头,霎时被眼前所见所慑,只见两人身后立着一只巨大的石鼎,四面镂空,八个方位雕刻着八条石龙,龙口衔玉珠,形态各异,栩栩如生。

周瑜背着小乔绕鼎细观,但瞧鼎后石壁上刻着巨大古怪图案,似上古铭文,又似象形壁画,蔚为壮观。

这神仙洞府,应是有人刻意打造,所耗人财物力,非有黄金数万、工匠千百不可为之。周瑜探手轻揩石鼎之身,指尖沾染上一层厚厚的钟乳粉末,他心中大略有了成算,估摸此处建成应不超十年。可究竟是何人因何兴师动众在这荒山野岭中建造这样一座巨大的神台?又是因何而废止?这些又同小乔当年被掠有何干系?一个个巨大的疑团似千斤秤砣般压在周瑜心头,无法开解。

眼前种种异象吓得小乔直抖,她缩在周瑜身后,小小的身子紧紧贴着无尽黑暗中这唯一的温热。周瑜本正蹙眉思索,却忽然感觉背后一片柔软贴上,他愣了一瞬,即刻面颊红爆,僵着手将小乔放下,哽道:"我……还是抱你吧。"

小乔已吓得不知道羞,待周瑜转至身前,她又将双臂牢牢环在他脖颈上。

说时迟那时快,不知何处起了一阵阴风,与此同时,一个巨大的黑影陡然投在身后的墙壁上。察觉到异状的二人猛一回头,却见四下空空,别无他物。

"有……有什么东西朝这边过来了……很大的东西……"虽然没有看到实物,小乔却本能地感受到诡谲的气息,环住周瑜的双臂也下意识夹得更紧。周瑜不禁吃痛,"嘶"的一声,小乔这才发觉自己用力过度,赶忙松了手,小脑袋摇得像拨浪鼓一般:"对不起对不起,我不是故意的……"

周瑜冲她一笑,右手却悄然将腰间佩剑拔出。此地不宜久留,周瑜一面留神异动,一面急寻出路。哪知猝不及防间,一股凉凉的液体忽地落在后颈上,周瑜猛一抬头,只见一条庞然巨蟒,流着涎水从石鼎后方伸出头来,呼啸着张开巨大的颚,露出四根比剑还长的毒牙,以迅雷不及掩耳之势,朝周瑜和小乔猛扑过来。

## 第十四章 死生契阔

在寿春停顿三两日后,孙策部再度开拔,向江东进发。

大乔依旧男装打扮坐在马车中,她手握图卷,黛眉紧蹙,一瞬不瞬地盯着那"徐州"二字。事已至此,她能体谅孙策与曹操结盟的苦衷,却始终无法相信,在此乱世下他能护得自己父亲周全。

思来想去,大乔决计在今晚扎营时,趁乱抢匹马跑掉,赶赴徐州陪在父亲身侧,心下唯一放不下的,只有随周瑜外出的小乔。

想到小乔,大乔心头忽然惴惴起来,不知他二人到了何处,是否寻到了旧时踪迹,大乔心弦蓦地绷紧,无论怎样也无法平静下来。

花山洞窟内,巨蟒的血盆大口近在咫尺间,周瑜抱着小乔连连退步,被逼入绝境无处可躲。千钧一发之际,他将小乔放下挡在身后,佩剑一立,一脚踏上巨蟒的下颚,挺身奋力向上一刺,利剑在蛇上颚豁开了一道长长的伤口,暗色血液混着涎水淌下,散发出恶臭之气。

巨蟒大为吃痛,一激灵将周瑜抛下,剧烈地扭动着身子。趁此机会,周瑜再度背起小乔,四下张望急寻逃命出口。

"在那边!"小乔个子小,却能透过矮缝看到被石鼎遮挡的石阶。周瑜二话不说,顺着小乔所指方向奋力疾驰,逐级而下。

这梯乃是沿着高台螺旋修建,共千余石阶,纵长深远,仿若连着十八层幽冥地府。二人还未走出二十步,就见面前的石阶因年久失修而断裂,裂缝中,巨蟒的尾部扭动来回,挡住了去路,甩出碎石若干,周瑜赶忙连退数步,暂避安全之所。

想来足下深渊就是那巨蟒的老巢,只要有游山玩水的行人不慎掉入洞窟,就会瞬间沦为巨蟒的盘中餐。它既然能在这幽暗的洞窟内维持这样庞大的身躯,不知究竟生吞过多少无辜路人,想到这里,周瑜薄唇紧抿,神情愈发黯淡。此处是他坚持要来,即便葬身于此,亦无怨无尤,可小乔何其无辜,怎能陪他殒命?

周瑜还来不及思索更多,突闻小乔尖叫道:"它过来了!"

眨眼间,巨蟒瞪着像利剑般细长的瞳孔,如游龙一般飘然而至,此次它并不急于张嘴,而是吐着信子,迅速盘蜷两圈,用巨大的身躯挡住了二人的去路。

周瑜见此,回头对小乔高喊一声"抓稳",而后后退两步,奋力助跑,飞一般踩着石阶断裂的边缘腾空跃起。

头顶巨蛇环伺,脚下万丈深渊,耳畔强风呼啸,唯有近在咫尺的这人是如此地温暖,小乔的小脑袋抵在周瑜肩上,全然忘了害怕。

恍惚间,周瑜已背着小乔跃过断裂的台阶和来回游动的蛇身,就要在阶面上硬着陆,小乔这才回过神,正惊惶之际,她瘦小的身子被周瑜一把拉进怀中,抱得严严实实。随着猛烈的着陆感,两人顺着石阶滚了下去,天旋地转下,小乔霎时失去了知觉。

为了保护小乔周全,周瑜将双肩收紧,将她完全包裹在怀中,自己却结结实实受了重伤。他顾不得周身剧痛,挣扎着背起小乔逃命。虽下了冗长台阶,这一层却与上一层无异,依旧是四面深渊,唯有一根巨大的钟乳石横亘其间,不知通往何处。

周瑜根本来不及思考,就见那大蛇顺着梯杆迅捷游下,吐着信子急速驰来。望着眼前独木桥般的唯一生路,周瑜别无选择,背着小乔踏上钟乳石,孰料未走三两步,足下就传来咔咔的断裂声,周瑜再无法等,三步并作两步跨过了石桥。就在他越过天堑到达对面的瞬间,钟乳石柱发出一声脆响,断作两截,落入了深渊之中。

大难未死,周瑜颇感庆幸,他微微偏头,看着趴在自己背上的小乔,终于松了一口气,谁知他方要转身离开此地,就听得"咚"的一声巨响,巨蟒竟借着高台之势,从上一跃而下,越过了天堑,步步逼来。

周瑜身负重伤又背着小乔,佩剑还被巨蟒甩丢,不知去向,只剩一柄短刀和用来发响箭的猎弓傍身。贸然与巨蛇搏斗必凶多吉少,可若是徒然奔跑,亦有可能遇到死胡同,届时便万事休矣。

就在周瑜左右为难之际,洞廊尽头传来了一阵尖利的鸟鸣声,由远及近,聒噪不堪,令人耳膜生疼,整个洞穴都为之颤抖。这声音似曾相识,周瑜还未来得及做反应,就见万千怪鸟张牙舞爪呼啸而至,在穹顶上盘旋数周,竟汇聚成龙的形状,如雄鹰捕食一般一齐向巨蟒俯冲而下。刹那间,巨蟒就被抓得遍体鳞伤,仓皇遁入了深深的天堑中。

小乔被吵闹声惊醒,看到成千上万的怪鸟,她吓得连声惊叫:"周郎,这……这鸟……"

周瑜强定心神,从怀中摸出竹笛,放在嘴边,结果他没吹几声,竹笛就被暴怒不堪的飞鸟打飞出去。

小乔赶忙从周瑜的背上爬下,边甩袖阻挡飞鸟,边跑去捡拾三五丈外的竹笛。孰料竹笛打在岩壁上,不知触发了何等机关,竟惹得山崩地裂,洞倒房塌,日光霎时倾泻而入,周瑜适应了好一阵才睁开眼,只见小乔正趴在洞口处,三五寸外便是花山断崖。

怪鸟亦有一瞬踟蹰,待它们恢复了视觉,立即如利箭般扎向周瑜。小乔不顾浑身多处受伤,捡起竹笛,却被怪鸟阻隔,始终无法递到周瑜手上。

飞鸟如乌云般,盘旋在二人头顶,周瑜以短剑防身,渐渐不支。洞窟中,飞鸟的尖叫声掩盖了周瑜与小乔的声音,无论他二人费多大气力,都听不到对方的呼声,小乔心急如焚,只得将竹笛放在口边,下大气力吹了起来。

洞中千百飞鸟如蒙号令,皆振翅而起,向小乔处猛地扎去。周瑜顾不得满身啄伤,急急赶上前几步,声嘶力竭道:"不要吹了!它们会攻击你的!"

　　飞鸟实在太多了,成百上千,就在它们扶摇而上腾起这一瞬,小乔终于再度看到了掩映在一片黑压之下的俊逸身影。若把鸟除尽,周瑜或许还有一线生机,总好过两人都在此丧命,小乔清亮的眼睛噙泪,贪婪地望着周瑜,好似这是此生最后一次这样看着他。周瑜从她的神色中看出些许端倪,疾声制止道:"不!"

　　可他还是晚了一步。待洞中怪鸟尽数飞出,扎向她这一瞬,小乔纵身一跃,坠落万丈悬崖,笛声却未停歇,诱着飞鸟与她一道,跌入了无尽深渊之中。

　　大雨过后,道路泥泞,蹚着泥水行军一整日后,孙策部于涂中城外扎营。大乔走下马车,远远看见买通的马倌已牵着马匹进了深林,她左顾右盼,见无人注意自己,便一溜烟往林中走去。

　　哪知才走三两步,孙策就不知打哪蹦出,嬉皮笑脸道:"莹儿,林子里多有猛兽,说不定还有土匪流氓,你若想散步,不妨让我这江东孙郎相陪罢?"

　　见孙策当着众多士兵对自己拉拉扯扯毫不避嫌,大乔急急推开他的手:"你这一军主帅,怎的不知道避嫌?难道不怕下属传你有什么断袖龙阳之癖?"

　　孙策偏头坏笑道:"龙什么阳,我只要你。莹儿,你是不是还生我气呢?你也消消气,我们好好说说体己话罢。"

　　大乔拉扯不过孙策,又怕惹人耳目,只得随他一道往林间走去。未行几步,孙策脸上笑容渐逝,踟蹰道:"莹儿,我知道你担心你爹,可你也为我想想,袁术如此咄咄紧逼,我若不与曹操结盟,又该如何是好?"

　　这些话,两人如石磨般辗转来回,已论了不知多少次,根本论不出个所以然,只会徒增伤怀烦扰,大乔垂首不语,未接孙策的话。她能明白他的苦衷,却无法与他并肩而立,现下既决定要悄悄离去,便应当绝了这份痴念。

　　孙策不知大乔在想这些,只以为她在低头思忖:"莹儿,打从我们相识那日开始,我一直想要报杀父之仇,而你一直想要守护乔将军。现下出了曹操这档子事,你肯定会觉得我们二人立场相斥。可你别忘了,我也是属于你的男人,保护你与你父亲,对我而言就像报杀父之仇一样重要。我无论如何,也不会为了达到目的而威胁你爹的安危啊。"

孙策这一席话万分恳切,大乔只觉心中磐石微动,却又很快停了下来:"我没有怪你的意思,你也不必将我父亲的安危揽在自己身上……"

"难道真的要我把心挖出来,你才肯相信我吗?莹儿,很多事我没法与你言明,可我真的有筹算,让曹操必不敢动你父亲。过不了几日你就会知道你就给我些时间,让我来证明一切,好不好?"

过不了几日,孙策部便会到达长江渡口,依据他与长木修的约定,曹操必会发兵攻打徐州。父亲既为袁氏麾下第一大将,定会披挂上阵,刀剑无眼,孙策远在数百里外,即便有心也无力。大乔明白孙策对自己情深,她对他又何尝不是?可是生而为人,总会有些执念,她强压下心中的苦涩,佯作羞怯,对孙策道:"你别胡思乱想了,我自己来林子里是要更衣的,你巴巴跟我来,让我怎么是好?你转过身去,不许偷看。"

大乔终日泡在军中,以男装示人,确实多有不便,孙策不疑有诈,红着脸老老实实转过身去。大乔见孙策上钩,猫着腰轻手轻脚走远,及至树后,她小步狂奔,解下缰绳翻身上马,沿着丛林小路策马而去。

孙策背着身,并不知道大乔已经离开,依旧沉声剖白道:"莹儿,过不了太久,我们就要到江东了。待到那时,你就会知道我到底为乔将军做了什么。我不求你无条件相信,只希望你别离开我……"

一声马嘶打断了林间安逸的鸟鸣声,孙策机敏回眸,这才发现大乔策马跑了,他赶忙一个呼哨叫来大宛驹,翻身上马追了出去。

大乔未想到,自己已策马跑出这么远,却还是被孙策轻易追上。她咬牙俯身,双腿夹紧马肚,使出浑身之力挥鞭打马。

可普通战马终究比不上大宛驹,大乔的骑术又怎堪与孙策相较?眨眼间,孙策便追上大乔,坏笑道:"你这丫头,平日里温柔乖巧都是装的吧?耍起野来,比尚香还疯!你这是要去哪?总不会单人单骑就要往徐州吧?"

自己已累得气喘吁吁,孙策竟还有气力说话?大乔万分不甘,却只能眼睁睁看着他偏身踩过马镫,纵身一跃上了自己的马。

坏笑与温热的呼吸同时出现在耳畔,大乔趔开身子,却仍被孙策牢牢箍在怀中,只听他自得的声音传来:"你这小野猫,原来还会骑马,看来我得多找几个人看着你了。"

花山半山间,木笛声在山谷间回荡,周瑜分不清所闻究竟是小乔吹奏还是回声。他疯了般跑向断崖,还未站稳,就见千百只怪鸟如黑云般从谷底腾起,霍然散开,却未再来攻击他半分,而是好似得蒙指令般,悉数振翅向北面飞去。

周瑜顾不上疑虑,俯身在悬崖边向下俯瞰,落日时分,山岚正盛,周瑜定睛细看,终于看到断崖下方不远处有个延伸出来的石台,其上青草蔓生,小乔正落其上。周瑜来不及估计高度,就一跃而下,待落地时,才觉察这高度远远超过他身体所能承受,腿脚一瞬麻木后,传来钻心剧痛。可他未顾及伤势,挣扎来到小乔身侧,骨节分明的手探在她鼻息处,见她仍有气息,才大大松了口气,卸了浑身之力,大口喘着粗气。

长剑丢了,短刀亦有十余处豁口,好在响箭还稳稳在怀,周瑜抱紧小乔,轻道:"坚持一下,我们马上就能出去了。"而后挺身挽弓,一箭射破了天际。

涂中城外,孙策环着百般不情愿的大乔驾马原路而返,及至林中弯道处,他却逡巡两圈,止步未前。大乔见他神色蓦地肃然,心头顿起警觉:"怎么了?"

孙策低声回道:"有刺客。"

话音未落,便有一高一矮两黑衣蒙面人从挺拔参天的乔木冠顶飞下,手持长刀短刃,步步逼上前来。孙策飞身下马,将大乔护在身后,大喝道:"你们是什么人?!为何在此处埋伏本将军?!"

那两人并不言语,而是左右开弓劈向孙策,毫不留情,孙策单人徒手与之鏖战,几个回合后,他退避马旁,抬手道:"今日我孙伯符未带兵刃,受你二人伏击,无话可说。这位小兄弟只是我麾下小吏,与你们无冤无仇,若是你们放他走,我就束手就擒,任凭你们处置,如何?"

如此紧要关头,孙策竟只心系大乔安危,好似连这两刺客皆有动容之意,大乔却未有反应,只是一脸疑惑地上下打量那两人:"蒋队率? 周队率?"

两刺客震悚一瞬,倒是那矮个子反应过来,用长剑指着大乔,凶神恶煞道:"我可不认识你说那人,你在叫谁?!"

听了他这口音,大乔转过头,直视着马旁的孙策:"孙郎……"

此情此景下,大乔无须质问,只靠柔声一唤,便令孙策自惭形秽,再也说不出半句谎来。孙策只觉脸皮臊红,指着眼前刺客高声骂道:"我说你们两个蠢货,我让你们找几个得力之人扮上,你们怎么自己来了……你们是不是想气死我? 啊?"

蒋钦与周泰见事情败露,相视一眼,揭开面罩,委屈道:"少将军说要找可靠的人来,哪里还有人比我们两个更可靠……"

此一计虽然拙劣,孙策却是想证明,危机之下,他宁可牺牲自己,也会保护大乔周全,孰料画虎不成反类犬,现下大乔对他的不信任只怕更多几分。孙策气不打一处来,方欲破口再骂,却忽闻天边异响。

众人定睛看去,只见千百飞鸟结伴而来,遮天蔽日,所到之处瞬间陷入一片黑暗之中。于头顶盘旋数周后,它们呼朋引伴,将身体绷作利箭状,如飞星流矢般,尽数猛扎下来。

## 第十五章 庄生晓梦

　　成百上千之怪鸟飞如流云,盘旋于顶,将足下方丈地压得黑溚溚。孙策见此异状,即刻解下红绸披风围在大乔身上,再将她牢牢圈在怀中,而后麻利拔出佩剑,缓步向密林深处退去。

　　参天乔木高耸,圆叶茂盛,比平旷地面多了些许屏障。蒋钦周泰收拢阵势,分列孙策左右,三人皆屏息凝神,留意着怪鸟的异动。

　　可这些尖牙长翅的怪鸟眼睛大开,并不把层层绿叶放在眼中,待同伴集结完毕后,其中三十余只呼朋引伴,俯冲而下穿过葳蕤深林,扎向孙策等人。

　　孙策与蒋周二人舞剑如飞,快速击落了来犯怪鸟。可头顶上的乌云并未散去,反而更加阴沉,还未等他们喘口气,又有百余只飞鸟来袭。孙策环着大乔左抵右挡,行动多有不便,才斩杀了右侧飞鸟,左后方便成了漏洞,两只怪鸟看准时机,呕哑一声,如利剑般向孙策的后心窝扎去。

　　好在周泰机敏忠心,挺身飞扑,生生替孙策挡了这一下。蒋钦疾声呼道:"阿泰,这鸟有毒!"

　　可是为时已晚,怪鸟在周泰身上啄出一道深深的伤痕,他立即感觉四肢绵软,眼前黑黄。即便如此,周泰还是撑着一口气,大喝一声,挥剑击杀了来犯的飞鸟。

四下里鸣叫声一片,悠长的,折磨的,令人头痛欲裂。周泰却分不清,所闻究竟是耳鸣还是怪鸟啼叫,九尺之躯渐感不支,只能以长剑插地强撑站立,赤手空拳与怪鸟相搏。

怪鸟依旧没有收手的意思,一波死于剑下,一波再续,前赴后继与孙策等人纠缠。

如此下去,周泰定会丧命,孙策亦难保周全,蒋钦一个呼哨唤来大宛驹,大声吼道:"少将军,你带大乔姑娘先走,我来掩护!"

孙策迟疑一瞬,还是抓紧辔头一跃而上,又拉过大乔。马蹄声与嘶鸣声激怒了盘旋于顶的飞鸟,数百余只一齐俯冲而下,孙策一夹马肚,以手作马鞭,急打几下,大宛驹即刻如利箭般蹿出。长翅鳞羽的怪鸟与大宛驹竞速,丝毫未落下风,孙策不急不慌,一面打马,一面刻意呼哨,不紧不慢地与怪鸟周旋。

飞鸟皆怒,倾巢而出,大乔担心蒋钦与周泰,又不知孙策此举何意,回头急道:"孙郎……"

孙策左手持缰,右手解下大乔身上的红绸披风,俯身在她唇上重重一吻:"莹儿,你真美。"

上百只飞鸟已近在咫尺,孙策粲然一笑,将缰绳尽数塞在大乔手中,而后依骏马奔腾之势,猛地奋力跃起,将手中斗篷横张抛开,混乱了飞鸟的视线。

说时迟那时快,就在他落地一瞬,孙策猛地拔出背后长剑,左右开弓大力下劈,顷时便斩杀了一众怪鸟。

大宛驹依然全力前奔,无论大乔如何勒缰绳,它都不肯停歇半步。泪水喷薄而出,大乔这才明白方才孙策举动的含义,若非他舍命相护,她根本无法逃出怪鸟的狙击,蒋钦与周泰恐怕也早已沦为怪鸟的盘中餐。

"不!"大乔撕心裂肺的叫喊声响彻天地,可她的纤弱的身躯却不得不随着骐骥越行越远,耳畔模模糊糊传来孙策的声音:"我不能撇下他们……莹儿,快回营搬救兵……"

子夜时分,重伤的周瑜与小乔终于乘马车回到了宛陵。周尚与夫人见两人伤成这样,担心又害怕,紧急招来城中名医为他们看伤。

周瑜只做简单包扎,便赶来看小乔。小乔今日连惊带吓,又受了重伤,至今未能苏醒。周瑜见她面色愈发黯淡,不免焦急,问那郎中道:"这位姑娘伤势如何?多久能醒?"

郎中迟疑回道:"这姑娘虽未头破血流,脑部却震荡严重,老夫现下也说不好,她醒来究竟会是何情形……"

"敢问郎中,若是情势不好,她会是什么样子?"

郎中捋着长须,一字一句回道:"惊厥呕吐,只怕十余日才能缓解,这些也罢,最主要的是她身上的毒……"

"这毒我有解药,已派人去配了。敢问郎中可有何良方,能缓解她的症状?她小小年纪遭此横祸,皆是因为周某,若再如此受罪,身子可怎么扛得住啊?"

郎中意味深长地看了周瑜一眼,又道:"每日服药加之针石,症状可纾解大半。只是男女授受不亲,老夫虽为医者,亦不方便为这姑娘下针,腰背与小腿等处的穴位,更是万万扎不得。"

一直在旁不作声的周老夫人听得此言,对周瑜道:"瑾儿,你不是随神医张仲景学过针石之术吗?不如就由你来给这丫头下针罢。"言罢,周瑜的从父与伯母执手相顾,好似有些说不清道不明的紧张。

周瑜明白这两位老人在盼望着些什么,他心中无奈又好笑,深沉的目光却未有波澜,语调一如往常,闲谈般对那郎中道:"如此,就劳烦先生将穴位图写下与我罢。"

这郎中来府上看病前,本以为是什么纨绔子弟带小姑娘游山玩水寻乐摔伤,对周瑜充满鄙夷与不屑,来此一见,倒觉得并非如自己所想。平日里治病救人已是造了浮屠,今日说不定还能玉成一桩婚事,想到此处,老郎中嘴角泛起一丝笑意,大笔一挥,细细写了起来。

周瑜送从父与伯母回房后,又遣散了男丁,只留下两个老成的婆妇。将针石摆好后,周瑜以丝缎覆眼,而后由婆妇为小乔褪去薄衫,露出需要针灸的部位,再拽着周瑜的袖笼至相应位置,由周瑜下针。

即便如此，穴位相近，既要扎得稳，便少不得肌肤相亲。几针下来，周瑜已是大汗淋漓，他强迫自己调息凝神，脑中从《论语》一直默背到《大学》，才终于为小乔扎完了穴位。

天幕尽头泛起了鱼肚白，周瑜亦有重伤在身，此时颇感体力不支，可他还未走回卧房，就见门庭外管家匆匆赶来："郎君，居巢出了匪患，县里来了人，正在前堂等你呢！"

大乔搬兵往林间时，孙策与蒋钦周泰皆受伤倒地，尤以孙策伤势沉重。怪鸟见救兵到了，不再负隅顽抗，纷纷振翅飞走。韩当命下属将他三人速速送回营地医治，同时封锁消息，以求稳定军心。

可消息还是不胫而走，及至入夜时传遍军营，加之一些目睹怪鸟之人添油加醋，旁人以讹传讹，不知将鸟的威力夸大了多少，惹得士兵们人心惶惶，甚至有人萌生退意。

几员老将不得不下往各营安抚人心，安排疾医的活计便落在了吕蒙身上。服下先前所制的解药后，三人毒症缓解，只是皮肉伤仍十分严重。

孙策趴在榻上，吕蒙用小刀将他的衣袍割破，只见他宽阔紧实的脊背血肉模糊，几处伤口极深，血痂黝黑，甚是慑人。大乔心痛不已，禁不住泣泪涟涟，孙策痛得浑身发抖，却仍拉着她的手，玩笑道："幸好伤的不是脸，我们还是最相配的。"

大乔被他逗得破涕为笑，语调却不依不饶，甩开手道："还说呢，你倒是逗了英雄，若是你有个好歹，我可怎么是好……"

听了大乔这话，孙策喜不自胜，简直忘了痛，他嬉皮笑脸再扯住大乔的手，还未言语，便听得门外通传："报！少将军，张修张公子来了，说有要事求见！"

碧水汀洲三月暮，夜色溶溶，晚风吹动襟袖，一袭白衣的少年单人单骑，立马涂中城外的小路上。远处营房的丛丛灯火，映着他过于苍白的俊俏面庞，星点跃动在他漆黑的瞳孔中，却惊不起半分波澜。明明是十八九岁的少年，却老成阴鸷，堪比洛阳城里的曹公，难怪连手下年逾四十的老将都对他又敬又怕。

残月下,山风猎猎,随着时间流逝,少年的神情愈发森冷。终于,丛林道路尽头闪现随从身影,他策马上前,拱手道:"张公子,方截下的,乔将军送给大乔姑娘的信。"

长木修冷若寒冰的俊脸上终于有了几丝暖意,他接过信笺,撕开封口,惹得随从惊惶不已:"张公子,这……"

长木修低低摆手以示无妨,继而从怀中掏出一个一模一样的信封,轻甩几下:"你不必担心,我早有准备,现下就让我们一起进军营,好好恭贺一下这位孙少将军罢。"

春日里,万物生长,看似生机盎然,实则却包藏着无尽危机。越冬的余粮已尽,新的秧苗却还未长起来,青黄不接之际,山匪下山打劫,在居巢作乱,剽掠粮食、侵占土地。周瑜得此情报,急于赶回去,毕竟身为一方父母官,怎能允许贼人这般欺凌自己的百姓?

周瑜收拾罢行囊,复来看望小乔,见她仍是那般病恹恹躺在榻上,没有分毫好转,他心情沉重,坐在榻旁久久无法定神。小乔站在花山断崖边望向自己那一眼,不时在脑中回溯,周瑜简直不敢想,若是断崖下没有延伸而出的高台,抑或是高台上没有蔓生的青草,小乔只怕已经瘗玉埋香,不在人世。

如果不是为了救他,小乔根本不会冒这样大的风险,周瑜越想越自责,只恨不能分担她的病痛。从前他总以为,她与尚香一样,待自己不过是姑娘家的懵懂,现下看来,到底是他错了。无法言明的自责与惶恐如大水漫灌,令周瑜溺毙其间,恍如窒息。

几声叩门打乱了他的思绪,周瑜回头一望,见周老夫人捧汤药前来,赶忙起身相迎,接过药碗:"这些事,让下人做就好,伯母怎的亲自来了?"

周老夫人看看小乔,眸中满是怜惜:"这孩子小小年纪却这般勇敢,如此待你,实在是你的福分。"

周瑜不愿接这话,拱手道:"县里有事,小乔姑娘就拜托你们二老照顾了。等她康复,劳烦从父派人送她去伯符军中就好。"

周老夫人抬眼看看周瑜,良久起了唏嘘:"你这孩子,就揣着明白装糊涂罢……你打算何时动身哪？"

"县里事急，一会子就得走了，他日公瑾得空，便即刻回来看望你们。"

周老夫人轻轻一笑，眼尾细纹绽开，慈爱又清明："我与你从父都老了，人一老，就容易想念孩子。族里的小辈只剩你一个了，可我们并非不明事理的老人。孩子，你有你的抱负，只管去闯罢，不必惦记我们，也不必总来看我们，方便的时候，与你从父传个信、报个平安便好了。"

在这乱世中，人人伤别离，即便是八尺男儿，亦难敌亲情缱绻。周瑜喉头发紧，赶忙偏过身去，稳住情绪道："请从父与伯母务必照顾好身子，天下大定之日，就是我们一家团圆之时。"

军帐里，孙策本正与大乔调笑，神采奕奕，哪里有半分受伤的样子，现下听说长木修来了，他蓦地变了脸色，撑着起身，骂骂咧咧道："这小子来必定没什么好事……"

大乔赶忙劝阻道："你都伤成这样了，还干吗去？"

"这小白脸不是什么善茬，我可不能让他知道我受伤了，"孙策强忍着剧痛，勉强挤出一丝笑，吩咐一侧的吕蒙道，"用干布把我的伤全部裹住，越紧越好，不要让对方看出任何破绽。"

孙策才解了鸟毒，背后的伤处尚未完全止血，如此作为简直是在拿自己的身子开玩笑。吕蒙再吊儿郎当，也知晓其中利害，杵在原地不敢动，向大乔递上求助的眼神。

吕蒙挤眉弄眼像个猴儿似的，大乔却笑不出来，她思忖一瞬，上前接过吕蒙手中的干布："我从小到大不少为父亲包扎，婉儿亦不是个省心的，我这技术应当比阿蒙强些，还是我来罢……"

看来大乔明白，孙策并非任性，而是在此关键点，他的一言一行皆事关两千余人的生死存亡。孙策紧紧握住大乔的手，轻道："莹儿懂我。"

只不过这知己也不好做，两人虽两情相悦定下终身，到底还未成亲，大乔的纤纤玉指掠过干布，缓缓裹住孙策紧实的前胸与后背，她不由脸红，小脑袋垂得极低。

孙策本在思索长木修为何来此,留意到大乔的羞怯后,他霍地纾解了心头烦扰,起了作弄之意,刻意拉过她的手放在自己裸露的心口上:"这里也得包一下。"

大乔似触电般收了手,抬眼看孙策嘴角挂着一抹坏笑,她亦不示弱,轻轻一戳他的伤处,嗔道:"你再闹,我可不管你了。"

孙策疼得龇牙咧嘴,不敢再造次,老老实实任大乔细细为他包扎。

玩笑间,孙策背后的伤皆已包好,他披上亵衣,拿起案上的铜镜细观:"模样还是那么俊,就是脸色不大好。"

大乔在旁揶揄:"不若我把燕支拿来,给你擦一擦罢?"

孙策坏笑放下铜镜,俯身在大乔额上一啄:"不必了,我有良药。"

不管怎么说,吕蒙还在帐里,虽然他刻意转过身去装瞎作聋,依然难以掩饰一脸的尴尬。大乔看到吕蒙这般神情,更是又羞又恼,可她还来不及嗔怒,就见孙策披上外裳,一溜烟蹿了出去,还不忘招呼道:"阿蒙快走,发什么呆啊!"

帐帘翻飞起落,孙策离去的背影铿然,好像浑身未有一点伤痕,可大乔却明白,他撑着这一口气,究竟有多困难。她弯身坐在案前,一张娇花般鲜妍绝色的面庞映在铜镜中,两颊红润如牡丹新开。

不知从何时起,只有在他身侧时,才感觉自己原是活着的,有血有肉,宜喜宜嗔。大乔捧着面颊,眼波低垂,思绪还没理清,又听帐外有人小声唤道:"姑娘,徐州城乔将军来信!"

大乔本就挂心父亲,赶忙探身出去,接过信笺,迫不及待地拆开细读,未看两行却是一怔:父亲写出这话,究竟是何意呢?

## 第十六章 嫁娶不啼

大帐里,长木修捡起案上书卷,随手翻看。孙策掀帘走入,神采奕奕对长木修道:"哟,什么风又把张公子吹来了?"

长木修放下书卷,拱手礼道:"听少将军这么说,好像不是很欢迎张某啊。"

孙策哼笑道:"每次张公子来都没什么好事,孙某实在想不出什么欢迎你的理由啊。"

长木修轻笑赔礼:"少将军勿怪,今日修来此,乃是奉袁大将军之命督军,既然是督军,即便无事也得巡查一番,否则岂不是玩忽职守?"

袁术如何作为,孙策已不放在心上,他悠然将案上书卷码好,抬起曜然双目:"不知张公子可查出了什么?"

长木修朗笑几声,压低嗓音上前,"此番前来,张某有大礼相赠。"说着,他从怀中掏出两卷帛书,双手递了上去。

孙策将信将疑,悉数打开,只见其中一封,是袁术写给乔蕤的,命他安心养病;而另一封则是乔蕤写与大乔,告诉她自己身体安好,只是旧疾未愈,正在徐州南五十里驻地修养,要她好好待在江东姨母处,不要回老家去。

"张某说到做到,特为少将军排忧,想来大乔姑娘应当可以安心了,孙少将军亦可专心渡江作战,只不过……"

孙策本有些欣喜,见长木修欲言又止,即刻敛了笑容:"看样子,张公子又要出招了罢。"

长木修边说着"不敢",边拿出了第三份帛书递上。孙策接过一看,竟是袁术写给长木修的信,其中对玉玺下落言之凿凿,命长木修替他速速索来。

"张某知道少将军不爱听,可是少将军若想保乔将军平安无事,还是应当拿出玉玺,献与袁将军啊。毕竟,袁将军的手段,你我不是不知。"长木修说着,伸手拽回了孙策手中的锦帛。

背上的伤痛如万箭穿心,孙策却已察觉不到,只觉浑身血液冲上脑顶,他双手握拳克制住情绪,大笑几声问长木修道:"张公子到底是在帮我,还是害我?"

"当然是在帮你,"长木修毫不畏惧,徐徐起身,冷冷地盯着孙策,"玉玺本当为当今圣上所有,孙少将军有何立场私藏玉玺?即便令尊当年是忌惮董卓卷土重来,才将其纳入囊中,如今贼人已死,留着玉玺对少将军只有害处!即便没有袁将军,还会有天下人觊觎。袁将军既知少将军对大乔姑娘的心思,焉能放过乔将军?请少将军三思!"

对长木修的慷慨陈词,孙策不置可否,问道:"我父亲的事,你从何得知?"

"玉玺之事,江东一带早有传说。令尊率众攻破洛阳城,第一个进入皇宫,而后玉玺便不翼而飞了……不过,只要了解令尊的事迹,便不会怀疑他匡扶汉室之心。只是时移世易,以孙少将军今日之处境,若不交出玉玺,必定陷入万劫不复的境地啊……"

这玉玺确实像个烫手的山芋,孙策每每午夜惊醒,皆不知该将它如何处置。可此时此刻,将它交予袁术,真的是最佳选择吗?孙策思索片刻,沉声吩咐帐外手下:"来人!给张公子安排个住处!"

长木修一拱手,随士卒走出了大帐。不消说,孙策虽看似简单直接,心思却深沉难以琢磨。今日他没有当场驳回,此事便已成功了一半。

惊天筹谋正在酝酿之中,而孙策交出玉玺则是其中微小却关键的一步。想到这里,长木修的嘴角微微上扬,露出一个耐人寻味的浅笑。

待长木修离去,孙策才松了劲儿,轻抚肩背,背后条条伤痕如有火烧,痛得他浑身战抖不已。

突然间,帐帘一掀,孙策赶忙直身坐好,见来人是吕蒙,他气不打一处来,拍案大骂:"臭小子,怎的不通报就进来?!"

吕蒙吓得不知进退,讷讷道:"宛陵急报,我想着少将军定会着急看,就赶着送进来了。"

听说是周瑜来信,孙策起身一把拽过,急急拆开。周瑜将花山所见细细写来,孙策看罢后,狐疑满腹,垂首思忖大半响,也想不出个所以然。花山中竟藏着这样隐匿的一座谜窟,不知是何等势力营造,而自己与周瑜竟在同一日内先后遭遇飞鸟袭击,绝非偶然。孙策唯恐夜长梦多,问吕蒙道:"此处距离乌江,应当只有三五里了罢。"

吕蒙称是,又道:"虽没到梅雨时节,但今年开春下了几场大雨,江面径流很大,刘繇部守军退守对岸深林后。傍晚时我已带着几个兄弟去清剿过了,并在江边留了岗哨。"

吕蒙到底还是比先前精进了许多,孙策点头以示赞许:"刘繇必定以为我会从当利渡江,去找我舅父汇合,再图其他,故而未在此处布下重兵。更何况,此地是当年霸王项羽自刎之所,刘繇以为我必会有所避忌……对了,听公瑾说你也是吴郡人士,那就随我一道策马去江边,隔岸看一看我们的家乡罢。"

"可是,少将军的伤……"

孙策俊俏的面颊苍白,笑容亦有些虚弱,双眼却依然灿若星辰:"今日看到我负伤的人不少,我若再不出去,他们定会谣传我要死了。别说废话了,即刻出发!"

连绵的春雨滴滴落入清水河中,水面雾气氤氲漫散,团烟堆雾,将城郭尽数掩藏。

宛陵城南,白墙屋瓦的房舍里,小乔从梦魇中惊醒,疾呼了一声:

"周郎!"

当值婆妇麻利上前扶住小乔:"姑娘醒了?郎中说得真准,姑娘果然只昏迷了大半日……"

小乔的记忆依旧停留在花山断崖,看到这婆妇,她神色恍惚,木木问道:"周郎呢?那些鸟呢?"

小乔果然记挂周瑜下落,婆妇笑得意味深长:"姑娘放心,明廷虽然也受了伤,到底没有大碍,今日一早便赶回居巢了。家公与夫人让老身告诉姑娘,什么也不必想,只管住下安心养伤。"

听说周瑜扔下自己回了居巢,小乔别提多失落难受:"他可有留下什么话吗?"

婆妇摇摇头:"居巢有急事,明廷走得匆忙,只吩咐让我们好生照看姑娘,并未说其他。"

原以为经历过生死,他们之间会有所不同,却不想还是庄生梦蝶,万事如烟。头痛难敌心痛,小乔喉间哽咽,佯作镇定对那婆妇道:"我嗓子痛得很,可否麻烦你帮我倒杯水来?"

"姑娘客气了。"

趁婆妇转身倒水的工夫,小乔抬手拭去滚落的泪珠,心头的雾霭却似窗外的烟雨一般,无论如何也撩拨不开。

乌江边,星汉灿烂,孙策牵马立在江边,任由东风吹乱他额前的碎发。

孙策自幼熟读《左传》,自是明白《郑伯克段于鄢》中"子欲杀之,必先纵之"的道理。这玉玺留在身侧实在无用,若是能成为铲除袁术的利刃,实在可以算是物尽其用了。

可这玉玺到底算是父亲的遗物,就这般交出去,不知母亲会作何想法,周瑜又是否会理解他,可他二人皆不在自己身边,机会稍纵即逝,他已不能再犹豫了。

吕蒙上前为孙策搭上披风,低声劝道:"此地风大,少将军方受了重伤,还是早些回去罢。"

孙策正正玄红披风,指着一侧道:"传令下去,找些工匠来,在此处盖个亭子。"

"啥?"吕蒙一脸茫然,正欲再问,忽闻阵阵马蹄声,他警觉地挡在孙策身前,只见来人不是别个,正是韩当与大乔。

"莹儿!"孙策立刻三两步上前,牵住大乔的马的辔头,让它徐徐停下,而后一把将她从马上抱了下来。

方才临出门前,孙策命人将乔蕤的信笺送去给了大乔,她此番迫不及待赶来,应当是为了此事。孙策眉眼间皆是笑意,打趣道:"莹儿为何慌张赶来?是否是看了岳父的信,知道他同意你嫁给我了,特意来与我相会?"

大乔脸颊飞红,佯怒道:"才不是,我是来看看,哪个一军主帅身负重伤,还四处乱跑的。"

孙策将大乔拥入怀中,望着浩瀚奔涌的江水,低声喃道:"莹儿,我们就在这里成亲罢。"

"在这成亲?"这幕天席地的,还有吕蒙与韩当在,大乔瞪着圆圆杏眼,小脸儿上一阵红一阵白。

孙策趔开身子,打量着大乔,坏笑道:"莹儿想什么呢?我说在这里成亲,可不是说要在这……"

韩当已十分识趣地将吕蒙拉走,两个八尺男儿沿着河岸漫无目的地遛弯,不知该去往何处。可大乔仍是羞恼难当,抬手欲捶孙策心口:"你再浑说,我可走了!"

孙策笑意更浓,一把抓住她的皓腕,打趣道:"岳父大人都不准你回去,你还能去哪呢?何况不出五年,这大江南岸便会尽归我孙伯符所有,亦包括你的老家宛城,到时候你怕是想跑也跑不掉。"

大乔看不得孙策这般得意,重重踩在他脚上,杏眼一瞋道:"好啊,你居然敢私拆我的信!"说完,一顿粉拳噼里啪啦如雨点般砸向孙策。孙策意识到自己说漏了嘴,赶忙边躲边找补道:"我也是担心岳父大人说什么不利的话……莹儿,别打我,我这伤可是为救你负的啊……"

春意正浓,一树树梨花嵌满枝头,东风吹过,坠落如雪。环佩青衣,盈盈素靥,临风无限清幽,小乔看罢梨花坠落,转身回房,一丝寂寥之感才下眉头,却已漫上心头。

在宛陵养伤十日,身上的伤已见大好,只是偶尔还犯头痛。周瑜这一去,平定山匪易如反掌,好消息传来,府中上下欢欣鼓舞。小乔为他开心,却始终未能盼来他的只言片语。

明明刚刚一起出生入死,现下却像事不关己般,消失得无影无踪。小乔不免嗔怨,只恨他看似朗月清风般通透,心思却团雾堆烟,令人连琢磨都无从下手。

虽然与他怄气,却不欲耽搁正事,小乔回房行至木案前,提笔欲写信给周瑜,可她顿笔半晌,却不知该如何称呼,索性跳过了开头,直书欲言之事。

那日她为了解围,纵身一跃跳下了断崖,极速坠落之际,竟看到山崖上镌刻着一个巨大的"卍"字,与孙策腕上所刻一模一样。

祭台、怪鸟、巨蟒与自己童年遭拐有何干系?这万分可怖的一切,又与孙坚当年遇刺有何关联?小乔只觉一张巨大的网,将自己牢牢粘在其上,另一头还牵着孙策与周瑜。

那日不惧死,现下心头却七上八下,若是自己真的死了,父亲与姐姐定会肝肠寸断罢。小乔放下毛笔,缓缓将信笺吹干,而后起身打开房门,吩咐门外婆妇道:"劳烦婆婆,将此信托付周明府,与家书一道送与居巢周郎。另外,劳烦禀告明府与夫人,我……我想去找我姐姐了。"

夜阑人静,条条青帐罗帷重掩,火光微阑,唯有孙策的中军帐里还是灯火通明。帐外守夜的士兵业已昏然欲睡,帐内孙策却毫无睡意,握着地图愁容满面。

日前,孙策已按照约定将传国玉玺托付与长木修。长木修未曾耽搁,八百里加急连夜策马赶往徐州,奉予了袁术。根据军中眼线与当利等地探子来报,袁术大喜过望,在军中大摆筵席,而先前奉命欲秘密绞杀孙策部的张勋等人,亦按兵不动,未向孙策部扎营之地进发。

可袁术此人反复无常,不知哪一日又要反悔,孙策明白,三日之内必须渡过乌江。然而长江自古天堑,即便是以渡口著称的横江、当利,也纵横着七条支流,大江小流彼此交叉,水情极为复杂,若不能将底细摸清摸透,便很容易陷入四面楚歌之境地。对岸刘繇部集结一万兵马,埋伏于密林后,虎视眈眈,不消说,一旦孙策部乘船渡江,他们便会从林间钻出,放乱箭将孙策部一网打尽。

孙策叹了又叹,将玉玺献予袁术的消息很快便会传遍大江南北,他孙伯符并非沽名钓誉之人,却无论如何也不愿搭上父亲的威名。更何况,乔蕤忽然松口将大乔没名没分地许给他,定是觉察出形势有变,他决不能辜负信任,害了她与两千将士。

天边已泛起蒙蒙亮,孙策见此,索性换上常服走出帐去,欲往江边透气。春末夏初,晨起微凉,江上万顷银鳞,迎着晨风闪烁,景致极美,谁又能想到四百年前,虞姬与项羽在此生离死别呢?

孙策边走边思索,忽然河面传来戏水声,他不由好奇,循声而至,拨开两重芦苇,只见两个孩童正在岸畔浅滩嬉戏。

孩童淘气,原本没什么稀奇,可他们戏水的方式却深深吸引了孙策的目光:只见他们各自钻在一口陶缸里,缸浮在水面上,然后以木盖为桨划水,顺水漂流。孙策觉得有趣,上前蹲在岸边,朝漂来的孩子们问道:"孩儿们,你们从哪划来的?"

孩童们不过六七岁,听到孙策问话,却毫不怯场,他们言笑晏晏,逆着小河流动的方向指去。孙策手搭凉棚抬眼一望,只见河流上游两三里处坐落着一座小村庄,他不觉一惊:这两个小孩看起来并非熟知水性,竟能够利用河水平缓的流动漂流这么远!

正愣神间,那指路的孩子不慎失了平衡,"扑通"一声掉到了水里。他的同伴大惊失色,趴在水缸边上焦急地唤着他的名字。孙策见此,立刻褪下衣裳,一个猛子扎下河,激起朵朵浪花。

不一会儿,孙策便托着那孩子从河面钻出,径直将他塞回了缸里。看着小孩浑身湿透哆哆嗦嗦的样子,孙策笑叹道:"你们两个既然不会水,为何还要在此玩闹?难道不怕一不小心丢了性命?我这就送你们回村子里,以后切不可拿自己的性命儿戏,懂吗?"

有这般俊俏的大哥哥苦口婆心劝谏,两个孩子赶忙应承,点头如捣蒜。孙策双手用力,推着两口陶缸到了岸边,又将自己的干爽外衣递给了落水的小孩,而后拎起两只陶缸,领着两个孩子,向上游村落走去。

才到村口,孙策就见一农妇心急如焚地叫喊着,大步跑来。两个孩子自知闯祸,吓得躲在了孙策身后。想来她便是这两个捣蛋鬼的母亲,只见她将两小儿揪出,挨个细细看看,转身对孙策行大礼道:"多谢恩公救命!水里寒气颇重,恩公若是不嫌弃,一定来家里坐坐,喝壶酒驱驱寒,也好把衣服烤烤。"

孙策来不及推辞,便被那两个孩子左右开弓,拉住胳膊不肯松手。孙策本记挂着大乔,想早些回去,但看这人家门外堆着许多陶缸,大小不一,很是有趣,心中若有所悟,未再推辞,随主人一道向屋舍走去。

庭院不大,却有一间瓦房,看上去应算得上小富之家,孙策抚过院里大大小小的陶缸,若有所思。农妇端来一碗酒、半碟牛肉与几个馒头:"恩公怕是还没吃早饭吧,这是我家刚发的馍,来尝尝罢。"

看到两孩童抓了馒头便吃,又偷偷用手指沾酒喝,孙策放下了戒心,一杯温酒下肚,顿觉浑身暖和了许多:"好酒!你家可是酿酒的?怎的竟有这么多酒缸?"

"是呢,我们整个村都以酿酒为生,往来江东的商旅,大都要在前面的渡口坐船,渡口的驿站酒家生意红火得很。正好我们村子临着河边,水质清冽,适合酿酒,酒肆供应的酒便全从我们这里进,每月刨去花销,能挣个几百钱。"

好似过电般,孙策脑中灵光一闪,他起身拊掌道:"真是天助我也!"

当日下午,孙策便命将士们四处购酒,花光了银两还不算,还让他们以军粮作为交换,将江北村落中的酒坛扫荡一空。及至傍晚时,于营中大开酒宴,痛饮狂欢,好不热闹。

大战临近,且不说枕戈待旦,竟然大摆筵席,众老将皆是怒不可遏,大骂孙策荒唐。程黄韩朱四人气得跑到孙策营中群起而攻之,不过说来也奇怪,这四人来时一个个怒发冲冠,去时却是喜笑颜开,甚至一人从孙策这里拿了一坛酒,呼朋引伴,互干为敬。

消息很快传到了江北两处敌军守卫——横江口和当利口。镇守于此的,正是刘繇部大将樊能和于麋。

当初听闻孙策不费一兵一卒便拿下了易守难攻的庐江郡,刘繇大为震惊,一听他将兵来打江东,便吓得打起十二分的精神。可现如今看来,孙策只不过是个借着父亲威名在四处招摇撞骗的纨绔公子罢了。樊能、于麋满心不屑,高枕无忧地睡在帐内,连甲衣都未穿。

黄昏夕阳下,乌江水滚滚奔流,孙策将营中事交付与韩当,策马带大乔来到岸边。只见前几日还空无一物的河岸上建起了一座修葺工整的茅草亭,亭四周以轻纱幔帐作装饰,其后蒹葭丛丛,芦花开正好。

"孙郎,你何时让人在此盖了个亭子啊……"大乔下马后,流连其间,清风徐来,乱红飞过青鬓,美不胜收。

见孙策未有回应,大乔不由回望,却四处不见他的身影,她禁不住唤道:"孙郎?孙郎……"

循着芦苇荡找过去,但见尽头有一方小帐,玄帐红梁,乃嫁娶之所。联想起前几日孙策说要在此处成亲,大乔顿时愣在当下,原本以为他只是胡乱说说,没想到他却偷偷命人将这里布置得如此得当。

"莹儿别发呆了,快来。"

孙策走出帐来,已褪去戎衣,换上一身玄端礼服。平日里戎装居多,未料到束发玄端的孙策如此文质彬彬。他拉着大乔走入帐中,将她带到一只柳木箱前,故作深沉一咳嗽:"送你的,打开看看罢。"

大乔俯身打开铜锁,轻轻掀开,只见其中放着一件瑰丽非凡的五彩重缘裳,绣工精致,火凤玉凰,乃上上佳品。依照汉礼,食二百石俸禄之文武官女儿出嫁,可着此裳。乔蕤既是大将军,这嫁裳大乔自是穿得起,可她心中还是有所顾忌:"孙郎,我们没有纳彩问名,不合六礼,于你,我只能算是妾。这衣裳乃是正妻服制,我又怎么能穿……"

"什么妻妾名分,全是屁话,你就是我孙伯符此生唯一的女人。生逢乱世,难尽礼数,是我委屈了你。但我跟你保证,等我打下江东,有了地盘,欠你的一切,我皆会补偿……莹儿,莫怕,穿上这衣裳,嫁给我罢。"

此时此刻的孙策卸下甲衣,褪去戎装,只是一个真挚无邪的少年。这几句发自肺腑的剖白,令大乔眼眶微湿。她赶忙垂下眼帘,含笑轻道:"孙郎,若是在意这些,我便不会来此处。你且在外面等我一下,容我梳洗更衣罢。"

"好,我等你。"孙策说罢,在大乔面颊上轻轻一吻,起身退了出去。

大乔缓缓褪去儒裳男装,走到铜镜前,解下发带,抬起素手紧握篦子,蘸取瓷碗中的桃花春水,细细梳着三千青丝。

与其他少女别无二致,大乔也曾幻想过自己成亲的场面,父亲送亲,妹妹或许会拽着她的襦裙满面不舍。可今时今日,他们都不在自己身旁。

待青丝梳透,大乔望着铜镜中的倾国容颜,清亮的双眸含泪,好看的嘴角却是微微上扬。人生在世,也许会有诸多遗憾,可此时此刻,她只想顺从己心,陪在他身旁。无论明日渡江胜败如何,她都是他的新妇、他的夫人,此一世天上人间、碧落黄泉,永远不会再分开。

大乔拭去眼角滚落的泪珠,用孙策备好的胭脂水粉涂新妆。到底是普天下数得着的大美人,大乔略施薄粉,妆成艳绝,举世无两,她将三千青丝绾起,扎上新妇梳篦,而后取出嫁裳,仔细穿好,最后系上了昔日孙策所赠的罗缨。

不需广厦万千,自有良辰美景奈何天,大乔深吸一口气,转身走出了小帐。

江边亭中,孙策正背手看着江水滚滚,听到轻盈的脚步声,他即刻回身,接过大乔,牵着她的手,与她一道走上石阶。

台旁设有铜盆,清水盈盈,花瓣飘零,两人净了手,才相携行至亭中央。纱帐后,筵席早已设好,两人褪去靴履,按照男东女西阴阳交汇之意坐定。大乔明白,虽然此处只有他两人,孙策还是严格按照娶妻之礼,为她准备了这一切。望着这即将成为她的夫婿的美少年,大乔轻讷一声"孙郎",柔肠百转,似有千言万语要诉与眼前之人。

昏暗夕阳下,孙策轻笑着,神情痴醉,眼波中情丝漾动:"莹儿,此生能得你为妻,我孙伯符死而无憾。他日即便封侯拜相,成帝王业,亦不过是锦上添花罢了。"

千言万语,皆难以描摹出心情之万一,大乔眼中蓄泪,拿起案上合卺葫芦道:"无论成王败寇,我永远会陪在你身旁。"

一杯合卺酒下肚,两人已是夫妻,孙策紧紧搂住大乔,唏嘘不已。

一轮红日浮上江面,一对璧人两相依偎,大乔轻声问:"孙郎,你为何偏偏选在这里呢?你可知道,许多人提起此地,都唯恐避之不及。"

"四百年前,西楚霸王项羽兵败,自刎于此地,留下霸王别姬的典故。明明是世间一等一的英雄佳人,却再难厮守,不知多少人为他们遗憾。也许是因为这等缘故,只要出身将门,便对乌江这地界多有忌讳……可我却不一样,我与旁人不同。"

"哦?有何不同?"

孙策笑揽过大乔的香肩,一双清目灿若星辰:"当年项羽止步于此,我孙伯符却要开端于此。何况避先人之讳无用,只有激励自己永远不要重蹈覆辙,才是真章。"

虽从未亲口问过,可大乔明白他的抱负,未曾多言,只是窝在他怀中,呢喃道:"我相信你。"

江上渐渐起了风,孙策将大乔圈得更紧:"莹儿,不瞒你说,从打定主意去江东开始,我就已经做好了最坏的打算。现下我有了你,必不会贸然犯险,可战场上风云变幻,旦夕祸福,又有谁能预料。若是……若是我有个好歹,答应我,一定不要学虞姬,好吗?"

听闻孙策此语,大乔一怔,泪水即刻漫上眼眶:"不要,我不想听你说这些。我相信你一定会赢,一定能够活下来……答应我,不要再对我说这些无谓的话了,好吗?"

感受到怀中小人儿颤抖不休,孙策无比怜惜地吻过她的丝发:"好……莹儿,我答应你,不说这些不吉利的话。礼还未完,我们拜天地罢。"

漫天云霞似彩锦,两人相携至江边,虔诚跪下大拜,而后转过身来,两两相望。

这一切若是梦,他宁愿永睡不醒,孙策望着斑斓夕阳下大乔这张美得不真实的小脸儿,朗声道:"皇天后土为证!我孙伯符此生若得青史留名,必只有乔莹一个女人!"

千言万语在心头,却无从谈起,大乔薄唇轻颤,含泪与孙策对拜。无论明日生死胜败,今时今日能嫁与他为妻,虽死亦是足够。

## 第十七章 十面埋伏

乌江岸畔一夜,自夕阳西下至星河鹭起,再到启明星高悬,孙策抱着熟睡的大乔,在亭中坐了整整一夜。

回想起昨日乌江边上大乔含泪与自己对拜天地的一幕,孙策只觉心口仍在发疼,似乎四百年前上演霸王别姬的不是别人,而是前世的大乔与自己一般,狂喜与悲壮交织在心头,挥之不去。

河岸尽头传来一阵打马声,孙策回过神,只见周泰远远策马而来,及至五十丈外,他下马疾走,刻意压低嗓音却难掩语调激动:"少将军,成了!"

昨夜周泰、黄盖与韩当各带了几十人身披苇衣,神不知鬼不觉地摸到了近百里开外横江处樊能大营的北、南、西三面。彼时已过夜半二更天,樊能手下睡得正香,对潜在的威胁浑然无觉。周泰部几名士兵轻手轻脚扛出注了半缸酒的陶缸,将干草塞入其中,投入火把,火苗霎时蹿了起来。

周泰已在旁等待多时,他大步上前,气沉丹田大喝一声,隔着丈高的篱笆将冒火的酒缸抛入了军营。

一时间,营内三面火起,樊能大梦方醒,正赤着脊梁指挥士兵灭火之际,只听一声巨响,营门被吕蒙带人迎头撞开。吕蒙骑着高头大马,大吼一声,如同饿虎扑食般冲进来,一枪刺在了樊能的胸膛上。

横江既破,另一边当利口的于糜见横江方向火起,刚要率部营救,未料到半路就被程普带领的两千人截杀。程普身先士卒,如同猛虎下山,那于糜还没来得及下令撤退,就被程普的三板斧撂翻下马,死于乱戈之下。如此,刘繇留在江北的势力,瞬间就被孙策部清剿殆尽。

闻听大捷,孙策喜不自胜,他抱起大乔,小声问周泰:"都准备妥当了吗?"

周泰呵呵笑着,一指不远处迤逦驶来的马车:"一切都按少将军吩咐安排妥当。"

孙策顺着周泰所指望去,只见那驾车之人正是自己帐外的近身守卫,此人老实忠厚,十足可靠,周泰选他,自是妥帖。及至近前,有一十六七岁的少女跳下车来,对孙策行礼道:"蒋氏新妇,见过少将军。"

周泰见孙策似是迷茫,赶忙解释道:"少将军,这是阿钦的媳妇,专门来陪伴少夫人的。"

"好,少夫人就交由你们照看,务必带她躲得远远的,待渡江战罢,再把她们送回来。"语罢,孙策将大乔轻轻放入车厢中,不舍地拂过她的小脸儿,而后一抬手,示意马车驶离。

昨日虽已成亲,两人却只是互诉衷肠,未有肌肤之亲。大乔什么也不懂,他却是故意为之。孙策望着远去的马车,偏头一笑,心想若是得胜而还,可再不能放过这丫头。待马车消失在视线尽头,他转身正色,对周泰道:"走吧阿泰,我们也该出发了。"

是日一早,周瑜同时收到了从父与孙策的来信,事关重大,一向气定神闲的人儿拆起信来竟有些手忙脚乱。鲁肃才从筑坝现场回来,他满身泥浆,坐在廊檐下褪了鞋袜,看周瑜依旧是一副纤尘不染的模样,他气不打一处来:"我说公瑾啊,你我一起上的堤坝,怎么你身上就一点也没脏?你是飘着走路吗?"

周瑜认真看信,根本未听进鲁肃这阴阳怪气的一席话。鲁肃见他如此肃然,打趣道:"哟,看得这般认真,是小乔姑娘给你写的信罢?"

周瑜的目光未离开信笺,坦然答道:"正是。"

"她的身子已经大好了罢？你说说你，巴巴找了几十个县，托了多少人，才寻了个女郎中去为她针灸。可她不知道，这人情你一点也落不着。公瑾，明眼人都能看出来，那丫头中意你，你难道就对她没有一点心思吗？"

书信中小乔所言之事，令周瑜愈发确定，这花山不仅是小乔幼时被拐之地，更与孙策和孙坚有千丝万缕的联系。他无暇顾及鲁肃的编派，只道："我与小乔姑娘情同兄妹。"

周瑜这副态度，瞬间剿灭了鲁肃体内熊熊燃起的八卦魂，他扁了扁嘴，又问："伯符那小子现下到何处了？若是渡江，你是不是也该去帮他了？"

庭前落花如絮，日光融融，周瑜终于回过神来，嘴角泛起一丝浅笑，比巢湖春色更夺目耀眼："收拾渡口那几个登徒子，伯符应是易如反掌。不过，我现下确实也该出发了。"

昨夜奇袭大胜后，全军士气高涨，磨刀霍霍。孙策换上戎衣短褐，戴上金盔穿上银甲，十二锋银枪一挥，直指南岸的要塞：牛渚。

此地是长江中游的重要渡口，亦是刘繇前线军团的补给重地。刘繇乃汉室宗亲，汉高祖刘邦庶出的长子齐悼惠王刘肥之后，他与同为汉室宗亲的荆州刘表、益州刘焉互为帮衬，世称"三刘"。三人分据长江的上中下游，通过长江上的运粮船往来互相接济。不消说，只要拿下牛渚，就能尽获大军粮草，同时对于镇守南岸的刘繇部两名将领笮融和薛礼亦是当头一棒。

破晓未几，乌江江面水汽蒸腾，浩浩茫茫。孙策与程普率部来到河边，只见平静流淌的小河上浮着上千口酿酒用的大缸。士兵们个个腰挎环刀和绳子，头顶缸盖，将其当作头盔，然后手持两块木板以为桨，待一令下，他们带着所有家伙一齐钻进了缸中，数千个水缸在河水的推波助澜下缓缓沿河而下，神不知鬼不觉汇入了长江之中。

牛渚位于下游一两里处，轮值一夜，还未换新班，江口瞭望哨上的士兵们皆已昏然混沌。即便偶尔有人抬起沉重的眼皮，看到朦胧江上似有水缸漂来,也不过以为是废弃物料,未曾放在心上。

与守军的懒怠截然相反,缸中孙策部士兵皆奋力划水,一刻也未曾放松。

大江东去,浪淘尽,千缸漂流,蔚为壮观。待到瞭望的士兵觉察异常时,江面水缸已泛滥成"灾"。

守卫牛渚营地的士兵们见此奇景,纷纷咂舌,直到将领下令"放箭"才如梦方醒。而这时,孙策的"水缸计"就发挥了另一关键的作用。只见士兵们看到营楼放箭,立即钻回了水缸中,头顶的盖子挡住缸口,密不透风,任凭守军的箭矢如何猛烈,都只是打在水缸上弹入江中,缸中人毫发无伤。

待弓箭手换箭之际,缸中士兵们立即顶着缸盖,以迅雷不及掩耳之势钻出,手持直刃环刀冲向牛渚营地,一时间喊杀声震天慑地。

只见攻城军分工有序,他们手持环首刀,或砍击营门,或穿过营门木板的缝隙插捅门后想要抵住大门的守军,或紧握缚在刀把环首上的绳索,向箭楼上的守军反复投掷刺击。牛渚守军哪里见过这等奇特的战法,加上人手不够,顷时便被孙策率领的这支奇兵攻破。

孙策收拢余部,看着牛渚营中堆积成山的粮草,笑得无比开怀。只要渡过了长江,袁术便是鞭长莫及,孙策正想着,忽觉身侧一暗,他抬眼一看,只见身高九尺又半的周泰正盯着自己头顶,表情异常专注。孙策这才发现原来自己忘了把头顶的缸盖摘下。

可周泰并未收敛目光,依旧盯着孙策的头顶,嘟囔道:"少将军不俊了。"

"我不俊了?怎么可能?"

吕蒙眼疾手快,也不管僭越与否,大步上前抬手从孙策束发间拽出了好几段水草,捧腹笑道:"少将军的头……活像墩布似的……"

众将本都在忍笑,听了吕蒙这话,再也忍不住,皆笑了起来。

"你,中午不许吃饭。"

今日吕蒙立了大功,本该受赏,此时却惹恼了孙策,他悔不当初,顿时耷拉下脑袋,少气无力应道:"是……"

寿春城里,望春楼摘了匾额,撤去桌案,已在筹备关张。这红极一时的酒肆,不知引来了多少达官贵人,时常一饭难求,今日陡然歇业,不由引得街市百姓议论纷纷。

二层厢房内,姬清将金银细软悉心打包,又将春衫冬衣叠好装箱,忙碌不已。长木修却坐在案前,品茗看书,乐得清闲。

姬清拿出绢帕,拭去额角的香汗,上前轻踹长木修两脚:"你不是说来帮我收拾,怎的只顾着吃茶?"

长木修放下书卷,轻笑告饶:"姐姐那些东西我可不会收拾,若是给你摆弄坏了,你岂不要讹我?"

男人自是不懂女人的什物,长木修这话倒也不算狡赖,姬清回身继续拣拾衣衫:"话说回来,修儿,你可真厉害。曹司空根本未曾出兵,你却两方周旋,既骗了袁术那老儿,又诳了孙郎的玉玺……"

长木修本在饮茶,听了姬清这话登时大笑起来:"孙郎,老儿,姐姐这称谓真是爱憎分明啊。"

"莫说这些屁话了,这几日我总想着,那传国玉玺乃伯父当年潜心所求,我们好不容易得了,竟给了袁术那老儿……"

姬清慨然,长木修却笑得愈发轻松:"不入虎穴焉得虎子,姐姐还是快些收拾,莫要为旁事劳心了。"

河畔势力肃清后,孙策部今夜在牛渚扎营,待诸事落定,他命心腹驾船接大乔等人渡江。为避人耳目,大乔依然换了男装,跟在伙夫队后入了营。

孙策未在帐中,大乔四下张望,见自己的包袱与孙策的戎衣短刀放在一处,突兀又和谐,她不由垂眸报笑——原来这一切都不是梦,她真的得偿所愿,嫁与了心爱之人,并且渡过长江天险,随他来到了江东。

孙策不知何时悄无声息地溜入帐内,从身后拦腰一抱,吓得大乔回身惊呼,他却不偏不倚地吻在她的唇上,打趣道:"夫人来了?以后就要在此住下了,看看可还习惯?"

大乔佯装生气,重重捶在孙策身上:"还说呢,你昨晚竟然在我新婚夜的酒里下蒙汗药?"

为保大乔安全,孙策将她迷晕,并令人驾车将她带离沙场。这等痴心,普天下除了他孙伯符外,只怕无人能做到,可他不愿承认,偏头装无辜道:"夫人说什么呢?可别平白诬陷我,怕是你自己贪睡,误了时辰吧?"

大乔瞥了孙策一眼,清亮杏眼如起了雾气的巢湖水:"我知道你的用心,可我们既然是夫妻,也该甘苦与共……"

大乔话未说完,孙策便将她拦腰抱起:"莹儿既然知道我们是夫妻了,昨天欠我的洞房花烛夜,是不是也该还给我?"

晚风徐来,室内气温好似因为孙策这一句话而陡增,温存旖旎,眉眼相视间,两人皆红了面颊。孙策紧了紧抱着大乔的手,才要去后堂,就听到帐外传来士兵的通传:"少将军,程将军请少将军议事!"

见孙策瞬间垮了神情,大乔不禁掩口轻笑。孙策不情愿地将大乔放下,抬手一刮她挺翘的鼻尖,高声对门外道:"知道了,我……马上过去!"

待士兵离去,大乔轻道:"今日大胜,可往后的路尚不好走呢,难得几位老将军勤谨。"

"勤谨归勤谨,就是不解风情,罢了,你在这乖乖等我,我去去就来。"语罢,孙策在大乔额上一吻,握着她的小手不舍再三,却还是阔步走出了帐子。

不过小半日的工夫,樊能、张英被杀,牛渚失守的消息便已传到了百里外驻守秣陵的笮融和薛礼处。秣陵乃江南要塞,亦是孙策南下的必经之地,不消说,孙策若想尽得江东之地,必先攻克秣陵。

笮融与薛礼不似樊能张英那般刚愎自用,早在孙策攻破庐江时,便已听过他的威名,如今见这后生果然可畏,两人皆打起十二万分精神,严阵以待。

可这二人未料到,手下士兵多是江东出身,多少曾受孙坚当年庇护,听闻孙策打来,非但不怕,还有些暗自欢喜。见士兵们如此怠懒,笮融不由歇斯底里,立下严刑重罚,对懒怠者严惩不贷,又让士兵们举着火把,三步一岗,五步一哨,照得营内营外灯火通明,薛礼则躲在帐内穿着甲衣枕刀而卧,听闻微小动静就即刻惊醒,整夜不敢熄灯。

孙策一入军帐,程普便命斥候将刺探到的敌情告知众人。孙策听罢笑道:"带兵打仗怎可能次次奇袭,打秣陵非比寻常,我们也该拿出真本领,给天下人看看了。"

黄盖指着绣有江东六郡的巨大屏风,对众人道:"少将军,各位,江东这吴、丹阳与会稽三郡,乃是我们此战之目标。现下刘繇部与少将军的舅父吴景将军对垒于丹阳郡的丹阳县,而少将军的母亲与弟妹,则被围堵于吴郡家中,无论如何,这两郡我们必须速速取之……"

吕蒙第一次以将领身份入帐议事,兴奋非常,接口道:"黄将军打了几十年仗,应当有破敌之法了罢?快说给我们听听!"

吕蒙这没轻没重的一席话,抢白得黄盖说也不是,不说也不是,进退两难。他半晌说不出一字,与吕蒙大眼瞪小眼,相看好一阵无语。

孙策见状,一脚踹在吕蒙屁股上:"你懂个屁,作战方案须得百般思量,黄将军怎可能这么快就有了妙招?"

吕蒙不过十五六岁,不谙世故,根本不知道自己说错了话。孙策这般莫名其妙踹他屁股,让他颇感委屈,却也不敢吭声。

程普一心记挂着行军,仍是那般不苟言笑:"少将军,今日虽得了万石之粮,又招降张英旧部一千余人,可与秣陵城外守军相比,仍是以卵击石啊。但是我们若不尽早出发,给了对方时间调兵遣将,从西北东南两处包抄我军,定会大难临头啊,还请少将军早下定夺!"

今日大胜,士兵们得以饱餐,皆十足喜乐,将军们却开怀未久。孙策明白众将的顾虑,笑着宽慰道:"放心吧,攻城自有妙计,明日晌午准时开拔。今日高兴,还请各位将军回营封赏有功士兵,但务必留够当值人手。"

见主将胸有成竹,众人皆舒了口气,拱手领命退了下去。待帐内只剩孙策一人时,他笑容渐失,无奈扶额,望着眼前地图发怔。

"报!少将军,居巢来信!"

听闻周瑜回信,孙策高声道:"快!快拿进来!"

侍卫大步走入,双手递上一个锦盒,而后恭敬退了下去。孙策细细拆开,只见里面放着三个锦囊,他拆开第一个一看,写的竟是渡江之法,其中关窍,与今晨他们所为一模一样。孙策不由叹服,自己实地多番考察才想到的计策,周瑜远在异地居然也能想到。

自己这兄弟真是厉害,更是难得与自己心有戚戚,孙策偏头一笑,拆开了第二个。

"'笮融、薛礼虽依附刘繇,但并非君臣之固',此言何意?"孙策放下锦囊,一脸不解,细细思忖:这笮融、薛礼二人原是徐州牧陶谦的部下,陶谦忌惮袁术,于是封笮融为"下邳相",封薛礼为"彭城相",想要让两人带兵从侧方和后方牵制袁术。陶谦死后,两人名义上辅佐刘繇,实际上却是希望领一方郡守,称孤道寡,建立自己的地盘。其中,笮融为人异常阴险狡诈,他表面上佛珠不离手,四处宣扬自己信佛仁义,兴建佛寺,还要求下邳老百姓日夜诵读佛经;暗地里却偷盗军粮、克扣粮饷,到黑市上贩卖,借以中饱私囊,导致士兵食不果腹衣不蔽体,及至冬日饿死冻死者数十;更有甚者,他一旦得势,便残忍杀害了曾优待自己的赵昱,并命手下在广陵郡烧杀抢掠,致使横尸遍野,民怨激沸。

诸事不成,走投无路后,他才假惺惺地投靠了驻守秣陵的薛礼。对于笮融,薛礼颇多提防,却还想利用他手中的军队,于是想出主意,只让笮融驻扎在城外,自己则固守城中。两人表面上互成掎角之势,实际上鲜少往来。

"有了!"看完周瑜的锦囊,孙策又生一计,兴冲冲地抚掌几下,星点光辉跃动于眸中。

宛陵周宅厢房里,小乔正收拾包袱行囊,忽闻有叩门声,她轻应道:"门没锁,请进。"

周老夫人推门而入,小乔赶忙上来搀扶:"本想收拾好再去找明府与夫人告辞,劳动夫人来看我,倒是婉儿的不是了。"

周老夫人拍拍小乔的手,叹道:"孩子,我们虽然相处的时日不长,伯母却觉得与你十分投缘哪。今日走了,往后也要多来书信,万不能将伯母忘了啊。"

小乔鼻头一酸,忍着哽咽对周老夫人道:"夫人对我这样好,婉儿铭记在心,永世不敢忘怀。"

周老夫人看小乔眼眶微红,不忍她落泪,逗她道:"你这孩子,始终不肯叫我一声伯母,是不是瑾儿……"

小乔的心思瞒不过周老夫人,她红脸垂头,嗫嚅道:"周郎对我并无其他,来信也只是以兄妹相称,婉儿不敢僭越。"

"瑾儿七八岁就没了母亲,几年间又见族中兄弟皆损,未及弱冠,父亲也故去了,同年又失了结发妻……偏生这孩子心思细,总喜欢把这些不相干的事揽到自己身上,所以啊,我看他并非对你无意,说不定是怕克了你。孩子,我觉得你们俩有缘分,伯母也盼着有朝一日你们能一道前来,光明正大地叫我一声'伯母'。"

小乔好似忽然想到了什么,语调高了两分:"说到克人……我也不弱,我才出生就没了母亲,小时候村里小孩都喊我'扫把星'来着。"

听了这话,周老夫人望向小乔的神色愈发心疼:"傻孩子,这世道这样乱,能活着是意外,死了反倒是寻常。只盼着有朝一日这乱世可以终结,我们也都能过上安定舒心的日子。"

"夫人放心,有周郎在,还有我姐姐的相好孙伯符,天下一定会安定的。"

周老夫人眼前浮现出那日告别时周瑜的一席话,心中愈发笃定他二人乃是良配,她还未来得及说什么,就听得小厮在外叩门:"夫人,小乔姑娘,家公说,丹阳北部要打仗了,交战双方是刘繇部下与孙少将军,小乔姑娘这两日可走不得啊!"

"什么?!"孙策那家伙竟然这么快率部杀到了江东,自己的姐姐应当与他在一起,不知会不会有危险?小乔一惊,一颗心霎时提到了嗓子眼。

孙策想罢攻城之策,即刻回到了起居帐,才到门口,便闻得一阵清香。他掀帘而入,只见大乔散了束发,如瀑般的青丝披在瘦肩上,她穿着一件碧色襦裙,外配青色纱衣,笑靥如花:"难得找到了小炉子,我给你煨了清粥,做了些小菜,今日打仗着实辛苦,快来用些罢。"

孙策直愣愣地站着,却好似斗转星移般回到了若干年前的傍晚。彼时父亲犹在世,炊烟袅袅下,母亲正在庖厨做晚饭,那是他童年最快乐的时光。这种安定恬然,恍若隔世,今时今日竟在猝不及防间从大乔身上获得,他倏然欢喜,居然有些快乐得想流泪。

见孙策站着未动,大乔红着小脸上前,递上一块干净帕子,柔声道:"别愣着呀,洗了手用饭吧。"

孙策偏头一笑,未接帕子而是将大乔一把拉入怀中:"莹儿,我爱你。"

从未听过孙策如此直接又炙热的剖白,大乔抬起纤弱双臂,环住他的脖颈,呢喃道:"愿与君共老。"

孙策心下大动,他不由分说抱起大乔直往内室而去,将她放在榻上重重吻下,大乔忍不住娇喘回绝:"别,孙郎,那饭……"

红烛微光,更映得大乔倾国容色美艳逼人。孙策颤手拂过她清凉的发丝,哑声道:"对不起,莹儿,我……忍不住了,饭一会儿再吃罢。"

青衣剥落,一室芳华,天边不知何时升起了一轮圆月,清辉浩渺,洒向人间一对璧人。这世间最令人流连的风景,莫过此刻。情丝缠绕,不辍流年,大乔只觉自己即刻要溺毙在孙策满腔的深情中。

良夜还长。

## 第十八章 孙郎如何

孙策部渡江后第二日,秣陵城中流言四起,尘嚣日上。似有人故意在城中放风,宣扬笮融过去之种种,甚至声称,待孙策部杀来,他便会反戈一击,随孙策部一道攻打秣陵。

消息不胫而走,几个时辰便传遍了整座城,亦传到了城外笮融处。他虽非真心投靠薛礼,但也确无倒戈之心,这传言惹得他万分焦躁,亦不得不对薛礼起了提防。

傍晚时分,孙策部到达秣陵城外三十里处,一路所经村落,皆有青少男子三五成群,投入孙策麾下,及至入夜清点时,已有近五千人马。

孙策交代罢明日攻城事,回到起居帐,大乔已窝在榻上睡着了。明晃晃的油灯下,她的睡颜恬静美好,好似能瞬间洗净他满身的铅华。孙策拉起旁侧的薄被,为大乔盖上,却惊了她的浅眠。大乔看到孙策,即刻撑着起身:"你回来了……我本在等你,不知怎么就睡着了。"

"夜里凉,快披上件衣裳,"孙策拿起榻旁的红绸斗篷,轻轻搭在大乔肩头,"这两日夫人辛苦,多休息休息挺好。"

孙策坏笑一下好似意有所指,大乔红着脸瞋他一眼:"案上给你留了饭呢,明日一早要攻城,快去用了,早点歇着吧。"

"我不在,你肯定还没用饭,来,我们一起。"

孙策牵着大乔来到前堂，两人相依坐在案前。大乔为孙策盛上一碗清粥，孙策接过，却吹了送到大乔嘴边："饿了吧？"

大乔含羞轻捱："你自己吃罢，别这样，怪羞人的。"

"昨晚羞也罢了，现下羞什么呢？"

知道孙策在刻意逗自己，大乔忍住羞怯，转言道："对了，这几日你可有周明廷的消息？婉儿随他去了这么久，竟一点也不挂怀我这姐姐。"

想起小乔，孙策不由一呛，边咳边道："莹儿，妻妹的事，先前怕你担心，所以一直未曾告诉你，她跟公瑾去花山时候遇险跳崖了，不过现下已经大好了，在宛陵公瑾从父家养着，过几日我就着人去接她回来。"

听了这话，大乔惊得站了起来，泪眼汪汪急问道："跳崖了？到底怎么回事？你怎的不告诉我？"

孙策拉她坐下，好言宽慰道："就是怕你这样，才不敢告诉你，根据公瑾的来信，妻妹应当是为了救他才跳崖的。莹儿不必担心，过几日你们就能相见了……妻妹是个好孩子，我以后都不骂她了。"

想到小乔受伤，大乔心疼又自责。孙策却一翻双目，慨叹得十分不合时宜："说来妻妹真是厉害，我认识这么多人，从未听说谁跳崖还能活的……"

大乔听罢，面色一沉："哪有你这样的姐夫，非但不关心她，还说风凉话。"

见大乔生气，孙策嬉皮笑脸哄道："我不是那个意思，莹儿切莫动怒，我明日就让人接妻妹回来，可好？"

大乔沉默片刻，缓缓道："父亲让我好好带着婉儿，我却害她受伤而不自知，怎能不自责呢？孙郎，你知道吗，我真的觉得父亲老了，那日传来的信，竟然忘了避祖父的名讳……"

"岳父大人现下还在徐州城外养伤，既没有上阵，也没有赋闲。待我在江东立足，一定想办法寻个由头接他过来。"

大乔深知父亲对袁氏愚忠，却不愿回绝孙策的好意，倚在他肩头乖巧道："孙郎，谢谢你……除此外，我有个不情之请，希望你能答应我。"

孙策与大乔感情甚笃,虽礼数不全,在彼此心中却是结发夫妻,恩爱不疑。现下大乔忽然用如此严重之词,不禁让孙策有些意外:"即便你让我去摘天上的星子给你,我也不会拒绝的。有什么要求,但说无妨。"

翌日,天方擦亮,孙策便命程黄朱韩四位将军率三千人围了秣陵城,自己则率两千人包围了笮融的营地。

辕门外鼓声震天,敲得笮融胆战心惊,他下令紧闭营门,坚守不出,妄图靠拖延时间逼退孙策部。

孙策骑着大宛驹,领着一众人马,来到营前叫阵道:"笮融,莫要再负隅顽抗,前日我已击败樊能、张英,夺取牛渚,你们的粮草业已供应不上了!还有你先前干的那些缺德事,闹得人尽皆知,城里那一位亦是震怒非常,他已答应我,只要我不攻打秣陵,他便不会派兵来救你。你摸摸脖子上的脑袋,好好想想,究竟是开营投降,还是等到饿死,书信为证,你好自为之!"说罢,孙策大手一挥,身侧待命多时的吕蒙挽弓搭箭,将一封书信于百步之外牢牢地钉在了笮融帐门的横梁上。

孙策军中竟有箭法如此超群之人,笮融不由大骇,他抚着胸胁顺了半天的气儿,才让手下取信给自己。信中果真是薛礼的笔迹,内容与孙策所言无异,他气得几欲咥血,心中渐渐起了杀意。

这样围了一整日,笮融还扛得住,他的军营里却是风声鹤唳,草木皆兵。就在第二天清早,他们已濒临绝望之际,孙策部中忽然传来消息,称刘繇余部袭击了牛渚,于是孙策部鸣金收兵,连围城的程黄朱韩四将军亦偃旗息鼓,疾驰回牛渚解围去了。

听闻孙策率部退走,秣陵城中的薛礼等人额手称庆,可薛礼带兵多年,经验老到,他担心其中有诈,依旧紧闭城门。直至上夜十分,细作快马加鞭,传来了孙策在战斗中箭负伤,奄奄一息的消息。

薛礼大喜过望,酷好宴饮的他立刻派人邀请城外的笮融来城中大宴一场。笮融自然觉得这是鸿门宴,阴沉着脸,命手下人倾巢出营,埋伏在城外,他自己则在腰间缠了七八柄佩刀,率几名干将进城赴宴。

酒席上,笮融全程盯着薛礼的一举一动,所谓"失斧疑邻"大抵不错,笮融怎么看薛礼,都觉得不大对劲。说来也巧,正当笮融认为不能再等必须先下手为强之时,薛礼酒气上头,不小心把酒盏摔在了地上。

这一摔不要紧,笮融以为是薛礼乃是摔杯为号,欲结果了自己,他腾地蹿了起来,箭步上前,一刀捅死了薛礼。笮融手下将领亦非省油的灯,边厮打边抄起火把,使出浑身之力扔向营房,一时间火苗四溅,燃起熊熊大火。城外笮融部见城内起火,不由分说便攻入了秣陵城,与薛礼部拼命厮杀。

笮融永远不会知道,薛礼虽憎恶他的所为,却未动杀他的念头,那封薛礼写给孙策的信,乃是新投奔入孙策帐下做书曹一职的吕范伪造。此人原是汝南郡的一名县吏,仪表堂堂,因避难来到寿春,后来听闻孙策欲往江东,便带领手下百余号人一起投奔。他书法不凡,尤其擅长模仿笔迹,此一次便是用此技帮了孙策大忙。

听闻笮融与薛礼火并,孙策开怀大笑,立即率部从牛渚再度出击,来到秣陵城下。临上阵前,他拉拽着吕蒙的衣襟,来到了军阵后方的密林中。

"少将军干吗?"吕蒙被孙策拽得生疼,不禁怨声滔天。

孙策指了指吕蒙身上的铠甲,不容辩驳道:"把甲衣脱了。"

吕蒙下意识一护胸前:"啊?为什么?"

孙策不耐烦道:"你又不是姑娘家,怎么换个铠甲还扭扭捏捏的。"语罢,孙策三两下褪去了自己的铠甲,又上手开始掀吕蒙的甲衣。

"别别,我自己会脱。"吕蒙转过身去,将铠甲解了下来。

待更换完毕,孙策又拽着吕蒙出了林子,两人并肩走了几步,孙策突然一个扫堂腿把吕蒙绊倒,俯身蹲下,死死按着他的身子:"你别动……"

这尴尬的姿势把吕蒙吓了一跳,他小声哀求道:"少将军……不要啊……"

"不许说话!不许动!再动罚你不准吃午饭!"说着,孙策抓住吕蒙的双肩,两眼直直盯着他。

吕蒙不知他的少将军为何突然兽性大发,就快哭了出来:"少将军,我不是少夫人,你可别……"

孙策哪知道吕蒙在想这些乱七八糟的,他双手使劲摇了摇吕蒙的身子,高呼道:"少将军!少将军你怎么了!"

在孙策的摇晃下,吕蒙上下颌打架,差点咬了舌头,人却蒙得像块方木头:我什么时候成了少将军了?

还不等吕蒙反应过来,孙策猛地起身,双手举过头顶,招呼着军阵后两名抬着木头担架的士兵:"快过来!少将军发病了!怕是不行了!"

两名士兵远远见倒地之人穿着主帅铠甲,惊道:"少将军怎么了?"

这一喊不要紧,引得军阵中的士兵们皆回头观望,见倒在地上穿着主帅铠甲的吕蒙,都以为是孙策。其中一名士兵十分眼生,是这几日才投入孙策帐下的,他偷偷以解手为借口离阵,在脱离众人视线后,三步并作两步,连滚带爬蹿回数百丈开外的笮融营地,高声道:"报!恭喜将军!孙伯符死了!"

满座哗然,笮融面露喜色,又随即收敛,狠狠瞪了那人一眼:"消息属实吗?若有半句虚言,本将军砍下你的狗头!"

"属……属下亲眼所见,孙伯符犯了病,于军阵后方倒地,任凭下属叫喊,再也没有起身!"

笮融仍是将信将疑,望向帐下军医,其中几人本是薛礼处的,方经历昨夜的腥风血雨,怕得要命,异口同声尬笑附和道:"看来传言孙伯符中箭果然非虚,他这是应属箭疮发作,暴毙而亡。"

昨夜斩杀薛礼一事,令笮融信心大增,他大手一挥,号令部下:"孙伯符那臭小子终于死了!实乃现世报应!传我军令,全军出动,一举击溃敌军!"

秣陵城外,擂鼓声声震天响,笮融倾巢出动,率一万人与孙策军对垒。

相比对面列阵齐整的军队,孙策部人员稀少,且多以游骑为主。

笮融抱臂胸前,自负非凡,朗声对左右道:"孙伯符已死,击破残兵就在今日!弟兄们,跟我上!"说着,他举起长刀,策马冲锋。一时间,喊杀声震天。孙策军的几百游骑根本抵挡不住这样的冲锋,可谓是一击即溃,慌张向林间逃去。

笮融御马如飞,穷追不舍,穿过丛林,道路陡然变窄,两侧坡地隆起。笮融不疑有诈,依然紧追不放。突然间,两侧山坡后飞来无数箭矢,只见韩当和朱治率几百弓箭手排成数排,轮流不停地朝笮融的追兵放箭。

这边刚遭到箭雨的迎头痛击,那边两侧的树林间又响起喊杀声。程普与黄盖两位老将双手持刀,率领一众刀步兵以万夫不当之势砍入敌军之中,将敌军一截两半。陆续穿过树林赶来追击的笮融军遭到林间刀兵的突袭,顿时大乱,步兵手中的长戈无法施展,骑兵的冲击亦被林间树干阻碍,弓兵没有距离且敌我不分,更是毫无还手之力。一万人的部队,不过眨眼工夫,便被斩杀千余。

笮融见势不妙,立即勒转马头,一溜烟地向营地逃回。方出营一万多人,逃回却仅有数百。剩下的士兵本就是薛礼的部下,怎会为了笮融去赴死,他们纷纷放下武器,举手投降。

孙策不知何时换回金盔银甲,身披赤红披风,骑着大宛马来到营外,银枪指天,高声大喊道:"孙郎如何!"

几千名士兵亦跟着齐声高喊"孙郎如何!",声势如虹,直冲霄汉。笮融哆哆嗦嗦将帐帘撩开一道缝,见孙策居然依旧生龙活虎,俊逸如天将,当场吓得蹶倒过去,未及夜深,便一命呜呼,再也不省人事了。

大乔随补给部队于阵地之后,她遥望孙策身姿,发觉这是自己第一次亲眼见他打仗。这般的英武俊勇、所向披靡,令大乔心驰神荡、百感交集。

蒋钦的夫人彩儿与大乔一道,见她发怔,彩儿忍不住"扑哧"笑出了声。

大乔自觉失态,慌忙收了神思,面露赧色:"你笑什么呀……"

彩儿掩口道:"不瞒少夫人,舒城外初见你的时候,我就在想,这么美的姑娘,究竟什么样的男子才配得上呢?现下看到少将军,才知道姻缘天定,根本不必我们劳心。"

大乔脸皮薄,受了这般调侃,小脸儿红得好似能滴下血来:"你快别打趣我了,我们也收拾收拾,准备出发罢。"

巢湖边,数百渔船三两相连,飘荡在碧水横波间。周瑜白衣斗笠,与鲁肃相对而立,见招募来的士兵皆扮作渔夫模样登船,准备就绪,他拱手对鲁肃道别:"此一去,居巢诸事,就劳烦子敬兄了。"

鲁肃含笑回礼:"你我之间不必这么客气,水路湍急,万望珍重。"

天色不早,周瑜不再耽搁,敛起衣裾登船。船工举旗为号,船队即刻驶离了岸口。

青墨晕染山水间,百舸争流,鲁肃望着周瑜渐行渐远的身影,心中蓦然起了感慨。落日西下,疾风骤起,蛟龙出渊,这天下只怕要风云大变了。

## 第十九章　二乔重逢

秣陵既破，长江南岸再也没有了威胁。孙策留下两千人分别驻守横江、当利、牛渚和秣陵，自己则率一万人火速赶到丹阳，与被刘繇困了近半年的吴景和孙贲汇合，随即以二人为督军兼向导，命朱治、韩当、蒋钦、周泰为大将，先后攻破梅陵、湖孰、江乘等地。

下一城，便是周瑜从父周尚驻守的宛陵，听闻孙策大胜，周尚倍感欣慰，下令待孙策部到，便大开城门相迎。

天气日渐炎热，是日午后，小乔与周尚及周老夫人同在后院角亭纳凉饮茶。后厨又送来新鲜瓜果，果香花香四溢，老少俱欢，其乐融融，倒像是一家人一般。忽有小厮来报："家公，夫人，门外有位公子，说是来接小乔姑娘的。"

小乔的心怦然一动，娇声问道："谁啊？是周郎吗？"

那小厮忍着笑，摇头否道："不是，据说是孙少将军的下属……"

小乔正诧异着，便见周泰领着戎装的大乔与彩儿走上前来。看到大乔，小乔一溜烟蹿下亭去，牢牢圈住她的手臂："姐姐！"

大乔十足挂念小乔，却要顾全礼数，随周泰上前，向周尚与周老夫人一礼，才亲昵地拉起小乔的手，将她上下打量，见她毫发无损，终于放下了心来。

周泰拱手将书信递上:"见过周明府,我家少将军已率兵至城外,贸然前来怕打扰明府清静,特命属下送来拜帖。"

周尚站起身,以干布净手,而后亲自走上前来,接过周泰手上的文书,边看边道:"好,真是个好小子……"

听闻孙策真的带兵打了过来,小乔惊得差点掉了下巴:"我的天哪,沿途守军都没吃饭吗?"

听到小乔这般排揎孙策,大乔一扯她的衣袖,对周老夫人揖道:"舍妹愚钝,幸得大人与夫人照拂,请受小女子一拜。"

周老夫人早就看出,除周泰外,其他两个都是女扮男装。即便女扮男装,不施粉黛,大乔亦是秀色难掩,她无须开口,周老夫人便能猜出她的身份,笑得十分和蔼:"伯符到底是大了,竟讨了个这么漂亮的媳妇。"

小乔连连摆手:"夫人,我姐姐还没……"

大乔满面含羞对小乔道:"婉儿,得父亲允婚,几日前,我与孙郎成亲了……先不说这些,大军已至城外,我们莫要再叨扰明府与夫人,随我出城罢,孙郎稍后会亲自来拜见明府与夫人,再聊表谢意。"

听闻姐姐居然跟了孙策,小乔犹如五雷轰顶。

但看大乔满面喜悦娇羞,孙策应当待她不错,小乔不再计较,转向周尚与周老夫人,深深一揖:"婉儿承蒙明府与夫人照拂……实在不知道说什么话感激,以后若是有能帮得上二老的,只管找我……"

周老夫人上前扶起小乔,满面不舍:"好孩子,去罢,我们迟早还会见面的。"

众人再向两位老人行礼,二老亦趋步出府,看着他们上了马车。小乔隔着窗棂,向周尚夫妇挥别,马车便立即开动。

相处月余,小乔与周尚夫妇如同亲人,此时分别不免不舍。大乔轻握小乔的小手以示宽慰,小乔转身拭泪,又问:"姐姐,父亲怎么忽然答允你与孙伯符的婚事了?孙伯符的心不在袁氏帐下,可父亲还在为袁氏效力,你们成婚,父亲不会有危险吗?"

小乔这一问,令大乔又起怅然:"是啊,可这乱世里,我们也别无去处,想来父亲也是没办法,才答允了罢。不过孙郎有筹谋,派了人专门保护父亲。"

小乔怎么都觉得孙策不大可靠,她托腮向外一望,却见这宛陵城头的旌旗皆已换成了"孙"字。还未等她回过神来,百余精骑精神抖擞,从城门两侧包抄而来,前后簇拥着马车,蔚为壮观。

小乔吓得一把拉过大乔的衣角:"姐姐,这是怎么回事?这些都是孙伯符的兵?"

"婉儿,你一直待在宛陵,有所不知,现下整个丹阳郡都是孙郎的了。"

说话间,马车已入城外军营,大乔与小乔下了马车,相携走入军帐。孙策正等在帐中,看到小乔,他赖笑招呼道:"妻妹来了?看你没有缺胳膊少腿,我也就放心了。"

小乔气鼓鼓地将包袱撂在榻上,睨着孙策道:"就算我父亲把姐姐许给你,你也别得意。若你敢欺负我姐姐,我一定打瞎你的眼!"

不知怎的,孙策与小乔一见面就吵个不休,大乔夹在中间左右为难:"婉儿,孙郎待我极好,你且放心吧。"

孙策跷着二郎腿,拉大乔至身前:"夫人,妻妹还未唤我'姐夫',实在是有些失礼啊。"

打从两人成婚后,孙策时常因为不能公开自己娶了大乔而懊恼,现下见到小乔,自然急于让她承认两人的关系。这沙场上肆意驰骋的英雄豪杰,此时却像个渴望旁人肯定的孩子,大乔不忍回绝他,转头望向小乔:"婉儿……"

看着孙策那副贱笑模样,小乔简直要控制不住袖管里的石头,可他与大乔已经成亲,只要他待大乔好,小乔也没什么可计较的。想通了这个道理,小乔僵着脸,小声嘟囔道:"姐夫。"

孙策笑得如沐春风,将手拢在耳旁:"你说什么?声音小,我没听见。"

小乔瞪了他一眼,薄唇嚅动,还未出声,就听门外士兵通报道:"少将军,有人求见!"

孙策这才不再戏弄小乔,起身揽着大乔的纤腰,嘱咐道:"我出去看看,你跟妻妹说说话罢,一会儿我再来找你。"

语罢,孙策大步走了出去。小乔这才卸了劲儿,趴在榻上懒道:"姐姐嫁给了孙伯符,以后都要跟他在一起了,我不能一直跟着你们,可我也不知道自己该去哪儿啊。"

大乔上前抚了抚小乔的小脑瓜:"你为何不能一直跟着我?世道这么乱,我们姐妹俩可不能分开。孙郎说话虽不中听,心思却是好的。明年你就到及笄之年了,若是能许个亲眷,我也能放心些……对了,我看周家二老待你极好,给你做的夏裳也都很华贵漂亮,周明廷又因为你先前跳崖之事,十分愧疚感动,你们……"

提起周瑜,小乔将头埋在臂弯里,懊恼道:"我不要他愧疚感动,更不会因此就赖上他。先不说我的事了,孙伯符的母亲知道你们成亲了吗?"

"孙郎先前送了信去,听闻婆母很是欢喜,只是他们一家现下被困在吴郡家中,孙郎很心急,想尽快发兵将他们解救出来。"

孙策对大乔的情意自不必说,既然吴夫人也欢喜,小乔终于放下心来,在榻上打了个滚儿:"那便好了,姐姐不知道,那日在花山里有多可怕,我以为再也见不到你了。"

"知道怕,以后就别再自己跑出去,你都不知道我多担心。那洞窟实在不寻常,孙郎也起了提防,可周明廷信中到底说不详尽,婉儿还能想起什么,不妨都告诉我吧。"

盛夏时节,日暮时分,地热仍未散去。孙策解下玄红披风,遥望着十里连营中正用晚饭的士兵们,嘴角仍挂着笑,眉头却越蹙越紧。

自渡江至今日,大军算得上所向披靡,可孙策身为一军之帅,自然不可耽溺于小胜。何况他多有掣肘,一头连着袁术,另一端则接着曹操。

此时长木修前来求见,不知又在打什么算盘,孙策明白,只有定心忍性,才能最终挣脱枷锁。他调息定神,走入了议事帐。

长木修依然是那般模样,嘴角挂着一丝若有似无的笑意,让人不知该笑还是该恼。看到孙策,他起身拱手揖道:"恭喜孙少将军,尽得丹阳之地!"

孙策摆手示意长木修坐下:"什么风又把张公子刮来了?可是你那位大人物又有什么指示?"

"少将军近来双喜临门,既得了大美人,又所向披靡。此次修来,一是为了道贺;二来则是要告诉少将军:传国玉玺修已奉与了袁将军,袁将军大喜过望,尤其是看到玉玺上那八个大字时,心有戚戚,或许……司空托修给少将军带句话:只管安心为战,其他事,交予我们便好。"

那传国玉玺上所刻的八个大字乃是"受命于天,既寿永昌",长木修此言,似在暗示袁术有称帝之意,孙策佯装听不懂:"甚好,乔将军那边,还劳烦你说到做到。"

"乔将军是婉儿的父亲,即便少将军不交代,修亦会全力护他周全的。"

谈话至此,孙策轻笑吩咐帐外道:"来人,天色已晚,给张公子安排个住处。"

长木修拱手退下,孙策仍端坐未动,总觉得他这张似笑非笑的面庞下,还藏着些什么,却又说不清道不明,无从琢磨。

孙策站起身,骨节分明的大手摩挲过绣有江东六郡的屏风,最终停在刘繇部驻军的曲阿。此处乃周瑜最后一个锦囊计的箭弦所指,亦是他统御江左的重要节点,只能胜,不能退。

不知不觉间,已至夜半两更天,孙策舒活舒活筋骨,悠然回到了起居帐。不消说,大乔是他立马横刀背后的清风与柔情,只要见到她,满心的烦忧就会顷刻烟消云散。可孙策乘兴而回,帐中却不见大乔身影,他又反身回到小乔帐外,唤道:"莹儿,莹儿……"

大乔闻声走出,看到孙策,她面有难色,小声道:"孙郎,今晚你能不能自己回去歇息?"

孙策一脸不悦,摇头不肯:"那怎么行?我才娶媳妇,就让我独守空房?你若不好意思,我去跟妻妹说。"

孙策作势要进帐,可他还未掀开帘子,就见小乔端着木盆走出,一盆胭脂水哗地泼出,差点溅在孙策身上:"你们俩该干吗干吗去,我要睡了。"

语罢,小乔转身走回,落下了锁钥,门外隐隐传来大乔的嗔怪和孙策的调笑,俄顷又漫散消失在了夜幕中。

虽然与孙策不对脾气,小乔依然为大乔开心,能与心爱之人相守一世,是多少女子梦寐所求。只是入夜后,帐内只剩她一人对影成双,还是让小乔有些感伤。

正在小乔发怔时,窗外忽然传来一阵轻呼:"婉儿,婉儿……"

小乔打开窗棂,东风一吹,拂乱她的长发,只见星芒满眼,数十只萤火虫将夜幕点缀得恢宏华美。长木修立在帐外星幕下,笑得无比温柔:"婉儿,别怕,今晚我就守在外面……"

## 第二十章 周郎堪顾

巢湖畔,百余船舶靠岸停歇,周瑜与身着蓑衣的士兵们一道坐在岸畔,烹水煮饭。

芦苇连天三万顷,炊烟袅袅,士兵们喝着稀粥围炉闲谈。周瑜独自坐在岸畔青石上,掏出一管竹篪,幽幽咽咽吹着庐江当地的民歌。

众人听得痴醉,渐渐止了谈笑,沉默听着竹管之音,笛声亦从舒缓转作慷慨,高昂激奋,砥砺人心,如闻万马似有千钧。

哪个男儿没有壮志雄心,听了这笛声,众人皆磨刀霍霍,恨不能现下就奔赴沙场浴血杀敌。

明日清早,百条渔船将突破巢湖,汇入长江,一路东去,加入孙策平江东的队伍中。想到这里,周瑜的眉眼间兴奋难掩,从小到大,他皆是旁人眼中的俊逸儒生,可靠十足,可无人知晓,他心中亦有几分蠢蠢欲动的不羁。今时今日,孤军深入,兵行险招与孙策里应外合,便是他最大的豪赌。

一曲终了,周瑜站起身,望着广阔无垠的湖面,心中顿起万丈豪情,成或败,生或死,皆在此一战了。

夜半三更,大乔已浑然熟睡,孙策披上衣衫,走出营房,来到吕蒙帐外,果见他帐中灯火通明。孙策拦住欲通报的士兵,掀帘而入,只见吕蒙正在屋里投壶玩,只是十支难中三五。

孙策满脸鄙夷,斥道:"我帐下怎么会有这么笨的将领,你快别投了,没的让人笑话。"

吕蒙一回头,看到孙策,十分惊诧:"少将军怎么来了,不会是……少夫人把你撵出来了罢?"

"放屁,我来是有事吩咐你,快去给我寻个算命的来。"

"算命的?"吕蒙如丈二和尚摸不着头脑,"少将军要算什么?"

方才听大乔转述小乔花山见闻,孙策辗转难眠,与其坐在原地瞎猜,不若找个风水先生问问花山地脉,也好推测究竟是何等身份之人会在那里建造洞窟。可这些怪力乱神事容易动摇军心,孙策不欲照实说,只道:"让你去找你就去,怎么问那么多!"

吕蒙脑子里不知转着些什么,笑得极为鸡贼:"好好好,少将军放心,明日我就去寻个人来!"

虽然渡了江又娶了大乔,孙策的烦心事却分毫未少。现如今,除去南边较为偏远的泾县、黟县、与歙县,孙策已将整个丹阳郡悉数收入囊中,加上吴景、孙贲的部队和收降的刘繇部曲,麾下已有一万余人。

起初,百姓们听闻孙策来了,吓得关门闭户,不敢出门。可待发现孙策军所到之处竟秋毫无犯,还宣布愿意参军的免除全家赋税徭役,不愿意参军的绝不勉强之时,百姓们都乐开了花。要知道,自孙坚去世,江东百姓不知道经历了多少动乱,加之山越横行,大肆劫掠,为官者不为,还横征暴敛,让各地乡亲苦不堪言。现下好不容易来了清明为政之人,百姓怎能不爱戴?

只是士兵多了,粮草也多了,管理起来便有些麻烦。更何况,治人不比管物件,总要让投诚的士兵们心悦诚服,才能军心稳定,所向披靡。诸多事宜堆砌,令孙策深感分身乏术。

帐下虽人才济济,可放眼望去,从程黄朱韩到蒋钦、周泰,皆是武将,除去一个吕范外,竟还没有一个文官可堪任职,而吕范虽为县吏,却难以担当辅军治郡的重任。等过几日周瑜来了便好,只是周瑜的心智计谋多在兵法,若要让他做文职,并非他所擅长,只能且走且看,再求良人相佐了。

是日晌午,孙策正与大乔用午饭,大乔贤惠温柔,煮的饭菜亦是舒顺可口,孙策望着大乔绝色姿容,心情舒缓了许多。

正在两人郎情妾意、你侬我侬之际,吕蒙忽然大声在帐外喊道:"少将军,风水先生找到了!"

大乔茫然十足地望着孙策,好似在问他为何要找风水先生。孙策扯扯她的小脸蛋,轻道:"我去去就来,你不必担心。"

语罢,孙策掀帘走出,招呼着吕蒙走向旁处:"昨夜才吩咐,你今日就找到了?"

吕蒙一脸兴奋:"今天一大早,我随韩当将军去募兵处,恰好碰到一个人,说自己上知天文下知地理,凡是人世间的事,没有他不知道的。这应该就是少将军说的'算命先生'了吧?"

这神棍可真能吹牛,也不知是真有本事还是坑蒙拐骗。不过世道艰难,哪里还能求全责备,孙策扶额无奈道:"我去议事帐,你把他带过来吧。"

片刻后,一位四十岁上下、头戴军师帽、身着深色儒裳的宿儒徐徐走进帐来,对孙策道:"听闻少将军欲算子嗣,依在下看来,少将军年轻精壮,这……"

孙策臊了个大红脸,连连摆手道:"非也,先生莫听我手下人浑说,我是想算风水,而非子嗣。"

那人捋须一笑,从贴身包袱里摸出一只碗盏,又随手拿起案上茶壶注水,微微摇晃两下,用手指头蘸着茶水,在雕花木案上写了一个"山"字。

孙策心下一震,面上却不动声色:"看来先生已知晓我心中所往。不瞒先生,那日我的挚友游历花山,见那山顶洞穴中有一高台,高台上有一大鼎,还有大蛇镇守。观其新旧,大约十年前所制,却未完工。不知先生可知是何人因何所为,用途几何?"

那人掰着手指头算了几下,又问:"鼎的朝向为何?"

"朝南。"

"是否有奇特符号纹于其上或刻于背后石壁？"

孙策本就因那"山"字而惊诧，听闻此语，再也忍不住："先生去过此地？"

"非也，但若是如此，鄙人大略有些成算。"

"请先生说来听听。"

那人对孙策一揖，开始踱步道："山南水北谓之阳，山北水南谓之阴。花山南望黟山，北临长江，乃上阴之地；若将长江比作龙，则花山恰好位于龙的心脏，四海之内龙气汇聚，其象之贵堪比洛阳北邙。其以洞穴为之，又以巨蛇镇守，当属阴宅。鼎为炼丹之物，象征得道升仙。在洞穴内垒高台、筑石鼎，非万人之力不可为之。十年前有能力建此洞穴者，唯黄巾军是也。能让黄巾军在这密林深山中花费如此之巨修建阴宅的，唯有一人。少将军仔细想想，便知道是什么人了。"

孙策脸色巨变，垂着眼眸半晌无语，待回过神，他一把拉住那人的手："先生并非风水先生，为何要随我部下来此处为我解惑？"

那人见身份被孙策识破，起身大拜："鄙人张昭，字子布，并非什么风水先生，为求见少将军，不得不如此称呼，欺瞒了少将军，还请少将军恕罪。只是，少将军是如何看出，张某并非风水先生？"

张昭乃徐州彭城人士，曾举孝廉，在江左一带颇有威望。孙策自然听过他的名头，含笑指着张昭腰间的玉佩："敢问哪个风水先生戴得起这样的玉佩？子布兄为何不直接来见我，而是要绕这么个大弯子？"

张昭苦笑道："少将军有所不知，张某其实已经跟了你们一路了。只是少将军帐下尽是武夫，未有饱学之士，张某即便自报家门，那些武将又如何认得。"

前两日才慨叹帐下无人可堪文职，张昭便送上门来，孙策笑叹道："是我疏忽了，先生所言不差，如今我帐下莫说没有饱学之士，甚至还有许多将领目不识丁，就像那去寻先生来的阿蒙，小聪明十足，却毫无大智慧。先生如不嫌弃，可愿助孙某一臂之力？"

张昭再次大拜："我与广陵太守赵昱乃是莫逆之交，笮融杀赵昱，背信弃义,罪不可恕。少将军打败了笮融,便是了却张某心愿,从此鞍前马后,愿为少将军肝脑涂地!"

"太好了,"孙策双手拍了拍张昭的肩膀,"有先生襄助,孙某荣幸之至。往后孙某有任何做得不对之处,恳请先生批评指正。若有久负才学的名士,也请先生不吝引荐。"

夏日燥热难耐,终于盼来阴雨,却又是湿热难耐。江东士兵虽不适,却也习以为常,难为那些北方士兵,水土不服,三五日间相继病倒。

大乔看在眼里急在心上,命伙夫队烧煮绿豆水,供士兵们服用。小乔帮不上忙,便与长木修一道去城北山间郊游。

两人从清晨爬到晌午,终于登上了山顶。望着视线尽头如银带般的长江,小乔望断秋水,却怎么也看不到巢湖,看不到湖畔的小县居巢,更看不到那个她日夜思想的人。

长木修看着小乔精致绝伦的侧颜,沉声轻问:"婉儿,周公瑾……待你好吗?"

小乔愣怔片刻,回过神来,莞尔娇笑道:"周郎待我极好,修哥哥放心吧。"

"他既然钟情于你,为何从不向乔将军提亲?"

小乔脸颊飞红,神色又有些尴尬,迟疑半晌才垂首回道:"我也不知道……"

长木修抬起手,欲拂过小乔的长发,可他迟疑片刻,又无力地放下手:"婉儿,今晚我就走了。"

小乔眼波潋潋,抬眼望着长木修,不解道:"今晚就走?怎么才来就走啊?"

"我只是个传话的,待得太久会引你姐夫猜忌。我的胞姐在吴郡开了家酒肆,我也该去看看她,帮她打打下手。"

小乔乖巧地点了点头,看出长木修眼底的万般不舍,她含笑宽解:"修哥哥别难过,我姐夫不日便会打吴郡,到时候,我们就又会见面的。"

小乔的娇笑犹如夏日里的凉风,令长木修无比神往,他终于解了愁苦之色,俊俏的面容上起了几丝笑意:"我会日夜盼着那一天的。"

语罢,二人皆不再说话,而是并肩静静地眺望着湖光山色。若不出长木修所料,待到吴郡时,周瑜也该来到孙策军中,届时鹿死谁手,总要现端倪了。

张昭的到来的确给孙策营中带来很大改变:丹阳郡内各地发来的堆积如山的政务文书,不到三天就被张昭处理得干干净净;与此同时,各地运粮接济有条不紊,营内士兵训练有章可循,不过几日间,这支杂军拼盘的队伍就已焕然一新,实力大增。

然而事务管多了,自然有人要看这个新来的文官不顺眼,比如程普。论年龄,张昭与程普相差无几,但论资格,程普自认没人比得过他。于是这天临出阵前,程普故意绕了个路,来到张昭公办的营帐内,将自己腰间的佩刀重重撂在了张昭案上。佩刀颇重,震得案上的竹简和笔墨都跳起来,水墨飞溅,洒了张昭一身。

"先生自诩精通军政事务,可否把我这佩刀磨一磨?"程普抬头挺胸睨着张昭,神情皆是不屑。

张昭一笑,用帕子从容揩去案上溅出的墨汁,不疾不徐道:"佩刀之于将领,犹如爪牙之于猛虎,若不磨,便难以咬住猎物。将军临上阵前居然未磨佩刀,可还称得上能征善战?"

被张昭这么一讥讽,程普顿时哑口无言。其实,这佩刀他早已磨过,现下让张昭再帮他磨,显然是想故意为难。可他话已说出,又不好改口,只得带着佩刀悻悻离去。

看到程普走了,张昭松了一口气。只是他心里清楚,想要服众,光靠巧舌如簧是不行的,必须要有相称的地位。眼下他虽帮孙策代理军政要务,却未有一官半职,这种局面显然不能长久。

张昭暗下决心,要让孙策真正认可他的能力,就必须为孙家做件大事,以解孙策的燃眉之急。

不消说,眼前孙策最挂心的,便是他母亲与弟妹们的安危。如今刘繇占据曲阿,王朗占据会稽,刚好将位于东边的吴郡钳制包围起来,其中刘繇所在的曲阿更是离吴郡只有三百余里。一旦刘繇起了歹心,派兵攻打吴郡,吴夫人与孙权、尚香就会陷入水深火热之中。

若是能助孙策击溃刘繇,解救吴夫人,必是大功一件,亦可令孙策帐下众将信服。然而从丹阳到吴郡的路却并不好走,孙策之所以强压心神,未曾发兵,原因便在于路途间横亘着一道天堑——震泽。

震泽之大,由南向北,由东向西,皆有二百里之遥,比巢湖还要大上许多。传说当年大禹治水于吴,通渠三江五湖,将洪水全部蓄积在此,成了大泽,以至于湖面上常年有浪,天气不好时甚至还会出现如同大海上的狂风骤雨,掀翻往来的渔船。寻常人若想从丹阳去吴郡,大都会从陆路绕行曲阿,再行南下。因此,刘繇占据的曲阿,就成了鲠在孙策喉头的一块鱼骨。

若是自丹阳大举东攻曲阿,难保刘繇不会向南窜逃,占据吴郡,挟持母弟,要挟于己。可若放任之,与吴郡之间又隔着万顷波涛,难以跨越。孙策想到头皮发麻,亦没有想出解决之法。

是日夜,孙策与大乔一道翻阅兵法,苦寻渡江奇袭之道。见大乔看得极快,孙策不由打趣道:"没想到我夫人这么厉害,竟如此熟谙兵书,娶了你,我帐下那些老将都可以歇息了罢?"

听了孙策的揶揄,大乔丢开兵书,起身走回妆台前,解了绾发,嗔道:"我知道你担心婆母和弟妹们,才好心帮你,没的却惹你一通讥讽。"

孙策起身上前,扶着大乔的瘦肩笑道:"我哪里敢讥讽夫人啊,我可最怕你生气了。"

一对璧人映在铜镜中,鸾凤和鸣,般配非常。孙策坐在大乔身后,将她紧紧拥在怀中:"我是很担心你婆母,可若贸然激进,搞不好会落入圈套,全军覆没。现下我屯兵于此,刘繇反而不敢盲目进军,生怕被我从后侧包抄,打他个措手不及。总之现下不动不行,盲目行动更不行。不过,你不必想这些,只管把烦心事丢给我,你能陪着我,我已是十足喜乐了。"

明明只有十九岁,孙策却担起了如是重负。若说渡江前,他的生死成败只事关两千士兵,现下他的一举一动,则牵挂着百万江东黎民的身家性命。

可他并非只是江东百姓的救世主,亦是她的英雄,大乔回身搂住孙策的脖颈,软软地靠在他怀中,虽一字未言,却好似说尽了千言万语。

孙策喉间发紧,含笑轻问:"莹儿,你说,我每日都这么卖力,我们会不会已经有孩子了?"

大乔抬眼一瞋,羞道:"你少浑说……"

大乔的娇羞令孙策爱不释手,可他深谙见好就收的道理,转言问:"我看妻妹这几日闷闷不乐,不会是身上的伤还没好吧?"

大乔笑得无奈:"还说呢,阿蒙每日去募兵,蒋队率与周队率皆要训练新军,没人陪婉儿玩。前两日,她带着彩儿去摸鱼,差点掉进了河里,吓得彩儿再也不敢跟她出去了……若是周明廷在,婉儿定能消停多了,他什么时候回来啊?"

提起周瑜,孙策又想起他那第三只锦囊,怔了一瞬,还未回大乔的话,就听守门侍卫通传道:"报!少将军,张先生求见。"

张昭漏夜求见,必然是有要事,孙策嘱咐大乔几句,便急匆匆往议事帐赶去。

张昭已等在帐内,看到孙策,他单刀直入:"少将军近日神思忧虑,可是在为高堂之事发愁?"

见张昭一下子看破了自己的心事,孙策叹道:"还是先生知我。公瑾不在,你便是我最倚仗的智囊了,还请不吝赐教。"

张昭礼道:"不敢。其实少将军不必忧心。刘繇虽与将军为敌,却并非盗匪之徒。身为汉室宗亲,又是孝廉,最看重的便是礼义名节,不会妄对妇孺下手。如今吴郡太守一职由许贡霸占,许贡迫害名士,深为江东士族所厌恶。朱治将军曾被推举过孝廉,亦是过去跟随过令尊大人的老将,少将军何不上表朝廷,请求辟朱治为吴郡太守,然后再拨一支军队给他,让他由钱塘进入吴郡,便可名正言顺取代许贡。即使许贡不从,相比于刘繇,收拾起来还不是易如反掌。此举不仅能保少将军的高堂弟妹平安无事,还可得江东士族人心归顺,亦可麻痹刘繇,为少将军下一步进兵讨伐铺平道路,可谓是一举多得啊!"

听闻张昭这一计,孙策若有所悟,但复又疑惑道:"先生之计甚好,只是我何尝不想先取吴郡?可刘繇尚在曲阿拥兵自重、虎视眈眈,若知我等南下吴郡,必会派重兵前来攻打丹阳。且丹阳到吴郡这一路,北临震泽,南有浙江,途经故鄣、乌程等地,皆是山关重重,易守难攻,孤军深入,只怕风险太大。就算能够侥幸攻下,可若就此失了丹阳郡,没有了后方支援,岂不是陷自己于困笼之中?"

孙策所言确实在理,吴郡远在海边,是四塞之地,舍弃内陆,占据边塞,向来是古今兵法之大忌。且吴郡的耕地农产,远不如丹阳诸县丰厚,粮草供给更成问题。可张昭却不以为然,笑道:"少将军,事在人为啊。若是我们将大军一分为二,同时出兵,一路打吴郡,一路打曲阿,你以为如何?"

"不可,"孙策并非未想过如是方案,只是吴郡与曲阿皆有重兵把持,"分兵两路,朱将军或许可击败许贡,刘繇却实难击破……"

"前几日,少将军跟我说,你的挚友周瑜或许会带兵来帮你,可有此事?"

孙策沉默片刻,摸出怀中锦囊打开,将其中锦缎交予了张昭。

张昭拱手一礼,打开锦缎一看,只见偌大的空白绸缎上只写了俊逸缥缈的三个大字,别无其他。张昭不禁疑惑,问孙策道:"周明廷未曾约定相见之期吗?"

孙策摇头笑道:"单单只有这三个字呢。"

张昭大惑,良久无语,他虽然不曾与周瑜结识,却早已听过他的名头,这样一个闻名江左的儿郎,怎会这般地莫名其妙呢?

既决定讨伐刘繇,孙策即刻率部出征,不到半日工夫,便赶到了离刘繇的大本营曲阿只有七八十里地的句容县城。

两军相距之近,可谓迫在眉睫。过往的商旅都知道,大战已是一触即发,不由得神色匆匆,只想尽快逃离;城中百姓则是闭紧门户,半步也不敢走出。

趁士兵们扎营之际,孙策独率黄盖、韩当、蒋钦、周泰等十三骑飞马驰骋,直向东南而去,却未言明要做什么。众将疑惑,却都不敢怠慢,驰马伴在孙策左右,生怕掉队。

穿过丛林小路,一座高山出现在众人眼前。此山扼守于句容到曲阿的咽喉之地,乃丹阳与曲阿之间不二要冲——茅山。相传二百五十年前,即汉元帝初年,陕西咸阳的茅氏三兄弟来此采药炼丹,济世救民,遂被后世尊为道祖之一。然而孙策并非来此求仙问道,而是想要登上这曲阿城外的最佳制高点,俯瞰刘繇的排兵布阵。

就在这时,身在曲阿的刘繇得知了孙策军推进到句容的消息,更有小报称孙策轻装简出,已亲自到城外查探。

刘繇不知该信与否,立即在中军帐内召集各路将领参谋前来商议对策。而其中有一位面熟者,不是别人,竟是太史慈。

话说大别山下一战以来,太史慈听闻孙策颇为活跃,替袁术拿下了庐江郡,不甘再落草为寇,毫无建树。于是他毅然放弃了山越首领之位,单骑下山,策马八百里直投曲阿的刘繇而来。刘繇与太史慈都是东莱的同乡,收留他自不成问题,可迫于帐下名士许劭之故,并没有委以重任,只是让他当一名骑马探路的郎官,一年多来,依旧毫无斩获。

如今,孙策的到来恰好给了太史慈建功立业的机会,白马峰下一战未分胜负,太史慈暗暗发誓要趁此机会一举击败孙策,为自己扬名立万。

听得刘繇问了三声"谁敢为先锋",太史慈立刻从队尾挺身而出道:"鄙人东莱人太史慈,愿为先锋,侦查敌军虚实。"

见有人主动请缨,刘繇大喜过望,关怀地对太史慈道:"子义可有把握?"

太史慈抱拳道:"鄙人在庐江郡落草为寇之时,曾与孙伯符交过手,此人武艺虽精,气力却不足,并不是吕奉先那样万夫不当之辈,其智也以狡黠为多,不足为惧。只要您拨给我一千兵马,定能将孙伯符虚实探明。"

见太史慈如此有把握,刘繇长舒了一口气,笑道:"好,我果然没有看错你。只是如今孙策大军压境,贸然出兵怕会中了他的诱敌围歼之计。你武艺高强,且先探探虚实再来。"

未料到自己只要一千人马竟也被驳回,太史慈不由一愣。如今他已年逾而立,尚未获得人生中第一次正式带兵打仗的机会,怎能不感慨万千?然而刘繇的语气不容辩驳,太史慈定了定神,起身对刘繇重重抱拳道:"定不辱使君所托!"

茅山峰顶,孙策俯瞰东北方,只见曲阿城如同一座固若金汤的堡垒矗立在原野上,城北大江流尽之所,便是东海。

遥想当年,父亲孙坚募兵北上,讨伐黄巾,便是从此出发;而当一代将星陨落,魂归故里,亦是埋骨曲阿。眼下母亲与弟妹被困吴郡,父亲在天有灵,定会十足挂怀。

多思无用,现下唯有用手头上为数不多的军队抵挡住刘繇,才能为朱治讨伐吴郡争取时间。孙策压下对父亲的思念,转身欲离开,却见黄盖突然指着足下的山林小路喊道:"有敌军!"

孙策定睛望去,只见山下小道上那身影颇有几分熟悉,他邪魅一笑,对众人道:"怕是我的旧相识,咱们下山会会他罢!"

茅山脚下,太史慈单人单骑,御马如风。此一生,他戎马廿载,总是形单影只。从昔日单骑北海救孔融,到如今单枪匹马探孙策,太史慈实在想不明白,为何旁人总能振臂一呼应者如云,自己却无人应和,徒剩一腔孤愤,报国无门。

三五丈外,便是茅山之下的交通要冲——神亭岭,岭上有一座小木亭,道路在此分通南北。传说十年前,孙坚就是在此集结江东各部,渡江北上,讨伐黄巾,如今此处已经成为往来商旅人困马乏时的歇脚地。

太史慈打马上岭,在岔路口四下观望,忽见下山方向来了一小群人马,约莫十几个人,却有千骑卷平冈之势,为首的不是别人,正是一袭赤红披风、大摇大摆的孙策。

见来者果然是太史慈,孙策暗暗佩服周瑜的厉害:太史慈只不过投奔刘繇月余,周瑜便已知晓,还将其写在临行前寄给自己的信笺中,叫他出门带足侍卫,提防太史慈单枪匹马前来挑战。不过孙策哪里会提防,今日碰上太史慈,他一不做二不休,银枪一横,大笑道:"我当是谁,原来是白马峰下的逃贼!"

见孙策挑衅,太史慈却不恼怒,亦不似旁的武将,叫骂半晌却不出手,他嘴角一咧,喊道:"正要寻你,你却羊入虎口。纳命来吧!"说着,太史慈大喝一声,如离弦之箭一般挺枪策马直取中间孙策而来。

蒋钦、周泰见此,立即上前与太史慈缠斗。太史慈不慌不忙,红枪一舞,与两人战成一团,竟未落下风。

战过二十回,二人已是气喘吁吁,渐有招架不住之势。黄盖见此,立刻高喊一声:"我来助也!"随即舞起大刀加入战阵,三人一齐围住太史慈缠斗。蒋钦以双股短刀劈砍,周泰用长柄铜锤抢击,太史慈仍是不慌不忙,红缨枪舞似漫天飞花,一时间刀光剑影无数。

见仍不能取胜,早已按捺不住的韩当从马背上挽弓搭箭,意图寻机射死太史慈,却被孙策抬手制止道:"韩将军,箭下留人!"

"可若让他回去,放任他向刘繇通风报信,怕是不利啊!"韩当依旧挽着弓坚持着,不肯撒手。

"此人武艺堪比吕奉先,且智谋胆识皆不逊于我。不得此人,即便江东之地尽归我所有,又安得猛士镇守四方呢?"说罢,孙策挺枪策马冲上前去:"太史慈,让我来会你!"

怕误伤孙策,黄盖、蒋钦和周泰立马闪开,只见孙策挺枪便刺,两人双枪一交,迸出一道耀眼的火花。

自上次白马峰下交手之后,孙策便一直憋着一口气,想要他日再见时亲手擒住对方,加上之前一战熟悉了太史慈的枪法套路,此刻更是越战越勇,丝毫破绽都不留给太史慈。见孙策来得凶猛,太史慈且战且退,且退且战,两人竟一路从岭上打到了林中,又从林中打到了平原。

"我看你单人单骑来此,未带一营之兵,怕是在刘繇帐下也未受重用罢!"

"杀你手到擒来,只需我一人便够,何须千军万马!"太史慈扛下孙策一击,高声回道。

"那可不同!即便你武功盖世,也只不过是一人敌而已,唯有指挥千军万马,沙场立功,破敌千万,才可将史留名!以你的武艺与才学,到我这里足以成为一等一的大将!屈居他人帐下做一斥候,岂不可惜!"孙策说罢,舞动银枪如风,再刺太史慈。

许是被孙策的话刺中心结,太史慈挥枪一挡,竟没招架住这寻常一枪。眼看着孙策的枪尖就要朝自己的喉头而来,他赶忙回身一闪。谁料孙策的枪却并没有直取要害而来,而是径自在空中停住,再劈太史慈下一枪。

若是换作自己,方才早已抓住机会一枪结果对手的性命,太史慈精于枪法,自然晓得。可越是晓得,心中的疑惑不仅没有消解,反而如同天边飘来的乌云一般,越变越大。

地平线上传来一阵喊杀声,却是刘繇部属。韩当果然所料不错,刘繇得知孙伯符就在城外与太史慈酣战,怎会放过如此擒贼先擒王的好机会。孙策见此,无心恋战,回身一枪摆脱了太史慈,带着十几将领沿小路快速下山而去。

太史慈并未去追,而是在原地逗留了片刻后调转马头,朝援军来的方向疾驰。

回到句容营中,孙策下令坚守不出,三千人的队伍立即扎起铁打的营盘,扼守两山之间。俄顷,程普将兵五千赶到,刘繇派出的追兵只得悻悻而归。

经此一事,刘繇更认定孙策必将马上攻打曲阿,立即收拢各部,在孙策营东南西北四周驻扎下来,互成掎角之势,寻找决战的时机。这便应了张昭献给孙策的计谋:让孙策以相对弱势之兵从北面牵制住刘繇,让刘繇以为可以集中优势兵力歼灭孙策,这样刘繇便不会弃掉曲阿南奔吴郡,挟持吴夫人。

与此同时,朱治则率一万人迅速由溧阳向东南方的狭长谷地突击,长途奔袭二百余里直取乌程。乌程那微薄的守军哪里料到朱治带军来势如此迅猛,还未抵抗便仓皇作鸟兽散。朱治不敢怠慢,稍做休整,便立即率兵东进由拳,准备与许贡决战。

是月二十日夜。孙策独立箭楼,望着刘繇营地方面传来的火光,神情颇为严峻。明朝便是他定下的决战之日,而敌众我寡,自己和程普共八千人在此困守孤营,刘繇则有近两万人。八千对两万,兵力上孙策处于绝对的劣势,程普与韩当等人皆劝谏孙策,不若等朱治攻下吴郡回军后再攻刘繇不迟,可孙策坚信,明朝便是最佳的决战之期。

皎皎明月皓然当空,孙策从怀中掏出周瑜的第三只锦囊,打开锦布,只见上书写三个大字:曲阿见。

这简简单单的三个字,便是他决定明日与刘繇部决战的依据。孙策深知,这是一场豪赌,赌的是他与周瑜多年来的兄弟之义,而赌注,则是他的身家性命与前程。

打更声响起,惊了孙策的思绪,他收了锦囊,披着清冷的月色走下箭楼,恰碰见一身戎装的小乔,孙策含笑打趣道:"哟,妻妹来了,可是又闯祸了?"

大战在即,孙策竟毫无紧张之色,还有心情玩笑,小乔瞋他一眼,语调却不似平日那般激烈:"孙伯符,你自己好勇斗狠如何,我管不着。但现在,你的命不仅是你自己的,更是我姐姐的。明日凭你如何浪去,你得安生回来,回到我姐姐身边……"

大乔不愿孙策有后顾之忧,未曾嘱咐任何,可孙策知道她这几日夜夜难眠,辗转反侧,一直为自己悬心。想到大乔,孙策心弦蓦然一颤,明利的目光霎时软了下来,他难得一本正经地回小乔道:"我跟你姐姐来日方长,但明日我要将她托付与你照应,还请妻妹费心。"

听到孙策如此有礼有节地说话,小乔小嘴张得圆圆,良晌才应道:"啊,好……"

孙策偏头看月色,见明月西沉,对小乔道:"莹儿呢?时辰不早,你们该走了。"

一辆马车从远处暗影中缓缓驶来,看到孙策,驾车的周泰赶忙起身一礼,孙策摆摆手,示意他不必拘礼:"外面我打点好了,好好送她们出去,务必确保她们的安全。"

周泰俯首领命,复驾车向营门处驶去。大乔踟蹰再三,还是打开车窗,泪眼婆娑地望着孙策,哽咽道:"孙郎……"

孙策明白大乔的心思,她不愿与他道别,正是因为过分担忧明日那一战。看着自己心尖上的人儿眼底涌动的不安,孙策再不顾忌,上前握紧大乔的小手:"莹儿,这一世夫妻还没做够,你等我,我一定会好好活着去接你回来……"

马车飞驰,相挽的手敌不过晚来风,不过须臾间,两人就擦身而过。可大乔的小脑袋依然探着,望着那个渐行渐远的身影,泪水飞作了一条直线。

翌日清早,天蒙蒙亮,原野之上,烈风萧萧。许是孙策约定的进攻之期泄露,大营之外,刘繇率两万人一大早便整齐列阵于孙策营外,对孙策部形成四面合围之势。

营帐内,孙策却笑得一如寻常,只见他披着赤红披风,身穿饕纹金甲,银枪在手,驱马阵前。长戈如林,战马齐喑,士兵们皆并足而立,目视前方,无有畏惧之色。

孙策一面策马,一面对目光如炬的士兵高声喊话:"你们都是我军中百里挑一的翘楚,亦是身经百战的战士!但今日之战,非同以往,此处唯有我和你们八千人,再无其他。出了这营门,四面是敌,且敌人三倍于我部。也就是说,我,和你们每一个人,如果不能干掉三个敌人,便无法获胜。此一战,没有天时地利,没有迂回包抄,只有尽可能多地杀敌!就算是死,也必须带走三个!谁少杀一个,别人就要呕着鲜血替你多杀一个!唯有杀出一条血路,重创敌军,我们才能有生路!"

"杀!杀!杀!"大营内,八千士兵高喊三声,响遏行云。随着愈来愈密集的战鼓声,孙策命手下将营门四面大开,自己握紧银枪,第一个策马冲了出去。程普、黄盖、韩当、吕蒙、蒋钦、周泰皆不甘落后,率八千士兵直杀向刘繇的中军之阵。

虽早已无数次听过孙策的威名,如今甫一看到如天降神兵般出现在百步之内的孙策,刘繇还是下意识地朝后缩了缩,叹道:"真不愧是孙坚之子!"

一旁的太史慈闻声,不由气上心口,他提枪上前,向刘繇请缨道:"待我去将他捉了来!"说罢,他飞身上马,于万军之中直朝孙策奔来。

孙策只听马蹄之音,便知来人是太史慈,他挑掉身前的敌兵便立即勒马横枪来挡。两人你来我往,舞枪如风,让周围的士兵都无法近前。

程普、韩当等人手持大刀浴血奋战,两人虽都不再年少,面对那些年轻力壮的士兵却不遑多让。蒋钦、周泰更是配合无间,一位在马上翻上翻下手持双刀如旋风般连刺数人,另一位则步行伴其左右,抡圆一双铁锤击退所有来犯之敌。最有意思的要数吕蒙,许是从之前孙策诈死中得到了灵感,只见他将别人的鲜血涂了满脸,一边匍匐着一边环顾四周,一旦身边出现敌人的士兵将友军扑倒在地的,立即冷不丁上前,对准敌人的后颈就是一刀。

"第四个……啊不,第五个!"说罢,吕蒙再度装死倒在地上,随后徐徐将眼睁开一条缝,等待下一个时机。

这边孙策与太史慈大战百余合,仍不分胜负,孙策故意卖了个破绽,佯装败走,太史慈立刻策马追赶。看着紧追不舍的太史慈,孙策不由得暗暗叫苦:太史慈正是他遇见的第三个人,却迟迟没能杀掉,这样拖下去,岂不会动摇军心?趁着策马休憩这片刻工夫,孙策缓了缓臂膀的疲累,见太史慈穷追不舍,他眉头一皱计上心来,突然勒停马头,紧接一个燕字回身,将手中的枪直挺挺地刺向身后。

这一招燕字回马枪乃是孙策苦练多年的绝技,轻易不施展,若施展则必取人性命,太史慈正穷追不舍,哪里反应得过来。千钧一发之际,他一拉缰绳,马匹陡然扬起前蹄,自己也应声坠马,滚出去几丈远。孙策见此,无心恋战,立即甩掉不省人事的太史慈,策马又杀入了万军之中。

大乔、小乔与彩儿并未走远,此时在北面坡地上遥望着与敌军搏杀的孙策等人,从一开始的担心害怕,到沉默不语,再到不知谁第一个忍不住,起了啜泣,三个姑娘呜咽成一片,看着远处以命相搏的众人,心里万般不是滋味。

地平线上,残阳升起,殷红如血。孙策手下的八千士兵早已杀红了眼,许多人被砍断了手臂,割破了肠子,依然瞪大眼睛将手中的武器插入敌人的胸膛。战场上,血雾弥漫,不过一个时辰的工夫,平旷的原野已是尸陈遍野,孙策部亦已伤亡过半。

坐在戎车上指挥的刘繇哪里见过这等阵势,吓得哆哆嗦嗦,一句号令都发不出来。

可程普带兵数十载,心里非常明白,这八千人已是强弩之末,若再不撤兵,定会弹尽粮绝,被刘繇部悉数围歼。他顾不上擦满脸的血污,突破重围来到孙策身侧,高声道:"少将军,快撤军啊!现下撤军,还能留住一线生机!"

孙策满面鲜血,一身泥汗,耳中嗡鸣,已听不真切程普的话,心中所思所想,却是那锦书上的三个字"曲阿见"。

现下若是撤退,才是真的没有半分活路。可眼看战事愈发焦灼,无数兄弟在身侧倒下,孙策所能做的,也只有咬紧牙关,使出全力杀敌。

忽然,一支白羽箭穿云而来,不偏不倚地射中了戎车中刘繇的头盔。刘繇大惊,身边众人慌作一团,高声喊道:"保护使君!"

孙策极目远眺,只见视线尽头,云开之处,一身素白披风、银盔银甲的周瑜挽着大弓一马当先,在他身后,数千人的援军正马不停蹄地朝刘繇部后方杀来。

看到周瑜,孙策终于长舒了一口气,卸了几分气力。看来自己没有会错他的意思,那三个隶书的"曲阿见",正好藏着"廿一日见"几个字,这便是周瑜驾船从北面的长江口登陆,袭取曲阿的日期。

孙策若不在这一日发动进攻,刘繇必会回军来击周瑜,届时曲阿城高,周瑜这几千人背水一战,即便自己率军驰援,鹿死谁手,犹未可知。

与此同时,东南方也传来了一声悠远而洪亮的号角声,只见茅山之下,"朱"字大旗立于队前,朝这边开来。原来是朱治已经攻取了吴郡,立刻派前头一千骑兵驰援至此,想来吴夫人和孙权、尚香,也应安然无恙了。

须臾间,战况乾坤逆转,刘繇再也没有留在此地的理由,他声嘶力竭喊道:"撤军!撤军!"可曲阿已被占,士兵们已经不知道该撤往何处,旁边一谋士立即说道:"去豫章,到豫章太守华歆那里去!"

刘繇顾不得思量,头盔上还顶着周瑜射的那支箭,立即同剩余几千士兵一道,向西南方逃去。

山坡上,大乔、小乔与彩儿共同目睹了这突转,皆是目瞪口呆,最后还是彩儿忍不住先开了口:"那是江左周郎吗?真是宛如天将啊……"

小乔听了这话,顾不上擦拭满是汗水的小手,一把捂住了彩儿的双眼:"不许看他!"

## 第二十一章 琴瑟在御

刘繇既已溃逃,孙策便与周瑜合兵一处,清理沙场,围剿残兵,收纳投诚者,及至傍晚时分,便肃清了曲阿城内外。孙策顺理成章入了城,接管了刘繇部所有建制。

是夜,士兵们皆十分疲累,宴饮同乐后昏然睡去,唯有守夜士兵往来巡查,甚是谨慎。小乔独自在营房外高地处抚琴,一双素手往复来回,弹不尽无限情思。

多日未见周瑜,小乔难以抑制满心对他的思念,朝思暮想间,他的模样分毫没有淡忘,反而愈发清晰,如刀劈斧刻般印在她的心上。今日终得相见,他风姿愈发俊逸超然、举世无双,带兵解救众人于水火,令小乔欢欣又怅惘,恍惚间手下琴弦生涩,竟弹错了几个音。

星辉暗夜下,琴音戛然而止,小乔兴味索然,起身欲走,忽见暗影处立着一个人,她不由一惊:"谁在那里?"

这一声抟风而上,仿佛惊了月中仙,一轮圆月破云而出,洒下一片清辉。周瑜立在朗月下,青衫儒裳,临风偏傥,已不见白日挽弓策马的豪杰肃杀,唯剩书生意气。

小乔不自觉地红了脸,小声轻问:"你什么时候过来的,怎么不吱声啊?"

周瑜走上前来,笑道:"听见你弹琴,就没有打扰。"

"你是听我弹错了才来的吧。"

看到小乔小脸儿上的几丝羞恼,周瑜嘴角泛起一丝浅笑:"我只是想来问问,你的身子都好了吧?"他边问边走到小乔身侧坐下,轻轻拨弄几下琴弦。

昨日他还在她的梦里,今夜却来到了她的身侧,小乔面颊微红,小声答道:"周明府和夫人都待我很好,身上的伤也都大好了。"

"那日山越匪众下山袭扰百姓,我身为居巢令,不能不顾百姓安危,只能先策马回居巢去。姑娘的高义,周某未曾一日忘怀,只是我希望,以后莫要再为我犯险,若是你有什么好歹,周某定会抱憾终身的。"

那日纵身一跃,小乔未计后果,亦未曾想过周瑜会因此自责。她诚心诚意地爱慕着他,亦渴望得到他的青眼,却不愿领受他的愧疚,小乔莞尔一笑:"若是担心我,不妨为我弹一曲罢,方才那曲子,我都记不清了呢。"

曲有误,周郎顾。听到小乔这请求,周瑜愣怔一瞬,到底却未回绝,挽起袖笼,絮絮拨起了琴弦。

泠泠七弦弹尽,如闻万壑松涛,明月停晚照,清风拨乱丝发,醉眼蒙眬间,小乔望着周瑜低垂的眉眼,只觉万事万物轻巧如梦。若真是大梦百年,能让时光永恒停驻在此刻,该有多好。

今日孙策率部浴血杀敌,身先士卒,身前连中数刀血肉模糊,可他还是强撑着身子,打点一切,及至深夜回到帐内,才在大乔面前松懈了下来,嚷嚷着疼得厉害。

大乔见孙策竟像个孩子似的在自己跟前撒娇,无奈又好笑。可当她为他褪去衣衫,看到他血肉模糊的胸膛时,眼泪瞬间飞了出来。

战争的残酷,若非亲眼得见,根本无法想象。大乔不忍让受伤的孙策哄自己,赶忙拭去眼泪,小心翼翼地为他包扎。

远处簌簌琴声传来,如繁花飘零落入浅眠。孙策歪头细听,笑对大乔道:"莹儿,你听,是公瑾在抚琴。"

大乔手上动作未停,笑道:"今日周明廷来,以后还走吗?"

孙策十足兴奋,顾不上身上的伤,揽着大乔的纤腰道:"往后公瑾就在我帐下了,有了他,我一定能成事!不过,过些日子公瑾要回居巢,打点一下县内事宜,再把周婶和哑儿接来。"

听闻此言,大乔亦十足欢喜:"方才是婉儿在弹琴,现下换成了周明廷,想来他二人应当在一处。若是周明廷以后都与我们一起,朝夕相对,说不定会对婉儿……"

孙策一愣,旋即笑得直不起腰,牵动身上伤处,疼得直叫唤:"我的好夫人,你可别逗我了,就妻妹那样,说不准过些日子,他们拜把子做了兄弟也未可知啊。不过,我确实有日子未听公瑾抚琴了,先前他的结发妻离世,少了琴瑟之情。如今看来,他应是释怀了几分,我这做兄弟的也为他高兴。"

又听孙策出言挖苦小乔,大乔面色一沉,偏头过去不理会他。孙策见大乔生气,嬉笑着告饶,在她面颊上"叭"地一吻,起身披上了衣衫:"夫人别生气,我去看看那太史慈,若是回来得晚,你就先睡下吧。"

语罢,孙策一溜烟跑出了起居帐,身手矫捷,倒是分毫看不出身上有伤。大乔慢慢捡拾起药酒与干布,思绪不由飘往了百里开外的徐州。打从孙策开战,数百里辗转奔袭,便未再得到过父亲的消息,他亦同在沙场,又年迈多病,不知现下情形如何。

想到这里,大乔站起身,走向窗棂处,望着高悬于顶的圆月,唯能默默祈祷乔蕤一切安泰,他们父女三人能早日重逢。

曲阿之战,除了击退刘繇部外,最大的斩获莫过于生擒了太史慈。此时此刻,他被捆住手脚关在营房内,由蒋钦、吕蒙与周泰近身看守,生怕有分毫破绽,让这万夫莫敌之人有了可乘之机。

黄盖端来一盘牛肉和一壶好酒,对众人道:"少将军吩咐了,要对他好些,你们给他松松绑,让他吃点东西罢。"

吕蒙杀敌颇多,此时累得哈欠连天:"黄将军别说风凉话。咱们兄弟累成什么样子了,他晕在那里舒舒服服躺了大半日,体力正是充沛,若是吃完了肉一高兴,趁乱跑了,少将军可要把我们切了。这责任我担不起,你若要放你就放,我回去歇着了,到时候少将军怪罪,可别拖我下水。"

黄盖在这军中资历虽不比程普,但也是孙坚留下的老将,怎受得了吕蒙这么个十五六岁的毛头小子这么跟自己说话?他气不打一处来,拽住吕蒙的衣襟正要发作,便见孙策掀帘走入,笑道:"嚯,黄将军和阿蒙这么勤谨,大晚上了还在比画?"

看到孙策,众人赶忙行礼,孙策摆摆手,上前找了块软席坐下,示意蒋钦为太史慈解绑:"我与这位好汉是旧相识,来即是客,怎能如此待客?把这些猪蹄扣都解开罢。"

蒋钦拱手领命,为太史慈松了绑,太史慈看了看桌上的吃食,咧嘴一笑:"成王败寇,今日是你胜了。只是我太史慈戎马倥偬二十余载,怎么也想不明白,这普天下有才干之人如此之多,怎就轮到你这么个毛头小子如此威风?"

孙策轻笑几声,回道:"你我交手两次,皆是我胜了,可你好像还是不服气啊?"

"白马峰下若非你使诈,用泥沙迷我双眼,我何至于将大美人输与你。今日是我急于求成,未料得你还是那般卑鄙,竟假意逃窜引我上当……不管怎么说,仍是我败了,要杀要剐,悉听尊便罢。"

孙策万分清楚,若想建功立业,必要任人唯贤,他自是十足惜才的,否则太史慈早已脑袋搬家,哪里还能在这里骂骂咧咧。可当他听见太史慈出言攀扯大乔之时,还是忍不住有些不痛快:"我说,你吃是不吃?你若不吃,我就把这肉给阿蒙了。"

吕蒙现下十五六岁,正是长身体的年纪,晚饭吃得再多,过不了多久便又饿了。听了孙策这话,他兴奋非常,上前就要把牛肉端走。

太史慈见状,一把按住吕蒙的手,夺回瓷盘:"就算要死,我太史慈也不能做个饿鬼!"语罢,他端起菜碟,三下五除二就将牛肉全部扫入口了中,又如牛饮般将一坛酒喝了个底朝天,狠命一抹嘴,只觉酒气已上了头:"一盘肉怎够?再来三盘!"

看太史慈吃个饭也是一副视死如归之态,孙策不由笑了起来,冲黄盖点了点头。黄盖拱手领命,转身走出,片刻又折返,捧着几盘子牛肉悉数递给了太史慈。吕蒙看着太史慈又将几个菜盘中的牛肉一扫而光,心中别提多痛,却又不得发作,只能眼巴巴望着,垂涎三尺。

少顷,太史慈酒足饭饱,瘫坐在地,捧腹道:"吃饱喝足,别无遗憾。行了,送我上路罢。"

孙策看不得太史慈这般无赖样,语带讥诮道:"若我真想要你死,何苦浪费我的粮食!那日在白马峰下,我孙伯符见你谈吐不凡,不似普通山匪,有意相交,今日更是以礼相待,不想你竟如此废物,一心求死!罢了,你若愿意死,本将军就赐你自我了断,待入了阎罗地府,莫忘了告诉旁人,你行伍二十余年,从未带过一兵一卒!"

孙策这话,无疑戳中了太史慈的痛处,他酒醒了大半,双唇嚅动,半晌说不出话来。孙策见他这般,少不得缓了几分情绪,上前坐在他身侧,安抚道:"子义兄,我孙伯符不才,仰仗着先父基业,得诸多良将相助,才有今日。我知道你看不上我,觉得我年少无德,不愿与我为伍。可这天下人,谁不是打年少起一路走来的?你若愿意来我帐下,我必委以重任,绝不辜负你这天赐的将兵之才,如何?"

太史慈瞪大铜铃般的双眼盯着孙策,良晌,喟然道:"我太史慈戎马多年,心中唯念为天下苍生而战。打从你孙氏起兵,我便知晓你的带兵之法,眼见你这一路确实从未苛待百姓。你年少,我年长,可我并非因此,才不愿效力于你军下。若是我此番未有一兵一卒,就投靠于你,这几位将军可愿意与我同席?"

"那你是什么意思,到底愿不愿意来?"吕蒙本就有气,听了太史慈这车轱辘话更是觉得头疼,不由嚷嚷起来。

"若是你信我,不妨放我出去,我太史慈定能招来刘繇旧部,届时再为你效力!"

蒋钦周泰等人面面相觑,连老成持重的黄盖都忍不住出言道:"我看你是糊弄傻子吧?若你能招来刘繇旧部,不打我们就不错了,怎可能投在我们帐下?"

孙策却笑道："来人，给他找匹马，准备些干粮，他想什么时候走就什么时候走，不许看着他，也不必管他。来日等他回来，只管大开营门相迎！"

语罢，孙策起身走出了军帐，黄盖等人虽疑虑，到底也按照孙策吩咐，交代过营房外的守卫后未再逗留。

太史慈没想到孙策竟真的答允了自己的要求，愣怔片刻后，他踉跄起身，挑开帐帘，望着十里连营的点点灯火，心头顿起了万千思绪。

斗转星移间，七月流火，八月未央，九月授衣，转眼已至十一月初冬。孙策部已在丹阳与吴郡稳稳扎根，为了不拖累孙策行军，吴夫人带着孙权与尚香待在吴郡未动。孙策亦明白母亲心思，只想着等到恰当时机，发兵往会稽攻打王朗，好扫除肘腋之患，一统江东。

这几个月众将士募兵辛苦，太史慈又遵循所言，带来八千余刘繇残部，及至十一月末，孙策帐下已有三万余人。

不消说，攻打王朗的时机已经成熟，可孙策迟迟未动，众人皆明白，他是在等着徐州处袁术的消息。

是日，长木修来向袁术问安。打从孙策渡江后，袁术自认孙策所得底盘皆属于自己，听他捷报频传，乐得终日合不拢嘴，此时见到长木修，亲切张罗道："来来来，张修，你快与孤说一说，孙伯符今日去打王朗了没有？"

长木修拱手道："前两日孙少将军来信，方问过主公的意思，想来那信件传回丹阳去不会这么快。主公少安毋躁，少将军自有主张。"

这大半年来，曹操与吕布鏖战正酣，袁术则坐山观虎斗，乐得清闲，更是靠着长木修的计策诓来了孙坚留下的传国玉玺，现下他已然知晓了孙策私纳大乔之事，却佯装不知，将乔蕤牢牢握在手上为人质。想来孙策重情重义，定不会枉顾他老岳父的死活。如此，袁术简直是不费一兵一卒，便可尽得江东之地了。

袁术背手在房中踱步，神情无比餍足："你比你伯父强多了，可算是孤帐下第一才人。不过，光传信可不够，你还是要去丹阳一趟，当面将孤的旨意告诉孙伯符。"

长木修谦恭礼道:"承蒙主公谬赞,修愧不敢当,自当为主公肝脑涂地。"

袁术贼笑几声,觑眼望着长木修:"小子,你如此尽心,孤总想着赏你些什么。可你年纪尚轻,也不宜为你求高官,你想要什么,只管告诉孤,孤定会为你做主。"

"为主公做事,不图其他,修不敢领受。"

"好罢,"袁术故意拖长了语调,"本来孤听闻你喜欢乔蕤家的小丫头,想助你玉成此事,既然你不愿意,那就罢了吧……"

听了袁术这话,长木修那一向冷静的俊颜上却闪过一丝狂喜,旋即俯身拜道:"多谢主公!"

江南初冬,轻霜未杀,云霄万里,凫雁满回塘。孙策与周瑜看罢士兵操练,披着一身霜气回到大营中。

见周瑜衣衫单薄,孙策不假思索便将自己的披风解下,披在他身上:"从前总是你提醒我换季添衣,怎的自己倒是不注意了?"

周瑜未推却孙策的好意,笑道:"眼见真是有夫人的人了,有人关怀就来眼气我们这些无人管的。不过看你与乔夫人如此情深,我这做兄弟的打心眼里为你们高兴。"

孙策抬手一敲周瑜的心口:"别光顾着艳羡,你这鳏夫也当了好些年了,也该再找个知冷知热的人在身侧。不过,我也不催你,毕竟这世上能配得上你的人太少,你自己留神便是了。另外,我已知会各部各将,明日一早,我便率两万精兵南下攻打会稽,你带兵一万,镇守于此,不必与我同去。我思来想去,觉得唯有你驻守丹阳与吴郡,我才能放心啊。"

"王朗为人狡诈,且会稽多山川湖泽,地势复杂,此一去万万当心,丹阳与吴郡有我在,必定万事无虞。"

孙策重重拍了拍周瑜的肩,又道:"打从入秋后,莹儿身子就不大好,此次讨伐王朗,路途艰险,我就不带她同行了。公瑾,务必帮我照顾好她。"

周瑜还未回话,只见一侍卫小跑而来:"报!少将军,张修公子打徐州来,求见少将军!"

"知道了,让他去议事帐等我。"孙策高声应罢,见侍卫退下,又压低嗓音对周瑜道:"这长木修是个细作,假意逢迎袁术,暗地里却为曹操做事。"

听闻长木修又来,周瑜面色不大好看:"我总觉得,他并非表面上这般简单。以他的才干,若想封官晋爵,为何不留在曹操身侧做谋士,而是到这江南之地,在你我身边打转?"

"或许因为他喜欢妻妹罢。我先去看看他,回来再说。"

语罢,孙策阔步离去,周瑜立在霜天里,半晌未动,眼波中涌动着不安:长木修所求,难道真的只是小乔吗?若非如此,他当如何应对;若真是如此,他又当如何呢?

傍晚时分,宛陵处来了人,原是周老夫人见骤然降温,担心周瑜冻着,特意差人送冬衣来,亦为小乔准备了几件。周瑜明白周老夫人的意思,但又无可奈何,只能老老实实地拿了包裹,来到小乔的营帐外。

谁知小乔却不在,只有大乔在帐中,周瑜与大乔见礼,拱手道:"还未恭贺夫人与伯符大喜。"

大乔莞尔一笑:"小事罢了,周明廷不必介怀。明廷此番前来,可是有事寻婉儿?"

周瑜莫名赧然,尴尬笑道:"我伯母为小乔姑娘准备了几件冬衣,让我送来……"

"真是不巧,今日张公子来,婉儿与他出去玩了。周明廷不妨交给我罢,等婉儿回来,我再让她去找你道谢。"

真是越怕什么越来什么,长木修一来就找小乔,不知道究竟安的什么心。周瑜一时愣神,还未来得及回大乔话,就听得一阵脚步声,小乔如清泉般明澈的嗓音隐隐传来:"修哥哥,今日劳你带我去玩,不然整天憋在屋里,简直要闷死我了。我这就回去了,不然姐姐怕是要担心……"

长木修沉吟片刻,好似鼓起了极大勇气:"婉儿,此次我来寻你,是有事要问你……你还不知道,袁将军……愿意为我保媒,前几日已经去问过你父亲的意思了。乔将军说,虽要媒妁之言,却更要你活得顺心,所以……若是你愿意,我、我……"

听到这里,周瑜几步上前,一把掀开帐帘,望着小乔,沉声道:"过来。"

没想到周瑜竟然在帐里,小乔与长木修皆被吓了一跳。小乔自是大窘,垂着头老老实实地向帐子走去。谁知长木修阔步而上,先小乔一步入了帐,对周瑜礼道:"可巧周明廷也在,那张某今日便把话说开了,听闻周明廷还未向乔将军提亲,张某先行一步,希望周明廷成全。"

大乔听到几人这对话,茫然又震惊,看小乔冲自己眨眨眼,大致明白了几分,赶忙故作镇定,坐看他二人相争。

偏不巧孙策忙完了军中事,寻周瑜未果,便来寻大乔,结果进帐一看,他几人竟然在一处。周瑜与长木修横眉相对,不知究竟为何。

周瑜与小乔装作两情相悦之事,一时与孙策说不清,自己不会说漏嘴,难保孙策不会,大乔赶忙上前对孙策道:"孙郎,明日还要出发去会稽,不妨我们早些回去,莫要都挤在婉儿这里了罢。"

孙策哪知道他们的秘密事,摆手道:"不忙,说了好一会儿话,我口干舌燥的,在妻妹这里讨口水喝。"语罢,孙策走到木案前,掂起陶壶斟满碗盏,大口喝了起来。

正当此时,只听周瑜冷道:"你怎知道我没打算娶婉妹?婚姻大事,岂能儿戏,先前我已带婉妹去见过了我的从父伯母,不日便会去向乔将军提亲……"

孙策听了这话,满口水径直喷了出来,可他还来不及问,就见大乔明眸眨个不住。他不敢多言,讪讪道:"水太烫了,你们继续,不必管我。"

长木修将目光从孙策身上收敛回来,面带讥讽:"哦?是吗?那张某就等着周明廷提亲那一日,还望周明廷是发自真心,莫要平白害了人家姑娘一生。"语罢,长木修冲孙策一礼,又深深看了小乔一眼,大步走出了帐去。

待长木修走远,孙策起身上前,叉着腰对周瑜道:"我算是看明白了,你是怕妻妹被这来历不明的家伙娶了去,这才帮她扯谎罢?"

周瑜没有回孙策的话,转向小乔道:"小乔姑娘,周某与你说过许多次,长木修不是好人,请你少与他来往,希望你能记在心上。"

小乔薄唇微颤,心里委屈,眼眶不由一热:"修哥哥他不坏。"

周瑜心头一时有些堵,却也知道与小乔掰扯不清,转向孙策道:"伯符,我有事跟你说,我们去议事帐。"

孙策点头作应,拉过大乔的手道:"我晚些回来,你回去等我罢。"

待孙策与周瑜离去,小乔的眼泪再也忍不住,簌簌落了下来。大乔赶忙掏出绢帕,欲为她拭泪,却忽然一阵眩晕,脚下一软,差点跌倒。

小乔急忙扶稳大乔:"姐姐……姐姐你怎么了?"

大乔被小乔搀扶着,缓缓走到卧榻处,抚着胸口顺了顺气:"无妨,婉儿,我没事,你别担心。"

"你看你现下瘦成什么样子了,前阵子吃不进饭,现下又动辄眩晕,姐姐,你想急死我吗?"

大乔轻笑着摇了摇头,紧握着小乔的手:"你放心,我真的不妨事。只是……姐姐想回宛城去了,你可愿意陪我?"

## 第二十二章 雨雪霏霏

丹阳郡官道上，长木修单人单骑，在暗夜下驰马。许多年来，他都是形单影只、我行我素，最近却常有寂寥之感。唯有看到小乔，待在她身侧，他才能感觉心底尚存几丝温暖。小时候在花山的回忆，是他此生最恐怖的瞬间，可今时今日，他却时常回想那些与她相依为命的日子。

转过一条弯道，两名黑衣斥候从左右两边岔路跟上，与长木修策马并行，长木修低声问："事情打听得怎么样了？"

其中一人回道："正如少主的猜测，周明廷与小乔姑娘私下里接触并不多。听闻周明廷的爱妻几年前去世了，周明廷十分难过，这几年都没有续娶之意，还因此惹恼了他的从父……"

长木修沉吟一瞬，又问："周公瑾发妻的墓冢在何处？"

"在居巢县的小山上。"

长木修微微一笑："刨人祖坟可是要遭报应的，我们也不必刨开，稍微挖两下罢。"

没想到一向老成的长木修竟会下这种令，两斥候不明所以，不由愣怔，待回过神却也不敢问，只拱手道："是……"

入夜时分，天上飘下了冻雨，簌簌落在帷帐上，发出沙沙的声响，帐中昏暗非常，大乔秉烛在帐内为孙策收拾衣衫。

天凉了，孙策此一去讨伐王朗，不知开春前能否获胜而还，衣裳带少了怕他不够穿，带多了又恐成累赘。大乔挑了拣，拣了挑，用了整整一个时辰也没收拾好。

孙策忙罢正事，回到起居帐中，将仍在劳碌的大乔一把抱起，几步放至榻上："前几日不是说眼睛疼吗？怎的一点也不知道心疼自己？"

两人虽已成亲快一年光景，亲近时大乔却还是难免羞怯："我没事的，让我起来帮你收拾包袱罢。"

"这些都是小事，哪里有你的身子要紧。莹儿，我明日就要出征了，你安心躺着，陪我说说话吧。"

大乔乖巧地窝在孙策怀中，呢喃道："孙郎，若能赢了王朗，整个江东便都是你的了。从前你时常说起自己的抱负，却从来没有告诉过我，你的抱负到底是什么呢？"

"大战在即，我若说项羽，你肯定觉得不吉利，那我便换个人与你说。莹儿，你饱读诗书，应当知道春秋五霸之首的齐桓公罢，我的志向就是像他一样，无论是否身居王城，都能一匡天下，解救黎民。"

不知为何，此次孙策出征，大乔尤为不安，可她不愿让自己的情绪影响他，转言而笑："听闻齐桓公好内，晚年纳了好几位夫人呢。"

听出大乔好似在吃飞醋，孙策心里竟有些痛快，出言安抚道："哪有人天生就凉薄，许是他心爱之人离去，他负气才会如此罢。不过莹儿，我绝对不会负你的，我孙伯符此一生有你，旁人真的是再也看不上了。"

大乔将小脑袋枕在孙策肩头，嘴角带笑，眼泪却不争气地滚落："孙郎，我不要救世主，也不要大英雄，我只想要你永远平平安安的。"

窗外冷风肆意，孙策的心却是暖暖的，他撑起身子，褪去银甲，好让大乔靠得更舒服些："我幼时随母亲颠沛流离，备受其苦，现下只希望能靠一己之力，打出一片天地，让我们将来的孩子和万千孩童能安然快活地生活。莹儿，你放心罢，除了你，没有人能伤害我分毫，只有你能看到我不着甲衣的样子，是我永远不设防的人……"

本以为大乔听了这话，会有些许感动，谁知她却咯咯笑了起来："我可不信,且不说婆母与弟妹,周明廷难道你会设防吗?"

"他们与你一样,都是我的亲人,我自然不设防;可也与你不一样,你是我唯一的妻,也是我最爱的人……莹儿,入秋来,你的身子一直不大好,说起来,我们也有日子没亲热了,明日我就要去打仗了,不如……"孙策撑着脑袋,抬手轻绾着大乔的青丝,笑得俊朗又勾人。

大乔早已见惯他这副模样,偏过头去不予理会:"你明日还要骑一整天的马,现下还不省着些精神,倒是来闹我。"

"这算什么,我们方成亲那会儿,一整夜不睡,白日不是一样打仗吗?"

"我烧心又难受,还是不舒服得紧,若是你不让我帮你收拾包袱,我可要早点歇着了。"

孙策到底心疼大乔,听她如是说,怎舍得勉强半分:"你歇着吧,我自己去收拾。"

语罢,孙策下了榻,三下五除二就将包袱扎裹得当了。大乔望着他来回忙碌的身影,心头涩涩。既是心头挚爱,怎会不愿与他亲近,只是自己有难言之苦,不愿让孙策劳神牵挂。打刘繇时,他身上那条条血痕,犹如刻在她脑中一般,午夜梦回,她时常惊醒,总害怕孙策会有个好歹。此番他出兵讨伐王朗,本就行路艰难,她怎能让他为了自己而分神呢?

正当大乔愣神时,孙策反身而还,坐在榻畔对大乔道:"莹儿,我实在舍不得你,你能否赠一缕发丝给我,我贴身收着。"

大乔赶忙换上一副笑颜,拿起榻旁绣筐里的小剪子,剪下一缕青丝,塞入荷包内,递予了孙策。孙策如获至宝,顺势将大乔拉入怀中:"莹儿,所谓结发夫妻,大抵如是。等我扫平肘腋之患,我们就回吴郡去,我要再娶你一次,让你风风光光地嫁给我,不再受妾室之名。"

大乔含笑颔首,强忍着眼泪道:"好……时辰不早了,明日还要赶路,早点歇下罢。"

夜半三更时,江东之地,千家万户仍在睡梦中,孙策部的士兵们却已开始收拾行囊,拔营牵马,准备冒着风雨向会稽郡出发。

小乔一夜未睡,托腮坐在帐内,回想着下午大乔的话。她怎么也没想到,在这个节骨眼上,大乔竟然有了身孕,且月份不小了。

大乔不愿意因为自己的身子,影响孙策行军打仗,索性决定将此事隐瞒,回到宛城生产。可她连自己究竟怀孕几个月了都懵然不知,车马颠簸,万一有个好歹可怎么得了?

想到这里,小乔忍不住又叹起气来。原本她是打算直接回绝了大乔,可大乔泪眼汪汪,说孙策是自己的命,无论如何,都不愿意孙策因为自己有一丝一毫的分心,这又该让她这做妹妹的如何是好呢?

翌日清晨,大雨未歇,孙策部两万精兵冒雨向会稽郡进发。周瑜策马相送,及至城外三十里才回还。大乔身子不适,未能同行,独自坐在起居帐里发呆。

小乔奉来汤羹,对大乔道:"姐姐,姐夫骁勇,帐下人马又多,定能打下会稽,平安而回的。你好歹吃点东西罢,即便不在意自己,也要想想肚子里的娃娃啊。"

大乔实在没有胃口,但想到她与孙策的孩子,少不得接过碗来,用调羹轻轻搅动散热。

小乔这才放下心,跪坐在大乔身侧:"姐姐有了孩子,明明是好事,却不敢让孩子的父亲知道,真是为难。不过我这孙姐夫平日里看着精似鬼,没想到在这事上却这么笨,与姐姐朝夕相处,竟也没发觉……"

大乔笑叹道:"孙郎没做过父亲,自然不懂。何况我肚子大些后,就用束带缠着,又称病躲着他,他怎会知道呢?"

"也是了,不过,姐姐,我们还是别回宛城了,若是路上真有个好歹,姐夫岂不要疯了。在此处不方便,我们可以去吴郡啊,你现下是孙伯符的媳妇,若是吴夫人知道你有了身孕,肯定会极欢喜的,姐姐也能得到好的照顾……"

大乔愁容满面,捂着小腹道:"我也曾想过,是否去吴郡婆母处休养,可若是去婆母处,孙郎肯定会知道我有孕的事,还能如何好好将兵呢?更何况,我与孙郎偷偷成婚,妇人生产动静又大,若是让袁术得了消息,只怕要以父亲为人质。婉儿,姐姐现下别无出路,只有回宛城老家待产这唯一办法了,你若不愿与我同行,我便只能自己出发了。"

"婉儿永远陪着姐姐,"听大乔如是说,小乔不再劝,将小脑袋倚在她肩上,"姐姐现下有了孩子,身子却比从前还瘦了,我看着实在心疼。待会儿我上山去捉几个山鸡给你补补身子罢。"

"你一个姑娘家,还是莫要乱跑了罢,上次听说你从花山坠崖,差点没吓死我。姐姐没事,瘦了也只是因为先前吃不下东西,我现下胃口已经好多了,你不必担心。"

小乔乖乖地点了点头,扶着大乔起身坐回卧榻上:"可是姐姐,现下姐夫虽然出征了,周郎还镇守在丹阳,他肯定不会让我们走的,我们怎么回宛城呢?"

小乔的顾虑亦是大乔所担心的,若是告诉周瑜她有了身孕,周瑜一定更不会让她走。无论如何,都不能在军中生下这个孩子,大乔蹙眉道:"我现下还没有主意,容我再想想罢。"

"姐姐莫要劳心了,婉儿去想办法,你把汤吃了便早点歇了罢。"小乔拿回汤碗,细细吹着,一勺一勺喂给大乔。

伺候罢大乔休息,小乔悄声走出了起居帐,欲去寻周瑜。昨日因为长木修的事,周瑜好像有些生气,小乔无奈又委屈,心思烦乱得要命。

周瑜总说长木修不是好人,却也没有说他哪里不好,如何不好。小乔成日里见不着人,也没人陪她一起玩,十足无聊,好不容易长木修来了,她不过是与他出去转转,怎的就惹周瑜生气了?长木修的心思,她确实是知道的,她虽明示暗示多次拒绝过他,却无法不顾及年幼时长木修的救命之恩,那年遭拐,若非是他挡住门板,小乔不可能逃脱魔窟,甚至有可能早已不在人世了。小乔虽对长木修没有任何男女之情,却不能枉顾他们幼时的情谊,拒人于千里之外。

想着想着,小乔已行至周瑜帐门处。今日若非为着大乔,她根本不愿意来找周瑜,但若无他的令牌难出军营,根本回不了宛城。

就当是为了自己尚未谋面的小外甥罢,小乔定定心神,对帐外的侍卫道:"求见周明廷,劳烦通传一声。"

营帐内,周瑜在看张昭送来的卷宗,听到小乔的声音,他放下书卷,朗声道:"大雨未歇,不必通报,进来吧。"

小乔应声掀帘而入,看到周瑜,还是免不了有些不自在。周瑜见小乔直愣愣戳着,招呼道:"小乔姑娘来找周某,可是有何吩咐?"

天到底是寒了,小乔只觉钻心的冷意从足底升起,却不知究竟是因为天气,还是因为周瑜的态度。他总是这样,有时明明感觉离他近了几分,却又忽然疏远,如云烟般,让人看不清摸不透。小乔虽然习惯,却还是免不了心里难受,她沉默片刻,努力稳住心绪:"我平日里无聊得紧,又无事可做,想讨块腰牌,能时常出营去玩……"

"山匪流寇盛行,小乔姑娘一个人出去不安全,还是好好待在营中的好。"

虽然料到这牌子不好要,小乔听了这话,还是起了脾气:"我说,你到底讲不讲道理?我又不是囚犯,为什么不许我出去?我都快被闷死了。"

昨日因为长木修的事,确实对小乔有些严厉,周瑜自悔不该,此时见她生气,不由放缓了语气:"我只是希望你能平安顺遂,别无他意。若是小乔姑娘觉得闷,不妨扮作士兵,陪我出城去看士兵操练,如何?我每三日去一次,东西南北四个营房都要看一遍,应当不会让你闷着了。我一会子就出发,我们同去吧。"

没想到自己方才出言不逊,周瑜非但没有生气,还如此言辞温柔地与她说话,答应带她去看士兵操练。小乔一时蒙了,鬼使神差地回道:"啊,那也行罢,只是我还是……"

小乔这话还没说出口,就听门外响起吕蒙焦急的喊声:"明廷,明廷,居巢有要事来报!"

张昭在此地开办了将士学堂,吕蒙因为目不识丁特意被留下学习,未曾随孙策前往会稽,此时他慌张跑来,定然不是小事。

周瑜神色肃然,霍地站起,走上前去掀开帐帘:"怎么了?难道是山越匪众又下山了吗?"

"不……不是,是夫人的坟茔,夫人的坟茔被人刨开了……"

江南冬日,湿气弥散又裹挟着冷风,无孔不入,令人衣衫浸寒,狐裘不暖,锦衾难裹。大乔这一觉睡得甚久,却睡得十分不安稳,只觉时热时冷,又有梦魇袭扰,直至腹中小儿胎动,才终于转醒过来。

小乔不知何时来了,在榻尾生了个小炉,炉上还煨着一小罐鸡汤。看到大乔醒来,小乔赶忙上前搀扶:"姐姐醒了?睡了一整日,吃些东西罢。"

大乔扶着腰缓缓起身,叹道:"合该我这做姐姐的照顾你,现下这个样子,却要你照看我了。"

小乔捧上鲜鸡汤,嫣然一笑,乖巧又温暖:"姐姐这是哪的话,姐姐是我最亲的人,我们就应当互相照拂,永远不分开。"

大乔接过汤碗,惨白虚弱的面庞上泛起一抹浅笑:"你个鬼精灵,专挑姐姐爱听的话说。不过,这鸡汤是哪里来的啊?我记得营中并未供应,你不会真的溜出去打野鸡了罢?"

"姐姐不让我出门,我哪里还敢去捉什么野鸡呢。赶巧周老夫人送了几只鸡来给周郎,也分了我几只,我想着正好给姐姐炖了补身,就让阿蒙帮我宰了。对了,"小乔从怀中掏出一块柳木令牌,上刻隶书"周"字,"姐姐快看,我方才拿到了这个,我们这便能出营,回宛城去了,再不会有人阻拦。"

心事有了着落,清汤在口中也不是那般毫无滋味了,大乔轻呷着汤羹问道:"这腰牌可是周明廷给你的?婉儿没把我有孕的事说出去罢?"

"姐姐可别提了,周郎不许我出营去,赶巧方才居巢来消息,说他先夫人的坟茔被人刨了,我趁他着急出门,就把他桌案上放着的腰牌拿走了。"

"周明廷先夫人的坟茔被人刨了?"大乔不由瞠目结舌,半响未回过神来,"怎会有人做如此伤阴德的事呢?不过,现下在这个节骨眼上刨周明廷先夫人的坟茔,定非为了偷盗,而是有人刻意为之,欲调虎离山罢。周明廷如何打算?万不可中计啊。"

"周郎对他先夫人如何,姐姐又不是不知道。阿蒙还未报完,他便跑了出去,听说他已经去找张先生,准备不日回居巢去……哪里还管得上是否是调虎离山之计呢。"

大乔看小乔满眼失落、一脸酸楚,安抚道:"这世上,能对亡妻如此尽心的男人,实在太少了。连卓文君那样有才情的女子,都逃不过一个'闻君有两意,故来相决绝'。多少男儿生性凉薄,似周明廷这般的人物,又如此专情,便更是难能可贵了……婉儿,我看那日周明廷与张公子说起你的婚事,几分真几分假,倒不像是全然不在乎你啊,更何况周老夫人这般中意你,周明廷孝顺,定然不愿违背老人的心思。你现下还小,只怕他还拿你当个孩子看,但人心都是肉长的,婉儿待他好,他心里一定是明白的。"

大乔有了身孕,却瘦得仿佛风吹便倒,往昔白嫩的小脸儿此时如青玉一般,透亮得惹人生怜。小乔怎忍心让姐姐为自己劳心,笑着转言道:"姐姐说得是,婉儿记下了。我已打听清楚了,军中采买之人,每月初一和十五都会出营,去城里买些必需品。后天便是十五了,我们拿着腰牌,混在采买的队伍里就能出营去了。等避开众人眼线,我们就去曲阿城南的驿站买匹马,再买一驾马车,然后便可以顺利出发回宛城了。一路大抵需要十几二十日,我已备好了银钱,姐姐只管放心。"

腹中小儿又有胎动,大乔抚着小腹对小乔道:"哎呀,见你这姨母筹谋如此得当,这孩子动了几下呢。"

小乔听闻此语,小心翼翼地将手放在大乔的小腹上。这看似瘦削非常的人儿,小腹已高高隆起,小乔感受到生命的神奇,惊喜道:"我的小外甥真的在动呢!"

今年春日攻下庐江郡时,袁术未按约定封孙策为太守,亦耽搁了大乔与孙策的婚事。现下峰回路转,孙策不仅拿下丹阳与吴郡,还与大乔有了孩子,实在令人欣喜。小乔望着大乔小脸儿上那一抹淡淡的甜笑,暗暗发誓,即便拼上自己的性命,也一定要保护大乔与她的小外甥周全。

孙策前脚才讨伐会稽,后脚便有人刨了周瑜先夫人的坟茔,周瑜自是明白这是调虎离山之计,欲以如此下作手段将他逼走。

初听得这消息时,周瑜不免震怒难当,这些年他行事磊落,鲜有仇雠,不知究竟是何人恨他入骨。更何况,无论何等仇怨,都不该牵扯到旁人身上,更莫提似他先夫人这样一个善良温厚的女子。

她的音容笑貌,又无端从他心底浮现,周瑜俊俏的面庞上满是伤怀之色。她从不与人说重话,宽厚待下,即便身体已经很虚弱,还是坚持去僧院为穷人布施。偏生是她这样一个人,福薄命舛,才十六岁便染上疫病,撒手人寰,也留下了周瑜一生的遗憾。

今时今日,竟有人还要搅扰她的安宁。周瑜不愿让亡妻平白受委屈,即便知晓这是有人设计,仍决计快马加鞭赶回居巢去,为爱妻与父母迁葬回舒城祖坟。

既已决定,周瑜便来寻张昭,毕竟孙策不在,唯有他二人主事。军帐里,两人对坐,张昭听罢周瑜叙述,亦是义愤填膺,却更担心周瑜被奸人设计,中了埋伏。

周瑜避席拱手礼道:"公瑾多谢子布兄挂念,可比起回居巢这一路,公瑾更担心子布兄。"

张昭放下茶盏,不解道:"公瑾老弟此言何意啊?"

"子布兄试想,周某离开此处,一无兵、二无权,即便杀了我,伯符便不打会稽了吗?但若我离去,军务无人可拿主意,便可让奸人有可乘之机了。"

张昭垂头略一思忖,又问:"若是如此,我们又当如何?"

不管究竟是何等势力,既然动了他先夫人的坟茔,又想借机生事,周瑜便不打算再姑息分毫,他压低嗓音对张昭道:"子布兄莫急,我们只消……"

## 第二十三章 千钧一发

霜浓腊月天,周瑜快马加鞭赶回居巢,冒着阵阵寒风,为父母及先妻筹备迁坟之事。当年他与从父周尚迫于时局,不得不屈居袁术帐下,可他不愿为袁术效力,便只得了居巢令这么个小官。谁知才得调令,父亲与结发妻便先后离世,周瑜心痛万分,不忍将他们远葬,便葬在了居巢后山。现下想来,实在是他太过任性,以致今日,还要令他们受迁坟之苦。

是日正值大寒,千山鸟飞绝,万籁全寂,冬雨密密落入巢湖水中。周瑜请来居巢北面佛寺的住持诵经,随着经文声,三只棺椁被同时抬起,慢慢运至马车上。虽已时隔数年,周瑜仍不免心如刀割,他拼命克制住情绪,头前策马,一路引着马车向舒城外祖坟处去。

凄风苦雨间,车行艰难,多费了大半日的工夫才终于到了舒城,周瑜择取良辰,将父母与结发妻的棺椁下葬。待礼成,周瑜沉吟问住持道:"劳烦大师,能否帮我看看,她可有投胎转世,生在了哪里人家?"

住持接过周瑜递来的锦帛,只见其上写着年月时辰,他大略看看,双手合十礼道:"周明廷,老衲僭越一问,这可是尊先夫人的生辰八字?"

周瑜拱手回道:"正是。"

"尊先夫人生于四月初八,与佛诞同日,自是与我佛有缘。若是生前有愿景,必定可以如愿。"

周瑜一怔,想起她去世前说梦见自己成了佛前拈花的小丫头,长久呆立未语,不知该笑还是该哭。

那住持看周瑜如此神色,又道:"周明廷,你我相交多年,明廷的人品心性,堪称当世表率,只是……明廷是有慧根之人,应当知晓'缘起即灭,缘生即空',若只知拘泥过去,只怕来日后悔之事更多啊。"

周瑜听罢,心头一震,半晌未应,只拱手一礼,再说不出一字一句来。

从前并非没有人与他说过类似的话,只是今时今日听起来,尤为振聋发聩。回居巢途中,周瑜一直在思忖那句"缘起即灭,缘生即空",如是说来,爱恨情仇皆无意义,又何须抽离过去,珍惜眼前呢?

天寒霜冻,周瑜驾车将住持送回寺庙后,才返身回老宅,谁知才走到路口,就见吕蒙一身常服立在那里,焦急地迎上前来:"明廷可算回来了,我在这里等了你大半天了!"

"是子布兄派你来的吗?可有什么消息了?"周瑜边走边问,与吕蒙一道走入老宅,进了正堂。

吕蒙猴缩着身子,薄唇冻得青紫,他端起周姅递来的姜汤一饮而尽,抬手一抹:"明廷,张先生根据你的计策,将计就计,放出了你回居巢的风声,几日过去,终于有了响动:张修公子昨日来过军营,送来了袁术那老儿的嘉奖,不过是些兵器战马,数量也不多……"

"长木修来了?"周瑜眉头一蹙,面色更铁寒了几分,不必说,此节骨眼入军营之人,十之八九便是刨了他先夫人坟冢之人,"除此外,他还说什么了?"

"奇怪的就在这里。张先生本以为,他们费尽心机把明廷支开,还干了这损阴德的事,目的应该在东南战事,谁知他只是拿来一封书信,说是乔将军的家书,要接小乔姑娘去徐州……"

周瑜的心跳不觉漏了一拍,面上却声色未动:"小乔姑娘呢?跟他去了?"

吕蒙摇摇头,一脸困惑道:"说来也奇了,乔夫人姐妹根本不在营中,也没留下只言片语就不见了。周边山林我们都找了,可乔夫人身份特殊,我们不敢声张,张先生没了主意,更不敢报之少将军知道,这才遣了我来居巢,与明廷商议对策呢。"

小乔与大乔失踪了?周瑜霍然站起身,急道:"可有问过守门侍卫?两个大活人还能平白无故丢了不成?"

吕蒙与周瑜相识几年,印象中他总是温文尔雅,宠辱不惊,从未见过他如此焦急。吕蒙水不敢喝了,二郎腿也不敢跷了,放下杯盏坐直身子,老老实实回道:"当值的所有士兵都查问过了,可是没人留意到有异常,我们也不敢问得太仔细,怕军中有袁术的细作……"

周瑜强压住心乱,仔细思量:小乔与大乔的起居帐在营地正中,里三层外三层皆有侍卫巡防,歹人除非有飞天遁地之术,否则绝不可能将她二人掳走。而长木修巴巴找来,甚至拿出不知真假的乔蕤亲笔,欲接走小乔,应当是当真不知小乔不在营中。

周瑜回忆起那日,小乔向自己讨要腰牌,心里愈发乱了几分:"乔夫人娴静,也不是贪玩之人,此时与小乔姑娘出走,必定不是心血来潮。你快马加鞭赶回曲阿去,带些人往徐州方向去找,我马上带兵往宛城方向找!"

吕蒙策马一整日一瞬不歇,才从曲阿赶到居巢,现下水米未进,又要回去,实在令他有些绝望。吕蒙不由嘟囔道:"啊?这就去?那小乔姑娘有几分功夫在身上,不必这么心急罢。明廷也劳累一天了,不妨我们吃点东西休……"

"不行!"周瑜换下素衣,系上霜色斗篷,准备出门,"她们二人容貌太打眼,若是被有心之人算计可就糟了,伯符人在前线,我断不能让他操这个心。"

语罢,周瑜径直走到马棚处,将坐骑牵出,翻身而上,飞速打马而出,转瞬就消失在了眼前。

看来这周瑜担心起二乔姐妹,分毫不亚于孙策。吕蒙欲哭无泪,叫苦不迭,高声对忙在庖厨中的周婶招呼道:"婶婆,我出门了!饭就不吃了!"

那日从军营出来后,小乔赁了马车,载着大乔从曲阿一路南下,全然不知周瑜与长木修会那般担忧自己。

大乔的身子愈发笨重,穿男装看起来极其奇怪,只好换回了女装。小乔为大乔请来郎中诊脉,得知腹中胎儿已有八月,再不敢耽搁,夜以继日地向宛城赶路。

是日,两人行至淮水之畔的秣陵,稍做歇息后,便又上了路。天寒霜冻,冷风烈烈,又下起了小冰凌,小乔不由放缓了驾车的速度。大乔撩开车帘,将鹤氅披在小乔肩上,小乔赶忙回身道:"姐姐披着吧,我不冷。"

小乔每日赶车六七个时辰,小手已生了冻疮,怎会不冷,大乔不禁心疼万分:"下雪了,婉儿,我给你撑伞。"

"姐姐千万别呀,你可不能受寒,我无碍的。更何况,打伞我就看不清路了,我们快些赶路,早些到驿站再取暖罢。"

小乔这话有理,大乔未再坚持,望着转作飘扬雪片的小冰凌,眉眼间满是温柔:"婉儿,今日我们应当能赶到六安罢?"

"姐姐又想孙姐夫了吧?我觉得他就像个猴精似的,打起仗来完全换了个人,骁勇无敌,姐姐不必担心他,只要把肚子里的娃娃安安稳稳生出来,等姐夫回来,一定特别开心。"

听了这话,大乔垂着眼眸一笑,眸色温润如水,一张小脸儿不施粉黛,却仍美艳至极。若非肚子鼓了起来,任谁也看不出,她已是要做母亲的人了。

正当姐妹俩闲话时,忽见官道尽头三五士兵迎面仓皇逃来,穿的竟是孙策军中的服制。小乔急急勒马,高声问着:"你们可是孙少将军手下的士兵?看来向,莫不是从会稽郡来?"

那几人边逃边道:"是又如何?孙伯符被王朗射死了,全军缟素,我们还留着等死不成!"

已是腊月三九天,狂风自北而来,卷携股股寒意,越过大别山,直袭居巢。气温陡降,冷风掠了巢湖上蒸腾氤氲的水汽,缠绵缱绻转作雪片,纷扬如暮春柳絮因风起舞。不消片刻,居巢畔绵亘的马头白墙与陶土青瓦上便堆起了厚厚的积雪。

子夜时分,周瑜披着裘皮大氅,立在漫天风雪中,抬眼望着小院头顶四方的天,任由雪花顺着他棱角分明的俊颜滑落。他的面色青白,坚挺的鼻翼冻得发红,清亮的眼眸中满是焦虑。想到小乔与大乔可能正在这漫天风雪中挣扎,周瑜的一颗心好似置于滚水中,煎熬难耐,一刻也不得安生。

今日他带着县里差役沿着往宛城的官道寻了七八圈,却未寻到二乔的踪影。天寒地冻,又忽降大雪,人马俱疲,周瑜只得下令暂且回还。眼见这雪没有要停的意思,周瑜不欲劳动旁人,打算即刻出门再寻。

老宅木门忽传来一阵急促的敲门声,小乔的哭叫若隐若现:"有人吗?!有、有人吗?!"

周瑜一怔,不敢相信自己的耳朵,蹙眉再听却只有落雪沙沙,他自嘲一笑,没想到自己竟然担心小乔到如此地步,甚至产生了幻觉。

"咚咚"的拍门声再度响起,比先前更加急促,叫门亦是十足急迫:"有人吗?!有人吗?!"

周瑜这才疾步上前,大开了院门,只见小乔瘦弱的身躯在寒风中不住颤抖,一张小脸儿早已哭花。她如同握住救命稻草般,死死握着周瑜的衣襟:"求你……快,救救……救救我姐姐……"

暗夜阑珊处,一驾马车正停在岔路口。周瑜稍稍放下的心当即又悬了起来,他急声问道:"到底怎么回事,你们为什么从营里跑出来?乔夫人怎么了?"

小乔哭得上气不接下气,断断续续道:"姐……姐姐怕是要生了!"

周瑜心头如被铁锤重击,立刻明白大乔应是怕孙策担心,便自作主张跑了出来。他赶忙大步走向马车,又急又怒:"你们这是要回宛城?既然乔夫人已经快生了,还如何经得起这般颠簸?"

"不,不是,"小乔拉着周瑜的袖笼,泪滴洒下如星辰坠落,"姐姐本还有两个月才生产,我才敢带她出来。谁知我们路过秣陵时,碰见了一起子逃兵,喊着孙伯符被王朗射死了,全军缟素,说得有鼻子有眼的,姐姐吓坏了,惊了胎气,现下怕是要生了!"

周瑜顾不得礼数周全,掀开车帘,只见这样的寒冬腊月天里,大乔大汗淋漓,乌亮的长发黏在苍白绝美的小脸儿上,纤弱的身子不断打战,身下鲜血汩汩,已疼得再没了呻吟的气力,只是大口大口地喘着粗气。

周瑜当机立断,撂下一句"得罪了",便俯身抱起大乔,大步走入老宅,高声唤道:"婶婆!哑儿!"

方听得动静,周婶与哑儿便起身披了外裳慌忙赶出来,看到周瑜抱着虚弱万分的大乔,领着哭哭啼啼的小乔,两人不由慌了神,愣怔着不知如何是好。

周瑜焦急唤道:"婶婆,快烧热水!哑儿,你去子敬兄府上,让他快寻个稳婆!"

千里外,孙策部驻军于会稽山脚下的山阴县外。前日与王朗部对战,孙策假装中箭身亡,命全军缟素,自己则藏在暗处,伺机而动。

王朗派斥候勘察亦未发现破绽,笃定孙策真的死了,决计明日出城与孙策部决一死战。大战在即,孙策难以入眠,思绪万千。攻下这一城,江南六郡便已有大半在他管辖之下,可孙策却没有分毫欣喜,他起身立在窗棂处,看着暗夜里如魑魅般的远山,眼底涌动着一丝不安。

程普匆匆赶来,进帐对孙策一拱手:"少将军,都安排妥当了,明日天明时分,末将便率兵三千,随你从城北袭击王朗。"

孙策一点头,沉声问道:"程公,你也有日子未见到家人了罢?"

程普呆立一瞬,回道:"已一年多未曾见过了。"

"明朝若是大胜,我们便能班师回吴郡,与家人好好过个年了……"

程普重重一抱拳:"少将军放心,程某定当尽心竭力,万死不辞!"

语罢,程普恭敬退下。帐帘翻飞,带来阵阵冷风,孙策从怀中摸出锦囊,取出大乔的一缕青丝,紧紧贴在心口。他从未想过,自己竟会对一个女子牵肠挂肚至此。看来未经相思便不知相思苦,孙策叹了又叹,低声讷道:"莹儿,你可一定要好好的……"

居巢小院里,周瑜与鲁肃一道立在漫天飞雪中。心中是同样的忧虑,周瑜性子沉稳,只是背手而立,鲁肃却如没头苍蝇般来回乱转。

方才周瑜向大乔做了解释,大乔方知孙策诈死原是计谋,可她大悲大痛,伤了胎气,胎儿急下,早产已是不可逆转。

偏生值此乱世,鲁肃派人将居巢与东乡两县翻了个底朝天,才找到了一位接生婆婆。只可惜她的双目因战乱而瞎,只能坐镇指挥,而这实操之事,竟要落在从未生养过的周婶与年幼的小乔身上。

客房里,小乔的哭喊声盖过了大乔的呻吟。周瑜心痛又自责,心想那日小乔找他要腰牌时,若是能多思量几分,必能发现她的难处,何至于让她们两个姑娘家受这般苦楚?若是大乔与腹中胎儿有个好歹,他如何与前线作战的孙策交代?

对小乔而言,母亲因为生她难产去世,想来她定是怕极了生养之事。现下又让她这个未出阁的姑娘为大乔接生,直面淋漓鲜血,实在是太过残忍,不知会在她心头留下何等阴影。

想到这里,周瑜心痛非常,忍不住又问身侧的鲁肃:"你府上的婆妇怎么还没到?"

"雪天行路难,她们也都上了年纪,我再去看看。"

语罢,鲁肃大步走出了前庭。周瑜依然矗立在风雪中,任凭皑皑白雪落满了他的肩头。小乔的哭喊已不再那般分明,估摸应是耗尽了气力,大乔的痛苦呻吟却愈演愈烈,在这漆黑可怖的夜色里,显得尤为凄婉。

不幸中的万幸,便是她们姐妹在走投无路时来居巢寻了自己,而没有被长木修先掠去。可现下大乔有难,他只能呆立在这里,什么也帮不上。

一阵急匆匆的脚步声打断了周瑜的思绪,他回过头,见鲁肃带着两名婆妇匆匆赶来。周瑜赶忙上前冲她们一礼:"劳烦两位了。"

两位婆妇回礼后,踏着厚厚的积雪蹒跚向客房处走去。不消片刻,周婶便拽着百般不情愿的小乔走出,小乔却死死扒着门框不肯,泪眼婆娑道:"婶婶,求求你,让我陪着姐姐吧……"

客房内,大乔的叫喊声依然十足惨烈,小乔担心大乔,不肯离开。周瑜少不得走上前去,对周婶道:"婶婶也累坏了,早些休息罢,我陪着小乔姑娘。"

周婶既心疼小乔又担心大乔,如何肯睡,躬身对周瑜道:"郎君不必管我,我去多烧些热水,再煮些姜汤。小乔姑娘可冻坏了,衣衫皆已湿透了,可得洗洗澡发发汗才是。"

趁周婶与周瑜说话,小乔反身便往回跑,周瑜将她一把捞回怀中圈住,好言劝道:"我知道你心急如焚,可你在那里又哭又叫的,乔夫人本就自顾不暇,还要担心你。你相信我,我与伯符是何等交情,我绝不会看他的夫人与孩儿受损的。"

小乔听了这话,转头哭得梨花带雨:"一定,一定……要保姐姐周全……我求你了……生孩子真的太可怕了,我永远都不要生孩子……"

"好,不生,"周瑜只是为了安抚小乔,但此话冲口而出,面上瞬间赧然,"你的手伤得厉害,随我到隔壁上点药罢。这两位妇人皆为子敬兄的妻室接生过,经验丰富老道,定可保乔夫人无虞。"

## 第二十四章 清扬婉兮

吴郡姑苏城已有两千余年的建城史，乃长江流域百城阜盛之最。自孙策部击败许贡接管吴郡以来，百姓安居乐业，商旅往来频仍，好似又现汉初盛世之景。

是日正值小年二十四，满街尽是置办年货的行人。即便飞雪盈盈，众人亦兴致不减，比肩继踵，笑语盈盈。城中东市尤为热闹非凡，百姓们皆聚在一家新开张的名为"望春楼"的酒肆之前，议论谈笑。

与门口的热闹截然相反，望春楼二楼暖阁门窗紧闭，昏暗得犹如午夜。长木修颓然靠在墙壁上，身侧放着几个炭盆，星点的火光映着他惨白的面颊，令他看起来狰狞又俊美。

那日他虽命人刨了周瑜先夫人的坟茔，却也设坛为她超度。毕竟他的目的只是想引开周瑜，好设计从军营中带走小乔。不承想，周瑜走了，小乔也不知所踪，他命手下在居巢老宅外埋伏数日，自己则沿着曲阿到徐州的官道去寻，却始终未觅得佳人芳踪。

偏生遇上寒潮来袭，天降大雪，长木修的左臂有旧伤，这样的天根本动弹不得分毫，他只得暂将小乔的事放下，回吴郡姑苏姐姐这里休养。

木门"吱呀"一声，姬清拖着长长的裙裾，手摇蒲扇走入房中，看到一脸颓然的长木修，哑然而笑："你也太蠢了，对付个毛丫头哪需费这么大气力?你把她捉来,姐姐这里有的是让你们两情相悦的药……"

长木修蓦地一抬眼,眸中似有冰凌炸碎:"滚!"

见长木修恼了,姬清笑得愈发轻佻灿烂,俯身坐在他对侧,手中的蒲扇不停:"不用计谋,难道还要等她爱上你不成?"

即便是这样轻微的摇扇,亦让长木修的左臂传来一股瘆人的凉意,他经不住咳了几声,语调阴沉却充满张力:"不管是谁,胆敢欺负婉儿,我就一定要他的命。"

姬清不屑地"喊"了一声,将手中蒲扇冲长木修重重一扇:"你可别忘了我们千辛万苦来此处的目的!"

"目的?"长木修一挑长眉,嘴角挂着一丝阴笑,"那我现下去杀了那奸贼,姐姐舍得吗?"

"少说傻话罢,人家雄踞一方,拥兵自重,你如何敢杀?况且现下还不是时候,若是破坏了大计,司空怪罪下来,你我都吃不了兜着走!倒不若,先从那乔蕤开始,杀了他长女,让乔蕤……"

"够了,"长木修一脸不耐烦,"你当我不知道你揣着什么心思,好好开你的望春楼,不要轻举妄动。"

姬清妖娆起身,纤纤玉指抚了抚长木修的俊脸,似笑非笑道:"姐姐只是逗弄你两句,你却恼了,真是可爱。只是莫只顾着说我,你姐姐我可从未动过真心,又是谁一直陷在对那毛丫头的心思里,不能自拔呢?"

见长木修面色铁青,姬清不再与他废话,发出如银铃般悦耳的笑声,大步走出了暖阁,"哐"的一声合上了木门。

长木修身体里的寒症复被冷风勾起,呛咳良久方休,他面颊潮红,眸子里却闪过几丝笃定决绝,抬手将身侧白玉棋盘上对阵的"帅"子吃掉,恨道:"万事皆在我意料之中,唯有她……"

今冬风雪犹胜往昔,巢湖上人鸟俱寂,雾凇皑皑,天云水山一色,苍茫又寂寥。老宅里,庖厨中的一缕烟尘化在了漫天风雪中,凝作霜雾,更添清幽寒意。一众人等不畏严寒,守在客房外,为大乔悬心,甚至未察觉光阴流转,黑夜褪尽,已近晌午时分。

客房旁侧的书房里,周婢奉来一盆清水,放在木案的一角。小乔乖乖坐在木案旁,两只小耳朵却立着,时刻细听着大乔的动静。直到周瑜拉过她的双手,小乔才遽然回身,透过蒸腾的水汽,看到他骨节分明的大手将自己的双手按入铜盆中,细细擦拭着。冻裂的疮口脱落尽黑压压的污浊,在清澈的水中漫散丝缕血痕,赫然绽放瑰丽绚烂,如少女的心事。

本应有皮开肉绽的痛楚,小乔却只觉心下一颤,分毫未感觉到疼。周瑜为小乔洗净了手,拿起案上的干布让她擦干,而后再用药酒为她缓缓涂抹着伤口。小乔这才感觉一阵刺骨的痛意,不由"嘶"的一声,一缩小手。

周瑜见小乔吃痛,俯身轻轻吹着她的伤处,耐心地一点点继续为她处理伤口。他温热的呼吸如兰清洌,又如东风拂过杨柳,让小乔筋骨酥软,她垂下红如盛放蔷薇的小脸儿,不敢去看周瑜,可铜盆中亦是他清俊的倒影,小乔忍不住痴痴凝望。

初见他那年,仲春正好,汤山满是盛放的桃花,灼灼其华却不及他半分夺目。现下三载时光荏苒,他的身量愈发修长紧实,俊俏绝伦的面庞棱角分明,更添了几分偏坐金鞍决胜千里的气魄,与孙策动静相宜,曜然出尘,再也无人能与他们相匹敌了。

小乔这般想着,心头不禁又添丝缕怅惘。她还未回过神来,就听得周瑜说道:"我知道乔夫人担心伯符,不肯将有孕之事告知于他,怕他在沙场分心。可你总不该瞒我,我难道不体恤伯符,不担心乔夫人吗?昨夜多亏你们来居巢寻我了,可若是我带着婢婆与哑儿去了丹阳,你和乔夫人怎么办?"

周瑜澄澈的嗓音虽在说着训诫之语,却温和宜人,透着担忧。这种被他放在心上的感觉很令人回味,但小乔明白,他更担心的是大乔的安危和孙策的子嗣。她小脑袋一偏,哽道:"我是不该由着姐姐的性子,可她真的太在意姐夫了,事事以他为先,我根本劝不动她,只能尽自己所能保护她……我真的特别后怕,若是昨日来敲门你不在,我真的不知道该怎么办了……"

见小乔红了眼眶，周瑜万般不是滋味，宽慰道："是我不好，那日若未直接回绝你要腰牌的请求，或许能看出你的为难。不过你不必太担心，方才听周婶说，稳婆觉得乔夫人虽瘦弱却胎位端正，应当还是好生下来的。"

明明已经上完了药，周瑜却只顾安抚小乔，未留神自己还捉着她的手，待回过神来，两人如触电般登时分开。周瑜讪讪地岔话道："对了，这几日，你没见过长木修罢？"

这话问得小乔一头雾水："修哥……啊不，我这几日未见过长木修。"

"以后也不必见了……"周瑜话音方落，只听隔壁传来了几声微弱却洪亮的婴儿啼哭。

两人对视一瞬，小乔先反应过来，飞快地跑了过去，却被周婶拦在了客房门口："小乔姑娘，乔夫人刚生产，万万受不得凉，你且稍等会子，莫要心急！"

不知是天寒还是急躁，小乔在廊下直蹦，踮着脚高声问："几位婆婆，怎么样了？"

门板内传来鲁肃府上两名婆妇欢愉的笑声："得了个小丫头，生得特别漂亮！"

"我姐姐呢？我姐姐如何？"

"夫人无碍，只是太累了，这会子没力气说话了。"

听闻大乔母女平安，小乔终于长舒了一口气，喜笑颜开，放松了踮起的脚，却不自觉打了个寒战。

周瑜心中的阴霾亦是云开雾散，他解下裘皮大氅搭在小乔肩头，而后走下石阶，招呼庭院中站在雪地里同样开怀的鲁肃道："子敬兄辛苦，我们烫壶好酒，好好喝一杯罢。"

丹阳驻军处，长史张昭处理罢公务，明月已沉下西窗，他才欲起身舒活两下筋骨，又有军报传来，而送信的正是留在此地学认字的吕蒙。

见这两份信笺分别来自会稽与居巢，张昭赶忙拆开信筒，急急读罢，捋须笑得十足开怀。他提笔欲书，迟疑一瞬后，却将两封信笺重新封好，交回给吕蒙:"去吧,居巢的发去会稽,会稽的发去居巢。"

吕蒙不明所以,却知道张昭持重,不似孙策和周瑜那般好性子,也不敢问,拱手抱拳退了下去。

待吕蒙离去,张昭倏然敛起了笑意,一双精眸里闪过一丝不安:孙策已活捉王朗,攻克会稽郡,又喜得贵女,实在足以令人欢欣。可福祸相依,这欢欣背后又怎会没有危机?且不说旁的,袁术屯兵徐州,其势力远胜于孙策手下的寥寥数万军队,见孙策得了江东这块肥炙,他怎会不动心呢?

几日后,年关如约而至,绵亘多时的风雪终于停了,巢湖上冰皮乍解,又是一派江南湖光山色。

水天相接之处,横着一道长长的堤坝,如眉黛般装点着碧波无垠的湖面。去岁,正是因为周瑜与鲁肃修建的这坝,巢湖未再发洪灾,百姓们得以足粮越冬,自然感激不尽,新年一早便扶老携幼,来老宅拜年。

鲁肃亦带着幼子前来,看到如是多乡亲向周瑜恭贺新春,佯装吃味对一侧的小乔道:"小乔姑娘,你看看,同样是修堤筑坝,鲁某一点也未少出力啊,奈何百姓不记得我的好,还管那坝叫'周郎堤',而不叫'鲁郎堤',当真是气煞人了!"

小乔已至十五岁及笄之年,她拆了总角,将长发梳成髻,不饰金银,清纯又绝艳,令人移不开视线,咯咯笑着揶揄道:"即便是要以鲁明廷命名,也当是'鲁伯堤'罢?"

周瑜站在檐下谢客,看小乔巧笑嫣然,引得众人频频侧目,心下滋味莫名,出声打断了两人的谈笑:"婉妹,婶婆的汤快做好了,你去端去与乔夫人罢。"

小乔不疑有他,娇声一应,接过周婶手中的汤碗,跌着绣鞋向客房走去。待小乔的身影消失在了视线中,周瑜才转头对鲁肃道:"子敬兄,请。"

鲁肃与周瑜相识数年,从未见他这般留神过哪个姑娘,他不由怔忡片刻,才高声一应,抱着幼子向堂屋走去,自言自语道:"太阳莫不是要打西边出来了……"

孙策活捉王朗后,以礼相待,甚至劳动张昭赶来,苦口相劝,愿王朗能为他所用,即便王朗不愿,孙策也未苛待他分毫。

逼近年关,孙策不欲百姓多受疾苦,命程普黄盖务必在几日内肃清会稽境内王朗残部,又命韩当朱治开仓济民。不出半月,孙氏便得到了会稽百姓与士族的拥戴。

是日,孙策收到周瑜的亲笔信笺,拆开细读,信内将大乔不愿孙策分心,隐瞒身孕离开驻地,后在回宛城路上受惊早产,于居巢诞下一女之事写得清楚明白。孙策看罢,却足足愣了一炷香的时间,才像个小孩子般,傻傻地笑了起来。

乱世群雄逐鹿,是男人的沙场;生儿育女,则是女人的鬼门关。想到大乔对自己的心意和受到的苦楚,初为人父的兴奋喜悦缓缓淡去,被丝缕的酸涩心痛取代,溶入了周身血液中。

几个月前,她时常干呕难受,夜夜难眠,自己却信了她的欺瞒,以为她只是脾胃不适。他说过,要守护她一世,却在她最需要自己的时候不在她身侧,他无法想象,生产那一刻那瘦削的小人儿会有多害怕。想到这里,孙策只觉心头如有尖刀剜过,眼眶一热哽咽不止,健壮的肩背颤抖不已。可他身为一军主帅,再大的痛也只能忍着,孙策紧紧攥着装有大乔发丝的荷包,放在薄唇间,眼泪终于还是不可抑止地滚落下来。

他多想即刻策马飞奔去,守在她身侧,却被军中大小事务羁绊,寸步难行。不知过了多久,孙策终于克制住情绪,起身走到西窗前,视线仿佛已横绝山巅,一眼望向了千里开外的居巢。

快了,就快了,待到下次相见时,他就能给她和他们的孩子一片安然沃土,让她们安心度日,再也不必颠沛流离,再也不必离开他身边了。

两日后,在居巢休养的大乔收到了孙策的来信。向来嫌写字麻烦的人儿,此一次竟洋洋洒洒写了三两千,惊呆了卧榻旁侧抱着小外甥女戏耍的小乔:"我的天哪,姐夫这是写了'孙伯符兵法'吗?"

听了小乔的打趣,大乔颇为不好意思:"孙郎猛然知道自己做了父亲,惊讶又高兴,难免话就多了些。"

那日大乔生产后,小乔听了两位婆婆的话,焦急要看小外甥女,可她从未见过方出生的孩子,见婴儿浑身红皮双眼紧闭,吓了一跳,不明白为何说这孩子漂亮。现下大半个月的工夫过去,这小丫头长大了一圈儿,早产的亏虚补回来了不少,白白嫩嫩,粉雕玉琢,双眼又大又亮,睫毛长而密,琼鼻小巧坚挺,像极了大乔。小乔爱不释手,成日里抱着,疼如心肝,倒是帮大乔省了许多气力。

大乔看罢这封长信,嘴角挂着一丝甜蜜笑意,柔声对小乔道:"婉儿,我有事找周明廷,你帮我请他过来罢。"

小乔以为大乔应是为孙策传话,一口应承,轻轻放下小外甥女,便要出门去。大乔复唤道:"婉儿,今天中午的鱼汤我没怎么吃,这会子有些饿……"

小乔偏头笑道:"姐姐吃得太少了,我这就热了给你端过来。"

不多时,周瑜便来到了客房外,青瓦屋檐上不时滴下融化的雪水,沾湿了青衣儒裳,他踟蹰一瞬,未上前敲门。

虽说他与孙策情同兄弟,可大乔是孙策的夫人,又在坐月子,自己贸然前去,实在是无礼。但他转念一想,大乔亦是懂礼之人,既然让小乔来寻自己,定不会令人难堪,于是开口轻唤:"乔夫人。"

木门内,大乔应道:"周明廷请进。"

周瑜推开虚掩的门扉,见大乔果然不顾地上寒凉,穿戴齐整坐在软席上。看到周瑜,大乔礼道:"在此处叨扰周明廷多时,此次若非得周明廷照拂,我姐妹母女三人只怕早已没了性命。大恩不言谢,便不多做作了,往后周明廷若有用得着小女子的地方,定肝脑涂地,万死不辞。"

周瑜赶忙回礼:"乔夫人这话倒是生分了,我与伯符自幼一处,在周某心中,乔夫人如同亲嫂,实在不必如此客套。"

"今日收到孙郎来信,说明廷会与我们姐妹一道去吴郡?"

"往后周某便在伯符麾下任职,等夫人出了月子,便由周某送你们一道回去。"

大乔点点头,笑得十分温柔:"今日特意求明廷过来,乃是有个不情之请。再过两日,便是我妹妹的生辰了。婉儿今年是及笄之年,原本该好好操持一番,可我现下这个样子,父亲与孙郎又不在身边,能否劳烦周明廷,为妹妹买一只钗来,让她能礼数周全地过这个生辰……"

即便大乔不提,周瑜也一直都记得正月十五是小乔的生辰。及笄与及冠一样,皆是成年大礼,周瑜自不会委屈小乔,拱手应道:"乔夫人放心,周某一定好好为令妹操持。"

语罢,周瑜起身退出了客房。大乔撑着身子退回卧榻,只觉钻心的寒气从足下涌起,她赶忙用碧色织云锦被将自己裹紧,明媚温和的眼波里却闪过一丝狡黠。

不只是她罢,这老宅里老老少少,皆察觉周瑜待小乔极好,可这种好,究竟意味着什么呢?

正月从初一到十五皆是年下,是日上元佳节,亦是新年的第一个月圆之日。晌午饭后,周瑜便带着小乔一路去往县城集市,两人在卖土产处逛了好一圈,为大乔选了几只乌鸡补身。小乔显得十分兴奋,抱着小竹筐来回翩跹,周瑜好笑又无奈,将买来的瓜果蔬菜一应交与随从,命他们先送回老宅,自己则带着小乔去看花灯。

江南小县,百姓安居,四境安稳,可称得上物阜民丰。周瑜与小乔沿着青石板路并肩而行,西斜的日光照在身后,投下两个颀长的影子,交叠辉映。赶集的百姓们看到周瑜,皆围上前来,不称官职,而是亲昵又崇敬地唤着"周郎"!

周瑜含笑与各位乡亲道贺新春,吩咐他们好好做生意,不必顾及自己。小乔见好一堆没成婚的姑娘如狼似虎盯着周瑜,好气又好笑,但转念一想,自己可能也跟她们一样没出息,便发不起脾气来,自顾自跑到旁侧的玉店看首饰。

周瑜与百姓寒暄罢,身侧却没了小乔的身影。他问了一旁的老者,找到玉店来,只见小乔正站在柜前,看着一支精巧绝伦的玉簪。

周瑜未上前来,不动声色地打量着小乔手中的簪子,只见这玉簪不过一拃长,青碧如水,透亮非凡,一看便不是俗物。小乔爱不释手,问道:

"老伯,这簪子多少钱?"

"姑娘真是好眼力,这可是我这几日方得的佳品,乃是洛阳宫中散落民间的物件。相传是光武皇帝赐给皇后阴丽华的封后礼,得之可保夫妻一世恩爱……姑娘生得倾国之貌,若再配上这簪子,他日必得贵婿啊,只要三万钱!"

"三万钱?"小乔瞪着大眼睛,将玉簪放在木柜铺好的绒布上,小手一缩,"也太贵了罢!"

小乔说完,又在其他档口转满一整圈,连蹦带跳跑出了玉店。周瑜刻意掩身人群,未让她看见自己,待小乔离去,周瑜上前对掌柜道:"劳烦拿方才那位姑娘看的簪子给我。"

太阳渐渐偏西,虽已过了立春,晚来风仍是清寒。今日因为与周瑜一道出门,小乔专门穿了新裁的海棠色春衫,她肤光白皙娇嫩,小脸儿上却因焦急而泛起了几丝红晕。四下张望间,尽是陌生的面庞,小乔抬起细碎桃花刺绣的纱绢袖笼,拭去额上的香汗,指尖阵阵生凉。

正当她打算沉入人潮寻周瑜时,皓腕却被人一把拉住,小乔回过头,看到周瑜正站在她身后,笑得温和宜人:"别乱跑啊,这里人多。快入夜了,我们去看花灯罢。"

手腕处传来的温度,好似点起了心里的小火簇,小乔欣悦一应,随周瑜顺着人流向长街最热闹处走去。冬阳还未完全落入地平线,圆月便已缓缓升上柳梢头。好似居巢全县的人都出来看花灯了,见小乔瘦削的身子被人推来撞去,周瑜索性将她拉至身前,保持着一个亲近又礼貌的距离。

花灯十里迢迢,小乔却无心细赏,心头如有小鹿乱撞,她脸儿上凝着幸福的笑意,一双小手满是细细的汗珠。自打到居巢来,周瑜待她极好,虽无有任何逾规越矩的动作,却很是亲厚,难道……他心里也有她吗?

红烛高光映在绝色的小脸儿上,小乔心跳得极快,仿若要跳出了嗓子眼。正当她胡思乱想之际,周瑜忽然开口道:"婉妹,你看那边。"

小乔偏头望去,只见长街尽头的酒肆门前挂着一个硕大的红油纸灯笼,映着不远处柳堤上的一轮圆月,甚是好看。孩童们皆在灯笼下蹦跳玩闹,整个长街上涌动着恬然欢喜的气氛。

小乔乌墨浸染般的青丝随风飐起,若有似无地撩过周瑜的面颊,她笑靥如花:"整个江南,最安逸的就是你的居巢了罢。"

"当初来此地做明廷,是我与从父的权宜之计。可此处民风淳朴,百姓善良,又景色宜人,不知不觉,我便爱上了这里。现下要走,着实是舍不得。"

"可'周郎堤'一直都在,会一直守护居巢百姓的。"小乔看出周瑜眸中星点的不舍,拉着他的宽袖,指着不远处圆月下的柳堤,"我想去堤上看看。"

越往湖边走,冷风越大,两相依偎间,心却是暖的。此处人烟阑珊,宽阔的堤坝上只有周瑜小乔两人。一轮圆月映在宽阔的湖面上,浩渺又澄明,朦胧氤氲间,如临银河,步履星辰。

两人沿着湖边走了好一会儿,晚风吹得他们衣袂交织,身子也不由自主地靠近。绕过这方长堤,老宅内的烛光星点可见,小乔明白,回到家便不能再这般与他相处了,忍不住放慢了脚步,望着天上的圆月,呢喃道:"今日是我的生辰呢,去年生辰你也在,真好……"

周瑜缓缓驻步,立在小乔面前。这短短的一年时间,她长高了许多,楚女腰肢越女腮,窈窕玲珑,再也不是从前那个只知道飞石头的假小子,一张绝色小脸儿令人千看万看不厌,一笑便胜却四时花开。

不知周瑜为何拦住自己的去路,小乔娇声问道:"怎么了?"

周瑜从袖管中拿出玉簪,轻轻插在小乔的鬓发间,语调无比温和:"以后,便是个大姑娘了。"

小乔不知周瑜为她买下了这玉簪,亦没想到,他竟记挂着自己的及笄之年,既惊又喜,含羞垂眸莞尔一笑,如小蒲扇似的长睫喜悦地颤动着:"你怎知,我喜欢……"

月色如画,小乔的容色却比月色更动人。这一抹浅笑似有魔力般,令周瑜的心蓦然一震。原来"心动"并非只是个形容,而是一种异常真实的感受。几个月前,打她从花山一跃而下那一刻起,周瑜便知道,她一直在自己心上。可他固执地想着,对她只是感激之意、相交之情,此时此刻却再也无法欺骗自己。周瑜愣怔好半晌,才僵硬地回道:"不必客气,我也是,受乔夫人之托罢了。"

小乔未介怀周瑜的说辞,娇笑着摸着头上的玉簪,欢悦无比:"我真的很喜欢……"

流云遮月,夜色沉沦,远处巢湖上桨声灯影徘徊,如星子点缀在一色水天间。小乔再难压抑住心中对周瑜的爱慕之意,踮起脚欲偷吻他的面颊。谁知足下小石子生绊,小乔一跌,周瑜下意识一扶,她的小嘴竟不偏不倚吻上了他的薄唇。

清亮的月色洒下凡间,不吝惜自己的光辉,将最美的泽被投向这一对璧人。小乔回过神来,只觉他的薄唇、他的气息都近在咫尺间,甚至能感觉到他长长的睫毛轻轻刷过她如玉的面庞。

不过是一瞬的工夫,周瑜将小乔扶起,僵硬地拱手道:"对不起,是周某唐突了。"

小乔哪里还听得进这些话,红着脸一溜烟向不远处的老宅跑去。周瑜定定望着小乔离去的背影,神色里几分惶惑、几分黯然,皆弥散在了这如水夜色之中。

## 第二十五章 东南之美

元夜当晚,大乔哄睡了女儿后,在房中看书。窗外一轮圆月相伴,大乔不禁又思念起人在徐州前线的父亲和会稽山下的孙策。

今日是小乔的生辰,明日便是她母亲的忌日了。大乔素手轻轻拍着襁褓中粉雕玉琢的女婴,几丝唏嘘感慨涌上心头。

母亲虽已离开十五年,但她的声音、笑容,甚至身上淡淡的香气和掌心的温度,皆留存在大乔心上。想来母亲若泉下有知,知道她过得这样幸福,应当也会放心了罢。

打从去年起,万事虽不尽如人愿,到底也不算太糟。待诸事大定,小乔若得许个好人家,父亲也能褪去戎装,含饴弄孙,大乔便再无任何遗憾了。

女儿在睡梦中发出含混模糊的笑声,打断了大乔的思绪,她的心间一派柔软。不知孙策是否也在会稽山下望着这一轮明月,记挂着她们母女。

忽然间,小乔旋风似的拉开房门径直跑了进来,重重趴在榻上,又想起小外甥女,赶忙撑起了身子。见小丫头未被她惊醒,小乔才又疲懒地趴下,将小脑袋深深埋在了臂弯之中。

大乔一眼便看到了小乔长发间的玉簪,惊喜道:"这簪子可是周明廷送你的?"

小乔的脸儿红得像煮熟的虾子,依旧不肯起身,闷声回道:"是……"

大乔见她如此,只觉得蹊跷,才欲追问,忽闻老宅大门又是一阵响动。小乔如灵猴儿一般咕噜坐起了身,立着耳朵,听得脚步声在院中一顿,她的心一下提到了嗓子眼。

不必说,随小乔之后回来的正是周瑜,他在院中停了片刻,才动身回房去了。听得脚步声渐远,小乔终于卸了气力,小脸儿上不辨喜悲,颓然倒在了大乔怀中。

大乔看出些许端倪,故意使诈:"婉儿,你嘴上的燕支糊了。"

小乔果然大惊,抬袖掩口,小脸儿涨红:"姐姐别看!"

"不会吧,周明廷他……亲你了?"

小乔脸色一阵红一阵白:"哪里是他亲我啊,不过、不过是个意外罢了。"

听了这话,大乔虽不明实情,却也能猜个大概,她好笑又无奈,宽解道:"周明廷对你真的很好,心里应是有你的。不妨等回吴郡去,我拜托孙郎……"

"别啊,千万别!"小乔的小脑袋摇得像个拨浪鼓,"姐夫一天到晚就知道讽我……再说了,我、我也不想让周郎觉得我讹他,姐姐就别管了罢。"

看到小乔这副委屈又克己的模样,大乔心疼,可她明白,周瑜为人光风霁月、潇洒不凡,唯独在感情事上执拗又隐忍,盲目插手,只怕会揠苗助长。与其如此,倒不如撒开手,且看他二人如何发展。大乔抚了抚小乔的小脑瓜,轻声一应,未多再说什么。

后院卧房中,周瑜宽衣解带,褪去儒裳,只穿着一身素白亵衣,缓步拉开浴室木门,将自己没入了一池冷水之中。

刺骨的冷意袭来,周瑜薄唇微颤,眸底满是凄婉。过不了几日,他便要随孙策去吴郡,在他麾下任职了。从此后戎马一生,脑袋别在裤腰带上,不知何时就会丢了性命,何苦再去招惹人家好好的姑娘。

想到这里,小乔的模样浮现在脑中,鲜活又灵动,周瑜赶忙将自己沉在一池冷水里,可窒息与溺毙之感越强烈,她的一颦一笑便越清晰。

五年前那个春日,他初见王婉,如沐东风,好似品着一杯明前龙井,甘醇爽口,回味无穷;而小乔则如冬日里一口口饮下的青梅酒,初时未觉什么,待回过神,已耽溺沉醉,无法自拔。

他依然记得四年前那个暴雨如注的秋夜,王婉在他怀中咽了气,这般的伤痛,他再也不愿经历,以至于再也不敢去爱一个人。何况往后他做了孙策的谋将,常年在外征伐,又怎能害人姑娘独守空闺,含泪度日。

随着晶莹的水花飞溅,周瑜浮出水面,大口喘着粗气,冠发散落在宽阔的肩背上。他神情凄迷,眉宇间凝着一层薄薄的水雾,犹如初下凡尘的谪仙。

方才在"周郎堤"上,面对小乔的深情,他差点没把持住,若是一时情动之下吻了她,岂不要耽误人家姑娘一辈子。

想到这里,周瑜强压住心头的失落,努力让神色看起来一如往常。"天下苍生"四字,是他与孙策的抱负,为了这四个字,九死尚且不悔,唯独怕的,便是负了她一世深情。

罢了,若他日她能觅得良人,就让自己这心思随风去罢。八尺之身,既已决定慷慨赴国难,如何还能再许佳人?周瑜薄唇颤抖不已,努力压抑住悸动,将自己的心一层层封裹了起来。

翌日清晨,鸡鸣未几,小乔便起床了。这一夜她辗转反侧,几乎不曾入眠,睁眼闭眼半梦半醒间,眼前皆是周瑜的身影和他温柔的话语。

他心里应当是有她的罢?若非如是,为何他待她那样好?小乔每每想到这里,满脸皆是掩不住的柔情蜜意。她迫不及待来到庖厨帮周婶煮早饭,希望能够早点与他相见。

终于等到用饭时,小乔端坐在木案前,望断秋水的眼波直直盯着悠长的回廊。哑儿不知何时坐在了小乔身侧,圆圆的小脸儿上堆满笑意。小乔偏过头去,调整被哑儿阻挡的视线。谁知哑儿又探过身来,嘟着嘴,做出亲亲的表情,而后无声地淘气笑着。

小乔只觉小脸儿腾地红了个透,她瞋着清眸望着哑儿:"你……你看到了？不会吧！"

昨夜周婶见天晚了，担心周瑜与小乔看不清石板路，特意让哑儿提着灯笼在小路上等。哑儿虽不会说话，却视力绝佳，自然看到了周瑜与小乔在河堤上的种种。小乔的脸儿愈发红了，也不知哑儿有没有比画给周婶听，急道："你可不许瞎告诉人去！"

哑儿摇着脑袋，两个总角晃动着，顽劣十足，起身便往外跑。小乔哪里肯依，即刻追了出去，谁知才蹿出堂屋，就与来用饭的周瑜撞了个满怀。

周瑜面色青白，眼神疏离淡漠，将小乔扶好后便撒了手，礼道："小乔姑娘当心足下。"

昨日他还称她作"婉妹"，今日却又变回了"小乔姑娘"，小乔不觉一愣，仿佛被人兜头浇了一盆冷水，讪讪道："对不起，是我不当心。"

周瑜点点头，未再与她多说一字，探身对周婶道："婶婆，你们用饭罢，我去子敬兄家。"说罢，周瑜牵过高头骏马，大步走出了老宅。

这两日，周瑜心烦意乱，鲁肃也好不到哪里去。天下无人不知，还不满二十岁的少年人孙策打下了江东，广纳贤才，前途无可限量。而周瑜也力劝鲁肃与他一道，前往江东投奔孙策，共图大业。

哪个儒生不想兼济天下？更何况孙策性情豁达，不设猜忌，任人唯贤，颇得江东士族拥戴，这样的主君可谓梦寐以求。鲁肃真想即刻与周瑜一同往吴郡去，却放不下年逾七旬的祖母。

鲁肃自幼丧父，若非祖母躬亲抚养，教导读书，他不会苟活至此。若他真去了江东，路途险远，祖母又如何受得了这般颠簸？

鲁肃犹豫再三，还是打算回绝了周瑜的好意。是日清晨，他正打算去寻周瑜时，鲁老夫人忽然拄着拐走出了厢房，高声喊道："敬儿！"

鲁肃赶忙一应，回过身来，只见满头银发的祖母身着华服，梳着高高的发髻，满头珠玉孔雀羽。小时候他贪玩不肯读书时，祖母便是这样的阵仗，说起鲁家曾有高官爵位，偏是因为他父亲早殇，无人承袭，才令家道中落，如今鲁肃竟也这般不争气，可不是要气煞人！

责备罢，自然还要一顿好打，鲁肃最终能够成才，与祖母的严格管教密不可分。现下他已娶妻生子,祖母亦已安享晚年,不问世事,今日怎的突然这般?

鲁肃怯怯地随鲁老夫人入了堂屋,方坐定,便听她急声问道:"敬儿,公瑾找你去江东做官,你可答允了?"

鲁肃一怔,赶忙陈情道:"孙儿怎会留下祖母一人,未曾答……"

话音未落,只见鲁老夫人高高擎起手中的拐杖,劈头打下:"好你个臭小子,你、你是忘了我们鲁家男儿的使命了罢!老身从前如何教导你的,你的书都读到狗肚子里去了?"

鲁肃生生受了那几下,疼得龇牙咧嘴,身子却不敢歪斜半分:"祖母说的道理,孙儿都明白,只是我若去了,谁能照看你?若是有个三病两痛的,谁能侍奉在侧啊?"

"你就因为我这把老骨头,便不顾自己的抱负了?若是天下人人在意自己老迈的祖父祖母,都在家侍奉,谁能为百姓劳心?这乱世又什么时候才能到个头啊?"

鲁老夫人说的大道理,鲁肃无一不懂。可人心都是肉长的,他实在是无法丢下年迈的祖母去奔前程,闷头跪着未答话。

"罢了,"鲁老夫人见他这般,倚着拐,颤巍巍站起身子,"既然你嫌我是累赘,我现下就跳井,去陪你祖父!"

鲁肃虽知道祖母是在刻意偏激,却少不得一把抱住她的双腿,俯身求道:"祖母别冲动,容孙儿好好想想!"

"老身若是个男子,早就跨上战马扬长而去了,哪里还会在这里婆婆妈妈!"

鲁肃明白,现下若不表态,祖母便不会罢休,只得忍痛道:"孙儿过几日,便随公瑾一道往江东去……"

鲁老夫人这才卸了力道,她轻叹一声,缓缓蹲下身,抚着鲁肃的鬓发,叹道:"敬儿,祖母知道你孝敬。你且放宽心,没有人会为难我这个老婆子,我就安安稳稳待在这里,等你功成名就再来接我。"

话虽如此,鲁肃心里却清楚,此一去,天涯路远,不知是否还能再相见。他哽咽半晌起身,赔笑对祖母道:"这几日居巢正在展花灯,等吃了早饭,我陪你去看看罢。"

鲁老夫人连连摆手:"人太多闹得很,我可不去。我想跟公瑾说话,你若是孝敬,便把他请来。"

鲁肃一怔,破涕为笑,鼻头吹起来个大泡,他赶忙拿出绢帕擦拭,嘴上答应着,心里却十足无奈:这周瑜也太招人喜欢了,怎的连自己祖母都这样了呢。

一连四五天,周瑜晨起出门,夜半方还。小乔虽年纪小,不谙情事,却也明白他是在躲着自己。

她人前如常说笑,私下里却好不黯然。他待她那般好,她欣悦感动、甘之如饴,还未想好如何回应,便被他拒于千里之外了。

或许是那晚她的偷吻令他难堪了罢,小乔垂着眼眸,无限伤怀。说一千道一万,她不愿自己的小心思令他不快,打算与他说个清楚。

是夜周瑜回老宅后,小乔迤逦来到书房外,轻叩几下虚掩的门扉,在周瑜的注视下垂首走入房中,将一碗姜汤摆在棋盘侧,低低道:"婶婆说你这几日感染风寒,我煮了些姜汤,趁热喝吧。"

小乔永远不会知道,那晚周瑜为了压抑住对她的情意,在冷水里待了近一个时辰,这才伤了风。可今时今日看到她在眼前,周瑜方知那一个时辰是白待了,他的心仍不可遏制地喧嚣着,不自觉地想向她靠近。

周瑜定了半晌的神,才缓缓端起姜汤,颔首算是致谢:"劳烦小乔姑娘费心。"

见他这般客套又疏离,小乔心口一阵生疼,心想他果然还是嫌恶了她,恐怕这辈子都再难听他唤一声"婉妹"了罢。也是了,他在心里应当是把她当作妹妹的罢,自己却对他存着那样的心思,难怪他会觉得讨厌。

小乔努力定气,眼眶却登时红了:"那日是我不好,失礼唐突了。我只是想让你知道,我……心悦于你,并非兄妹之情,也非相交之意,只是单纯地思慕你罢了。"

心头如有万千柳絮飞过,又似琼花一绽,无限芳华。周瑜虽早知小乔的心思,却还是忍不住红了俊脸,愧悔间握紧了骨节分明的大手,慌乱压下心底不断涌起的欢愉,良晌未开口接话。

两人正各怀心事相对无言之际,老宅院门忽然传来了"咚咚"的叩门声。周瑜示意小乔不必起身,自己大步走到门口,轻开门扉,只见吕蒙探着脑袋钻了进来。他一面猴缩着身子,一面笑对周瑜道:"明廷,少将军让我来接少夫人!"

周瑜赶忙将院门大开,吕蒙麻利地牵着马车走入院来。大乔、小乔、周婶与哑儿闻声也都从房中走出,看到吕蒙,哑儿高兴得直蹦。大乔才出月子,没承想孙策便派吕蒙迫不及待来接,她既开心又赧然,开口招呼吕蒙道:"阿蒙一路辛苦了,可用了晚饭了?"

吕蒙挠头一笑,对大乔一挤眼:"夫人别忙,且问问车里这位罢。"

听了吕蒙这话,众人的目光皆聚在马车上,大乔迫不及待走下回廊,上前撩开了车帘。

可马车内空空如也,哪里有人。大乔疑惑又失落,方要开口问吕蒙,却见一个黑影从大门外闪入,从身后紧紧环住了她:"莹儿,这么想我吗?"

看到仿如从天而降的孙策,大乔又羞又喜还有些许恼意,嗔道:"会稽大战方休,你何必来这一趟呢?"

周瑜看到孙策平安无虞,亦是十分欣喜:"既然你亲自来了,会稽的事应当都了了罢。"

"都了了,我此次前来,便是接你们一道往姑苏去。"孙策满脸掩不住的笑意,"我闺女呢? 快让我看看。"

夜风极寒,簌簌的冷风吹得人手足生凉,大乔的一颗心却暖如三春,她凝眉笑道:"已经睡下了,你再大声些,便要把她吵醒了。"

知道大乔不便久站,周瑜张罗道:"夜里寒凉,伯符,你快陪乔夫人回房看孩子罢。至于何时出发,我们明日再论,如何?"

孙策终于见到了日思夜想的大乔,现下自然着急要见女儿,焦急应道:"好好好,莹儿,我们快回房去吧。"

众人皆散了,周婶欢喜地去庖厨给吕蒙做饭,哑儿则缠着吕蒙讲军中见闻。吕蒙最喜欢说书,有了哑儿这忠实听众,自是无比开怀,敲着陶碗,说得口沫横飞。

小乔见孙策揽着大乔进了客房,既开心又有几分失落,周瑜看出她的为难,在旁轻道:"你去我房里休息罢。"

小乔身子一滞,愣愣地望着周瑜,半晌没言语。周瑜自觉说错了话,臊了个大红脸,赶忙解释道:"并非是唐突姑娘,我的意思是,我这几日可以住在书房。"

原先小乔与大乔同住客房,现下孙策来了,小乔无处可住,自然无法拒绝周瑜的安排。可要去他的房间,还是有些不好意思,小乔扭怩道:"不必这般麻烦了,我去书房住便可。"

"夜里地气寒,你一个姑娘家,身子骨弱,怎能受这般磋磨。小乔姑娘不必推辞,随我来吧。"周瑜说罢,转身向后院走去,小乔少不得大步追上。长长的回廊下,新月如晦,小乔痴痴望着眼前这玉树临风的背影,慢慢追随着他的脚步。

这一方老宅坐落在巢湖畔,越往后院走,水声越大。不知不觉间,小乔有些心惊,下意识地拉住了周瑜的袖管。周瑜一回身,两人四目相对,小乔这才意识到失态,抽手道:"对不起,我……有点害怕。"

天知道周瑜有多想去捉住那只柔若无骨的小手,可他却只是沉声说了一句:"就快到了。"

整洁清明的卧房内摆着两盏油灯。周瑜推开木门,驻步于房门口:"姑娘歇息吧,周某告辞。"

小乔还没来得及道谢,周瑜便转身而去,片刻消失在了回廊尽头。小乔这才褪了绣鞋,走入房内。

周瑜人虽然不在,卧房里却好似到处皆是他的身影。他看过的书、用过的杯盏、睡过的床榻,落在小乔眼里,都是那样令人心荡神驰。

打从认识了周瑜,小乔便不觉世上有什么人能与他相较。可她能感觉到,周瑜心里总是搁着某些东西,令他无法释怀畅快。方才在书房里,她本想告诉周瑜,她愿意去等,等他徜徉肆意、真正开怀那一日。可孙策的到来打断了她已在口边的话,错过了当时便很难再开口了。

小乔轻轻叹息,抬手拔下了束发的玉簪,任由一头乌亮如藻的长发零落。她虽然年少,却明白一世难得一次倾心,为了他便是受尽人间苦楚又如何呢?

那厢周瑜吩咐罢周婶送水给小乔洗漱,反身回到了书房。他千算万算也没想到,孙策竟按捺不住,来居巢接大乔了。周瑜嘴角泛起一抹笑意,心想感情真是会改变一个人,连孙策这样一个潇洒不羁的人儿,竟也会被"情"字牵绊,实在有趣。

想到此,周瑜嘴角的笑意渐渐逝去,蹙眉一叹:且不说孙策,他自己还不是一样,不知不觉间,所思所想全都是小乔。他抬手揉揉眉心,打算细细看看地图,为到江东以后的诸事筹谋,也好将这些烦心事抛诸脑后。谁知蓦然低头间,周瑜发现棋盘上被人新放了一枚棋子,他设下的局竟分崩离析、瞬间瓦解了。

不必说,放下这棋子的只能是小乔。周瑜本想把棋子悉数捡拾回竹筐,迟疑一瞬,到底却没舍得。他自嘲而笑,摊开绘着江东地脉的羊皮卷,细细查看起来。

虽说孙策打下了丹阳会稽与吴郡,却仍受袁术掣肘,单是人在徐州前线的乔蕤将军,便足以令孙策和周瑜动弹不得。周瑜负手立在小窗边,望着暗夜下随风婆娑舞动的石榴树,思忖到底何时才能有个适合的机会,让乔蕤脱离袁术帐下,避免日后决裂,令乔蕤和大小乔无辜受牵连呢?

客房内,孙策净了手,褪了外裳,蹲在榻畔,瞪着星眸看着襁褓中熟睡的女儿,一瞬不瞬。

不得不说,生命竟是如此的神奇,这个粉雕玉琢的婴孩,便是他与大乔骨血的联结,孙策软了眉眼,兀自傻笑个不住。大乔上前将婴孩抱起,轻轻递向孙策,小声道:"孙郎,抱抱我们的女儿罢。"

孙策一怔,抖着薄唇,眸中惊喜与惶惑并存:"我……可以吗?我怕摔着她。"

大乔笑得万分温柔,小心翼翼托着女儿,将她放在孙策的臂弯中,双手却没撒开。孙策细细打量着怀中熟睡的小丫头,一颗心软得一塌糊涂,不知不觉间流下了泪来,他自觉失态,赶忙偏头去克制情绪。大乔看他这般,亦红了眼眶,柔声唤道:"孙郎……"

"莹儿,对不起。"孙策俯身吻在大乔的鬓发间,呢喃道,"都是我不好,怪我太粗心,竟没发现你有了身孕。若是你有个好歹,我便是打下了万里河山又有何用?莹儿,我孙伯符二十年来从来没怕过,但我真的怕失去你。"

泪滴抛洒如珍珠,大乔倚在孙策肩头,含泪而笑:"我也真的很害怕,但我更怕你会因为我而分心。现下都好了,你平安回来了,我们母女也安然无恙……"

"来此之前,我是打算好好说说你的,但看到你,便什么都说不出来了。莹儿,答应我,往后再也不要瞒我任何事了。"

终于又见到心中所爱,还与他一道抱着他们的孩子,大乔满脸藏不住的幸福:"以后再也不会了,日子也好了,我们永远不分开。"

"我把姑苏城的老宅重新翻修了,比原先大了足足一倍,往后金屋藏娇,让你再也不能离开我。"

"可武帝还是负了陈皇后。我不要什么金屋,我只要'结发为夫妻,恩爱两不疑',孙郎,我只要你……"

自从打下了江东三郡,有人畏惧有人奉承,可大乔还只当他是那个自己最爱的少年。孙策感慨于大乔的情义,朗声答应道:"你放心,无论前路如何,我们都永远恩爱不相疑!"

去吴郡的事不便再耽搁,翌日天刚擦亮,周姊就带着吕蒙与哑儿开始收拾装车。大乔与小乔亦开始收拾行囊,旁的都还好办,只是他们的女儿年纪太小,一路车马颠簸,实在需要悉心照料。

用罢早饭后,周瑜请孙策来到了书房,房内正焚着沉香木,香气幽微,令人气定神安。两人分席而坐,孙策见周瑜一脸肃然,不由打趣道:"怎么了这是?有什么话跟我说啊?"

见孙策痞笑着,周瑜也不由笑了起来:"今日你就权当与我不相识,我不过是个欲出仕的儒生,而你则是招揽贤士的主君……"

周瑜话未说完,便被孙策打断了:"哎,你这是做什么。府邸我已命人为你建了,职位也给你想好了,你怎的又说不认识我了?"

"我们打小一起长大,升堂拜母,无比亲厚。可我不愿仅是因为如此,我才在你帐下效力。我希望能够寻到志同道合的主君,为了一个理想,共同奋进,九死不悔……"

听了这话,孙策敛起调笑的神色,俊脸上满是难得的一本正经:"我也不是个混球,若只为了相交之意,大可给你安排个闲差,何必要将如此重任交与你。公瑾,还记得小时候第一次见面我们说的话吗?'天下苍生'这四个字一直都烙在我心上,我相信你也一样,只是我们都长大了,再也不似小时候,动辄将这些话挂在嘴边。说起来容易,做起来谈何容易,现下我们有这个机会了,你可别犯儒生呆气,搞什么'举贤避亲'啊。"

虽然周瑜知道孙策的志向从未改变,可听孙策亲口说出来,还是令他更加安心。只是普天之下,将天下苍生挂在嘴边的,又何止他孙伯符一人,而古往今来,又有几人真正做到扶大厦于将倾,力挽华夏倾颓之狂澜。并非他信不过孙策,只是如若他们对时局的理解不同,做事的出发点便不同,又怎么能够做到君臣合和。想到这里,周瑜问道:"敢问孙少将军银枪欲指何处?"

孙策的指尖在周瑜摊开的羊皮卷地图上逡巡了一大圈,才重重落在了"吴郡"这个点上。他抬眼望着周瑜,一脸赤诚道:"先前朱治将军打下吴郡时,许贡并没有死,而是败逃至吴郡北部的山林间。昨日斥候来报,说许贡投奔附近的山贼严白虎,想要借其手中的贼众发兵夺回吴郡。我的母亲弟妹皆在姑苏,我不可能让吴郡再有丝毫闪失。"

周瑜点了点头,笑道:"江东之地山越匪患众多,剿灭匪患,令我等用兵无后顾之忧,当为上策。只是,若只想收剿匪患,怕不足以共图大计。"

孙策瞥了一眼面带笑意的周瑜,咂了咂舌道:"我还怕空谈大志会让你觉得尽是虚言,没想到你竟等着听呢?"

周瑜敛了笑容，正色道："我未与你玩笑，此事关乎你我一生功过、两族声名，若不慎重考虑，我便不会出山，辅佐于你。古往今来，因为志殊而道异，分道扬镳的君臣不胜枚举，割袍断席的兄弟亦不在少数。你我虽相识于微，我却并非一定要归于你帐下，若你所作所为缺乏深谋远虑，我宁愿一辈子当个小县令，或者隐居山林，或许还可保全你我相交之谊，省得他日君臣不合，再闹出诸多乱子来。"

孙策明白周瑜所言在理，又将手点在地图上的"豫章""舒城"和"江夏"三处："并非我无远虑，只是你知道我这个人，凡事若不是即刻可成，便不愿宣之于口。曲阿一战后，刘繇部虽然瓦解，但他本人却逃至豫章太守华歆处，若听而任之，恐成后患。而庐江为你祖籍，也是我夫人和妻妹的故乡，如今被袁术派故旧刘勋占据，对你我多有掣肘，我也打算伺机夺回。此外，刘表占据荆州，拥兵于大江上游，对我亦是威胁，加上杀父之仇不共戴天，我必讨伐之。"

周瑜沉吟半晌，不置可否道："豫章、庐江自需夺取，荆州也应从长计议。只是敢问少将军，这之后呢？"

孙策一愣，定定地看着眼前巴掌大小的地图，倒像是看着万里山河。他沉吟良久，照实说道："再有，就是像当初我们在寿春谋划的那样，寻机将乔将军接来江东，再与袁术那老儿一刀两断，恢复向朝廷纳贡……这之后的事，我的确未曾想清楚。"

周瑜正正衣襟，一字一顿道："如今汉室已倾，群雄并起，袁绍与公孙瓒逐鹿河间，曹操、吕布与刘备操戈中原，李傕、郭汜进据长安，与西凉马腾、韩遂交兵。刘璋与张鲁争夺益州，刘表据荆州而自重，袁术据于淮南，亦在图谋中原。即便你坐拥九州东南一隅，也不过为一州郡长官，可眼见汉室衰微，必将为强侯所胁，这几位诸侯皆非高风亮节之辈，亦无真心匡扶汉室之志，哪个能让你心服口服、俯首称臣？如若此人不能以天下苍生为重，便又会如当初董卓专权一般，令群雄讨而伐之。如此周而复始，天下何以平定，苍生何以安歇？"

孙策闻言，起身半避席，对周瑜深深一揖："我愿真心询问匡定天下之道,请公瑾不吝赐教!"

看着拜倒在眼前的孙策,周瑜没有上前搀扶,而是语气严肃地问道:"你真想好了?一旦选择了这条道路,前途便是万分凶险,再无回头路可走。"

孙策再拜,指天誓日道:"你的志向与我一样,只是我未曾想明其中缘由,哪里有什么后悔可言。"

周瑜上前扶起孙策,对着地图指点道:"四海之内,九州之地,有三处龙兴之地:泰山之北、崤山以西、长江以南。昔日齐桓公起于泰山之北,攻服鲁国,以会盟团结中原诸国,至于京畿,行尊王攘夷之道,最终九合诸侯,一匡天下。此时秦、楚两国实力不济,故桓公霸业得以成功。到了战国,秦楚韩魏赵燕齐七国争霸,秦独得崤山以西之地,推行变法,国富民强,遂合纵连横,独破六国,横扫华夏,九州为之一统。而今,我等已接近一统江东,而刘表守成,刘璋暗弱,若能趁两虎相斗之时伺机夺取荆、益两州,便足以称霸寰宇,再潜心经营数年,待国富民强,便可北上中原,一扫天下。即便北方亦有雄主,我等也可依长江天险,划江而治,徐缓图之,不必向任何人俯首称臣。"

孙策闻言,再看看羊皮地图,自嘲着拢了拢鬓边的碎发:"公瑾三言两语便可定天下,枉我看了这么多年舆图,却也没想明白……既如此,那便这么干吧,我孙伯符有一城便守一城,绝不向旁人称臣,唯愿尽绵薄之力,令华夏久安。"

见孙策这副视死如归的慷慨模样,周瑜再也绷不住,轻笑着对孙策一礼:"论沙场陷阵,将士一心,我却不如你。从今日起,你便是我择定的主君了。"

孙策如星一样闪耀的眼眸中写满欢愉,嚷道:"好好好,有你在,万事可图!"

既已把话说开,周瑜放松下来,恢复了闲谈的模样:"话说回来,你难道不觉得袁术那边有些过于安静了吗?从前他连一郡太守都不肯许给你,现下却放任你得了江东三郡,实在是有些蹊跷。"

"你说得不错，"孙策本正沏茶喝，此时蓦地攥紧了手中的杯盏，"事出反常，必有奸诈。我倒是不担心旁的，唯独担心乔将军的安危。"

周瑜亦凝着俊眉，不自觉间便流露出太多情绪："现下你与乔夫人有了孩子，我着实为你们高兴，可乔将军尚处在危险之中，我们必得万般谨慎才是。"

"没错，只是此事复杂，需得从长计议。公瑾，你可真好，竟这么为我岳父着想。"

听了孙策这夸赞，周瑜心里一虚。打从他明白自己对小乔的感情后，便不自觉地操心起她在意的人来，可这些事不能说与旁人知，周瑜心里发酸，嘴上却只说道："说起此事，少不得要提到那长木修。他知道我们太多的秘密，我们却对他一无所知。我虽然着人去调查了他的身世，却毫无斩获。等同于他手上握有能取我们性命的利剑，我们却无法反抗。"

"你说这些，我先前也曾想过，不过，我们可不是对他毫无掣肘呢……"孙策说着说着一挤眼，一脸贼笑。

周瑜不解："难道你有他的把柄？"

"你不是也知道，长木修喜欢我妻妹，喜欢得走火入魔。一时三刻，谅他不敢做什么，我会抓住这个时机，努力找到克制他的办法，你且放心。"

周瑜打从心眼里不希望长木修与小乔有任何瓜葛，凝眉叮嘱道："小乔姑娘心思单纯，我不希望她因为我们的事受任何委屈。"

孙策是绝不会想到自己这朗月清风般的兄弟会对皮猴似的妻妹动了心的，他边呷水边回："确实，妻妹是个好孩子，对莹儿和我闺女都没得说。我一定会好好照顾她，把她跟尚香一样，当作我的亲妹妹照看。"

孙策既然拍着胸脯答允了，周瑜便没有不放心的道理，整个人明显松弛了几分，徜徉肆恣，潇洒不凡："那便好了，我们何时出发去姑苏？"

"三日后便是二月二龙抬头了，我们就待那时一道回吴郡去罢。"

居巢距姑苏六百余里，策马不过四五日的车程，可孙策怜惜女儿，一下也不肯颠，慢悠悠晃了快十日才到。还未进城，蒋钦与周泰便策马跟上了车队,只见蒋钦抱拳对孙策一礼:"少将军,今日一早得了你入城的消息,百姓们夹道欢迎,现下已经把去府邸的路给堵严实了。"

孙策好笑又无奈:"不是交代了不必劳动百姓,怎的还搞出了这样的阵仗。罢了,头前开路吧。"

千年姑苏,春秋吴国之都,看惯风雪狼烟,今日却是万人空巷。数年前,孙坚披荆斩棘,威震江东,现下他的儿子孙策承其遗志,赶走了鱼肉子民的太守许贡,让百姓们重新过上了安乐生活,姑苏百姓如何能不感恩?

孙策明白百姓的心意,可当车队驶入大道时,他还是被吓了一跳:数丈宽的道路两侧尽是行人。看到孙策,众人显得异常激动,大声高呼道:"孙郎!孙郎!"

孙策的母亲正是姑苏人士,舅父又曾任吴郡太守,面对乡亲们的热忱,孙策少不得谦恭有礼,拱手不住向两侧致意。

马车内,襁褓里的婴孩被这嘈杂的声响吓得直哭,大乔抱着哄着,既为孙策骄傲,又觉无奈。小乔将车帘挑起一道缝隙,撇着小嘴啧啧道:"我的天哪,那几个女的拉扯着姐夫的衣襟,简直快要把他从马背上拽下来了。"

大乔不必看,便能猜到外面的情形,垂眼笑着没有接话。小乔见此,复爬回大乔身边,倚在她的瘦肩上笑道:"姐姐不必担心,姐夫心中只有姐姐一人,断不会看上这些庸脂俗粉的。"

大乔轻轻莞尔,抬手一捏小乔坚翘的小鼻子:"你想什么呢,我只是诧异,孙郎虽有功绩,但'江左周郎'在吴郡的名头也不小,为何没有听人唤周明廷呢……"

小乔身子一滞,亦起了诧异,探头向车队尾部望去。有同样疑虑的,还有被人拥堵拉扯得寸步难行的孙策,他艰难地回过身,只见周瑜竟不知何时把先前假装匈奴门客乌洛兰的铁面罩戴上了,俊俏的面庞掩在铁面下,只怕连他的从父伯母也看不出是谁来。

孙策好气又好笑,艰难地向前打马,原本一炷香能走完的路,竟费了大半个时辰。众人来到新修缮的孙将军府,周瑜随孙策从大门进入,与几位老将相见,大乔身份隐秘,由吕蒙驾车从偏门载入后院。

这座府邸乃是在吴家老宅的基础上修缮,原本三进三出的小院落,翻修得轩俊壮丽,整整占了一个街口。吴夫人与孙尚香已在院中相候多时,打从孙坚去世后,吴夫人衣着朴素,今日却特意穿了一件鲜亮衣裳。不必说,孙策与大乔秘密成婚,还有了女儿,她打心眼里高兴,更是迫不及待想看自己的小孙女。

终于,院门大开,吕蒙驾车前来,冲吴夫人一抱拳,撩开车帘立在了一侧。小乔扶着怀抱女儿的大乔走下车,相携来到吴夫人面前,大乔拜道:"早就该来拜见婆母,可是战事吃紧,一直未能如愿,皆是莹儿的错。"

吴夫人双手将大乔扶起,唏嘘地拍着她的小手:"是我们亏待你了。"孙尚香的目光全部被大乔怀中的婴孩吸引去,她一张粉嫩的小脸儿凑上,喜道:"哇,大美人嫂嫂生的孩子也这么漂亮!给我抱抱,给我抱抱罢!"

可是孩子还没交到孙尚香手上,便被吴夫人抢了去:"孩子太小,你不会抱,千万别伤着。"孙尚香只能眼巴巴看着吴夫人怀中的小人儿,脸上却笑意不减,欢喜得合不拢嘴。

大乔记挂女儿,亦记挂自己的妹妹,她柔声对吴夫人道:"父亲人在徐州前线,妹妹与我相依为命,少不得要在此处叨扰……"吴夫人笑容十分慈爱,示意大乔不必客套:"往后都是一家人,哪里谈得上什么叨扰。小乔姑娘与尚香年纪相若,正好就个伴儿。"

听了吴夫人这话,孙尚香冲小乔一挤眼,欢愉道:"一年多未见,你真的越来越漂亮了!"

小乔亦冲孙尚香一笑,心里却有些苦涩。她实打实喜欢孙尚香的性子,可想到她对周瑜的情义,小乔心中难免怅然。正当她胡思乱想之际,忽听前院有人报到:"少将军和周明廷见老夫人来了!"

## 第二十六章 陌头杨柳

徐州城外袁军大营里,众臣下听闻孙策已取得江东三郡,特来向袁术道贺。只见长史杨弘身先于众人,匍匐大拜道:"恭喜主公,贺喜主公,尽得江东之地呀!"

其他臣下纷纷拜倒,山呼海啸般向袁术道贺。乔蕤虽身在众臣之间,一跪一拜却皆不走心,他身侧的纪灵见此,阴阳怪气道:"哟,乔将军,你女婿为主公建功立业,怎的你倒是不欢喜啊?"

乔蕤素来不愿意与人争锋,可此事事关自己的女儿,乔蕤难得起了怒意,冷道:"小女在会稽姨母家中躲避战乱,而孙少将军人在吴郡,怎的孙少将军竟成了我的女婿?小女蒲柳之质,尚未出阁,不知纪将军此言何意啊?"

袁术听得他二人口角,大笑着从中调停:"乔将军别恼啊,他们啊,是嫉妒你呢!你们几个说说,孤帐下众位将军,哪个没有儿子?可哪个有孙伯符这般骁勇?若是孤的儿子也都像孙伯符这般,何愁争不过曹操那奸贼?罢了,乔将军,就算现在你家大丫头还未曾嫁与伯符,但是谁看不出那小子只对你家大丫头有意?你的福气还在后头呢!"

听了袁术这话,乔蕤呛咳个不住,焦急要分辩,却被袁术生堵了回去:"来人,乔将军身子不适,快送乔将军回去休息,好好照料着,不得有误!"

乔蕤无法,只得一抱拳,随侍从退了下去。待乔蕤走后,袁术也觉得索然没了兴味,摆摆手,示意其他人等也退下,只留杨弘与张勋两人在侧。杨弘上前一步,悄声对袁术道:"主公,我看乔将军这般刻意撇清干系,只怕日后不会愿意为主公牵制那孙伯符啊……"

袁术冷笑一声,点着杨弘的鼻子数落道:"杨卿,素日看你机敏,怎的现在却傻成这样?乔将军与孙伯符是翁婿之亲,怎可能会诚心实意帮着孤?既然他说他与孙伯符不相干,那便莫要再跟他提起孙伯符之事。只是,一定要把人给我看好了,他的咳疾也要下功夫好好医治,不许有任何闪失!"

杨弘挨了训,一伸脖子,俯首帖耳,赶忙称是。

袁术斜倚在木案上,以手撑着硕大的头颅,复问张勋道:"孙伯符果真击败了王朗,倒着实出乎孤的意料。不过孤也早已想好,这次孙伯符打下来的地盘,不论大小,都让我那从弟袁胤接着,我这就着人向朝廷发文,请皇帝封袁胤为丹阳太守。不过单有袁胤肯定不行,还得有个强有力的辅臣。对了,先前孤为你那侄儿和乔蕤家的小丫头保媒,怎的现下一点动静也没了?孤的话,你们到底听进去了没啊?"

张勋沉吟回道:"主公,并非是末将与修儿不得力,而是乔将军说,婚事要听他家那两个丫头自己的意思。"

袁术气得直笑:"毛丫头知道些什么?我看乔蕤就是在搪塞,不知存着什么样的心思呢!罢了,若是你那侄儿不得力,乔将军再从别处踅摸个骁勇的女婿来,莫说你们,便是孤,以后也要看他的脸色!"

杨弘瞥了张勋一眼,似是哂笑他无能:"主公,其实欲控制孙伯符,何须从乔将军入手,主公可别忘了,还有这样一门亲事……"

周瑜入姑苏后未几日,孙策便命人将在宛陵的周尚夫妇接来与周瑜团聚。诸事初定,两位老人亦感欣喜,在姑苏城中最好的酒肆摆了筵席,还千叮咛万嘱咐,让周瑜一定带小乔一道前来。

周瑜知道伯母喜欢小乔,但他对小乔起了心思,做事自然无法似从前那般坦然。去将军府接人,既要通报吴夫人,又要告知大乔,就好像是把自己的心事公之于众一般,实在是有些尴尬。可周瑜不愿拂逆老人,还是亲自去接了小乔。

姑苏老街酒肆二楼,小乔乖巧地向周尚夫妇行礼。周老夫人看到小乔,欢喜非常,拉着她的小手嘘寒问暖。

数月未见,小乔也十分挂念周明府与周老夫人,见他们一切安好身体康健,小乔颇感欣慰,更惦记起了人在前线的父亲。

鱼米之乡,物产富饶,长江三鲜、太湖银鱼佐以莼菜茭白等鲜美菜肴,舒口宜人,再配上吴地姑苏特有的桥酒,宾主尽欢,似一家人般其乐融融。

正当小乔与周老夫人闲聊之际,长木修忽然出现在酒肆内,看到小乔,他既惊又喜:"婉儿?你也来姑苏了?"

小乔还未应声,只见木案对侧一向端方有礼的周瑜嘴角泛起了一丝轻蔑的笑意。小乔不知长木修挖坟之事,自是不明白周瑜为何这般,可她知道周瑜素来不喜长木修,忙起身上前,尴尬应道:"张公子,你怎么也在这啊?"

长木修未介怀这称谓,笑得如沐春风:"这家酒肆是我姐姐开的,没想到这么巧,你也来吃饭。"

不远处,周老夫人见长木修生得俊俏不凡,似与小乔十分熟络,又见周瑜神色不悦,早知思忖了多少,她低头悄声问周瑜:"瑾儿,这孩子是谁啊?"

那日随孙策进城时,周瑜便发现了这从寿春飞来的望春楼,其中蹊跷自不必说。今日来此,周瑜便是欲探明虚实,亦是无声地向长木修宣战了。

怕老人悬心,周瑜敛了神色,恢复了往日温润如水的君子风,对周老夫人道:"不是什么要紧的人,伯母不必挂怀。"

那厢小乔与长木修闲话几句便要作别,长木修如往常一般,抬手欲拍小乔的小脑袋,却被她欠身躲开。长木修骨节分明的手悬空一瞬,不觉有些尴尬,可看小乔讪笑着垂着眼,长木修不忍怨她分毫:"你忙罢,我们改日再聊。"

小乔点点头,躲避着长木修的目光,快步走回了案前。长木修与周瑜四目相对,不过一瞬,却似短兵相接,金戈铁马。未几,长木修转身而去,周瑜亦收了神,对木案对侧的小乔道:"小乔姑娘,若是长木修去将军府上找你,莫要与他相见。"

自打来到姑苏,大乔亦叮嘱她莫要与长木修走得太近,却不肯说明缘由。今日再得周瑜叮嘱,小乔乖乖点了点头,心底的惶惑却多了几分。

用罢午饭,周尚与夫人回周瑜的新府休息。周瑜有事要找孙策,便与小乔一道向将军府走去。

江南三月,姑苏古城,半城春水一城花,亭台楼阁,参差十万人家。周瑜与小乔未走车马喧嚣的大道,而是沿着清湖边的林荫小路缓缓而行。

儒裳纶巾,青衣环佩,两人有一搭没一搭地聊着,倒都未察觉原来他们之间相处是这般自然得趣儿。道路尽头,几个农人围着一张告示议论个不休,小乔歪头道:"哎呀,不知是什么告示,难道是何处出了什么江洋大盗?"

语罢,小乔拨开人群,凑上前去,周瑜虽不爱凑热闹,却为了护着她而紧紧跟随。只见这偌大的布告上,隶书写着"特宣:擢周公瑾为建威中郎将。公瑾英俊异才,与孤有总角之好,骨肉之分。如前在丹阳,发众兵及粮船以济大事,论德筹功,此未足以报者也"。

小乔看罢,回身对周瑜道:"原来是个给你封官的告示啊,只是这样贴满大街小巷,也太喧沸了些。这'总角之好,骨肉之分',也实在是肉麻了些啊。"

周瑜负着手,随小乔走出了人群,神色倒是云淡风轻:"伯符就是这样的性子,他看中的人和事,一定要让全世界都知道。现下他娶了乔夫人这样的大美人,却不能公之于众,你想他会有多恼。"

"那你呢?应当不喜欢这样张扬罢。"

"我?"周瑜一笑,倒是不同往日的谦逊,"待我得筹大志那一日,也一定让天下皆知。"

看到周瑜嘴角泛起那一抹志得意满的笑意,小乔心弦一颤,嘴上说着:"感觉来了姑苏后,你整个人不大一样了呢。"

先前在居巢时,周瑜儒生心气,除了勤政为民,便是因为相交之意而协帮孙策。现下既决定出仕为将,与孙策共图大业,自然换了心境,他背手问小乔:"这样,不好吗?"

"都好。"小乔莞尔笑着,清丽如芙蓉新开,"建威中郎将,听起来很是威风。"

足下的路既长又短,小乔与周瑜并肩走着,多希望永远到不了尽头。可将军府还是出现在了眼前,周瑜敲开后院的门,对小厮礼道:"我送小乔姑娘回来,劳烦通报少将军,周公瑾求见。"

那小厮躬身回礼:"少将军一早吩咐过了,若是中郎将来,直接去后院厢房找他便可。"

孙策与大乔居住的厢房位于后院正中,前厅引入曲水流觞,可宴饮待客,后堂则是起居之所。

周瑜与小乔并肩走入前厅,见到孙策,周瑜拱手礼道:"主公。"

孙策大咧咧坐下,摆手道:"这里又没有外人,搞这些虚的做什么?快坐吧。"

小乔亦对孙策一礼,往后堂看大乔去了。大乔正俯在案几上,为孙策裁制衣衫,看到小乔,大乔眉眼堆笑,问道:"婉儿回来了,周家二老可好?"

"都好,明府与老夫人都欢喜得紧呢。我们小丫头哪去了?怎么没在屋里呀?"

"婆母体恤我日日带着她辛苦,抱回房去哄她睡午觉了。"

正当姐妹俩呢喃细语时,隔墙传来周瑜隐隐的说话声:"伯符,我想去牛渚前线。"

小乔与大乔闻之,相视一眼,缄口不语,却都立起了小耳朵,只听孙策语带焦急:"怎的才来姑苏几日就要去牛渚?封你的官衔不喜欢吗?"

"当然不是。我军在牛渚屯了大量粮草,与袁术部仅一水之隔,一旦袁术动了心思,派兵渡过长江,夺了我部粮草,再伺机南下攻伐,我们便会万分被动。再者说,乔蕤将军仍在袁氏帐下,我在牛渚,距离寿春最近,方便派人打探乔将军的消息,若是有什么不虞,我便即刻派人渡江,将他秘密护送至江东。"

听说周瑜要走,小乔脑中"嗡"的一声,好似周遭景物倏然失了颜色,没了声响,可他说要保护自己父亲的话语,却似给她空乏的躯壳注入了一丝气力。小乔不知该喜该悲,更不想让大乔为她操心,转头强忍着情绪。

孙策亦是许久未言语,好似经过激烈的思想斗争,才终于回道:"我知道,现下留你在此,军中那些老将未必心服,可是牛渚不比旁处,若是袁术与我反目,必会首当其冲。你守得好,旁人觉得理所当然,若是守不好……"

"既然我与你开了这个口,便必定守得好。"

孙策缓缓吐口道:"罢了,若真要派人驻守,除了你,我还真想不到旁人。过几日,我也要率部去打严白虎和许贡了,有你在,我便不必担心袁术派兵过江袭扰,得以安心一战。"

大乔没想到,还未安稳几日,孙策又要率部出征,握着衣袍的小手一紧,姐妹二人都僵在原地,良晌不曾言语。

谁让他们是这世上天选的骄子,自是有他们的抱负和责任,大乔与小乔都懂。可再英武的儿郎也是凡胎肉体,更是她们心尖上不容闪失的至宝,叫她们如何能不悬心呢?

周瑜与孙策议罢事,起身赶回府邸。今日在望春楼见到长木修,便知袁术与曹操的势力皆已渗透入此地,他怎能坐以待毙,必要反手先下一城才是。周瑜心情急切,大步流星,才走出将军府的窄巷,便听得一阵匆匆脚步由远及近。

周瑜放慢脚步,回过身,只见小乔气喘吁吁跑来,小脸儿上香汗涔涔,钗松鬓颓,很是慵懒妩媚。可她如画的眉眼间尽是伤怀,咬唇嗫嚅问道:"你……不会是为了躲我罢?"

周瑜一怔,笑出了声来:"你这小脑瓜一天到晚在想些什么?我为何要躲你?"

小乔知道周瑜不日便要前往牛渚前线,再见便是三两月他回姑苏述职之时了,再顾不得害羞,红着小脸儿说道:"横竖不管你去哪里、去多久,我都等你。等下次你回来,我一定会变成更好的姑娘。"

说完,小乔踩着绣鞋羞跑没了影。日光穿过高矮错落的女墙,投下如犬牙差互般的光影,落在窄巷的青石阶上,周瑜看着小乔的背影,思绪好似又回到了居巢那一夜,在周郎堤上的轻吻。

他自信能运筹帷幄、决胜千里,却不知自己究竟能否担得起一个女子的一生。想到这里,周瑜回过身,挺拔出尘的身姿继续向前走去,缓缓融进了如水明媚又薄光微凉的春景之中。

春夜阑珊,花外子规啼月。

大乔辗转难眠,侧过袅娜的身子,望着卧榻上合目而睡的孙策。若非遇见他,真不知此生要嫁与何人,更不知两心相依竟能情深如许。

可这世上远不止他二人,要忧心的事亦有千千万。今日听了周瑜的话,她又开始担心父亲,以致忧心烦闷,难以入眠。孙策好似觉察出身侧小人儿的情绪,半梦半醒间揽过她的纤腰,将她瘦削的身子搂入怀中,含混不清地问道:"怎么了?睡不着吗?"

大乔窝在孙策心口,乖巧回道:"是不是吵醒你了?对不起……"

孙策抬手揉揉蒙眬睡眼,语气清晰了几分:"前几日女儿半夜哭闹,母亲心疼你,才找了乳母照顾,怎的你还是不好好休息呢?你看旁的妇人,生产完都要变胖些,你却更瘦了,是想让我心疼死吗?"

"这几日我心里有事,总是吃不下睡不好,过几日便好了。"

孙策轻轻拍着大乔的瘦背,好言劝导:"莹儿怎么了?可是担心岳丈大人?前几日斥候来报,岳丈大人一切安好,咳疾也慢慢见好了。现下公瑾又去了牛渚,往来便捷,岳丈大人会愈加安全的。"

暗夜寒凉,孙策的怀抱却十足温暖,大乔听着他强劲的心跳,心情慢慢和缓下来:"你为父亲做了许多,中郎将亦十分尽心,我与婉儿感激不尽。只是,我们成了亲,有了孩子,婆母与小姑、小叔都待我很好,这些事,我多想说给父亲听,却无能为力,传信也只能说些客套话,并不知彼此的近况究竟如何……孙郎,我是不是太贪心了?"

"怎么会,我的莹儿善良又孝顺,我一直都知道,当年我也是因此对你动了心思。现下不能与你向岳丈大人尽孝已是不该,怎还能怪你贪心?"

大乔第一次听孙策说起为何喜欢自己,害羞又好奇:"还记得那时你才打了祖郎,袁将军在寿春摆下夜宴,你可是当着我父亲、婆母、小叔、小姑和袁将军的面说:'伯符宁愿孤身一生,也不愿与工于心计的女子成亲,即便她貌若天仙,在我眼中也一文不值',后来怎的……"

黑夜掩藏了孙策面颊上的两片飞红,他赖声强辩道:"哎呀,若是当时我便答允了,你肯定觉得我是贪慕你的容色,来日便不肯与我相好了。"

大乔怎会听不出孙策言辞里的窘迫,不动神色地将话题转圜:"常日里看婆母那样疼咱们女儿,我便想着,若是父亲知道我们有了孩子,也会十分欢喜吧。只是不知何日能再相见,所以才有些伤怀,你且睡吧,不必管我了。"

孙策将大乔搂得更紧,叹道:"也是了,自从那日与岳丈大人道别,已有两年。我打算找个孩童,帮你送家书去袁氏帐下,再让他口头转述我们成婚有女之事,也好告知岳丈大人,未来情势一旦有变,当如何应对。"

大乔心生希冀,却没有开心应允,沉吟半晌才说道:"孙郎有心,可是我们又去哪里暨摸一个贴心可信的小童来?中郎将府上的哑儿倒是知根知底,尽心得力,可惜不会讲话。"

"今日子布兄给我推举了一个人,明日我得空见见,若是合宜,我再告诉你。"

大乔感慨于孙策的情谊,小脑袋在他怀中轻蹭着:"我知道你待我好,可此事事关重大,牵一发而动全身,若非万全,实在没必要以身犯险。"

孙策既是主君亦是人夫,所做的一切当然自有筹谋,他不愿意大乔劳心,唬道:"夫人在我怀里如此不安分,又不肯睡觉,不妨我们做点别的……"

到底还是这一招好用,大乔红着脸逃开了孙策的怀抱,将自己裹在锦被中:"好了我困了,你也早点歇着罢。"

孙策轻笑着,没再说话,未过多久,大乔便昏然睡去,沉入梦乡。孙策却再也没了睡意,望着暗影里高悬于顶的木椽发怔。

他比任何人都明白,拥有多少,便要付出多少,若不殚精竭虑,莫说进益,甚至连眼下的日子都无法保全。他是主君,亦是儿子、丈夫、兄长与父亲,肩负着百万人的生死荣辱,如何敢不尽心呢?

牛渚西江夜,青天无片云。周瑜带着几名随从连夜御马来到此处,手持信符敲开了驻军的大门。

十余守将恭谨地将记档文书拿来,周瑜接过,笑着赞许道:"沿途所经关卡守卫都很尽心,到底是你们管理得宜。"

"中郎将谬赞了。"为首之将奉上一杯茶饮,"我们都是江东子弟,自是要为江东殚精竭虑。"

周瑜接过杯盏,见杯中泡的竟不是茶,而是一朵淡粉色的小花,他不禁心生疑窦:"敢问这杯里泡的是什么?很是别致。"

为首之将笑道:"这是碗花,我们这里盛产,可以防治疟疾。"

听到这"碗"字,周瑜脑中蓦然浮现起小乔灿烂的笑靥,嘴角亦不自觉牵起了笑:"真是清雅……今日我来得晚,你们几位辛苦了,若不当值,便早点回营歇着罢。"

众将赶忙齐齐拱手,为首那人又对周瑜道:"春谷县的人明日会来,再将县中情形悉数与中郎将交接。"

此次孙策不单将牛渚要塞交付给了周瑜,还为他授了春谷长之职。周瑜知晓其中利害,自是尽心竭力:"好,明日天亮便请他们来此处寻我罢。"

"除此外,少将军还准备了一支吹鼓乐队,赠予中郎将。少将军说,中郎将得闲时,排遣玩乐,总不辜负。"

周瑜正一本正经地看文档,听了这话一怔,旋即失笑:"好,过几日得空时我再亲自调教他们。"

翌日清早,张昭带着个布衣总角的童子来到将军府。孙策已在前厅等候,身侧放着一张摇床,不时摇动着,看到张昭,他不免窘迫,尴尬招呼道:"子布兄来了,今日我母亲带着夫人弟妹与小姨去庙里上香了,这孩子不肯给乳母抱,只能我哄着。"

看到征战沙场万夫不当的孙策这般哄着孩子,张昭一时怔住,待回过神,赶忙礼道:"主公,这小童便是我与你说的,陆逊,字伯言……"

孙策看到陆逊,神色万般复杂,轻叹一声,语调满是关切:"先前我便知道你们一家迁居到了吴郡,日子可还好?"

陆逊上前,咬着薄唇对孙策一礼:"打从祖父去世,我们一族无人出仕,时常被人轻贱。若非有你派人照拂,只怕吴郡亦早已没有我们的立锥之地了,我竟不知究竟该恨你还是谢你。"

张昭本以为孙策只与陆康相识,没承想他亦与陆逊有旧,沉吟片刻对陆逊道:"陆公子,快与少将军说说你的事罢。"

陆逊重重叹了口气,登时红了眼眶:"前几日,有个名叫张修的公子,拿着袁术的印信来家里寻我,说是奉袁术之命,要接我和我的从叔去寿春……"

孙策歪头一想,即刻明白了袁术的算盘:"这江东有四大族,顾陆朱张。而我帐下已有了朱治将军与子布兄,等同于有了两大士族的支持。袁术如何肯白白便宜了我,现下找你们过去,定是为了拉拢江东士族,可是我记得,你叔父便是陆太守最小的儿子,应当只有五六岁吧?"

"正是因为如此,我才请张长史带我来见你。陆某一身无足轻重,只是我叔父乃是从祖父唯一嫡子,从祖父对陆某有养育之恩,陆某决不能让我叔父身涉险地!"

"你也不必太慌张,陆太守与袁术曾有交情,何况袁术现下有意相交,必定不会伤害你们性命,只是……"

"只是不会伤害性命,却不知何时才能再回江东,若是做了人质,便更生不如死。陆某自身尚不足惜,望少将军千万保全我叔父。"陆逊说着,深深一揖。

摇篮中安然熟睡的女婴忽然哭了起来,孙策只得将女儿抱出来,边哄着边对陆逊道:"袁术找人接你们,这一趟,只怕不去不行。你说的那位张公子,我是知道的,你且放心,即便袁术真敢扣人,我也有法子救你们出来。另外,我想请你帮我带口信,给乔蕤乔将军。"

眼下除了请求孙策援助别无他法,陆逊拱手答允,听罢孙策的吩咐,便回家做准备。张昭未离去,松懈了几分坐在左侧软席上问孙策道:"主公似乎对这孩子很是怜惜,莫不是因为他从祖父的缘故?"

"虽兵戈相见,但我确实佩服陆明府高义。不过,之所以怜惜这孩子,是因为看到他,我总想到当年的公瑾。我与公瑾初识之时,他比陆伯言还小几岁,也是这般的俊逸。希望陆伯言往后也能像公瑾一样,豁达成才罢。"

张昭听罢,捋须而笑:"庐江出贤才,更难得是主公知人善用。"

孙策抱着孩子,不好动手,示意张昭自己斟茶喝:"说到知人,听说你与程将军前嫌尽释,相处得宜,我真的很宽慰。此外,鲁子敬兄做事还妥帖罢?"

"程将军非江东人士,也是因为忠心少将军,才略有质疑。经此一事,我非但不觉得他不好,反觉得他忠贞可嘉。至于鲁子敬,确有韬略,假以时日,当成大器。"

孙策听张昭如是说,十分欢喜:"有劳子布兄费心了,时候不早,留下用了午饭再走罢。"

午后暖阳西斜,万物春困,连檐下燕子都闭着眼,隐隐发出"咕咕"的声音,昏然欲睡。小乔却精神百倍,央着孙权帮自己搬来了一只硕大的梨木箱。孙权与兄长孙策一样,身长八尺,身量紧实,搬这箱子却累得气喘吁吁,他抬起宽袖拭汗:"小乔姑娘,你这箱子里放的什么啊?怎么这么重?"

小乔不好意思地挠挠头,递上一盏清茶:"左不过是些兵书琴谱什么的,我最近要看的,多谢孙公子了。"

孙权猜到小乔是为了周瑜才会这般,讪笑道:"那姑娘好好看吧,孙某告辞。"

小乔翻着琴谱,心不在焉地应了一声,抬手关上了木门。这宫商角徵羽她自是认得,也会弹琴,可技艺与情致,却与周瑜差得甚远。想到这里,小乔脑中浮现周瑜抚琴时淡泊又踌躇满志的模样,她杏眼一瞋,小脸儿却不由自主地红了。

旁人家的姑娘都是千金闺秀,琴棋书画样样精通,偏生她不同,最会飞石头,单是这般看,实在是与周瑜风马牛不相及。可既然对他说自己要变成更好的姑娘,便不能食言,小乔走往木案边盘腿坐下,托腮认真研读起了琴谱。

这厢小乔才消停了,那厢孙策又冲回房,翻箱倒柜,似是找着什么。大乔哄罢女儿午睡,回到房中,还未开口问,就见孙策大步走来,一把拉住她的手,急问道:"莹儿,你可有看到一个锦囊,我打从庐江带来的。"

大乔上前打开妆奁盒子,拉出最下方的抽屉,取出锦囊递给孙策:"先前收拾包袱时候捡到的,我猜你应当有用。"

孙策迫不及待接过打开,掏出一张已发黄发旧的纸张,打开一看,脸色瞬间沉了下来。

大乔不解,握住孙策的手,担忧道:"孙郎……"

孙策回过神,将囊中纸递向大乔。大乔接过一看,也十分惊讶:"这是?"

"当年破舒城时,陆明府交给我的,让我离开庐江时再打开。彼时袁氏步步紧逼,我们一路往江东有多难,你也知道,我便把这一茬给忘了,今日见到陆明府的从孙才又想起来。"

大乔的小手轻颤着,尽量平心静气:"如是说来,公爹当年遇害,与婉儿幼年遭拐,当真都与黄巾军有关了……"

黄巾之事令人神伤,却阻挡不了孙策出征的脚步,未过几日,他便率部攻打严白虎与许贡去了。

张昭留驻于姑苏,主持军政大事。此时孙权已过了十五岁,亦开始学着参与其中,他十分喜欢老实敦厚的周泰,便死活央了孙策,将周泰留在身边。

是月十五望日,大乔与小乔去往定慧寺上香,为远征的孙策和人在前线的周瑜祈福。大乔身份特殊,不便让诸多侍从跟随保护,吴夫人便命孙权带着周泰,护送她们姐妹二人前往。

定慧寺乃是一座新寺,建好不过一两年。不必说,世道越艰苦,百姓礼佛便愈虔诚,正值佛教十斋日,庙前的小道车水马龙,宝殿经阁香烟缭绕。

小乔搀扶着大乔走下马车,姐妹二人亲密无间,交颈私语,只听大乔说道:"婉儿这几日一直在闷头读书,也难得拉你出来走走,若再天天闷着,只怕要闷出病了。"

小乔晃了晃小脑袋,噘起樱红的小嘴:"姐姐快别说了,一说我心里就烦。单是读书还好些,我们虽没上过私塾,兵书儒经却没少看,但是弹琴,我可能是真的没天赋罢。对了,昨日听吴夫人提起,说小丫头长大了,要给她起个乳名,可是起好了?"

"思来想去也没个好的,后来婆母说,这孩子生在大雪天,就叫琼妃罢。我觉得有些复杂,便叫她琼儿了。"

小乔歪头一想,掩口而笑:"听了这名字,感觉我这外甥女以后定能得个如意郎君呢。"

"你这小姨母还没出阁,怎的就开始编派起琼儿了?"

两姐妹说说笑笑,穿梭在人群间,孙权与周泰紧随其后。周泰自知重任,眼观六路耳听八方,异常警醒。不必说,孙策在前线作战,他们所要做的,便是尽全力保护他的妻女。

小乔双手合十,跪在佛像前,默默许愿:希望父亲、姐夫与周瑜一切安好,若是佛祖保佑,周瑜能喜欢自己一下便更好了。想到这里,小乔眉间一蹙,感觉自己还是太贪心,怕许愿不灵,赶忙向佛祖陈情,还是保他三人平安更加要紧。

二乔的姿貌太过打眼,即便在佛门清净地,亦引得一阵喧沸,两人却未察觉,潜心礼佛祝祷。

孙权与周泰等在一侧,见她们拜完佛,便一道去拴马处将马匹牵出套车。谁知就这短短一眨眼的工夫,几个混混模样的男子吊儿郎当走上前去,拦住了姐妹俩的去路。

小乔自然不是好欺负的,宽袖一甩,就飞出几颗石子,打向了几人。人群中传来一阵吟哦,小乔拉着大乔便跑,结果还未跑出两步,绣鞋踩了裙摆,脚下一滑差点摔倒。几个混混又趁机追了上来,小乔赶忙高声喊孙权。

孙权听得呼唤,阔步赶回。可他人在百级石阶下,无力插翅而飞,又受人群阻隔视线,什么也看不清楚,急得如同热锅上的蚂蚁。

眼见登徒子的手就要抓住大乔的肩,忽有一清秀少年挺身而出,一把挥开其手,怒斥道:"光天化日,你要作甚?!"

说时迟,那时快,孙权与周泰健步冲来,有周泰在,自是三两下便制服了这一起子流氓。只是孙权不知前因后果,以为这少年亦是流氓帮凶,劈手上来便打,那少年一怔,旋即一躲。可孙权哪里肯依,抬手直冲那人心门拍去。

小乔才顾好大乔,见孙权如此,赶忙出声阻拦,可一句"她是女的"还没喊出口,便见孙权一掌重重拍在了那人心口上。

孙权明显愣了一瞬,未回过神便结实挨了一掌。他抚着清俊的面庞,这才看清眼前之人的模样,明媚皓齿,妩媚非常,分明是个女扮男装的姑娘。孙权正要开口道歉,却看这姑娘咬着薄唇红着眼眶,快步跑下了百级石阶。

孙权见此,对大乔道:"长嫂请跟周泰回去吧,我去道歉。"而后飞身蹿下了高台。

姑苏城八街九陌人头攒动,孙权骑着高头大马,追随着那瘦小的身影。那姑娘似是知道孙权在她身后,专钻小道,一阵风似的,一个看不好便没了踪影。孙权费力跟着,直到她消失在一座破落的宅院前。

孙权翻身下马,上前叩门,敲了许久却无人应声,他茫然地问道旁摆摊卖青团的老妇:"婆婆,这家人家姓什么?怎么无人在府中啊?"

那老妇上下打量孙权一番,见他衣着华贵,俊朗非凡,不似歹人,才回道:"这人家姓步,是一个婆子带着一儿一女,儿子是个读书人,据说要参举孝廉;女儿生得甚美,说亲的人都要踏破门槛了,却还未择定人家,你是?"

孙权拱手回道:"鄙人孙仲谋,待他家家兄回来,劳烦婆婆帮我通告,让他去城南孙将军府寻我。"

已至盛夏,晚饭过后,吴夫人带着小孙女在院中纳凉。天阶夜色清凉,一川淡月,点点繁星,很是惬意。孙尚香拿着个蒲扇,坐在桂树下轻轻扇着,望着耿耿星河显得心事无限。

孙权从外回来,向吴夫人行罢礼,绕到桂树后,一拽孙尚香的总角:"发什么呆呢?"

孙尚香未像往常一样追着孙权玩闹,而是恹恹地托着腮,赖声赖气道:"二哥干吗去了,也不回来用晚饭。"

孙权未说实话,只道:"兄长前线的战报来了,我在张长史那里看了才回来。你这是怎么了?萎靡不振的,可是何人招惹你了?"

孙尚香望着不远处厢房窗棂明纸上映着的小乔美如画的剪影,叹息道:"你听听,是小乔姐姐在弹琴呢,你觉得弹得如何?"

孙权歪头细听,认真品鉴:"单论技艺,小乔姑娘这些天进益了许多,可我们打小常听公瑾大哥弹琴,这情致上,还是差了不少的。"

"你听着没有情致吗?我怎的觉得,每一声都满是情思……"

孙权听了这话,抬手拍拍孙尚香的小脑袋,叹道:"你也发觉了,是不是?"

"小乔姐姐喜欢公瑾哥哥,公瑾哥哥也喜欢小乔姐姐,我早就看出来了。按理说我应当有些生气罢,可我真的觉得他们两个好相配啊,看到他们走在一起,我也觉得赏心悦目……二哥,你说我是不是冒傻气啊,按寻常,不应当是羡慕嫉妒吗?"

孙尚香这话,亦戳中了孙权的心思,他沉吟道:"傻丫头,你这样不是冒傻气,而是说明你是个磊落大方的姑娘。这世上,因缘际会总是难料,能懂得排遣不快,不暗恨,不生妒,才是真正的磊落豁达。"

孙尚香虽不是完全能听懂孙权的话,却知道孙权在夸她,开心地站起身,拍拍屁股上的灰埃,活蹦乱跳地甩着两支樱红步摇跑向前:"小乔姐姐,我来找你玩了!"

不多时,窗棂的剪影就多了一个扎着总角的圆脑袋。孙权抬眼望着漫天星斗,枕臂倚在桂树上,嘴角漫起了一丝浅笑,心底某些年少时尚未成形的执念烟消云散,随风一起留在了昨日。

明天又是新的一天了,属于他的终究会来,一饮一啄,莫非前定,又何苦拘泥于此,止步不前呢?

## 第二十七章 云胡不喜

果然不出众人意料,到了寿春后,袁术便以教导读书为名,扣下了陆绩和陆逊叔侄。

陆绩时年只有六岁,还不明白利害轻重,陆逊却急得如同热锅上的蚂蚁。时日一天天过去,陆逊愈发手足无措。谁知是夜大雨,竟有个贩油翁趁夜色潜入了两人的住所,将他们叔侄二人塞入油桶,一路运出了大营。

不必说,这一切皆是周瑜的筹谋安排。天明时分,陆逊与陆绩叔侄便安全抵达了牛渚。周瑜一直在江边相候,陆逊看到周瑜,赶忙上来见礼致谢,惭愧自己未能完成孙策所托,但也带来了十分要紧的情报,细细告知了周瑜。

周瑜明白兹事体大,带着陆逊与陆绩快马加鞭赶回姑苏,翌日傍晚时分终于赶到了孙将军府。

孙策征讨许贡大胜方还,此时召了张昭一同在书房相候。周瑜带着陆逊与陆绩风尘仆仆赶来,看到孙策,躬身一礼:"主公。"

孙策抬手道:"快坐,莫拘着虚礼。"

周瑜落座次席,示意陆逊与陆绩上前,两人亦对着孙策一礼。谁知陆绩的袖笼里竟滚出两个橘子,轱轱辘辘转到了孙策脚边。

孙策哑然失笑:"这是怎么回事?哪里来的橘子?"

陆逊面露窘色,解释道:"小叔惦记着他母亲爱吃橘子,从袁术那里拿了些,孙将军不要见怪。"

"小小年纪,却懂孝悌之意,实在难得。来人,带陆绩公子下去歇息罢。"

赶路一整夜,车马颠簸,旁人或许还能撑住,年仅六岁的陆绩却已睁不开眼,胡乱一礼,打着哈欠随仆役走下了堂。陆逊这才挨着周瑜坐下,对孙策拱手请罪:"伯言不才,未能得见乔蕤将军,故而无法完成孙将军所托之事。不过,伯言这几日在军中,听闻有个名叫张鲍的河间人士,号称能掐算天命,向袁术进言,说他有帝王之相。袁术闻之大喜过望,已从多地拣选绣娘,开始制作冕服了。"

孙策怔了片刻,大笑起来:"公瑾,渡江前你曾说过,袁术得了传国玉玺,三两年内必定有僭越自封之心。如此看来,你倒是比那张鲍更厉害啊。"

言语涉及军机,张昭深知陆逊在此不妥:"伯言啊,你该说的话也说了,下去歇歇,吃点东西罢。"

话已带到,陆逊亦无心逗留,称困称乏,拱手退了下去。

木门"吱呀"一声,开了又合,周瑜徐徐说道:"《左传》有言:'多行不义必自毙,子姑待之。'现下时机到了,我们也该与他算算账了。"

张昭年长周瑜近二十岁,听他如是说,恐他气盛莽撞,提点道:"中郎将,我们现下有兵士三万余众,袁术号称拥兵十五万,实数怎么说也得有七八万,若是硬碰,只怕不利罢。"

"张长史不必忧虑,袁氏无德,在淮南横征暴敛,以致饿殍遍野,民不聊生。若他真的胆敢僭越称帝,莫说旁人,就连他那庶出的兄长袁绍都会加以讨伐,届时又哪里会只有三万之兵?"

"公瑾说得极是。更何况,那玉玺是我父亲从洛阳宫里带出来,又是我给袁术的,一旦这老儿称帝,若不与他划清界限,难免被世人诟病。"

听孙策如是说,张昭明白他已有筹谋,不再劝谏,只道:"军事武略,子布不甚通达,唯愿以少将军马首是瞻。此外,子布有一不情之请:陆伯言那孩子至仁至孝,现下陆家衰颓,我想把他留在身边,也好让他能食一份俸禄,少将军以为如何?"

孙策略思忖一瞬:"父亲去世后,我也如陆伯言般遭人轻贱,故而深知其苦,焉有不救济之理。不过他们叔侄尚年幼,若此时出仕为官而磋磨了读书的良机,便是揠苗助长了。我打算每年赐予他们家中百金,供陆家一族过活,等他们长成后,再来襄助子布兄不迟。"

张昭听了这话,深感孙策恩泽,叩首道:"若得如此便再无不妥,子布替他叔侄二人谢过少将军!"

孙策笑着扶起张昭,又问周瑜:"公瑾,你觉得我们可否依照今日之法,把乔将军接出来?"

"据伯言所报,袁术以让乔将军养病为由,将他软禁在寿春大营里,除去军医外,一应人等不准入内。若想把人接出来,实在是风险太大,故而我提议,兵行险招……"

周瑜抬眼对上孙策的双眸,两人会心一笑,即刻明白了对方深意。不过既是险招,自然要徐缓图之,孙策嘱咐道:"今日之事,事关重大,切莫外泄,尤其不能让夫人知道。二位都是伯符倾心仰赖之人,有你们二人在,我便没什么不放心的了。"

是日恰逢八月十五中秋,议事罢,张昭便匆匆赶回家去与亲眷团圆。吴夫人少不得要留周瑜在此用晚饭,周瑜不好推却,便随孙策入了内院,谁知孙策惦记今日亦是大乔生辰,一溜烟就没了踪影。

周瑜随小厮在园中看景,忽听有人在弹《淇奥》之曲,弦弦难掩声声思。周瑜驻足静听良久,问道:"'有匪君子,如切如磋,如琢如磨',敢问是谁在弹琴?"

"是少将军的姨妹,每日都在弹呢。"

听说弹琴的是小乔,周瑜顺着琴声寻去,轻叩房门,谁知木门只是虚掩着,登时便敞开了。

小乔正专心弹琴,未曾听到脚步声,现下抬起眼,只见日光倾泻处,周瑜玉树临风,含笑望着自己。小乔满是压抑不住的欣喜,起身翩然上前:

"你回来了？"

半年未见，周瑜黑了两分，身量愈发紧实，退了些许儒生之气，多了几分大将之风。小乔望着他，不知不觉间滚下泪来。

周瑜方才从琴声中已听出了思慕之情，却不想她竟是这般想念着自己。他的心蓦然软了，拿出绢帕为小乔拭泪："莫哭了，我有东西送你，快来看看。"

小乔破涕为笑，点点泪光衬得双目愈发明澈动人："怎的还给我带了礼物吗？"

周瑜随小乔走入房中，两人对坐在雕花木案前。周瑜从内兜拿出一方绢帕，递与小乔。小乔接过，轻轻打开，只见里面是几朵樱粉色的小花，甚是可爱。

小乔既惊又喜，轻呼道："这是什么花啊？我竟从未见过。"

"它叫碗花，牛渚守将常用它泡水喝，说是可以防止疟疾，我……不舍得，所以就把它们留了下来。"

小乔抬起小手，纤纤玉指拨弄着粉色的花瓣，一笑生百媚："真好看，只可惜不能亲眼看到，实在遗憾。"

似是猜到小乔会这么说，周瑜拿出一枚小巧的香包，塞在小乔手中："明日便种下罢，估摸明年春日便能开花了。"

没想到周瑜竟有这样的心思，小乔垂着长长的睫毛，将香包捂在心口上："若真能开花就太好了，就好像我也身在牛渚一般……只是，我不可能一辈子待在姐夫家里，种在此处，来年只怕要辜负了。"

周瑜蹙眉一想，亦觉得小乔这话有理："不然，还是种在我府里罢。"

周瑜这话似是别有深意，小乔却只顾着开心未听出来，颔首算作答允："方才，你听到我弹琴了吗？"

"'有匪君子，终不可谖'，小乔姑娘琴声别有意趣，多了几分婉转，少了几丝断肠。"

小乔垂眸巧笑，素手滑过琴弦，发出淙淙声响："因为我觉得，淇女和君子一定会再相见……周郎，看在碗花的分上，还是叫我婉妹罢，好吗？"

西风吹拂襟袖,残阳退去最后一丝殷红,皎白圆月升上枝头,周瑜方要开口,便见孙尚香风风火火闯了进来:"公瑾哥哥你在这啊,母亲让我找你呢。"

　　孙尚香来了,这话自是没法接了,再说吴夫人寻自己,亦是不好耽搁,周瑜一拱手,作别了小乔,转身离去。

　　小乔目送周瑜离去,长长的视线盈盈,如太湖中斜晖脉脉的秋水。孙尚香未随周瑜离去,圆圆的脑袋凑上前来,半挡住了小乔的视线,大眼轱辘一转,笑道:"小乔姐姐,你喜欢公瑾哥哥吧?"

　　小乔回过神,身子一震,面颊绯红,磕巴否认:"胡……胡说什么!谁喜欢他了!"

　　"是吗?那你若是不喜欢他,我可就喜欢他了,到时候你可别怪我啊。"

　　看着孙尚香摇头摆尾得意扬扬的模样,小乔仿佛看到了多年前的孙策,又气又好笑。明知孙尚香是在给自己下圈套,却既不能承认又不能否认,实在难受。

　　见小乔这副懊恼样,孙尚香"扑哧"笑出了声来,悄声对小乔道:"唉,我跟你说真心话,我以前真的特别喜欢公瑾哥哥,不过,既然他已经有了心上人,我便不再搅和了。二哥说,他日我也定会遇上属于自己的良人的……"

　　周瑜竟有了心上人?小乔的心仿佛被人大力一揪,她佯装不在意,声调却颤了几分:"周郎有了心上人了?谁啊?"

　　"你是真不知道还是装傻呀?公瑾哥哥的心上人不是你吗?"

　　一霎秋风惊画扇,罗幕重重,小轩窗下,大乔正梳妆,才理好云鬓,便见孙策一阵风似的走入内室,三下五除二脱了外裳,只穿亵衣上前将她紧紧环在了怀中。

　　铜镜里映着一对璧人,大乔佯作气恼,用玉篦子轻轻一敲孙策的心口:"今日中秋家宴,舅父舅母都已经到了,你不陪着婆母宴客,怎的还把衣裳脱了?"

孙策顾不上理会虚礼,侧头在大乔白璧无瑕的面颊上一吻:"于旁人而言,今日是中秋;于我而言,今日是你的生辰。莹儿,我又陪你长大了一岁。"

入秋天寒,大乔晨起有些咳嗽,想来孙策是怕外裳带了寒气,才特意脱掉衣衫抱她。如此粗豪之人竟对她这般体贴,大乔的心暖如三春,柔声道:"打从认识你,一年年地过得好快,一转眼的工夫,我们竟已是做父母的人了。"

大乔姿容绝世,今日略施粉黛,艳光四射如匣内明珠。孙策亦俊俏非凡,嘴角挂着一丝浅笑,将大乔环得更紧,望着铜镜慨叹道:"莹儿,我们真相配,看罢你,再看旁人,竟连男女都分不出来了。"

"你再说疯话,我可走了,婆母还等着我们呢。"

孙策嬉皮笑脸地拉过大乔的双手,以迅雷不及掩耳之势用丝帕穿了两只通透的翡翠镯在她的皓腕上。凝霜似雪的手臂配上青翠的镯,更显得白皙娇嫩。大乔轻轻转着手镯,既欢喜又踟蹰:"从哪拿出来的呀,怎的像变戏法似的。看样子,应当很贵重罢?"

"前年送了你罗缨,去年送耳坠,今年送手镯,这一辈子过下去,我要让你凑出许多套首饰来……不过,只许戴给我看。"

大乔的心别提有多暖,可她嘴上只说着:"旁的也罢了,戴了这镯子,往后我做活计可不方便了呢。"

孙策疼惜地翻过大乔白皙的小手,抚着她指肚上的老茧:"夫人是家中长女,岳丈大人常年征战在外,夫人要做各种粗活,还要照看妻妹那个懒货,我真的很心疼。现下你既嫁给了我,哪里还需要做什么活计?除了为我生儿育女要劳动夫人,旁的事就让别人做去吧。"

大乔羞红小脸儿窝在孙策怀中,抬起纤弱的手臂拦住他的脖颈:"你的心意我都懂,可以后都别再买这样贵重的东西了。"

"夫人若是觉得无以为报,不妨以身相许罢。"孙策在大乔耳边说着,薄唇吻过她的眉眼与面颊。

两相依偎,耳鬓厮磨,大乔虽明知不妥,却不忍将孙策推开,任由他吻着自己。正当两人无限缠绵之际,忽听孙尚香在门外叫:"兄长,长嫂,母亲请你们用饭去!"

孙策这才依依不舍地将大乔松开,低声叹道:"尚香这小笨蛋,这样出力不讨好的活儿,仲谋不做,她却不知避讳。罢了,我们先去用饭吧,莫让母亲与舅父他们等急了。"

太湖上,清风徐来,扁舟披着皎洁月色,仿若镀上了一层银霜。孤灯挂乌篷,渔民唱起了吴歌,虽无竹弦云板相和,却别有一番韵味。

将军府内,众人用罢晚饭,吴夫人与吴景夫妇回内堂说话,小辈们则去往凉亭赏月。槛菊月影,桂树飘香,众人品着蟹膏,再喝下桂花酒暖身,闲话巧笑,好不畅快。

大乔打趣孙权:"小叔,那日你去追那姑娘,到底追上了没有啊?也没跟我们说说。"

孙尚香本正与蟹脚角力,红缨步摇一甩一甩,听了这话登时松了口:"什么姑娘什么姑娘?二哥,我怎么没听你说起过啊?"

孙权不好意思地挠挠头,胡乱打发孙尚香:"那日与长嫂和小乔姑娘去拜佛,有人想趁机揩油,我就赶忙出手,结果误打了一个人,还是个姑娘,我便着急去赔不是来着。已经没事了,你别听长嫂编派我。"

所谓欲盖弥彰便是如是,孙尚香从孙权闪烁的言辞间听出了几分弦外之音,托着下巴感慨道:"二哥越是岔话,就越是有问题……要兄长有什么用啊,一旦有了夫人便被迷住了,哪里还管得了我。还是嫂子好,长嫂便最疼我了。"

孙策气得直笑:"你这臭丫头,若没有兄长,你又哪里来的嫂子?我还没说你,不要动辄往我们房里跑,你也不小了,该懂点规矩才是。"

孙尚香乜斜孙策一眼,显然未把他说的话放在心上:"我是去找大美人嫂嫂的,又不是去找长兄的。若是嫂嫂也不让我去,我才不去了。"

见孙策亦在孙尚香处吃瘪,孙权禁不住笑了起来:"长兄惯着尚香,把她惯得这般无礼,现下也教不回来了。前两日她还闹着要跟小乔姑娘学飞石头,若真学会了,岂不要搞得家里鸡飞蛋打,谁也别想安生了。"

听了孙权的排揎，孙尚香气鼓鼓地拿起案上的蟹腿掷了过去。孙权兜手接过，笑得十分开怀："多谢小妹，还惦记着我喜欢吃蟹腿呢。"

今日倒是不同，不管旁人怎么闹，小乔始终没有参与。孙策瞥见规规矩矩坐着的小乔，低声对身侧的大乔道："也真是奇了，妻妹今日像是中邪了似的，也不闹了，竟有了几分闺中淑女的模样。"

看着呆呆望向周瑜的小乔，大乔莞尔一笑："婉儿到了及笄之年，该许人家了，哪里能不规矩着些呢。"

可大乔不知，小乔这般，完全是因为孙尚香那句"公瑾哥哥的心上人不是你吗？"此时此刻她的小脑瓜里一团糨糊，根本顾不上听旁人龃龉。

孙尚香年岁尚小，还不会察言观色，仍扎着总角的她，看到及笄披发的小乔自是歆羡非常："小乔姐姐，你头上的玉簪真好看啊，从前都未见你戴过呢。"

小乔听得孙尚香喊自己才回过神来，赧然一笑，未置可否。大乔知道这玉簪是周瑜所赠，刻意装作不知，提点道："小姑说得是呢，也不知婉儿从哪里得了一支这么好的簪子，平日里也舍不得戴，今日装扮上，在月色下更显娇美……"

孙策听大乔如是说，以为她也喜欢，赶忙接口："夫人若也想要，明日我就带你去玉器行挑一支，若是姑苏没有好的，我就托人去旁处寻。"

大乔简直不知该乐还是该恼，柔声道："我只是看婉儿戴着好看而已，没有想要的意思，你给我置办的那些我还戴不完呢。"

若在往常，小乔定会反驳大乔的调侃，今日她却什么也没说，望着流觞曲水中周瑜的倒影，只觉好似很近，又像很远。

周瑜取酒自饮，不知是在赏月还是在看小乔，不知不觉却有了几分醉意。

孙策与孙权亦已醺然，宾主尽欢，各自回房歇息。周瑜也要打道回府，临去前，小乔避开众人视线，含羞垂眸低声道："明日……"

"明日，来我府上种花罢。"

小乔心里的小花霎时绽放。她轻揖答允，目送周瑜离去，快步跑回房挑拣衣衫,沐浴焚香,折腾到半夜才上榻睡觉,却又辗转难眠,翻来覆去一直到天快亮才昏昏沉沉地睡去,再一睁眼已是日上三竿了。

小乔一拍脑门,一个鲤鱼打挺起身,洗漱收拾罢顾不上用早饭,快步往不远处的周宅跑去。

周婶正在前堂侍弄着莲蓬,看到小乔,含笑招呼道:"小乔姑娘来了,中郎将人在后院里,走到回廊尽头就能看到了。"

小乔高声答允,理理衣衫大步穿过回廊,只见周瑜一身儒裳,立在成畦的田垄间,手里拿着一柄花锄,专心地刨着杂草。小乔的心跳又不争气地漏了一拍,心中暗想,怎么他无论做什么事,都显得那般出尘绝伦呢?

周瑜看到小乔,亦显得十足开怀:"可巧我这园囿里还没种东西,种了这碗花倒是很相宜。"

小乔上前接过花锄,偏头娇笑:"我以为你只喜欢牡丹那样名贵的花,难得碗花能入你的眼。"

周瑜细心地将花种放在刨好的小坑里,再将土掩实:"名贵与轻贱,但在己心。在我看来,碗花便是极好的。"

待周瑜将花种悉数埋好,小乔递上净布让他拭汗,可周瑜手上有花泥,不免弄脏了面颊。

小乔禁不住笑道:"原来你也有这般粗手笨脚的时候啊。"她踮起脚,拉过净布,仔仔细细为周瑜擦去了额上的汗水。

两人相距咫尺,皆红了脸,却都没有闪避,周瑜好似有话要与小乔说,低声讷道:"婉妹……"

可他还没来得及说什么,便见一小厮匆匆赶来,对周瑜礼道:"中郎将,门口有位名叫张修的公子求见。"

周瑜未曾想过,长木修竟敢来他府上求见,冷声道:"不见,你回了他便是了。"

小厮拱手退下,未过多久却又折返而回,面露难色:"那位张公子说,他今日前来,乃是为着乔将军的事,郎君一定会见他的。"

将军府中,孙策正与大乔用早饭,大乔难得赖床至此时,愧疚非常,对孙策嗔道:"原本还说陪小姑去选冬装的料子,我却睡到现在,哪里像个样子。"

"昨晚太累,睡迟一点怕什么?再说尚香又不是没衣服穿。"孙策神采奕奕,一点也未把此事放在心上,放下碗筷站起身,身边婆妇即刻递上玄红披风。

"小姑虽然还小,到底也是姑娘家,你们却成日里把她当小子养。现下她好不容易有了几分女儿家的心思,你还这么说。"

"好好好,家里的事随夫人安排,为夫只负责养活你们便是了。我一会子召子布兄来,看看文官们草拟的征税条例。"孙策系着红缨,俯身在大乔耳边轻道,"夫人昨夜辛苦,不妨再睡会儿吧。"

见孙策不顾旁人便敢胡言,大乔拣起果盘中的葡萄便塞入了他的口中。

孙策得意扬扬一笑,冲大乔一拱手,阔步走出了厢房,及至前厅,他吩咐小厮:"你去传话,让张长史带鲁子敬来见我。"

小厮拱手称是,又递上一张请帖。孙策接过展开,眉头一蹙,对正要出门的小厮道:"不必去请子布兄了,给我备马,我要出门一趟。"

周府前堂,秋阳和缓地照入窗棂,案边烹茶煮水的周瑜沐浴晨光,更显雄姿英发,可他的神色却十足冷然,凝在俊俏的面庞上,不怒自威。内堂里,小乔躲在门板后,立着小耳朵等听动静。方才听小厮来报事关父亲,她死活都不肯回避,求了周瑜躲在内室,此时一颗心突突直跳,七上八下地不安生。

长木修身着素袍,负手进堂屋,对周瑜拱手道:"中郎将的府邸还真是不好进啊。"

周瑜沏罢茶,端起杯盏自酌:"不知什么风把张公子吹来,但凭赐教。"

"赐教如何敢?中郎将厌恶张某已久,张某明明与中郎将无冤无仇,中郎将却无缘无故数度三番为难张某。若是张某此次前来不出些许真东西,怕是难让中郎将满意吧?"

周瑜看着故意拿乔的长木修,冷道:"所谓'己所不欲,勿施于人',任谁都不欲他人随意提及自己的父亲,你贸然以乔将军的安危为诱饵,欲引周某上钩,到底是唐突了婉妹。"

长木修哑然一笑,不等周瑜相请,便上前落座,端了茶盏品了起来:"好茶,应是会稽郡出产的明前龙井罢。中郎将真是清雅,吃穿用度如此讲究。只是正所谓天道轮回,不知天命之下,你与少将军还能风光几时?"

周瑜闻言,不怒反笑:"张公子此言真是说笑了。你非天道神祇,怎知天命?只要张公子能多活几日,自然能看我们风光几日罢。"

两人的对话充满火药味,小乔在内室听得五味杂陈。可她还未来得及细细思量,就听长木修大笑几声道:"罢了,是我不识趣,中郎将如此英明神武,想来定能护得孙将军周全。只是如今孙将军虽然坐拥三郡,却并无名位相匹配。前几日,袁术向朝廷上的奏呈已经辗转到了天子手中,请求加封他的从弟袁胤为丹阳太守,替了你从父之位。中郎将如此挤对我,难道不担心此番又如上次攻打庐江时那般,让袁术坐拥渔翁之利?"

"听闻曹司空看中伯符之才,特命张公子加以拉拢。现下曹司空既奉天子以令诸侯,若不愿意许袁胤丹阳太守之职大可不许,何必来刺探我二人心意呢?"

长木修偏头一想,轻笑道:"中郎将果然巧舌善辩,惯会推诿。只是孙将军与大乔姑娘虽无夫妻之名,却有夫妻之实。哪日袁术一高兴作乱称帝,也不知孙将军是会顾惜乔将军仍在袁氏帐下而网开一面,还是会以大义为先,加以讨伐呢?"

"孙将军的筹谋尚在己心,张公子若欲与孙将军商计,大可移步将军府,诚心求问。若非如此,便是刻意做作,以乔将军之安危为借口,试探周某虚实,其心可诛。"

见周瑜云淡风轻说出这一席狠话,仍带着儒生端方,长木修大笑起来:"当初孙将军攻打丹阳,中郎将远在千里之外,却能洞悉战局,率千余之兵攻破曲阿,更是一箭射中了刘繇的头盔……不过,张某有一疑问,射中头盔的难度远大于射中心门,中郎将是怕此一战功高震主,还是另有别的筹谋?难道你是刻意放刘繇一条生路,好在日后为自己留个去处?"

周瑜知道,曲阿一战后,军中确有这样的流言,可孙策从未放在心上,他也从来没有解释过。现下长木修如是说,便是实打实地羞辱与污蔑了。周瑜的神色更冷了三分:"公道自在人心,我与孙将军之间,也断不会被你这等小人挑唆。"

"中郎将自是问心无愧,只是乔将军的安危,比曲阿一城一郡更微妙,不仅事关孙将军与夫人的伉俪之情,更事关婉儿。敢问中郎将,若是袁术即刻称帝,你又有何本领保证袁术不会派乔将军去前线?若乔将军去了前线,你又有何能耐在曹军阵前保护乔将军全身而退?若朝廷的讨逆诏书发到孙将军处命他出兵,你又有何妙计,让他既不用出兵,还可在朝廷面前名正言顺?"

长木修紧紧逼问周瑜,见他没有答话,哂笑一声:"中郎将心知肚明,以你今时今日之力,根本无法让乔将军平安无虞。真正有能力让乔将军安然无恙的人,不是你,而是我。你又有何脸面在婉儿面前吹嘘自己,说自己有能力护得乔将军周全?甚至你现在,依然在怀疑和嘲讽我想要保护乔将军的心意。你有这个资格吗?"

小乔躲在后堂,将他们的对话听得清清楚楚,听了长木修这两句质问,小乔的心一下子提到了嗓子眼。明明只一瞬的沉默,小乔却像等了一生之久,只听周瑜语调平静一如往常,却字字透着不容置疑:"婉儿的父亲便是周某的家人,我们之间,亦不容你挑拨。"

"虽然你在我面前唤她婉儿,可你却始终无法当面如此称呼,我没说错吧?婉儿不是你的婉儿,乔将军亦不是你的亲人。既然你仍然坚持寸步不让,不妨我们打个赌,谁能真正保得乔将军平安无事,谁便真正有资格让他成为自己家人,如何?"

无论长木修如何言语挑唆,周瑜皆始终保持镇定。可此事既然关于小乔,周瑜便不会给长木修任何可乘之机,他轻笑一声,答允道:"好,既如此,我便应下这赌约。只是张公子最好祈求上天庇佑,自己能多为那人驱使几日,莫要沦落到'狡兔死,走狗烹'的地步。"

长木修并不理会周瑜语中的蔑视,轻一颔首,躬身退下,阔步离开了周府。

四下里一片寂静,唯有落叶和着西风的响声从院内传来。半晌未听得周瑜召唤,小乔自己走了出来,只见周瑜正立在回廊下,抬眼望着四方的天。

听得小乔走来,他没有回头,只是悠悠说了一句:"碗花太孤单,再种一棵松柏陪它罢。"

姑苏城小道上,孙策独自策马去往望春楼,敲开二楼约定的房间,却不见长木修,只见一位美艳妇人端坐在软席上。

孙策心生疑窦,问道:"长木修约我来此,他人呢?"

那妇人站起身,对孙策一礼:"今日是我约少将军来,不知少将军可否给个面子?"

孙策见这人有几分面熟,却想不起来何时见过:"你又是谁?跟长木修也是一伙儿的?"

那人一怔,尴尬笑道:"少将军真是贵人多忘事,小女子姬清,乃长木修胞姐,司职校事,与少将军有两面之缘……"

孙策这才想起此人,比先前更多了几分警觉:"这位大姐既寻我来,应是你们司空又有事交代了罢?"

姬清笑得十分谄媚,递上一盏温酒:"司空的交代是一回事,小女子的心意则是另一回事。现下这望春楼开在了姑苏地界,小女子还未拜少将军山头,往后还请少将军多多关照才是。"

孙策接过酒盏却没有喝,重重放回了木案上:"你们该交税便交税,童叟无欺,好好做生意,自是没人会为难你们。若无旁的事,我就走了。"

"哎,孙将军别走啊。"姬清拉住孙策的衣摆,见他面露不悦之色,又赶忙松开,"小女子请将军前来,自是有要事相告:司空见将军既得三郡之地,十足欢喜。但现下孙将军并无官衔傍身,到底是名不正言不顺,他日若被人驱赶……"

"被人驱赶?"孙策冷笑一声,"曹司空以为,以孙某今时今日之势,还会如当年一般任人宰割、随意驱逐吗?"

"孙将军有雄兵良将,自然有底气,若是能锦上添花,到底更是不辜负啊。"

孙策一直以来都筹谋向朝廷纳贡,但现下汉献帝已被曹操迎至许都,向天子纳贡,便是向曹操纳贡了。为着一时权宜,倒也无妨,可孙策不肯吐口,沉声问:"你们司空倒是为孙某打算得完全,只是不知你们司空要许孙某什么官衔啊?"

"袁术心怀不臣,有僭越称帝之意,少将军必是已有耳闻。司空的意思是,他日贼人一旦自许,希望少将军能与我等勠力同心,共诛国贼。届时,司空会许给少将军一个五品将军职衔,好让将军延续乃父破虏将军的荣光啊。"

孙策思量权衡一瞬,嗤笑道:"你们司空倒是会算计,除了这区区五品官衔外,孙某又有何益处可收呢?"

"乔将军在袁术帐下一日,便会一日为孙将军的掣肘。若孙将军响应天下之召,讨伐袁术,乔将军必会被调离孙将军作战一线,届时孙将军只怕想营救乔将军也无法。若是少将军愿意,姈会去向袁术谏言,请求调遣乔将军迎击司空之军,届时我们会想办法,趁乱将乔将军救下,再秘密送往江东来。"

孙策明白,一旦袁术称帝,他必须加以讨伐。袁术心怀忌惮,一时不会杀乔蕤,但却不会让乔蕤迎击孙氏,唯恐乔蕤阵前倒戈,当真投了自己女婿。如果真能按照姬清所言,顺利接出乔蕤,倒是能免去心腹大患,孙策未当即应允,只道:"兹事体大,待我想想再说罢。"

姬清缓缓起身,一挥长袖,异香阵阵间拜倒于地:"司空既有心与孙将军结盟,还请孙将军允准小女子侍奉在侧,书信往来也更方便些。"

孙策闻之,霍地站起身来,负手道:"我家里丫鬟婆妇已经够多了,不必再劳烦司空费心。孙某告辞。"

语罢,孙策未有一丝停驻,大步走出了厢房。姬清明知孙策会如此,却还是起了几丝恼意:凭什么天下所有的好,都让乔蕤的长女得了?她也该吃些教训,少些得意了罢。

## 第二十八章 碧海青天

长木修离去后,小乔数度欲开口问,但见周瑜一直专心侍弄柏树,只得暂且作罢,乖乖帮他打下手。

待两人忙完这活计,夕阳已沉入地平线。庖厨内,袅袅炊烟升起,周婶特意烧了莳门特产的鸡头米,又配了新鲜的芋艿水红菱,略备薄酒,留小乔在此用饭。

清粥小菜,鲜美可口,小乔却食不知味,先前没机会问周瑜,现下只有他二人在,小乔却不知该怎么问了。周瑜看小乔苦着小脸儿,宽慰道:"婉妹,有理不在言高,保护乔将军也不在虚言,我既然说了会护他平安,便一定会做到。"

小乔放下碗筷,抿着薄唇叹道:"我不是不信你,而是心里有愧。若不是我,不会害你被长木修那般抢白。"

"你以为我是白白受他揶揄吗?长木修为人阴狠张狂,我若当即反驳,恐他为赢过我而走险棋。若真如此,才会害了你父亲。现下以长木修为先导,一旦乔将军离了袁氏帐下,我便可以着人将他接来江东,决不可被曹操抢去,来日更受牵绊。"

他是这般出尘绝伦的一个人,却为了保护自己的父亲,甘愿受竖子指摘。小乔真真切切听在耳里,思绪纷繁零乱,桃花般柔嫩丰泽的薄唇颤着,半晌才讷道:"周郎,方才长木修那般问,我……是你的婉儿吗?"

见小乔执着于他与长木修的对话,周瑜沉默着没有言声。小乔只觉自己在沉默中心灰意冷,笑容凄然,眼眶通红,嘴上却说着:"我随口问的,你别放在心上……时候不早了,我回家去了。"

语罢,小乔起身欲走,小手却被周瑜捉住:"我不会让你失望的……"这一句话看似没头没尾,却莫名令人心安。周瑜说着,复将小乔拉回身侧,递上绢帕让她拭泪。

彩云追月夜,庭院中月色如水,下午方植的柏树随风婆娑,投下清灵的影,如水中荇,流舞招摇。两人并肩坐在回廊下,共沐清风,只听周瑜说:"长木修言辞挑衅我与伯符的关系,我并不担心,我唯独担心的便是你被他蛊惑。婉妹,你还年少,虽然聪敏却看不清许多人和事,我希望你从今日起,只信我与伯符所言,更不要把乔将军的事告诉乔夫人,免得她担惊受怕,好吗?"

明月比昨夜更圆,如玉盘般镶嵌在天边。小乔的心也澄明了几分,一股难以名状的甜蜜滋味从心底冒出,她低声央道:"旁的都好说,你带我去牛渚罢,去了牛渚,离寿春近,一旦有什么事,我也能马上知晓。"

哪有儿女不心疼父母的,周瑜理解小乔的心情,却无法松口答应:"不行,你一个未出阁的姑娘,跟着我像什么样子。莫说我不能如此,乔夫人也不会答应的。"

"怎么不行了?小时候我们不也经常一起,去过黟山和花山呢。"

"彼时你才几岁,现下你已经是个大姑娘了,再说我……"周瑜望着小乔满是希冀的眼神,欲言又止。这丫头也太傻,就算认定他是端方君子,也不能否认他是个血气方刚的男人。何况从前他未曾直面己心,并不觉得自己对她动了心思,现下到底不同了。

"再说什么啊,我可以扮成小厮跟着你啊,悄悄溜去,不让姐姐知道。其实,姐姐知道我的心思……"小乔说着说着,声音越来越小,"总之,我不会妨碍你练兵,我会乖乖的,你就让我跟你去吧。"

周瑜知道,不管他此时如何说,小乔只会不停央求,他唯恐自己真的心软失了底线，只得暂且用缓兵之计："你容我再想想。"

见周瑜不再强硬否决，小乔松了口气，抬眼望着天上的明月："今晚的月色可真好看。"

良夜漫漫，周瑜起身回到房中，拿出一柄箜篌，又坐回小乔身边，幽幽咽咽地弹了起来。小乔听得如痴如醉，仿佛身披羽衣，踏瑶池星河，直登广寒仙馆，亦不知何时便沉沦在了浅眠之中。

见小乔睡着了，瘦削的身子依然端坐着，小脑袋一点一点，好似随时会摔倒，周瑜不觉软了眉眼，伸出手臂，将睡梦中的小乔圈在了怀中。

小乔依然未醒，脑袋却微微挪动几下，择了个更舒适的姿势睡去。周瑜望着她恬静美好的睡颜，心仿佛浸泡在一池醴酪中，甜蜜又微酸。前路迷蒙，只怕有金戈铁马、火海刀山，但有伊人在侧，也足以慰藉平生了罢。

傍晚时分，孙策回到府中，向吴夫人问安后，径直回到了房中。大乔方哄了女儿，此时正在缝制冬裳，孙策欣悦问道："嚯，夫人又给我做新衣裳了？"

"不是做给你的，这是我做给父亲的。天寒了，他身子不好，等做好了，还要劳烦你着人帮我送去。"

孙策没接话，只是从身后紧紧搂住了大乔的纤腰。大乔动弹不得，无奈笑着："你这样箍着我，我还怎么做衣裳呀？"

孙策依旧没有要撒手的意思，叱咤沙场的八尺男儿在大乔面前像个孩子，委屈地嘟囔："莹儿，今天有个女的，非说要侍奉我，可把我吓坏了。"

大乔一怔，继而笑道："我说你身上怎么一股浓香，原来是有这等艳福。"

大乔居然不在意，还出言编派自己，孙策恼得一把扳过她的身子："你说什么呢？不是说好'愿得一心人，白头不相离'，你便这般不信我？"

大乔见孙策生气，笑着钻入他怀中："我若真不信你，不才应当含酸拈醋吗？你如今这般显达，有人投怀送抱也在所难免，我若都要吃味，每日便不用做旁的事了。"

孙策低叹一声,揉了揉怀中的小人儿:"你啊,真的把我吃得死死的。看了你再看旁人,便觉得又丑又笨,恨不能马上跑了,哪里还会有别的心思。"

大乔听了孙策这疯话,笑得直呛。孙策将她松开,为她顺着气,抬手闻闻自己的袖子:"难闻得很,难怪呛着你了,我去沐浴罢,一会子还要陪母亲用晚饭。"

"好,那我吩咐人来放水罢。"

大乔还未走出两步,就被孙策又拉了回来:"不忙,夫人,你身上也沾上这气味了,不如……我们一起洗?"

"瞎说什么呀,你再胡闹,我可不管你了。"

看到大乔羞红小脸夺门而逃,孙策又腰笑得万分自得,未几笑容却转瞬而逝,眉宇间添了三分愁楚。不管姬清为人多么不堪,她的话却是有几分道理的。袁术已成肘腋大患,若得良机,也该一并除之了。

是夜,周瑜送小乔回府,与孙策商议了长木修挑衅之事。他二人都觉得,若只是为了袁术称帝,实在不必如此大费周章,只怕曹操别有深意,长木修姐弟亦是另有所图。

翌日清晨,周瑜随孙策去城东看士兵操练,周瑜提及欲在牛渚江中放置铁篱障,以阻断袁军顺流而下,又提出训练水军,以江河湖海为战场。孙策欣然接受,更嘱托他小心应对袁胤继任丹阳太守,两人说罢,周瑜便策马赶回牛渚去了。

小乔听说周瑜不辞而别,委屈又伤心,茶饭不思,一连几日都怏怏的。更何况袁术称帝事关自己父亲安危,小乔心神不宁,实在无法装作不知。时至深秋,气温陡降,琼儿年纪太小,染了风寒,高热不退。大乔衣不解带终日守着,无暇顾及小乔,只好请孙尚香带她四处玩玩散心。

可小乔依然提不起兴致,其间长木修来府上寻过她几次,小乔都避之不见。不必说,打从那日听到长木修与周瑜的对话,小乔终于明白,小时候那个事事维护她的少年已风化在了昨日,现下长木修只是个陌生人,处处透着算计与掠夺。是日午后,小乔又坐在廊下,望着满池残荷发呆,忽闻不远处的小门一阵异响,她警惕十足,小步跑去,只听门外说话的竟是孙权与一陌生的姑娘。

孙权语带难得的踟蹰:"小师,兄长给我派了活计,让我押送兵戈箭镞去牛渚前线,送给公瑾大哥,这几日我便不能去看你了……不过,等我领了例银,我一定买最好看的发簪送你。"

那姑娘轻声嗔道:"你以为我来找你,是为了要你东西吗?天冷了,我做了一对护膝给你……你可要当心,早日平安回来啊。"

不必说,与孙权对话的,定是上次遇见的姑娘。没想到孙权竟如此有手段,这么快便得了美人芳心。小乔一耸肩,悄然离开,心想怎的全天下都在郎情妾意,唯独她始终是形影相吊独一人。小乔愤然一甩袖,正打算回房,脚步却忽然一滞:等下,孙权要去的地方是牛渚?

琼儿感染风寒后,大乔一直在旁照顾,昼夜不休,整个人不知憔悴了多少。孙策军务繁忙,一连几日宿在城北军营,是日才回家,便冲入了琼儿的房间,将大乔抱了出来。

大乔不解孙策所为,挣扎着还要回去,却被孙策紧紧箍住:"莹儿,琼儿已经不烧了,你也该歇歇了,又不是铁打的身子,哪里受得住。乳母都很尽心,你先睡一觉,睡醒了再去看琼儿啊。"

大乔清澈的眼波里布满红血丝,小手拽着孙策的衣襟,哽咽道:"琼儿第一次生病,我怎能不悬心,横竖我也睡不着,你就让我去看着她罢。"

"不行。"孙策的语气不容辩驳,将大乔按在了榻上,"养大个孩子谈何容易,风寒发热更是人人有之。你心疼琼儿,我这做父亲的就不心疼吗?若非这几日军务实在繁忙,我早回来与你分担了。现下琼儿已经不再发热,你就歇息片刻罢。"

大乔这才察觉,孙策亦是一脸疲色,想来也许久不成眠。她心疼地抬手拂过他的面颊,讷道:"孙郎,这几日你如此疲累,是不是袁术他……"

"你啊,怎的这么不听话,停不下胡思乱想。若是袁术真有异动,我还会坐在这里吗?"适逢侍婢奉来汤碗,孙策接过,悉心搅动吹凉,喂给大乔,"来,把这安神汤喝了,好好睡一觉。"

大乔不忍再让孙策烦心,乖乖喝了汤药躺下,未几便沉入了睡梦中。

孙策为她掖好锦被,面色却仍毫不轻松。这几日,袁术虽尚未有异动,却有个名为于吉的道士在江东兴风作浪。若问这于吉是何许人,便要知道,那《太平经》正是由他撰写。当年张角三兄弟创建黄巾教,奉此书为治世要典。若无此书,怕也没有后来席卷六郡八州的黄巾之乱了。而在自己征伐平乱这些日子里,此人四处布道,在江东兴风作浪,发展信徒数万人,若如此姑息下去,恐怕会再起黄巾之祸。届时若再赶上袁术称帝,江东便会内忧外患,再度陷入生灵涂炭之中。

时近初冬,接连下了几场大雨,寒气裹挟着湿气,钻人心肺。周瑜驻守的牛渚临江,湿寒意味更重,晨起与夜里,轮值士兵的发梢皆会凝上霜华,可守军恪尽职守,分毫不肯放松,时刻紧盯着江北的一举一动。

起初,守军见这位新来的将领年纪轻轻风姿俊逸,一派儒生雅致,不像寻常武将般凶猛骇人,都有些失望。谁知未过几日,周瑜便以雷霆之势将整条长江防线肃清整顿,令布防轮值章程清楚、赏罚分明。且无论刮风下雨,他皆亲临校场监督士兵操练,无一日懈怠,令众人无不渐起了敬服之意。

不过周瑜的思虑,这几位守将只怕不能全然体会。前几日,有线报称,袁术与主簿阎象及几位帐下忠于汉室的谋臣争议不断,后来嫌他们啰嗦,干脆不再召见,而是日日与方士为伍。这一危险的信号表明,袁术称帝改元的日期正在无限迫近,待到那时,便是鱼死网破。他日日操练,殚精竭虑犹恐不足。

是日夜里,北风呼啸而至,透过窗缝,吹动得灯芯摇晃,周瑜分毫未察觉,兀自品着先贤兵法,偶觉醍醐灌顶,受益良多。

忽有一阵叩门声传来,周瑜将书卷反扣在案上,起身打开房门。只见来人是几个面生的小厮,带头的冲周瑜拱手:"中郎将安,小的们随孙公子来牛渚办事,从吴郡府上给中郎将捎了些东西来。"

不必说,"孙公子"所指必是孙权,周瑜笑道:"敢问孙公子人在何处?"

"公子仍有要事傍身不得闲,特意嘱咐我们几人把东西送来,他已快马赶回姑苏了。"

周瑜看看那几只箱子,确实是老宅旧物,猜想是周婶送来的冬衣,吩咐道:"那便劳烦几位抬进去罢。"

那几人再一拱手,合力将木箱抬了进去,而后悉数躬身退了下去。

被这么一打断,周瑜无心再看书,想到明日一早还要去校场,他回到内室,宽衣沐浴,收拾停当后,才要回房安歇,忽闻前堂一阵瑟瑟之声。他机敏地反身而还,竟看到小乔一身男装,坐在蒲团之上,涨红着小脸儿先声夺人道:"你别数落我,是你先爽约,不辞而别的!"

周瑜愣了半炷香的工夫,才走上前来,捏捏小乔的瘦胳臂:"钻在箱子里窝得很,又加车马颠簸,累坏了吧?"

没想到周瑜非但没有数落自己,还这样温和关怀,小乔双目漾满欢愉,含羞笑道:"累是累,可是……很开心……"

"那日不辞而别,是我不好,可你也看到了,并非我不体恤你思父之心,而是此处实在不方便。此地与袁军仅一水之隔,一旦情势有变,我就得率部备战。更何况,这里只有一间卧房……明日一早,我就找得力之人送你回姑苏罢。"

小乔哧溜蹿过,从大大的木箱里拉出几卷铺盖:"这你不用担心,我早就准备好了,等你们救下父亲,我再跟他一道回姑苏去。"

周瑜看着小乔一脸希冀地望着自己,明知不妥,却怎么也狠不下心回绝:"仲谋把你偷带至此,伯符和乔夫人知道吗?"

"现下……应该是知道了。"

窗外秋风瑟瑟,周瑜的心却是暖的。他何尝不思念小乔,只是大敌当前,压抑着不去想罢了:"乔夫人不知该多担心你。罢了,夜深了,今日且留下,明天再说罢。"

忙罢牛渚的活计后,孙权快马加鞭疾行一昼夜,天还没亮就回到了姑苏。他没有回城南的将军府,而是径直来到了步府门前。

天色尚早,估摸步姑娘还没醒,孙权牵马立在府门口,身上冷飕飕的,双腿却因步姑娘送的护膝而温暖十足。不知等了多久,天终于亮了,小院里传来隐隐的脚步声,孙权这才往小门处叩门。

还未敲几声,门内就传来步姑娘清脆的回应:"来了!"

破落的小木门"吱"地开了条缝,步姑娘看到门外是孙权,欢喜溢于言表:"孙郎!你怎的这么快就回来了?!"

孙权丹凤眼弯弯,抬手一扯步姑娘的小脸儿:"记挂着你,快马加鞭就赶回来了。"

内室偶尔传来母亲的咳嗽声,步姑娘压低嗓音对孙权道:"母亲这两日不大舒服,还在睡觉呢,我们去旁处说话。"

语罢,步姑娘小跑回庖厨中,用麻布包了两只热腾腾的番薯,轻推着孙权向门外走去。两人行至河边一片空地,席地而坐,步姑娘剥了番薯递给孙权:"驰马一整夜,你也饿了吧,我家没什么好东西,你将就着吃些罢。"

确如步姑娘所言,孙权已饿得前胸贴后背,方才不觉得,现下被番薯炙烤的香味诱惑,肚子也不争气地咕噜起来。他接过番薯,三两口就吃了个精光。

步姑娘柔声笑着,递上一方洗得发白的绢帕:"慢点吃,别噎着了。"

"对了,方才听你母亲又咳嗽了,要不要我请个郎中来?"

"母亲咳嗽是旧疾了,看了许多次也不见好,她又嫌药苦,说什么也不肯吃……孙郎,前两日母亲跟我说,我们家和你们家差得太多了,让我不要痴心妄想……"

见步姑娘面带伤感之色,孙权不禁心头一紧:"怎么差得多了?我祖父也是种瓜的,有什么见不得人的?我母亲当年就是姑苏城外的浣纱女,但父亲喜欢她,一样娶她为妻,旁人敢说什么?我兄长更不是只看重门第之人,你不要瞎想。"

"孙将军进城那日,我也去长街看热闹去了,好多姑娘都倾慕这位大英雄,可怎的他年岁也不小了,却没娶妻呢?"

孙策虽然有了大乔,但往来私密,无人知晓。难怪旁人疑惑,以孙策的地位权势,竟没有一位夫人。孙权轻笑道:"兄长与我一样,只想要自己喜欢的人……"

孙权正直抒胸臆之际,忽有一飞石径直击中了他的皂靴。他困惑地抬起眼,只见吕蒙不远不近地站着,拱手不住赔礼。

这吕蒙跟小乔学了几下扔石头的功夫,见人也不好好打招呼了。孙权无奈地要笑,但猜到吕蒙是奉兄长之命来找他,赶忙对步姑娘道:"小师,我先走了,改日再来看你。"

步姑娘乖巧地点点头,目送孙权打马而去,才要往家走,却见她兄长气喘吁吁跑来:"你这丫头,让我好找,母亲忽然咯血,看着不大好!"

将军府前堂,孙策凝眉坐着,神色里满是难得一见的踌躇。孙权推门走入,至孙策面前坐下:"兄长让阿蒙着急寻我,可是有什么要紧的差事?"

孙策指着手边的信件,沉声道:"一早从寿春袁术军营里送出来的,你看看吧。"

孙权以为信中所言是袁术僭越称帝,赶忙打开一看,孰料所言之事却与称帝毫不相干:"老儿让我娶他的女儿?"

"那年我初入袁术帐下,打败祖郎,在寿春夜宴上,袁术曾说要将女儿许给你。几年过去,没想到他还记得这一茬。"

孙权眉头紧锁,脸色铁青:"袁术担心兄长拥兵自立,就要把女儿塞给我……如今兄长虽有江东三郡,却始终难以全然摆脱袁术的掣肘,前几日袁胤来继任丹阳太守之位,还劳动了公瑾大哥的从父与之周旋。我知道,现下于情于理,我都不该提及私情,但我方有了心爱的姑娘,实在不想失信于她……"

孙策抬手按住孙权的肩,垂头道:"仲谋啊,步姑娘的事我知道,你有自己倾心的女子,兄长为你高兴。可我们既然要举大计,为父亲复仇,雄踞江东,建立宏业,许多事不得不退步。我与你长嫂相识于微,对她的情谊你也明白,先前我要讨她为妻,也是重重阻遏,以至于直到现在,我也没有给她个像样的名分。你现下的痛楚,兄长感同身受,可我们此时此刻的隐忍,为的则是有一日无须再忍。过几日,我会让舅父送聘礼去寿春,至于步姑娘,得空我会让你长嫂去看看她,你要的人,兄长一定会为你保下来,希望你能为兄长、为江东百姓,姑且忍耐罢。"

冬阳初升,斜照在孙权身上,他抬起眼,对上孙策的双眸,沉重的心情忽然释然了几分。是啊,自己的兄长曾经也是天地不惧的飞驰少年,可他这些年的负重前行,又有谁人知道。孙权心里虽然百般难受,却还是不得不松了口:"仲谋一切但凭兄长安排。"

## 第二十九章 得此良人

牛渚驻地中,不知何处农舍传来一声渺远的鸡鸣,周瑜系上玄色披风,准备去往校练场。内室里的小乔闻声也起了身,揉着惺忪睡眼,快速洗漱停当,对周瑜道:"我也想看练兵,带我一起去罢。"

周瑜破天荒没有反对,端详小乔半晌,蹙眉道:"可你怎么看也不像个小厮啊。"说着,他拿起案上的毛笔,沾了些许焦墨,将小乔入鬓的柳眉加粗了些许。

小乔对着镜子看了片刻,扑哧笑出了声来:"好难看呀。"

"若真能难看些就好了,走吧。"周瑜说罢,不等小乔回嘴,便走出了房门,小乔趋步跟上,两人一道乘车往校场赶去。

围场内,士兵悉数集结,未急于操练,而是先齐声唱了一曲,词是《诗经》名篇《无衣》,调却由周瑜改作了吴地风骨,窾坎镗鞳,激昂人心。

小乔小声道:"'岂曰无衣,与子同袍',倒是真适合此时唱来。只是你为何要让他们训练前先唱歌呢?"

"孔子曰:'兴于《诗》,立于礼,成于乐。'我希望这些士兵出来打仗,不完全为着生计,而是有大义在于心。"

"那你何不再改编《采桑舞》《采莲歌》《踏歌行》,让农人也效仿之?"

周瑜一想,深觉小乔之言有理:"一个个来,若能都实现,倒是妙极。"

众将看到周瑜,都心悦诚服地上来向他行礼,周瑜亦依礼回之。小乔乖乖退到不远处,凝望着白衣儒裳的身影。

未几,周瑜与众将交谈罢,他们便各自回去练兵了。周瑜不见小乔在侧,才有些心急,回过身便对上了她温柔如水的眼波,亦不觉笑了起来:"怎么躲到一旁去了?"

小乔一吐小舌,上前道:"想着你们在谈军机,不方便听。他们都叫你周郎,大抵是看你年轻俊俏,怕一声'中郎将'把你叫老了吧?"

"这我倒是不知,但有抱负在怀,我不怕老,只怕碌碌无为虚度光阴,若是……"周瑜望着小乔,却没说下去,"我们去那边略坐坐罢。"

小乔随周瑜来到营帐里,只见帐中除了书卷沙盘,还放着几只方口圆肚的瓶壶,小乔只觉有趣:"你们还玩投壶?"

"练兵间隙,几位将军以之取乐,我觉得没什么不妥,就让他们保留了。"

小乔拿起扁矢,跃跃欲试,哪知帐外忽来了侍从,向周瑜呈上一卷书信。卷筒标红,自是急报,周瑜看罢,吩咐那侍从道:"快请几位将军进帐来。"

小乔不知该去哪里回避,又听周瑜说道:"现下倒不是我要赶你走,可巧我有要事与你姐夫商议,明日一早,我送你回姑苏。"

才来一日就要回去,小乔满是难掩的失落,一偏小脑袋跑出了帐去。

周瑜本还想说什么,几位将军却已走入帐中。周瑜只得将小乔的事暂且压下,与众人商讨,一旦袁术僭越称帝,他们当如何自处。大家各抒己见,议事罢已至太阳偏西。周瑜赶忙去寻小乔,可帐内帐外俱已不见她的身影。

周瑜不再耽搁,策马赶回驻地,才推门进院,就见小乔逃也似的从庖厨冲了出来。庖厨内浓烟滚滚,呛得周瑜直咳:"怎么回事?你没烫着吧?"

没想到最窘迫的时候周瑜回来了,小乔顾不上擦熏得黢黑的小脸儿,推着周瑜向内室走去:"你别过来,先回房里等着,我一会儿就弄好了。"

周瑜不忍回绝小乔的心意,只好干坐着等。约莫又过了半个时辰,小乔换回了桃色襦裙,小脸儿洗得干干净净,端着一碗浓汤鱼腐走入房中。她小手绕着绢纱,羞赧道:"婶婆说你爱吃这个,我特意学了,方才做不好,差点把房子烧了……好在最后也没闯下祸来,你尝尝看,合不合胃口。"

还以为小乔会因为上午的事生气,周瑜准备了一肚子话哄她,此时倒是用不上了。他接过小乔递来的竹筷,轻夹了一方鱼腐放入了口中。

小乔见周瑜眉间一蹙,万分紧张:"怎么样?是不是……是不是不好吃啊?"

"啊,不是,我是没想到你能做得这么好,跟婶婆做的味道一模一样。"

听周瑜如是说,小乔放下了高悬的心,欢愉道:"真的吗?我也尝尝……"

周瑜却抬手压下了她的筷子,孩子般玩笑着:"哎,既然是做给我的,就都给我吃罢,还有别的菜吗?"

"还有粥,你稍等。"小乔噔噔跑回庖厨,看到铁鼎中剩下的残汤,忍不住用手蘸了品尝。谁知一阵又苦又涩的味道传入舌尖,她赶忙用清茶漱口。想来她做的时候太心急,竟忘了去鱼胆。

汤汁尚且如此难吃,那鱼腐岂不要呕死人了,她赶忙提了热茶回到房中,夺下周瑜手中的竹筷,递上一盏清茶:"这么难吃,就不要吃了啊……"

周瑜一怔,旋即朗然轻笑:"菜肴虽然味道不佳,你的心意却是好的。这不是还有粥吗?快别忙活了,我们吃饭罢。"

已是腊月三九天,随着夜幕降临,霜气也如约而至。房中阴冷,烧炭盆也不过是杯水车薪。为了取暖,周瑜煮了青梅酒,与小乔对饮几杯后,拨弄着琴弦弹起了踏歌曲:"早上听你谈起踏歌,很是有见地,你会跳踏歌舞吗?"

相聚总是短暂,明日又要与周瑜分别,其实从她来那一日,她便知道,周瑜不可能让她在这里等父亲一道回姑苏。暖身的青梅酒下肚,更添几分愁楚,听周瑜如是问,她站起身,合着琴声起舞。柳腰轻,红袖翻浪,飞袂拂云,酒气却渐渐上头。

不知何时,琴声停了,小乔停下细步,只觉天旋地转,她踉跄欲倒,却被人揽了腰肢,周瑜俊朗的模样映满眼帘。

小乔还没回过神,便听周瑜的声音在耳畔响起:"我知道,明日要送你回去,你很委屈。但带兵打仗不是玩笑,大战前你能来待一日,我已无比餍足了。我也想让你看看,这里的生活,你到底能不能忍受,毕竟……跟了我,以后便都是这样的日子。这一世戎马倥偬,我不会后悔,可你到底还年少,你愿意以后几十年,都随我在这军营垒墙里度过吗?"

酒气蒸得小乔脸颊绯红,她似是没听懂周瑜的话,瞪大双眸,眼底满是迷蒙。

周瑜圈着小乔的手收得更紧,一字一句道:"原本我想着,等大胜归来再与你说。可明日一别,不知再相见是何时,我也怕有人在你身侧谗言诋毁,婉儿……你若愿意……等接了乔将军出来,我想向他提亲……"

一方小窗透着江外景致,只见暗淡的夜色不知何时泛起了酡红色的微岚,纷扬的雪片从天而降,沙沙落了茅草屋顶。

小乔这才有了几分真实之感,将小脸儿埋在周瑜肩头,哽咽道:"我没有我姐姐那么贤惠,不会做饭,缝的衣服也是歪七扭八的,你会后悔吗?"

周瑜没有答话,抬起修长指节,拂过小乔柔嫩丰泽的唇瓣,心驰神荡,俯身轻轻一啄。小乔登时红了脸儿,慌张垂首,讷道:"这是你第一次吻我……"

"居巢那时不算吗? 也对罢,那次是你吻我的。"

见周瑜俊俏的面庞上带着几丝促狭笑意,小乔又羞又恼,磕巴道:"我……我又不是故意的!"

"你一次,我一次,我们不是扯平了吗?"周瑜的笑容更深,复捧起了小乔的小脸儿,轻吻呢喃道,"罢了,还是不要扯平了……"

此时千年姑苏城中亦下起了大雪,孙策抱着琼儿,与大乔一道在庭间赏玩。琼儿聪敏,已能断断续续蹦出一些话来。她从未见过雪,此时显得极其兴奋,挥舞着白嫩的小拳咿咿呀呀,想要攥住晶莹的雪片。

大乔担心琼儿受凉,复将她的小手包回褪裸。孙策顺势将大乔圈在怀中,两人虽不言不语,却始终温情脉脉。

一小厮匆匆从前堂赶来,看到孙策与大乔,进也不是退也不是。大乔眼尖发觉,轻问:"可是有什么要紧事?"

那小厮拱手沉吟:"回将军,回夫人,张长史冒着风雪前来,说是有要事与将军商榷……"

张昭为人持重,若非有顶要紧的事,不会大半夜冒雪赶来。孙策将大乔母女送回卧房,而后大步走来,对等在那里的张昭道:"子布兄漏夜前来,莫不是老贼……"

"非也,叨扰主公休息,是子布不该,可我方才回家,想起前日有个文书丁母忧,运送棺椁回祖籍守孝去了。这原本不是什么大事,无须惊动少将军,只是我方想起来,那文书姓步,是二公子当初介绍来的……"

姓步?孙策一时愣神,想起孙权心仪那姑娘也姓步,急声问道:"他已卸职了罢?可有说道何时走?"

"昨日已卸职了,至于什么时候出发,我未曾细问。"

孙策面色一沉,这几日,因为要向袁术之女提亲之事,孙权一直将自己闷在房中,只怕不知步家遭此祸端。他沉声吩咐小厮:"快去后院,唤二公子来。"

车行经过一天一夜,周瑜与小乔从牛渚回到了姑苏。小乔乖乖窝在周瑜怀中,小脸儿微红,低声道:"一会儿回去,姐姐只怕要问我……"

"虽然按礼应先向你父亲提亲,但既然回来了,还是先与伯符和乔夫人说罢。这样的事你个姑娘家不方便,自然还是我来说。"

小乔的脸色更红了,讷道:"姐姐和姐夫只怕要吓坏了,姐夫还不知要说出什么难听话来。"

"你不必操心,横竖都有我在。"周瑜说着,撩开车帘,见马车已行驶在城内的大道上,他对小乔沉吟,"一会儿我先回府换身衣裳,兹事体大,得庄重些,你回将军府等我便好。"

一切有周瑜安排,小乔不必操心,含羞道:"好,我都听你的。"

马车停至将军府后门,小乔徐徐走下,望着白皑皑的姑苏城,心情是前所未有的明朗。她乘着风雪回房间,只见大乔披着妃色裘领斗篷,冒雪站在房门口相候。小乔知道姐姐必然生气了,小脸儿堆笑,疾步上前:"这大风大雪的,姐姐怎么站在这里啊,仔细惹风寒……"

大乔的小脸儿满是难得一见的气恼,涨得面色红红,倒是有些可爱:"平日里不管你,你倒是愈发出息了,一个大姑娘家偷偷跑到前线去……若是你有什么好歹,你让我怎么跟父亲交代!"

小乔一副可怜巴巴的模样,摇着大乔的手臂,撒娇道:"婉儿知错了……再也不敢了……"

被小乔这么一晃,大乔的气竟晃去了大半,语气也软了几分:"你这丫头,真是主意大。你是个未出阁的姑娘,这般去找中郎将合适吗?若是传出去,旁人如何看你,又会如何看他,你……"

"姐姐别慌,一会子周郎便会来,会给你个说法的。"小乔小脸儿红得羞煞春花,说罢这句话,一阵风似的窜回了房中。

大乔从未见过小乔这般含羞带臊,茫然思忖了片刻,神色一震。她赶忙走往庖厨,轻声问:"我做的桂花糕蒸好了罢?"

昨日周瑜从牛渚传信,称有要事相商,孙策一早便等在了厢房的外室中。

周瑜风尘仆仆而来,素白氅落满霜华,对孙策一礼:"主公。"

"快坐,"孙策将火盆朝周瑜处推了推,沏了一杯清茶递上,"袁术可是有何异动了?"

周瑜从怀中摸出一封信,孙策接过打开一看,只见是袁术的笔迹:征周尚周瑜入寿春。孙策面色极其难看:"这老贼,自己要称帝就称罢,何故还想把你们拉下水?!"

"从父年岁大了,我不会让他蹚这趟浑水的,可若老儿不召,我又哪有机会名正言顺地进寿春城呢？"

孙策身子一僵，问道："公瑾，你这话是何意？难道……"

"我去寿春，可时刻留神老儿的动向，一旦情势有变，便即刻修书与你。另外，乔将军仍在袁术营中，交与旁人总是不妥，还是我亲自去接他出来更为合宜。牛渚诸事我已安排妥当，你不必担心。"

如此作为实在是身涉险地，可孙策了解周瑜的性情，便不再劝，只嘱咐道："万事小心。"

周瑜点点头，冷峻的眼眸中蓦地漾起几丝温情，他垂眸沉吟："我想……找你要个人。"

"蒋钦还是吕蒙？周泰我已给了仲谋，没法再给你。其他人随你挑，只要是得力可心的，我都答允。"

此时大乔端着桂花糕与黄酒走入房来，轻道："中郎将还没用饭罢，我才做了些桂花糕，你们尝尝。"

看到大乔，周瑜定了定神，拱手一礼："可巧乔夫人也在……实不相瞒，周某想要的人，是小乔姑娘。周某……想娶小乔姑娘为妻。"

孙策一口桂花糕还未咽下，此时呛得咳嗽不止，大乔赶忙上前为他顺气。足足过了大半晌，孙策终于喘匀了气，偏头一笑："公瑾跟妻妹……我还真是没想到。罢了，请夫人去把妻妹也叫来。"

去往淮阴的官道上，孙权冒着风雪策马疾行，昨夜他听闻步练师母亲去世，赶忙赶去步府，可步家早已没了人影。他茫然地在门口转了几圈，想起她说过自己先祖曾封淮阴侯，应当是扶灵回淮阴去了，便急忙御马赶去。

不眠不休一整夜，疾行百余里，孙权终于看到漫天风雪中，道路尽头上，步练师一身缟素，随兄长护送着母亲的棺椁。看到那清瘦的身影在风雪中飘摇，孙权的心别提有多痛，他急速赶上前去，高声唤道："小师……"

听到孙权的声音，步练师转过身子，两行泪登时滚落："孙郎……"

步练师的兄长见此，对驾车那人道："劳烦稍微停停，让他们说说话罢。"

孙权翻身下马,见步练师双目红肿、形容憔悴,心如刀割:"对不起,前几日我……没脸去见你,不知道你家出了这样的事,都是我不好。"

步练师凄凉地笑着,眼泪犹如断了线的珠子:"姑苏城里都传着你要大喜了……袁将军的女儿出身高贵,与你很相配。"

"不!"孙权摇头决绝道,"什么袁将军的女儿,根本不是我想要的人。等三年守孝期满,我就去接你。你此生必须是我的人,我是不会放你走的。"

步练师泪下更急,咬着薄唇轻道:"有你这话,余愿已足。"

漫天风雪里,步练师的小手冻得通红。孙权将她的双手揣入袖中,取下颈上玉佩,戴在了她身上:"从前母亲怀长兄时梦见月亮入怀,怀我时,又梦见太阳入怀。这枚太阳形状的佩玉,是父亲在世时命人打造,我戴了许多年,如今送给你,想我的时候就看看。"

语罢,孙权走往步练师兄长处,拿出重重一只钱袋放在他手中:"这些是我长兄额外恩赐,你不必愧疚推却,等守完孝,记得再回来襄助我兄长……另外,务必照顾好她,不许把她许给旁人。"

步练师的兄长本要推辞,听孙权如是说,却推辞不了了,拱手道:"多谢孙将军,多谢二公子。"

时辰不早,再不上路,恐怕难在天黑前到达宿地。孙权重重一叹,鼓足勇气在步练师额上一吻:"走罢,过些时日得闲,我去看你。"

虽万般不舍,步练师还是狠下心来,转头随兄长离去,未久便消失在了漫天风雪中。

孙权亦翻身上马,却立在远处许久未动,任由飞雪沾湿了他的裘氅。他明白,此一别三年之久,他也要更加勤力自勉,襄助兄长,才能最终守得自己想要的人与事,再也不要分离。

## 第三十章　僭号成祸

与孙策、大乔谈罢,小乔送周瑜离开。分别之期近在眼前,两人并肩而行,皆十分不舍,只听周瑜说道:"与你姐姐、姐夫说过,你应当放心了。好好待在这里,照顾好自己。"

落雪依旧,沾湿衣袍,两人却都顾不上拨弄,只望着对方。小乔小脸儿微红,娇笑道:"先前你离开,我总是很失落难过,这次却觉得很有盼头似的……"

周瑜听罢也笑了起来,拿出一只锦盒递给小乔。小乔茫然接过,偏头问:"这是什么呀?"

"打开看看,我方才专程回府拿的。"

小乔轻轻打开,只见锦盒团团绒布间放着一只手链,竟是用粉色珍珠镶嵌成的碗花形状,极其精巧好看。

周瑜取出为小乔戴上,更衬得她的皓腕仿若凝了霜雪般白皙:"原是想生辰时送你,现下我要去前线,今年不能陪你了,往后……我尽量都在。"

这手链如此精巧,只怕是周瑜很早前就找人比照着碗花的形状打造,而她竟浑然不知。小乔欣悦感动,眼眶一热:"你的志向在四海,我明白……我不会因此而有丝毫怨怪,只求千万不要因为我,而拖累你分毫。"

"说什么傻话,男儿若当真有志,又怎会被女子拖累,这些不过是庸人开脱的借口罢了。与你在一起,是我心之所向。"

小乔心头欢喜,眼泪却盈盈于睫:"说句羞人的话,你是我打小起的一个梦……我真的没想到,会有实现的这一日。"

周瑜轻拂过小乔的长发,拨去她青鬓边的落雪:"这两日看着你,我也总想起你小时候的模样,矮矮瘦瘦的,像个小子似的。"

小乔小脸儿刷地红透,好似滴血一般:"你还是快忘了吧,那时候好丑的……"

周瑜软了眉眼,语调温和又不容辩驳:"我觉得一点都不丑,勇敢又可爱……婉儿,我想记得你所有的模样。"

周瑜即刻就要前往寿春与袁术虚与委蛇,小乔千般不舍,听了这话更是慨然,再顾不得矜持,倚在他肩头喃道:"我也要记得你所有的样子,等我们都老了,看不见了,你也永远在我心里。"

时候不早,周瑜知道自己该出发了,沉吟道:"我该走了,不嘱咐我多加小心吗?"

"在我心里,周郎智谋无双,我也相信你会保护好自己,所以不想说这样的话,用儿女情长牵绊你……"

"婉儿懂我。"周瑜拉过小乔的手在唇边一吻,翻身上马,绕着她转了一圈,才急速驰骋而去,须臾消失在了长街尽头。

小乔又驻足良久,才反身离开,谁知却与大乔撞了个满怀。她扶额"哎哟"个不住:"姐姐什么时候来的,神不知鬼不觉,简直吓死我了。"

"什么时候来的?方才你与中郎将郎情妾意时,我就来了。但看你们你侬我侬,实在不好打扰,便略等了会子。"

小乔羞得恨不能找个地方钻进去,嗔道:"姐姐真是的,怎的还听墙角啊……"

"你们俩在长街上站着说话,倒是怪旁人听墙角?喏,我是怕你冷,给你拿了斗篷,你这丫头,穿着单衣站在雪地里,脸都冻红了。"大乔嘴上虽嗔怪,但还是疼惜地为小乔披上斗篷。

小乔顺势拉过大乔,撒娇道:"姐姐可不许笑话我……"

姐妹二人踩着积雪,一脚深一脚浅地向府门走去。大乔只觉心头一块垒石落地,如释重负道:"我哪里是笑话你,婉儿,你若能嫁给中郎将,我简直不知该如何高兴。中郎将与孙郎情同手足,我们姐妹不必天各一方。若是父亲也能来姑苏安度晚年,我便再没什么遗憾了。"

姐妹俩说着,行入了将军府内,小乔颠簸两日,乏得睁不开眼,回房洗漱休息去了。大乔亦回到了厢房,只见寒冬腊月天,孙策拿着一柄羽扇不住扇风。

"莫要这般贪凉呀,若是染风寒可怎么了得?"

孙策看到大乔,丢开了扇子,上前紧紧拉住她的小手:"我倒不是热,就是方才吓得出了一身冷汗。"

大乔似是猜到孙策会如此,抬起杏眼一瞋,不知该笑还是该恼:"我方才还诧异,为何你听说中郎将要娶婉儿如此淡然,原来都是装的啊。"

"我以为天下男子都会喜欢你这样的女子,不仅美貌倾国,还温柔娴静,没承想也有喜欢妻妹那般爱闹的。不过说实话,公瑾是那种宁缺毋滥的性子,若非是可心的,宁可孤独一世,也不会草草娶一个放在身侧,想来是真的很喜欢妻妹罢。我虽然吓了一跳,心里却着实为他高兴。而且我知道,夫人一直惦记着妻妹的婚事,许给公瑾,夫人也算是得偿所愿了。"

听了孙策这一串话,大乔抬起纤弱的双臂环住孙策魁梧的肩背,蓦地有些想流泪:"孙郎知我心,今日听闻中郎将那一席话,我真的安心多了。"

孙策没再说什么,偏头轻吻大乔的额发,眼底却闪过一丝踟蹰:方才细作来报,前几日长木修姐弟分别乔装出了姑苏城,不知去向,着实令他有些忧虑。若是长木修知道周瑜与小乔的事,是否还会按照约定保护乔蕤?又是否会暗害周瑜呢?

许都的司空府内,姬清正敛着袖笼研墨,一旁的书案上,曹操凝眉查看着各地细作发往此处的奏呈。姬清心想,若她将藏在绣鞋底的匕首刺进身边这个男人的心窝,必定可以青史留名了。

可她并不打算如此,十四年前,若非曹操收留了他们姐弟,他们定早已死在了乱世之中。恩情是有的,更多的,则是因为身侧这个男人能够助她达成自己的目的。

正当她思忖之际,曹操忽然轻咳了几声。姬清赶忙问道:"可是香熏得太盛,让司空不舒服了?"

"红袖添香在侧,孤怎会不舒服呢?若是孤如此矫情不知怜香惜玉,岂不会让天下英雄笑话?"

姬清掩口而笑:"司空太抬举我了。要论美貌,当世……至少有三个女子在我之上。"

听姬清如是说,曹操起了兴致,放下毛笔:"都说女子善妒,是最不肯夸旁人的。能让你说美的,必然不是俗物,你且说说看。"

"司空又在打趣我了,其实司空早知道,天下百姓都传唱'江东有二乔,河北甄宓俏'。这甄宓,是袁绍次子袁熙的妻子,而二乔,则是袁术帐下大将军乔蕤的两个女儿。"

曹操扯着嘴角一笑,花白的胡须微微颤抖:"陈词滥调罢了,袁绍的儿媳妇暂且不提,那乔蕤的两个女儿才多大,能有什么情致。"

"不瞒司空,这次我去江东吴郡,曾亲眼见乔蕤的两个女儿,当真是国色天香,无人能及。那位大乔姑娘已被孙伯符所占,而小的那个,听闻与周公瑾颇为亲近呢。"

"孙伯符今年倒是得意,三个月内连下丹阳吴郡,抢了地盘,自然就要抢美人了,这臭小子真是……"

姬清妖媚笑道:"孙伯符再骁勇又如何,江东怎比得上这天下粮仓的豫州呢?"

曹操嗤笑一声,用毛笔轻点一下姬清的鼻尖:"妇人之见。孤之所以一直让你们盯紧他,哪里是担心他得了江东的地盘,孤是担心他得了江东的英才……"

腊月去,正月至,是年注定是个非同凡响的年份。

新岁伊始,袁术便改元称帝,建号仲氏。寿春城府邸前堂中,袁术身着龙纹玄端,头戴九旒冠冕,正在接受百官朝贺。

以长史杨弘为首的文武百官都官升三阶,由将军幕僚摇身一变成了州郡长官。在大家的山呼万岁声中,袁术得意得摇头摆尾,合不拢嘴,似乎自己真的成了皇帝一般。他的目光扫过堂下诸人,见先前熟悉的面孔少了几张,霎时有些兴味阑珊。

与此同时,寿春城门处,几驾轻骑马车匆匆驶出城外,一路向北,融入了饥民逃荒的人流中。不消说,这些便是与袁术道不同而出走的文官武将,其中包括主簿阎象,张范、张承两兄弟,以及武将雷薄和陈兰。他们之中有的是因为心系汉室,有的是愤懑袁术没有听从自己的忠言,有的则是不看好称帝后袁术的发展,而有的只是因为没有得到想要的官阶。

袁术眯着眼,神情十足阴鸷,忽问杨弘:"这几日,乔蕤将军可好?"

杨弘拱手回道:"裴军医时常去诊治,据说乔将军咳疾已基本痊愈,并无大碍了。"

"既然如此……"袁术站起身,捋须道,"孤……不!朕,欲对乔将军委以重任,请他入帐来。"

与百里外寿春城百姓逃窜的悲凉景象不同,姑苏城中喜气洋洋,一派新年热闹景致。孙策平定江东后,免除大量苛捐杂税,使寻常百姓家不再有强制徭役,百姓们生活逐渐富足起来。

是日一早,将军府前热闹非凡,张昭程普等文武官员携家带口,上门向孙策拜年。吴夫人一早便带着孙权、大乔姐妹与孙尚香一干人等去寺庙祈福,偌大的将军府中只剩孙策与小厮婢女。

与群臣畅聊后,孙策微服策马出门,也想沾沾新年的喜气。平定乱世、令天下长安是他的志向,看到街市上四处走访拜年的人群和一张张笑脸,孙策英武的面颊上也不由泛起了一丝浅笑。

正当孙策骑马慢行之际,街角处突然拥来了大批百姓。孙策一惊,抬头望去,但见一辆五彩斑斓的花车拐过街角,缓缓驶来。

不过一瞬的工夫,孙策便知这不是一辆寻常花车,但见全车以黄绸做衣,前纹太极八卦之图,后立太白金星之像,当中一耄耋老者,鹤发童颜,高额银鬓,手持一柄盘根虬节的九节杖,安详地坐于其上。两队徒众皆身穿黄袍,头戴黄帽,手执白瓶,一边向路上洒水,一遍诵念着经文:"阳九百六,六九乃周,周则大坏,天地混淆,人物糜溃,唯积善者免之……"

孙策一蹙眉,还未分辨明晰,就听人群中有人喊道:"是太平仙师!太平仙师来保我们江东百姓太平了!"

百姓们闻之,立即喜形于色,长街之上乌泱泱跪倒了一大片。那些洒水的徒众们立即将手中印有《太平经》的符咒散发给街道两旁的人群,人们纷纷叩首拜谢。

拱卫江东太平的人明明是自己,哪里是什么太平仙师?孙策一笑,满面无奈,心中多少有些不是滋味。可眼下正是新岁,祈求福祉亦是人之常情。孙策努了努嘴,正欲策马回府,却突然感觉背后有犀利目光射来。

孙策立刻警觉地旋过身,值此一瞬,那花车上的老者却偏过身去,两人的目光未得相遇。

"大恶有四……兵病水火……大恶有四……兵病水火……"

孙策愕然之际,徒众们的诵读声如同洪钟般在一片喧嚣中回荡,响彻晴空。孙策望着已远去花车上的背影,神色蓦然一凛:这老头,就是那写《太平经》的于吉?

孙策才欲策马追上,却见自家府上马车从身侧经过,缓缓停下。大乔撩开车帘,柔声唤道:"孙郎……"

"莹儿?你们上完香了?"

大乔娇笑道:"婆母说大年初一一定要回家吃饭,我们就紧赶慢赶回来了。你怎的在这里,不会是出来寻我们的吧?"

孙策不欲大乔烦心,也不管小乔和孙尚香亦在车上,便肉麻兮兮对大乔道:"想你了,所以来寻你。"

果然引得小乔和孙尚香哄笑不住。大乔心里甜蜜又羞赧,放下车帘,吩咐车夫:"回、回府罢。"

牛渚河畔,周瑜方与周尚会合。原本他不欲周尚参与此事中,可周尚执意跟随，周瑜实在不好推却，便与他约定在此处见面后，再一道渡江去往寿春。

牛渚街旁酒肆中，周瑜行大礼向周尚拜年，周尚扶起周瑜，笑道："好，好孩子，快起来。"

"本是我自己要去寿春，劳动从父与我同涉险境，实在是公瑾不孝。"

"你怎的这么想？袁术征召的是你我二人，若只有你去，他难免会怀疑于你啊。更何况……你既要娶小乔姑娘为妻，总要向乔将军提亲罢？我们周家虽不算钟鸣鼎食的显赫人家，也是世代书香的礼仪人，只有你去肯定不合宜。还是等有机会时，从父去帮你提亲才合规矩啊。"

听了周尚这话，一向淡定自持的周瑜竟红了面颊，拱手道："多谢从父。"

"你是不知道，那日你伯母看了你的来信，欢喜得简直不知怎么是好，当天就打发我出门，让我必须与你同去寿春提亲，连午饭都不让我吃了，这老太婆现下真是越发乖张……不过，你能娶小乔姑娘为妻，我们二老都很高兴。有话说'娶妻娶贤，纳妾纳容'，以你的性子，能娶一个可心的在侧已是难得。小乔姑娘模样就不必说了，又孝顺乖巧，难怪你伯母那么满意。"

想起小乔那张俏生生的小脸儿，周瑜眉眼皆笑："等此次大计得成，我再带婉儿去看望伯母。"

正当两人闲话时，有一小厮快步跑来，冲入酒肆中，对正在用饭的周瑜周尚一礼："中郎将……寿春传来的消息，今日一早，袁术派大军征伐曹操去了。"

周瑜神情一震，放下碗筷问："快说，袁术究竟派何人为将？"

今年过年，袁术真是饱尝欢喜与震怒的滋味。是日大年初五，他收到了孙策的来信，信中直言袁术不当僭越，气得袁术将信笺重重摔在地上。他犹觉得不够解恨，还重重在信笺上踩了几脚。

杨弘在旁摇着羽扇，煽风点火："孙伯符这臭小子可真不知道好歹，竟然敢以如此口吻训导皇上……"

"他是觉得朕一时三刻奈何不了他?他老岳父可是还在朕的手上!对了,乔蕤与张勋率兵到何处了?"

"回陛下,已至细阳,最晚后日一早便能在陈国与曹军相遇了。"

袁术重重一哼,又志得意满起来:"罢了,等朕收拾完曹阿瞒,再去打趴朕那个庶出低贱的兄长。届时北方诸郡皆在朕的麾下,乔蕤又攥在朕的手上,朕不相信,孙伯符敢不臣服!"

细阳处驻军之地,乔蕤一身铁甲,坐在中军帐里,咳喘个不住。方病愈就被袁术派了如此大一个差事,舟车劳顿,未几就又引出了他肺胁中的闷火,乔蕤喘着粗气,眸底满是迷离。

称帝之事,乔蕤心底并不赞同。可袁术为着称帝早已犯了失心疯,"征召"文武百官时,见有人不从,竟当场命侍卫将其斩杀。为了保住命,乔蕤少不了嘴上称许,表示支持袁术的代汉之业,而心中则已萌生退意。

自己以袁术府上的侍卫长起家,戎马倥偬数十载,现下是真的累了,也是时候找个山明水秀之所,解甲归田了。想起孙策,他由衷有些钦佩,那个三年前还未带一兵一卒的轻狂少年,如今竟已经成了拥兵数万、统领江东的大英豪。若是能到江东去,便能与两个女儿团聚了,想到这里,乔蕤沧桑的面颊上泛起一丝浅笑。只是眼下军令如山,他须得仔细筹划讨伐陈国相的事宜,若是有任何闪失,恐怕还不等自己全身而退,袁术便会要了他的性命。

乔蕤正思忖间,只听帐门处的侍卫高声传话:"乔将军,张修在帐外求见。"此番征讨陈国,乃是乔蕤与张勋一同发兵,长木修来此并不奇怪。但乔蕤却隐隐觉得,他所言之事恐怕无关军机,沉声应道:"有请。"

话音才落,一袭青衣的长木修便翩然而至,拱手道:"见过乔将军。"

帐外,方才通报的那名侍卫复操起长戈,雄赳赳立于帐门外,耳朵却直直耸立,仔细听着两人轻如蚊蚋的谈话声。

不消说,此人便是周瑜安插在乔蕤身边的线人,一路不住向周瑜传递消息,现下见长木修来,无比警觉,只听乔蕤轻咳几声,问道:"张公子有何见教?"

长木修轻笑:"不瞒乔将军,修对于袁术称帝之事,心中多有忐忑。如今曹公迎汉帝于许昌,汉家天下并未倾覆,此时称帝,恐成众矢之的。"

虽然与长木修接触不多,但乔蕤很早就发觉这个少年并不简单,他不动声色,佯作不懂:"张公子的意思是?"

"乔将军才干非常,值此乱世用人之际,何不趁机远走高飞,另觅良主……"

听了长木修这话,乔蕤显得十分警惕:"张公子当真为本将军思虑长远啊……不知张公子如此深谋远虑,你伯父张勋将军可知道?"

"修是修,伯父是伯父,本就是井水不犯河水。再者说,修对婉儿一片痴情,又怎会害她的父亲。"长木修说着,嗓音不觉压得更低,"说不定,修能助乔将军走出眼下这局……"

长木修的话,乔蕤难辨虚实,几分真心几分假意地回道:"本将军身子不好,年岁也不小了,有过解甲归田的念头。只是我自幼跟着袁家,若无袁氏提携,本将军至今仍是一个庄稼汉。主公称帝,确实有枉顾大义之嫌,可本将军既是主公亲封的大将军,深受其恩,即便回乡下种地,也不会再侍奉他人的。"

"乔将军不愿侍奉二主也罢,可眼看袁氏离心离德,总不能跟着他再受连累。前番袁术讨伐吕布,已被韩暹、杨奉杀得措手不及,军队亦损失惨重,可见汉室还远没有失去民心啊!乔将军可先借交战之机脱离袁军,若不想侍奉二主,届时告老还乡,便再无不妥……"

长木修这一席话无疑戳中了乔蕤的心,他眸色一颤,却没有应声。长木修见火候已到,含笑拱手告辞:"望将军保重身体,修……得空再来拜访。"

语罢,长木修阔步走出了军帐。守帐侍卫望着长木修远去的背影,眼光中透着深邃。几日前,周瑜得知袁术派乔蕤北上迎击曹操,便猜到长木修一定会有所行动。他即刻决定将计就计,命这侍卫在乔蕤脱离袁术帐下之际见机行事,秘密将他截下。周瑜本人,则亲率百余人在数十里开外相候。若此计成,便能彻底扫除孙策与周瑜的掣肘,令两人再无牵绊,可大展宏图了。

是日夜,孙策独自坐在书房里,看着木案上摆放的印信诏书,眸色深沉。

"明汉将军,代父孙坚袭乌程侯爵位,兼任会稽太守",这便是他与袁术决裂后,曹操以汉献帝之名给他的封赏。可得到这一切的时候,孙策心里没有半分愉悦之感,甚至有些说不清道不明的苍凉。

自打离开家乡,入袁术帐下讨兵,已有数年,有时感觉不过是昨日,有时又似恍如隔世。即便他达到今时今日之地位,亦时常感觉身不由己,乔蕤的事,便是袁术与曹操步步紧逼,不得不走了现下这步险棋。

这几日他以于吉处处散布谣言、蛊惑民心为由,把大乔、小乔和孙尚香都堵在了家中,不许她们出门,事实上是不想让大乔知道,袁术已经称帝,乔蕤又被派去了北方战场。可瞒着心爱之人的滋味实在难受,过不了几日,他也要按照诏书要求,整顿兵马,去与吕布、陈瑀等人会合。届时大乔就算能乖乖待在府里,也难保小乔或孙尚香外出听到传言,若是那般咋呼给大乔听,只怕事情会更糟。

与其如此,倒不如还是他自己说罢。想到这里,孙策如坐针毡,可情势并没有给他喘息之机。大乔不知何时迤逦而来,轻声唤道:"孙郎,怎么一直坐在这里,不冷吗?"

## 第三十一章　处易备猝

听到大乔的声音,孙策腾地站了起来,讪讪道:"莹儿怎么来了,方才不是睡下了吗……"

大乔瞋了孙策一眼,语气里满是心疼:"还说呢,半夜三更不睡觉,坐在穿堂风里,是想生病吗?"

孙策右手揽过大乔的纤腰,左手则探到身后,偷偷将诏书反扣在案上:"军务繁多,看了一会子就忘了时辰,害你担心了。"

大乔不似往日般害羞,钻进孙策怀中,紧紧环着:"我方才做了个噩梦,孙郎,抱抱我。"

孙策靠着木案坐下,将大乔抱在怀中,她像个狸猫似的蜷缩着身子,靠在孙策心口,半晌未说出话来。孙策不禁笑道:"到底还是个小姑娘,做梦竟也能吓成这样,你怎的不梦见我,什么妖魔鬼怪都能帮你打跑了。"

大乔摇摇头,清澈的眼波里仍满是惊悸:"孙郎,我梦见我父亲了,我梦见自己还是小时候的样子,父亲拉着我的手,带我去宛城的集市上买糖吃。可我正吃着糖,父亲却不见了……"

听了大乔的梦,孙策憋在嘴边的话再也说不出口。他索性将那诏书与其他文书一道撂在了一旁,抚着大乔的瘦背,宽慰道:"打从跟我了,你也有好长一段日子没见过岳父了,父女连心,心中思念在所难免。莹儿,我答应你,很快就会把岳父大人接来江东。到时候我会再向岳父大人提亲,风风光光娶你一次,让你做我名正言顺的夫人。"

"孩子都那么大了,还做这些,多羞人啊。"大乔的声音婉转清脆,在这样冷风徐徐的深夜里显得尤为动听,"你知道的,我不在意名分,我在意的是你心里真的有我。"

孙策轻轻拍着大乔,犹如在哄琼儿一般:"除了你我根本看不见旁人,难道你没有感觉吗?人生在世太累,我也只想要个情投意合之人……"

孙策的怀抱很温暖,大乔偏着小脑袋,意识逐渐模糊。半晌没听到大乔的回应,孙策低头一看,只见她窝在自己怀中,长睫毛微微颤抖,沉沉地睡着了。

手臂虽然酸木,却依然舍不得放手,孙策就这样抱着大乔,坐了好半晌,直到他的周身开始发冷,才将她抱回后堂的卧榻上。

此一次大乔睡得安稳了许多,恬然又可爱。孙策的大手轻缓地抚过她白嫩的面颊,温柔的神情里带着几丝忧虑。

那日听闻乔蕤被派去了前线攻打曹操,孙策便猜到,此事定是长木修向袁术提议。如此引得乔蕤远离江东,他便可以趁机将乔蕤救下,一来可以向小乔邀功,二来还可以威胁孙策,令他左右为难。

孙策一面答允曹操所求,受官获封,一面则暗暗与周瑜筹算,欲趁机救下乔蕤,永绝后患。

若是不出所料,明日乔蕤所率的部队便会与曹军相遇了。

孙策正想着,忽听房外有人敲门,只两下。他明白,若非事情紧急,手下之人不会在半夜寻他。孙策悄然起身,迅速敏捷地打开前堂大门,只见一士兵模样之人立在门口,喘息个不住:"禀少将军,陈瑀……并未按照约定,与吕布会合,而是联络山贼,袭击我部驻军……"

孙策勃然震怒,手上的动作却分毫不重,轻轻关上了厢房大门,压低嗓音:"传令,让程普与吕范即刻来府上见我。"

细阳城外,周瑜带着数百人埋伏在丛林间,等待着接应前线。

袁术为人多疑,现下称帝,少不得觉得周围人有异心,断然不会留乔蕤在身侧,长木修定是趁此时机,游说袁术将乔蕤派去了北面打曹操。

可周瑜并不慌乱。毕竟早在一年前,他就开始安排,将袁术帐下乔蕤身侧的侍卫渐渐都换成了自己人,为的就是今时今日,面对如此情势,不至于太过被动。

现下他决定将计就计:乔蕤与手下脱离袁术阵营时,两军势必会乱。而他安插的人则会趁乱将乔蕤送来此地,再由周瑜亲自护送渡江,去往姑苏,与大乔和小乔团圆。

虽已开了春,晨起冷风肃杀之气十足,周瑜抬眼看不到初阳,问身旁手下:"现下几时了?"

"回禀中郎将,才过辰时未几。"

若他所料不错,曹军与袁军的第一次对垒便会发生在今日上午。周瑜又细细看了一遍手中的羊皮卷地图,成竹在胸。自陈国至许地的条条道路,以及陈国至细阳的诸多路线,他都已清晰刻在脑海之中,无论长木修如何使诈耍滑,都难以逃出他布下的天罗地网。

时辰尚早,周瑜抚着身侧葳蕤挺拔的树木,含笑吩咐道:"给大家弄些吃食,待会子好做事啊。"

周瑜年轻,但做事练达,气量恢宏,礼待下士,从不摆架子,在军中很得人心,这百余士兵都乐得为他效力。士兵们接过干粮,开心地吃了起来,周瑜也靠着大树坐下,掏出竹篾用素帕擦净,眉眼蓦地一软,脑中浮现出小乔的模样,宜喜宜嗔,鲜活又明媚。

真不知从何时开始,她将自己完好地塞进了他的心中,从此无论军务多烦琐,心里会有个角落一直记挂着她。这便是牵肠挂肚的滋味吧,周瑜从来没想过,自己有朝一日也会如此,嘴角不知不觉泛起了笑意,虽是自嘲,倒也甜蜜。

忽然间,明亮的白日霍地转黑,周瑜蹙眉抬眼,只见数百只黑翅鳞羽的怪鸟如乌云般自东向西飞去。他猛地站起,眉头紧锁,霍地翻身上马,一路追去。

士兵们本正用饭,傻眼一瞬后,也立即上马随周瑜追了出去。可鸟飞速度极快,转瞬就消失在了视线中。一股不安之感在他心中升起,周瑜千算万算却没想到,怪鸟竟在此时出现,而且它们去往的方向,正是曹军与袁军交兵的细阳。

周瑜打马的频次又快了几分,疾行大半个时辰,拐过前面的土丘就要抵达陈国。谁知道路尽头忽然窜来一众逃兵,丢盔弃甲,看装扮应是袁术的部下。周瑜赶忙下马上前,拉住其中一人高声问:"你们是乔将军门下的士兵吗?"

那人着急要跑,被周瑜拉住衣襟,不住挣扎:"哎呀,还问这些做什么,快跑吧!乔将军被鸟啄死了,曹操的十万大军马上就要打来了!"

趁着曹军南下,陈瑀联合了严白虎等山贼,在江东兴风作浪,意图争夺孙策的地盘。可最让孙策生气的,并非是此人背信弃义,而是他任由山贼四处剽掠,搜刮民脂民膏,让才安乐几分的百姓再次陷入了水深火热之中。

孙策率部坐镇钱塘,任命吕范等人为将,短短几日便在海西大破陈瑀,俘获了陈瑀手下将士四千余众,逼得他一路北上投靠了袁绍。

此事方平,曹操大破袁军,斩杀袁氏大将乔蕤的消息便传过了江来,孙策惊得跌了手中的茶盏,问斥候:"哪里来的消息?公瑾呢?你们有没有见面?"

那斥候回道:"现下曹军大举进攻,扬州与庐江郡都乱成一团,我们先前布置下的耳报全部被搅乱,末将亦未能与中郎将取得联系。"

孙策沉吟半晌,眸色暗如寒潭:"传孤的令,乔将军的事,暂未查实之前,务必封锁消息,不准传入姑苏城。"

斥候一怔,满面为难:"主公,这人长腿,消息可不长腿啊……"

孙策也知此事难做,更不欲搞得姑苏城道路以目,太息道:"尽量吧,莫要搞得人心惶惶。"

斥候拱手领命,起身退了下去。孙策满心烦乱,以手撑头,呆坐许久,抽出纸笺，修书一封，在烛火旁烤干后，放入了信封内封存妥当，准备命人连夜送回了家去。

虽然还没切实的消息，但他心中总有种不好的预感，若非情势太混乱，周瑜不可能迟迟没有消息传来。而曹军压境，他身为主帅，更不可能临阵脱离，眼下实在是腹背受敌，两面夹击。现下能够求助的人，只有他的母亲了。

曹军一路南下，逼得沿线百姓四逃，毕竟曹操曾在徐州屠城，又有谁知道，此次他会如何对待袁术管辖下的百姓？男女老少携家带口，狼奔豕突，这与寿春仅一江之隔的丹阳与吴郡便成了他们逃命的首要之选。

三两日间，姑苏城中也拥入了大量流民，随之而来的便是抢掠与暴乱。孙策部下紧急弹压，却仍无法将其安置。不少门店关张，街市上人烟稀少，好好的江南富庶地，一朝又现萧条之景。

城南的孙将军府中，吴夫人接到孙策的来信，要他们即刻收拾搬往会稽郡的山阴去。当初打下会稽后，孙策便命人在那里修筑了府邸，现下他获封会稽太守，将母亲妻女与弟妹迁去，可谓是名正言顺。

更多无法宣之于口的理由，则是他现下坐镇钱塘，离山阴不足百里，总好过距离姑苏近四百里之遥。一旦有什么情况，他也可当机立断，做出反应。

不过搬家并非一件易事，就算是这般紧锣密鼓地张罗着，也还是要收拾好几天。是日，吴景从庐江回来，吴夫人少不得要去府中探望，一去大半日还未回还。婆妇婢女们便有些懒怠，坐在回廊下闲聊。

大乔细细收拾着琼儿的东西，这小小的人儿才几岁，便已是家中的掌上明珠，玩物摆件一大堆，足足装满了三五只大箱子。大乔抬手拭去额上香汗，只见房中已经没有剩余空箱，能将孙策所赠的首饰珠钗装下，不由有些懊恼。正当这时，小乔的呼喊声在窗外响起："姐姐，姐姐……"

大乔打开小窗，只见小乔立在廊檐下，巧笑嫣然："姐姐那里可还有小匣子？我有些宝贝物件没处放了，正发愁呢。"

"我也是一筹莫展的，才把琼儿的东西收拾好，原本还想拜托小叔给我买几个木箱来,可他一早就出去了……"

小乔歪着头想了一阵,复对大乔道:"这点小事何必求人呢?我们一起去东市买两只不就好了?"

孙策出征前,曾嘱咐大乔,太平道人为祸江东,让她无事不要出门。如此算来,她已经困在府中月余,实在闷得慌。大乔思忖着,若再不收拾停当,恐怕会耽搁迁往山阴的日期,便欣然允道:"那好吧,我们快去快回,莫要让家里人担心才是。"约莫半个时辰后,小乔换了男装,驾车带着大乔一路去往东市买匣子。姐妹两人说说笑笑一路,并未觉察有何异样,直到进了东市,看到许多熟悉的店铺已然关张,才十分诧异。

好在卖箱子的木匠店还在经营,大乔与小乔走下马车,挑选了一番,顺利付了银钱,叮嘱对方天黑前送到孙将军府。

正当这时,大乔忽然闻到一股奇特的香味,似曾相识。她微微回过身,只见一美艳妇人不远不近地站着,睨着她轻笑道:"大乔姑娘名不虚传,几年未见,还是美貌如旧啊。"

大乔联想起昔日孙策对自己说过的话,即刻猜出这女子就是望春楼的老板娘,曹操的校事姬清。她莞尔一笑,一把拽住还在四处贪看的小乔,不紧不慢道:"多谢夫人谬赞,告辞。"

姬清似是想到大乔会如此,故弄玄虚道:"大乔姑娘怎的还有闲情逸致在此处买东西?难道不该上寿去……"

小乔不知此人是谁,只觉得她阴阳怪气的有些讨厌,撂下一句:"我们在哪与你何干?"便拉着大乔欲走。

姬清笑意更浓:"小乔姑娘真是好兴致,自己的父亲战死沙场了,一点伤心之色也无,还在这里耍威风?"

小乔面色一凛,旋即一飞宽袖,甩出一颗石子:"你再胡说八道,我可要撕你的嘴了。"

大乔知道姬清的厉害,不欲小乔与之冲突,赶忙将她拦下:"婉儿……"

姬清轻巧地躲过飞石,笑得愈发猖獗:"敢情你们姐妹俩还不知道吗?整座姑苏城可都传遍了,乔将军在前线被怪鸟啄死了,四处都在传言,你们竟然不知道?"

姬清说得有鼻子有眼,小乔不由慌了神,望向大乔,但见大乔面色如灰,嘴上却仍不卑不亢:"传言千奇百怪从未停止,而我只信孙郎一人,不劳夫人费心了。婉儿,我们走罢。"

"大乔姑娘,孙将军真的如此可信吗?你可要知道,当年你随他来江东时,你父亲答允的那封回信,还是我弟弟亲手代笔。否则为何这么多年,你父亲来信只送去宛城,那是他真的以为你们姐妹人在宛城,却不想竟恬不知耻在此处,给人做了妾室呢!"

想起当年那封信,大乔顷时变了脸色,质问道:"你弟弟代笔,这是什么意思?"

"什么意思?大乔姑娘可真是糊涂,这么多年所托非人,竟然分毫不知。那年孙将军怕你父亲不答应,特意命我弟弟伪造了一封信件,让你以为乔将军答允了你们的婚事……你难道就没有半分起疑,为何这些年你与乔将军通信,他都从未问过你在江东的只言片语?当年那封信,难道就没有半分纰漏?现下袁术称帝,孙将军已然与之反目,你父亲在袁氏帐下岌岌可危,被派去前线,一命呜呼,也不是什么离奇事。只可怜老将军到死仍不知,自己捧在手心上的宝贝女儿,这些年做了他主公仇敌的下堂妾,还为人家生儿育女呢。"

大乔听了这话,脑中嗡地一震,半个身子都像枯枝一般,木然没了知觉,连小乔与姬清的龃龉都一瞬听不真切了,脑中不住回荡着姬清的话,层层堆叠如河水漫灌,要将她吞噬淹没。她良晌才挣扎着回过神,拉住小乔,撂下一句:"我只信孙郎所言。"便逃也似的跑了出去。

大乔未上马车,而是拉着小乔一路跑到了河边,一张小脸儿惨白,胸口起伏不定。

见大乔这般慌神,小乔抚着她的肩背安抚道:"姐姐别听那女的胡说,我看她就是蓄意挑拨你和姐夫关系。若是爹爹真出了什么事,姐夫也不可能瞒得住啊。再者说,即便是父亲当年真的未曾答允,以姐夫对姐姐的爱重,也不会不管父亲的安危的。何况还有周郎,周郎走的时候答应过我,会保护父亲。我们要相信他们,相信他们啊姐姐。"

"我何尝不想相信孙郎,只是当年那封信……"大乔回忆起信件上的内容,如鲠在喉再也说不下去。

小乔见大乔面色极差,满脸虚汗,不住劝道:"不管怎么说,我们还是先回府,先回府再商量吧姐姐。"语罢,小乔扶大乔上了马车,确认过四下无人跟踪后,飞速往将军府驶去。

曹军大举南下,袁术兵败如山倒,往南一路而逃,不顾百姓死活,短短几日间,寿春城中便出现人吃人的惨烈景象。周瑜夜访此处,在城外的驿站中落脚,下属即刻将先前安插在乔蕤帐下的几名眼线带上前来。

周瑜见这几人狼狈不堪,瑟瑟缩缩,心里不是滋味,命手下人拿干粮来。这几人已是三五日间没吃过一顿像样的饭,狼吞虎咽三两口便吃了个精光。

周瑜这才开口问:"本将军想知道那日阵前之事,乔将军到底如何了?你们仔细说来,不得有一字一句的隐瞒。"

那几人你看我我看你,似是提及此事惊魂甫定,抖抖回道:"那日,我军与曹军对阵,曹军大将于禁向乔将军挑战。乔将军近来身子不好,却还是应战了,两人刀剑来回很是惊险,我们都捏了一把汗。忽然不知从哪飞过来几百只怪鸟,张开翅膀有半丈长,逢人便咬,等我们好不容易把它们驱散时,乔将军已坠落下马,奄奄一息了……"

周瑜黑沉的眸底漾起几丝凌厉之光,须臾消弭:"你们都说乔将军被鸟所杀,遗体何在?"

"我们是想为将军收殓,可是那些鸟很快又折返而回,待我们再次将它们赶走,乔将军的遗体已……已经不见了……"

"也就是说,你们并未确认乔将军真的断气了,只是见他跌落下马,是吗?"

"这……我们虽未确认,但当时有张勋将军的部下冲上前去,应是确定乔将军已经断气了……"

张勋的部下？那不就是长木修的人吗？周瑜这般想着，嘴上却只说："知道了，你们下去罢。"

那几人见周瑜没有苛责，都感恩戴德地叩了个头，躬身退了下去。

这鸟已数年不见踪迹，竟在这样的关头又出现在了袁军与曹军交兵之处，还是冲着乔蕤去的，实在是太过蹊跷。流言如沸，若是传到小乔耳中，不知她会有多惊慌，想到这周瑜心下一沉，他稳住心神分析情势，尽量不让自己关心则乱：这怪鸟与乔蕤失踪的事，明面上是冲着袁术，实际上则是冲着孙策与他。不管怎么说，眼下唯有找到乔蕤与长木修才能破局，其他诸般事便也能迎刃而解了。

回到将军府后，大乔翻箱倒柜，从自己放置信件的雕花木匣中，找到了当年乔蕤的回信。

小乔凑上前去，看了两行后，神色亦黯淡几分："这信里竟然连祖父的名讳都没有避忌，难道真的是姐夫找人代笔？不过，即便姐夫当年耍了些无赖，这些年他对姐姐如何，我也是看在眼里的。他那么疼惜和在意姐姐，又怎会不顾我们的父亲呢。"

不管小乔如何劝，大乔的不安之感都未有分毫减少，一张小脸儿惨白，瞳仁中泛着薄薄的雾，迷蒙又慌乱。她倏尔起身，瘦削的身子像烈风中饱受摧残的木槿般摇摇欲坠，趔趔趄趄向前堂走去。

这几日孙策虽不在姑苏，各地的奏报却还是如常送来。大乔在堆积如山的奏呈中挨个翻着，终于寻到了一枚小小的信封。

宛城来的信，一应是桑皮纸的，这是她祖籍的特产，旁人无处伪造。若是乔蕤真有个好歹，宛城那边一定会有消息，大乔屏住呼吸，拿起小刀一点点将信笺划开，抽出了一张薄薄的信纸。

姬清回到望春楼时，天色尚早，但二楼厢房却已黑透了。她不喜欢耀眼的日光，总觉得黑暗的狭小空间才会令她感到安全，故而特意将卧房选在背阳之处。这几日江东大乱，望春楼的经营也受到重创，姬清打算趁机急流勇退，将店铺盘点售出，离开这是非之所。

她轻轻合上木门，落下锁钥，才转过身便被人死死掐住了脖子。姬清瞪大双眼,只见眼前浑身冷煞慑人的不是别人,正是她的亲弟弟长木修。

姬清一张浓艳的面庞涨得发红,她挣扎着去抠长木修的手,却只觉他的力道越来越重。对于长木修的怒意,姬清心里明镜似的,哽道:"你……你发哪门子脾气,乔……乔蕤的死,横竖赖不到你身上,反而……会赖在孙伯符和周公瑾……头上……"

姬清断断续续说完这一席话,意识逐渐模糊,就在她快要断气的一瞬,长木修忽然松了手,任由姬清顺着门板滑落,狼狈地摔倒在地。

姬清只觉心肺间犹如干涸的河道蓦然注入了滚滚洪流,呛咳不止,眼泪与涎水同时迸发,万分狼狈,怒骂道:"张修……你……你竟然为了个女子,这样待你的胞姐!"

黑暗的房间里,长木修不远不近地站着,鬼魅一般缥缈:"我早已与司空商议得当,要保全乔蕤的性命,借以牵制孙伯符。你竟敢擅传指令,让于禁将他斩杀?"

"呵,"姬清语速慢慢,笑容里满是鄙夷,"牵制孙伯符?你当司空不知道你的盘算?若乔蕤没死,你现下肯定已经找个地方将他安顿,再带着那位小乔姑娘去见他了罢?你可不要忘了,当年是谁,害得我们家破人亡!"

长木修睨着姬清,神色愈冷:"张清,你的心思蒙骗司空便罢了,我可不傻。到底是谁忘记了当年的仇恨,生出了不该的念想,你比我清楚!此一次,念在你我一母同胞的分上,我不杀你,但往后,你若还敢伤害婉儿分毫,我一定要了你的命!"

## 第三十二章 宛城之围

袁术称帝后，愈发骄奢淫逸，惹得众叛亲离，天下英雄群起讨之，淮南富庶地顷时陷入了一片混乱。孙策明白，值此动乱，四方势力都想来分一杯羹，不进则退，实在是不能松懈半分。他先是赶走了袁术的从弟袁胤，直下陵阳、勇里等地，又与曹操、董成、刘璋等人合兵，打算一举击溃袁术残部。谁知袁术见势不妙，一路溃逃，手下数万雄兵亦作鸟兽散，还未等孙策发兵，袁术便吐血升斗，一命呜呼了。

朝廷再下诏令，封孙策为讨逆将军，加吴侯之爵。当着礼官的面，孙策显得十足欣然，心里却一直惦记着母亲与大乔迁往山阴的事，以及乔蘵的下落。

那日周瑜终于传信来，告知孙策，乔蘵的事别有蹊跷，让他千万不要乱了分寸。可孙策日日听着流言，言之凿凿地传着乔蘵被怪鸟啄死，不由想起自己父亲去世时的惨烈景象，实在是如坐针毡。

这些年，他不愿大乔害怕担心，将腕上亲手刻上的"卍"字疤痕包了起来，可杀父之仇不共戴天，他未曾有一刻忘怀。现下怪鸟作乱，乔蘵不知生死，孙策只觉心里那一道伤痕又被赫然揭开，鲜血淋漓，令他无比气恼烦躁，却无处得以宣泄。

到底要多强大，才能守护住他想保护的人？孙策夜夜难眠，时常三更天独坐着,想着母亲,想着大乔,想着琼儿,心里满是说不清道不明的愁楚。

这日,终于等到侍卫进帐通报:"禀主公,中郎将来了。"

孙策听说周瑜来,紧绷的神色瞬间松泛了些许,他起身应道:"快,快请他进来。"

转眼间,周瑜大步进帐,冲孙策一拱手:"主公。"

孙策一把将他拉至身前:"你快过来,咱们岳父的事到底怎么说?"

周瑜蹙着眉头,示意孙策落座:"伯符,你先坐下,此一事说来话长,但我要先告诉你,乔将军……确实遇害了。"

听了这话,孙策握在周瑜铁护腕上的手陡然落下。他眼眶微红,坚毅的下颌紧绷着,薄唇却还是颤抖个不住,眸底倏尔闪过一道利光,双手握拳重重砸在木案上,发出一声巨响,惹得门外守卫都担心不已,怯怯唤道:"主公……"

周瑜沉声道:"无事,你们不必管。"

帐外这便没了声响,周瑜抬起眼,眼波里藏着与孙策一样的悲愤:"伯符,我知道你担心乔夫人,但乔将军不能白白牺牲。我已有愧于对婉儿的誓言,一定要为她父亲报仇雪恨才是。可此事牵扯甚广,并非只是两军阵前对垒所致,甚至,与数年前伯父遇害之事休戚相关。"

孙策的目光一凛,冷如利刃:"这么多年,我们明察暗访,一直想搞清楚怪鸟与我父亲遇害之间的关系,现下倒是送上门来。公瑾,你告诉我,此事是否是长木修所为?他身后,不只是曹操罢?"

周瑜将手指蘸了水,在木案上写了"长木"二字,然后望着孙策。孙策偏头看着,依旧不解:"我心里像有火燎似的,你就别卖关子了……"

周瑜又蘸蘸水,在快要干涸的"长""木"两字上各加了几画,孙策将两字念出:"张……梁?黄巾军?"

"不错,据我调查,长木修正是黄巾教大贤良师张角的亲侄,人公将军张梁之子。当年伯父大破黄巾之军,张角病死,张梁亦被伯父斩杀。可黄巾余党并未被全部歼灭,十年前伯父在岘山遭受伏击遇害,应与此事有关。而数度三番来侵扰我们的大鸟，亦与此事有关。只是目前还不清楚，长木修此人，究竟在其中分量几何……"

"张修……"孙策咬得后槽牙直响，"早就听说黄巾教擅御鸟兽，没想到竟这般不堪，嘴上跟我说着要力保乔将军安全，实际上竟暗下杀手。此人现在何处？你可有捉到他？"

"前几日听闻还在张勋军下，我率部一路追，他们则扶灵一路逃，现下逃回宛城，投在刘勋军下，我便没有轻举妄动。不过，此一次乔将军遇害，并非怪鸟所为。我找到了为乔将军入殓的小厮，据他所说，乔将军颈上有一处致命伤，身上却完好无损……反而是曹军大将于禁被鸟啄伤，近来一直在休养。"

孙策一时怔忡："这怪鸟，当日并非是去伤乔将军的？而是去救乔将军的？"

"长木修为人阴险狡诈，但单论此事，确实并非他的过失。伯符，此事幕后仍有主使。而且我不相信寻常人能调度于禁，若非曹操亲自授意，就是他门下高位之人。"

"不管是谁，我都会让他死无葬身之地！"

孙策这句话如银瓶乍破，气势慑人，落地有声，余音绕梁后便是长久的沉默。兄弟两人对坐着，虽没有言声，脑中想的是同样一件事：乔蕤老将军到底是没保住，就算他们查明了真相又如何？到底还是愧对了大乔与小乔的信任，未能保护好她们的父亲。而他们现下又当如何呢？是发兵宛城，夺下乔蕤的棺椁，还是一路北上，迎击于禁？或是马上回到她们身侧，加以安抚？好像怎样都不对。

不知沉默了多久，帐外一阵匆匆的脚步打破了帐内的死寂，只听来人上气不接下气："报！主公，二公子来了！"

孙策还没反应过来，就见帐帘翻飞，孙权满头大汗阔步进来，急道："兄长，长嫂和小乔姑娘不见了！"

孙策猛地站起身，险些碰倒了身侧的油灯："你说什么？人不见了？不是让你看好她两人不要随便出去，早点迁往山阴，怎么会不见了？"

孙权垂着头，焦急又沮丧："那日一早，长嫂说要送书信去驿站，发回她祖籍宛城去。我怕她起了疑心，不敢太拦着，就让几个小厮跟着送长嫂和小乔姑娘过去，谁知直到夜里也不见回来。我就赶快带人去找，听、听驿站的人说，她们买了车马，往南边宛城方向去了……"

宛城乔家老宅里，大乔病恹恹地躺在卧榻上，俏生生的脸儿白得发青，瘦削的小身板琉璃似的，好似一碰就会断。她合目卧着，两行泪顺着光滑如玉的面颊不住淌落。

小乔端着青瓷碗走入房中，一双杏眼肿得像桃儿，立在榻边哽咽道："姐姐……我新煮了粥来，你好歹吃点，就算不为自己，也要为了肚子里的娃娃……"

大乔徐徐睁开眼，潆潆的泪珠如星辰洒落。她右手抚着小腹，左手撑起瘦削的身子，低声嗔道："这个孩子来得真不是时候，我现下害喜得厉害，一点东西也吃不进……"

那日接到宛城中亲眷来信，称乔蕤的棺椁已被人送回，要择日安葬，大乔方知父亲真的遇害了，她气怒悲凉，椎心泣血，更恨的则是孙策将此事隐瞒。说到底，孙策坐拥三万大军，雄霸一方，耳报灵敏，定然早已知晓，究竟何故要将自己苦苦欺瞒？难道真的如那女子所说，从自己委身于他开始，便是落入陷阱，这么多年都被他玩弄于股掌之中吗？

可孙策的情义与爱重，大乔铭感于心，怎么都不觉得有任何造作的成分。但父丧当前，她没有心思再去探究，施计带了小乔回宛城，为父亲殓葬。

"姐姐，父亲的事，真的不怪你。我知道这些日子你一直自责，可战场上的事瞬息万变，又有谁能预料得了呢？你若因此怪罪了姐夫，又苛待自己，父亲……不会走得安心的。"

小乔这话，无疑戳中了大乔的心伤，她隐隐的哭声又转作号啕，断断续续道："若非……我与孙郎相好……袁术便不会担心父亲带兵逃往江东……便不会让他去打曹操……"

小乔心中的悲痛分毫不少于大乔，可她竭力忍耐着，颤着声尽心劝道:"姐姐就算怨死了自己,怨死了姐夫,父亲……能活过来吗?若是不能,姐姐又何苦如此自戕。若是……若是姐姐再有个好歹,我在这世上便没有一个亲人了。"

见小乔浑身颤抖,噙泪望着自己,大乔愈发难过,揽过小乔泫然而泣:"对不起,婉儿,是我执意要回来为父亲殓葬,才害得你同我一起被圈在此处……"

"姐姐千万别这么说,我们身为女儿,没有洒扫在侧,已是不孝,怎可能让父亲不得入土为安?即便姐姐不来,我肯定也要来的,只是没想到,会被软禁于此,明明就差一步就能全身而退的。"

回来奔丧前,大乔已命人送了密报,给宛城中与他父亲交好的数位乡绅,为的便是以舆论威势,给现下退守宛城的庐江太守刘勋施压。刘勋与乔蕤相交多年,同在袁术帐下,现下见他惨死,两个女儿孤苦伶仃,不由有些苍凉。加之多位头面人物作保,刘勋并未想为难大乔和小乔,任由她们出入。谁知就在她们姐妹动身离去之前,张勋带着残部扶袁术的棺椁也逃回了宛城。他不知对刘勋说了什么,便让刘勋改了主意,名义上让她们歇息几日,实际上则是将她们姐妹软禁在了乔家老宅中。

不偏不倚地,大乔竟然有了身子,应当已有月余了,若是让有心人知道,一定会对孙策的孩子不利。小乔心里明镜似的,嘴上却不敢说,只有干着急的份。

正在姐妹二人相拥而泣时,老宅大门处传来一阵叩门声。小乔走出厢房,嘱咐大乔从里面上了锁,又在袖中揣好了小石子,才将大门开了一条缝,只见来人正是长木修。

那日乔蕤与于禁对垒,长木修亦在阵前,他早已与曹操通信说好,会临阵将乔蕤截下,谁知曹军大将于禁来势汹汹,招招狠辣,直欲取乔蕤首级。长木修觉察情势不对,来不及细想,赶忙用竹片吹起了呼哨,将那些在附近栖息的怪鸟招来,欲制造混乱救下乔蕤。可他才趁乱冲上阵前,就见乔蕤被于禁横刀一斩,跌落下马来。

长木修为人老辣狡诈,对小乔却是实打实真心的,见乔蕤出事,自己又没有理由留下乔蕤的遗体,他赶忙快马加鞭赶回姑苏,为的便是在小乔难过时能陪在她身侧。谁知大乔竟刚烈至斯,径直带着小乔回宛城去了。长木修碍于身份,只好又回到张勋帐下,随张勋残部一路溃逃南下,进入了宛城中。他心怀有愧,一日三次前来探望,却都被拒之门外。是日,小乔终于开了门,长木修显然未想到,欢喜又无措,讷道:"婉……婉儿,我给你送东西来。"

小乔侧身走出了老宅,将大门紧掩,垂着眼低声问道:"前些日在姑苏时,有个号称你姐姐的女子,说当年我父亲答允姐姐跟孙将军去往江东的信笺,乃是出自你的仿笔……我希望你能念着我们幼年相识的情分告诉我,那封信究竟是否是你代笔?"

长木修的眸中精光一聚,沉吟回道:"陈年旧事,何必提起?孙将军待乔夫人好,不就好了吗?"

"你只需回答我,是还是不是?"

"婉儿,你莫要怪我,那封信……确实是出自我的笔下。"

小乔将信将疑,又问:"是孙将军吩咐你如此的?"

"彼时孙将军未能脱离袁氏控制,又怕错失佳人,故而出此下策,想来也是太过爱重乔夫人了罢。"

对长木修的话,小乔未全然相信,可她还是忍不住红了眼眶,却不肯在长木修面前落泪,竭力克制。

长木修掏出一方绢帕塞在小乔手上,叹息劝道:"婉儿,我知道你心里难受,可眼下还不是难受的时候。张勋那老贼跟刘勋提议,以你姐姐为质,要挟孙伯符,一时三刻是不会放你们走了。我会日日来看你,有什么缺的短的,只管告诉我,我定会尽我所能护你周全的。"

小乔已猜到,刘勋将她们姐妹扣下,为的便是让孙策多有掣肘,不敢随便攻伐宛城。大乔偏偏还在这时候有了身子,时间越拖,风险就越大,小乔抬眼看着长木修,脑中飞速旋转:她究竟要怎样,才能带着大乔顺利离开此处呢?

那日孙策听得孙权来报,焦急不已,急召了吕范、程普、朱治、韩当等将入帐，商议征讨刘勋的对策。

袁术死后，张勋、杨弘等人先后投入庐江太守刘勋麾下，加之刘勋原来的军队，共有兵马三万余众，堪与孙策抗衡，故而无论是程普这样的老将还是吕范这样年轻位高的将领，都不看好此时出兵讨伐刘勋。孙策听罢，愈发烦躁，遣散众人后，独留下周瑜在侧。他双手撑头，极力克制着情绪："他们说得都对，现下确实不是讨伐刘勋的良机，相比之下，西边的黄祖于我有杀父之仇，布防亦相对弱些。于人情事理，似乎我都应当先去打黄祖，再图刘勋。可莹儿回了宛城，定是知道了岳父的事，我若不赶快过去，一来怕她受奸人挑唆，二来怕刘勋探知我对她的心思，以她为质……"

"你对乔夫人的心思还用探知吗？你已是名震华夏、功成名就的英雄豪杰，对外却是无妻无妾，刘勋乃袁术下部，多少都会听到风声。原本乔夫人深居姑苏家中，无人敢将乔将军的事告知于她，她却莫名知道了，还带了婉儿一道回宛城，若说其中没有旁人的算计挑唆，我无论如何都不会相信。若我所料不错，她们现下应当已经被人控制，所以我们万万不能耽搁，务必要在第一时间攻下宛城，救出她二人才是。"

乔蕤去世后，周瑜派人四下搜查长木修的行踪，却始终一无所获，此时听闻大乔带着小乔决绝回了宛城，他心下明了必与长木修姐弟脱不了干系。长木修觊觎小乔的心思，周瑜很清楚，他从不觉得小乔会对长木修有意，却不知长木修究竟能有多卑鄙。

明明是恢宏豁达、多谋善断之人，遇上了小乔的事便有些气短。孙策亦是如此，担心着大乔，一点也没了沙场上的潇洒果决，急问道："你这么说，是不是已经有了筹谋？"

周瑜回过神，目光定定地望向孙策："便依几位将军所言，去打黄祖。只不过，不单单是打黄祖罢了。"

三两日后，宛城中的刘勋收到了孙策的来信，言辞一改往日的张扬霸道，委婉谦恭得令人害怕。刘勋感到十足稀奇，召集帐下群臣赶至府中商讨。

袁术去世后，张勋、杨弘等人都投在了刘勋帐下，张勋自诩功勋卓著，在袁术帐下唯有乔蕤可堪相比,现下入了刘勋帐下,被迫俯首称臣,心里别提多么不是滋味。杨弘则分毫未介怀,一口一个"主公",唤得恭敬又亲热。刘勋嘴上谦虚推却,心里却早已乐开了花,对杨弘亦不由多宠信了几分。

众人看罢孙策的来信,交头接耳议论个不休。张勋自诩老资格,率先开口道:"孙伯符素来骄矜,先前对袁将军亦多有不敬,现下又怎会甘愿以晚辈下属之姿,奉刘将军为尊?其中只怕有诈……"

张勋话未说完,便被杨弘生生打断:"张将军此言差矣!那孙伯符手下有三万兵马,主公手下亦有三万兵马,旗鼓相当,他何故要与主公为敌,岂不自伤心肺?再者说,你看他信中所言,说着要率部去攻打黄祖,为父报仇,并奉劝主公发兵攻打海昏,这是何意?分明是希望主公不要插手他攻打沙羡,他便愿以海昏之地相让,互不干涉罢了。主公此时若不攻打海昏,只怕孙伯符收拾了黄祖便会银枪一转。若是再被他拿下海昏,与江东连成一片,我宛城便是孤立无援,再也没有依仗了,请主公三思!"

海昏位于宛城之南,曾是汉废帝刘贺的封地,十分富饶,刘勋早已有心将其收入囊中,却碍于袁术不好出手。现下袁术既死,刘勋再也没有任何顾虑,又生怕孙策抢了先机,杨弘的话无疑正中下怀,刘勋大手一挥,当即就要宣布发兵去攻打海昏。

就在这时,长木修站了出来,拱手道:"刘将军万万不可轻举妄动,否则必将落入孙伯符的圈套之中!"

刘勋一怔,定睛望去,只见堂下站着个二十余岁的男子,立如玉树临风,落阔潇洒,眉眼间却处处透着精明算计。刘勋知道此人是张勋的侄儿张修,先前颇得袁术信赖,心里不由犯起了嘀咕:袁术如此相信此人,却落得个僭越称帝、身死为天下笑的结局,现下此人来自己帐下,又究竟是否可信呢?

刘勋这样想着,嘴上却说着:"早就听闻张将军的侄儿风流倜傥,今日一见,果然不俗。方才你说不让本将军轻举妄动,是何意啊?"

长木修拱手回道:"不瞒刘将军,在下曾在江东,与孙伯符周旋数年。

此人看似粗枝大叶、一介武夫,实则心思缜密,又很会笼络人心,想从他手上夺取方寸之地都是难上加难,他又怎会心甘情愿将海昏之地奉与刘将军?现下那'江左周郎'周公瑾亦明目张胆地投在了孙伯符麾下,阴谋秘计难免为孙伯符所用,故而在下以为,刘将军万万不可轻举妄动,以免落入奸人的计谋之中啊!"

长木修的话,犹如兜头向刘勋泼了盆冷水,他虽有些恼火,却也不由起了几分疑心。杨弘看出刘勋心思,适时又开口道:"主公欲甄别孙伯符是真心还是假意也不难,只消按兵不动,等看他究竟是否去打黄祖不就好了?一旦孙伯符发兵,我等便随主公前往征伐海昏,等孙伯符与那黄祖杀得鱼死网破之际,说不定主公可发兵沙羡,一道料理了他二人……"

刘勋深以为然,满意地点点头,朗声吩咐道:"好,那便依杨卿之言,等看孙伯符如何行动罢!"

孙策向刘勋传信后不久,便亲率大军三万向沙羡进发。刘勋时常派探子监视,见孙策果真率大军西去,走到石城,便迫不及待地亲自率兵绕过彭泽,出兵攻向了海昏。

以孙策与刘勋此时的形势来看,孙策前往沙羡打黄祖,可谓天时地利,出师有名,想来刘勋也不会怀疑孙策的初衷。而周瑜这一计,便是虚晃一枪,调虎离山,再图宛城。

明知所爱之人的行踪却不能即刻行动,这几日孙策与周瑜皆是度日如年。可要想保二乔姐妹平安,便必须潜心压抑,不可令刘勋有一丝一毫的怀疑。眼见刘勋终于上钩,孙策即刻下令分兵两路,命他的堂兄孙贲带领五千人马驻守彭泽阻截刘勋大军回援,自己则与周瑜率两万余众连夜奔袭,疾驰到了宛城之外。

刘勋为赶在孙策之前抢占海昏,几乎倾巢而出,偌大的宛城只剩士兵三两千,在孙策两万铁骑的威势下,显得岌岌可危。可孙策却没有盲目攻城,而是命人在宛城西北的山麓扎营,自己则带着周瑜攀山而上。

山下的小城四四方方,依山傍水,景色极其秀丽雅致,放眼望去只见四处是白墙乌瓦,柳堤青翠,难怪能孕育出二乔这两位绝世倾国的美人。

周瑜的目光未在景致上多作停驻,而是望着城中赫然凝成"卍"字的两条小路,蹙眉思索着。

孙策叉腰叹息道:"我曾无数次想要来莹儿的家乡看看,却不想会是今时今日这样的情形。我早该猜出,这局是有心之人设下,从乔将军去世到莹儿被人煽动出走,再到此地这布阵,都是冲着我来的。"

这几日孙策夜夜难眠,人也瘦了一圈,他嘴上虽然没有明说,但周瑜知道他时刻担心着大乔,吃不下也睡不着。周瑜又何尝不担心小乔呢?若非因为二乔人在城中,他们早已攻破了宛城,现下却要多方顾忌,在短时间内以智谋巧取。

从前总觉得小乔还小,人生还长,却不想一个未留神,竟让她落入他人股掌。这几日,她咽泪装欢的模样时常浮现在他脑中,令周瑜心痛又焦灼,时常恍惚无法专注思索。从前无论是发兵曲阿襄助孙策,还是探访谜窟遭遇大蟒,周瑜都能用智谋一一化解,现下事关小乔,却是关心则乱,令他进退失据,无论怎么做,都有良多顾虑。周瑜连想都不用想,便知道那毒蛇般的长木修一定借机随张勋进了宛城,环伺在小乔身侧。

小乔人在宛城,既是周瑜的掣肘,又是周瑜的动力。现下看到城中犹如示威般的"卍"字道路,他脑中灵光一现,绝伦清俊的面庞上牵起了一丝浅笑:"若是三日之内我能破城,能否恳请主公为我保媒,我要在此处娶婉儿为妻。"

孙策显然没想到周瑜会如是说,怔了片刻后,一把抓住他的肩头:"你已有破敌之法了?快说来听听!"

不知不觉间,斜晖脉脉,又到江南秋日,大乔与小乔已被困在宛城中两月有余,说什么被留在此地休养,实际则是形同坐牢,全瞎全聋,根本不知外面的动态,亦不知孙策与周瑜人在何处。

长木修倒是时常会来,小乔每次都变着法儿地向他要些补物,为大乔养身子。大乔的肚子渐渐大了,身子也有些笨拙。可丧父之痛以及对孙策当年命人代笔的不解嗔怪仍噎在心头,令她肝肠寸断,加之担忧小乔的安危、挂念琼儿与吴夫人等情绪搅和在心间,大乔终日忧思,原本就瘦削的身子如今只剩下一把骨头。小乔看在眼里急在心上,搜肠刮肚地想主意,希望能找个契机,将大乔送回江东去。

是日,小乔蹲在灶台前,不住向炉火中添柴。大乔本在厢房中安歇,闻到一股浓烈的煳味,赶至庖厨,只见锅里的粥都已熬成了锅巴,她急忙出声道:"婉儿,别发呆呀,快添些水来!"

小乔这才回过神,笨拙地举瓢浇在了锅里,只听"滋啦"一声,锅里冒出浓烟滚滚。小乔一面以袖掩口,一面推着大乔向外:"姐姐快……快出去……"

大乔并未离去,而是挺着身子,麻利地收拾起来,不消片刻,浓烟终于散去了。大乔扶着腰问道:"婉儿,你这几日怎么魂不守舍的,是不是……是不是那个长木修又跟你说了什么?"

小乔垂下眼帘,长长的羽睫轻颤,目光掠过大乔微微隆起的小腹,苦笑道:"没……没什么,他找我闲聊来着,姐姐不必放在心上。"

看了小乔的反应,大乔的疑心不由更重:"你打小一说谎就结巴……婉儿,长木修到底跟你说了什么,你想急死我吗?"

小乔咬着薄唇,眼泪在眼眶里打转,满心的委屈却只能烂在肚子里:"真的没什么,姐姐,我只是、只是想周郎了……"

小乔的性子虽然开朗,每每提起对周瑜的情愫,却是无限娇羞的,怎可能不打自招地承认思念周瑜?大乔笃定她有事欺瞒,刻意装作伤怀,叹息道:"真是女大不中留了,只可惜以后我不会回江东去了,等你嫁给了中郎将,我们还是要姐妹分离……"

"姐姐不回江东了?"小乔心下一紧,果然上了大乔的当,"可是我已经买通了门外的看守,今夜就要送姐姐出城,姐姐无论多气姐夫,总要当面找他问个清楚啊!"

这丫头果然背着自己别有图谋,大乔扶着灶台站着,语气里满是心疼与自责:"送我出城去,你又要如何?继续留在此处当人质吗?"

小乔不敢与大乔相视,右手悄然插入了左手青白色的袖笼中,暗暗转动着碗花手链:"姐……姐姐不必担心我,长木修不会伤我,过不了几日,周郎一定会来救我的。"

在这冗长又暗无天日的日子里,每日所能看见的就是老宅头顶上这一方小小的天,能听到的便是门外士兵四处抓人时的铁履声和惨叫声,可小乔始终相信,周瑜会来救她。大乔感受到妹妹对自己的保护和对周瑜的痴情,再不忍数落她半分:"傻丫头,你以为我就算出了宛城,便能到得了江东吗?莫说我腹中怀有孙郎的孩子,即便是我一个人,亦会被看作是要挟孙郎的筹码……何况我虽然气他有事隐瞒,却并未全然相信旁人的话,即便要生嫌隙,也是我们夫妇二人当面争吵所致,而非旁人能够挑唆……所以,我也相信孙郎会来救我,我就在这里等他,哪里都不会去。"

大乔话音才落,便听得窗外传来一阵异响,声势极大,天色忽地转暗,白昼若暗夜。大乔与小乔禁不住向外望去,只见千百只长翅麟羽的怪鸟不知从何处而来,盘旋汇聚于宛城之顶,将这四方的城遮挡得密不透风,再也飞不进一只蚊蚋。

## 第三十三章 破城纳妻

"姐姐小心!"小乔深知这怪鸟的厉害,赶忙将大乔挡在身后,重重合紧了庖厨的大门,顶上了门闩。可庖厨的木窗却有些破落,一旦怪鸟飞来,不知能否抵挡。小乔焦急地四处寻找,最终将目光落在了菜筐之上,她上前几步,将筐中贮藏的蔬菜悉数倒了出来,扶着大乔走到灶台后,让菜筐挡在她的身前:"姐姐,你快蹲下藏进去,就算鸟儿飞进来,你也千万别出来!"

"婉儿别忙。"大乔拉着小乔的手,指着小院顶上不住聚积团飞的怪鸟,"你看这些鸟一直在头顶上盘旋,却没有要下来的意思……我想,应当并非是要袭击我们罢。"

大乔说得不错,这些怪鸟从四面八方赶来,盘飞于顶,弥漫在整座宛城上空,只怕要有上千只,却不似从前那般横冲直撞、逢人便咬。这种情形似曾相识,小乔搜肠刮肚回想,思绪蓦地回溯数年,飘至黟山之巅,周瑜素衣玉冠的模样充盈脑海,那般的儒雅潇洒,她一生也无法忘怀。

"是……是周郎……"小乔如泉水清淙般的嗓音因激动而颤抖,大眼睛中蓄满了清泪。

大乔满面不解,问身侧的小乔:"婉儿说什么?"

黟山之巅,周瑜吹着一方竹笛,将她牢牢护在身后,头顶上数千飞鸟一如今日徘徊。小乔莞尔轻笑,两滴泪盈盈滚落:"姐姐,是周郎来了,一定是周郎来了!"

宛城北门处,风吹芳草萋萋,一色秋景间,周瑜身着银盔银甲、月白披风,在距离城门一射之地外抚琴。一双骨节分明的手往复来回,琴音便如流水般倾泻,引得万千怪鸟从四面八方来此栖迟。在他身后,数万人身披玄青甲胄,手握利刃,齐整列阵,一动一静间,衬托得周瑜愈发俊逸潇洒、儒雅倜傥。

宛城守军吓得大惊失色,匆匆向守在城中的张勋汇报。张勋亦从未见过如此阵势,手足无措慌乱无比,根本不知该如何是好。就在众人争执讨论之际,长木修不顾阻拦,阔步登上城头,拿起管籥吹起了与周瑜相似的曲调。

两日前,长木修便得知了孙策大军已至宛城外的消息。他心里清楚,以宛城此时的兵力,若与孙策相抗,无异于以卵击石,可若拖过三日,刘勋的大军便有可能突破孙贲的堵截,回援宛城。这两日长木修连连挫败了孙策手下的小范围攻城,现下看来,那不过是虚晃一枪,今时今日才要见真章了。

这些怪鸟,乃是长木修的伯父张角所豢养的黑鸩,起初只有百余只,随着这些年的繁衍,已有成千上万。此鸟牙尖嘴利,喙中天然带毒,当年曾在黄巾中自成一军,称为"影刺客"。数年前探访罢花山后,周瑜便一直着人暗查,寻访多年,终于摸清了怪鸟的栖息地与习性,此时反戈一击,也算是以彼之道还施彼身罢了。

长木修怎么也没料想到,周瑜竟敢用他伯父豢养的鸟为先锋来攻城,这种祸起萧墙之感,令长木修怒气冲天。可他深知一旦怪鸟啄伤守城之将,周瑜身后的万人之军便会即刻攻上前来,杀得他们片甲不留。

随着幽咽的竹管声,盘旋于顶的怪鸟开始蠢蠢欲动,三两成群地向城外一射之地的周瑜袭击而去。

萧萧秋风间,周瑜垂眸抚琴,没有一丝慌乱。待怪鸟近前,他絮絮拨弦三两,琴声未闻一丝呕哑,依然如行云流水,怪鸟却已逃匿四散,旋飞九天,去向渺茫。

长木修显然没想到,周瑜对这些鸟儿的掌控已到达如此地步,可他怎肯认输,纵身一跃,生生从两丈高的城墙上跳下,吹着管籥,信步向周瑜走去。飞鸟闻得变奏的曲调,忽然急躁了起来,呼朋引伴,数百只盘蜷成一纵,如巨龙般呼啸着,向周瑜袭来。

左右两侧即刻有护卫上前,欲保护周瑜,周瑜却一抬右手,示意他们速速退后。

说时迟那时快,如长龙般的鸟兽已近在咫尺,张开半丈长的喙,直冲周瑜心口扎去。身后将兵的韩当都忍不住高喊道:"当心!"却见周瑜倏然抬眼,眸色中尽是决然自信,手上的动作一瞬不停,轻拢慢捻三两声,怪鸟竟擦着他的衣襟飞去,扶摇而上,在头顶上方寸之所聚积,又猛然向长木修处飞去。

两人就这样不远不近地站着,一个抚琴一个吹笛,看似毫不相干,其间却涌动着无限杀气,千百飞鸟穿梭往来,密不透风,旁人竟一点也插手不上。正当此时,宛城北门守将忽然高喊一声:"不好了!孙伯符从南门破城了!"

长木修一怔,这才发觉自己竟然中了周瑜的调虎离山之计。就在他这一瞬迟疑之际,怪鸟直冲他的心口飞去,当即令长木修大吐一口鲜血,溃然跪倒在地。

几乎与此同时,孙策率兵从南门一路驰骋而来,登上城楼斩杀大将,放下了城门吊索,发出轰然一声巨响。韩当一声令下,早已按捺不住的士兵们如洪水般冲上前去,与守军厮杀。

乱阵之中,金戈铿鸣,琴声却分毫不落下风,怪鸟闻得指令,未再继续伤人,抟风而上,未几便三三两两四散飞去,消失在了秋日高空之中。

周瑜这才徐缓收音,起身方抬起袖笼拭汗,便见吕蒙匆匆跑来:"中郎将,不好了,长木修不见了!"

周瑜眸色一沉,吩咐道:"他受了伤,定然逃不远,掘地三尺也务必将此人找出来!"

吕蒙拱手领命,即刻退了下去。周瑜见区区三两千守军已在孙策的威势下溃不成军,心中别有牵念,唤来白马,翻身而上,疾速向宛城驶去。

宛城老宅里,大乔与小乔一直躲在庖厨中,只能看到漫天怪鸟遮天蔽日,却不知四处城头激战正酣。大约半个时辰的工夫,满天飞鸟振翅飞离,笼罩在一片阴影中的宛城又重回光明。姐妹二人面面相觑,还未搞清状况,就听得大门处传来一阵狂乱的叩门声,很是不友善。

大乔瘦削的身子一蜷,小乔赶忙将她扶稳:"姐姐别慌,我出去看看到底……"

小乔话还没说完,就听得"哐当"一声巨响,老宅的大门竟然被生生撞开。张勋气喘吁吁地带着几十残兵拥入府内,横冲直撞,很快便发现了庖厨中的二乔。

当日袁术一命呜呼,张勋本想率部投奔孙策,谁知长木修竟偷偷向刘勋放风,导致张勋的人马全部被刘勋截获。现下孙策打来,张勋心知肚明,再投孙策已是不可能,便打算挟持大乔退出城去,再奔豫章太守华歆。张勋已顾不得与乔蕤同帐为将数十年的交情,吩咐左右道:"来人,把大乔姑娘请出来!"

小乔怎么也没想到,这位曾经和蔼可亲的张将军现下竟然是这副嘴脸,她直直挡在大乔身前,张开双臂护着:"滚开,谁敢动我姐姐!"

可那些杀红眼的士兵怎会将小乔这样一个纤弱的姑娘家放在眼中,他们如悍匪般三两下踹开了庖厨的大门,上前便要抓大乔。

小乔飞出石子,将这几人击伤,可张勋的部下前赴后继,未几就将小小的庖厨围得水泄不通。眼见袖笼中的石子所剩无几,小乔焦急得犹如热锅上的蚂蚁。大乔见势不妙,定定心神,开口对张勋道:"张将军,若小女子没猜错的话,是否是孙将军带兵攻来了?张将军欲出城去,又怕孙将军有意为难,故而想挟持小女子为人质……"

张勋到底与乔蕤共事多年,面上不愿搞得太过难看,笑得极其尴尬:"说什么挟持为人质……大乔姑娘真是误会了,你们姐妹二人小小年纪就没了双亲,本将军与乔将军同僚多年,自当照拂。"

听张勋如是说,大乔更笃定孙策已率军抵达宛城,心里有了底:"张将军与先父共事多年,犹如我姐妹二人的叔父一般,自然不会为难于我。现下将军既然要出城,小女子自当相送……只是我妹妹这几日身感风寒,不宜出门,就让她在此处休养罢。"

小乔听大乔如是说,急得面颊涨红:"姐姐!"

大乔暗地在小乔手上轻掐一下,而后便随着那些散兵走出了庖厨。小乔一时愣怔,猜想大乔的意思应当是让她快快去找孙策。可她依稀记得长木修曾说起,为防旁人来袭,他特意带人在城中设下迷阵,逢战时便会启动。可这阵仗究竟如何破解,小乔曾百般探问,长木修却始终守口如瓶。

正当小乔思忖时,一名士兵竟折返而回,望着花容月貌的小乔眸底起了几分邪念。小乔一惊,警惕地卷起袖笼唬道:"你想干什么?且不说你在我这里必定讨不到好,且孙将军已经率部进城,你若再不跟上张将军,打算留在城里等死吗?"

果然,士兵听了这话,一瞬犹疑,小乔看准时机从灶台一侧出溜而过,逃也似的从后院蹿了出去。

打从那日与孙策登高,周瑜便觉察出城中别有异象,今日入城,诡异之感尤甚:无论他如何问路,如何寻找,绕来绕去却都只能回到原处。城中逃难的百姓亦是如此,不管怎样都无法出城,惶恐躁动,怨声载道。

周瑜沉心思索,想起自己曾在某本书里看过一个叫"天公迷局"的阵法,相传乃张角所制。长木修既为张角的亲侄,在此处布下此局便也不足为怪了。

想到此处,周瑜立即勒马站定,抬头仰望漫天扬尘中的太阳,确定了正北的方向。随后,他策马扬鞭,始终紧贴着右侧街巷不断前行。此法是周瑜自鬼谷子所著的奇甲兵书中所学,但凡遇到迷魂之阵,入口和出口通常只有一个,故而只要始终依着一侧墙壁前行,就能将整个迷阵中的所有道路都走一遍。此法虽然看似费时,却实在有效,周瑜依照此法,快马加鞭,约莫一炷香时间,便赶到了乔家老宅处。

小乔方才快步逃出,想要去找孙策,告知他大乔被张勋掳走之事,绕了三五圈,却还是回到了老宅。她不知先前那起了歹念的士兵究竟有没有离开,惊魂不定,又担心大乔,急得快要哭了。

就在这时,窄巷里传来了一阵脚步声,小乔吓得不知该往哪躲,只听来人匆匆上前,似是不敢相信又无比珍重地唤道:"婉儿……"

这样的轻呼,每夜都会出现在小乔的睡梦中,支撑她度过这坐牢般的日子,如今声声敲击着她的耳鼓,倒让她有些不敢相信。但也不过一瞬的怔忡,小乔未及回眸确认,便掉头哭着向那人跑去,泪眼婆娑间扑入那人怀中,哽咽道:"我就知道你会来……"

周瑜方才到老宅,见屋内无人,庖厨中又有飞石的迹象,简直吓掉了三分魂,就在他正不知该往何处去寻之际,竟然不偏不倚地撞上了再度绕回老宅的小乔。周瑜真不知道该恨长木修还是谢他,紧紧抱着怀中受惊的小人儿,亦觉得身在梦中:"对不起,我来晚了,没能救下你父亲,害你伤心难过,都是我不好。"

小乔柔若无骨的小手紧紧环在周瑜肩头,摇头急切道:"现下不是说这些的时候,姐姐……姐姐方才被张勋带走了。他们要逃出城,又怕被姐夫手下阻拦,便以姐姐为人质,我们快去救姐姐啊!"

周瑜神色一凛,赶忙追问:"张勋带着乔夫人往哪个方向走了,你可有看到?"

"我那时候在庖厨里,只隐约看到他们往北去了。"

今日孙策率军从南门破城,张勋虽挟持了大乔,但肯定还是要躲避主力的锋芒向北逃,只是这"天公迷阵"南辕北辙,长木修虽假惺惺装作张勋的侄儿,却必然没告诉他其中情由。张勋这样走,只怕过不了太久,还会绕回乔家老宅处,想到这里,周瑜轻轻为小乔揩去了面颊上的泪珠,宽慰道:"你姐夫一进城,也会赶着来此处,一会儿就能在这里遇见他们了。咱们先进家里去,看准时机再做接应。"

破城后,孙策亲自登上城楼,斩杀守城神将,威震四境,令宛城两千余守军闻风丧胆,悉数举手投降,再不敢负隅顽抗。

攻下此城远比想象中顺利,诸位老将皆松了口气。孙策却未显出分毫欢喜欣慰,将诸事委托于程普与韩当后,单人单骑向乔家老宅赶去。

城中街巷仍被阵法所困,孙策方才率部溜着城墙走,倒是未觉察,现下独自入城,绕了几圈,才发现别有机关。如此乱转,只会在这迷阵旋涡中沉沦,孙策定心思索,细细回忆着大乔曾对他讲过的宛城街景。她幼时玩闹过的小巷,买过糖堆的铺子,桩桩件件,孙策皆牢牢记着,现下便依靠着这些线索,一路摸索到了乔家老宅。

时至今日,孙策还是搞不清他这位一向乖巧温柔的夫人为何会抛下疼如心肝的女儿,带着姨妹不辞而别。他确实没能保护好岳父,在大乔面前食言,害她伤心,可这些实非他所情愿,而这又怎能令她狠下心,扔下女儿、婆母和江东的一大家子,跑回老家呢?

最让孙策难以接受的,便是她也舍弃了他啊。在姑苏时,她望向他的眼神总是那般一往情深,与他一样,眼中唯有彼此,怎的他才带兵去打了陈瑀,她便不辞而别,还让自己身陷险境。孙策心中有一万分的不解,更有一万分的气恼,可比这二者更多的,则是对她的心疼。想到她定然因为乔蕤的死日夜啼哭,孙策便一阵阵的难过,再也没有任何嗔怪,只想赶快回到她身侧,将她拥入怀中。

想到这里,孙策翻身下马,正要叩门,便听得窄巷里传来一阵匆匆的脚步,随之而至的则是一阵骂骂咧咧粗犷的男声。孙策猛然一回眸,只见张勋带着二十余士兵跟跟跄跄而来,而他朝思暮想的大乔竟也在人群之中。

孙策本想躲在暗处,看看他们葫芦里卖的什么药,看到大乔却再顾不得那些,急忙现出身形。张勋及手下之人看到孙策,转头便要逃,却又蓦然想起孙策只是孤身一人,急急驻步,将大乔牢牢控制在人群之中。

孙策的目光紧紧锁在大乔的小脸儿上,数月不见,她愈发清瘦,好不容易养得红红白白的脸儿又成了青玉之色,衬托得她完美无瑕的五官愈发清秀伶俐。在这样瘦削的身子下,旁人很难看出她身怀有孕,可大乔的身形孙策无比熟悉,一眼便发现她有了身子,他不由自主地走上前去,眸中满是掩不住的欢愉："莹儿……"

大乔虽怨怪孙策,心里更有一万个疑影要找他问个清楚,却也知道此时决不能偏帮外人。她抿着薄唇望向孙策,轻轻摇摇头,示意他千万不要妄动,心跳则不争气地漏了一拍。

不知不觉间,距离居巢初识已有数年了,他还是如当年般俊逸飞扬,城府与手腕却不知比当年精进了多少,唯有望向大乔的眼神始终不曾改变。对上这样赤诚的眼波,大乔一瞬恍惚,怎么也无法想象他会使出卑劣手段算计自己。

张勋亦看出孙策对大乔的在意,暗自庆幸自己劫对了人,一挥手,示意手下诸人拔刀持剑,将孙策团团围住,自己则挡在大乔身前,道貌岸然道："大乔姑娘乃是本将军同僚乔将军的遗孤,本将军念在与乔将军多年交情,加以保护,孙将军要做什么？光天化日,强抢民女吗？"

孙策目色森然地望向张勋,强压性子问道："你想怎样？"

乔家宅院里,周瑜和小乔未进堂屋,站在庭院中等消息,现下自然也听到了门外的龃龉声。小乔焦急起身,就要出门,却被周瑜一把拉住,只听他压低嗓音道："别忙,现下不是我们出去的时候。"

小乔虽深信周瑜,却还是忍不住地担心大乔："姐姐有了身子,姐夫又只有一个人,真的没问题吗？"

听闻大乔又有了身孕,周瑜的神色更放松了几分："那便更无妨了,伯符若知道乔夫人有孕,一百个张勋也能打晕了。你可别小瞧你姐夫,这几个虾兵蟹将,根本不妨事的。"

周瑜说的每一个字,小乔都深信不疑。她长长舒了一口气,神情放松了几分,抬眼一瞬恰撞上周瑜的眼波,小脸儿蓦地红透,忸怩道："为何一直看着我啊……"

从方才见面到现在,她没有一句怨与怪,甚至只字未提父亲去世给她带来的痛苦,可周瑜还是从她消瘦的面庞和微微发青的眼窝里看出她所经受的苦楚。他抬手轻轻抚过她凝脂般的面颊,低低道："以后我都不会让你再离开我身边了。"

小乔似是从周瑜的话中听出几丝别样的意味，怔怔地望着他，还没来得及问，便听得门外一阵弦响。周瑜神色一紧，嘱咐小乔躲好，自己则携弓攀着老宅的矮墙而上，只见孙策果然骁勇，已将大乔抢回了身侧，而张勋与手下二十余人俱已东倒西歪，有的血溅三尺身首异处，有的侥幸活命却再也起不来身。

　　大乔虽是将门之女，却极少见如此近距离的杀戮，此时被孙策揽在怀中，面色惨白，双手抚着小腹，小腿不住打战。

　　数丈开外，方消失在城下的长木修竟不知从何处钻出，手持大弓对孙策连放数箭。孙策要顾惜大乔，行动自然不似平时那般敏捷，箭矢擦身而过，惹得大乔失声叫道："孙郎！"

　　长木修看出孙策在意大乔更胜于自己，索性连连冲大乔放箭，孙策急忙将大乔挡在身后，慌乱间左臂被箭羽擦伤。

　　长木修的卑鄙真是令人发指，周瑜看准时机，大力挽弓，连放两箭，一箭射偏了飞向孙策的流矢，另一箭则直冲长木修的心口飞去。长木修反应倒是极其敏捷，偏身一躲，箭矢直直射入了他的左臂中，他惨叫一声，踉跄倒地，新伤加旧伤下久久难以起身。

　　与此同时，吕蒙率部追击长木修，终于绕到了此地，数十名士兵上前，分别将张勋一干人等与长木修团团围住。长木修趁乱放出暗器，一吹呼哨，夺下一匹骏马，挣扎翻身而上，拼命逃去。周瑜赶忙再度放箭，箭羽飞去，直插长木修的肩胛骨，可他强忍着剧痛，一路驰马而逃，终于还是消失在了众人的视线之中。

　　吕蒙还要去追，却听孙策忍痛吩咐："别追了，此人狡诈，善用诡谲阵法，再追恐怕落入他的陷阱之中……再者说，公瑾那两箭，已经足以要他的命了。"

　　吕蒙拱手领命，带着士兵们处置张勋一干人等。小乔再也按捺不住，破门而出，上前扶住大乔："姐姐，你没事吧……"

　　大乔受了惊吓，神色极其难看，小手却紧紧捂着孙策受伤的手臂。孙策见大乔仍心疼自己，心里的委屈悉数烟消云散，嘴角浮起一抹浅笑：

"好了,夫人不宜久站,我们先进屋去说罢。"

乔家这一出三进的院落,是乔蕤当年发迹后,在祖宅的基础上扩大重建。虽是武人宅邸,却没有一丝粗犷意味:芝兰桂树,小桥流水,一花一木都是二乔的母亲手植。伊人虽故去多年,庭间布置却未有分毫改变,亦未有一丝杂乱。

孙策与周瑜进了府宅后,先去正堂乔蕤的灵位前祭拜烧香。大乔与小乔不免又是伤心啼哭,好一阵才缓过神来,大乔惦记着孙策臂上有伤,关心却不愿宣之于口,借口自己身子不适去了厢房,让小乔翻出了药箱来。

小乔怎会不知道大乔的心思,向前将箱子递给孙策:"箱子里有药酒,姐夫自己擦擦罢。"

方才见大乔仍关怀自己,以为她已经不再生气,不想现下她又这般,孙策只好压着性子耐心解释:"岳父大人的事,是我谋算失当,可我并非有意为之啊。莹儿气我怨我,我无话可说,可我宁愿你打我捶我,也不愿意你不理我……"

大乔倚在软榻上,清泪顺着面颊不住滚落,樱唇微启,却不知从何说起。这些日子以来,大乔不仅经历丧父之痛,更是日日活在自责之中。她内心有多挣扎煎熬,小乔看在眼中,硬着头皮向孙策解释道:"那个……姐夫,父亲的事,我们都特别难过,可姐姐并非因此跟你怄气的。先前我们在姑苏时,长木修的姐姐说,当年我父亲答允你们成亲的那封信,是你命长木修伪造的,所以里面连祖父的名讳都忘了避讳……现下姐姐觉得父亲之所以遇害,都是因为她与你的事……"

听了小乔的话,孙策愣愣的,好一阵才想起她提起的那封信上的内容。被这般平白冤枉,孙策只觉满腔的怒火腾地烧了起来,气恼到了极致,紧实的胸膛上下起伏个不休,嘴上却仍舍不得说大乔一句重话:"你我夫妻多年,恩情卓著,在如此关口你居然不信我,去信什么长木修的姐姐?他们姐弟二人狼子野心,我还未找他们算账,而你就因为这样的事,抛下琼儿和我母亲,带着妻妹跑回宛城了?当年渡江前,我确实很怕乔将军会不答允我们的婚事,可这并不代表我会用如此下作的手段骗你!现下乔将军不在了,我就这般被有心人扣上污名,实在是百口莫辩。可我希望你能想一想,多年相伴,朝夕相对,你的男人真的就这么不堪吗?"

"我比任何人都不愿相信你会是这样的人,可那封信中纰漏实在太多……孙郎,就算真的不是你让长木修做的,可确实是因为我,因为我们之间的关系,父亲才被派去前线,丢了性命……我可以不恨你、不怨你,但我不能不恨自己……"大乔说着,泪如雨下,小乔坐在她身前撑着她瘦弱的身子,亦不由泫然而泣。

一直未插话的周瑜此时走上前来,叹息道:"乔夫人节哀,请听周某一言:若想探知乔将军究竟是否答允了这门亲事,何须只看那一封信?乔将军仙逝时,周某与之相距不过数十里,觅得了一位故人,一路带至了此地。本来只是想让他跟你们说说乔将军这数年的近况,让你们姐妹略宽宽心,现下看来,只怕还要靠他助主公洗去冤屈了。我已命吕蒙将此人带来,估摸此时应该已经到了罢。"

当年母亲去世时,二乔年纪尚小,不懂离殇,而乔蕤的死,无疑在她们姐妹心口上重重剜了一刀。

小乔虽看似性情直率不拘小节,对父亲的记挂惦念却分毫不少于大乔,可她心里明白,她是伤心难过,姐姐却是自责断肠。在大乔心中,正是因为她和孙策的爱慕情深,才令袁术心生忌惮,派了她父亲去前线打曹操,导致她父亲因此丧命。这些时日来,大乔无时无刻不肝肠寸断、以泪洗面,加上初期有孕的反应,直被折磨得不成人形。

不知周瑜找来的究竟是何人,若只是寻常军中将士,只怕难以摆脱被孙策威势所逼的嫌疑,又怎能轻易抹平大乔心头的哀痛与自责呢?

小乔正想着,便见周瑜带着一男子上前,熟悉又陌生。大乔蓦然从榻上坐起,望着眼前之人,泪如雨下:"怎么是你,你的腿怎么了?"

来人正是袁术部下军医裴氏,照料乔蕤多年,与大乔十分相熟。数年前在寿春城中一别,他还是个俊逸潇洒的少年,现下竟已这般沧桑,怎么看都不像是孙策、周瑜的同龄人。

裴军医踉跄上前,对大乔一拱手:"兵荒马乱跌伤了,将养几日便会好的,莹儿不必记挂。"

孙策见周瑜找来的人竟是裴军医,神情瞬时有些不快。可他已是统御千军万马威震四海的一方霸主,即便吃醋也不好发作,又逢大乔心情不佳,只能生生将嘴边的话咽下了下去。

周瑜知道,有旁人在,裴军医不好开口,拱手对孙策道:"主公,方才程将军来寻你,应是有要事相问,不如我们出去看看罢。"

孙策明白周瑜的意思,心里虽不情愿,却还是随他离开暂避。

裴军医见大乔形容憔悴,少不得叹息劝慰:"你怎的瘦成这个样子?乔将军在天有灵,若是看到你这样,如何还能走得安心?"

见到故人,大乔禁不住回想起少年时光,心中悲伤之感尤甚。小乔坐在榻旁,让大乔倚在自己身上,忍泪问裴军医:"裴哥哥,方才周郎说,你知道我父亲是否同意我姐姐和孙将军的亲事?"

裴军医重重一叹,望向大乔的眼神既怜惜又不解:"莹儿,我真是不懂,这世间男儿如此之多,论位高权重,他孙伯符也不算头一个,你怎的就偏偏看上他了……"

周瑜不是说裴军医是来宽慰大乔的,怎的劈头便说这样的话。小乔搜肠刮肚,欲从中调和,还没想好如何开口,就见裴军医垂首从怀中摸出一方折叠整整齐齐的信笺,递给了大乔。

大乔困惑接过,缓缓打开,只见那纸张已发黄不成样子,字迹却十分清楚,小乔轻声叫道:"姐姐,这是爹爹的字……"

大乔怎会认不出乔蕤的笔迹,握着薄纸的手微微颤抖,小乔亦忍不住啜泣起来,逐字念着:"孙……绍……孙……绩……这么长两串名字,这些人都是谁,我怎的都不认识?"

大乔早已泪崩,一个字也说不出口。裴军医沉吟道:"其实乔将军早就害了很重的痨病,病得最重的时候,几个月起不了身。这张纸,是我去为他把脉时,在他的书案上看到的。彼时孙将军方渡江,我猜想,也许他担心自己无法扛过这一关,想为外孙起个名字罢。那几日乔将军昏睡不醒,我担心这张纸被有心人拿去,才自作主张揣了起来。莹儿,你我认识十余年了,我的性子你是知道的,莫说他孙伯符威震江东,即便他来日真做了皇帝,我也绝不会为他诓骗你半分的。可黑白事实,不容旁人颠倒,依我看来,乔将军一直知道你和孙将军的事,或者说,他心中认定,孙将军是你在这乱世中最好的依靠……"

大乔听了这话,更由不得吞声痛哭,直到气力耗尽,再也哭不出来,才哽咽问道:"我父亲的病怎会那般严重,先前他只是有咳疾,何时成了痨症?"

"早在围庐江时,便已不是单纯的咳疾了。乔将军一直都知道自己的病情,所以当年让你无名无分地跟孙将军走,想来也是情非得已罢。"

大乔回忆起那年除夕夜,乔蕤忽然说,若有一日自己故去,让她们姐妹二人不要为他守孝,想来那时乔蕤已知道自己得了痨病。父亲的良苦用心与隐晦的爱,让大乔与小乔既温暖又遗憾,可正如裴军医所说,若这般自戕,才真是辜负了父亲的一切牺牲。大乔抬手拭泪,强挤出一丝笑意:"谢谢你能来说这些,我心里好受多了。"

小乔适时开口为孙策说话:"姐姐,细想来那个老板娘是算准了姐姐会因此与姐夫生嫌隙,若无裴哥哥来此为姐夫分辩,姐夫便永远难证清白。即便姐姐为了孩子回到姐夫身边,也很难恩爱如初了……"

大乔原本以为,姬清是奉曹操之命做事,离间他二人,只为引得孙策无暇北顾,如今看来,孙策破宛城得庐江,非但未有分毫损失,反而愈发壮大,在江东再无人能与之相抗。如此说,那妇人的目的并非是为曹操效力,而只在离间他们夫妻。

想到孙策,大乔心下又是一阵难过。她听闻父亲离世,太过悲痛,以致落入他人陷阱,这般冤枉了他,他却没有半分怨怪,依然待自己如初,舍命相护。她还哪里能有什么嗔怨,抬手拭去泪珠对小乔道:"婉儿,劳烦你开门,让孙郎和中郎将进来吧。"

小乔泪痕横布的脸儿上写满诧异:"他们不是出去了吗?难道姐夫没走?"

语罢,她快步走至门口,打开房门,果然见孙策和周瑜仍在不远处站着,小乔高声招呼道:"裴哥哥把事情说清楚了,姐姐让我喊你们呢。"

孙策听罢,三步并作两步蹿入了厢房,小乔才要跟去,却被周瑜拉住:"婉儿,他们夫妇两个许久没见,让他们说说体己话吧。我也有话想跟你说。"

方才小乔就觉察周瑜似是有话,她乖巧地点点头,随他一道走出了老宅。

吕蒙已按照周瑜所教,将城中迷阵清除。孙策麾下士兵终于得以进城,接管了刘勋军下所有建制。

周瑜与小乔并肩在城中逡巡,看到不住有士兵前来向周瑜行礼招呼,小乔显得有些不好意思,藏在周瑜身后慢慢跟随。周瑜觉察出小乔的羞涩,蓦地回身,将她的小手捉过,藏在了自己的宽大的袖笼中。

他似是毫不避忌对她的爱慕,更不在意旁人的眼光,小乔莫名心安,再不似方才那般羞赧,颤着小手与周瑜十指交握。

宛城虽不大,徒步出城,道路却也算冗长。小乔絮絮向周瑜说着城中景致,偶尔也会说起幼年之事,想到父亲,忍不住又是阵阵伤怀。周瑜认真听着,不时宽慰,这般说话间,竟一路走出了西城门。

城外便是潜山山麓,山色空蒙,景致秀美,小乔却无心观景,轻轻一拉周瑜:"会不会有匪众藏在山里啊?"

"从前总觉得你人虽小,胆子却很大。现下怎的人长大了,胆子却小了?"

小乔一努小嘴,嘟囔道:"我又不是担心自己。"

"放心罢,我从不做没分寸的事。"周瑜不由分说,拉着小乔攀山而上,走过幽僻山谷,到达小丘之顶,转过染霜的丛林,眼前豁然开朗。

秋日天寒,夹谷风迎面吹来,倒似吹走了几分心间的愁楚。小乔指着不远处如玉带般镶嵌在天尽头的巢湖,慨叹道:"原来此地能看到居巢啊!"

登高远眺,由远及近,城北处父亲与母亲合葬的坟茔亦映入眼帘,小乔压抑多时的伤感忽然迸发,霎时间泪流满面。周瑜早就猜到,她当着大乔的面一定会极力克制,此时什么也不说,只是从身后环着她瘦削的身子,让她得以在此处尽情宣泄心中的伤痛。

不知哭了多久,小乔终于缓过神来,她拿出绢帕拭泪,转头轻对周瑜道:"哭了好半天,却忘了问你,到底有什么话跟我说啊?"

"我们成亲罢。"周瑜原本准备了许多话,此时却觉得全无意义,索性开门见山,"我会永远疼你如命,不会再让你哭了。"

小乔曾奢望猜想过周瑜是否要求亲,现下听他亲口说出来,她秋波一转,当下就滚下两行泪来。周瑜眸中满是心疼,嘴上却玩笑道:"才说不会让你哭,你就掉泪,可真是不给我留薄面。"

小乔终于破涕为笑,神情却十足为难:"我对周郎的心意,从来没有过半分隐瞒。但父亲新丧,我又怎能不守孝呢?我打出生便没了母亲,父亲虽不常在家,可每当我生病,他都会没日没夜地守着我……而我作为子女,竟然今日才知道,父亲早就有了痨症。我心里的遗憾自责太多,纵然父亲曾留下话,我现下也是不能嫁给你的……"

听了小乔的话,周瑜并未显出不快或失落,心里却着实有些打鼓。运筹帷幄,决胜千里,都有章法可循,心爱之人的心思,却令他无法猜透。乔蕤不幸殒命,小乔没有怨怪他一句,但周瑜的愧疚之情却盈满心头,更怕小乔在心底对他失望。可这种事他无从查问,只能将她轻轻拥入怀中,一字一句道:"我不会勉强你分毫,等你觉得可以的时候,我们再成亲。至于守孝之礼,全在己心,乔夫人又有了身孕,伯符不会让她留在宛城的,你又怎能独自留在这里守墓呢?往后不管我去哪里,都想带着你,你愿意随我一起吗?"

秋风萧瑟,层林尽染,小乔的回应声飘散在风中,显得有些不真实:"我当然想时时跟你在一起,可是你与姐夫要去打仗,我却不能跟到前线去。我就随姐姐待在姑苏,乖乖等你罢。"

前几日周瑜曾向孙策说起,待庐江大定,愿去往巴丘镇守,以安中道,若无事只怕不会常往姑苏。可他不愿因此为难小乔,转言道:"天色不早了,我们下山吧。"

误会开释后,孙策命韩当安排裴军医在军下任职,裴军医百般推辞,后来索性兀自离去,不知所踪。孙策听周瑜说起,裴军医的腿落下了残疾,估摸是明白自己不能再随军出征,不愿因人情而拖累旁人,这才不辞而别。这般刚直之士,世上当真少见,孙策心下陡然对他起了几分敬意,命人四处去找,却再也没有找到他的行踪。

虽攻下了宛城,刘勋的势力犹在,孙策即刻命程普等人连夜奔袭,增援孙贲。而程普不负老将之名,杀得刘勋片甲不留,率部一路逃去,再无力袭击宛城。

三两日间,秋色愈发浓烈,眼见就要到十月初一祭祖之日,孙策与周瑜自然要随大小乔去城北处的乔家祖坟祭拜乔蕤和夫人。头一天晚上,大乔辗转难眠,怎么也睡不着。

大乔头胎生琼儿时,孙策毫不知情,心里一直觉得亏欠于她,此番无微不至地关怀着大乔。她方起身,孙策便也腾地坐了起来,揉着蒙眬睡眼问道:"哪里不舒服了吗?"

大乔摇摇头,低讷道:"我是在想婉儿的婚事。"

"妻妹的婚事有什么可想的?破城前,公瑾便跟我说过,他要娶妻妹为妻……眼下岳父大人不在了,也没有袁术那老贼再为掣肘,我想再风风光光娶你一次,给你正妻的名分,免得他日再受旁人诟病。"

大乔摇头否道:"不必那般劳心费神,妻也好,妾也罢,我根本不在意。我现下唯一操心的便是婉儿的婚事,几年前在舒城外,父亲曾说过,若是他有什么意外,让婉儿不必守孝,趁着年华尚好嫁人。彼时我未曾细想,现下却明白了父亲的苦心。婉儿已经十七岁,正是大好的年纪,若是守孝三年,只怕要耽误;可若不守孝,即便旁人不议论,她也过不了心里那一关罢……"

孙策揽着大乔,蹙眉回应:"是啊,莫说妻妹,公瑾也真的老大不小了。我们从小一起长大,我也算是他的兄长,自然该为他操持婚事。你放心罢,既然岳父大人留下话,我这做姐夫的无论如何都会玉成此事的。"

大乔回身倚在孙策身上,低语道:"对不起……"

大乔的温柔总是令孙策很受用,他早已没有半分恼意,在她的樱唇上一吻:"好了,莫再说这些了。往后可不许再这么有主意,说跑就跑,你可知道母亲有多担心?"

正当两人耳鬓厮磨之际,忽听门外传来士兵的通报之声:"报!少将军,前线传来急报!"

## 第三十四章 不负相思

程普率兵增援孙贲后,打得刘勋溃不成军,毫无还手之力。谁知半道杀出了黄祖之子黄射,带兵五千从水路驰援刘勋。程普不敢妄动,一面与之周旋对垒,一面派人快马加鞭赶回宛城报信。

当年孙坚死于岘山,无论是谁下的杀手,都少不了黄祖从中促成,这杀父之仇,黄祖逃脱不了。现下听闻黄射又来送死,孙策勃然震怒,心想本来就打算破宛城后即刻发兵攻打沙羡,将他们一举击溃,现下便不必再耽搁。他立即传下令去,命程普大举进攻,务必将其一网打尽,一个不留。

大乔明白,杀父之仇是孙策心中执念,黄祖的命虽不足以弥补,却多少能宽解他的丧父之痛。见孙策背手站在窗口,望着一轮清冷的月,大乔起身上前为他披上衣衫,软软地倚在他肩头:"孙郎……"

"怎么还不睡?"孙策就势将大乔揽在怀中,又将衣衫披在了她的身上,"我没什么事,只是……"

"我知道。"大乔明白孙策的欲言又止,垂眸道,"孙郎,天气愈发寒凉,我的身子也愈发笨重,待在外面不方便,我想回姑苏去了。"

孙策一怔,良久未回应,如星般的眼中眸色复杂:"莹儿……"

大乔抬手捏紧孙策的薄唇,玩赖道:"你不必有什么愧疚之意,我又不是为了你。琼儿打从出生就没离开过我,既然安葬了父亲,我也该早些回去看她。再者说,一到冬天婆母的膝骨就酸胀难受,前几年都会穿我做的羊毛护膝,我得早些回去准备。还有小姑,她每年都要长高,去年做的冬衣肯定不能穿⋯⋯总之,你去打黄祖罢,我回吴郡去,婆母、小姑和婉儿都在,我又不是头次有孕了,你真的不用一直陪着我的。"

孙策转过身,望着脸上仍带着稚气的大乔,心里很不是滋味:"你不必说这么多,你为我做的一切,我都明白。现下的情势如逆水行舟,我确实必须要进,否则莫说匡定天下的抱负,甚至连江东之地,都会危若累卵⋯⋯莹儿,你是我最爱的人,能如此理解我,我孙伯符此生无憾了,可是⋯⋯"

大乔知道,孙策这一句"可是"中包含多少心酸无奈,笑着打断:"你可是名震华夏的大英雄,这般儿女情长,也不怕旁人知道了笑话?我的身子你不必担心,回吴郡去待产,总好过跟着你辗转各处颠簸⋯⋯"

孙策沉默许久,重重一叹,将一双大手放在大乔微微隆起的小腹上:"生琼儿的时候,我就不在你身边,现下你又要为我生孩子,我却又要去打仗了。莹儿,我不算是个好丈夫,也不算是个好儿子,更不算是个好父亲⋯⋯"

"我不喜欢你这样,我还是喜欢那个会说'全天下只有我配得起你'的孙郎。"

孙策终于被大乔逗笑,眉头纾解,将大乔拥入怀中:"熬了这么多年,终于可以昭告世人你是我的了。你放心,此番出征前,我一定促成妻妹与公瑾的婚事,不让他两个彼此错过。前几日公瑾跟我提起,待打完沙羡、平定豫章后,想要去镇守巴丘,若是此番与妻妹不成,再见又不知是何时了。"

大乔惊讶地张圆了小嘴:"中郎将要去那么远的地方?巴丘可不比牛渚,往来至少十天半月。婉儿应当还不知道这事呢,明日一早我跟她说⋯⋯"

"夫人莫急,公瑾他不愿意现下就把这事告诉妻妹。其实,我也不想公瑾去那么远的地方,可我帐下将领虽多,懂我的抱负又有如此才干的,却只有公瑾一人。明早为岳父岳母大人上坟时,还是先探探他两人的口风再说罢。"

周瑜居然不愿意把自己要去巴丘的事告诉小乔,莫不是怕她一时冲动下答允婚事,而非真心实意地心悦于他?这两个人倒是都为对方想得不少,只是思虑过多,隐藏过多,反而更难让对方体贴自己的心思。

人在至情之中,难免会如此,大乔回想起在舒城围城时,自己与孙策亦是两情相悦却猜不清对方的心意。当年如不坚持己心,只怕两人早已在乱世中离散了,大乔庆幸之余,亦有几分后怕,只希望小乔千万不要固于执念,错失良人,那样才真正会令父母伤心。

翌日一早,孙策、大乔与周瑜、小乔便一道从北门出城,去乔蕤和二乔生母的合葬冢祭拜。

孙策与大乔已是板上钉钉的夫妇,祭祀行礼都有章可循,周瑜和小乔却显得有些尴尬。大乔抚着小腹,在小乔的搀扶下缓缓起身,招呼周瑜:"中郎将有所不知,多年前在庐江时我父亲就曾留下话:'若得周公瑾为婿,便此生无憾了',现下中郎将能来此处祭拜,想来我父亲在天有灵,也会老怀宽慰罢。"

数年前在庐江时,小乔只有十二三岁,周瑜也并未存那样的心思。小乔十足茫然,向大乔道:"爹爹几时说过这样的话,我怎的不记得了……"

不等大乔回答,一旁的孙策竟显得有些焦急:"岳父大人只说了公瑾?没说我吗?"

大乔一心惦记着小乔和周瑜的婚事,一时忘了身边还有个需要哄的,好笑又无奈,安抚道:"自然也说了你,爹爹最喜欢的就是你……婉儿怎的都忘了,就在那年除夕夜,父亲好不容易与我们姐妹一起过年,他还留下话,说有朝一日,若他身遭不幸,让你我姐妹不要守孝,一定要趁早找个好人家,也好在乱世里有个依靠。我已觅得孙郎,今日带他到父母灵前,想来他们在天有灵,也会放心了罢。"

此话的意思非常明显,小乔不是不懂,却闪避着大乔的目光,没有接口。场面不由有些尴尬,周瑜拱手道:"公瑾亦仰慕乔将军风骨,今日能来此一祭,乃公瑾之幸。"

小乔也罢了,周瑜居然也在这里揣着明白装糊涂,孙策不懂他们二人在打什么哑谜,望向大乔,神色十分不解。

大乔轻轻摇头,示意下属将她亲手准备的寒衣拿上前来,为父亲与母亲烧了。二乔禁不住又哭了一场,孙策顾忌大乔有身孕,怕她伤心过度伤着身子,待祭奠结束便下令即时回府。

二乔坐在马车中,大乔见小乔魂不守舍,轻攥住她的小手:"婉儿,你和中郎将怎么了?不会是吵架了罢?"

小乔忸忸怩怩回道:"周郎的性子,怎会跟我吵架呢……只是那日他跟我提了成亲的事,我没有答允,心里有些别扭。"

"你知道,爹爹一直是很疼你的,你已到嫁龄,若是因为守孝而蹉跎年华,爹爹在九泉下也不会心安的。抑或说,你是不是还有什么旁的顾虑……"

小乔的小嘴一张一翕,眸底满是迷茫困惑,嘟囔道:"我说出来,姐姐可别笑我,除了为爹爹守孝外,我其实……一直不确定,为什么周郎忽然就喜欢我了……我不像姐姐这般贤惠,连饭都煮得很难吃,周郎那么好,为何会喜欢我,还要娶我为妻?"

大乔从未看过小乔这般茫然无措,柔声宽慰道:"我们婉儿哪里不好了?聪明勇敢,还生得这样漂亮……"

"也就剩下漂亮了。"小乔无力地靠在车厢壁上,眉宇间愁楚更甚。

陷入"情"字之人,哪有不纠结往复、患得患失的,何况周瑜先前藏得太深,小乔没有分毫察觉,事到临头困惑茫然也不足为奇了。

这种事旁人如何劝慰都无用,大乔只能出主意:"你为何不当面问问中郎将呢?我觉得他虽然君子做派,却是个潇洒豁达的性子,不喜欢藏着掖着。你既然那般中意于他,他又爱慕你,为何不把话说开,总好过你在这里胡思乱想。"

小乔垂首不语,心绪却因为大乔的话而更加烦乱,这般的踟蹰不自信,她也是头一次。越是心悦于他,就越是不确信他的心意,可这样的事,又让她如何问得出口呢？

孙策回乔家宅院后，召吕范前来，与周瑜一道商议攻打黄祖之事。吕范乃汝南人士，与孙策周瑜年纪相若，生得仪表堂堂，亦非凡品。三人对着沙盘一阵推演，很快便定下了向沙羡进军的线路。

事不宜迟，吕范即刻回到军营，向各位将军传达孙策的指令。周瑜方欲请辞，却被孙策一把拉住："公瑾，你看吕子衡，跟我们差不多大，长子已经七岁了……"

孙策的性子素来豁达，除了自己与大乔，对旁人的风流事极不敏锐，此时劈头盖脸来这么一句，实在令周瑜有些好笑："我早就听闻吕兄在汝南郡时就得了如花美妻。不过，主公也不落下风啊，眼见就要有两个孩子了。"

"我自然是不愁，唯独为你发愁。少跟我打马虎眼，你和妻妹到底怎么回事？前两日还郎情妾意的，这两日又怎么了？"

提起小乔的事，周瑜眉间微蹙，但也不过一瞬便松解了："应当不打紧的。"

"你啊，太年轻。"孙策明明只比周瑜大一个月，此时却做出一副长辈之态，"女人就是要哄的，你准备些好话，去跟妻妹服个软，便什么事都没了。等她一松口，我就着人为你们准备亲事。"

周瑜虽俊逸潇洒，年少时却不似孙策那般，在众多仰慕自己的姑娘间游刃有余。但周瑜心里很明白，孙策出的是个馊主意，数年前他真心实意喜欢上大乔时，窘得笨嘴拙舌，天天惹大乔生气，而大乔与小乔这样姿貌的姑娘，又哪里是几句好话可以随便糊弄。周瑜愈发觉得孙策靠不住，才想开口揶揄，忽然意识到他们现下是君臣之别，便没有作声。

可孙策还是看出了他脸上的调笑之意，竟也不由笑出了声来："我好心好意为你出谋划策，怎的你还是这般态度？罢了，公瑾，先前你说，若打下豫章，你便要去巴丘镇守，可是近两千里路途实在太远了……"

周瑜轻笑一声，点着沙盘上的巴丘之地，向北一挥手："虽离姑苏远，却离此处近……"

周瑜虽然没有言明，孙策却明白，他所指正是曹操迎汉献帝所驻的许都，眸中精光一闪："你的意思是……"

"我不信你从来没想过。"

破宛城后，孙策已尽得江东大部，而曹操与袁绍仍在北方酣战，此时若能北上豫州迎来汉献帝，孙策的威势便会远远凌驾于曹操之上。这几日孙策在应对黄射，心思却早已飘得更远，听周瑜如是说，他只觉心有戚戚，十足畅快："知我者，公瑾也。"

庭院深深，西风卷帘，后院暖阁里，小乔正坐在案前做冬衣。本想为自己裁两身冬装，缝来缝去，却还是为周瑜做了外裳。

原本她是不擅女红之人，只因为那年周瑜穿了她做的衣裳，而刻苦练习。现下虽仍不能与大乔的巧夺天工之技相比，却也算人人夸赞的精巧了。

原来情之一字，真的会改变一个人。小乔一时走神，不慎扎了手，轻呼一声"哎呀"，赶忙将葱管般的玉指放在薄唇间一抿，一弯柳眉微蹙，明湖般的眼波里漾起了几圈涟漪，兜兜转转的，好似她心中的愁绪般盘旋。

周瑜不知何时来到了暖阁门口，轻叩门扉，沉声问道："我能进来吗？"

小乔赶忙起身相迎："你怎么来了……"

周瑜走入暖阁，却没着急落座，而是拉过小乔的小手，看罢伤势后，直接攥在了手心里："婉儿，我来找你，是有话跟你说。"

秋风遒劲，早已吹落繁花，飘零逐水无从依傍。小乔的小脸儿却比娇花更美，云鬓微颓，丝发散落肩头。她莞尔一笑，眸底的愁闷霎时被星辉取代："你别这样正经，我会很紧张的。"

周瑜沉吟道："我今日来跟你说的，就是最正经的话。婉儿，我想跟你谈谈我之前的亲事。"

小乔从未奢求周瑜会对她说起这些事。这些年，他的先夫人都是他的雷池，他将她牢牢藏在心底，不让旁人触碰半分。小乔幼时懵懂，不曾在意，渐渐长大后，倒也习惯了，但若说一点也不介怀，自然是自欺欺人的，只是没想到，周瑜竟会主动跟她谈起。

周瑜清澈坚定的眼波锁着小乔的倩影，缓缓开口："我先前定亲的时候，还不到十六岁。彼时只想着建功立业，对这婚事，自然是很排斥的。但我的先夫人是个很温柔善良又知分寸的姑娘，爱好诗书，与世无争，待到她及笄，我们就成亲了。在旁人眼中，我们是天成佳偶，十足般配，可她先天带有不足之症，在她过门时，身子已经很不好了，但她并未因此忘却职责，依然温和待下，将府中打点得井井有条……"

小乔听了这些话，心头酸闷难当，不自在地别过身去："大家闺秀，果然是很贤惠的。"

周瑜见小乔这般，竟有些想笑，拉过她的小手至唇边一吻，低低叹道："你别恼，我话还没说完呢。她过门没多久，赶上我父亲与家中堂兄弟先后病逝，我便扶灵回庐江，还未到居巢时，她就不行了……说实话，现在回想起这些，我心里还是很不好受。有好长一段时间，我只想助伯符讨回他父亲的兵，后来真的出仕为将，也是想以天下苍生为己任。那段时间，我压灭了自己的所有欲望，一心只想着征伐天下，也竭力克制住了对你的心意……但是，婉儿，我还是输了，我周公瑾活到二十多岁，从未输给过任何人，却唯独输给了你。我想要你，想留你在身边，想每天每夜时时刻刻都见到你。但我又担心你年少懵懂，不知情为何物，待确定你对我的心意后，我不愿意再等了。也许人生真的有很多情非得已，但我最想要的，只有你一个。若说先前是情窦初开，得而复失，耿耿于怀多年，如今却是排山倒海，无法克制。所以，你根本不必怀疑我的心意，比你陷得更深的人，是我……"

听了这一席话，小乔如饮酪酒，沉醉又迷离。她从未对旁人说起，甚至连大乔都不知道，面对周瑜的爱慕，小乔是如此的惶惑又不自信。为何周瑜能如此轻易地体贴她的心思，小乔鼻尖微酸，拼命忍泪，两滴清泪却还是蓦地坠落："那你……从何时开始，对我……"

"老实说，我不知道，也许是在花山，也许更早罢。你莫要怪我隐藏心意，我也只是个凡人，从来没有这样动心过，面对如此炙热的情感，心里也会惶惑……婉儿,不瞒你说,我打算等伯符打下豫章后,就率兵去驻守巴丘。你与乔夫人姐妹情深,我很明白,但值此乱世,我必须要有所作为……你愿意随我同去吗?"

听了周瑜的陈情,小乔心中阴霾尽扫,轻轻倚在他怀中:"你去哪,我就去哪。"

"那我就请伯符为我们准备婚事了。"周瑜蓦地软了眉眼,嘴角漫散着欢愉,"你不必有任何顾虑,我会永远宠着你的。"

小乔像是想起了什么,拉着周瑜到绣案前,取下裁好的衣衫,红着小脸儿道:"我新给你做了件衣裳,你要不要试试?"

周瑜接过衣裳,看着精巧又细密的针脚,心下一暖,动作却有些迟疑:"在这里试?怕是……不大好罢。"

小乔面颊上的红晕更甚,一瞋杏眼:"谁、谁让你在这里试了。反正也做好了,你把它拿走罢。"

小乔害羞的模样真是可爱至极,周瑜抬手捏捏她的小脸儿,低讷:"那我今日先走了,过几日,我来娶你。"

小乔愈发羞涩,轻轻"嗯"了一声,算作回答。见小乔终于松口,周瑜心中巨石落地,在她白嫩的额上重重一吻,难掩欣喜地道别,回前堂找孙策去了。

小乔目送周瑜走出后院,消失在视线中,却仍未回身,任由冷风吹过,翻飞袖笼,浑身被吹得冷飕飕。

十七年前,母亲因生小乔而难产,只因不愿小乔的生辰与母亲的忌日同天,而生生熬过几个时辰,待过子时方咽气。现下父亲离世,又留下话不准她们姐妹守孝,生恐她们因此耽搁了终身大事。小乔禁不住又滚下泪来,抬眼望着头顶上橙红瑰丽的夕阳,悄声道:"父亲,母亲,我要嫁给周郎了……我真的很幸福、很好,姐姐也很幸福,你们放心罢……"

有孙策作保,周瑜和小乔的婚事自然风光无两,不过半日,就传遍了整座宛城。

孙策纳了国色天香的大乔,江左周郎又要迎娶倾国之貌的小乔,在如此乱世中,能有这样的风流佳话,实在难得。几日以来,去往周瑜帐下道喜之人甚众,几乎要踏破门槛。

再过三日便是良辰吉日,周瑜与小乔即将合卺成婚,大乔也每日每夜地为小乔缝制着嫁衣,从早到晚,一刻不停。是夜,孙策与诸位将军确认罢粮草供给,已是三更时分,没想到大乔赤着白玉般的小脚丫,披着件单薄的衣衫,对着油灯还在为小乔改嫁衣。孙策边脱去外裳边嗔怪:"怎的又不听话?这样光着脚坐着,也不好好睡觉,这身子你还要不要了?"孙策说着,将双手搓热,上前将大乔抱回榻上,将她的双脚暖在了怀中。

大乔小脸儿上挂着幸福又餍足的笑意,小声娇笑:"今日婉儿试了,袖笼有些不服帖,我就想着再改改,正好也等着你,谁知一晃眼竟然这么晚了。"

孙策不忍多做半分斥责,长叹一声,轻声嗔道:"我明白你心疼妻妹,可你也要顾惜一下自己罢?你现下有着身子,本来就吃不下也睡不好,若是为了妻妹的事太过操劳伤着自己,岂不要让她难受?"

大乔枕在孙策肩头,撒娇赖道:"怎的孙将军现下也这般啰嗦起来了?我知道了,不会再犯,我也只有这一个妹妹,等她嫁给了中郎将,我想尽心尚且不能了,你就放心罢。"

"今日饭进得如何?中午可有休息会子?"

大乔乖巧地回道:"这几日不恶心了,饭吃得还好,睡眠倒是浅,有点动静便会惊醒了。"

孙策抚着大乔的小腹,似是调笑又很认真地说:"好孩子,莫要再闹你娘了,否则等你生出来,爹爹一定要打烂你的屁股……"

大乔只觉说不出的好笑,掩口瘦削的双肩抖个不住:"你会打吗?看你宠着琼儿,心肝肉似的,一点也不像个严父。"

"琼儿是女儿,自然要惯着,这一胎若是个小子,你看我揍他不揍?对了,莹儿,若这一胎真是儿子,我们给他起名'孙绍',如何?"

孙策统御江东,位高权重,家中又叔伯亲戚众多,故而大乔未曾将乔蕤取名的事告知于他,怕他左右为难,没想到他还是知道了。

见大乔半晌未言语,孙策笑问:"怎么了?名字不喜欢?我觉得很好听啊。"

大乔将小脑袋埋得很低,不让孙策看到自己脸上的泪珠:"你喜欢……我就喜欢……"

江南的冬天不似北方般凛冽,却也足够寒意彻骨,在孙策的怀中,大乔很快便沉睡过去。孙策悄悄取下她手中紧攥的嫁衣,将她平放在卧榻上,自己却睡意全无。

等忙完周瑜与小乔的婚事,过不了多久,他们便会出兵攻打黄祖了。杀黄祖乃他多年夙愿,如今良机就在眼前,他决不能轻易放过。但今日他又听手下人来报,称往沙羡方向发现长木修身影,却未能将其拿下。

长木修与黄巾军,再加上在吴郡大肆宣扬太平道的于吉,都令孙策感到恼怒又不安。此一次若不能将他们一网打尽,恐怕日后会再成祸患,想到这里,孙策眸中满是寒凉之意,直比西风更浓。

转眼之间,明日便是成亲之日了,小乔沐浴焚香后,坐在妆台前,望着自己发怔。及腰的长发未绾,散落肩头,愈发显得她瘦削玲珑,楚楚可怜,可她的小脸儿上却满是澄明坚定,和几分无以名状的幸福。

大乔撑着日渐笨拙的身子,迤逦而来,轻叩门扉:"婉儿……"

小乔赶忙起身相扶:"姐姐怎么来了?若是有事,命人喊我过去不就好了?"

大乔温柔巧笑,拍拍小乔的小手:"无妨,你成婚,姐姐高兴,走动走动也是好的。"

小乔紧紧挽住大乔的手臂,赖道:"我成亲以后也要赖着姐姐的,姐姐可别想着不要我了……"

"你这丫头,都要做人妻子了,怎么还这般孩子气。"大乔虽如是说着,心里却还是舍不得小乔,"虽然知道中郎将会待你很好,但我们姐妹从来没有分开过……婉儿,你一定要比姐姐过得更好,我才能放心哪。"

小乔知道大乔有孕,不宜情绪激动,强行压抑着满心的不舍,笑对大乔道:"姐姐别这样说,等姐夫和周郎去打沙羡,我还是要陪姐姐回姑苏的呀,我们姐妹要相伴一辈子的。"

大乔破涕为笑,抬手抚过小乔的长发:"你呀,别再说这般孩子似的玩话。你、你到底知不知道,成亲意味着什么呀?"

为着周瑜与小乔的婚事,孙策特意命人在乔家老宅附近不远处新辟了府邸,装饰精巧温馨,很费了一番功夫。

漏夜时分,周瑜忙罢军中事务,先回府中做准备,手中还抱着一沓孙策与他的文书。明日就是他与小乔的成婚之期,孙策近来特意削减了他的事务,令吕范等人多多从旁协助,今日怎会特意给了他这一摞子书卷呢?

再联想起孙策脸上那兜不住的贼笑,周瑜愈发觉得可疑。才进书房落座,他便打开细看,只见上面男男女女图画清晰,不堪入目,一时间好气又好笑,将它们丢在了旁处。

不过想起明日成亲的事,他确实有些头疼:若干年前大乔产女时,小乔曾哭着说这辈子不要生孩子,他可是鬼使神差般答应过的,现下把自己架在这里,倒真是进退维谷了。

两汉的婚仪承袭周礼,于日暮时分合婚。是日一早,周瑜便按照礼制沐浴更衣,他头配爵弁,身着玄端服,袖展三尺三,收口一尺八,缁袖纁裳,白绢单衣,满是说不尽的风流倜傥。

生逢乱世,即便是大婚之礼也有些仓促,未得将周尚夫妇接来此处,醮子礼无人可代行。可周瑜为着礼教周全,还是设位拜了先父,独自斟饮后,才随礼官出了门。

日暮西斜,皖山皖水皆笼在一片灿金之下,这座孕育出千古传唱爱情传奇"孔雀东南飞"的小城,今日又因一对璧人的婚仪而显得格外温情脉脉。全城百姓皆拥向乔家宅院四周,万人空巷,夹道围观,将百丈小路围堵得水泄不通。若数天下的风流俊才,谁人不识江左周郎;再论名满四海的倾国佳人,又有谁不知宛城二乔呢?如今孙策已纳大乔,又将小乔许给了情同手足的周公瑾,饶是这段佳话,便足以响彻华夏神州,宛城百姓又怎能错过如此时机,不前来一观呢?

乔家老宅外，筵席全备，大小乔的几位远房叔伯在门外迎接新婿。吉时方至，周瑜便乘车前来，只见他身长八尺，气度超凡，面容俊逸，既有儒士清雅，又兼武将旷达，他信步走下车来，接过礼官手中的大雁奉上，与几位对揖行礼，再接过薄酒一饮而尽，而后随众人入了正堂。

大乔、孙策与几位婶婆正等在堂中，周瑜再与几位见礼，在座诸人无不慨叹小乔得了个好夫婿。周瑜接过族中尊长递来的酒盏，才昂头饮尽，便见小乔在一众婆妇的簇拥下从后堂走来。

她穿着大乔亲手所制的五彩重缘裳，素来不施粉黛的小脸儿上美人初妆，瑰丽如三春之桃，又清纯素雅，芙蓉不及，冰肌玉骨尽藏锦缎之中，只露出点点皓腕，傲雪凝霜。

周瑜曾想过，小乔穿嫁衣一定很美，却从未想过，竟会美到令自己失神。旁人见周瑜望着小乔发呆，都掩口窃笑，孙策倒是十足理解，轻轻揽住大乔，低声道："以后公瑾再也没立场笑我了。"

眼见到了新妇出门的时辰，在礼官的提醒下，周瑜与小乔夫妇两人一道上前，向孙策和大乔行礼道别。大乔千忍万忍，却还是止不住地哽咽起来，惹得小乔亦啼哭一场，才终于出了门去。

门外看热闹的百姓越积越多，看到小乔的姿貌，众人皆发出阵阵啧叹之声。周瑜扶小乔上了马车，先按照礼制驾车徘徊三圈，而后又请车夫上前驾驶，自己则坐车先行一步，回府门处等候。

大乔有着身子不宜出门，孙策既算是新郎亲眷又是新妇的姐夫，自然要前去吃酒，可他不放心大乔，安排她用饭安歇后，才随众人一道前去道贺。

周瑜身长玉立，于门前请各位亲友入席落座。待小乔乘坐马车抵达，周瑜上前相迎，夫妇二人再度见礼，而后相携走入正堂，盥手罢，以男西女东之方位落座于正堂之中。

夜幕低垂，府中内外院墙皆挂上了六角红灯笼，映着山外的七八颗星，显得格外温情浪漫。

打从豆蔻年华，情窦初开，小乔一直爱慕着周瑜，也曾幻想过有朝一日嫁与他为妻,待这一切真实发生时,她却有些恍然不敢相信。但眼前与她行合卺之礼的,确实是她心心念念之人,小乔不禁蓦然垂泪,落在了瓠酒之中。

周瑜心中亦是慨然,低声道:"此一世让你等了好久,下一世换我等你,我们永远不分开……"

小乔泪下更急,嘴角却弯了起来。宾客们看到他们夫妇二人低语,皆不住起哄,瑜乔二人这才饮尽了瓠中酒,完成了合卺之礼。

待全部礼成,侍婢们簇拥着小乔去往后院厢房,周瑜则留下宴宾客。孙策坐在居首之席,显得兴致很高,与周瑜举盏对饮,低笑道:"莹儿与妻妹这两位绝代佳人在乱世中颠沛流离,实在可怜,但得你我二人为婿,也算不辜负了。"

周瑜明白孙策这一席话里包含多少意味,将杯中樽酒一饮而尽,拱手道:"多谢主公玉成。"

孙策重重拍了拍周瑜的背,也饮尽了杯中酒。吕蒙蒋钦等人见孙策饮罢,周瑜兴致很高,便再不顾忌尊卑,皆上来拉着周瑜敬酒,宾主尽欢,好不热闹。

后院厢房里,小乔独自坐在卧榻上,一颗心突突直跳,如小鹿乱撞。数年前在汤山初见,她一眼便望见了他,彼时他是俊朗不羁的少年,她却是个只会飞石头子的假小子。现下兜兜转转多年过去,他已是名满天下的英雄豪杰,而她亦初长成了倾国佳人。原以为无论她情深几何,都难以走入他的内心,没承想竟会有峰回路转喜结良缘这一日。

房中书案上,摆放着周瑜的七弦琴,小乔起身上前,轻轻拨弦三两,自己的心弦也随之一颤。

他的琴、他的弓、他的书卷,与她的绣筐、她的妆奁、她的花钿,物物相交,看似违和,却又齐整地放在一处,就好似他与她的人生,交织缠绵,再也不会剥离。

小乔正含羞想着,忽闻门外传来一阵脚步声,她顾不得自己的小心思,赶忙起身跑回榻旁端然坐好,心突突跳着,好像就要蹦出嗓子眼。

与此同时,一众人哄笑着,将厢房的大门推开,周瑜与小乔再度见礼,而后夫妇二人分别在外间与内室由小厮和婆妇褪去衣袍。

此时天色已完全黑透了,侍人持高烛而出,只留下两只丈长红烛,摇曳一室温存。正值初冬凉夜,小乔不禁有些打战,她低低垂着小脑袋,不敢看步步走来的周瑜。她深深地呼吸,却还满是窒息之感,猛然间,她不盈一握的纤腰被蓦地箍紧,整个人便跌入了一个温暖宽厚的怀抱之中。

小乔含羞抬眼,只见周瑜正无比温柔地望着自己,不由又羞得垂下脑袋,小声道:"喝了不少酒,要不要来碗茶呀?"

周瑜似是回答小乔,又像是自说自话,语调中满是欢愉:"今日高兴,就贪饮了两杯,婉儿,我们终于成亲了……"

没想到周瑜竟会因为娶了自己而如此开怀,小乔抬手紧紧圈住他紧实的腰。她袖中的兰桂幽香袭来,令周瑜一瞬恍惚,不由分说便俯身吻上了她柔嫩的薄唇。小乔懵然半响,再回过神时,只觉四下里都是淡淡的酒香,合着他身上幽微恬然的气息,令她仿佛沉入了一汪明湖,载浮载沉,惶惑又耽溺,无法自拔。

天地仿佛空无一物,唯有怀中人,比万物还重要三分。两人抵死缠绵,耳畔只剩彼此的低吟喘息,周瑜拼命寻回一丝理智,万般不舍地松开了小乔。

悠悠火光下,她唇上的燕支微糊,眼波中蒙着一层迷离又妩媚的水光,发髻倾颓如玉山倒,乌亮的发丝散落在周瑜的手背上,凉凉的,撩拨得人心头更痒。周瑜垂下眼眸,与小乔十指交缠,拉着她绕过软榻,来到厢房后门处。小乔只见高烛红光隐隐透过纱绢窗透入房中,却不知门外究竟何物,探寻地望向他。

周瑜笑得温存又潇洒,示意小乔开门。她再不犹疑,轻推门扉,西风卷帘,散落花瓣无数,只见飞檐廊下,一方园囿中竟种满了碗花,红烛高照,花开旖旎,幽香扑面袭来。

小乔既惊又喜,不解问道:"已是冬月了,怎的还有碗花啊?"

周瑜未做回答,而是牵着小乔顺着石板小路步步走入繁花深处。小乔只觉此处地气胜于旁处,细看来才发觉,花枝藤蔓里藏着两眼温泉。她的小脸儿亦被热气蒸得愈发红润,旖旎靠在周瑜身上,抬起小手环住他修长的脖颈,娇笑道:"你还记得我说,想看碗花……"

"你的所有事,我都会记得。"

说话间,两人行至繁花铺道的尽头处,只见花圃间摆着一张雕花木案,案上放着一只精巧无比的天灯。小乔伸出纤纤素手拿起,左右翻看着:"很是精巧,倒不像是宛城里能买到的……"

"自然是买不到,毕竟是为夫亲手扎的,世间只此一个,单单给你一人。"

小乔笑得温柔又餍足,安心靠在周瑜怀中:"为何做了这天灯给我?可是还想着,那年在舒城外,雨势好大,我的天灯没点起来?"

周瑜抚着晚风中小乔微凉的丝发,沉吟道:"不单如此……婉儿,都说天灯飞去的地方,是往生者的所在。我知道你心里一直惦记着岳父与岳母,把我们的思念寄托在天灯上,让它随风飞去吧。"

父母的事是小乔最大的心事,周瑜未曾当面垂问,也从未做过无谓的宽解,小乔亦不曾指望他能与自己分担,将这些痛苦与伤怀全部压藏在了心底。没想到周瑜如此体贴她的心事,竟亲手做了天灯,让她在初婚之夜,将自己的幸福与欢愉传递给他们。

秋风萧瑟,一对璧人身着绸白裹衣,袖笼翻飞,宛如谪仙。周瑜环着小乔,将天灯点起放在了她的手心上。小乔抬起双手,水葱般的指尖轻轻一推,天灯缓缓升起,顺着风,越飞越高。

微弱的火光映着小乔娇俏的面庞,泪珠儿不住滚落,她的神情却是幸福又欢愉。周瑜在她耳畔低低问道:"给岳父岳母大人带的话可都说了吗?"

"都说了……只是,不好意思说出声来。"

"可我还想听听,你会如何跟岳父岳母说起我呢?"

天灯越飞越高,与繁星并肩,渐渐只剩下一个微弱的光点。小乔这才收了目光,转身娇声讷道:"周郎,我好贪心,想要生生世世和你在一起……"

"我们当然要永生永世在一起,我会永远疼你如命的。"

小乔抬起小手,玩赖似的在周瑜心口写了几笔:"我可都记下了,你不许耍赖。"

周瑜笑着抓过小乔的手,放在唇边一吻:"我说的话,每一句都算数……几年前我曾答应过,不要你受生育之苦,现下依然作数的。婉儿,若你觉得不行,我们可以分房睡,等你觉得可以的时候,我们再……"

小乔没想到周瑜还记得她多年前的胡言之语,感动又羞赧,踌躇间不知该如何作答。

周瑜见小乔含羞不语,似是别有他意,压着嗓子问道:"夫人的意思是?"

小乔赧于言辞,踮起脚尖,在周瑜面颊上匆匆一吻,旋即又红着脸将小脑袋埋进了他的怀中。

乱红飞过,繁星相顾。周瑜将小乔拦腰抱起,四目相对,眼波中的流星却比银河更加夺目。周瑜语带难以名状的畅快与决绝,俊俏绝伦的面庞亲昵地蹭过小乔绝美的小脸儿:"从今日起,你就是我周公瑾真正的、唯一的女人……"

不知何时,北风过境,带来簌簌落雪,万物藏了形迹。一对璧人亦相依回房,小院中唯见雪片纷扬飘洒,化在了一池温泉清水中。

世间万物的风情总似有千百词汇得以描摹,却难以形容此景万一,就好似迢迢星河路远,却难敌此间情义,缠绵悱长……

## 第三十五章 得成比目

沙羡之地，天方破晓，山川之间，长木修御马独立，望着滚滚长江，眸中的水光如潮汐涨落。可他紧咬着牙关，始终未让自己落下泪来。

今夜是他最心爱姑娘的洞房花烛夜，新郎官却是旁人。不知小乔会如何娇娆妩媚地在周瑜怀中承欢，长木修每每想到此，皆觉得满身的血液都化作了利刃，将他的五脏六腑都剖得稀烂，令他痛彻心扉，无法自拔。

山风烈烈，今冬风雪犹胜往昔，更添几分凄凉之感，可他还没有认输，若是孙策与周瑜觉得自己已经赢了，未免高兴得太早。长木修正想着，忽闻一阵打马声，只见一小厮策马赶来，对长木修拱手道："少主，黄将军有请。"

长木修箭伤未愈，此番快马加鞭赶来，为的便是与黄祖联手，将即将率兵来此的孙策与周瑜一举攻破。不过黄祖警惕性极高，长木修愣是在城外等了几个时辰，才终于被人请入城去。

长木修阔步进堂，见正中席位上坐着一位黑壮的男子，四五十岁上下，满面须发，面相很是有些凶煞，应当便是黄祖了。长木修方上前要揖，却见他身侧坐着一个女子，好不熟悉。长木修不由一时愣怔，还未回神，便见那女子娇笑着为黄祖斟茶："黄将军，这位便是我跟你说起的，我的胞弟张修了。"

数月前长木修离开吴郡时，姬清不知所踪，没承想竟然蹿到此处来寻黄祖了。长木修强压住心底对姬清的不满，拱手道："见过黄将军。"

黄祖乜斜了长木修一眼，似是对眼前这清秀羸弱的男子没什么好感："数年前，你张氏门下有个姓裘的天师，曾襄助本将军，御鸟结果了孙坚那狗贼，本将军对他十分激赏……前些年听闻他得了怪病，要未时三刻出生的女童做药引炼丹，方能治愈……这几年我未曾听说裘天师的消息，莫不是你们真的不中用了，连个女娃娃都弄不来？"

长木修未料到黄祖会问这个，一时语塞，还未作答，就见姬清一斜媚眼，似笑非笑道："黄将军有所不知，当年我们很快就找到了个符合条件的女娃娃，把她带到我伯父的阴宅花山处，本想到良辰吉日便开炉炼丹的，不承想……出了些意外，没过多久，裘天师便不在人世了……不过，以修的本事，也足以助黄将军击退孙伯符呢。"

黄祖望向姬清的目光仍是信任的，转向长木修时却带了几分犹疑："哦？张公子竟有如此能耐？"

提起当年花山之事，幼年小乔泪眼汪汪望着自己的模样倏然浮现脑海，长木修一时气短，心下又是一痛，赶忙沉心定气，却久久难以缓过神来。可黄祖直勾勾望着他，似是不放过他脸上的任何情绪变化。长木修不得不强挤出一丝笑意，拱手道："张某的仇雠与黄将军相同，若是黄将军信得过，张某愿意全力一试！"

一夜的落雪，将宛城装点成了冰雪琉璃世界。小乔在沉睡中闻得几声鸟叫，悠然转醒，只见绢纱透入一片莹白空明，而卧榻之畔已不见周瑜身影。

小乔红着小脸儿，捡起榻旁零落的亵衣披上，赤足迤逦走到窗边，看着庭中的落雪发呆。厚厚的积雪，令这座她从小生活的城全然变了模样，一如她天翻地覆的人生。

小乔红着脸咬着薄唇，不敢去回忆昨夜之种种。方沐浴罢的周瑜走入房中，见小乔立在绢纱窗前，上前从身后将她拥住："怎的醒了？我还想让你多睡会儿……"

小乔潮红的面颊上又添了几丝羞怯,回身轻讷道:"一早还要去给姐姐姐夫见礼,我这已经是贪睡了呢。"

"身子……还疼吗?"

小乔将小脸儿全然埋在周瑜怀中,闷声不知说着什么。周瑜好笑又疼惜,拉着她来到内阁,只见浴池中已放满温水,热气蒸腾,很是舒适宜人。

小乔举身入清池,玲珑有致的纤弱身躯被温水包裹,身上的困乏疲倦未几便去了几分。可她心里明白,今日若出门晚了,定会被人笑话,故而不敢过于贪恋水中的温暖,换上桃色襦裙,袖中拢香后便走了出去。

周瑜亦换好了儒裳,又是一副纤尘不染、玉树临风的模样,立在窗边看书。小乔坐在妆台前,淡扫修眉,娇声道:"雪光亮,却有些伤眼睛,莫要看得太久……"

周瑜一笑,放下了书卷,走到妆台处,望着铜镜中的小乔叹道:"我的婉儿真美。"

小乔低眉垂眼,鲜妍绝艳如娇花含苞待绽:"我连画眉都不会,你还夸我呀……"

一方铜镜,映出一对璧人,即便是寻常衣衫,他二人亦穿出了超凡出尘韵味。周瑜含笑拿过小乔手中眉黛,轻轻几笔落在小乔眉宇间:"夫人眉目如画,根本不需多加修饰,轻扫几笔便已足够了。"

小乔对镜而视,莞尔道:"先前只知夫君琴声绝妙,没想到还会这个?"

"我只会为你画眉。"周瑜说着,忍不住低头轻吻小乔桃瓣似的薄唇,小乔慢慢回应,气氛亦愈发悱恻缠绵,直至门外传来小厮的叩门声,周瑜才恋恋不舍地将小乔放开,"罢了……不然,只怕出不了门了。"

夫妇二人相视而笑,初婚的羞涩中渗透着丝丝缕缕的甜,好似蜜糖似的,浓郁又缠绵,分毫也化不开。未几,两人冒雪出门,皑皑白雪间,车行未免艰难,好在乔家老宅与新居相隔不远,不过一炷香的时间,两人便从侧门入了府,直奔后堂而去。

大乔早早命人烧了火盆,准备了小炉煮着甜酒,待瑜乔二人相携走入,大乔开心地起身相迎,吓得孙策噌的一声站起,将她稳稳扶住:"地上滑,小心身子。"

待孙策与大乔坐定,周瑜与小乔向他二人见礼,四人闲话片刻后,周瑜随孙策往前堂议事,小乔则留下来,陪大乔说话。

大乔禀绝世姿容,这几日却因眼窝下的乌青,显得有些病弱。小乔十分忧心,抚着她的小腹问:"姐姐还是睡不好吗?怎的只见肚子大了一圈,身子却更瘦了?"

大乔抬手托着小脸儿,眸色既欣悦又无奈:"这一胎也不知怎的,跟怀琼儿时候不大一样,先前是睡不够,现下倒是睡不着⋯⋯"

"或许,是个男胎?"小乔并不懂,只是胡乱猜测,"若是个男孩也挺好的,姐姐便是儿女双全了。"

大乔没有接话,而是踟蹰了一瞬,才说道:"婉儿,我不用想便知道,中郎将一定待你很好罢。可昨晚孙郎与我说起,倒是觉得有些对不住你们,现下黄射驰援刘勋,战场形势瞬息万变,不知何时他们便要出发去征讨沙羡。你们新婚宴尔,原本应当多在一起的,姐姐与姐夫心里都有些不落忍⋯⋯"

"姐姐姐夫不必如是说,更不必如是想。周郎是什么样的性子,心中有什么样的抱负,我都明白⋯⋯我既然是他的妻子,便会全力支持他,不会让他因为儿女之情受牵绊的⋯⋯"

火盆中发出木柴燃烧低低的"嘭嘭"声,大乔苍白的面颊上泛起一丝欣慰笑意:"到底是嫁了人,婉儿真是长大了⋯⋯先前孙郎总说,帐下将军虽多,个个都能阵前骁勇杀敌,可最懂他的筹谋的,却只有中郎将一人。或许,他们真的能做到许多我们想都不敢想的事,而我们姐妹二人,则应做个贤良妻室,让他们安心杀敌,无后顾之忧才是。"

小乔乖巧应道:"姐姐的话,婉儿都记下了,一定会尽力为周郎分忧的⋯⋯"

"现下在宛城,多有不便,等到有机会时,你也当去拜访周明府与老夫人,才算是礼数周全。"

大乔为小乔思虑得周到细碎,小乔默默记着,十分听话。就在两姐妹谈笑之际,忽闻堂外响起一阵激烈的叩门声,大乔吓了一跳,抚着心口命道:"快去看看,这大雪天的,是什么人来了?"

虽然人在宛城,这几日孙策帐下往来江北的报探却格外繁忙。曹操亲率十万大军攻破袁术后,此刻正陈兵徐州,与吕布对垒,此刻正是情势微妙之际。周瑜心中有数,故而新婚翌日便回到孙策帐下议事,同来议事的还有程普、黄盖、朱治、韩当、吴景、孙贲、吕范、张昭、虞翻、太史慈等人,可谓是将星熠熠。

一入堂屋,众将向孙策行礼后,便向周瑜道贺,周瑜拱手回礼,一时间好不热闹。就在众人哄闹之际,几名童子拉着一张由十六张羊皮缝合而成的硕大舆图走入,将其展开放于地上,众人定睛细看,只见这图卷将北起乌桓、南至交州的整个华夏大地尽数囊括其中。

若只为攻打黄祖,为何要将舆图做得如此之大?列席的各位议论纷纷,皆面露不解之色。

孙策摆摆手,示意众人落座。此一次座次也与以往不同,参与议事的人三面围着地图而坐,孙策坐在正中,周瑜和张昭各居其左右,替代了以往以亲序排列时吴景与孙贲分别坐孙策两侧的坐法。对此,吴景和孙贲早有准备,没有半点怨言,程普等老将虽心中略有小忿,但见吴景与孙贲都没说二话,亦不好作声,只静待孙策发话。

见众人到齐,孙策一招手,所有侍卫便又静又快地走出堂去,紧闭大门,与堂外的侍卫们一道,肩并肩地将正堂前后左右围了个水泄不通,防止外面有任何人偷听议事内容。与此同时,从吴地赶来的哑儿领着十二名童子走入堂内。孙策见众人露出狐疑之色,解释道:"这些童子,是我为着今日议事,特命公瑾专门训练,他们是聋哑者,不会泄露机密。"

说话间,十二名童子已经各就各位,前面八个拿着八根特制的木杖,长约一丈,顶端如同戈一般横着一块平坦的木板,似乎是用来推、勾什么东西;后面四个则提着四个木箱,如同四个大号的食盒。周瑜一摆手,这四名童子齐齐将盒子打开，只见里面放置着许多大号的象棋棋子，只是上面刻着的并非"士""象"，而是"孙""曹""黄""袁""吕""刘"等字，且每种都有许多个，似乎是用来表示兵力的多寡。众将思索间，张昭率先看出了其中的玄机，笑叹道："主公此次恐怕所图非小啊……"

"子布兄与孤相识已不是一两日，孤何时像坐井观天之辈？今日，召集各位不远千里从戍防之地赶来，便是为着定夺大计。"

说着，孙策对周瑜使了个眼色，周瑜立即向哑儿耳语几句。哑儿心领神会，用周瑜发明教与他的手语，指挥各个聋哑童子挪动棋子。他们各个神情严肃，仿佛沙场上的传令官一般。

俄顷，十二名童子已将所有棋子排布到位，但见偌大的舆图上，十余枚棋子清清楚楚地排列出了当下孙策、曹操、黄祖、袁绍、吕布、刘表等在各地的兵力部署。众人惊叹之余皆有所顿悟：这便是要像下象棋一样，来庙算今后的局势罢。

孙策见众人领悟，也不再卖关子，背手道："兵法有云：'夫未战而庙算胜者，得算多也。'今日孤召集众位来此，就是为了借助你们所有人的智慧，来为我等共同的大计出谋划策。诸位进了此帐，不拘品位官阶、亲疏远近，只要有所思、有所议，都可畅所欲言；若有觉得需要驳斥指正之处，哪怕是针对孤，也无妨无忌。公瑾，你先开始吧。"

周瑜点了点头，向哑儿做了个手势，而后起身对众人道："诸位想必都知道，眼下曹操在下邳与吕布陷入围城战已有两个月。根据徐州来报，下邳城内的粮草供应已十分紧缺，有风声称，吕布已有降曹之意，但碍于手下谋士陈宫极力反对，而犹豫不决。如若吕布速降曹操，或者其内部生变，那么曹军下一步的动向就十分关键——渡江攻打江东。"

周瑜说话的过程中，几名聋哑童子就在哑儿的指挥之下用刻着"曹"字的棋子拱掉了刻有"吕"字的棋子，而后率兵南下，在这硕大的地图上，距离长江已不过方寸之地。

众将之间不禁又迸发出一阵议论之声，待众人平息几分，周瑜又道："因此，我等进攻黄祖的时机十分关键，若我等进攻沙羡，久攻不下，那么江东兵力空虚,曹军大举南下的可能性就会更大。届时,牛渚被破,丹阳告急,而我等的回军路线亦会被曹军截击,主公浴血奋战打下的基业就危在旦夕了。"

话音刚落,只见偌大的地图上写着"曹"字的棋子不知何时已"啪"的一声落在吴郡之上,而其余的棋子也相继占领江东各郡。在场包括孙策在内的诸位文官武将们见此,神情皆肃杀了起来。

周瑜轻摇羽扇,玉立于硕大地图之前,指着长江中游处:"依公瑾之见,攻打黄祖之战,只能速胜,不能拖延。我等寻求的,应当是迅速击败黄祖及其部下,让他们不敢向东进犯宛城,若陷入持久的攻城战,恐对我方不利。"

黄盖忍不住发问:"可我等不是要去打沙羡吗?沙羡虽然没有江陵、长沙那样易守难攻,到底也是不能轻易攻破的,再怎么快,也至少要一月时间。"

张昭捋须摇头:"何止一个月,沙羡乃是荆州东边的门户,若是我们在沙羡大败了黄祖,刘表安能置之不理?主公若想得荆州,必不是一时三刻可取。"

"子布兄所言不差。"周瑜接过张昭的话头,徐徐说,"眼下攻打荆州,必然是十分费力之举。自黄巾军起兵以来,九州之内,唯有荆州独善其身,未有过大的战乱。关西、兖州、豫州的名门望族,避居荆州的不在少数,可谓是人才济济。刘表对此多招诱安抚,即便他们当下为了避嫌不效力于他,若我等大军逼近,便等于是帮助刘表得到他们的效忠罢了。"

一直没有发话的程普突然道:"黄祖为人强横,若只是随便打打,虚晃一枪,恐怕会给宛城乃至整个庐江留下隐患,更有孙老将军之大仇未报,如何能听之任之啊!"

"当然不是听之任之。"周瑜立即回道,"此人为人强傲,若用调虎离山之计诱使他离开防守坚固的堡垒,主动与我们一战,那么不仅能够避免陷入攻城的持久战,还能令我们师出有名。所以,即便不大举进攻荆州,我也可以让黄祖吃个大败仗。此外,只要依我此计,还能令曹操不敢南下江东,届时丹阳、吴郡皆可高枕无忧。"

"什么计策如此之好?快说来听听!"孙策知道周瑜想出的计策定是良计,显得兴奋不已。

周瑜轻笑一声,轻轻拊掌:"请诸位看舆图。"

众人皆不解地望向面前的偌大的舆图,只见不知何时,刻着"孙"字的棋子竟已排在了长江宽阔的水面上。众将一时愣怔,唯有从王朗处投靠孙策的虞翻突然跳起来拍手叫绝:"妙极,妙极!"

周瑜笑道:"仲翔兄曾用船载王朗遁逃,应当知晓了。没错,沙羡虽固,但只要用水军,便可轻而易举地深入其腹地,届时黄祖将不得不在水上与我决战。而曹操大军尽管来势汹汹,但却没有一个懂得如何打水战,若见我水军,便绝不敢贸然渡江。水战,便是此战关键中的关键。"

这厢正堂中,周瑜正慷慨陈词,那厢后院中,大乔命人开了门,只见来人竟是冒着风雪匆匆从吴郡赶来的孙权。

大乔即刻命人将他请入堂屋里,孙权褪去满是积雪的斗篷,上前对大乔行礼道:"长嫂。"

大乔忙让下人捧来温茶:"小叔一路辛苦,婆母、小姑可好吗?琼儿……琼儿可还好吗?"

天寒霜冻,孙权捧过温茶,痛饮几口,才徐徐回道:"母亲很好,听闻长嫂又有了身孕,这几日一直在物色接生婆;尚香……一直都疯疯癫癫的;至于琼儿,母亲成日里带着,养得挺好的,而且母亲与她说过,长嫂回宛城安葬她的外祖父,乃是至孝,琼儿虽小却很聪明,感觉应是明白的,长嫂不必记挂。"

这一席贴心贴肺的话,不似孙权这愣头小子能说出来,想必是吴夫人专程交代,让大乔宽心。大乔心中感愧,不禁又起了唏嘘,小乔宽慰道:"姐姐听了这话,可该放心几分了呀。"

孙权这才想起未与一侧的小乔见礼,起身拱手:"本想早些赶来,吃公瑾大哥与小乔夫人的喜酒,谁知风雪太大,路上竟耽搁了。"

小乔含羞莞尔,回礼道:"怎的连你也听说了……"

"哪只是我,一路从吴郡来,百姓无一不在谈论,如此佳话,自然是传得极快。若是两位再有个胞妹,我可是一定要讨了去的。"

大乔知道孙权是在玩笑,掩口轻笑:"小叔可别说这话,若让步姑娘听了可要伤心的。"

提起步练师,孙权脸上的神色一滞,眸底蓦地漾出几丝清苦。大乔捕捉到他神情的变化,心生诧异,才想发问,便见孙策议罢事,带周瑜冒着风雪走回后堂,朗笑道:"我说怎么这么热闹,原来是仲谋来了!"

孙权见到孙策,赶忙拱手行礼,大乔只能将嘴边的问话咽下。孙策与周瑜皆有日子没见到孙权,要说的话自然是车载斗量。众人攀谈尽欢后,周瑜带着小乔回了府,孙策则扶大乔回房歇息。

风雪大,回廊长,大乔走得极慢,孙策怕她受凉,一把将她抱起,惹得大乔一声惊呼、两句嗔怪,竟像撒娇那般可爱。

两人进了厢房后,孙策将大乔放在卧榻上,又为她解了披风,大乔一面用铁钩拢炭火,一面巧笑道:"小叔这次来,看着好像有心事。方才我们都在,瞧着你们一直在说沙羡的事,我也不好插嘴……你们兄弟之间好说话,你得空也问问他罢。"

"有心事?"孙策亦解了披风,坐在炭盆前取暖,"前阵子他花钱也太大手大脚,我便写信问了几句,不会是因为这个吧?"

"我看着不像呢,好像是因为步姑娘罢。"

孙策俊眉一蹙,似是想起了什么,安抚大乔歇息后,又冒雪去偏厅寻了孙权。

兄弟两人一边煮青梅酒,一边闲谈,只听孙策问:"方才你嫂嫂说你有心事,我还未曾留意,可是家里有什么事?"

孙权欲言又止,挠头道:"让兄长嫂嫂担心,是仲谋的不是……"

"你也是个爽快性子,怎的说个话还磨磨唧唧,像大姑娘似的,还让人追着问不成?到底有什么事,说罢。"

孙权这才吭吭哧哧回道:"此事无关军务,但也实在要紧……兄长,先前小师回祖宅为母守灵,我们一直都有书信往来,可自打袁术称帝,为祸江南起,我们就断了联系。我曾策马去找过她无数次,也托人四处探问,却怎么都找不到她……"

袁术称帝,骄奢淫逸剽掠百姓,又四方为战,令疫病泛滥,民不聊生,仅淮南一郡,人口便锐减数十万,天知道步练师这个柔弱的小丫头会不会已经死在了战乱之中。可看孙权眼底涌动的情绪,对这丫头是实打实地上了心思,孙策不忍直说,只道:"打完了沙羡后,我打算令各郡太守将百姓名录登记在册,以方便来年春日农种,到时候一查,便会知道步姑娘与她兄长去往了何处,你不必太揪心……不过,说起你的婚事,为兄还有一事与你商量:袁术已经死了,先前为你与他的小女订婚,只是权宜之计,按理应当是不作数了。可她一个姑娘家,家里失势没了依靠,若再失了婚约,只怕在这乱世里会难以存活。几日前妻妹要出阁时,她曾来送过贺礼,我也见了一面,看模样倒是个知书达理的姑娘,与她父亲不同。更难办的,则是她幼时曾见过你一面,芳心暗许多年,为兄也不好盲目将她许给别人。"

孙权满心记挂着步练师,这才想起,还有这定了婚约的一位。孙策攻下宛城,收缴了袁术麾下的军队与亲眷子女,自己公开纳了大乔,又将小乔许给了周瑜,这桩桩件件虽是出于至情,却也有笼络袁氏故旧的作用。若是自己公然拒绝娶袁术的女儿,兄长先前的诸般安抚便白费了,可孙权心里实在还是抵触,只道:"敢问兄长把她安置在何处了?我……去看看她罢。"

既然定下了攻伐沙羡之策,出兵之日便近在眼前了。是夜四更,小乔迷迷糊糊醒来,只见室内火光幽微,周瑜还坐在木案前看书。

小乔骨碌个转儿,轻手轻脚地从榻上起身,泡了一杯决明子茶,端至案前。周瑜这才回过神,就势拉小乔坐在身侧:"是不是火光太亮,搅扰你休息了?"

小乔摇摇头,小猫似的倚在周瑜肩头,软软嗔道:"方才不是说也歇下了?怎的又起来看书?"

周瑜伸手一抱,小乔瘦削的身子便滑入了怀中,他尖尖的下巴抵在她的后脑,指着手中的书卷道:"带兵打仗,并非只靠武力硬拼,更靠着天时地利。我们既然要去沙羡,我又怎能不细细研究那里的水文风俗呢?"

小乔定睛细看,只见试卷上记载的皆是荆楚之地的习俗,顿觉有趣,不觉也贪看了几页。谁知还未过瘾,周瑜便将书卷合了:"光太暗,莫看了,仔细伤眼。"

小乔半转过身,好气又好笑:"平日我说你,你总说不暗,怎的换我来就不许了?"

周瑜也不答话,只是俯身轻吻了小乔的唇。小乔明知他在耍赖,却也甘之如饴,莞尔一笑,眸中却起了离别愁绪:"再过两日,我就要跟姐姐回姑苏了……"

周瑜似有很多话要嘱咐,到了嘴边,却只剩一句:"乖乖等我,待打完了仗,我就去姑苏接你,我们一道去巴丘,往后再也不分开。"

"好。"小乔答允得十足乖巧,又羞涩问道,"周郎,你说我们总……我会不会,会不会已经有喜了?你喜欢小孩子吗?"

周瑜思忖一瞬,握着小乔的小手,望着她清澈的眼波,正色回道:"像我这年纪的男子,哪有人无儿无女的,说不想要自己的孩子,自然是假的。何况是与你的孩子,我自然很期待,可是婉儿,我不希望你有身孕……"

既然期待,为何周瑜又说不想要呢?小乔似是不解,眼底满是困惑,定定地锁着眼前的丈夫。周瑜一笑,一字一句解释道:"你还年少,许多事未免懵懂,若我不在,你定会害怕……不过,婉儿,若你真的有了身子,务必不要隐瞒,派人快马加鞭传书信来前线告诉我。为了你,我一定更殚精竭虑,争取早日破敌回还。"

明明已快到一年中最冷的寒冬腊月,小乔的心却暖如三春,她抬起纤瘦玉臂,环住周瑜的脖颈,蝉翼一般轻薄的袖笼随风轻摆:"好……若真有什么,我一定传信告诉你;若是没有,我就乖乖待着,等你回姑苏接我,我们再也不分开……"

那日孙权虽答应孙策去看看这位袁姑娘,却始终没有行动,一直拖到大军就要开拨去沙羡,才百般不情愿地策马去了她们姐妹几人的暂居之地。

孙策攻破宛城后，对袁氏遗属也算优待，可无论如何好，到底也难比自由身。孙权策马到宛城之东的一方小院，出示令牌后，由侍卫躬身领入了府院中。

已是梅花积雪腊月，小院里草木肃杀，毫无生气，孙权走过长长的回廊，远远见一个极其瘦弱的姑娘立在一口青石板砌成的井边，费尽九牛二虎之力将一桶水缓缓提了上来。虽然隔着数丈之远，孙权依然能听到她微微的喘息声，像喟叹又像沉吟，透着一股刻骨铭心的疲累。

可她的小脸儿却是那般稚嫩，望之不过十四五岁，与二乔的倾国和步练师的妩媚不同，这姑娘生得不算顶漂亮，却也是沉静姣美，秀气端庄。孙权一摆手，示意随从退下，自己则悄无声息地走下石阶，谁知还未来得及开口招呼，便见那姑娘一个没站好，水桶脱手复掉落井中，坠得那小小的人儿也差点摔了下去。

孙权疾步上前，一把扶住她瘦弱的身躯："当心！"

这姑娘便是袁术的幼女，看到孙权，她不由一怔，待回过神来，忙规规矩矩一礼，柔声道："见过孙公子……"

孙权这才觉察失礼，速速收了手，回礼道："袁姑娘，你……可是要打水，我帮你罢。"

袁姑娘轻轻摇了摇头，莞尔一笑，眉眼弯弯如月："孙公子是贵客，怎可劳烦你。再说，打水每日都需要，你即便帮得了一时，也不能日日帮我罢。"

孙权这才察觉，她的小手上满是冻疮，红得透血，犹如寒冬腊月天里的红梅。不知步练师是否也在何处遭受着这样的苦楚，孙权心里蓦地不是滋味，沉声问："这么大个院子，只有你们几个姑娘，粗活脏活都没人干，怎么了得。为何不告诉我兄长，好歹让他派几个人来……"

"到底不比从前，我们心里都明白。今日你能来看我，我已经觉得很开心了。"

这姑娘并非孙权心尖上的人儿，可她的温和知礼还是令他颇为感慨：

"你别这么说,我们到底定了亲,我来看看你,也是应该的……对了,你叫什么名字?"

"'明月皎皎,星斗阑干',我出生在秋日明月浩渺的夜里,小字就叫月儿,连着姓,便是'圆月'了。"

步练师亦是生在初秋月圆之夜,孙权一时恍惚,半晌未接话。袁月看孙权面色不佳,以为他心里作难,鼓起勇气说:"其实我知道,定亲的事,并非孙公子所愿,现下你我门不当户不对,恐怕难成良配,不妨就依照规矩退婚。毕竟,先父……"

孙权久久没有言语,兀自走到井边,打起了两桶水。自从黄巾起义,天下早已大乱,诚如孙策所言,若是自己真的不要她,这个柔弱的姑娘只怕真的难以在乱世中存活。而他的步练师亦在乱世中飘摇,孙权边将桶中水倒入缸中边想,若是有如自己般的男子,能保全她的平安,即便她先委身于人,他也是不恨的。只要活着,只要活着,他迟早会将她抢回身侧。

孙权这般想着,竟不知不觉间红了眼眶。袁月站在孙权身侧,也不多话,只是给他递了方绢帕。孙权接过擦净手,正正神色对袁月道:"婚事自然是算数的,我会告知兄长。明日长嫂回姑苏,你也作为我的妻眷一道跟去罢。"

翌日清晨,朱治便率领着数千士兵,护送亲眷、押解战俘,一路往吴郡而去。

大雪初霁,冷冬犹寒,孙策与周瑜皆阔别爱妻,依依不舍地策马站在高岗上,临风望着官道上蜿蜒数里的队伍,久久不去。不知过了多时,队伍转入深林,渐渐没了踪迹,孙策才开口:"小时候,我让你叫我兄长,你死活不肯,说我只比你大一个月不算数……现下我是你姐夫了,你叫我声兄长可不算亏吧?"周瑜握缰而笑,青丝纶巾随风徜徉:"我还以为主公心里全装着打沙羡的筹谋,不承想却是在计较多年前的事啊?"

孙策亦咧嘴一笑,眸中的光芒却由和煦瞬转凌厉:"你说得不错,我确实是在计较着多年前的事呢。"

周瑜明白孙策口中所指,亦正了神色,宽袖一合,拱手朗声道:"公瑾愿以一生所学,助主公得偿所愿!"

小路迢迢,长长队伍正中的雕花马车内,二乔姐妹同辇而行。见大乔不时撩开车帘望着道旁景色,神情略显焦灼,小乔轻声问:"姐姐可是又觉得闷了?我让车外随从传令给朱将军,停下来歇歇脚罢?"

大乔摇摇头,探手握住小乔瘦弱的小手以示安抚:"婉儿别忙,我没事,只是有些担心孙郎罢了。"

"先前姐夫也常去打仗,姐姐好似从没有这般不安过……姐姐放心,周郎跟我说过,他们已定下了攻城谋略,十拿九稳,不会有问题的。"

大乔没有答话,只是笑得十足温婉,弯身将软垫铺好,轻轻拍拍小乔的瘦背:"中郎将说你昨晚没睡好,今日出发得又早,趁这会儿不走山路,趴着打个盹儿罢。"

昨夜确实没有休息好,马车又如一方巨大的摇篮,来回颠簸几下,困意不觉更浓,小乔小猫似的乖乖趴在了软垫上,长睫毛扑棱几下,很快便沉入了梦乡。大乔解下身上披肩,缓缓盖在她身上,脸上的愁绪却如江头潮水难平:多年前的杀父之仇,是孙策此生最大的遗恨,现下他就要率部去攻打黄祖,必然会倾尽所有图一大胜。他这心思,周瑜明白,孙权明白,那黄祖也明白。此人素来狡诈诡谲,若是利用孙策求胜的心理,埋布疑阵,诱他深入,可该如何是好……

## 第三十六章 沙羡之战

经过十余日的车马劳顿,二乔姐妹终于回到了姑苏城中,才进将军府后院,就见吴夫人带着孙尚香与琼儿等在院中。

大乔思女心切,越近姑苏越是焦急,到了跟前反而有些生怯,小步上前对吴夫人一揖,未说话先哽咽:"莹儿不孝,令母亲悬心了……"

吴夫人手中佛珠慢慢,慨然叹息,扶起了大乔:"乔将军罹难,你们姐妹二人若不回去才是不孝,又有谁能责怪你这份孝心呢?这件事到底是伯符不好,再如何也不当将这么大的事瞒你,可不是要让有心之人利用,挑拨矛盾吗?好在没有酿成恶果,你们也都平安回来了,只是琼儿这孩子想你得紧……"

大乔方才一眼就看见了琼儿,却克己尊礼,压抑着先向吴夫人见礼,此时听吴夫人说起,再克制不住,弯身想抱那小小的人儿,却见琼儿闹别扭似的,嘟着小嘴直往孙尚香身后躲。

再过月余,大乔就要临盆了,身子极不方便。孙尚香赶忙蹲下身来,轻拉住琼儿的小胳膊,徐徐说道:"祖母不是跟你说了?你母亲是回祖籍为外祖父守孝,可不是不要你了呀。昨日还答应得好好的,今天怎的又闹别扭?"

那日大乔哄琼儿入睡后,就带着小乔离开了姑苏,琼儿醒后找不到大乔,哭闹了数日,几个月来一直睡不踏实。大乔又何尝不知琼儿会怕,可在当时的情况下,她别无选择,此时落泪如雨,却碍于隆起的小腹,怎么也无法将琼儿揽入怀中。

小乔看在眼里,上前扶起大乔,又将琼儿抱起,大乔这才得以将琼儿揽进怀,心肝肉地叫着。琼儿嗅到母亲身上的香气,终于不再害怕认生,抱着大乔的脖颈,皱着小脸儿哭个不住。

吴夫人亦不觉垂泪,末了还是孙尚香招呼:"长嫂有孕身子沉,别在外面干站着了。母亲早就让人在房里烧了炉子,天寒地冻的,快回屋歇歇罢。"

大小乔动身回吴郡未久,孙策便率周瑜、孙权等人,带兵两万两千挺进沙羡。

此地地势特殊,三面环水,易守难攻,孙策部陈兵城北,三两日间分别派出程普韩当等人攻城,均未能破之。

已是腊月隆冬时节,粮草消耗要远胜于平日,城中黄祖的谋士开始鼓吹,他们手下有士兵三万,舳舻六千余只,孙策手下却只有士兵两万两千,战船数量更是无法与黄祖相抗衡。走水路,无疑是自寻死路;强力攻城,亦无胜算。眼见天边有大片积雨云,想来扛不过几日便会有大雪降临,届时便可不战而屈人之兵了。

如此言论亦传到了孙策军下,惹得一众士兵议论纷纷,众将领却没显出任何慌乱之色,列兵布阵,一如既往。是日,孙策与周瑜在帐中下棋,黑白双子互杀甚是激烈,只见周瑜落下一子后,战势突转,孙策忙一把拉住他收子的手:"哎哎哎,我方才下错了,这次不算……"

周瑜可不理会他的玩赖,兜手收了子,一个个投入一旁的竹筐中,扬眉笑道:"主公的心思不在棋盘上,再赖也无用。"

周瑜说的话有理,孙策索性也放下了手中的棋子,倚在木案上,挑起帐帘,望着不远处的滚滚长江,嘴角泛着一丝痞笑:"敢问周都督,这沙羡城三面环水,何为攻城上策,又何为攻城下策呢?"

"此地水域皆属大江,冬日水流虽没有夏日湍急,却暗流颇深,故而寻常看来,自是陆路攻城为上,破湖攻城次之,最最下策,只怕是从长江天堑攻城了罢。"

"不错。"孙策眸中满是决绝深意,如银瓶乍破,寒光四起,"庸人必会如此,而我辈绝不流俗!今夜不杀黄祖,我孙伯符誓不为人!"

夜半三更时,长江的江面上大雾茫茫,几难分清水与天,夏口战船上的黄祖水军正是懒怠之际。

众士兵正在船上东倒西歪,丝毫不知道即将到来的危险,唯有一人斜倚着船栏,背着长弓,仍保持着清醒。但见他半眯着眼望着水汽朦胧的江面,嘴里叼着一根稻草随呼吸微微上下翘动,看面孔竟是似曾相识,原来正是五年前春日里,在居巢县郊拦路打劫二乔的那个锦帆贼首领——甘宁。

自那日被怪鸟和孙策逼退之后,甘宁负了伤,不得已回到巴郡临江的家中。他家境优渥,祖上甘茂曾当过战国时秦国的宰相,至今仍供奉在祠堂。父母见甘宁伤势重,忙问其故,甘宁倒也不遮掩,如实回答,惹得父亲大怒,怒斥他"不忠不孝,对不起甘家祖宗"。不过福祸相依,经此一事,甘宁倒似真的顿悟,再不混闹,终日习文习武,倒像变了个人一般。未过两年,他在父亲的推荐下,前去投靠了荆州的刘表,想要建立功名。

然而在刘表手下做事并不像甘宁想象的那样顺风顺水:此人虽有手腕,却重文轻武、沽名钓誉,见天招来荆州领地的几个大儒在堂下高谈阔论,军政大事却交与其手下几员大将打理;而刘表手下的大将,个顶个不是省油的灯,黄祖更是其中最恶劣的一个。他本乃沙羡人士,东汉名臣、"二十四孝"之一的黄香后人,却性情暴虐、刚愎自用。去年才因夜宴上一句话不投机,拔刀杀了曹操派来刘表处的使臣祢衡,险些引发曹刘大战,荆州的街头巷尾至今仍议论纷纷。

时至今日,甘宁在黄祖手下当卒长已近两年,几次于阵前建功,射杀敌将,还曾救过黄祖的性命。可黄祖却从未论功行赏,连个都尉都不给,惹得甘宁郁郁不得志,借酒浇愁,望着江面叹息,不知道自己什么时候才能做到像祖先甘茂那样,光耀甘家门楣。

正当甘宁还醉江月之时，船边的浪花突然溅起，直打到他的脸上。他抬手抹去面上的河水，抬眼定睛望去，只见江面上的浓雾间隐隐浮现巨大阴影，甘宁即刻察觉不对，立刻扯着嗓子连喊三声："敌袭来也！"

正如甘宁所察觉，一千艘大小船只，正载着两万孙策大军，不声不响地朝夏口岸边驶来。为首的百丈高大船上，周瑜一身银盔银甲，皎如玉树临风，指挥着弓箭手朝岸边放火箭。长剑一挥，漫天的火箭便顺着剑锋所指，朝岸边的黄祖舰队飞去，数千舳舻顿时陷入一片火海之中。

方才被甘宁的大嗓门喊醒的两千戍江士兵，急得犹如热锅上的蚂蚁，跳船逃命者不计其数。即便有个别士兵负隅顽抗，朝周瑜的舰队放箭，也不过是蚍蜉撼大树，难伤心肺。

"快！用头盔泼水！"甘宁大喊着，立即摘下头盔，盛了江水泼向船上着火之处。士兵们也以此效仿，火势逐渐得到控制。

周瑜立在高船上，目睹这一切，并未有分毫的意外，毕竟实战之中，火箭只是扰敌，目的并不是摧毁敌方战舰，而是使敌人为救火而忙乱。周瑜负手侧身，沉声对手边一对父子兵道："该你们上场了。"

这对父子确有来头，父亲名叫凌操，曾任永平长，轻侠有胆气，尤其擅长水战。孙策剿灭严白虎时，此人曾亲率一队人马以轻舟突袭敌阵后方，打得对方阵脚大乱，战后被孙策封为"破贼校尉"。而他的儿子凌统更是青出于蓝，虽然只有十岁，却少年英才，有百步穿杨的箭法，灵活穿梭于阵前，与其父配合十分默契。

凌操心领神会，对周瑜一揖，带着凌统从大船上一跃而下，稳稳地落在了早已蓄势待发的小舟上。随着一声呼哨，十二叶小舟如同离弦的箭一般冲向岸边，意图登陆江岸，从陆上向黄祖的阵营发起进攻。而凌统则留在轻舟之上，利用小舟的速度快速穿梭躲避敌船，施展着射箭的本领，以箭矢援护着他的父亲在岸上的冲锋陷阵。

黄祖一向疏于操练，手下的士兵久疏战阵，不知该如何对抗这对父子凶狠又灵动的水陆结合战法，一时陷入了被动，死伤无数。

眼见夏口的战船防御线被凌氏父子及其手下士兵们打开了一个缺

口,周瑜抓住时机,命传令士兵吹起了总进攻的号声。就在这时,身后坞房的帐帘霍地被掀开,只见孙策身着赤金甲胄、悬红披风阔步走出:"早就在等这号声了,你偏迟迟才让人吹。"

周瑜含笑道:"主公是坐拥整个江东的将军,威名已足够震撼天下,哪里用得着每次冲锋都亲自上阵?"

"我不管,此战我必定要大破黄祖,取他项上人头,以慰我父在天之灵!"孙策说着,箭步走到船头,一跃而下,即刻融入了一片火光之中。

夏口的岸边,黄祖军与周瑜派出的先遣部队成混战之势,见大船已抵至岸边,更有孙策这般骁勇无敌的人物出现,更加惶恐惊惧。与此同时,程普、黄盖于孙策左右两翼登陆,拱卫孙策中军的安全;太史慈则率一路骑兵,于下游的桥头开辟了另一条战线,打得黄祖军首尾不能相顾,夏口的防御很快便呈现溃败之势。

孙策一骑当千,于逃遁中的黄祖乱军之中左冲右突,连斩黄祖军中数位将领,却皆不是黄祖。他难掩满脸的失望,一边追赶向西逃窜的黄祖军,一边吼道:"鼠辈黄祖何在!速来与孤决一死战!"

"禀告将军,方才有人见黄祖现身渡口处,好似正要上船逃跑!"孙策闻言,手擎银枪调转马头,即刻向渡口处赶去。

北风萧萧,火光冥冥,满地尽是兵甲残尸,独不见黄祖身影。正当孙策四下寻觅之际,忽闻江面传来击水之音,他定睛望去,只见黄祖丢盔弃甲,甚为狼狈地摇着一叶小舟,仓皇逆流逃去。

"老贼哪里逃!"

孙策一声怒吼,就要跳江,却被人从身后一把抱住了腰肢。只听程普在身后高声道:"主公三思!"

说话间,黄祖已越逃越远,只剩月色下渺远的一个小黑点。程普这才松了手,只见孙策颓然地将银枪撂在地上,重重捶着沙地,片刻间双手便血肉模糊了。

等了这么多年,终于到这一日,却还是眼看着仇雠逃了。程普亦是满心怨愤,可方才若不阻拦孙策,任由他英雄气盛跳入长江之中,后果不堪设想。程普不由掩面哽咽："主公息怒,若要怪,就怪程某一人罢!"

另一边,凌操身如飞燕,于登陆口斩杀十余敌军,眼见就要与黄盖合兵一处,却突然中箭倒地。大船上的周瑜恰好看到这一幕,他立即趴在船头循着箭矢飞来的方向看去,只见竟是甘宁收起弓箭,跨上马朝西逃去。

"竟然是他?"周瑜看到甘宁那逃遁的背影,想起了五年前居巢外被自己和孙策赶跑的那个锦帆贼。不过一瞬,甘宁就已窜入逃兵的队伍中不见了踪影。周瑜顾不上想别的,阔步从船上跃下,招呼道:"快,军医!"

"父亲!父亲!"凌统亦赶上前来,用稚嫩的声音声声唤着凌操,双手不停地摇着他面前这个从未展现过疲态的伟岸男子汉。人命关天,周瑜拉开凌统,亲自上前查看了伤势。

"凌将军怎么样?"孙策压住了心头的愤懑,与程普赶回此处,见凌操中箭,急忙前来探望。

周瑜一语不发,站起身,摇了摇头。孙策立即上前,只见箭矢插入心脏已有一寸,血流如注,已是回天无力了。

众人皆不由扼腕叹息,无法接受这一切的凌统,更是趴在父亲身上哭成了泪人。孙策触景生情,又想起了八年前自己父亲牺牲时的那一幕,新仇旧恨交织,双手握拳凸白,只恨不能亲手撕了黄祖。

经此一役,黄祖手下数万人几乎悉数被歼灭,光是溺水而死的就有万余,而黄祖的妻儿老小尽皆被俘。最大的战果,则莫过于俘获了夏口的六千艘战船,这几乎是刘表手下所有的水军船只。如此一来,荆州刘表势力大受打击,数年之内再无可能顺江而下,威胁到宛城和江东的安全了。

尽管如此,孙策仍怒火难消,几度欲发兵攻打江陵,幸而众将劝阻才作罢。他一拳捶在案几上,咬牙道:"这个王八老儿,居然打也不打就抛下夫人孩子和手下人马逃之夭夭,真是卑鄙无耻至极!这样的人如今仍苟活于世,而凌将军忠肝义胆,却死于暗箭之下!为何上天总是对忠烈们如此不公,孤还有何面目去向凌家、向孤父亲交代!"

众将见孙策悲愤,纷纷前来劝慰,张昭拱手道:"战场上流血牺牲在所难免。黄祖虽只身而逃,但经历如此大败,必遭刘表重惩。请主公息怒,切莫气恼伤身呐。"

"请主公息怒!"众将皆附和。

就在这时,有侍卫在帐外高喊:"报!主公,吴郡急报!"

不管军务多要紧,吴郡的消息始终令孙策挂心,他立马高声回道:"呈上来!"

侍卫小步上前,将一卷竹筒举过头顶,再由文书呈上。孙策用短刀割开皮绳,抽出信笺匆匆读罢,神色突转,仿佛当春第一道阳光射破寒冰,有隐隐氤氲在眸中升起。他强压着万分激动的嗓音,低低讷道:"孤的孙绍,终于出世了……"

## 第三十七章 天挺之秀

击败黄祖后,孙策军乘胜东去,直逼豫章太守华歆驻守的海昏。海昏只有寥寥数千守军,而孙策军下却有数万人之势。孙策见此,命军队驻扎在椒丘,令与华歆有旧的虞翻前去劝降。华歆本就是个文官,年轻时曾贪恋财权之势,惹得管仲的后人管宁与他割席断义,不是什么意志坚定之人,听了虞翻捎来的口信,便立即率领众人开城投降,于是孙策兵不血刃又下一郡,江东六郡尽数平定。

为着名正言顺,孙策再向汉献帝献礼,并上表道:"臣讨黄祖,身跨马枥陈,手击急鼓,以齐战势。吏士奋激,踊跃百倍。心精意果,各竞用命。越渡重堑,迅疾若飞。火放上风,兵激烟下,弓弩并发,流矢雨集,日加辰时,祖乃溃烂。"自此,江东数百万里宏图尽纳孙策囊中。

此时曹操刚于下邳城的白门楼下将吕布、高顺等人枭首。听说孙策已经独据江东六郡,曹操倚在城墙头,仰天长叹:"我与孙坚乃是同年出生,如今却比不上他的儿子功绩更大……猘儿,难与争锋也。"

恰好郭嘉远远走来,见曹操愁眉不展,试探地问:"主公莫不是在为孙伯符的事忧心罢?"

"还是奉孝知我。"曹操苦笑一声,拍了拍郭嘉的肩膀,"如今猘儿虎踞江东,拥兵数万,帐下既有程普、黄盖等老将,又有周瑜、太史慈等青壮将领,还有张昭、虞翻等谋士,江东百姓多爱戴之。彼有六郡之大,拥长江之险,而孤披荆斩棘二十余载,如今却只有区区之地,还有北方强敌袁绍虎视眈眈,孤为之奈何啊!孤虽迎汉帝于许都,怕不是要步董卓、李傕、郭汜的后尘。"

郭嘉笑对曹操揖道:"主公啊,实在是过虑了!孙伯符再骁勇,也不过凡胎肉体,听报探说,他打仗总爱冲在最前与敌人厮杀。这样的人,就像其父孙坚一样,虽然能够凭借身先士卒让士兵为他效死力,却难保不被刀剑所伤。若有刺客隐于阵中,施以暗箭,则必死无疑,即使拥兵百万,又有什么用呢?"

曹操一怔,颔首睨着郭嘉,若有所悟:"奉孝的意思是?"

"纵然那孙伯符有铜身铁臂,也难敌我校事府百人之计罢?"

曹操闻此,哈哈大笑道:"有奉孝在,孤何愁大事不能成!"

孙策大胜的消息不胫而走,很快便传回了吴郡之中,令吴夫人与大乔都放下了高悬的心,加之新岁孙绍出世的喜悦,全家上下一派其乐融融。

厢房里,小乔看着乳母怀中开怀而笑的孙绍,娇声对大乔道:"姐姐你快看啊,他睁眼笑呢。"

大乔方出了月子,身子还有些虚,此时穿着一身月白绸裳,披着银狐小袄,坐在小炉边,含笑望着小乔和孙绍,小脸儿挂着恬然浅笑。

孙绍才满月,却比旁的孩子看起来精神许多,浓眉大眼,活泼好动,甚是可爱。乳母也不由得称赞道:"夫人貌美,生得这孩子也如此漂亮,再过十几年,还不知有多少人家的丫头要伤心呢。"

小乔抿嘴一笑,伸手要抱孙绍,乳母却不肯给:"小乔夫人不会抱孩子,还是别要了……"

见小乔一脸沮丧,大乔也禁不住笑了起来:"婉儿喜欢孩子,往后与周将军有了孩子,一定会是个好母亲的。"

小乔羞红了小脸儿,却没有像平时那般回嘴,小脸儿上满是惆怅。大乔明白她的心思,示意小乔上前,拉着她柔若无骨的小手说道:"前几日孙郎来信,说前线虽平,但仍有匪患,周都督只怕不得来吴郡接你。过两日,母亲会选派得力之人,送你与周婶去巴丘,不让你们夫妻分离……"

大乔宽慰着,却见小乔通红眼眶不语,不觉诧异,示意乳母抱着孙绍退下,复问道:"你这是怎么了?要去找周都督,你不高兴吗?"

小乔俯身蹲下,倚在大乔膝头,哽咽道:"舍不得姐姐……"

大乔亦不由得鼻头一酸,她强忍着泪,故作轻松:"真是个傻丫头,嫁了人,还扒着姐姐舍不得?你不是很思念周都督吗?很快要见到他,你应当高兴才是啊。再者说,周都督又不会一辈子待在巴丘,相逢有期,可不该这般哭呢。"

小乔尖尖的小鼻子红红的,晶莹的泪滴顺着滑腻嫩白的小脸儿滚落,俏生生惹人心疼:"姐姐说得是,倒是我不好,惹姐姐哭了。"

话音才落,门外便有婆妇通报道:"夫人,周都督家的周婶来了,说东西都收拣得差不多了,请小乔夫人过去看看!"

平定海昏后,孙策留太史慈守海昏,堂兄孙贲往庐陵,堂弟孙辅往南昌,周瑜驻巴丘,自己则率部回吴郡姑苏。

夕阳古道,数千精骑整装待发,孙策身负银枪,站在高大的大宛马驹旁,握住周瑜的肩,恳切道:"公瑾,巴丘前线就拜托你了。我们新破沙羡,难保刘表不会有后续的动作,你需多加小心。若刘表军有任何异动,随时派人快马传信给我。"

残阳似血,在这两个少年郎身上镀上一层耀眼的金色,愈发显得他夺目,不似凡间应有。只听周瑜回道:"放心,九江江口险峻,易守难攻,又有太史慈驻海昏遥相呼应,就算刘表胆敢大举进犯,也过不了我这一关。我这就赶去巴丘前线,你便安心返回吴郡罢,万望注意安全。"

孙策点了点头,又慨然叹了几叹:"往后我们两人一东一西,怕是聚少离多了。若你何时想回江东来,我便派别人替你轮戍巴丘。"

周瑜禁不住笑道:"从前也常分别,这一次主公倒是啰嗦起来了?我还没忘记要为你拿下荆州,何况还有益州、汉中、关中,只怕到了胡子花白也不得闲。若你舍不得我,不妨我们解甲归田,找个地方,带上妻儿种地去,我们比邻而居,日日可见,这样你便也不必记挂我了。"

孙策闻言大笑不止:"说不好真有这么一天,到时候我带上莹儿,你带上妻妹,找个好地方,远离世事纷扰。我们都生他十个八个孩子,等孩子长大,就结成亲家……公瑾,也许我们真的能打下一片太平盛世,也许这路旁战乱废弃的闲田,往后都会是什么人家的良田了……"

若按照君臣之礼,周瑜本应说"愿为主公肝脑涂地",可他却脱口说道:"正是因为这个,我周公瑾,愿意永生追随你孙伯符……"

冬去燕来,又是一年孟春,孙策含笑对周瑜一抱拳,翻身上马,挥手号令全军急速行进。五千骑兵如雷鸣般向东开奔,那悬红披风的身影,也渐渐融入了一片血色夕阳之中。

周瑜并未命军队开拔,而是负手立在高岗上,望着如滚滚长江东去般的人流,脑中蓦地浮现出十余年前他与孙策初识的场景——

彼时他们都年少,周瑜听闻孙策携母来舒城避战乱,特意前去相交。犹记得那是一个春日的午后,舒城的八街九陌四处开着梨花,沁人心脾。周瑜策马转过小巷,来到孙策母子几人落脚的院落,叩门求见,那人还未现身,便先爽朗而笑,及至近前,果然是个飞扬不羁的绝伦少年:"吴郡富春孙伯符,大你一个月,以后就叫我兄长罢!"

过了年关后,第一个重要的节庆莫过于上元佳节,虽在战乱之时,男女老少却还是迫不及待地穿上春衫,走上街市,好不热闹。

小乔与周婶乘车来到汨罗江畔,是日天朗气清,湛蓝如洗,正有孩童在江边放纸鸢。小乔托着粉腮,嫣然而笑:"婶婆你看,这就是屈子当年投的汨罗江了。"

行车迟迟,未免疲累,周婶捶着酸痛的腰,含笑回道:"我不懂这些,只是在郎君幼时读书听过几句罢了。"

提起周瑜,小乔低垂杏眼,小脸儿娇羞又恬然:"周郎小时候一定很聪明罢。"

"可不是吗?与旁的孩子一道在私塾读书,先生唯独对都督赞不绝口,说他过目成诵,天资极聪颖的。"

两人正闲谈着,忽闻道旁传来一阵马鸣咴叫声。小乔撩开车帘,只见羊肠小道上,一青衫男子束发玉冠,策马驶来,龙章凤彩,气韵朗朗如松下风,正是周瑜。小乔禁不住娇声嗔道:"不是说了不要他来接,怎的还是巴巴赶来了。"

"都督记挂夫人,就如夫人记挂都督。眼见离巴丘不足百里,都督哪里还耐得住,自然是要来相迎。"

及至近前,周瑜摆手示意车队不必停驻行礼,自己则驰马至车畔,打趣般问小乔道:"这是谁家的夫人,生得如此貌美,周某可有幸相识?"

小乔本还羞赧,见他这般逗弄自己,倒是一点也不紧张了,装作一本正经地回道:"我的夫婿是江左周郎,阁下可曾相识?"

"自然相识。"周瑜隔帘牵住小乔的手,眉眼间满是笑意,"便是要如此人物,才与夫人相配。"语罢,周瑜策马上前,示意哑儿下车骑马,自己亲自为小乔驾车。

有周瑜在,这数百里路好似一下子有了生趣,小乔望着映入眼帘的洞庭湖,不禁慨叹:"云梦泽果然胜景,小时候读书就很想亲眼来看看。"

"城北处有个城陵矶,能看到云梦与大江交融,蔚为壮观,改日我带夫人去看看。"周瑜回身对小乔说道,四目交汇,满是浓情蜜意。

说话间,一行人进了巴丘城,只见街巷里处处结彩张灯,小乔蓦地想起了两年前在居巢过的那个上元节。彼时她苦苦地喜欢着周瑜,压根不知他对自己的心思,哪里想得到,两年后竟会成了他的妻子。

小乔还没缓过神,就见马车停驻在一方府宅之前,周瑜探出手,笑对小乔道:"夫人别发呆啊,到家了。"

眼前是一方三进的院落,小乔含羞拉住周瑜的手,与他一道步入院中,只见亭台精巧,借景于天,与远处的青山呼应成趣,很是雅致。

周瑜吩咐众人拆装行李,自己则拥着小乔回后院厢房。小乔方进屋还没站稳,就被周瑜一把揽入了怀中,只听他好听的嗓音传来:"一别月余,真是折磨坏人了。"

小乔轻抿薄唇,很没出息地红了眼眶:"我还以为你带兵打仗的时候,就不会想我了。"

"越是带兵打仗时,就越是想你,只是很多时候无法宣之于口。"周瑜抚着怀中的小身子,甚是疼惜,"月余不见,你怎的瘦了?"

"思君令人老罢……"小乔依在周瑜肩头讷道,"可巧又在上元节前见到你了,许是老天怜悯我的心思。"

周瑜看着一脸稚气的小乔,不禁被她逗笑:"并非老天怜悯你的心思,而是我算准了要见你。"

小乔不解,大大的眼睛望着周瑜,很是困惑。

"你忘了我说过,去年是最后一次让你自己过生辰,往后我都会陪着你,绝不让你落单。"周瑜说着,忍不住吻上小乔的薄唇,从轻缓到缠绵。两人皆心荡神驰,正动情之际,却听得门外小厮唤道:"都督,夫人,该用午饭了!"

周瑜不情愿地放开小乔,两人相视一笑,都有些赧然,只听周瑜说:"罢了,大白天的,一会子吃完饭,我带你出去逛逛。"

随着十余日颠簸,孙策一行终于回到了姑苏城。与上次入城的盛世景况不同,此一次街道上冷冷清清,空旷无人,马背上的孙策不禁一脸诧异:"上元节将至,怎的一个人也没有?"

孙权驰马上前,指着远处河边道:"兄长且看,人都在那边……"

孙策顺着孙权所指望去,果然看到男女老少成百上千,围在河边一长溜黄纸灯笼下,不知在做什么。孙策眉头紧蹙,吩咐身侧道:"去查查他们在作甚?"而后带着孙权打马向将军府驶去。

正值上元节,吴景的妻室来此探望吴夫人,孙策与孙权风尘仆仆入堂来,双双一抱拳,行礼道:"母亲,舅母。"

见孙策与孙权平安而还,吴夫人终于放下了高悬的心,无比开怀:"这年还没过完,你们就回来了,一会子一家人吃个团圆饭。"

孙策却显得兴致不高,拱手赔罪道:"未能取黄祖项上首级,告慰我父在天之灵,还请母亲责罚!"

吴夫人起身上前扶起孙策,宽解道:"奸人素来奸猾,纵使逃了,也难逃严惩。你做得已经很好,母亲很欣慰。还未看过你儿子罢,快让乳母抱来……"

孙尚香见两位兄长回来,开心得在一旁手舞足蹈:"长兄还未见过绍儿呢,那孩子生得可漂亮了!"

孙策挠挠头,这才沉吟问:"怎么独不见莹儿,她可还好吗?"

"绍儿生得壮实,你夫人却瘦弱,生产的时候颇为凶险,这一两个月且养着,天又冷,你母亲就没让她过来。"

听了舅母这话,孙策撂下一句"我去看看莹儿",拔腿就往后院跑。乳母方抱了孙绍过来,却不见孙策踪影,很是有些茫然。

吴夫人笑对众人道:"男人哪多都是惦记媳妇的,只有我们女人才日日想着孩子。罢了,等晚饭时候再喊他们罢。"

厢房里,大乔穿着绸白素衣,从檀木箱中拿出几身裙袍,正不知如何选择,只见孙策风风火火闯入门来,三下五除二褪去了坚硬的甲衣,一脸欢愉地拥住大乔:"莹儿,我回来了……"

大乔莞尔一笑,澄澈透亮的双眸灵活婉转,示意孙策:"今夜母亲要设宴,你快帮我挑挑,我穿哪件去更加合适好看?"

乔蕤新丧,大乔虽没有明白守孝,却一直着素服、避节庆,为父亲尽一份心。孙策不想她为难,随手捡了一件青色襦裙:"夫人貌美,穿什么都好看。"

大乔美目一瞋,嘴角却挂着甜笑:"你可真是的,也太敷衍我了……"

"敷衍?"孙策挑眉一笑,变戏法似的从怀中摸出一支雕饰极其精美的龙首金簪,插在大乔的云鬟间,"大礼早已备下,请夫人看看,可还喜欢?"

大乔对镜一看,即刻将金簪摘下,双手奉还孙策:"这东西也太贵重了,无功不受禄,我可不要。"

"你给我生了一儿一女,还说无功?"孙策不肯收回,不由分说,又为大乔簪上,"我知道,你是觉得这簪太奢华……莹儿,我打算昭告天下,立你做我的正妻,不再让你背负妾室之名,这簪子便算作为我夫人的华彩添两分点点星光罢。"

从前在庐江时,为着妻妾之名,大乔也曾纠结,可她并非自己计较,而是不希望父亲为自己担心。现下乔蕤不幸离世,大乔早已不在意这些,柔声对孙策道:"我知道你为我筹谋思虑良多,可我余生不求其他,只求母亲长寿,孩子们健康,与你情长到老,妻也好,妾也罢,我都不在乎……"

"我知道你不在乎,可这名分是我多年前就该给你的,你可以不在意,我却不能食言。莹儿,在我心中,你是我真正的妻子,我给你的一切,你都只需要安心接受,不需要推辞,更不许拒绝……"

"可是……"

孙策不等大乔再回绝,俯身吻上了那令他日思夜想的红唇。一吻弥久,大乔已娇弱不自胜时孙策才不舍地将她松开:"立你为夫人的事,我已吩咐人去准备了,母亲也乐见其成。待绍儿过了百日,便是名正言顺,也不会有人再说什么。"

提起孩子们,大乔小脸儿上的笑容愈发温柔:"你去看过绍儿了吗?我起初还担心琼儿会跟绍儿打架,没想到他们姐弟两个相处得可好了,绍儿一看到姐姐就笑……"

"我只顾着看你,还没来得及去看两个小的……对了,我看外面街市上都挂了灯,一直到太湖边都很漂亮。一会子吃完饭,我陪你出去走走罢,你定是有好些日子没出去了。"

大乔确实已经闷在家里多日,听到孙策的提议十足欢喜:"那便太好了,方才小姑也说想出去,我们……"

"不带尚香,就你我二人,我也不穿甲衣了,只穿常服,陪你出去走走。夫人,我们许久没有单独在一起了……"

孙策这般有兴致,大乔自然开心,小脑袋轻轻靠在孙策肩头,徐徐道:"那好,你等我收拾下,用了晚饭后,我们就出去。"

巴丘城里,华灯初上。小乔与周瑜顺着青石小路,随着人群漫步。

小乔穿着杏色襦裙,提着周瑜亲手为她做的小灯笼,一双美目顾盼生辉,水葱似的小手指着云梦泽湖畔的一圈灯火:"夫君快看,那边好漂亮!"

小乔这呼唤俏生生的,像她的人儿一般,煞是惹人怜爱。周瑜不觉软了眉眼,背手沉声道:"是啊,夫人若想看,一会子我陪你去湖边转转。"

小乔嫣然一笑,容色胜过星雨垂落银河。她悄悄将小手从宽袖中伸出,羞赧地拉住周瑜的大手,挺翘的小鼻尖上满是细汗。

周瑜嘴角的笑意漫散开来,反手与小乔十指紧扣:"拉紧我,这里人多,千万别走丢了。"

云梦胜景,八百里洞庭,湖光山色,夜景尤美。周瑜与小乔牵手走在湖边,任由晚风吹乱衣襟。见小乔沉默不语,周瑜挑眉道:"让我猜猜夫人在想什么,是在想两年前的居巢罢?"

小乔羞得垂着小脑袋,嘟嘴道:"那可是我第一次拆了总角、换了襦裙出去玩,正好赶上上元节……不过我真的没想到,你会买了簪子送我,虽然听姐姐后来提起,是她拜托你为我买的,但我还是觉得很幸福……"

东风徐徐,星辉与明灯照红装,小乔初嫁,容色尤胜往昔,周瑜不觉驻步,半回身望着眼前的娇妻,一字一句道:"即便没有乔夫人的嘱托,我也会送簪子与你……你的一切都是我的,人生的第一支簪,自然也要由我来送。"

小乔含羞垂眼,一串银铃巧笑随风散落,她见四下无人,学着两年前那般,踮起绣鞋,轻轻在周瑜唇上一吻。周瑜未给小乔逃走的机会,伸出双臂揽住她的纤腰,将这一吻缓缓加深,悱恻缠绵。

不知过了多久,道畔传来隐隐的笑声,小乔才轻轻推开周瑜,打趣道:"这可与两年前不同了,两年前时你可是说'都怪周某唐突'。"

"两年前,若不是你跑了,也许我真的会克制不住自己的心思。"周瑜说着,带小乔来到一方渡口,只见一条小船横斜水中,在月色之下,显得宁谧又温馨。

周瑜大步登船,反身探手,接过小乔。见小乔不解,他一本正经地解释:"十年修得同船渡,百年修得共枕眠。这百年都修了,怎能把十年给漏了?"

小乔被他逗得咯咯直笑,乖巧地坐在船头,未几,一叶扁舟就顺流行至了湖心小岛。

　　方才一水隔岸,小乔隐隐看到岛上有火光,上来一看,才知此处修了一座精巧的塔楼。周瑜拉着小乔登上楼顶,只见澄明夜色下,碧水青天都别有一番韵味。周瑜拿起一支小棍放在小乔手上,拉起她的小手,将小棍比画在空中,小乔定睛一看,不由惊喜道:"这样看,月亮倒是我的花灯了!"

　　周瑜从身后拥住小乔,偏头一吻她如玉的面颊,指着北方道:"过不了几年,也许我会带你去洛阳看花灯呢。"

## 第三十八章 乱象横生

姑苏城里,孙策去了甲衣,身着常服与大乔一道出门赏灯。

上元佳节将至,满街步摇金钗、红装春裳,大乔却只穿一身霜色素袍,略施薄黛,用一根青玉簪绾起了如瀑长发。饶是这般素简的装扮,她的姿容亦衬得满眼华服雪柳毫无颜色,娉婷袅娜,哪里像个育有一儿一女的妇人?孙策见众人从四面八方投来倾慕的眼光凝在大乔的小脸儿上,左抵右挡不住,只恨自己不能亮明身份,命他们非礼勿视。

"孙郎,我想吃这个。"大乔好听的声音传来,打断了孙策的思绪,他登时换了脸色,走到大乔身畔,只见一个慈眉善目的老妇人正卖着吴地特有的梅糕。难得大乔好胃口,孙策麻利地付了银钱,将那裹着莲叶的软糯小糕点放在了她的手心里。

腾腾热气与清香盈满鼻腔,大乔鼻尖微红,小脸儿上满是餍足笑意。孙策紧紧握住她的手,神色里带着几分愧疚:"莹儿,委屈你了,跟了我这么多年无名无分,终于能光明正大地一起出来……"

"嫁给你,是我此生最幸福的事,我又哪里管得了旁人如何看,既然不在意旁人如何看,又怎会在意名分呢。"大乔一席话说出口,蓦地有些羞涩,捧着梅糕在孙策眼前,"怎的只买了一块,你不吃吗?"

孙策摇摇头,却趁着大乔小口咬食的时候,上前轻吻了她一下:"难怪夫人爱吃,果然很甜。"

大乔羞得呛咳两声,见不住有人投来目光,好笑又无奈:"你可真是的,大庭广众之下……"

"我亲我夫人,碍着谁的眼了?"孙策倒是一点也不放在心上,拉着大乔的手,缓缓登上一座小丘,俯瞰整座姑苏。只见四处结彩张灯,一团喜气,连远处的太湖亦是张灯数十里,星辉与灯火倒影水面,又有琴板之音隐隐传来,很是慵懒惬意。

大乔依偎在孙策怀中,望着眼前的景致,低喃:"得亏有你,吴地才有这百里盛景,我也才有栖身之地。"

孙策将大乔抱在怀中,尖尖的下巴抵上她光洁的额,指着城西北处道:"莹儿,你看那边,那里是虎丘山,相传七百年前,吴王阖闾葬身在那里。你再看城南,四百年前,项羽于此地发兵……吴地从不缺英雄儿郎,可无论是阖闾还是项羽,由盛及衰,也不过数十年罢了。最近几日,子布兄与仲翔都在劝谏我,一是不光要图'战',更要图'治',二来便是莫要再孤寡一人出门,免遭横祸。我觉得他二人之言皆有道理,论起来,守业之难度确实不亚于创业,我自幼好读兵书,至于治世学问,虽有涉猎,却远不算熟稔。"

"哪有人天生就什么都会?治吴郡这些年,你已做得极好了。莫说什么吴王项王,在我心里,你是唯一的英雄。"

大乔的话令孙策很受用,嘴角的笑意更浓:"莹儿,那日在沙羡,就差一步,我就能杀了黄祖。这些日子以来,我每每想起,都恨得直捶桌。可今日又见到你,我心里好受多了,或许人生就是不可能事事完美,有遗憾,才能让我更珍惜下一次机会……"

孙策话未说完,忽见城中起了狼烟,原本平静安乐的赏灯会霎时乱作一团,在山上遥遥可见,黄纸糊的灯笼如瘟疫一般,大肆在姑苏城中弥散。孙策一时愣怔,待回过神来,他赶忙护着大乔往山下赶:"莹儿快走,出事了!"

夜色已深,巴丘府邸厢房内,小乔依偎在周瑜怀中,仰着一张纯净无瑕的小脸儿,问周瑜道:"后来呢?那黄祖老儿就这般,连夫人孩子都不要,独自一个人跑了?"

"是啊,我们也没想到……不过,此人素来阴狠狡赖,能做出这样的事,也不足为奇了。"

小乔显得比孙策还懊恼,握着小拳捶打着软榻:"真是可惜,就差了一步!周郎,我真的没想到,我小时候被拐,竟还与孙老将军遇害的事有瓜葛,得亏长木修当时放了我,不然我可要被他们害死,这辈子都见不到你了。"

暗夜下,周瑜蓦地蹙紧了眉头:"他明明是黄巾余孽的帮凶,怎的在夫人口中,倒成了救命恩人似的?我很早前就与你说过,他不是个好人,可你啊,偏生不听,你让我拿你怎么办?"

小乔咯咯笑着,回嘴打趣:"人人都夸你度量恢宏,从不与人计较,怎的今日这话说得倒像是含酸拈醋一般?"

"你生来就当是属于我的,何来什么含酸拈醋?"周瑜说着,蓦地起身将小乔反压在身下,轻吻着她的薄唇,"方才你说累了,此时又闹着我讲故事,是不是蒙我的?"

"我就是累了呀。"小乔被周瑜吻得娇喘连连,抵赖道,"腰又酸又痛,哪里是在骗你。"

周瑜一笑,翻身而下,为小乔掖好锦被:"那还不快睡?明日是不是又要说我欺负你了?"

小乔赶忙合上大眼睛,凝神装睡,未过多久复偷偷睁眼,只见周瑜依旧未眠,撑着脑袋望着她,忍不住笑出了声来:"我被你盯得都睡不着了……夫君,你说,现下黄巾余孽是不是只剩下长木修姐弟两人了?也不知他那日中箭后,到底逃去了何处呢?"

周瑜神色一滞,抬手抚着小乔的小脑袋,哄道:"那日他中了我两箭,应当是活不成了,单靠他姐姐一人,难以掀起风浪。你安心睡吧,有我在,没有人能欺负得了你,以前的事,再也不会发生了。"

周瑜的话令小乔如饮甘泉,她嘴角泛起一抹甜笑,长睫抖了抖,须臾沉入了好眠之中。

待小乔睡熟,周瑜起身披上长衫,秉烛行至书架前,望着各类书卷,微微蹙紧了眉头:攻打沙羡时,斥候明明查到了长木修的踪迹,但此人却未露面,任由他们端了黄祖的老巢。究竟是别有所图,还是当真无力还击?

上一刻还是新年盛景,这一瞬,整个姑苏城便陷入了动乱之中。孙策带着大乔从小路下山,躲着暴乱的人流向将军府赶去。孙权已戎装完备,正带兵守在正门处,看到孙策与大乔,他赶忙招呼:"长兄!长嫂!"

孙策送大乔进了府门,拉着她的小手嘱咐:"莹儿,你与母亲带着孩子们好好守在家里,千万不要出来!"

大乔乖乖颔首,眼底写满担心忧虑:"孙郎,万万注意安全……"

孙策拉起她的小手一吻,命人紧闭大门,而后来不及换甲衣,就随孙权等人一道投身乱流之中。

沿河小路原本挂满了喜气橙红的小灯笼,此时却被骚乱的人群踩得稀烂,满地鲜血,碎钗烂翠,在此情此景下,显得尤为凄凉。若非是在节庆时,以守城军的素质必能很快镇压,可今天恰逢年节之尾,当值人数少,那些身着黄衫的教众忽然暴动,令守军措手不及。但教众与守城军到底实力悬殊,孙策有信心,只要守城军出动,便必能很快将叛众镇压。

果不其然,孙策方带兵到城北门,便见一军中斥候策马前来,跟跄下马拜倒在孙策面前道:"禀主公,城中妖众皆已被蒋钦、周泰二都尉肃清,主犯于吉已抓捕归案……"

于吉?孙策眉头紧锁,那个写《太平经》的道士老头?他若想在江东兴风作浪,为何不选在自己离开吴郡之时,而偏生要选在他带兵回还之际,岂非自找死路?孙策心有狐疑,回身对孙权道:"你带着他们继续在城中抓捕闹事的教众,我去看看。"

自从孙策接管吴郡以来,百姓安居乐业,少有作奸犯科之人,然而今夜的太平道作乱却突然之间令整个牢房人满为患。

孙策御马而来,匆匆随狱卒走入牢门深处,但见两旁一格格小牢房内满是被捕的教众。他们并非头戴方巾、身着黄袍的道士,而都是些布衣短褐的普通百姓,且以老幼居多。孙策实在好奇,到底是什么让这些看起来老实巴交的老百姓,突然之间变成了暴动的匪众。

一个五岁大的小男孩双手握着牢门的栅栏,一双大大的眼睛直直盯着孙策,见孙策驻步,那男孩吓得赶紧躲了进去。孙策却不恼,解下身侧士兵银枪上的缨子,蹲下身来,将红缨伸进牢栅栏内晃了晃。小男孩见此,不再害怕,走到孙策面前接过缨子,好奇地把玩着。

"你为什么会在这?"见小家伙玩得正投入,孙策趁机问。

小男孩支支吾吾道:"有个穿黄袍戴黄巾的哥哥走过来说,只要跟他一起走,就能见到爹娘。"

"那你见到你爹娘了吗?"孙策又问。

小男孩摇了摇头:"没有。祖母说,爹娘在我出生后不久就被抓走了。所以,我每天都会在门口玩泥巴,这样爹娘回来时,第一个就能看到我。"

孙策本欲替他寻找他的生身父母,未想到竟是这种回答。五年前,正是自己率兵渡过长江,攻打江东之际。彼时许贡尚割据吴郡,为了采附近山上的金矿,到处抓壮丁充当劳力。若是这孩子的父母自那以后再没回来,怕是已经凶多吉少。

孙策摸了摸那小孩的小脑瓜,再站起身环顾四周,只见牢中百姓尽是这种无辜又绝望的神色。他们何尝想过要为害乡里,只是因为心中的某些执念而受人蛊惑,成了别有用心之人手中的傀儡。言语之于兵刃,似乎更为柔软,但却能毒害人心,甚至可杀人于无形。孙策实在没想到,自己在前线作战之时,竟有黄巾余孽在这里趁机煽动百姓,再联想起那日未能处死黄祖,孙策只觉气恨不已。所幸理智还在,他沉声对那狱卒道:"告诉你们当值的狱吏,一定要挨个审问清楚这些教众之间的关系,将每个人参与时间和动机都记录在案,互为印证。凡证明被诓骗裹挟的,晓以利害后一律释放。若有隐瞒串通、浑水摸鱼的,连带其余教众一起,杀无赦!"

狱卒连连称是,将一卷案宗双手呈上:"主公,张长史方才已经审过了于吉,这是张长史亲手拟的罪状与口供,请主公过目。"

大牢深处最大的牢房中,年逾耄耋的于吉盘腿打坐,勉力支撑着。月光透过他背后墙上的两扇铁窗,照在他被污泥沾身的白色道袍上,十足凄凉。看到孙策前来,他缓缓抬起沉重不堪的头颅,似笑非笑道:"孙将军,真是愈发得意了……"

孙策与于吉面对面,蓦地想起去年在街上碰见他布道之事:"得意?若真得意,去年就该结果了你,也省得你们为祸江南,一夜竟死了二三百无辜平民!"

"贫道已经说过,此事与我毫不相干!贫道只是在那里传道,你信也好,不信也罢……"

"与你不相干?"孙策闻言,气不打一处来,怒道,"当年的黄巾之乱,明明就是受你写那经书挑拨,你也说与你不相干,灵帝竟然信了,念在你年事已高,未直接参与暴乱,未曾治罪。可孤与灵帝不同,在你和你的教众的污蔑谩骂之下,孤早已成了'乖戾暴虐、迫害教民'的'桀纣之君'。你若真的无心造反,为何四处对孤加以编派,四处挑唆民心?孤若不杀你,如何对得起今晚惨死的百姓!"

"贫道往来吴会,修道八十余载,渡化了多少身染灾祸之人,正所谓天道轮回,种善因得善果,贫道根本罪不至死!"

"好一个'种善因得善果'!让我瞧瞧,你们都种了什么'善因'!"孙策说罢,命狱卒拿来审问于吉下属的口供案卷,随便翻开一页读道:"'建宁年间,传道于冀州。因灾情甚笃,百姓蜂拥而至,求医问药。吾不通医理,乃持九节杖为符祝,教病人叩头思过,并以符水饮之。病或自愈者,则云此人信道;其或不愈,则云不信道。乃得教众上万人,得金万两;因病不自愈而死者,不计其数。'"

孙策又翻开一页,念道:"'熹平年间,置教尊、设教区、颁教义,分三六九等,以捐家中资财女眷多者为上,可保万世太平;不捐,则阴以毒投之,亡,谓之不信道。教众皆倾家荡产以捐教尊,得资财女眷不计其数。选女眷美者为护法,簇拥左右,白日驱使,入夜则奸淫之,谓之以身献道。有女眷不堪凌辱而自绝者,皆弃尸荒野,谓之不信道。'"

孙策将录有口供的案卷重重地摔在地上,质问于吉:"这就是你说的'种善因得善果'?如此邪门歪道,以传教名义行盗抢奸淫之事,你们有半分对道祖的敬畏之心吗?究竟是谁不信道?我不把你们这群蛊惑人心的祸害都杀光,我就对不起我家乡的百姓!来人!依律法,明日午时将此人枭首于街口,不得有误!"

巴丘城里,小乔疲累不堪,睡到日上三竿方醒,觉察天已大亮,她赶忙起身洗漱,收拾停当后速速走出了厢房。

周瑜正在前堂,张罗人收拾房间,看到小乔,他含笑招呼:"夫人醒了,昨夜休息得可还好?"

小乔小脸儿通红,卷着手绢嗔道:"这么晚了,你怎的不叫我起来,府里人不知怎么笑话呢。"

"今日有客人要来,夫人若不休息好,哪里会有精神。"

有客人?她才从吴地来,又有什么人要来此处吗?小乔张张小嘴方欲问,就听小厮高声报道:"都督,来了!来了!"

## 第三十九章 前波未灭

周瑜牵过小乔的手,拉着她转过回廊,来到府门前,只见周尚夫妇正下马车。小乔一怔,快步走上前去,搀扶住周老夫人,问安道:"明府与夫人怎么来了?周郎也不告诉我。"

周老夫人拉着小乔的手,满脸掩不住的笑意:"还叫我夫人?"

周瑜亦赶上前来,含笑对周尚一礼:"从父伯母,一路辛苦,快请吧。"

值此乱世,终于再与亲人相见,周尚夫妇都很是激动,欢喜之余又红了眼眶,应承着随周瑜一道进了府门。

周老夫人一直拉着小乔,欢喜得了不得。小乔倒是愈发羞涩,垂头道:"从父伯母累了吧,这里的君山产银针茶最是醒神解乏,我去煮些来。"

语罢,小乔迤逦向庖厨走去,周尚夫妇则随周瑜进了正堂。三人才分席坐下,就听周老夫人打趣:"先前你与婉儿来丹阳,我说你们登对,你这孩子还不肯信,如今看来,夫妻两个很是恩爱啊。"

面对长辈的打趣,周瑜不由显出几丝赧色:"是了,伯母看人眼光毒辣,我与婉儿……确实很好。"

"姑娘家总是爱娇,她年纪又小,父亲新丧,你多疼她些,莫像你从父似的,见天除了闷头看书什么也不会做。"

周尚听到夫人这般编派自己,好气又好笑,又不能回嘴,转头对周瑜道:"不管怎么说,你现下成了亲,有了家眷,从父很高兴。先前因为匪患,没去宛城参加你二人的婚仪,但这贺礼可是万不能少的。"

周尚说罢,招手示意堂外的随从。随从立即上前,呈上一张礼单与周瑜。见周瑜要推,周尚又道:"你莫辞,这是我与你伯母的一片心意,在你这里待几日,我们也要回舒城老家去了。你们若有孝心,得空来看看我们便是了。"

"怎么才来,从父就要走?"周瑜本想着此番终能与家人团聚,没想到他们已打算好回舒城老家,立即挽留道,"伯母最喜欢湖光山色,这里的景致极美,横竖也多住些时日,再回舒城不迟。"

说话间,小乔带着周婶捧茶碗走入了堂中,周婶看到周尚夫妇,上前躬身大拜。周老夫人赶忙将她扶起,关切道:"你这年纪,已不该再做这样的事了,也要多注意保养身子,切莫累着自己。哑儿呢?快叫来给我瞧瞧。"

再见到周尚夫妇,周婶亦是止不住地激动,叩首罢,召了哑儿上前。见那从前还没有篱笆高的小小子,如今已有了少年模样,众人又是一阵感慨唏嘘。

笑罢言罢,周瑜对小乔道:"夫人,伯母舟车劳顿定是累了,劳烦夫人陪伯母去厢房看看,若有什么短缺,也请夫人一并安排。"

小乔猜到周瑜有事与周尚说,乖巧一应,搀扶着周老夫人向后堂走去。

果不其然,待众人离去,周瑜低声问周尚道:"先前拜托从父追查那两个黄巾逆贼,可有下落了吗?"

"正如你所意料,那个长木修从宛城离开后,辗转去了沙羡,与他的胞姐会合。在你们破城后,这两人似是趁乱逃了,其后他二人便再无踪迹可寻。"

以周瑜手中掌握的线索,长木修与黄祖确有瓜葛。按理说他不应当被轻易舍弃,反而应当对他多加利用,怎么他们进军沙羡前后,这个人却从来都没有出现过呢？

　　孙策忙乎了一宿,听罢了几名主犯的供词后,回到了府中。将军府此次虽然没有受到风波波及,吴夫人的房中却一直亮着灯。孙策知道她担心,与她大致讲了作乱的事,便催她去休息。吴夫人撑了一夜,此时也乏了,听说事态平息,终于安心歇息去了。

　　孙策这才回房去,只见卧榻上,琼儿与绍儿一大一小两个小家伙并排睡着,大乔不时为他们掖盖被子。孙策就这样静静看着他们三人,将眼前的画面一笔一画地刻在了心底。

　　不知过了多久,大乔回身欲拿披肩,看到立在门口处的孙策,抚着心口轻道:"哎哟,你什么时候回来的,怎的站着不说话,吓我一跳。"

　　面对大乔,孙策将心底的不痛快全部压下,低声笑道:"莹儿,我方才遇见子布兄,他跟我说,现下江东一带,都管娶了两姐妹的关系叫'连桥'了,便是从我和公瑾这里来的。"

　　"真的吗？那倒实在是有趣呢。"大乔又惊诧又欢喜,似是没想到,他们几人还能促成一个俗语。

　　"那还能有假？我夫人贤惠温柔又容色绝代,妻妹也还行,我与公瑾亦是天下数一数二的人物。你我这般恩爱,公瑾与我又情同兄弟,自然会是一段佳话。"

　　"呀呀。"听到父母轻声说话的孙绍忽然醒了,舞动着粉嫩的小手,小脸儿上浮动着不谙世事的甜笑。

　　大乔弯身将孙绍抱起,凑到孙策面前:"你看,绍儿长得跟你好像啊,虽然只有小小的一点,但五官简直像一个模子刻出来的,尤其是……"

　　大乔说着,忽然噤了声,引得孙策十足好奇:"尤其是什么？"

　　大乔顿了一瞬,才忍笑回道:"尤其他笑起来,甜甜的,又有点坏坏的,跟你很像。"

　　孙策拉住大乔的手,疼惜地吻着:"每次想到你生琼儿和绍儿的时候,我都不在身侧,心里就很难受。看到孩子长得如此康健,我更是愧疚……本来想昨夜好好陪陪你,没想到又摊上这档子事。"

"对了,昨夜的事,都解决了罢?虽然小叔回来说人都抓起来了,但母亲还是很担心。"

"都解决了,今日晌午,主犯便会被枭首示众,往后在我江东,再也不会有这些邪道之人为祸了。"

"枭首?可我听母亲说,那个于吉在江东极有人望,贸然处死他,会不会有问题?"

孙策登时变了脸色,蹙眉道:"母亲极少出门,也不爱管这些事,她怎会如此清楚于吉的事?"

哄了大乔去睡后,孙策来到吴夫人厢房外。等到春阳高升,吴夫人早起梳妆,孙策便迫不及待地入门请安,问道:"母亲,为何我听府中下人说,我不在的这些时日,你也曾见过于吉?"

吴夫人一怔,回道:"是啊,怎么了?你昨夜抓的作乱之人,不会是他罢?"

"母亲明知就是这个于吉写了《太平经》,才生出席卷二十八郡的黄巾之乱!而我父亲也是因为他徒孙使用邪门之术襄助黄祖,才殒命于岘山!母亲与他来往,究竟何意?难道你也信了他的邪门歪道,劝我不要杀他吗?"长这么大,孙策从未如此跟吴夫人说过话,此时话方出便后悔了,但又不愿松口,愣愣站着。

吴夫人放下手中的发梳,无奈叹道:"伯符啊,你的心思母亲明白。可你有没有想过,连灵帝都说,念他没有直接参加动乱,年事又高,不予追究。你现下贸然处死他,又算是什么呢?"

"这个于吉,虽然从未亲自参与动乱,可他手下的徒子徒孙无一不是借着他的名号为祸一方。我若不闻不问,如何对得起昨夜惨死的百姓,又如何对得起我九泉之下的父亲!"

吴夫人压抑住情绪,尽量用平静的语气说道:"儿啊,你可有想过,为何这起子人偏偏等你回了姑苏,才作起乱来?他们便是要让你暴怒,让你痛下杀手,你万万不可中计啊。"

"邪不压正,如此奸恶之人,来一个杀一个,来两个便杀一双!"孙策撂下这一席话,起身便走。吴夫人欲追,却见他快步穿过回廊,片刻便没了踪影。

她无奈地瘫坐在地,叹息不止:孙策的性子刚直,太像孙坚,正面交锋无所畏惧,却容易被阴谋密计中伤。可若此事真的是个阴谋,背后又是何人主使?目的又是什么呢?吴夫人只觉参不透,吩咐身侧的仆从道:"你去告诉仲谋,让他这几日都跟着他大哥,寸步莫离,千万别让伯符一个人落单了。"

是日午饭后,小乔陪着周老夫人去君山踏春,老太太年岁不轻,却很是爱玩,跋山涉水一刻不停。晚上回府时,小乔已经累得直不起腰,直挺挺趴在榻上,好一阵子缓不过劲儿来。

周瑜下午去了军营,现下还未回来,房间里空无一人,小乔趴着趴着竟然睡着了。迷迷糊糊间仿佛有人抱着她走了很远的路,等到再醒来时,竟看到一轮皓月当空,耳畔不时传来风铃轻响,汀汀淙淙,远处长江直流天际,与大湖浩然一体。小乔正不知是梦是醒,周瑜的嗓音蓦地响起:"夫人醒了?我还怕你一直睡着,要错过今夜的良辰美景了。"

小乔迷茫回身,问周瑜道:"这里是何处啊,竟有如此景致?"

周瑜笑着指了指土丘之下:"那座塔楼不就是我平日办公之地吗?此处临江傍湖,小丘上还有这样一方亭子,既能远眺防止敌军渡江偷袭,又能观景,实在妙极,夫人以为如何?"

小乔放眼四望,只见亭中四角都摆着幽兰,清香四溢,低声问:"这里布置得好漂亮,也是守望的士兵们弄的吗?"

"昨夜就想带你来,见你乏了,便作罢了。但生辰礼物不能不送。婉儿,这只长命锁,希望你不要嫌弃。"

小乔看周瑜如变戏法般,变出了一只精巧的小锁放在自己手心里,诧异道:"不是送小孩子才送长命锁吗?怎么……"

话未说完,小乔发觉锁上有字,细细看来,竟是周瑜的生辰八字。周瑜将小乔拥入怀中,轻道:"把我送给你了。"

长江滚滚,流水汤汤,小乔蓦地红了眼眶,回身主动轻吻周瑜,缠绵一瞬后,她低低说道:"周郎……我想改名字。"

周瑜不解,蹙眉问道:"改名?这是为何?"

小乔拉过周瑜的手,在他手心一笔一画写了个"琬"字,羞道:"你的名字从玉,我也想跟你一样……"

感慨于小乔的情义,周瑜心情大好,揽着她笑得一脸怡然:"周瑜、乔琬,好似真的更珠联璧合。其实不管你叫什么名字,你都是我唯一挚爱的人。夫人,这是我们成亲后,送你的第一个生辰礼物,你可还开心吗?"

"开心,与你在一起,每一天我都很开心。周郎,今日我听从父提起,黄巾余孽未平,他们……还会再兴风作浪吗?"

周瑜今日方修书一封给孙策,让他务必警惕长木修等人再掀风浪,可面对小乔,他却只说:"我是先前嘱托从父帮我调查的,现下坏人都已经死绝了,你不用担心。"

小乔不再追问,窝在周瑜怀中,任由清风拂乱她的鬓发,触景生情,有感而发问:"夫君,你去过那么多地方,洛阳、舒城、姑苏、居巢,现下又来到巴丘,你最喜欢哪里呢?"

"我最喜欢有你在的地方。"

小乔嘴上嗔怪着,嘴角却忍不住往上翘:"你怎的也学得跟我姐夫一样,油腔滑调的。"

周瑜也忍不住笑了起来,拉起小乔的手轻吻着:"我说的都是真的……我父母去世得早,这些年在外为官,也不能常与从父伯母一处。唯有跟你在一起,才觉得真的是有家了,只是苦了你跟我颠沛流离。"

"其实我也一样呢,姐姐嫁人以后,我有时也会觉得很孤独,又不知道自己将来能去哪里……现下虽然跟姐姐分离,却知道吴夫人、二公子和尚香小妹都待她很好,琼儿与绍儿都健康茁壮,虽然只是妾室身份,只要姐夫心里只有她,倒也无妨罢。"

"这个你不必介怀,伯符其实早有打算,要立你姐姐做夫人,只是她先前有身子,不便行礼,现下她又为伯符诞下长子,便会更名正言顺了。先前伯符已请人测了凶吉,今年三月初三上巳节,也是伯符与乔夫人相识七年之期,他便会立你姐姐为正妻了。"

草长莺飞二月天,大乔随吴夫人去庙里为孙绍求了百日平安符。这小小的人儿生得愈发茁壮,修眉俊眼,逢人便笑,很是讨人喜欢。

大乔儿女双全,又与孙策夫妻恩爱,日子过得很是餍足,眼下最盼望的,便是小乔能早日得个孩子。是日,大乔正在暖阁里细细看着巴丘城传来的家书,孙策风风火火闯了进来,身后还带着两个上了年纪的绣娘。他兴冲冲对大乔道:"莹儿,快来试试,这衣裳你穿着可合身?"

大乔定睛一看,只见那两个绣娘手中捧着两件错彩镂金的衣袍,甚是华贵。大乔吓了一跳,拒道:"这衣裳太奢华了,我可不敢穿啊……"

一绣娘笑道:"这衣裳可是将军吩咐下来,我们十几个老姐妹用八股金线绣了两三个月才绣得的!夫人若不敢穿,我们岂不是白费力了?"

大乔无法,只好说:"那便……劳烦两位把衣服放这里吧。"

两人将衣衫放在了案上,复对孙策大乔一礼,躬身退了出去。孙策二话不说,上来就解大乔的衣带:"来,莹儿,换上让我看看。"

大乔不知该气还是该笑,在孙策的连哄带骗下换了衣衫,才坐在镜前,就见孙策从妆奁中拿出了先前他送的那支龙首金簪,亲手插了大乔的鬓发间。孙策慨叹道:"莹儿,你知道吗,我时常看着你就在想,世上怎么会有如此美貌的女子……"

"你知道,我最不喜欢以色事人。"大乔抬眼一瞋,讷道,"是不是等我年老色衰,你就不喜欢我了?"

大乔很温柔识大体,却很少像这般小女儿似的撒娇,孙策只觉爱不释手,揽着她的纤腰笑道:"我的心思你还不明白吗?再过几日,就是我们的好日子了。莹儿,我说过,你会是我此生唯一的女人。我要让你穿着这件衣裳、戴着这支簪走向我,让全天下人都知道,我孙伯符的女人,是这天下最幸福的人。"

感受到孙策满满的爱意,大乔未再执意回绝,含羞在他面颊上一吻,转言道:"这几日看你忙来忙去的,可是又有战事了?"

孙策本想等立了大乔做夫人后再与她说,见她已然看穿,便不再隐瞒:"曹操那老贼北上打袁绍去了,许都空乏,洛阳城更是犹如空城……莹儿,再等等我,或许这一次之后,我能给你个更体面的身份……"

"你知道,我不在意这些。这些年你南征北战,为的不仅仅是为公爹报仇和孙氏一门的荣辱,也为了江东百姓的安危,责无旁贷。可现下,你还如此年轻,已坐拥万里河山,我实在是有些担心……"

"我的傻莹儿,在这乱世里,唯有激流勇进才是存活之理。我若不进,旁人便会来图谋于我,我已有万全之策,你不必忧虑。可巧我方才才收到公瑾从巴丘的来信,里面有妻妹的亲笔,你可要看吗?"

巴丘城里,周瑜看罢士兵操练回府,问庭间正给花草浇水的周婶:"婶婆,琬儿去哪了?"

周婶还没回话,就听得侧门处"叮咣"一声响,小乔穿着男装,跌跌撞撞进了门来,身后还跟着哑儿。周瑜见她小脸儿脏脏的,似有打斗的痕迹,赶忙上前去,边检查小乔的伤处边问哑儿:"怎么回事?夫人跟谁动手了?何人敢伤她?"

哑儿耸耸肩,学着小乔飞石头的样子比比画画,最终打在了自己脸上。周瑜困惑尤甚:"夫人是自己打了自己?"

小乔十分不好意思,推着周瑜往后堂走。进了卧房后,她褪去了染尘的男装,用药酒擦拭着伤处,周瑜探手接过:"到底是怎么回事?你不说,我可要去街上问了。"

小乔樱唇一嘟,絮絮回道:"过几日就是婶婆的生辰了,她待我那么好,我就和哑儿说好了一起去布庄挑块上好的料子给她做衣裳,谁知道竟然听有人在说我姐夫坏话!我一时气不过,就跟他们争执了起来,那起子流氓想动手,我就用箭石教训他们,谁知道……好久……都不弄、就打到自己了。"

周瑜听罢,好笑又心疼,安抚道:"这些年伯符命人推广农桑新政,百姓多支持,但总会有人心怀不满、发发牢骚,夫人不必太动气啊。"

"若真的只是几个人发点牢骚便罢了,那可是十几个人,在那里造谣说姐夫杀了天师于吉,就要遭报应了,我怎么听得下去!"

这几日周瑜也听到了些许风声,本以为是百姓以讹传讹,但见谣言与日俱增大有鼎沸之势,他不得不起了几分疑心。眼下正是他与孙策图谋更进一步之时,江东数郡竟突然同时谣言四起,周瑜隐隐感觉事情有些不妙,修书一封,悉心装入竹筒中,召哑儿上前:"吩咐下去,加急发往姑苏。"

哑儿不会说话,脸儿上却满是焦急之意,冲锋陷阵似的一路狂奔出府去了。小乔从未见周瑜神色这般难看,上前握住他的手,柔声唤道:"周郎……"

周瑜回过神,对小乔一笑:"无妨,只是方才夫人说的事,令我有些疑惑。我给伯符传了一封信,让他加以提防。"

小乔巴巴望着周瑜,欲言又止:"你是不是……又要去打仗了?"

"非也。"周瑜拿起药酒,继续给小乔上药,"我这几日虽然在练兵,但并没有出兵的打算。等到时局突转之际,我才会发兵,与你姐夫一道荡平天下。夫人不必忧虑,先前我答应过,不管去哪都会带上你,只要你不嫌路途遥远、车行辛苦就好。"

"思君不见君的日子,才最辛苦。"

听到小乔的肺腑之言,周瑜感喟又心疼,将她小小的身子疼惜地圈在了怀中:"怕你在家闷得慌,原本想带你去看练兵的,谁知一早你就出去了。我出去找了一圈,今日也不知怎么了,满街的姑娘婆妇,熙熙攘攘的,根本寻不到人,我找了一圈就回来了。对了,给婶婆的衣料买了吗?"

"还说呢,"小乔捶了捶酸痛的小细腿,嘟囔道,"今日也不知道怎么了,布庄里人满为患,还都在买织金锦缎。说是有人放出话来,要在上巳节那日,在江东选一春衫女子送金缕衣呢!"

"金缕衣?"周瑜低喃着,一时怔忡,当年黄巾军鼎盛时,张角曾命人为自己织就金缕衣,难道此事与长木修那贼人有关?若真是这样,他为何要惹得孙策杀于吉,编造天谴谣传,又令人放出金缕衣的流言?而且特意指向大乔扶正的三月初三,难道他的目标并非是孙策本人,而是大乔吗?

## 第四十章 人杰鬼雄

不单是周瑜注意到了个中关窍，孙策亦是如是，但他不肯告知大乔实情，只是每日编些理由，唬了她不许出门。大乔本就大门不出二门不迈，现下便更是日日待在家中，专心将养两个孩子。

曹操与袁绍在北面激战正酣，孙策暗地练兵，预行螳螂捕蝉黄雀在后之事。是日，他正在城北军营练兵，从东方欲晓到日暮西斜，一刻未停，忽听手下人来报："主公，府中二公子急报，说孙小姐今日一早出门去布庄了，一直没有回家。老夫人焦急，派人去寻，听人说小姐被几个道士模样的人掳走了！"

校场内喊杀声如故，孙策的心却顷时挂在了嗓子眼，千防万防没想到，对方的目标竟然是孙尚香，他唯一的亲妹妹。

孙策来不及交代军务，便披上红绸披风，唤来大宛马，随来报之人向外赶去。

不知怎的，明明已是初春杏月，却赫然飘起了鹅毛雪片，洋洋洒洒，不过一炷香的工夫，就在地上铺了薄薄的一层。

北城门处，蒋钦与周泰正奉命追踪孙尚香的踪迹。孙策飞驰而来，与他二人并行。蒋钦与周泰拱手一礼，孙策摆手："虚礼免了，到底怎么回事？"

"我们得到消息后,就带着人在城里城外找。根据目击的乡亲们的口供,分别在米店、布庄、城隍庙附近见过小姐的身影,最后一次便是见他们出了北门……"

孙策脑中迅速定位,竟惊异地发现,这些地点的连线组成的是一个"卍"字。这一瞬,孙策只觉浑身的血液都呼地涌上了脑子,他不顾一切地驰马,顺着官道一路疾驰。他头戴紫金缀玉冲天冠,身穿黄金龙鳞元护甲,披着绛红色绫罗披风,手执无穗十二锋银枪,背后还交叉背着一对双刀——七星刀和古锭刀。

飞雪如故,积雪更深。虽是雪原,大宛马的速度却丝毫不减,似乎觉察到今时今日非比寻常,需打起十二分精神,不过片刻,就将蒋周二人远远落在了身后。

蒋钦与周泰的马虽非宝马,却已经是寻常战马中上佳的。若他们都无法追上,那挟持孙尚香之人所骑必是日行千里的良驹。而当世若论谁的马最好,非吕布的坐骑赤兔马莫属,可吕布早已在白门楼伏诛,难不成,此事与曹操有关?

不论对方是谁,眼下要做的唯有追上去,将尚香夺回,再将掳走尚香的贼人正法。追着追着,雪地上出现了一串马蹄印,孙策赶忙挥鞭更急,沿印记疾驰追去。

天色愈昏,孙策一路向北追赶,已到了丹徒境内。此地濒临长江,江边有渡口,过了江,便是曹操治下的广陵地界。孙策越发怀疑此事是曹操搞鬼,心中的忧虑更加重了几分。

忽然,前方隐隐传来一阵马蹄声,孙策一下松了神情,愈加快了打马的频次。再往前便是大路转弯处,继而是一段冗长的"之"字形的下坡路,山下的渡口亦朦胧可见。孙策拐过此处,从马上探头向山下看去,果然见两名道士服饰之人正载着尚香遁逃。

五百步、三百步、二百步……孙策凭借着瞬间的加速逐渐缩小了距离。可前面的贼人似乎也察觉出后面的追兵,速度也陡然变快。

孙策明白,对面既然将赤兔马都带来了,必然是有着万全的准备,此时渡口接应的竹筏怕是已经靠在岸边,准备蓬蒿一撑就将孙尚香拐带过江。他屏息凝神,摸了摸胯下大宛马的脑袋:"我已将生死置之度外,接下来得辛苦你了。父亲便安葬在不远处,说什么也不能让他看着尚香有危险,只这一次就是拼了命也要给我赶上去,好吗?"

似是听懂了孙策的话一般,大宛马喘着粗气打了个响鼻,硬是保持着最快的冲刺速度,向前面的蓑衣人追了上去。眼看着对方已经近在五十步内,孙策直望向马上那人,但见尚香被贼人用带子缚在其身前,头耷拉着随着马上的颠簸晃动,生死未知。

一股无名火涌上心头,孙策操起长枪,对那人大喝:"贼人哪里逃!"

前面便是渡口,论距离,此人就算再快,待下马之际也会被自己追上,按理说已经是穷途末路了。可此人却依然执着地御马狂奔,并不理会孙策分毫。孙策正奇怪时,却见那人果真将马在江边勒停,可江边上却并没有什么竹筏或小舟在等着他。与此同时,江边的芦苇中突然现身二十余名身着蓑衣的刺客,皆全副武装,挽弓搭箭对准了他。

孙策顿时明白了,这根本不是要将尚香拐过江北去做人质,而是一个专为刺杀他而设置的陷阱。

那道人调转马头,丢掉斗笠帽,拔出腰间的短刀,横在了仍在昏迷中的尚香的脖颈间。此人不是别人,正是长木修。而他身边的枣骝高头大马,头呈兔状,耳似狐形,颈如飞鸟,脊如龙骨,正是赤兔马。

孙策见此,不敢妄动,立即勒停了马,两伙人就这样对峙着。

"没想到丞相为了杀我,连吕布的赤兔马都借给了你。想要我孙伯符死,直接写信来便是,何必要如此大费周章,何必要牵连我家小妹?"

长木修冷哼一声:"今日此地没有赤兔马,更没有司空的事。唯有许贡之子与其门客,在此复仇罢了。"说着,他命人将许贡的小儿子推了出来,但见他不过十六七上下,手中拿着弓箭,吓得直哆嗦。

"你,朝他放箭。"长木修命令。

箭头上微微滴下紫色的液体,想必亦涂有怪鸟之毒。许贡的小儿子颤颤巍巍地张开弓,想要瞄准孙策射箭,可一箭射出,竟偏出一丈远。孙策见此,哈哈大笑,对长木修道:"知道你是张梁之子后,我就明白为何你想要置我于死地。十年前,我父亲的死,怕也是你们黄巾余党所为罢?"

长木修不屑回道:"是又怎样?杀父之仇,不共戴天,每个人都是如此。你不也因此把于吉杀了吗?"

孙策反驳:"你说错了。我杀于吉,是为天下人而杀。你们这些邪魔歪道危害世人,抢人财物,奸淫民女,难道还要留着吗?"

长木修睨着孙策,满面不屑:"我并没有抢人财物,奸淫民女,我只是报仇来的。"

"好,既为报仇,当与尚香无关。把我妹妹放了,我这里要杀头也好要射箭也罢,随你。"

长木修冷道:"别以为你可以骗过我,长枪在手,我怎知你会不会配合?"

孙策立即扔掉了银枪。长木修又道:"还有身上的。"于是孙策又扔掉了背上的七星刀和古锭刀,这两把刀一把是孙坚攻破董卓时缴获的,另一把则是孙家祖传的宝刀。孙策举起双手,对长木修道:"现在可以放了我妹妹了吗?"

长木修冷笑了一声,随即松开了孙尚香。孙尚香仍在昏迷之中,被人猛地一推,即刻如软面条一般重重摔在了地上。

"尚香!"孙策赶忙上前查看,却未料到长木修突然宽袖一甩,一支浸了怪鸟之毒的飞镖如闪电般像孙策飞来。孙策一躲,这毒镖却仍擦着面颊飞过,划出了一道长长的血痕。

"主公!主公!"不远处传来周泰与蒋钦的呼喊声。长木修听得此音,即刻招手示意同党,一架竹排从隐匿的芦苇荡中驶出,载着长木修、赤兔马和那几个刺客一道渡江而去。孙策无心再去追,忍着剧痛晃着怀中的孙尚香,不住地唤着。可还唤不到几声,孙策便两手一软,倒在了孙尚香身旁。

不知过了多久,长木修下的麻药力道渐消。许是在睡梦中听到了孙策的呼唤声,孙尚香醒过来头一句话,便是"兄长"二字。可当她彻底清醒过来的时候,却只见自己正身处荒郊野外的雪地。而她的身侧,孙策倒在血泊之中,早已不省人事了。

"兄长……兄长!"这回换作孙尚香声嘶力竭地喊着,然而孙策任凭她奋力摇晃,却再也没有了回音。

"主公!孙小姐!"山上远远传来蒋钦和周泰的声音,他们没想到自己还是晚来了一步。孙策的大宛马全速飞奔一路到此,他们能在此时赶来,已是拼尽了全力。

"快!带主公回曲阿,速去传疾医来!"赶到渡口,周泰二话不说把孙策扛上马,系在自己身上。蒋钦则带孙尚香一同上马。一众人冒着漫天的大雪,载着孙策快马加鞭赶路。

在曲阿略做包扎后,孙策整个人也清醒了过来,脸颊上火辣辣的生疼。他一照镜子,只见俊生生的面颊有一道长长的血痕,只是不似寻常伤口,隐隐发幽蓝暗黑。

孙策明白自己是中了怪鸟之毒,见孙尚香亦无大碍,便让周泰将他们送回了姑苏。吴夫人与大乔早已听说此事,乘车出城数十里相迎。待回府后,孙策对大乔道:"莹儿,当年公瑾配了个解鸟毒的方子,你可还留着?"

大乔应道:"一直留着,接到报信后,我就交给小叔,让他找最好的郎中配药去了。"

孙策拉过大乔的手,让她坐在身侧:"真是没想到,长木修如此卑鄙,竟散布流言,绑架尚香,引我入套!若非担心尚香安危,我早已经将长木修的脑袋拧下来了。"

大乔忽地眼眶一热,趴在孙策肩头,啜泣道:"你都不知道,那日蒋钦来报你遇刺,我有多害怕……"

到底受鸟毒侵害,孙策手上不似平日那般有力,却还是紧紧抱着大乔:"都是我不好,害莹儿担心了。旁的倒是没什么,就是伤在脸上,也不知会不会留疤。"

"只要你人好好的就好,留不留疤我都不在乎。"大乔如是说着,小手轻轻抚上孙策包着白布的侧脸,"也该换药了,我帮你……"

"不……"孙策显得十足抗拒,欲言又止,"血淋淋的吓人,莹儿还是别看了。"

大乔摇摇头,执意揭开了孙策脸上的布条。这一道长长的伤口在孙策白净的面皮上赫然殷红,确实有些慑人,可他的姿貌并未因此损毁半分,反倒更添几分热血英气。大乔十足心疼,一面为他上药,一面问:"疼吗?"

"这点伤算什么,根本不碍事。"孙策以手撑头,倚靠在榻上,神色有些疲累,"只是破了相,待三月初三立你为夫人时,旁人便会说我们不相配了,想起这事我就生气!"

大乔本心痛难过,听他如是说却被逗笑了,嗔道:"你还有心思说笑!你都不知道,前两日我和母亲有多担心,以后再出这样的事,你可断不能逗英雄了!"

孙策态度倒是极佳,连声答应不止。大乔还要说什么,却听孙权在外叩门,称药已煎好。大乔赶忙应声,就要去端,谁知才拉开木门,方才还好端端坐着的孙策忽然一头栽倒在榻,惹得大乔一时跌了碗盏,失声惊道:"孙郎!"

数百里开外的巴丘,周瑜身着素衣儒裳,与几个当地善于造船的老者一道泛舟,共同商讨造船用兵之事。周瑜虽年轻,却身居高位,这几个老者原本有些拘谨,但看他虚怀若谷、风流儒雅、谈吐得体、博闻强识却不欺人卖弄,无不渐生好感,拼尽一生所学为他答疑解惑。

周瑜冰雪聪明,记得极快,未几心中便有了丘壑。就在这时,忽有侍卫摇舟而来,急道:"将军,姑苏急报!"

周瑜瞬间敛了神色,接过竹筒后,掏出小刀划开,抽出信笺,只见上面写着孙策遇长木修伏击之事,周瑜的心一下子提了起来。见信后所述孙策并无大碍,他才松了口气,眉头却依然紧锁:长木修布下如此大局,难道就是为了让孙策受轻伤,不能北上攻打许都吗?

长木修想杀孙策,显而易见,既然有如此好的机会在眼前,他为何还要让许贡的儿子与门客出手,还最终放孙策离开了呢?

就在周瑜困惑不解之际,那侍卫又道:"将军,方才府中来报,说夫人用午饭时候身体不适,已请了郎中去府上,哑儿现在等在渡口,想问将军何时回府。"

小乔一向活泼爱动,近来却实在有些惫懒,现下又说身体不舒服,实在令周瑜感到悬心。见今日的事已谈得差不多,他便送别了几位老者,快马加鞭向府邸处赶去。

可当他急匆匆赶回后院厢房时,小乔窝在榻上,睡得正香甜。周瑜脱去霜色披风,轻轻挂在木架上,走上前来,只见小乔面若桃李,薄唇娇艳欲滴,合着双目睡得极香甜,一点也不像身子不舒服的模样。

周瑜诧异尤甚,看到周婶进来送汤羹,赶忙问道:"婶婆,夫人今日怎么了?怎的说她身子不适,还请了郎中?"

周婶嘴角忍着笑,回道:"夫人说要自己跟都督说呢。"

究竟是什么毛病,还要自己说,周瑜愈发担心,忍不住追问:"看病的事,哪里还能瞒着?婶婆就别让我心急,快点告诉我吧。"

就在这时,小乔听得他二人私语,终于醒了过来,看到周瑜,她十足欢喜:"夫君回来了?我还说莫要让哑儿去寻你了,可婶婆说这是大事,一定要找你回来。"

周瑜坐在床榻边,握着小乔的小手,很是关切:"夫人到底哪里不舒服,不然我给你号号脉罢。我虽算不得什么名医,比外面的郎中却应当不差……"

"你会号喜脉吗?"小乔说着,蓦地羞怯起来,小小的脑袋垂得很低,脸儿红得像在滴血。

周瑜怔忡一瞬,旋即紧紧抓住小乔的瘦肩:"你说的可是真的?"

燕子来时新社,梨花落后清明,正是江南好风景,本应心情舒畅,吴郡将军府上下却笼罩在一片凄风苦雨之中。

十余名郎中分别守在厢房内外,交头接耳,对孙策的病势议论不休,可说了大半天,也没有什么建树。末了还是其中年岁最长的一人上前对吴夫人道:"将军的毒原本不碍事,只要服了乔夫人方中的药物便能解,可是……此毒中莫名生发出旁的几样变化来,毒性极大,直攻心脉而去,老朽几人从未见过如此凶狠之毒,实在是……实在是回天乏术啊!"

孙尚香站在吴夫人身侧,听得这话,忍不住啜泣起来。吴夫人凝眉嗔道:"人还在呢,哭什么?你们治不了也无妨,总会听过何人擅解毒罢?不管是张仲景还是华佗,我们横竖都能把人带来。"

孙权焦急便要向外冲去:"我去找张仲景!"

"小叔且慢!"大乔衣不解带,守在孙策身侧两天两夜,听得众人谈话,她起身迤逦而来,垂泪拜道,"两位名医闲云野鹤,难知其踪,现下再去寻人根本来不及,妾身愿为孙郎试解药!几位先生既然知道毒药配比,便大胆配解药罢,妾身死不足惜,但求……但求你们一定要救孙郎啊!"

大乔泣泪涟涟,如一树梨花春带雨,在场之人感慨于他们的夫妻情谊,无不动容。可几位郎中你看我我看你,依然无人应承。

吴夫人见状,忍泪道:"莹儿莫浑说,没有拿人试药的道理。罢了,你们只管治,无论结果如何,我们定不会责怪于你们。"

这些郎中听吴夫人这般说,才拱手称是,转身准备去了。大乔依然啜泣不止,吴夫人上前将她扶起,叹息道:"孩子,别哭了。伯符还需要你照顾,现下还没到山穷水尽的时候,且得存着气力,往后还有的熬呢。"

大乔哭得说不出声,只是连连点头,未几忍了情绪,又回榻旁守着孙策去了。众人怕叨扰,便也分别相携而去,大乔呆坐着,粉腮上挂着行行的泪,凝望着榻上的孙策。夫妻多年,他们相知相伴,大乔却极少这般仔细地端详孙策。这几日他未曾进食,俊生生的面庞更瘦削了几分,显得五官如刀劈斧刻般,峭楞楞的,很是严肃,不似平日里那般调笑的模样。大乔颤着小手抚过他的眉宇与鼻尖,忍不住又哭了起来。

怎的好好的一个人,出去不过半日,就成了这般模样?这一道划在脸上的伤口,那么浅,怎会将他伤得这么重?大乔满心的不甘与困惑,哭声也从低吟啜泣渐渐转作号啕,不知哭了多久,她疲惫地睡着了。再度醒来时,竟已是夜半三更,皓月当空,她迷糊睁开双眼,竟看到孙策不知何时醒了,正含笑望着自己,眉宇间满是温柔,熟悉又陌生。大乔禁不住惊喜叫道:"孙郎!你何时醒了,怎的不叫我?"

孙策嘴角泛起一丝浅笑,打趣道:"莹儿的睡颜太美,不忍叨扰。"

这话又惹得大乔啼哭不止:"你身子感觉如何?我找郎中来……"

"不必。"孙策撑着手肘想要坐起,却一个趔趄差点摔了,"莹儿,你把仲谋叫来。"

孙策面色如灰,不找郎中却要找孙权,大乔心底隐隐涌起一丝不祥的预感,虽心如刀割,却不愿忤逆孙策的意思,拭泪走了出去。未过片刻,孙权便匆匆赶来,立在屏风处等听吩咐。

打从孙坚去世,孙策如父如兄,对于孙权的意义非比寻常,此时见叱咤风云的兄长如此虚弱,孙权心底别提多不是滋味。

"仲谋……你过来……"

听得兄长召唤,孙权含泪走上前,只见孙策指着一只木箱道:"把里面的东西拿出来。"

孙权一应声,从箱中掏出一只包袱,捧到孙策面前。孙策示意孙权打开,只见包袱中竟放着当年孙坚从洛阳宫中带出来的传国玉玺,应是袁术死后,孙策讨要回来的。

孙权薄唇颤抖,一脸茫然地望着兄长。孙策撑起身子,如寻常玩笑一样拍了拍他的手肘,笑道:"举江东之众,决机于两阵之间,与天下争衡,你不如为兄……举贤任能,各尽其心,以保江东,为兄不如你……从此以后,为兄打下的这江东……就是你的了……攻伐外事,皆问公瑾,休憩内事,多问子布……"

孙权怔忡一瞬,这才明白孙策此番清醒只怕已是回光返照。他明明还有如此多事未完成,怎能像他们的父亲一般,早早殒命了呢?可看到兄长将如此重担交于自己,孙权自知不该放纵情绪,大拜于地,忍泪道:"定不负……兄长所托!"

孙策喘息声极重,又道:"传张子布等人进来……孤有话要对他们说……"

冷月清霜，大乔独自立在回廊尽头，明明已是春暖花开日，她却冷得浑身寒战，眼泪随着颤抖的纤弱身躯不住滚落。解药还没配出来，送信去巴丘的人亦还未到达，毒气便已蔓延至了心脉，这一瞬，大乔竟不知该怨还是该怕，整个人从感官到心智皆是木的。

忽然，有个毛手毛脚的小丫头快步跑来，上气不接下气地对大乔道："夫人……将军找你来着……"

大乔生恐孙策有什么不测，整个心都提到了嗓子眼，快步向厢房跑去。

已是四更天，夜幕极深，浓稠得如泼墨在天。大乔气喘吁吁拉开房门，一眼望向床榻，不见孙策身影，她浑身冷汗一落，香魂差点飞出九重天去。孙策玩赖的笑声却从身侧响起，只见他倚着门板立着，仍是那般俊朗疏阔之态，从身后环住大乔："莹儿，吓着你了吧……"

大乔的眼泪飞溅而出，不知该笑还是该怒："你做什么？嫌我命长是不是？"

孙策轻笑着，禁不住又喘息起来："今日是三月初三，莹儿，七年了……"

这几日孙策昏迷不醒，三月初三的册立之礼便自然而然地无人提及。而大乔守在病榻旁，早已忘了哪一日才是三月初三，没想到昏迷中的孙策还记得。大乔还没接口，便被孙策按在了铜镜前，只见他颤着骨节分明的手，从妆奁中取出那支龙首黄金钗，簪在大乔的鬓发间："莹儿，我孙伯符说到做到，你是我这一生唯一的女人……"

孙策说罢，忽而向后一仰，整个人差点昏厥过去，大乔赶忙扶住他，急道："我们回榻上，先回榻上，我去找郎中来……"

"不必了。"孙策倚在榻上，面色又青白了几分，"难得你邀我回榻上，不似从前那般扭扭捏捏的，我怎能不珍惜时机？快来躺在我怀里，我有很多话想跟你说……"

大乔顾不上理会孙策的打趣，强忍着泪，上榻倚在他怀中。他的心跳不再似从前那般响如战鼓，时深时浅，好似不知何时便会消失一般。大乔将出尘绝艳的小脸儿埋在孙策怀中,泪流不止,语调却极力控制得平淡:"孙郎,我也有件事想跟你说:琬儿来信,说她改了名字,我也想改……"

"改名?这是为何,莹儿这名字不好吗?"

"好是好,但我有个更喜欢的字。"

"何字?"

"笙,为策而生。"

孙策半晌不语,大乔诧异抬眼,只见他青白的面庞上挂着一道浅浅的泪痕。大乔呜咽不止,哭得身上一丝气力也无,末了还是孙策拍拍她的瘦肩,打断道:"莹儿,我想看看咱们的孩子……"

大乔赶忙拭泪,撑着身子坐起:"稍等,我去让乳母把他们抱来。"

"不必……"孙策言辞间几分犹疑,"别把他们叫醒,让乳母把他们包好抱来,在回廊下让我看一眼就行了。"

估摸着孙策不愿意让琼儿与绍儿看到父亲这般虚弱狼狈的模样,大乔眼中又蓄满清泪,沉默着点点头,疾步走了出去。

未过多久,乳母便抱着两个熟睡中的小娃娃到了回廊下。大乔扶着孙策起身,透过绢纱明窗,他看到了自己与大乔的两个孩子,琼儿不过三四岁,绍儿则刚满百日,仍是这般幼小。孙策有如万箭穿心,猛地转过身去,不再看那两个小小的人儿。

大乔含泪摆手,示意乳母退下,柔荑般的小手攀扶在孙策的手臂上,轻道:"孙郎,我扶你去……"

孙策却蓦地暴怒,猛地揭掉面颊上的膏药,摔在地上:"是我不想要这条命!而非任何人能害我!"

面颊上重现那一道长长的伤痕,大乔惊得大哭不止,颤手抚上那伤口,却不敢着力:"别……孙郎……"

孙策跟跄几步,面色从青转为暗红。大乔忙架着他回到榻上,他的喘息声愈重,进气长,出气却越来越短。大乔哭得失声,却一刻也不肯将他松开。

孙策费尽气力喘匀了气,想要抬手为大乔拭泪,却再也使不出力来,看着自己心尖上的人这般断肠,孙策忍不住又流下泪来:"莹儿,对不起……不能……陪你到白首……不过你别难过,是我不想要这张丑脸,不想活了……并非旁人……得以害我性命……"

大乔涕泪交加,说不出话,只剩摇头的份儿。孙策后仰倒下,让大乔趴在自己心口上,艰难喘息道:"莹儿,别难过……我、我不会渡忘川,也不会喝孟婆汤,你好好活着,我等着你,等你把琼儿绍儿都拉扯大,再来……找我……"

"不!"大乔哽咽哭道,"没有你,我活不下去……孙郎,没有你,我活不下去……"

"傻瓜,你忘了我们成亲时,你曾答应我,不做虞姬,无论前程如何,都一定会好好活下去……"

"我忘了,我只知道,没有你,我连呼吸都是疼的……"

孙策心如刀割,嘴上却泛起了一丝浅笑:"我可是一直记得那夜你的样子,莹儿,我永世都不会忘……你还这么年轻、这么美……我自知不久于世,却也说不出让你另觅良人的话……"

大乔摇头不止,眼泪飞溅,滴滴落在了孙策的心口上:"除了你,我谁也不要……"

"这几日昏迷间,我总做一个梦。梦里你穿着一件碧色的裙裳,骑着马,跑得离我越来越远……莹儿,我孙伯符不怕死,最怕的就是会失去你,我本以为我们还会有许多个七年,没想到,没想到……"

孙策的气息愈发微弱,心跳也渐渐缓了下来。大乔明白大限就在眼前,已顾不得哭,紧紧搂着孙策,一字一句说:"不管几入轮回,我都要做你的女人……孙郎……"

"带着这道疤……来世只怕我不会这么俊了。"孙策极其费力地说着,"你可不许……嫌我……"

大乔拼命摇头,啜泣道:"你不许忘了我,不许忘了我……"

"莹儿,你知道吗,那年在汤山上,我……一眼便看上了你,可我怕你觉得我贪色,便、便不敢……承认。我想……除了貌美,应当是前世的缘,引着我,一步步靠向你……莹儿,你不老,我不渡忘川……"

孙策说着,声音愈发小而微弱,大乔应道:"我答应你,不做……虞姬……等把孩子们都拉扯大,把婆母侍奉好,我就去找你。"

孙策费力抬手,抚过大乔白嫩的面颊,疼惜地,留恋地,万般不舍。大乔忍着泪,乖巧地将面庞靠在孙策的手心,他手中的温度缓缓下降,渐渐冷了。大乔泪眼蒙眬地望着嘴角含笑的孙策,只见他的手倏尔滑落,沉重地落在了卧榻上。

大乔愣愣地望着孙策,见他双目合着,嘴角还挂着那抹笑,一如七年前在汤山初见,仿佛他下一瞬还会开口,用骄矜又自信的语气说:"行不更名,坐不改姓,先乌程侯长沙太守孙坚之子,吴郡江都孙郎孙策是也!"

大乔喉间哽咽,想要喊"孙郎"但又怎么也喊不出声,五脏六腑像是搅在了一起,却不敌心痛。她小嘴一张一翕,末了一呕,竟咳出一口鲜血,大乔这才"哇"地哭出声,一头栽在了榻上。

巴丘宅邸中,周瑜午夜梦回,不知为何惊醒。他徐徐起身,只见小乔在旁侧睡得极其香甜,心底霍地安定,丝丝缕缕的不安慢慢抽离,只剩满志踌躇与对未来的期许。

前几日听说孙策负伤,他十分担心,但见信中所说,中的乃是往日旧毒,且伤口极小,便不再挂怀。若是不出意外,孙策应当在秣马厉兵,最近几日忙完大乔的册立,便会发兵北上,袭取许都了。

他两人如同相契合的玉璧,皆有勇有谋智计无双,双剑合璧,便可霹雳斩天下。室内唯一一盏夜灯照映着数丈长的舆图,周瑜定定抬眼,漆黑深沉如湖的眼眸紧紧盯着舆图上隶书书写的"洛阳"两个大字,心中丘壑顿起。

若是此一番筹谋得当,是否便能实现他的大志了?

## 第四十一章 长歌当哭

洞庭春晚,隔帘尽是莺声燕语,晨起梳洗迟,小乔淡扫柳眉,忽见周婶奉汤羹走入,慈爱笑道:"才熬的鸡汤,肥油我都撇掉了,又加了几味中药压腥味,很是清淡,夫人快尝尝罢。"

小乔从有孕之始便胃口不佳,闻到荤腥就觉恶心,可她不想驳周婶的一片苦心,巧笑接过青瓷碗,搅动着调羹,却怎么也下不去口:"婶婆可知道周郎去哪了?一早起来就没看到他。"

小乔正问着,周瑜不知打何处回来,掀开帘栊,手里还抱着个精致的小竹筐,笑对小乔道:"夫人又不肯好好吃饭罢,我方托人从博南买了一筐酸杏回来,你且闻闻,可还中意?"

小乔早就闻到空气中淡淡的酸甜滋味,被勾起了馋虫:"我正想着这个味儿呢,你可买来了,快给我一颗⋯⋯"

周瑜却不肯,扬眉笑道:"总不能不吃饭,见天吃零嘴罢?先喝汤,喝了再吃。"说着,周瑜接过碗盏,细细吹凉要喂小乔。小乔当着周婶很是羞赧,垂眼顾自接过。

门外忽有人通报,周瑜轻轻一捏小乔滑腻的小脸儿,起身走出。小乔本漫不经心,却忽然被周瑜与那人的谈话吓了一跳。只听周瑜震惊非常,语调不由自主抬了八分:"你说什么?外面都在传主公遇伏过世了?"

小乔握着调羹的手一颤,差点跌了碗盏,她立起小耳朵,只听周瑜沉吟一瞬,隐隐道:"你去查一查,究竟是何人在造谣,又是何人在背后授意,一经查实,严惩不贷。"

小乔这才定定神,复捡起调羹,打算继续喝汤,谁知前厅又传来一阵急匆匆的脚步声。小厮吆喝着姑苏来信,便气喘吁吁将信笺送到了周瑜手上。

不知怎的,周瑜拆了信笺后,立在回廊上,半晌不曾言语。小乔隔着纱帘,看不清他的神情,只能看到他颀长的背影仿若一株孤零零的海棠,令人莫名感觉有些悲戚。小乔赶忙扶着周婶的手走出,绕到周瑜身畔,低低唤了一声:"周郎……"

周瑜胸口起伏不定,神情中写满难以置信,听得小乔的呼唤,他徐徐缓过神来,拉住小乔的手,越攥越紧,良久才开口:"劳烦夫人带着下人收拾一番,我们……回姑苏去……我策马先行,现下就出发,夫人有着身子,徐缓跟来就是了……"

周瑜虽仍在尽力筹谋安排,小乔却清晰感受到他与平日不同,素来踌躇满志的眸底凝着不解、困惑,以及深不见底的愤怒与哀伤。

小乔从未见过周瑜这般,软若无骨的小手也紧紧握住他的大手,乖巧答道:"好……只是,为何这般突然呢?"

"琬儿……你也得做好准备,伯符他……他因伤去世了,仲谋写的亲笔信,召我即刻回姑苏。乔夫人必定万般悲痛,你好好陪陪她罢……"

小乔惊得瞪大杏眼,抬手掩口,眼中不知何时已蓄满了泪。周瑜说不出什么宽慰的话,叹了又叹,叮嘱同样哭成泪人的周婶道:"劳烦婶婆照顾好琬儿,我这就出发了。"

语罢,周瑜快步穿过庭院,唤来白马翻身而上,风驰电掣般蹿了出去。春风暖,迎面吹来,周瑜却觉得心寒似冰,素来聪慧明透的头脑此时像木了一般,不管怎么想都想不清楚:那一张薄薄的信笺上是孙权的亲笔,字体遒劲又颤抖,写着"兄长殁,速归",如重锤般敲击着周瑜的大脑。可他无论如何都不愿相信,那个与他相伴成长、志同道合的兄弟,竟已与他天人永隔了。

　　孙策还那么年轻,尚不满二十六岁,还有满腔的抱负未实现,此时他不是应当身着银盔金甲,意气风发,带着数万大军北上攻伐许都吗?周瑜简直不敢去想孙策躺在棺椁里的样子,脑中不住回荡着上次分别时,他们在陌上并肩而立,说的那几句玩话。那飞扬的少年郎到底没能等到他们解甲归田,带着爱妻子女回归乡野那一日。

　　想到这里,周瑜的鼻尖蓦地酸了。这些年相伴,孙策为主他为臣,他并非是为着他从小相伴成长的交情,才心甘情愿在他麾下,而是为着他们二人共同的志向,为着那个理想中清明安乐的世界。现下孙策走了,再也无人与他并肩作战,荷戟彷徨的只剩下他独一人。周瑜御马如风,不觉钻入了一片积雨云下,落雨淋漓,滴滴落在周瑜俊俏的面庞上,竟不知他眸下的水痕是雨还是泪。他顾不上擦拭,不住打马,耳畔满是大雨幽咽如曲,亦算长歌当哭了。

　　孙策一去,姑苏城内外亦是人心惶惶。孙权年少主事,又少有战功,难免会有人心怀不臣。这几日张昭带着他分头去拜访几位老将与知名乡绅,局势却仍难以安稳,似是已有不少人起了离去之意,更莫提孙策麾下诸郡大小山头的军阀与匪头了。

　　打从孙策去世,大乔便时而清醒时而昏厥,清醒时她一声也不哭,只是立在棺椁旁,望着孙策,双眼一眨也不眨。即便绍儿啼哭琼儿呼唤,她也难以回神,双眸只顾定定望着孙策,仿佛香魂亦随着他一道去了,在凡间只剩下这一具美丽的躯壳。

　　除了大乔外,吴夫人亦硬忍着,一滴泪也不落,与孙尚香数度哭断肠对比鲜明。但明眼人都能看出来,吴夫人一下子老了许多。可她数度历经离丧,明白眼下最重要的是将诸事料理清楚,是日待孙权回府,便将他唤至身前,叮嘱道:"你兄长已停了十五日了,再耽搁下去不像话,还是按照先前定下的,让他入土为安吧。"

　　孙权受命于兄,接下大任,却毫无喜色,犹疑道:"可是……诸位守边的将军都还没回来。"

吴夫人转着佛珠,心思却怎么也安定不下,叹息道:"守边的各位将军路途遥远,尤其是公瑾,即便昼夜不停赶路,总要近十日才到……不等了,还是让你兄长……早日……入土罢。"

清明时节雨纷纷,不知是这细雨的节气令人断肠,还是伤心人的泪凝成了雨滴。周瑜一路疾行,除了去驿站换马外,日夜不休,七八日便赶了两千里路,回到了姑苏城。

空气中飘散着吴地特有的明后新茶清香,淡淡的,若有若无,今朝闻起来却是如此的苦涩。周瑜立马中街,甲衣染尘,却未再向前行一步,只是望着冷雨过后悠长青石路上满地湿漉的冥钱发怔。

千赶万赶,还是晚了一步,未能得见孙策最后一面。此时此刻,周瑜才不得不从心底去接受:那个与他一同成长、相伴多年的飞扬少年,真的已经离开人世了。

他的模样还是那般清晰地镌刻在他脑中,那俊朗不羁的笑容,仿佛能击溃世间全部的魑魅魍魉,他的声音还是那般明晰,不容辩驳中带着几丝恳切,萦绕在他耳畔,不住说道:"公瑾,你陪我去袁术那老儿帐中要兵吧?""公瑾,你快帮我出出主意,大乔姑娘到底看上我没?""公瑾……""公瑾……"

想到这里,周瑜倏然闭上了眼,睫毛微微颤着,似是在竭力克制情绪。未几,他听得前方一阵响动,复睁开眼,只见道路尽头,披麻戴孝的孙权带着张昭等人快步走来。不消说,孙权便是听守城士兵来报,说周瑜竟回来了,才安葬了孙策便快步前来相迎。

周瑜克制住情绪,翻身下马,阔步上前。相距约方丈远时,孙权才要出声,却见周瑜一掀衣摆,跪地行君臣大礼:"公瑾来迟,请主公恕罪。"

这一跪,于孙权而言,重于千金。打从孙策崩逝,江东人士多有不臣,甚至连他身后这几名近臣,都难免生发离去之意,更莫提以君臣之礼相待了。孙权看着眼前的周瑜,只觉孙策去后,自己对于长兄的依赖尽悉转到了他身上,一时间感愧伤怀等诸般情绪涌上心头,良久方平定,屈身双手将他扶起:"回来就好……母亲一直记挂着公瑾大哥何日能还,快与我回家去罢。"

将军府中,吴夫人坐在暖阁里,背着人不住地滚下泪来。她一直自诩坚强,因为孙坚要带兵打仗,她无论身怀有孕还是拖儿带女,都顾自辗转,从不嗔怪抱怨。可老天却还是待她这般不公,令她青春守寡,又痛失爱子。若是能表达,她多想质问老天,为何如此待她?为何不要她的命,而偏生要了她儿子的命去?可她甚至连悲戚号啕的权利都没有,只能强打起精神,为活着的人筹谋。

以孙权的威势,尚不足以震慑江东,好在周瑜回来了,吴夫人高悬的心终于能安定几分。她正如是想着,便听阁外一阵匆匆的脚步声,正是孙权带着周瑜来了。

吴夫人赶忙拭泪,看着已换了缟素外裳的周瑜向自己行礼,不免悲啼:"你这孩子……几日间赶了两千里路,累坏了罢?"

周瑜喉间哽咽:"不累,未能第一时间赶回,乃公瑾之过。"

几人正说话,一身孝衣的孙尚香忽然跌跌撞撞闯进来,磕巴哭道:"母亲……长嫂,长嫂不知哪里去了……"

吴夫人闻言,霍地站了起来,急道:"我不是交代了,务必看好你长嫂……"

"是好好看着的,可是长嫂喜静,不让仆从跟着,方才又说要喝水……她已经数日不吃不喝了,我赶快去小厨房烧水,谁知接了热水回来,长嫂就不见了……"

"府中上下找了吗?琼儿和绍儿的房间呢?"孙权也不由得急了,追问孙尚香道。

"都找遍了,独不见长嫂踪影,往来宾客又多,不知道是不是趁乱出门去了!"

这几日大乔一直都木呆呆的,哪怕是今早为孙策起灵,她也只是上前轻吻了他的额头。众人皆以为大乔是伤心过了,心智懵然,眼下看来,她倒应当是有旁的打算。

吴夫人不觉有些慌,吩咐道:"除了府中必要的差役小厮外,全部出门去,翻遍整个姑苏也得把莹儿平安带回来!"

话音一落,孙权与孙尚香便都蹿了出去。周瑜则立在原地没动,脑中回想着自己曾听小乔说过大乔会骑马,难不成她真的去了那个地方吗?

距姑苏城四百里处牛渚,江清月近人,大乔独自策马而来,翻身而下,望着不尽滚滚江水发怔。

从前她从未独自出过门,更莫提骑马走这样远的路。自打孙策去后,她再不畏死,竟觉得广阔天地自由驰骋,再也没什么好怕的。

六年前,也是这样的春日里,孙策打算从对岸渡江,渡江前一夜,他们便是在这乌江畔结为了夫妇。

大乔踮起玉足向对岸眺望,如霜冷月下,孙策命人建的亭子仍隐隐可见。大乔泪眼蒙眬,仿佛看到了彼时的自己与孙策正合卺交杯、依偎私语。

不知眼下是几更天了,大乔微抿薄唇,咸咸的泪珠儿入口已辨不出滋味。她轻轻解开身上的缟素外裳,临风一抛,皓白如雪的衣衫便随东风卷入了苍茫夜色中。

内里是那件孙策为她立夫人刻意准备的金线红裳襦裙,大乔从内兜中摸出了那支龙首簪,抬手插在了云鬓间。她依然是那般地美,艳丽若桃李又清新如芙蓉,宛如数年前初嫁之态,只可惜良人一去,再也无人与她在此地把酒祝东风了。

大乔泪下更急,倏尔却又笑了起来。她沿着江边徐徐走去,任由江水沾湿了鞋袜,本该觉得冷罢,她却早已没了知觉,耳畔不知何处传来渺远的歌声,似是有人在唱"式微式微,胡不归? 微君之故,胡为乎中露……"

说到底,她终究还是做不到。没有他的日子,心都已经疼得麻木了,她不能安眠,食不下咽,甚至连句完整的话都说不出来。今日若是归期,她应当还能赶得上他的脚步罢,毕竟他说过,会在忘川等她,可她又怎么忍心他等得太久呢?

大乔呜咽着,气力愈发微弱,她索性坐在江边,任由江水沾湿了衣袍,缓缓地、缓缓地漫上身来,一点点将她吞没。

意识渐渐模糊,耳畔唯剩水声淙淙,凄婉又朦胧。迷离间,似是有人劈江破水而来,一身金盔银甲,背负银枪,笑容一如当年。

大乔不知是梦是醒,只想紧紧握住他探来的手,薄唇颤抖着,一张一翕不住唤着:"孙郎……孙郎……别丢下我,别丢下我!"

滔天巨浪闪着银白色的光边,眼见就要将大乔吞噬,忽有一双强劲有力的手一把将她拉回。大乔不知是梦是醒,怔怔地看着眼前的周瑜和蒋钦,再转过身去,茫茫雾霭间已不见孙策的身影,唯有江水浩渺。大乔忍不住号啕而泣,欲挣脱周瑜与蒋钦二人,再往江中去。

周瑜禁不住高声道:"乔夫人,乔夫人你冷静点!伯符已经走了,但你们还有两个孩子!他们已经没了父亲,你难道还要让他们也没了母亲吗?!"

大乔怎会不惦记自己的子女,不过是伤心太过,一时难以接受,听周瑜如是说,少不得恢复几分神志,可心痛的感觉分毫未缓解。大乔涕泪交加,掩面吞声痛哭不止。

蒋钦适时又接口道:"我与都督出来时,听人说小公子不住啼哭、喝奶便吐,小小姐更是高烧不退,嘴里不住喊着母亲……"

这些话术只能令大乔更伤心,却不能彻底打消她心中轻生的念头。周瑜摆手示意蒋钦点到为止,转言道:"乔夫人与伯符一路如何走来,周某皆看在眼中,你的心痛,周某全然理解,可你要知道,我与他相交近二十载,情胜兄弟,心里的难过与不舍,并不亚于你……可我们寻死觅活又有何意义?伯符已然柱死,你这般随他去了,是能全你忠贞之名,可乔夫人在意这些虚名吗?凶手依然逍遥法外,琼儿与绍儿年幼失去双亲,即便老夫人再疼又能弥补几分?还有琬儿……琬儿方有了身子,焦急想与乔夫人相见,若是你有个好歹,你让她怎么办?"

大乔怔怔地望着周瑜,听到小乔有了身孕,她黑沉沉的内心倏然闪过一丝欢喜,精美的小脸儿上却做不出任何表情,兀自将泪珠儿抛洒在了风中。

周瑜见大乔不再挣扎,应是听进了这一席话,便后撤一步,掷地有声道:"乔夫人放心,周某定为伯符报仇雪恨,决不让真凶遁世逍遥!"

巴丘到姑苏的古道上,小乔与周婶乘着马车一路疾行。此番回姑苏与来时心境完全不同,小乔焦急不已,一个劲儿地催促马夫。

马夫被催得没脾气,转而向周婶求助。周婶不知如何宽慰,也只能再将道理絮絮讲来:"夫人身怀有孕,将军不让快走,即便夫人担心大乔夫人,也要先顾及自己的身子。"

"婶婆,我没事,身子不要紧。姐夫出事,姐姐肯定很难过,我得陪在她身边才行……"

"夫人心疼姐姐的心情,我们都明白,可夫人身怀有孕,还是这最不安分的头三月,若真有任何闪失,大乔夫人岂不是要万般自责?更何况,我们府上不乏老幼,这般赶路,只怕他们身子吃不消……"

周婶这话有理,小乔心里再急,也不能不顾下人。她掀开车帘,看了看疲惫不堪的众人,少不得沉定心思,对周婶道:"真是我急糊涂了,赶了好半晌的路了,大伙都累了,我看前面有个茶摊,不妨停下来,喝口茶歇息会子再上路罢。"

周婶这便命车夫停驻,几十号人围着茶摊坐下,等着掌柜烹茶煮水。小乔亦在周婶的搀扶下走下车来,戴着薄纱斗笠坐在远处的案前歇息。未几,掌柜掂着茶壶上前,为众人斟茶,及至小乔处,周婶却拦了下来,嘱咐他换些清水来。

不远处,长木修正带着一众黑衣刺客埋伏在林间。孙策之死既是他一手促成,他便猜到周瑜会千里奔丧,留下小乔独自慢慢返回姑苏去。

原本他已下定决心,今日必将小乔抢走,可当他看到小乔行动不似从前灵敏,好似有了身孕之时,却不由自主地迟疑起来。

他可以接受小乔嫁了周瑜,却不能接受她身怀有孕,这般将她抢来,他又要如何面对她腹中的孩子?长木修正迟疑间,听得道路尽头一阵打马声,他定睛望去,只见一孙氏门下将军模样之人带着数百名士兵御马而来,如一阵风一般,即刻到了小乔面前。

此人正是吕蒙。小乔起身掀开纱帘,快步迎上,问道:"可是周郎让你来迎我们的?"

吕蒙拱手道:"正是,都督一切安好,大乔夫人也无恙。都督走不开身,又担心乔夫人会忧虑,特派我等相迎!"

听闻周瑜与大乔皆平安,小乔如释重负,与周娣一道安排吕蒙等人喝茶歇息。深林中,长木修手下人看着形势突转,不由忧心,沉吟问道:"少主……这……还动手吗?"

长木修半晌不言声,黑漆漆的眼眸中满是愠怒。可他明知正是他方才的犹疑,令他错失了良机,只能从牙缝中挤出一句:"撤!"便带着手下人悄无声息地退出了深林。

姑苏将军府中,张昭将一张生辰八字帖递与孙权,徐徐道:"这姑娘乃是尚书郎谢奘之女,谢家在江东有人望,但又并非钟鸣鼎食之家,将军若与她成婚,既可以助长声望,又不致意图太过显眼,惹得他人非议。我已与老夫人商议过此事,她表示同意,不知将军……"

孙权今年已经十八岁了,却还未立正妻,张昭的意思很明显,便是让他通过娶妻来笼络江东人心。孙权自知年少,这江东诸郡又是兄长浴血奋战而来,自己不过是坐享其成,眼下为了保全座下的河山,做这点事实在算不得什么,他轻轻颔首,对张昭道:"只要母亲觉得好,我没有意见,你们选日子罢。只一条:兄长走了没几日,不许大操大办,万事从简。"

张昭听孙权如是说,少不得又勾出对孙策早逝的伤感,忍了忍情绪,拱手退下操持去了。待张昭走后,孙权起身立在这议事堂里,看着熟悉又陌生的陈设,压抑许久的悲凉感禁不住又涌上心头。

正当此时,周泰忽然急匆匆快步赶来,附在孙权耳边低语几句。孙权只觉浑身的气血都涌上了脑顶,拉着周泰的衣襟问:"你说的可是真的?当真是她?"

这几日来,吴郡的雨就像未亡人眼底的泪,*潺潺涟涟*,尽日不休。行人举着油纸伞踩着木鞋,匆匆走过湿答答的石阶,片刻便消失在了雨巷尽头,唯有辘辘的水车兀自吱呀呀转着,似是我行我素,木然不懂路人的伤悲。

孙权从将军府一路狂奔而出，穿过窄巷，冒雨一直跑到了东面街市。周泰追赶不得，眼睁睁见他飞奔进了绸缎庄，呼哧带喘急忙跟了上去。

密密的雨滴顺着面颊滚落，孙权顾不得擦拭，放眼四望，一眼便看到灯火阑珊处，有一纤腰束素的姑娘与一高挑男子正在选绸缎，两人举止甚是亲近，毫不避嫌。那姑娘微微欠身，露出侧脸，人面桃花，容貌清丽，不是步练师是谁？

她失踪的这一年多的光景，孙权对她的思念非但没有减少，反而与日俱增。他派人四下去寻，只恨不能将江东翻个底朝天，没承想她人竟然就在姑苏城，还有了别的男人。

虽然兜头淋了大雨，孙权却还是觉得无名火直冲脑顶。他拼命压着怒意，调息定神，大步走上前去，哑着嗓子唤了一声："小师。"

步练师怔然一瞬，回身望见孙权，樱唇颤抖，嘴角一扬，明明是笑，却落下两滴泪来："孙郎，你怎么在这？"

看到步练师这般反应，便知她心里还有自己，孙权有了底气，昂首眯着眼，盯着她身侧俊秀的男子问："这厮是谁？不知道我与你有婚约吗？"

步练师满脸无法言表的尴尬，小脸儿上一阵红一阵白。她还没来得及开口解释，便见身侧的男子冲孙权抱拳一礼，谦恭说道："鄙人步骘，小师的族中兄长，我兄妹几人这几日才到姑苏，为着去求见将军与老夫人略备薄礼，没承想东西还没买好，孙将军就来了。"

孙权最怕的便是步练师已觅得良人，脑中不知上演了多少回，今日遇见便想当然认定这男人与她有私，如是还真是尴尬。孙权满心的怒火都转做了羞臊，他抬手挠着头，倒不像是个方承接了兄长衣钵的地方豪强，而只是个用情颇深的少年。末了，还是周泰上前打破了僵局，招呼道："孙将军请两位入府，这边有请罢。"

行路漫漫，紧赶慢赶着，小乔终于乘车回到了姑苏城，见马车停驻在周瑜府宅门前，她央求周婶："婶婆，送我去将军府罢，见不到姐姐，我的心里总是慌的……"

周婶望着小乔，既心疼又无奈，叹道："夫人与大乔夫人真是姐妹情深,方才听人来回报,大乔夫人担忧夫人的身子,已先一步到咱们府上了。"

听说大乔来了,小乔急忙跳下了马车,不顾雨势推开府门,只见几名老仆侍婢正打扫庭院。她快步穿过回廊,来到正堂,大乔纤瘦的身影映入眼帘,惹得小乔鼻头一酸,眼泪再也克制不住:"姐姐……"

都说"俏不俏一身孝",大抵是不错的。大乔不施粉黛,一身粗麻孝服,非但没有令她失去光彩,反显得更加绰约夺目、楚楚动人。听到小乔的呼喊声,她秋波一转,回身讷道:"琬儿……"

小乔再控制不住,跑上前去,扑在大乔怀中,号啕不止。反倒是大乔克制隐忍,抚着小乔的长发,忍泪宽慰:"莫哭了,再哭肚子里的娃娃可要遭罪了。"

大乔遭受的苦楚,小乔并不能感同身受,可她只要细细去想,就觉得如有尖刀剜心,怎一个疼字了得?哀莫大于心死,大乔如是还能好端端站在这里,只怕是因为世上还有些许牵绊,若非如是,她定然早已跟着孙策去了。

小乔明白自己便是大乔的牵挂之一,竭力控制住悲伤,颤声强笑:"姐姐可好?绍儿和琼儿好吗?我在巴丘一切都好,就是惦记你们……"

大乔拉着小乔坐在她事先铺好的软席上,为小乔盖上松软的薄被,又命下人生起小火炉,哑着原本清亮动听的嗓子,每一个字都像是费尽了气力:"我没事,两个孩子也都好,绍儿还不懂事,琼儿也只以为父亲像从前一样,带兵打仗去了……婆母才是最难受的一个,她虽然竭力忍着,装作坚强,两鬓却多了许多白发……"

小乔不觉又落下泪来,紧紧握着大乔冰冷的小手,哽咽道:"老夫人坚强,姐姐也要善自珍重。毕竟姐夫最在意的便是老夫人、姐姐与两个孩子,姐姐一定要保重自己才是……"

大乔苍白如纸的脸庞虽写满悲凉,却也透着决绝:"你放心,姐姐没事。我已想明白,决不枉死,令仇人痛快。我一定要亲眼看到公瑾和小叔为孙郎报仇,将来到了忘川,也好让他瞑目……"

大乔说着,忍不住淌下泪来,但她很快揩去,将葱管般的小手放在小乔依旧平坦的小腹上:"你的身子才是眼下最要紧的……琬儿,这是你与公瑾第一个孩子,头三个月要特别留神。我们虽没有母亲,可你有我,我一定会好好照顾你,你不必害怕,不管缺了什么,都只管跟我说。"

小乔几分茫然,望着大乔不解道:"我听人说,伤了姐夫的是许贡的门客,俱已被蒋钦周泰处死了,方才姐姐又说周郎要替姐夫报仇……"

那长木修与小乔到底是有渊源的,大乔迟疑一顿,没有据实相告,只道:"应当还有幕后主使罢。"

小乔恐怕再追问会引得大乔更伤心,即刻转了话题,与她说些旁的见闻。大乔到底心伤难愈,整个人木木的,小乔心里明白,未几便推说自己乏了,命人送大乔回将军府。

周瑜派了几拨人来看望小乔,自己却未能得空现身。小乔知道他必定忙碌,倒也分毫不计较,只是一路赶得甚急,小腹忽然感觉有些不适,加之回想起大乔所说害了孙策的主谋,小乔不由得肉跳心惊。她扶着案几缓缓起身,竟看到雪白的软榻上一片殷红鲜血。她吓得一踉跄,腿脚一软差点摔了,急声唤道:"婶婆!婶婆!"

## 第四十二章 命也奈何

入夜时分,雨势未歇,反而越下越大,激起水泡无数。孙权处理罢政事,匆匆赶回后院,在一间偏僻的厢房门口停驻。

明纸糊窗,烛火冥冥,映出一个清瘦倩影。孙权走上门前,原想叩门,又觉显得有些生疏,踟蹰两下,索性推门走了进去。

步练师正坐在窗前做绣活,素衣襦裙外披着一件磨旧的缎面斗篷,衬得她眉目清澈如水,甚是动人。看到孙权,她欠身站起,小脸儿上写着几分娇羞,讷道:"孙郎来了……我温了些黄酒,驱寒最好不过,你可要喝些?"

孙权不由分说,将步练师一把拉入怀中,紧紧抱着,不知过了多久,才恋恋不舍地松开手,拉着她到一旁软席上坐定:"小师,委屈你了……"

步练师垂着眼,眸底满是温柔:"不委屈,只要能与你在一起,妻也好,妾也罢,我都不在意。"

"话虽如此,兄长才走,连收房之礼也难以万全,确实是委屈了你,甚至连这房子也不能周全布置,位置也着实偏僻了些……"

"真的已经很好了,你不必自责。"步练师轻柔的话语好似有魔力,能驱散孙权心头的不安与茫然,"先前我住的房子,还不如这个一半。如今能在这里,又能时常见到你,我已经很知足了。"

孙权牢牢拉着步练师的手,似是捧着一件失而复得的珍宝:"母亲虽没有言语,但能看出来,她很喜欢你。今日下午得空,可在这院子里转了?"

"下午月姐姐带我转了一大圈,四下认了人,只是院子大,岔路也多,我都还没记住呢。不过月姐姐好性子,人很和气,带着我走了那么久,一点怨言也无,当真是个极好的人。"

这"月姐姐"指的便是孙权妾室,袁术之女袁月。孙权对这位侧夫人没什么情爱可言,却因其人品贵重,十分尊敬:"月夫人是和气,跟她父亲一点也不像……你们也去看过长嫂了罢?"

"看过了,第一次相见,只觉得长嫂比传言中更美,温柔又贤惠,还拿了亲手做的江米饼给我们吃。只是她精神头不大好,说不了几句话便看起来很疲惫。"

孙权听步练师如是说,禁不住又勾起了对兄长早逝的伤感,重重叹了口气:"父亲去世的时候,我才只有几岁,这些年若非兄长一力担当,我们家根本不会是这般光景。长嫂亦待我与尚香有恩德,你若得空,多去看看她罢。"

步练师乖巧点头,一个"好"字还未说出口,便被孙权突如其来的吻堵在了口中。从前他们年少,虽两情相悦却从未如此亲近,步练师不由紧张得微微打战。孙权恋恋不舍地松开她樱唇,凤眼中满是不容辩驳的决绝:"这一次,我绝不会再放你走了……"

漏夜更深,已两三日未得合眼的周瑜终于回到了府上,直奔卧房而去。方见哑儿带着周婶来,说小乔动了胎气见红,惹得他肉跳心惊,急匆匆策马往回赶。

幽暗卧房中只点了一盏灯,小乔拆了发髻,合目躺在卧榻上,平素粉扑扑的小脸儿苍白如纸,长睫随着呼吸轻颤,琼鼻鼻尖微红,估摸是方才因为害怕哭了鼻子。周瑜沉默地坐在榻旁,望着小乔,蓦地就红了眼眶。

这几日确实太忙了,孙策早逝,江东四境不安,甚至连鲁肃都起了离去之意,更莫提军中上下有多少人旁生异心,他少不得花费一番工夫,恩威并施,安定大局,如此便忽略了刚有身孕的小乔。周瑜心疼又自责,抬手抚过她清凉的丝发。小乔似是有所感应,由梦转醒,看到周瑜,欢愉唤道:"周郎。"

周瑜竭力控制情绪,嗓音却仍是沙哑的,大手疼惜地抚过小乔的小脸儿:"我知道你担心乔夫人,可是赶得这么急,身子哪里吃得消?得亏没什么大碍,若是真有什么事,岂不是要她更难受。"

小乔一扁小嘴,应道:"是了,我也没想到会这样,坐车的时候也没感觉有什么不适,怎的就动了胎气了?好在我们的孩子身子牢靠,没出什么事,否则、否则我……"

小乔说着说着,忽而哽咽起来。周瑜揽过她瘦削的身子,拍着她的后背安慰道:"知道怕就好了,但也别太怕,事情俱已告一段落,我也可以安心陪着你。琬儿,你看到庭前我们种的碗花了吗?"

听了这话,小乔破涕为笑,娇羞道:"来的时候便看到了,都开得很美。"

"还有那日我们一起种下的松柏,都已经亭亭如盖了。等到过几天天气好了,我再种些柳树罢。"

小乔安心窝在周瑜怀中,听他说着话,未几又昏沉睡去。周瑜在榻边又守了许久,才起身走出卧房,问候在门外的周婶道:"我要的东西,婶婆都准备好了罢?"

周婶颔首道:"您要的东西,一早就备好了,只是……天色这么晚了,还要去……"

周瑜嘴角泛起一丝苦笑,接过周婶手中的竹篮,不再多言,策马向城南赶去。

潇潇雨下,孤坟凄凉,连马儿都不愿再往前行。周瑜索性翻身而下,拾级而上,看到墓碑上镌刻着"讨逆将军孙策之墓",他极其沉重地叹了口气,打开竹篮,拿出一壶好酒、两样小菜,摆在墓碑之前,未说一语,而是从怀中摸出一只陶埙,悠悠吹了起来。

大雨滂沱,未过多久,周瑜便已是浑身湿透,可他分毫没有离开之意,垂着湿漉漉的睫毛,曲声不断。不知何时,一身缟素的大乔手持油伞而来,看到坐在雨中的周瑜,忍不住又痛哭失声,在大雨中弥散开来,甚是凄婉。

周瑜听到声响,停下了吹奏,看到大乔,他低低问道:"夫人怎也漏夜来此?"

大乔涕泪交加,掩面道:"你不也一样吗?这埙是招魂的乐器,今日是他的五七,这世上,不怕与他魂魄相见的人不多,你我必定算得上了……"

周瑜心下亦很不好受,沉默了半晌,徐徐问:"伯符临走前,可有与夫人说起关于长木修的事?"

大乔摇摇头,回忆起孙策临去世前,禁不住悲从中来:"公爹杀了黄巾逆贼首领,大破黄巾,便是与黄巾余孽结下了永生永世的仇。长木修为杀孙郎,布下大局,以于吉作诱饵,挟持小妹,孙郎最在意家人,才不得已步步入局。可在最后关口,他并未说任何与贼人相关的事,或许于他而言,是否为他报仇,并不重要……"

是了,孙策虽一心一意欲杀黄祖为孙坚复仇,对自己严苛要求多年,甚至将那"卐"字符刻在了手臂上,对弟妹亲友却是优容保护,分毫不愿他们为自己涉险。可周瑜隐隐觉得,此事并非这般简单:长木修足迹曾出现在沙羡,却并未在沙羡作为,而是辗转回到了江东。黄巾军早已失势,能在江东作乱又将于吉献出作诱饵,绝非长木修之力可以做到。想到这里,周瑜不再多问,劝慰大乔道:"祭礼结束了,夫人早些回府罢,若是府上再找不到人,还不知老夫人会急成什么样子。"

大乔颤着小手,细细拂过雨中孙策的墓碑,一点点将这冰冷的石块都焐出了几丝热气,才恋恋不舍地转身离去。周瑜悠悠地叹了口气,昂头饮尽盏中酒,便也冒雨离去了。

时光匆匆,孙策一去月余,江南也从孟春时节入了初夏,连绵数十日的阴雨终于停了,又是一派风和日丽、万物复苏之态。然则数郡之内,山越匪患趁着孙策离世愈演愈烈,令孙权十分头疼。而孙府帐下众将军议事,亦多以常礼对待孙权,全然不似对孙策那般尊敬,程普更因为周瑜掌管军权凌驾于自己之上而万般不满。

是日议政罢,孙权留下周瑜一人,满脸愁楚地说:"先前听闻曹操欲趁兄长办丧事时来攻打我吴郡,虽然有人劝阻于他,他也不曾落井下石,但依我看来,此一战早晚无可避免。可我年轻主事,这几位将军也好似有所疑窦,我想与公瑾大哥商量商量,是不是我亲征去讨伐山越,有所建树,便可令他们臣服?"

周瑜思量片刻,回道:"山越不过区区山贼,主公即便大破之,亦不过是擒贼而已。为今之计,主公应广纳贤才,重用英达,等待合适时机,再图一战,便可立威于四海了。"

孙权到底年少,脸上仍是稚气未退,他背着手,叹了又叹:"贤才难得,不瞒公瑾大哥,现下我能够相信依傍的,唯有你与张子布两人……"

"说到贤才,我这里倒是有个适合人选,愿推荐与主公。"

"何人?"

"主公也见过的,我在居巢时结识的好友,鲁肃鲁子敬。"

那日淋雨后,大乔风寒卧病,一连七八日高烧不退。小乔惦记着姐姐,见今日天气好,便央了周婶带她往将军府来。周婶知道她们姐妹定有许多话说,主动提出要去陪吴夫人说话,小乔便在丫鬟的搀扶下,慢慢往后院来。

才走过回廊,绕过假山,小乔就听得一阵呜咽,她定睛一看,竟然是孙尚香躲在无人处偷偷哭。她轻轻摆摆手,示意丫鬟退下,扶着腰走下石阶,上前问道:"好端端的,为何躲在这里哭啊?"

孙尚香看到小乔,忍住抽噎,欲言又止:"没……没什么,自己心里不大舒服……"

小乔见孙尚香垂着小脑袋,素来清亮的眸底红红的,便知她连日来没少哭过,试探着问道:"尚香……是不是也因为姐夫的事这么难过啊?"

孙尚香一怔,蓦地被戳中心伤,眼泪难以抑制地倾泻而出:"我是觉得……若非是我淘气,中了贱人的圈套,兄长……兄长就不会死……"

小乔抬手抚着孙尚香的长发,柔声宽慰:"许贡的门客恨姐夫,必然会想尽办法伤害他,即便不挟持你,也有可能会挟持老夫人、姐姐甚至是琼儿。姐夫拼了命也要你好好的,便是要让你快乐、平安,若他知道你这般难过,岂不是走得不安宁了?"

孙尚香抽噎道:"我知道,我知道,即便豁出这条命,也迟早杀了长木修,为兄长报仇!只是嫂嫂……只是嫂嫂从此与兄长阴阳相隔,她一定恨死我了!"

孙尚香说着,终于忍不住号啕大哭了起来,小乔却愣愣的,似是沉在"长木修"三字中,难以回过神来。难道说孙策的死,是长木修撺掇许贡门客所致?

难怪周瑜不愿跟她说孙策遇刺的细节,甚至连大乔都遮遮掩掩的。小乔气恼悲愤,只恨自己原来那般傻,竟还以为长木修是个好人,她一把拉住孙尚香的手,语调坚定:"姐姐明事理,即便再难过,也不会怪你任何,不信你便与我去找她……"

语罢,小乔不由分说,拉着孙尚香便往大乔的厢房走。大乔今日精神恢复了些,正倚在榻边喝药,见小乔和孙尚香携手而来,她撑起身子,柔声道:"你们两个怎的一起来了?快坐罢。"

打从孙策离去,大乔愈发消瘦,水灵灵的人儿伸出小手来,指尖细得惊人。孙尚香看在眼里,自责又心痛,眼泪又忍不住吧嗒嗒落了下来。

大乔费尽全力,将孙尚香拉在身边,嗓音轻轻的,绵软如梦:"小姑怎么了?为何哭啊?"

大乔越是这般,孙尚香就越是难过,小脸儿埋得极低,抽噎个不住。小乔附在大乔耳边说了几句,大乔亦不觉垂泪,握着孙尚香的手道:"傻丫头,若说起怨怪来,我也只会怨伤害孙郎的奸贼,若是怪到你头上,岂不是让亲者痛、仇者快?"

小乔亦在旁帮腔:"是呢,姐夫是你的亲兄,你和姐姐的心思都是一样的,姐姐又哪里会怪你……"

小乔正慷慨陈词,门外头忽然进来个小丫鬟,对众人一礼,奶声奶气道："周都督方与将军议政罢，听闻都督夫人亦在府上，要接了一道回去。"

小乔一瞬泄了气，扁嘴对大乔道："我才来看姐姐，怎的就要走……"

大乔笑得虚弱，却又满是温柔："你年纪小，又才有了身子，公瑾自然疼惜你。我身子很好，你不必记挂，早些回家去罢。"

估摸着自己留在这里，大乔与孙尚香不好说话，小乔便不再坚持，随着那小丫鬟慢慢向前院走去。周瑜正等在院门口，看到小乔，他略带疲惫的面庞上泛起一丝浅笑，探手紧紧攥住小乔的小手，相携走出了将军府。

孙尚香仍留在大乔房中，双眼红得像桃。大乔撑起身子，拿出绢帕，轻轻为她拭泪，低语道："我明白你的心思。我父亲去世时，我也将全部的罪责揽在了自己身上，甚至觉得，若非是我跟了孙郎，袁术便不会派父亲上前线，父亲更不会因此丧命。我因此与你兄长置气，带着琬儿出走，差点酿成大祸。后来我渐渐明白，只要亲近之人离去，无论他们生前我们究竟做了什么，都会遗憾、愧悔，甚至觉得，是否正是因为我们的过错，才令他们离开了人世……现下孙郎走了，我伤心、难过，没日没夜地想他，吃不下睡不着，甚至连绍儿都抱不动了……"

大乔说着，忍不住又泪流满面，孙尚香颤着小手，笨拙地为她抹去凝脂面庞上的泪珠。大乔轻轻摇头，压了压情绪，继续又道："可这两日，我终于想明白了，不管我怎么哭，如何难受，那个连我蹙一下眉头都会心疼的人，都再也回不来了……若是我们都伤心病了、死了，害了孙郎的那些奸贼岂非更得意？可我偏生不要，我要活着，不管多难过，我都不能死，我一定要等到复仇那一日，再去九泉之下陪他……"

这一席话言辞铿然，根本不像能出自大乔这样柔弱的女子之口，孙尚香对她的心疼尤甚，啜泣道："长嫂说的道理我都明白，兄长虽然回不来了，可事情并没有了结。我以后都会更乖，孝敬好母亲，帮长嫂照料好琼儿与绍儿，不让兄长在九泉之下不安心……"

大乔费力地握了握孙尚香的手，清亮的眼眸中写满坚定："不单如是，我们虽然不能上战场，但若有机会，也一定能为他报仇雪恨。即便不能手刃仇雠,总能为这片他浴血奋战打下的河山略尽绵薄之力……若非如是,你的长兄才是真正白死了啊!"

初夏暑热,加之天空密布乌云,闷雷阵阵,令人心情更加不畅快。周瑜带着小乔才回到府上,周婶便奉来了安胎汤药,可小乔推说不舒服,一口也不肯喝,独自窝在靠窗的软席上,望着窗外的荷塘发呆。

周瑜换了常服走来,接过周婶手中的药碗,上前坐在小乔身侧,一边搅动着汤羹一边问:"夫人看似心情不好,可还是因为乔夫人的事吗?"

小乔不肯回身,声音里却带了几分哽咽:"我今日才知道,原来是长木修害了姐夫……"

周瑜抬手抚过小乔的长发,宽解道:"之所以不告诉你这些事,便是不想让你胡思乱想。张修与伯符的恩怨,是上一辈注定的,与其他人都不相干。而在这个节骨眼上,能在江东掀起风浪,又想除掉伯符的人,并非是长木修,而是他身后之人。你真的不用自责,此事当真与你没有任何关系。"

即便周瑜不说,小乔也猜得出,长木修根本没有如此能耐,能在江东设局,还搜罗出许贡的门客。她十分清楚周瑜定然要为孙策复仇的心思,想到他所面对的不单是阴毒的长木修,还有幕后黑手,小乔便觉得不寒而栗,她蓦地回过身,窝在了他的怀中。

这几日太累太累,能再次拥着心爱之人,周瑜亦觉得放松了许多,嘴上却调侃:"撒娇也得喝药,来,我喂你。"

小乔微微侧过小脸儿,由着周瑜将汤药一勺勺喂进了口中。明明是苦涩难以下咽的汤药,此时却像有了几分甜蜜滋味。这厢小乔才喝下最后一勺,周瑜便用丝帕为她轻轻拭口,又捏了一颗周婶备好的蜜饯喂与她吃。

小乔羞赧一笑,双手环着周瑜的脖颈,乖巧问道:"这几日你初掌军权,一定很累。听说那个程将军很不好对付,他……可会为难你啊?"

"这些小事,竟也有人把闲话翻到你这里来。"周瑜搂紧小乔的腰肢,就势让她坐在自己怀中,"程将军跟着孙老将军南征北战多年,有微词乃是难免,不过帅兵为将,早晚要拿战绩说话,我并不担心。倒是你,这般忧虑,难道是不相信我吗?"

"怎会!周郎是全天下最聪慧最有筹谋的人……"小乔急急剖白,又见周瑜眸底闪过一丝狡黠笑意,不由红着脸啐道,"你好坏,故意那么说,换着法子骗我夸你是不是?"

连日来操心劳力,一刻不得闲,此时周瑜终于发自内心地笑了起来:"有琬儿夸我,我自然开心。至于其他事,你实在不必劳神,这世上,唯有两个人不信于我,我才会伤神……"周瑜说着,神色一滞,嘴角泛起一丝苦涩,讷讷又道,"为今便只剩你一个了。"

是啊,孙策一去,周瑜岂止少了情同手足的兄弟,更是少了志同道合的盟友。

小乔佯装听不懂,拉着周瑜的大手,放在自己依旧平坦的小腹上,岔话道:"还未到四个月,这小家伙便时常忍不住踢我……周郎,你喜欢小子还是丫头?"

## 第四十三章 风浪再起

周瑜明白小乔是为了哄自己开心,心下蓦地很暖,抱着她笑道:"小子也好,丫头也罢,横竖……以后我们会有很多孩子,丫头小子我都喜欢。"

小乔钻入周瑜怀中,忍不住酸了鼻尖:"曾经姐姐姐夫也像我们这么好……可现下只剩姐姐一个人了,她还那么年轻,往后的几十年光景可要怎么办啊?"

"再多言语宽慰都无用,你养好身子,往后多去看看她,陪陪她罢。过不了几日,主公的妻室也要过门了,往后府里更热闹些,也许乔夫人的心情也能好些罢。"

"旁的不说,步夫人和袁夫人都是极好的人,时常去陪姐姐说话,不知这位谢夫人是什么样的性子。只是听说,她好像因为不能宴宾客的事很不高兴……"

"子布兄的意思,是希望仲谋能够通过联姻吴地望族女子而拉拢人心。谢煚本人还是不错的,能够体谅仲谋才失兄长的心痛,那位谢夫人却很看重礼数,听闻婚仪从简,有些不愉快。今日我去议事,听仲谋竟说不愿嫁便不娶了,子布兄这两日一直在从中调解,也实在是为难。"

"方听尚香说起,姐夫离世,主公悲痛万分,连马都上不了,皆是张长史亲自扶他上马去军营,安抚人心,又给各属县发公文,让他们各司其职……眼下看着,真是牵一发而动全身,就连娶妻这样的家事,也勾连着江东的太平……"

小乔正说着,忽被周瑜拦腰抱起。她不觉一声惊呼,丝发轻扬,勾手环住周瑜的脖颈,嗔道:"你想吓死我吗?"

周瑜笑着将小乔抱回榻上,拿起一旁绣筐中的团扇,为小乔扇凉:"昨夜又没睡好,现下好好睡会子罢,我守着你。"

小乔含羞一笑,合上清亮的眼眸,未久便沉入了梦乡。周瑜便这样一手为小乔扇凉,一手拿着书卷细细研读,就好似一肩挑着天下苍生,一肩负着妻眷儿女,又有谁说万事不能两全呢?

未过几天,便是孙权娶妻之日,这位谢家嫡长女虽有不悦,却还是老老实实嫁进了门来。刨去先前的争执外,这位谢夫人生得模样甚好,难怪在闺中时求亲者无数。但她性子孤冷,不爱说话,与孙权本就是盲婚哑嫁,这便更没什么话可谈了。

即便如是,孙权还是赏赐了许多金银宝器与她和谢家。旁人不知其中关窍,皆以为孙权对谢夫人宠爱非常,一时在江东传为佳话。

是日深夜,孙权在书房忙罢,又自然而然地走到了步练师的宿处。步练师正用小扇为一碗绿豆汤降温,看到孙权,她笑得温婉又动人:"孙郎来了,可累坏了吧。"

孙权走上前去,一手拉了步练师,一手端起绿豆汤轻呷:"喝这个最解暑,难为你每天为我备着。"

步练师眼眸低垂,欲言又止:"孙郎……谢夫人才过门,你总不好日日来我这里,也多去陪陪她罢。"

孙权一呛,差点喷出豆来,放下汤碗,扬眉道:"怎么,有人难为你?"

"怎会呢,大家都待我很好。"步练师摇着小脑袋,对孙权的情义,她开心又惶恐,"只是……谢夫人身份尊贵,又才过门,孙郎这般待她,我怕旁人会有闲话。"

"你的心思我明白,我既娶了她,自然也是想好好待她的。就像月夫人,我对她虽无男女之情,但她温和善良,待家中上下皆好,我自然也会对她尊重、爱护,常去看她。可你再看看这位谢夫人,性子也太孤傲了……我也看透了,你和月夫人看重的都是我这个人,谢夫人只怕更看重正妻的名分,就让她守着名分过吧。"

孙权面上的疲惫与他这十八九岁的年纪毫不相称,步练师起身绕到他身后,为他轻捏肩背:"其实……我倒是觉得,这位谢夫人没有那么孤冷,只是碍于大家闺秀的规矩罢。前两日我与月姐姐在后院里荡秋千,她带着婢女路过,停下看了好一会子,见我们发现才走了……"

孙权回过神,一把将步练师拉回自己怀中,面露不悦之色:"先是月夫人,现下又是谢夫人,你怎么天天把我往别人那里推?你是不是厌倦我了?"

两人相悦多年,从来未曾红过脸,如今见孙权当真动了气,步练师由不得有些惊慌,涨红着小脸儿解释:"怎会……我只是害怕,怕你因为疼惜我,而落下话柄与旁人……"

步练师惊慌失措的模样落在孙权眼里,让他十分心酸,他沉沉叹了一口气,拍着她的后背宽解:"许是我做得不好罢,其实你不必这般顺从我,也不必这般逆来顺受,想这些有的没的。跟你待在一起,我很放松,看着你我就很开心,这些是旁人无法给我的。我喜欢你,愿意跟你待在一处,这不是你的过错,你就安安心心接受我待你的好,若是……真有愧疚,就早点给我生个孩子便是了。"

步练师听了又羞又臊,抬眼一看,孙权果然不再生气,笑得灿烂非常。步练师不由一嗔,含羞拿起碗盏,出门收拾去了。

孙权仰面躺在软席上,蓦地敛了笑意:娶了这位谢夫人后,江东士族似是被安抚了许多;什么山匪流寇也都罢了,韩当、朱治带兵一直在清剿;可北面的曹操真的会善罢甘休吗?

孙策去后,江东诸事纷乱,孙权、周瑜与张昭三人几乎日日不得闲,待事态略略平息,便已是大半年后的深冬。

小乔即将临盆,这头一胎万般紧要,连周瑜的伯母都从舒城老家赶来照顾。是日,周瑜正扶着小乔在院中散步,忽见哑儿快步跑来,冲着周瑜好一阵比画。周瑜便知孙权有要事找自己,唤来周婶陪伴小乔,策马赶往了将军府。

除去孙权与张昭外,吕蒙亦在书房中。见周瑜来了,孙权一挥手,示意吕蒙将事情明白告知,吕蒙便拱手道:"都督,咱们先前在居巢时候,县府里有个姓应的差役,你还记得吧?他后来在孙辅将军门下做事,近日他来姑苏找我,说孙辅将军交了一封密信与他,让他送去许都曹操处……"

吕蒙说着,将信笺双手交与周瑜。周瑜接过看罢,眸中顿起三分火光:"孙辅竟如此大胆,写信请曹操率军南下!"

孙辅乃是孙贲的亲弟,孙策的堂弟,孙权的堂兄。孙策在世时,待他十分亲厚,上表朝廷,为他求取了庐陵太守之位。没想到孙策去世尚不满一年,孙辅便生出了异心,上书曹操,请他挥兵南下。

此举便是摆明了认定孙权不如孙策,无法守住江东,早些卖曹操一个人情,给自己留条后路,求个依傍。如此祸起萧墙之事,令孙权如何能不盛怒,只见他重重将密信的竹筒摔于席上,骂道:"既然他如是待我,便莫怪我不念旧恩!来人……"

"不念旧恩,又能如何?"孙权话未说完,便被张昭冷声打断,"难道主公还能杀了你的从兄泄愤?且不说旁人,那曹丞相便是第一个拍手称快!其他人原本就迁延观望,此时更会认定你薄情寡恩,如何还会再在江东效力?"

张昭乃是孙策的托孤之臣,孙策去后,他尽心辅佐孙权,但也因为太过强势,不大顾及孙权的颜面。此时孙权的面色便黑了三分,他张了张口,如鲠在喉,不知该如何是好。

周瑜略一思忖,回道:"主公,依公瑾之见,一封信并不足以定了孙辅将军的罪,何不将他召回姑苏,仔细查问,再派了其他可靠之人前往庐陵任职。若是孙辅将军认罪,再做处罚不迟,若有其他疑窦,一并开解了便是。"

周瑜这几句话如蜻蜓点水,却是四两拨千斤,既罢了孙辅的职务,又保全了他的性命。若是孙策在世,也定会这般处置,孙权点头应道:"公瑾大哥说得是,那便如此处理吧。"

议事罢,张昭与吕蒙先后离去,孙权颓然倒在了席上,叹道:"今日若非公瑾大哥在,我真不知该如何决断……曹贼贼心不死,只怕日后还会兴兵构难。"

"无妨,他若敢来,我们便敢打。"

听了这话,孙权不觉有了底气,又与周瑜闲聊了好一阵子才放他回府。

江南的冬日寒意十足,今日似是有雪,空气里飘着簌簌的小冰颗。周瑜行到马棚处,准备牵出坐骑,忽见哑儿满头大汗跑来,他顾不上喘气,将瘦癯癯的小手伸向了周瑜眼前。

哑儿不会说话,生活不便,周瑜就造了套手语教与他。今日他慌得顾不上比画,用毛笔在小手上写了字。周瑜定睛细看,只见那字体已被汗水浸染模糊,依稀可辨得:夫人要生了。

没想到出门不到一个时辰的工夫,小乔竟然要临盆,周瑜赶忙翻身上马,扬鞭一挥,向不远处的府宅赶去。

大乔近几日一直在府上陪伴小乔,便是防着胎儿忽然发动,此时府中上下忙成一团,却也掩不住喜气洋洋。周瑜策马匆匆赶回,一头往产房里钻,被周老夫人径直轰了出来:"哎哟,男人进产房不吉利,你可千万别进来!"

即便是智计无双,亦不过是个初为人父的少年,周瑜隐隐听得小乔的哭喊声,只觉分外煎熬,在廊下来回踱步。

她现下一定很害怕吧,因为母亲的早逝,幼年常伴阴影,即便怀胎十月,她的身子始终还是那般纤瘦,小胳膊小腿都是细细的。周瑜实在无法想象,他捧在手心里的小丫头会有多害怕,可在此时此刻,他什么也做不了,只能一遍遍在心下祈祷,祈祷她母子平安,孩子乖乖落下地来。

终于,一声洪亮的啼哭从房中传来,周老夫人的轻呼应声响起:"是个小子!长得可真好啊!"

周瑜心下大喜,忍不住又要往产房闯,又被周婶拦下:"郎君使不得!天气这般寒凉,你身上满是寒气,快快出去!"

周瑜拉住周婶的袖管,急声问道:"琬儿如何了?"

"夫人很好,接生婆正在为夫人束腹呢!郎君快去暖阁里等着吧,一会子老夫人肯定要抱了孩子过去的!"

周瑜这才长长舒了口气,眼底的欢愉中带着感动心疼:"好……劳烦婶婆陪伯母一道过去吧,我等着先去看琬儿。"

产房里,小乔产后虚弱,小脸儿煞白,浑身一丝气力也无。大乔端来热水,为她仔仔细细地擦拭着小手与小脸儿,含笑道:"这孩子生得真好,既有些像你,又有些像公瑾,俊俏得不得了呢。"

小乔泪光盈盈地望着大乔,艰难地伸出手,攥了大乔的指尖:"姐姐……这小子与绍儿,年纪相差不过一岁,将来长大了,也像周郎与姐夫一样……"

大乔鼻尖一酸,忍不住滚下泪来:"是啊,他们两个还是表兄弟,往后,也一定像孙郎和周都督一样,兄弟情深……"

"姐姐且看着孩子们,万万要爱惜自己的身子。"

大乔生怕小乔难过伤了身子,拭泪笑道:"是呢,有这几个孩子在,我们天天也有的忙活。琬儿还小,与公瑾定然还会有许多孩子,方才看老夫人那般高兴,便知这孩子对于周家二老有多重要……"

大乔正说着,门口传来周瑜的叩门声,大乔便笑着起身:"公瑾等不及了,我先去后厨给你熬汤去。"

语罢,大乔从偏门处离去。周瑜终于走入了房来,他三步并作两步到榻边,紧紧攥着小乔的手,低道:"我的琬儿受苦了。"

小乔摇摇头,不施粉黛依旧绝艳动人:"若不是这小子脑袋大,我定然生得更快呢……"

小乔说得轻描淡写,周瑜却愈发心疼,拉着她的小手在唇边吻了又吻:"我这辈子,下辈子,都会对你好……"

小乔眼尖看到周瑜手上两条血痕,忍不住惊叫道:"这手是怎么了?

响午出门时还好好的。"

"方才哑儿来报,我太心急了,不知怎的竟然挥鞭打到了自己。"周瑜说着,忍不住俯身轻吻小乔娇花似的薄唇,"我这点皮外伤怎比得上你受的苦楚,或许是老天知晓我对你的心意,便让我为你分担两分罢。"

小乔感动又羞涩,满脸掩不住的幸福:"为了你,我什么苦都愿意吃……我们的孩子,有名字了吗?"

周瑜亦是难掩初为人父的欢欣:"咱们家下一辈从'彳',从父定然已经想好了字,待我去问从父,再来告诉夫人。"

暖阁中,周老夫人将包裹得严严实实的婴孩抱到了周尚眼前,两位老人也不说话,只是静静看着,便一道红了眼眶。曾经他们也是钟鸣鼎食之家,数代皆是安邦重臣,在这乱世中逐渐凋零。现下终于又迸发出了盎然生意,怎能令人不欣喜呢?

周瑜陪小乔说完了话,喜气洋洋地走入暖阁中,向周尚夫妇行礼:"从父,伯母,小儿还无名,请从父赐名。"

周尚捋须半晌不言,周老夫人忍不住催促道:"哎,你不是想了一串名字了吗?怎的现下瑾儿让你赐名,你又不说话?"

周尚瞥了周老夫人一眼,似是怪她泄露了自己的秘密,但在她的目光下很快又服了软。他微微缩了颈,徐徐道:"循道正行,又有延照之意,单名一个循字,如何?"

周瑜笑道:"极好,除此外,从父应当还有希望家中能接连添丁之意。"

周老夫人将周循抱上前去,露出小脸儿给周瑜看。周瑜欲接过襁褓中的小人儿,周老夫人却嫌他动作不对,让周婶教了好一会儿,才将周循放在了他的臂弯中。

从前见他人得子,周瑜只顾恭喜道贺,今日抱着自己与小乔之子,却觉得生命如是神奇。他强压住心头的震撼感动,低低道:"这小子,脑袋还真是挺大的……"

新岁之前,孙权假意称吴夫人挂念,将孙辅叫回了吴郡来。为了保全孙辅的颜面,周瑜自请回避,由孙权与张昭一道与孙辅相见。孙辅以为自己与曹操的书信往来乃是绝密,断不会被孙权发觉,顾自谈笑风生,毫无赧色。

孙权索性戳破了窗户纸,倚着桌案,忽然正了神色,高声唬道:"从兄可是对我孙仲谋有何不满?"

孙辅吓得神情一滞,却仍不肯承认,尴尬笑道:"仲谋说什么呢?为兄……为何对你不满?"

见孙辅摆明了不想承认,孙权不欲再多言,摆手示意张昭将截获的信笺一封封摆在他面前。孙辅又羞又臊,夹杂着惶恐害怕,再不敢以兄长之姿自居,匍匐在地认罪道:"受人蛊惑,一时糊涂,请主公恕罪啊!"

虽明知事实摆在眼前,可孙辅这一认,孙权还是怒气上头,眼眶通红,指着孙辅骂道:"即便不说孤,我父亲待你如何?我兄长又待你如何?兄长为奸人所害,故去不到一年,你如此行径,便无一丝自悔吗?"

孙辅伏地大哭,无一字能为自己辩解。孙权不愿再看他这般,起身吩咐道:"来人……将孙辅将军幽居别院,任何人禁止探视,左右随从军法处置!"

语罢,孙权再难克制,起身离去。张昭受孙策托孤,对孙权要求一向严格,此时此刻却很能理解他被亲人背弃的痛楚,兀自留下善后,未再多说任何。

寒风四起,裹挟着湿寒的气息席卷而来,孙权未来得及穿披风,失魂落魄地走在后院中,眼中满是无法描摹的失落伤感。在孙辅认罪之前,孙权还一直怀有一丝侥幸期待,现下这点点期待亦被击碎成了残渣,令孙权如何不寒心?

他确实还未有战功,故而旁人有疑虑也是正常的。可见他的堂兄如是,孙权未免委屈难受,同时心里亦有了疑影:除了孙辅外,还会有旁人如是吗?

孙权眼眶通红,不觉垂下泪来,见四下无人,他赶忙揩去,坐在廊下缓了缓情绪,复起身漫无目的四处晃着。不管怎么说,他还有母亲,有妹妹,有温婉善良疼爱着他们兄妹的长嫂,有像长兄一样教导扶持他的公瑾大哥,还有步练师的温柔在他身侧,他还不是孤家寡人,亦非无人看好。孙权如是想着,心里不觉宽慰几分,一抬眼竟发觉自己走到了嫡夫人谢氏的门前。他转身欲离开,忽听得内里有人声隐隐传来,估摸是谢氏的婢子:"年下要到了,老夫人不管府里事便罢了,为何下人们凡事多去问那位乔夫人……她若是正妻便罢了,偏生只是一个妾,身子骨又不牢靠……"

孙权一听,不觉眉头一皱,心里满是说不清道不明的难受,可他与谢夫人的关系本身也不算热络,更谈不上进去与她们主仆说道几分。孙权一甩袖,转身离去,未几就走到了步练师房门口处。

少时喜欢步练师,确实是因为她模样太过动人,令人见之不忘,现下爱重她,则更是因为她的性情。孙权偶尔去看月夫人时,听她说起长嫂,甚至还会为大乔流泪,总惹得孙权想起兄长死得不明不白,心里愈发难受。步练师却从不这样,她也很喜欢长嫂,但每每提起,总是一副小女儿崇敬自己喜欢的姐姐的模样,神情憨憨的,小脸儿红红的,像极了孙权少时望着孙策的样子。

孙权如是想着,嘴角不觉挂了一丝浅笑。房中的步练师似是觉察房外有人,推门而出,看到孙权,既惊又喜,小手紧紧握住了他的大手:"天气这样冷,怎的在外面站着呀?"

孙权这便有了回家的感觉,戒备悉数松懈,拉着步练师的小手,抬步走入了房中。

几日后,年关既至,周瑜与孙权商量后,带着酒菜去探望幽闭中的孙辅。周瑜与孙策自幼交好,孙辅与他的兄长孙贲亦与周瑜熟识,当年周瑜镇守巴丘,便是为了与孙辅等人互为犄角,未想到再相见时是这般光景。孙辅羞愧万般,沙哑着嗓音低道:"还劳烦周都督来看我……"

周瑜虽不齿孙辅的行径,见他这般,不觉想起他幼时常跟在孙策屁股后面的模样,心下不是滋味,沉声道:"你的子女都未受牵累,主公将他们接到了身侧,好生教养,你不必太担心。"

孙辅俯身叩首不止,抽泣着说不出话来。周瑜拣了个蒲团坐下,无奈地叹了口气,低低问道:"我今日来,乃是有一事相问,希望你能如实答我,因为……此事涉及伯符遇害……敢问曹操门下究竟是何人与你相联络?是姬清,还是张修?"

孙辅伏地回道:"我不知道……她叫什么名字,我只知道她是个寡妇,生得很美,一开始她声称与我从兄相识,辗转到庐陵遇险,我便帮了她两分……后来我才知道,她竟然是校事府的人。"

"曹孟德许你何等条件?"

"也未许何高官厚禄,只许诺定不会杀戮我等。若是仲谋也愿意接受朝廷安抚,便也不会为难于他……"

"不杀?你从兄浴血七载,辗转数郡,为的便是有朝一日,他的母亲与弟妹能得一个不死吗?"

听了周瑜这一问,孙辅将头埋得更低:"可从兄去世了,曹丞相已在官渡大胜,距离挥军南下之期已越来越近,若是曹操真的杀来了,我们怎么办?我孙国仪难道便是贪生怕死之辈吗?还不是为了族中众人能得以保全,才出此下策……庐江太守李术已不再听仲谋的号令,接纳无数叛众。周都督虽有韬略,但你能保证,若曹丞相率军杀来,定能守住此地吗?"

周瑜本还念着孙辅是孙策的从弟,听了他这一席话,再无半分怜悯,霍地站起身,一字一句道:"曹军敢来,我便敢打,且必破之。今日便到这里吧,他日我若还有疑窦,再来询问于你。"

语罢,周瑜起身离开,往将军府找孙权去了。孙权正因李术之事气恼,见到周瑜,他招呼道:"公瑾大哥,你先前说让我看准时机再图一战,现下李术自找死,接纳叛众,还讽刺我没有德行,如此可以算作出兵立威的良机吗?"

周瑜想也不用想,便知道李术之叛必定也与曹操有关,也不知曹操许他什么好处,让他毫不迟疑地背弃旧恩:"自然是良机,可主公还需多加筹谋,万勿授人以柄。现下官渡战罢,曹操势大,未免南北两线为战,主公需得师出有名。"

孙权思量片刻，回道："你的意思是……严象？"

严象乃曹操部将，曾举孙权为茂才，被李术所杀。孙权明白了周瑜深意，即刻修书一封遣人送与曹操，便称要为曹操讨伐李术，而后留周瑜镇守姑苏，亲自率部征讨庐江去了。

是日乃周循满月之日，因为孙策丧期，周瑜未曾操办摆酒，却还是有不少人闻讯前来道贺。

大乔亦带着琼儿与绍儿来到府上，在暖阁里与小乔闲话。小乔抱着循儿，对大乔道："姐姐，这两日我才想起来，这循儿的名字与绍儿倒是一个意思。若说这名字是周郎取的便罢，偏生是从父取的，也不知是有意还是无意呢。"

"有意也好，无意也罢，看着这几个孩子，我心里好受多了……只是孙郎遇伏之事，仇雠只怕比我想象中厉害得多。琬儿，我不知道自己能不能撑到那一日，撑到看到小叔与公瑾为孙郎报仇……"

"姐姐别乱说，姐姐才二十出头，身体康健，怎会等不到呢？我相信周郎，即便……仇雠再强大，周郎也一定可以克敌制胜的。姐姐也要相信我，相信一定能大仇得报啊！"

牙牙学语的孙绍忽然抬起小手，轻轻揩去了大乔小脸儿上浅浅的泪痕。大乔心下更痛，将孙绍牢牢地抱在怀中，忍泪道："不说这些了，我也不希望小叔和公瑾急于求进，再中奸人的计。琬儿，你才出月子，身子也太单薄了些，府里的饭不合口味吗？"

这些时日，小乔听说了孙辅、李术之事，知道姬清与长木修仍在活动，不免心惊，连日来吃不下也睡不着，万般忧心。长木修恨孙策，亦恨周瑜，他城府深沉阴险诡诈，不知何时会再行起祸端。小乔相信周瑜的能力与才华，却惧怕小人的暗害，且看孙策这样威震八方的英雄豪杰，便是死在了竖子手中。

可这些事，小乔既不能与周瑜说，亦不能与大乔说，只能自受煎熬。她垂眸浅笑，搪塞道："有时会听到循儿在乳母房里哭，我便急得睡不好觉，自然就瘦了些。我的饮食都是婶婆在做，很对我的脾胃，姐姐不必担心。"

　　话虽如此,大乔还是少不得好一阵叮嘱。过了午后,忽然下起了鹅毛雪片,大乔便带着孩子们回府去了。未几乳母又抱了循儿去休息,小乔便独自一个坐在暖炉前烤火。周瑜不知何时走进了房来,上前拥住一脸寂落的小乔,低声问:"夫人怎么了?这几日一直闷闷不乐的,可是有什么心事?"

　　小乔忙敛了神情,轻笑摇头:"我哪里有什么心事,不过是有些疲累了,客人都送走了罢?"

　　"都走了。你才出月,又赶上天凉,哪里都去不了,一定闷得够呛罢?若是实在烦闷,过两日,我带你出去转转,如何?"

　　面对爱人,小乔再难克制情绪,蓦地回身紧紧环住周瑜的脖颈:"我哪也不想去,只想与你待在一处……"

　　周瑜一怔,旋即用力将小乔抱在怀中,轻轻拍着她瘦削的蝴蝶骨:"莫怕,我一直都在,我不会中贼人的奸计,更不会再让他们能伤到我们分毫。"

　　小乔什么也没说,周瑜却还是明白了她隐隐的害怕,小乔感动里夹杂着几分心思被戳破的羞涩,小声道:"从心悦你那日起,我就知道,你是万人之英,心里装着雄韬伟略,我不当用儿女之情束缚你。可是周郎,自从姐夫去后,我真的忍不住会害怕……"

　　"心里装着韬略,更装着你啊。"周瑜拍着小乔的瘦背,在她耳畔低语安慰,"我全部的智计,都给了这片江山,全部的情思,都给了你和我们这个家。琬儿,莫怕,你既知我懂我,便知道我乃筹谋深广之人,虽然我一心为伯符报仇,但一定不会以身涉险。所谓'行百里者半九十',敌人越凶悍强大,我便越要筹划精密才是。"

　　夫妇二人正交颈低语,忽闻门外有小厮喊道:"都督!庐江来报!"

## 第四十四章 质子风波

听得有军报传来，周瑜赶忙大步走出，接过信笺，仔细看了起来。

小乔坐在房中不便出门，双眼却一瞬不瞬地望着门外的夫君，薄薄的唇紧紧抿着，似是十分忧心。

周瑜看罢，带小厮往书房去，提笔回了信，方又回到暖阁中。看到小乔满眼藏不住的忧虑，周瑜上前扯了扯她的小脸儿，含笑宽慰："别担心，仲谋已攻克李术，不日便将回还，此一次师出有名，曹操亦无话可说。何况方才你也说了，你的夫君绝非无能之辈，一定能守得江东太平，琬儿便踏踏实实在家，早些把身子养好就是了。从你有了身孕到生产这些时日，我们……也许久未有亲近了……"

门外风雪依旧，气氛却因周瑜这一句话，瞬间温存了起来。小乔羞得满脸涨红，垂眸喃道："青天白日的，怎的忽然说这个。先前……不是也有人来献宝，送美人与你，是你自己不肯要，怎的倒说得像我委屈了你似的。"

"我只想要你。"周瑜说着，在小乔薄唇上轻轻一吻，"若只为了情欲，也实在太低级。人生有抱负，有知己，有你添香在侧，已是餍足，以后莫要再说这样的话恼我了……更何况，这世上哪有比我夫人更美的人？"

小乔的幸福溢于言表，满心的困惑与不安都随着周瑜的宽慰烟消云散了。她知道方有军报传来，周瑜必有军机要事处理，便极乖巧地回房看周循去了。

待小乔离去，周瑜也回了书房，方才接到孙权密函，称庐江之内果然如周瑜所料，有长木修姐弟两人活动的迹象。黄巾之众倒是不足为惧，令周瑜颇费筹谋的，是曹操势力的渗透。曹操既能联络收买孙辅，现下又串联李术，便说明他已实打实地盯上了江东这块地盘。先前孙策遇伏，定与曹操脱不了干系。

周瑜的面色如故，右手却握起了拳，指节凸白，愠恼之意溢于言表。孙权此番大破李术，终于立威于海内，必然更刺激了曹操本就紧绷的神经。曹操已在官渡大破袁绍统一北方，他的目光与野心自然而然便转到了这富庶繁华、人才济济的江东之地。曹操的虎豹骑虽仍在柙内，周瑜却似听到了他们渐近的马蹄声。他信步行至窗前，临风望着满院积雪，嘴角泛起一丝决绝笑意，似是已有万千丘壑在胸腔之间。

不日，孙权发配了李术部众后，率兵而还。此一战大胜，那些迁延观望人皆有了震悚之感，帐中的数名老将亦有了敬畏之意，对孙权的礼数不由得加强了许多。

未几，步练师有了身孕，孙权更是兴奋开怀，终于从兄长早逝的阴霾中缓过了几分神来。可老子有言"福祸相依"，大抵不错。孙权还未得意几日，便接到曹操的来信，让他派一位胞弟或子侄去往朝廷做官。

这话好似动听，实际上则是为了牵制孙氏，名为做官，实为质子，孙权自是不愿意。可曹操挟天子以令诸侯，百官跪拜，大权在握，若是这般直接拒绝，难保他不以不臣之名兴兵讨伐。

可巧张昭、秦松几人正在孙权处议政，看到信笺，众人虽气愤，却又都觉得无法回绝。孙权深知，无论如何，他都不可能将曹操这要求告诉吴夫人。父亲战死沙场，母亲年轻守寡，拉扯他们兄弟几人已是不易，兄长的早逝更是如同一把弯刀，刺入了母亲的心，他如何还能开口去向母亲说，再派一位亲弟弟往曹操处作人质？何况孙权无子，子侄一辈中唯有孙绍一人，孙权于情于理都断不可能送孙绍去往曹操处。

他还未想好如何应对之际,吴夫人便已听得了风声,命人将孙权唤入了厢房中。

自打孙策去世,吴夫人每日潜心礼佛,再也不沾荤腥。但长子早逝的心结终究难解,不过一年,吴夫人便瘦削了三两圈,说起话来气若悬丝:"曹操的性子为娘清楚,叔弼与季佐都是你的胞弟,你若真的要派谁去……为娘不会阻拦。但绍儿年幼,又是你兄长……唯一的儿子,莹儿亦再受不得离别苦,万万不能送绍儿过去……"

孙权赶忙握住吴夫人的手,摇头否道:"曹操为人奸诈,又滥杀无道,我绝对不会派两个弟弟过去,绍儿便更不必说了!"

"可若不派,惹恼了曹操,他便有理由挥兵南下,届时莫说你兄长费力打下的地界,便是我们娘几个,也只怕再无容身之地了。"

"母亲莫要心急,我方请了公瑾大哥来……"孙权话未说完,便听门外侍卫通传,周瑜已至前厅。孙权便赶忙辞了吴夫人,命侍卫将周瑜请到内室。

周瑜看罢信笺,置之一笑:"主公放心,不管是胞弟还是子侄,我们都不送。"

方才张昭与秦松等文臣犹豫不决,一直未能给孙权一个准成话,令孙权十分不安。周瑜的态度便像一颗定心丸一般,给了孙权无限力量:"公瑾大哥所言,便是我所想,可若曹操以此为由,兴兵讨伐于我,又当如何是好啊?"

"主公知晓春秋之楚国,其封地远在荆山,不满百里,但是继嗣贤能,广开疆土,最终立基于郢都,占据荆扬,国祚九百年之久。如今主公承袭父兄之志,兼六郡之众,地广富饶,民安邦泰,而曹操方经官渡鏖战,虽获大胜,然兴兵来此,不免疲乏。故而以公瑾之见,曹操即便恼怒,也断不会在短日之内攻伐我等。我等若能发挥己之所长,因地制宜,即便曹操兴兵构难,亦能大破之。故而主公不必忧心,倘若真送了质子过去,才是内外交困,备受掣肘。"

孙权闻之,心中巨石陡然落地,他长舒了一口气,紧紧拉住周瑜的袖笼:"母亲正着急,公瑾大哥快随我到内堂去与她说说罢。"

将军府后院里,明明四处是浓浓春意,却又笼着说不清道不明的凄婉之感。吴夫人独自坐在佛龛前念经,听罢了周瑜的话,她终于舒缓了紧蹙的眉心,红着眼眶慨叹道:"若非有你在,我还真不放心仲谋……"

"伯母言重了,公瑾只是据实而言罢了。"

吴夫人微微颔首,一抿薄唇,转脸对孙权道:"仲谋,你先出去吧,为娘有些话,要与你公瑾大哥说。"

孙权不明白为何母亲与周瑜说话还要避着自己,却还是听话拱手退出了佛堂。吴夫人太息了几声,复抬眼时,又是满眼藏不住的泪光:"公瑾,你与伯符虽然并非兄弟,却性情投契,从小在一处……在我眼里,你便是与我的亲子无异。"

吴夫人确实待周瑜不薄,众人皆是有目共睹,她亦非矫情之人,今日忽然说这话,必然有缘由,周瑜拱手道:"伯母若有事相问,只管开口,公瑾定然知无不言言无不尽。"

"今日留你在此,确实是因为我有两点困惑不明,一来……仲谋只跟我说,伯符是被黄巾余孽带着许贡门客所伤,但看莹儿与尚香的反应,皆不像是如此。若我没猜错的话,是否是曹贼授意……"

吴夫人性情剔透,世事洞若观火,甚至远胜于某些谋士,周瑜自知此事不当隐瞒且隐瞒不住,回道:"尚无实据,但以公瑾之见,大抵不差。"

吴夫人的神情又黯然了三分,复问:"以仲谋之质,可否守住江东?"

周瑜一怔,略思忖下才回道:"伯母为何这般问?仲谋方攻下庐江,重惩李术,立威于海内,曹操自会忌惮两分,短期内不会挥师南下……"

吴夫人轻轻摆摆手,又转起了佛珠:"这些道理我都懂,可曹贼总有一日会来。伯符与仲谋虽然都是我的儿子,却性情迥异。伯符与他父亲一样,纵横行伍间,奋勇杀敌,刚武不阿,自有一众人心甘情愿追随。可仲谋的性子更适合文治论政,并不擅于沙场征伐,在这样的乱世里,多少还是会吃亏的。"

"自古开疆拓土不易,守业更难,以公瑾之见,倒是觉得仲谋的性子,更适合这乱世。征伐抗曹有我等在,伯母不必忧虑。有公瑾一日,便不会让曹军渡过江来。"

吴夫人听周瑜如是说,长长叹息一声,眼泪终于落了下来:"于我而言,有你在,便是与有伯符在是一样的,伯母信你……只是既然知晓对方是何居心,很多事也当有所准备了。"

"伯母放心,公瑾已有筹谋。"

冬去春来,天渐渐暖了,大乔的身子却越来越不好,一月之中总有大半的光景卧病在榻。小乔知道,若非为了两个孩子和她这个妹妹,大乔早就随孙策去了,整日想着办法逗大乔开心。是日,小乔见桃花开了,便带着哑儿与几个丫头前去花圃攀折,方奉了花枝从大乔病榻前离开,便遇上了从佛堂出来的周瑜。

不知怎的,小乔生了周循后,周瑜倒是觉得她比从前更动人了几分,先前只是少女的娇憨,而今却满是妩媚风流。他走上前去,毫不避人地牵过小乔的手,笑道:"夫人晌午不是去园圃折春花去了?"

"是啊,我是折来给姐姐看的,姐姐喜欢桃花,我们便去城南虎丘山那边剪了几枝。今年春光好,地气热,花开得比去年好不少呢。"

"乔夫人如何了?身子还是不好吗?"

小乔摇摇头,小脸儿上满是心疼与无奈:"这几日快到姐夫的周年,姐姐嘴上不说,心里却难过得很。我今日偷偷看了看,她的枕头都是湿的,可见是日日夜夜都在哭呢……"

"只怕唯有惩处元凶,方能慰藉伯符的在天之灵,亦能大略宽慰妻姐的心伤。"

小乔步履一滞,半转过身,眉眼间满是说不清道不明的情愫,有畏惧、疑惑更有怨怪:"长木修……又现身了吗?"

"他也藏够了,必然很快会现身。"周瑜紧握住小乔的手,示意她不必害怕,"夫人放心,我不会再容许他兴风作浪。"

小乔乖巧地点点头,与周瑜相携回到家中,小脸儿上的笑容却不大走心。及至后院厢房内,小乔服侍周瑜褪去了外裳,还未来得及将他的深衣外袍挂好,周瑜便从身后环住了小乔,在她耳畔低问:"夫人莫走,我有事与你说。最近几日,我要出一趟远门。"

"你要去哪?"小乔回过身来,忧心忡忡,"莫不是要带兵去打长木修吗?"

"不是,我打算去豫章郡一趟,过不了些许时日就会回来。"

"你自己去吗?"

"当然不是自己,但也不想带太多人,三五仆从便足够了。"

小乔蹙着眉间,半晌不语,最后像是下了很大的决心,依在周瑜怀中说道:"我跟你一起去。"

"你?"周瑜一怔,"夫人才生了循儿,身子的亏空还没补回来,如何经得起那般长途颠簸……"

小乔不想表露出自己的担心,磕磕巴巴道:"我……小时候就很想去鄱阳看看,先前看、看了云梦泽,很是震撼。听说鄱阳比云梦泽还要盛大,我……想去看看呢。"

小乔的心思,到底是瞒不过周瑜的。他知道她在担心,害怕自己受伤害,轻抚着她的长发说:"你随我出门去,放得下循儿吗?"

小乔眼眶微红,满脸不舍,嘴上却说道:"婶婆和乳母照看得很好,而且你也说了,我们去去就回……"

周瑜权衡思量片刻,最终还是松了口,含笑抬手一刮她的鼻尖:"罢了,你也许久没出门了,此一番出门也不是什么军机密实,不妨我们便一道去,你也好散散心。"

## 第四十五章 烈烈其人

烟花三月,万物生长。周瑜换了常服与小乔一道出游,所带不过三五仆从,轻车简骑,一路从姑苏驶向了此番的目的地——柴桑。

柴桑襟江带湖,乃豫章咽喉,水文条件极其优越。小乔见落日夕阳下,水天一色,江湖相连,浩浩汤汤,心情也不由得开朗了许多。她拢了拢被晚风吹乱的鬓发,才觉得有两分凉意,便被周瑜从身后紧紧拥住,只听他悦耳的嗓音响起:"夫人跟着我未有几年,这云梦、巢湖、鄱阳倒是全都来过了……"

"是啊。"小乔白璧无瑕的小脸儿贴着周瑜俊朗的面颊,娇声问道,"这些山川湖泽,夫君最喜欢哪一处?"

"我与夫人相识于巢湖畔,又在巢湖畔成婚,按理说自当是第一的。可我们在云梦……有了循儿,虽然待的时间不久,但与你相守的每一日都很安乐,故而我也很喜欢。说到底,这山川湖泽虽美,没有与你的回忆到底还是会辜负……"

小乔笑得娇,垂眼呢喃:"想起来像是上辈子的事,那时在居巢,我就那般傻傻喜欢着你,被姐夫终日取笑……如今……"

周瑜见她眼底满是眷恋怅然,知道她又想起了伤心事,将她揽在怀中,轻轻拍着,无限怜惜。

马车迤迤而行,夕阳最后一丝酡红消弭之前,终于来到湖畔驻军的营房前。周瑜安排罢小乔与随从们的食宿后,前去与驻军将领们相见。

再回宿处时,暮色已沉沦,小乔沐浴罢,边看书边倚在榻上等周瑜。明明是粗陋简薄之所,被小乔收拾打点后,顷时舒爽利落起来,浅浅的窗棂透着鄱阳浩渺的湖光月色,不必点灯,便无限浪漫旖旎。

周瑜饮下小乔所备的解酒茶,揽娇妻在怀,却是酒不醉人人自醉。两人许久未有亲近,此时不由心动神驰,抵死缠绵,直至夜半。小乔窝在周瑜怀中,轻道:"巴巴跟来了,却一直没有问……夫君怎的忽然想起到这里来?"

"夫人也知道,先前在云梦,我便一直在学习造船之术。为夫并非心血来潮,欲守住江东,除却要了解敌方,更要扬我部之长。江东子弟水性好,但从未有具体专业的练习,若想抗敌,这样远远不够。"

小乔明白,周瑜的意思是要招募训练水军,许久才回应:"先前夫君一直说,长木修身后有大人物指使,想来……应当是曹贼罢。"

周瑜俯身吻着小乔的红唇,温柔又坚定地宽解:"为夫在,凭他是谁。"

小乔心悦周瑜多年,知道他外表儒生风流,实则武烈非常,莫说曹操拥兵数十万,便是天神降厄,也不会畏惧。小乔抬眼看着俊逸绝伦的丈夫,红唇一抿,缓缓道:"在这里练兵,总需要有人照顾你,我留下来。循儿还小,恐怕要请从父伯母和婶婆多费心照顾……"

周瑜知道小乔对周循的不舍,心下感动非常,嘴上却说:"孩子太小,这里条件不好,偶而还会有瘴气,夫人在这里太受罪了,还是回姑苏等我……"

小乔摇摇头,忍泪望着周瑜:"三年前你问我,是否愿意在军营垒墙里伴着你,周郎……你在哪,我就在哪。莫说这样的条件,便是荒郊野地,我也随你。"

周瑜如何愿与小乔分离,听她如是说,便再也将她撒手不开,抱着怀中润玉般的小人轻吻:"有妻如此,周公瑾别无所求……"

建安十二年,孙权率部再度西征黄祖,誓将仇雠击杀,报杀父大仇,完成兄长的遗愿。

吴夫人年事渐高,她孀居多年,颠沛流离,加之长子离世,哀痛尤甚,身体一日不如一日,及至此年已是行将就木。

大乔一直侍奉在侧,衣不解带,寸步不离,今日吴夫人气色缓过来两分,撑着坐起身,拉过大乔冰凉的小手,沉沉道:"孩子,打从我病着,一直是你侍奉在侧,太辛苦了……"

大乔摇摇头,轻道:"母亲于我恩重如山,侍奉在侧是应该的。"

吴夫人紧了紧握着大乔的手,无声叹息,良晌,方欲言又止:"孩子,你善良、贤惠,替自己与伯符照顾为娘,为娘心里都明白……孩子啊,伯符走了七年了,这七年里你过的什么日子,为娘一直看在眼里。你……才不过二十余岁,大好的青春与年华,这般蹉跎了实在可惜。伯符若是知道你这般苦着自己,熬坏了身子,定会万般心疼的。"

大乔摇摇头,苍白的小脸儿上泛起两朵红晕,低喃道:"平日白日照顾母亲,孙郎……到夜里便会入我的梦来。照顾母亲,是我们应当做的,并不觉得苦。"

大乔越是这般,吴夫人便越是心疼难过,叹道:"孩子,打从那年在寿春第一次见到你,为娘便一直很喜欢你。争奈何伯符……没有福气,打下这地界,娶了这样的贤妻,却挨不过奸佞之人的算计。为娘守寡之时四十有余,伯符亦已长成,尚且觉得如是辛苦。为娘自知不久于人世,不能再庇荫你们良多,琼儿与绍儿还那般小,你又这般年轻……你这般贤惠、美貌,若是……"吴夫人说着,忍不住哽咽起来,她不忍看大乔,垂首道,"若是能再寻个良人,在这乱世里也算有个倚傍……"

大乔怔了许久,方明白了吴夫人的意思。这大半年来,吴夫人缠绵病榻,近一个月身体更是急转直下,她担心身后无人能照拂大乔,加之妾室的身份,会令大乔在家中步履艰难。但大乔除了孙策,哪里还容得下旁人分毫,她蓦地抽下云鬓间的龙首发簪,尖利的钗头重重划过自己白璧无瑕的面庞,鲜血飞溅,留下一道长长的伤痕。吴夫人大惊,不顾病势,忙用绢帕按住那伤处,急道:"为娘可不是要赶你走,你这孩子,你这孩子……"

大乔哽咽落泪不止,潸潸的泪与殷红的血凝在美艳绝伦的面颊上,令人望之心惊:"我明白母亲的心意,只是乔莹七年前已随孙郎去了。如今的乔笙,为策而死,为策而生,心里眼里再难容得下旁人。孙郎不在,美丑好坏皆没有意义,只求母亲留我在侧,让我侍奉养老,将琼儿与绍儿拉扯大,以便他日在忘川与孙郎相见,好一一告知与他啊……"

孙策过世时,吴夫人尚且忍着没有落泪,今时今日却再也忍不住,揽着大乔高声哭道:"他日待我病老归西,见到那浑小子也要问一句,为何竟这般狠心,扔下我们娘儿几个,可怎么活!"

隔着三两条街的周都督府后院外,周循正同几个顽童弹石子玩。他年纪最小,个头最矮,却很快成了此间的统领,带着孩子们制定规则,分明赏罚,颇有其父治军之风。

周瑜军务繁忙不在府上,小乔午后得闲,便出来与孩子们一道玩。她本就擅长飞石,此时简直玩得忘我,一个不留神,石子竟飞出丈远,直落入不远处的水塘里。看着目瞪口呆的孩子们,小乔起身拍拍裙裾,笑道:"你们别恼,这种小石头我家里有好多,我这就去拿。"

说罢,小乔起身回府,周循望着母亲离去的身影,眉眼间的无奈宠溺似与父亲如出一辙。他还没来得及出声说话,那几个十岁上下的垂髫小儿便一脸艳羡地望着他,说道:"你姐姐可真美啊。"

姐姐?周循一怔,反应过来他们所说应是母亲,登时笑了,还未开口解释,小乔便又跑了回来,拿出一袋小石子,在每个孩子手心里放了几颗:"喏,看我这石子磨得光溜溜的,比你们那些还好呢。"

也勿怪这些孩子以为母亲是自己的姐姐,父亲宠着她,连他这做儿子的亦不忍心她蹙眉一分。除了时常因为姐夫的早逝而难过外,小乔旁无烦恼,看似还是个十五六岁的少女。

按说这误会也没什么不得了,但若再惹得某些才迁入姑苏的少年错付痴心就不好了。周循开口方欲唤"母亲",便听得后门处一朗朗男声道:"夫人,循儿。"

周循抬眼望去,只见后院白墙下,一丰神俊逸的男子银盔银甲,英武绝伦,这等风姿普天之下唯此一人,便是他的父亲周瑜。周循欢愉起身,便见母亲娇笑着迎上前,软软唤道:"夫君!"

周瑜一手牵住小乔,一手拉起周循回到府中。周循领了父亲从外带回的小玩意,兴高采烈地拿出门与伙伴们分享。小乔则随周瑜进了内室,帮他解了披风银甲,还未来得及反身挂回衣架上,便被周瑜一把揽入了怀中:"多日未见,想煞为夫了。"

"还说呢,"小乔亦万分记挂周瑜,小小的脸儿埋在他的肩头,娇赖道,"又不让我跟你去鄱阳,你可知道人家多惦记你……"

"此番我虽没有跟随主公出征,但随时可能要将兵去做策应,怕你跟着吃苦。"周瑜耐心与小乔解释,"行军打仗,我是什么苦都吃得,可我不愿你受分毫委屈。"

小乔如何不知周瑜的心思,呢喃道:"我若不懂你,如何配做你的妻子……如今你回来了,那黄祖可是已经死了?"

"尚未,此番虽得大破黄祖的水军,但听闻吴夫人病重,主公便先行撤兵了。杀黄祖,不单是主公之愿,更是孙氏一门多年夙愿。而今再一次落空,必然惹人生恼。"

小乔也不由得叹了起来:"新仇旧怨未消,最近姐姐一直侍奉着吴夫人,连绍儿开蒙读书的事也耽搁了。"

周瑜听罢,倒觉得大乔不急于给孙绍开蒙读书不是因为此,但他不想小乔烦心,含笑将她揽在怀中:"老夫人先前传信,让我回来便去家里,夫人定惦记妻姐了,与我同去罢……晚上我们早些回来,陪你说说话。"

小乔小脸儿一热,含羞瞋了周瑜一眼,却还是乖乖换了衣裳,随他一道乘车出了门。

周瑜打前堂入府,小乔则从后门而入,才跟着婆妇转过回廊,就见一个身量瘦弱的小丫头立在后花园处低声抽噎。虽然形容尚小,模样却是极美,正是大乔与孙策的女儿孙琼妃。

小乔几步上前,抚着孙琼妃圆圆的总角,柔声问道:"琼儿怎么了,为何在这里哭啊?"

看到小乔,孙琼妃再也耐不住,一头扎进了她的怀中:"姨母,母亲……母亲的脸……"

听闻事关姐姐,小乔再耐不住,哄了琼妃回房后,三步并作两步赶去寻大乔。

哪知大乔没事人一样,正坐在镜前,看到小乔,竟面露喜色,痴痴道:"琬儿,你看,孙郎的伤也是在这半边脸上。这下子我两个谁也不嫌谁,倒是一样了呢。"

小乔一怔,蓦地酸了鼻尖,良久才叹道:"姐姐这是何苦……"

大乔握住小乔的手,笑得温和宜人:"没事的,孙郎不在,我本也无心妆奁,婆母身子不好,我朴素些,一来可以为老人家积福,二来……若真有不虞,我们母子三人也不至于太打眼。眼下我万事不求,只看孩子们长得好便心安了。"

小乔听了这话,心里不由更加难受:"姐姐总想着别人,但也要想想自己……"

"傻丫头,孙郎是我自己择的,为他做什么,我都心甘情愿。"提起孙策,大乔笑得极其温婉动人,"能与他相伴数载,我早已别无他求。"

旁人或许不理解大乔的痴心,但小乔眼见他两人一路相携至此,对大乔唯有说不出的心疼。她拿起桌案上的药膏,方欲为大乔擦伤,便听后院传来一众婢女的大呼小叫,于孙权各位夫人与大乔门前唤道:"老夫人看着不大好,郎中请夫人快快过去!"

未及等到孙权率兵而还,吴夫人便撒手人寰,带着遗憾与忧心离开了人间。

孙权尚未能报父仇兄仇,令母亲含恨而终,他悲痛愧悔,万般锥心,好一阵缓不过神来。但待来年开春,他便重整旗鼓,准备再一次出征,誓杀黄祖而还。

周瑜此番亦率部前往,临发兵前,少不得细细筹谋,是夜回府几近三更,却见周婶未曾歇息,坐在廊檐下相候。见到周瑜,她佝偻着站起身,迎上前来:"郎君……"

"夜深风大,婶婆怎的还不歇着?"

周婶示意周瑜小声几分,轻道:"这些话……原本不该我来说与郎君,只是……今日下午夫人不适,请了郎中来看,原是有喜了。"

"当真?"周瑜面色一喜,疲色尽扫,着急就要进房去看小乔。

哪知又被周婶拦下:"郎君别忙……夫人她因此哭鼻子呢。"

周瑜怔忡一时,却也转瞬明白了小乔的心思,他就要率军出征了,小乔定是担心因为自己有孕而令他分心。这小小的丫头,何时何地皆想着他,令他温暖感动不已,轻叹一声,方道:"婶婆放心,我去与夫人好好说说。"

语罢,周瑜匆匆赶回卧房,小乔等了他许久,倦意正浓,虽用脂粉遮掩,却仍能看出玉容尚泪的痕迹。周瑜不声张,褪了外裳,上前拥住小乔,如平素般轻轻一吻:"这般晚了怎的还等我,早点歇着啊。"

小乔面色踟蹰,不与周瑜相视,抿了抿樱唇,长长的睫微微颤着,迟疑道:"夫君……我、我又有身子了。"

看来她依然记得数年前初婚时,他与孙策即将出发征伐黄祖前的那一席话,若是有了身孕,一定不可瞒着他。周瑜这才终于将掩藏的欢喜流露出来,圈着她坐在榻边,玩笑道:"这般好的事,夫人为何不开心?怕为夫养不起你们吗?"

小乔被他逗笑,眼底的惶然却没有减少:"你就要出征了,我却有了身孕,你……你会不会因为我分神啊?"

"自是会一直记挂你,但即便你没有身孕,我也一样记挂。你放心,此一番我既随主公出征,一定会大破黄祖,在你生产前,一定得胜而还了。"

旁人说这话,或许有吹嘘之嫌,但周瑜说这话,小乔只觉得无比安心:"好……我也不是头一次有孕了,定能照顾好自己,好好等着你。说起来去打黄祖,总感觉像是昨天的事,就这般一日日地过,我竟也嫁给夫君好几年了,从前当真是想都不敢想,我们……竟然要有两个孩子了。"

"是啊,"周瑜与小乔十指相交,即将开拔前爱妻在怀,令他的心感觉无比平静,"嫁与我这些年,夫人管家管田,侍奉从父伯母,抚养循儿,将家里照顾得井井有条,当真令我无比心安。在外人看,只怕觉得夫人爱娇,还是个不谙世事的小姑娘,但我知道你为我付出了多少。琬儿,我周公瑾若得青史留名,必少不了你的贡献。"

"我不管旁人如何想,"小乔抬起清瘦白皙的手臂,环住周瑜的脖颈,将小脑袋倚在他宽阔的肩上,"只要你不后悔娶我就好……"

"我当然后悔……"周瑜将小乔揽得更紧,半开玩笑半认真道,"后悔没早些娶你。若是你及笄那年我便娶了你,我们现下应当有三个孩子了罢。"

小乔抬手在周瑜心口轻轻一捶,学着他当年的口吻:"'小乔姑娘勿怪,是周某唐突……'你的性子那般爽利,偏生所有的纠结都用在我这了,早知道这样,我才不要喜欢你。"

"现下也跑不了了。"周瑜顺势将小乔放在榻上,拉开锦被为她盖好,"若是你跑了,我就带着一大一小两个孩子去追你。"

小乔咯咯笑着,未几便沉沉睡着了。周瑜看着她恬静的睡颜,心下无比安然。但他仍有几份公文未处理得当,便悄然压了油灯,转身出了卧房,悉心处理罢,方打算回房休息。

孰料路过周循房间时,却见房中仍掌着灯,周瑜推门而入。这小小的孩儿仍在埋头读书,听到响动他抬起小脸儿,无限欢喜道:"父亲!"

这孩子生得甚好,模样既像小乔又像周瑜,在姑苏城一众子弟中绝对出类拔萃,最要紧的是头脑明澈,过目成诵,连孙权都万分喜欢他。周瑜慈爱地摸摸周循的小脑瓜,温和说道:"夜深了,怎的还在读书?光线太暗,仔细伤眼。"

"听说父亲又要出征了,我便在等父亲。"周循一笑,小脸儿上几丝赧意,鼓足十二万分勇气道,"循儿想告诉父亲,家里不止父亲一个男人,儿一定会照顾好母亲与未出世的弟妹……等着父亲凯旋!"

两月后，春暖花开，小乔瘦削的身子日渐显怀，行动不似平日那般灵巧。大乔常来此相伴，照顾小乔，姐妹两人亲密无间，倒是像未出阁时一般。只是大乔脸上的伤痕始终未愈，她日日戴着面纱，只露出一双明眸，并以此为由推却了家中诸多事宜，将它们交给了孙权的继室徐夫人。

周循每日都要来给未出世的弟妹读书，今日却迟迟未来，小乔边搅动着补汤边问周婶："循儿可是跑出去玩了？"

"未曾，将军家的大虎小姐来了，径直冲进了公子房里，缠着他玩呢。"

"大虎"是孙权与步练师长女孙鲁班的乳名，也不知这般清秀的小丫头，为何会取了这样一个名号。大乔听罢笑道："大虎好喜欢循儿的，前几日与步夫人闲聊，听她说大虎日日缠着小叔，闹着要嫁给循儿……小叔最宠大虎，听她现下就要嫁人，心凉半截，当时眼眶都红了……"

"可不是嘛，"周婶亦在旁帮腔，"前两日公子正读书，大虎小姐冲进房来，径直便说要嫁给他。惹得我们笑也不是，不笑也不是。"

"那……循儿如何说？"没想到自家小子小小年纪便有人喜欢，小乔也觉得十足有趣。

周婶忍笑回道："公子正看书入迷呢，压根没听见。"

"哎哟，"小乔放下碗盏，柳眉微蹙，对大乔嗔道，"这孩子当真随他爹，怎的这般呆呀。"

说话间，哑儿带着一小厮兴冲冲来报："夫人，夫人，都督出奇兵，破了黄祖的蒙冲，我部以少胜多。眼下黄祖已被枭首，我部大胜，就要凯旋了！"

"当真？"小乔十足欢喜，却见大乔在旁垂泪。她知道斩杀黄祖是孙策多年所愿，也忍不住红了眼眶，低声喃道："姐夫的心愿，终于算是完成了……"

隆冬时节，小乔又为周瑜诞下一子。周瑜十足欢喜，为幼子取名"周胤"，有福泽后嗣之意。

这沙场上运筹帷幄、决胜千里的疏阔男儿,对妻儿满是脉脉温情。待来年春暖花开,小乔的身子恢复了许多,他便带妻儿离开了姑苏,复去往巴丘镇守。

## 第四十六章 不速之客

天下风云又起，曹操于官渡大胜之后，远征乌桓，平定北方。回到邺城后，他志得意满，写下"老骥伏枥，志在千里。烈士暮年，壮心不已"，南下夺取江东富庶地之心昭然若揭。

他先是于邺城凿下玄武池以练水军，再派张辽、于禁等人驻军许都以南。曹操威势下，江东不少士族已萌生投降之意，生恐晚一步就会被曹军铁骑擒杀。

距离姑苏城千里之外的巴丘，西风又吹洞庭波，星辉洒满湖泽，水天一色间，一儒裳倜傥男子立在八百里连营之外，凝眉望着北面天幕下滚滚的黑云。太史慈从军中疾步走来，高声道："都督，客人来了！"

那人即刻转过身来，从暗影中显出身形，露出一张俊秀又坚毅的面庞，正是周瑜。他微一颔首，示意自己已知晓来者何人，匆匆向营房走去。

营门内，一儒生模样之人正操手相候，看到周瑜，他快步迎上，欢愉揖道："公瑾，多年不见，你可真是风姿如旧啊！"

此人正是蒋干，周瑜少时在洛阳读书时的同窗，任职曹操麾下。眼下曹操铁骑南挥已是定局，蒋干此时前来，目的不言而喻。周瑜不动声色，只以同窗之仪待之："子翼远道而来，真是辛苦。周某略备薄酒，还请子翼兄不嫌弃，请。"

"请。"

语罢,两人一前一后进了大帐。周瑜为蒋干斟满杯盏,蒋干接过,却只是一笑:"江南酒水虽然清冽,到底比不上洛阳杜康的滋味。来啊,把蒋某带的酒拿上来。"

一小童于帐外应声,跌跌撞撞,抱着一只巨大的酱色酒坛走入帐来。周瑜见之一笑:"嚯,这么大一坛酒,怕是要勾起我帐下那些将军的馋虫了。来人,把太史慈他们几个能喝的叫过来,看他们还闹不闹酒喝?"

周瑜年少英俊有美才,大战在即,蒋干此番前来,正是奉曹操之命前来劝降。眼见十数位将军冲入帐中,大碗喝起了酒来,蒋干预备下的一席慷慨之言无处可说,便兀自斟酒饮下,暂且不提。

众人欢饮直至夜半,周瑜命人收拾出一间房间供蒋干住下,自己亦回了起居帐。

未几,太史慈匆匆赶来,他今晚喝了许多,脸色涨红,神志却还明澈,问周瑜道:"都督,有外人入营,明日的操练……"

"如常进行就是了。"

"是。"太史慈抱拳一礼,面上的犹疑却分毫未减,立在远处没有动弹。

周瑜见此,置之一笑:"蒋子翼奉曹贼之命前来游说与我,我们若是显得如临大敌,他日曹军攻来,必令将士们生畏。寻常待之便好,一切一如往常。"

太史慈一身武艺,骁勇非常,论起将兵为战,他实打实佩服眼前这儒生模样的年轻人。听周瑜如是说,他便拱手一应,转身出了军帐。

第二日清晨,天还未亮,睡梦中的蒋干便听得一阵吹角声。他赶忙起身走出军帐,只见八百连营下,士兵悉数集结,整齐列阵,视线尽头高台之上,周瑜银盔银甲,雄姿英发,阅兵点将。几声号令下,宽阔的江面上舳舻乍现,士兵们登船出发,劈风破浪,极其英勇。而周瑜立身点将台上,统御万马千军,一板一眼极具章法。

跟随蒋干前来此处的小童见此,低声道:"郎君,这江左周郎换上甲衣,与昨夜像换了个人似的,只怕……"

蒋干一颔首,附和道:"是啊,周公瑾英俊异才,乃天下一等一的人物,若非如此,主公也不会在战前特命你我来这一遭。但他终究与旁人不同,我这如簧巧舌,也不知能否说动他两分。"

入夜时分,周瑜下阵而归,应邀去往蒋干帐中。薄饮几杯后,周瑜开门见山:"子翼来我军中也有两日了,只怕不单是来会友的罢。"

"公瑾果然爽快如故。"蒋干一笑,起身道,"公瑾坐镇东南,天下大势,必然比蒋某看得更加明澈,如今曹公……"

"子翼不必说了。"周瑜径直打断了蒋干的话,起身指着窗外浩渺的洞庭烟波,"你千里跋涉,我以礼待之,乃是为着当年我们同窗之谊。但公瑾与孙氏一门,不单有君臣之义,更有骨肉恩情。无论福祸,担之与共。身为男子,立身于天地之间,若是蝇营狗苟、逐利忘义,岂不枉为人?"

似是没想到周瑜会径直将话摆在了台面上,蒋干这巧言善辩之人竟一时哽在当下,良晌不知如何回应。但周瑜也未让他尴尬太久,自取琴来絮絮拨弦,一曲簌坎镗鞳,铁马金戈,万壑松涛。蒋干听罢,举盏而笑:"公瑾之意,子翼明了。"

翌日清晨,周瑜于江口送蒋干乘舟离去,而后继续操练水军,一刻不歇。

十余日后,蒋干返回邺城,将周瑜的话转述给曹操,惹得曹操撂下手中毛笔,哼笑一声:"小子很是乖张,待孤八十万水师南下,于阵前捉了他,看他还敢不敢……"

"公瑾他还说……"

"行了行了,"曹操抬眼睨了蒋干一眼,好气又好笑,"周公瑾'气度恢宏,情致高雅,非言语所能离间',孤都知道了。孤看你若是个女子,只怕要爱上他了罢?一路辛苦,下去歇着吧。"

蒋干一拱手,屈身退了下去。此时一男子从后堂走上前来,对曹操道:"丞相,修与周公瑾有夺妻之恨,此一番愿倾尽一生所学,助丞相得偿所愿!"

此人正是长木修，蛰伏于江东多年，利用许贡门客怨恨，一手造成孙策之死。眼下曹操即将挥师南下，有八十万之众，但强攻略地是一回事，秘计手段亦需先行，他认定自己是最合适的人选。

曹操笑了两声，睨了长木修一眼："你姐弟二人跟着孤，也有十七八年了罢？"

长木修不懂曹操为何忽然问这个，怔忡回道："是……若非丞相，修活不到今日……"

"跟了孤这些年，也当学得聪明机慧一点。这全天下觉得自己与孙伯符、周公瑾有夺妻之恨的人多了，好似觉得美人儿不嫁他们两个，便会嫁给你们似的。大敌当前，分不清孰轻孰重，岂非愚蠢？"

长木修自然觉得自己与那些觊觎小乔的登徒子不同。他们打小相识，他为了护着她，甚至废了一条手臂，若非周瑜横插一杠，必定早已抱得美人归了。

一道厉光在长木修眼中转瞬即逝，他做出一副万分恭敬之状，垂首揖道："悉听丞相教诲！"

与巴丘军营一水之隔的三进院落，正是周瑜与小乔的家。大敌将至，周瑜率水军枕戈待旦，时常宿在军中，但只要得闲，他还是会渡江回家，陪伴小乔与两个孩子。

是日天寒，才过晌午不久，天幕便已暗沉，眼见应是风雪将至。小乔请周娴将在湖上捞鱼的家丁都寻了回来，又命人加固屋顶，打算早早闭门，免得天寒霜冻受灾。

谁知才关了二进门，便听有人拍门，竟是大老远从吴地而来的孙琼妃。打从孙策去世，孙尚香立志要守住父兄基业，穿男装，建娘子军，承担起了部分运输军粮货物的职责。孙琼妃眼下不过十三四岁，生得极像大乔，是远近出了名的美人，说话也慢慢的，温柔可人。但她内里的性情则颇像孙策，自有一番倔强刚强，得闲时候便跟在姑母孙尚香军中。此次前来，也是受大乔之托，来给小乔送东西。

孙琼妃是小乔一手抱大，对她一向万般疼爱，马上将这孩子领入暖阁,生炭火烹茶给她吃,边忙边问:"大风大雪的,你也穿得太单薄,姐姐近来如何?"

"母亲打从去年身子就不大好,但她惦记着姨母生了小表弟,一直畏寒,特意做了两件狐裘,让我送来。"

小乔接过孙琼妃手中的包袱,思念姐姐,登时就红了眼眶,忍了许久,才复说道:"先前主公不是跟姐姐商量,可该给你定亲,不让你再出来跑,你这丫头倒是不听话呢。"

孙琼妃眼底闪过一丝寂落,握着杯盏的小手一抖,半晌未有言声。小乔看出她有心事,凌波上前,坐在她身侧,揉着她还梳着总角的小脑袋:"琼儿可是有了心悦之人?可以跟姨母说说……"

孙琼妃自小被小乔抱大,与小姨母感情极好,加之小乔性情顽皮爽朗,不少不敢与大乔说的话,她都会说与小姨母听。此时她樱唇嚅动,方要开口,忽听风雪之下,大门又开,竟是周瑜回来了,还带着一个年轻的后生。只听周瑜吩咐府中人道:"伯言今晚在留在府里过夜,你们收拾间客房出来。"

小乔听闻周瑜回来了,欢喜尤甚,领着孙琼妃出门相迎。孙琼妃拜见姨丈,向陆逊见礼时,两人却都有些尴尬。小乔看在眼里,待服侍了周瑜回房安歇后,又来寻孙琼妃,问道:"琼儿……你喜欢的人,莫不是陆伯言罢?"

孙琼妃本就没有想瞒着小乔,微微一颔首,又道:"可我与他终究是不可能的。当年我父亲围城庐江,他家死了许多人,这些年他为了养活这一大家子,也吃了很多苦……"

"姐夫打舒城的事我知道,彼时你还未出生,他总不会因此迁怒你罢?也太不讲理了。"

"他未曾迁怒于我。"孙琼妃目光盈盈,透着几分无以名状的悲凉,"他有抱负,早已不念旧怨,归于叔父门下做事。可他的亲眷怎会没有怨怼?身为孙讨逆的女儿,是我一生最骄傲的事,我不想父亲的名号成为我生命里的禁忌,什么情爱,姑且随风去了便罢。"

孙琼妃虽如是说,潸潸的泪却还是顺着小脸儿滚了下来。小乔少不得柔声宽慰,哄她睡了才冒着风雪回房。

周瑜提着四角灯笼,立在廊檐下相候,长长的睫上落满霜雪。看到小乔,他一把牵过她的小手,将她裹在了裘裳中。

小乔忍不住嗔道:"这样大的风雪,你怎的在这站着?若是染了风寒可怎么好。"

"还说呢,想着你畏寒,特意回来陪你,谁知你一直在哄孩子。"

说话间,夫妇两人进了内阁。小乔为周瑜褪去外裳,俏生生的小脸儿上几分茫然:"你也当琼妃是个孩子罢,可她已经到了该许人家的年纪。今日我才知道,她喜欢的是陆伯言……"

周瑜端着温茶欲饮,此时不觉一怔:"真是了,一转眼孩子们都这般大了。伯言在主公帐下一干后生里,是最为出类拔萃的,与内甥自是般配。"

"人物是般配,可是……"小乔说着,清眸中的愁楚更甚,她知道周瑜最近练兵勤谨,便将烦心事压下,起身为他揉肩,"这些时日你累坏了罢,也不知曹贼何时会攻来。"

"实不相瞒,我等这一日已经许久了。"周瑜将小乔拉至身前,含笑道,"早些来挨了打,便会许久不敢再来,江东百姓便能过安生日子了。"

"可是,今日听琼儿说,主公帐下许多人竟是主张求和的,就连张长史也一力劝谏主公,万万不可与曹贼为战……"

"若是能胜,主公为何要求和?"周瑜抬手捏捏小乔的小脸儿,俯身吻上她白玉般的面颊,在她耳畔低道,"这些事不用夫人劳心,战事为夫自有方寸,有件事却不得不劳动你。琬儿,给我生个女儿罢,家里只有两个愣小子,我想要个像你的女儿了……"

# 第四十七章 战和之辩

听闻曹军即将南下的消息,孙权帐下之臣多感惊恐。不少人已命家眷收拾细软,一旦情势不虞,便会逃离江东。

及至此年,孙权承袭父兄基业已有整整八年,经历平定李术、斩杀黄祖等战后,本以为自己应当已有人望,不承想在自己帐下众臣心中仍是"万不可与之为战""理应即刻议和"。

也是了,此番曹操出征前,特意向孙权修书一封,上书:"近者奉辞伐罪,旌麾南指,刘琮束手。今治水军八十万众,方与将军会猎于吴。"其气焰之嚣张不言而喻。

打从孙策去世,江东之地战乱不休,先有李术之叛,又有三征黄祖,虽然最终获胜,将士却也不少折损。孙权麾下兵力不过三五万,与曹军相比,确实有以卵击石之嫌。但看着自己帐下文臣武将热议不止,好似自己不在,便会即刻渡江投了曹操去,他不免心烦意乱,出声道:"孤……去如厕。"说罢,孙权起身走出了议事厅,他穿过回廊,回到后堂,独自坐在槐树下发怔。

虽然承袭父兄基业已有八年,但他仍不过二十六岁,如今不单肩负孙氏一门,更要考虑江东士族与千万百姓的福祉。若是能胜,他必然不肯议和;但若不胜,只怕自己麾下的数万江东子弟会尽皆成为曹军的刀下鬼。

孙权望着先前吴夫人的居所,心下滋味难辨。眼下父母皆不在了,兄长年纪轻轻便被奸人所害,以至于他面对这样的困境,竟无至亲可以诉说。正在胡思乱想之际,鲁肃不知何时走到了孙权身侧,拱手笑道:"原来主公在这,让子敬好找。"

孙权回过神,示意鲁肃坐在自己旁侧:"方才议事见你一直不言语,孤还以为,子敬也与他们是一样的念想。"

鲁肃捋须而笑:"臣与张长史他们确实无有不同。要知道,一旦议和投降,我等尚且能求一官半职,做个下曹从事。可主公不单失去了父兄以命搏来的基业,更会成为曹贼的眼中钉肉中刺,即便能维持表面上的富贵,也会失去自由啊。"

"果然唯有子敬知我。"孙权没承想鲁肃竟会说这样一番话,说不出的感慨,"张子布是兄长的托孤之臣,兄长委以重任,不想他竟为了自己的妻子儿女,让孤速速与曹贼议和,岂不知兄长他……罢了,只是子敬可有何妙计破曹贼吗?"

"将兵之事,主公何不将周都督请回来问上一问?我们公瑾英俊异才,数年来一直在为抗曹做准备,必定别有见解。"

约莫十日后,小乔紧随着周瑜一道回到了姑苏,头一件事便是来将军府看望大乔。

打从吴夫人去世,大乔便一直缠绵病榻,这一两年熬过去,身子越发单薄,甚至说起话来皆会有些喘。眼见春暖花开了,她却仍披着狐裘小袄,看到小乔,撑着身子坐起,温柔笑道:"赶路累坏了吧,我晨起做了些梅糕,想着你爱吃,等下了蒸屉再差人拿来……"

小乔一直记挂着大乔的身子,如今见她虽瘦弱,面色倒还红润,终于放心了几分,坐在榻边握住了大乔的小手:"一直记挂着姐姐,本想快点回来,但眼见快到清明了,舒城祖坟少不得祭祀,宛城咱们父母那边也得布置得当,便耽搁了。"

"我的身子无碍的,真不必这般巴巴赶路。嫁与妹夫这些年,你打理周家很得宜。听闻连那位王夫人的坟冢,你都命人修葺得很好。"

小乔莞尔一笑,回道:"打从我们成亲,周郎人前人后再也没提过王家姐姐。但我知道,他并非无情无义之人,自会盼着她好……周郎待我这般至诚,我又怎能让他为难呢?"

大乔抬手抚过小乔的云鬓,眉眼间满是疼爱:"妹夫待我们琬儿那般好,整颗心都放在了我们琬儿身上。我们琬儿善良、懂事,这份宠爱亦是应得的。说起来……近来小叔一直在因为曹军南下之事犯难,此番专门将妹夫请回来,应当是想听听他的意见。"

"周郎的性子,主公应是知晓的,绝不可能议和……"

大乔轻叹道:"从前孙郎总与我说,帐下将领虽多,但真正懂他抱负的,唯有妹夫一人。先前我不懂,今时今日算是看明白了。但是曹贼门下,亦有像长木修那样的歹毒之人。妹夫雄才大略,不涉阴谋秘计,若是一心想着趁此一战为孙郎报仇,落入歹人的圈套可怎么是好?"

大乔的担心,亦是小乔的忧虑。她沉默半响,方道:"姐姐说得是。这些年,无论辗转至何处,每到姐夫的生辰,周郎都会备一壶好酒、两只杯盏,坐在那里自斟自饮。他嘴上虽然只淡淡说贼人必自毙,但我知道他有多想为姐夫复仇……可是姐姐,我相信他,我相信他一定会胜。无论是阴谋诡计,还是魑魅魍魉,周郎一定能够一一攻克,切不要贼人未来便自伤心肺,让沙场征战的将士们寒心哪。"

"是了,前几日绍儿头次入学堂读书,我便去廊下听着,哪知道孩子们竟也在议论这事。旁的孩子自是慷慨陈词,有许多道理,绍儿起身却只说:'小姨丈是不会输的。小姨母是倾国绝代的佳人,小姨夫那般爱重她,却带她去了军营,若是不胜,小姨母定会被人骂祸水。小姨丈既然敢带,肯定是有实打实的把握。'惹得那教书先生都笑个不住呢。"

小乔小脸儿飞红,抿唇嗔道:"这小子真是姐夫的孩子,小小年纪便编派我。"

"虽是小孩子的玩话,"大乔水葱般的小手交叠,搭在小乔的双手上,"琬儿,我也相信妹夫,一定能打败曹贼。但你一定要嘱咐他,务必小心长木修那小人啊。"

周瑜入府后,孙权亲自将他请入书房,以君臣礼相见罢,便将曹操的信笺示与周瑜。

周瑜看罢道:"曹操为人,名为汉相,实为汉贼。如今主公承袭父兄基业,地阔千里,黎民归心,为何要向他人俯首称臣?眼下北方尚未平定,马超、韩遂屯兵函谷关以西,乃曹贼后患。而且曹军此番前来,放弃了自己擅长的车马,而是改乘舰船,长途跋涉,水土不服必然爆发疫病,而我部则是以逸待劳。臣愿率部驻军夏口,必破曹军!"

孙权听了这话,即刻面露欣喜之色,还未来得及应声,便听下人通报道:"将军,人都到齐了!"

不消说,周瑜回来后,孙权特意重召众人议事。此时他满面肃然,起身提起案旁长剑,招呼周瑜道:"公瑾大哥有所不知,他们一个两个都要议和,全然不顾及我们孙氏一脉的死活……今日我便是要绝了他们的念想,看看谁还敢在孤面前提起'议和'二字来!"

说罢,孙权带周瑜走出书房,两人来到议事厅。众人向孙权行礼罢,见到周瑜亦不免寒暄,怎料话还未说完,忽见孙权走上高台,拔出佩剑,猛力斩断了桌案。看着目瞪口呆的众人,孙权蹙眉冷声道:"此剑乃我兄长遗物,尔等诸位将军长史参事,无有不受我父亲、我兄长恩惠者。即便不为我孙仲谋,总要想想我父兄当年如何豁出命打下的这方基业,如有再提议和者,如同此案!"

## 第四十八章 陈兵赤壁

周瑜议事毕，匆匆回到府上，仔细在沙盘上推演曹军的进军路线，一刻不歇。

小乔奉佳肴前来，见周瑜入了定似的，一动也不动，忍不住笑道："旁人若不知你是周公瑾，只见你年轻俊俏，怕怎么也想不到你是个武疯子罢？"

周瑜一怔，亦笑了起来，抬手一刮小乔坚挺的小琼鼻："除了你，哪有人会觉得我是武疯子……琬儿，舟车劳顿，着实辛苦你了。"

"大战当前，哪还顾得上说这些。"小乔将碗盏捧起，递给周瑜，又将筷箸塞与他，"无论多忙，饭总是要好好吃的。胤儿现下都不要我喂了，你难道还要我喂不成？"

"悉听尊命。"战事迫在眉睫，忙碌万般，周瑜对妻儿却始终耐心温和，夹起一筷入口，才发觉小乔做了他最爱吃的鱼腐，味道比在牛渚那日不知精进了几百倍。他感慨于小乔的情义，复道："主公已经决定发兵了，不日我便又要将兵出征。琬儿，你愿意与我同去吗？"

小乔靠在周瑜肩头，软软说道："成亲前，你问我是否愿意跟你去巴丘，还记得我怎么回答的吗？"

周瑜自然记得。那日他找小乔求亲，那容貌倾国稚气满满的少女也如这般靠在他肩上,含羞说:"你去哪,我便去哪……"

周瑜心下一动,抚着小乔的长发。如今两人厮守多年,她的小脸儿上仍带着几分稚气,却比当年更加明艳,如匣中明珠,璀璨夺目得令人挪不开眼。她待他的情义,亦比当年更笃。周瑜偏头吻着爱妻的鬓发,一字一句道:"我永远都不会忘……琬儿,就像绍儿说的,有你在,为夫一定会赢过曹贼的。"

"哎呀,怎的你也听说了?"小乔陡然红了面颊,轻声嘤咛。

"方才议事罢,阿蒙那猴崽子便与我说了。"周瑜含笑拍拍小乔的瘦肩,"绍儿说得没错,有你在,我更有动力。不过这一次便不带循儿和胤儿了,胤儿年纪小,循儿又要读书,便请婶婆在家照看着,只是难为你定会想孩子。"

小乔摇摇头,红着眼眶道:"循儿已经明白自己的父亲究竟是什么样的人,胤儿再长大些也会知道的。周郎……他们会像我一样,我们都为你骄傲。"

周瑜轻吻小乔白玉般的额头,却也不敢过多耽溺于她的温柔:"今晚我还得去与主公商讨发兵之事,不知要到何时,若是困了不必等我,便先睡下吧。"

小乔听出周瑜的弦外之意,眨着清澈明亮的眸子,偏头问:"夫君……已有破曹贼之法了吗?"

入夜时分,周瑜独自前往将军府,孙权已在书房中相候。两人不说一句废话,立在沙盘处,望着标记的长江天险,只听周瑜说道:"主公,根据我部情报,曹贼征罢乌桓,所能调动的部队约莫十五六万人,这一拨人经过长途跋涉,必已疲惫不堪;而荆州刘琮新降,归于曹贼麾下的约莫七八万人,与曹贼并不一心。如此算下来,曹军约莫二十五六万人,且军中四伏危机,倘若主公给我精兵五万,我必能攻克曹军!"

孙权等的便是周瑜这句话,但也不过一瞬的欢喜,他便面露难色:"公瑾大哥,你我至亲,我不瞒你,从曹军南下那日起,我便一直在纠集各方军队,但能凑出手的,也不过三万人。这些人你且先领了去,我会再继续征兵,备齐粮草辎重,做你的后援。公瑾大哥自有韬略,但贼人毕竟十倍于我,若是没有良机,便退至我处,我们再做图谋。"

若是旁的将领,听到以三万对抗二十五万之众,只怕要犯难。但周瑜眉头也未蹙一下,便应允道:"好!此番前去必克曹军,也请主公善自珍重,且等我部捷报传来。"

"公瑾大哥放心。"孙权应着,又沉吟道,"还有一件事,便是那程公。公瑾大哥知道,这些年程公一直在姑苏练兵,将士们对他十分尊敬……此番便让他做副都督,襄助于你。我也知道,他有些倚老卖老,还请公瑾大哥多多海涵。"

"主公这话便是生分了,程将军是老将,经验丰富,有他做副都督,当对战事有所裨益。"

听周瑜如是说,孙权欣慰又感动,望着他的眼神一如当年父亲去世后望着自己的兄长:"公瑾大哥可记得,那年在寿春比箭,你曾答允,无论胜败,皆满足我一个要求:仲谋别无所托,只盼公瑾大哥早日凯旋,我们再一醉方休!"

经过月余整顿,周瑜领兵出发,此时刘备于长坂坡新败给曹操,不单丢了辎重,连两个女儿都被曹军所俘。鲁肃前往,将孙权有意结盟之事告知于刘备,刘备十分欣喜,当即应允,日夜遣人查看周瑜将兵到了何处。

是日,三万大军终于驻入樊口,刘备即刻命人渡江去请周瑜。周瑜军务繁忙不得脱身,便道:"将兵之际,不可擅离职守,若是刘豫州想见我,只怕要劳动他乘船前来。"

使者即刻回去,将周瑜的话转达。旁人听了,不由觉得周瑜有些傲气,刘备却摆手:"每个将领治军皆有自己的习惯,他若真有能耐,这点傲气又算得了什么?"

说罢,他即刻带着张飞与关羽渡江去,来到了周瑜的军营。周瑜正看士兵操练,听闻来报,前往议事帐与之相见。

刘备年长周瑜十余岁,见来人是个一身儒裳的俊逸后生,起身笑道:"早就听闻江左周郎之名,真是百闻不如一见。"

周瑜与刘关张分别见礼,刘备又道:"曹贼势大,不知周都督此番前来,领多少兵马?"

"精兵三万。"

听周瑜如是说,刘关张三人交换了眼色。刘备面上仍挂着笑,神情却有些尴尬:"周都督英俊异才……只是可惜带来的人马确实是少了些,若是……"

"刘豫州不必担心,只管看周某击退曹军便是了。"

这俊逸儒生虽生得身长八尺、气度宏伟,比起那些阵前杀伐的将军,却还是显得十分单薄。但既然孙权敢将身家性命质与他,便知此人不是俗物。刘备忖了忖,又道:"先前与鲁子敬相识,觉得十足投契,不妨将他一道请来,不知周都督意下如何?"

"子敬兄如今担有军职,与周某一样,不可擅离职守,刘豫州若是想见他,只怕也要去他军中方可。"

旁人皆觉得周瑜的话不顾情面,刘备却显得十分高兴。不消说,面对八十万曹军,唯有恪尽职守之将,方有克敌制胜的可能,他拱手道:"那便不耽搁周都督练兵。"而后带着关羽张飞二人乘船回到了自己的驻地。

落日余晖间,宽阔的江面上波澜不惊,数千艘艨艟战船被镶上金边,整齐划一排列在万顷金波之畔摇曳。

浓墨夜色渐渐吞噬了天边最后一丝酡红,高楼之巅,琴声传来,时而铿锵如剑,时而幽怨如诉。守夜的士兵三步一岗、五步一哨,听到琴声,不仅没有陶醉其间,反而更打起了几分精神。

不消说,弹琴之人正是周瑜,入夜时分他等在此处不为别的,而是在等一个消息。

十余日前,汉水渡口,天方擦亮,一蓑衣男子牵马立在竹筏之上。船夫手持长篙站在船尾,正一下下将竹筏撑过江面去。

此处乃是自荆州渡江北上的必经之所,寻常来说渡客并不少。但这么大清早就有人渡船,还花了重金让自己立刻开船,可见此人的确不同寻常。

"客官这么大清早就忙着赶路,怕是有要事在身罢?"见四下无人,船夫有一搭没一搭地与那人聊起天来。

"啊,确实如此。昨夜刚收到家书,说父亲病危,故而着急赶回江北去。扰了你的生意,还望见谅。"

此人出手极为阔绰,给的银两早已够买下整条船,若是天天都能被这般"扰了生意",高兴还来不及,怎还论得上"原谅"?船夫笑了笑,又问道:"客官哪里人?听口音不像荆州人士。"

"是了,我本清河郡人,后因乱世飘零,一度隐居庐江采药为生,此次来荆州,便是做些药材生意。"

此人不是别个,正是长木修。向曹操请缨后,他一路南下,用手段参与促成了刘琮投降,如今离开荆州,便是为了即将到来的大战。

战场冲锋,于乱阵取对方主帅首级,他自知不如孙策;运筹帷幄,三言两语乾坤定,亦比不过周瑜。但若论起奇谋暗杀,他自诩天下无人能敌。

思量间,竹筏已渡过茫茫江面靠岸。长木修回身对船夫一招呼,步下竹筏,翻身上马,向北绝尘而去。

船夫吹着呼哨将竹筏撑回南岸,不慌不忙地从凳子下面掏出竹笺和刀笔,麻利刻道:张修已离开荆州,戊子年冬月十六日。

琴声淙淙,如流觞曲水。营房中点点暗光映着周瑜坚毅如山的面庞,骨节分明的修长指节拨过七弦,清朗的琴音中带着丝缕不同于往日的意味。

忽然间,高台上出现了一个身着清白裘裳的俏丽身影,在月影下浩渺如仙,正是小乔。她提着食篮走上前来,娇声嗔道:"哎哟,这人如今弹个琴也像打仗似的,好好的调子也弹成破阵曲了。"

周瑜含笑罢了手,看到小乔手中的食篮,想起自己竟忘了用晚饭,忙先认错道:"我才想着去伙房吃一口,不想劳动夫人送来了,都是为夫不是。"

小乔如何不知周瑜是在抵赖,但心里更多是对他的心疼,素手端出碗盏,递上前去:"听闻今日刘豫州来寻你了。"

"是了。但无论是否有盟军,此一战我们必须要胜。"正说着,一传信兵走上高台来,周瑜起身相迎,看到传信后,沉沉的眸色一凛:"辛苦了,下去喝口热汤罢。"

传信兵一礼,躬身退了下去。小乔见那士兵走远,才忍不住问道:"是曹军……有何异动吗?"

知道小乔有些担心,周瑜上前牵住她微凉的小手。一对璧人站在营房最高处,俯瞰着宽阔江面上的万千舳舻,听着江涛拍打舰船之声,良晌,周瑜方说道:"敌众我寡,但我周公瑾偏不要被动等待,这几日便会命舰船逆江而上。"

"曹贼现下屯兵何处?"

周瑜望着满天星辉下小乔万分姣美的面庞,淡淡一笑,一字未语,目光却仿佛掠过千山万水,直望向曹操水军驻扎之地——赤壁。

几日后,孙刘联军逆江而上,万只舳舻纵跨千里,两岸山川相缭,北风遒劲。经过日夜不歇的行船后,联军抵达赤壁,列阵宽阔的江面南岸,与曹军号称八十万水师隔江对峙。

是日曹操带着猛将曹仁登高远望,觑眼看着对岸"孙""刘"两面军旗迎风烈烈飘扬,轻笑道:"这周公瑾能耐不知如何,胆子倒是不小,子孝啊,今夜便给他些颜色看看罢。"

## 第四十九章 枕戈饮胆

孙刘联军长途跋涉，傍晚时分，先锋部队悉数驻入赤壁处，士兵疲惫自不必说。据探报称，周瑜部下还因为扎营位置与刘备部下发生了冲突，曹仁闻之哈哈大笑不止，命一队嫡系做好准备，待夜半对岸士兵沉入睡梦时便大举进攻，甚至扬言今夜便要全歼联军。

是日乃腊月朔日，不见星月，四更天，江上起了浓浓的水雾，赤壁之南，岸上的营房与横亘于江面的舰船皆陷入了睡梦中。周瑜帐下与刘备帐下皆只剩寥寥数队巡逻士兵，且互相不通气，各自为政，好似坐实了不睦传闻，一切表象皆在向曹军传递信息：此时正是奇袭佳期。

曹仁见此，不愿错失良机，立即派出数队舰船、一万余众，不点火丛，悄无声息地乘着浓雾向赤壁南岸驶去。

但曹仁有所不知的是，这一切皆在周瑜意料之中，他一直坐在起居帐内，等待曹军的消息。再有半个时辰，启明星便将出现在天幕上，此时正是夜幕最深沉之际，曹军若要偷袭，必当选择此时。

果不其然，一阵尖锐的哨声划破宁静的夜，周瑜霍地起身，大步走出帐去。方才还沉在一片漆黑夜色中的营房登时灯火通明，吕蒙与凌统已带两千余江东子弟登上艨艟，齐齐向周瑜一礼。

得到周瑜首肯后，他们立即驱船驶入滚滚浓雾之中，与来犯曹军相遇。

凌统自不必说,承袭于父亲凌操,无比骁勇。吕蒙亦为了此战刻苦操练,两千将士同仇敌忾,于颠簸舰船之上如履平地。相较之下,曹仁的水军则显得十分笨拙,被周瑜部下当头棒喝,未几便败下阵来,仓皇逃回了江北岸去。

翌日晨起,整座军营皆沉浸在胜利的喜悦中,本以为曹军盛势实难相抗,未承想在周瑜的指挥下初战便是大捷。小乔昨夜睡得香甜,根本不知周瑜竟半夜三更偷偷打仗去了,此时欢悦之余心下惴惴,说不出的复杂,但左等右等,也不见周瑜回来,她只好问花蝴蝶似的在营中穿梭招摇的吕蒙道:"周郎哪去了?"

吕蒙见是小乔,忙敛了嬉笑之色,拱手礼道:"啊,乔夫人,都督一早寻程公去了。"

此一战程普为周瑜的副将,讨论军机自然没什么稀奇,但稀奇的是,程普平日有些倚老卖老,对周瑜凌驾于自己之上不大服气,私下不大爱与周瑜打照面,这一大早的,周瑜专程去寻他,到底又为了什么呢?

滚滚江水旁,周瑜负手望着对岸曹军的舰船,若有所思。如今时令已是极寒,对岸村落听闻有疫病爆发,若真如此,则曹军必不可免。他临出征前与孙权所说之事,便这般一一应验了。

"不知周都督寻程某来,所为何事?"

听闻程普来了,周瑜敛了神色,转身笑道:"这几日公瑾欲出门一趟,军中大小事宜,便暂托程公了。"

昨夜虽胜,但强敌在侧,战事吃紧,周瑜此时竟要出门去,不由惹得程普心生不快:"周都督欲往何处去?"

周瑜指了指宽江对岸,没有言声。程普更加惊诧:"乌林?昨夜虽小胜,但曹军大批主力正驻扎乌林,若是贸然前去……"

忽然间,天边传来一声鸟鸣。程普循声望去,只见那鸟长翅鳞羽,呕哑叫着,振翅而飞,须臾就消失在了九重天下。

程普眸色不由一凛,花白胡须颤抖着,良晌没有言语。他虽从未与那怪鸟交手,却也知道其威力,他侧目看着眼前俊逸绝伦的儒生,心头微震。

从前孙策在世之时,他始终想不明白,那样刚武不阿之人,为何会与这儒生模样的孩子这般交好。经过数次大战,他终于看出,周瑜行军之武烈,可谓前无古人后无来者,胆识韬略亦是当世之杰。可那能操纵怪鸟之人卑劣无比,孤军深入乌林更是身涉险境,敌明我暗,当真可以顺遂如愿吗?

还不等程普发问,便听周瑜负手叹道:"程公也看到了,有位故人已至乌林,公瑾需得前去相会,这几日便要先辛苦程公了。"

"经过昨夜大胜,曹军暂时不会再攻来,即便如此,我程德谋亦会守好此处,还请……周都督务必善自珍重,早日破敌回还。"

小乔知道周瑜一夜未歇,刻意煮了温粥在帐里等候,哪知等了半晌,周瑜没有回来,自己却睡着了。不知睡了多久,迷迷糊糊间,周瑜终于回来了,要将这瘦削的小人儿抱回榻上。嗅到他身上淡淡的香气,小乔抬起纤瘦的手臂,环住他的脖颈,他的薄唇堪堪落在她的樱唇上。没有片刻犹疑,周瑜便将这一吻加深,无限悱恻缠绵。小乔娇喘不自胜之际,方轻轻将他推开:"真是的,大半夜瞒着人家去打仗,一大早又不知道跑哪去了。"

"所破不过三两百艘舰船,连阿蒙都说不过瘾,哪里能搅扰了夫人安睡呢?"周瑜将小乔煮的清粥盛入碗盏,细细搅动,轻轻喝了起来,"这几日我要出去一趟,夫人便安心在这里等我,最多十日,为夫便会回来了。"

"你要去哪?"

"乌林以西。"周瑜知道,欺瞒只能让小乔更加担心,照实说道,"乌林以西有处大湖,近来黑鸦频现,为夫需得去看看,方能放心。"

小乔的心咯噔提到了嗓子眼,小手一颤,差点跌了碗盏,她极力稳住情绪,久久才道:"我也去。"

周瑜好言劝道:"你不必担心,为夫已有良计,不会为了杀那长木修而犯险的。"

话虽如是说,但小乔知道,只要有万分之一的可能,周瑜便会尽千万分的努力,她抿着樱唇道:"我自知帮不上什么忙,但若是我在,长木修……也许会更孤注一掷。"

"我周公瑾难道需要自己的女人以身做饵吗?"周瑜抚过小乔娇美的小脸,神色极度端然,"琬儿,我说过,全天下除了你,我不会输给任何人……这句话并非当年为了让你嫁与我而随口浑说。长木修根本伤不到我分毫,你且放宽心,乖乖在这里等我。"

"我知道,我知道我的公瑾智谋无双,但我也是江东的女儿,也想为江东尽一份力……曹贼近十倍于我,若是我一道去了,能让长木修放松两分警惕,少废一兵一卒,岂不是对后面的战事有所裨益吗?"小乔钻在周瑜怀中,半撒娇半哄道,"哪里是要你的女人去以身做饵,是我一时一刻也离不开你嘛。"

成婚数载,这可是小乔第一次唤他"公瑾",周瑜自知不敌,那句"唯独会输给你"果然是真的。何况她独自待在营房里,确实也令他多少不放心,周瑜抚了抚小乔的小脑瓜,无奈道:"行军辛苦,你的身子娇弱,若是觉得不适,万不要逞强。"

见周瑜答应了,小乔十足欢喜,即刻起身收拾行囊去了。

所谓的乌林乃是长江边上一片绵延不绝的丘陵地带,与长江南岸的赤壁隔江对望,曹操的大营正位于此处。

数日后的某个夜里,周瑜率敢死队数百人悄然从大江弯道处渡水而去,于乌林以西四十里大湖湖畔处扎营。他登上附近的高山,居高临下吹起笛来。顷刻间,数千只飞鸟从茂密林间钻出,拚飞嘶鸣,将本就黑漆漆的夜幕压得愈发深邃。

密林深处,有一人听到周瑜的笛声,从简陋的棚帐中走了出来,正是长木修。操纵怪鸟本是黄巾的独门秘诀,当今世上除了他,便只有擅音律的周瑜模仿学来。

正所谓仇人相见分外眼红,没想到周瑜竟发觉了"影刺客"的存在,并有胆量渡过江来。长木修看着山岗上那个不慎明晰的身影,思量着是否有什么陷阱。

就在这时,笛声停了,鸟兽俱散。浅浅的月色下,一个袅娜的身影出现在周瑜身侧,两相依偎,不必说,正是小乔。

看到小乔,长木修身子一震,忍了又忍,却终于还是红了眼眶。虽然看不清面庞,她的身姿一如少女时,而自己对她的情义,亦未有分毫改变。

长木修不再犹疑,亦不再去想是否向曹操禀报,打算今夜便悄然泅渡过湖,暗杀周瑜。周瑜一死,孙刘联军必定不战而退,封侯拜相倒在其次,最重要的是,他终于能得到小乔了。

夜半时分,长木修换上一袭黑衣蒙面装束,悄无声息地潜入了宽阔的湖面中。

十二月的湖水,极度冰冷刺骨。长木修左臂有伤,不得不花费比预想更多的体力用于泅渡。三十丈、二十丈、十丈……长木修自觉可以登岸,落下拍水的双脚,想要踩住坚实的前滩,却未料到踩住了一团奇怪的东西。长木修纳闷不已,正欲挣扎,双腿立刻被牢牢缠住,不得脱身。

"都督真是有远见,说会有老鼠渡湖,让我等在这布下渔网陷阱,还不到两个时辰便捉了个大的!"湖畔,吕蒙与太史慈嬉笑着显出身形,紧接着,周瑜与小乔相携走上前来。他们身后正是数百将士,众人皆冷冷盯着长木修,好似真的望着一只令人无比厌恶的硕鼠。

长木修被河岸底部的渔网缠住了双腿,整个人动弹不得,只能任凭江水一浪又一浪地拍在他仅露出水面半个头的脑袋上,不住地呛水。即便如此,他依旧浪笑着:"周公瑾,我杀了孙伯符,你一定特别恨我吧,所以才不惜七八年布局来给我设下这样一个陷阱,为了引我上钩。但是周公瑾,即便如今我死得再惨,孙伯符亦是回不来了,而为他复仇的你,又与你深恶痛绝的我有什么区别?"

周瑜云淡风轻一笑,回道:"提及伯符,你配吗?太史公曾有言'人固有一死,或重于泰山,或轻于鸿毛'。伯符虽然走了八年,但依旧有人日夜想着他,江东百姓亦怀念他……而你呢?连你的胞姐,在此一役前都被你下手杀害,你还有何人性可言?孙破虏将军当年绞杀黄巾军,杀了你父亲,却保护了百万黎民免于黄巾之害。你用卑劣手段掳骗老幼,害了伯符,不过是连你父亲你伯父都不如的阴鸷小人,又有什么值得我周公瑾来憎恶的。"

长木修自知不久于人世,见激怒周瑜未果,便将目光转向小乔:"婉儿,你可知道,我这手臂正是当年为了救你,才断了手筋。若非断了手筋,方才我不会游得那么慢,此时此刻便不会成为周公瑾的阶下囚……婉儿,我有多爱你,此时便有多恨你!你可还记得,你曾答应过我,若是有一瞬想起我,便不会嫁给周公瑾。可是你非但嫁给了他,还为他生儿育女,你可知道我心底的恨!我想孙伯符死,但我更想周公瑾死,婉儿……欠我的,来世还我!"

小乔方才一直不言不语,刻意不去看长木修,此时却不得不出声。她的小手牢牢抓着周瑜的大手,抬起清澈明丽的双眸,三分羞、七分笃信道:"说来也奇了,跟身侧这个人在一处,我真的一瞬也想不起任何人,又哪里是骗了你……长木修,啊,不,或许我当叫你张修罢。我夫君说得对,你是十恶不赦之徒,只是我先前识人不清,还将你当朋友,简直是疯魔了。你不配提及我姐夫,更不配恨周郎……你只是……自作自受罢了……"

不知是湖水太冷,还是小乔的话击溃了他,长木修浑身颤抖不止,他拼尽全力一跃,将头探出水面半寸,以舌为弓发出了一颗毒钉,大力射向周瑜。旁侧的太史慈一横长刀,铿锵一声,便将那毒钉挡了下来,他边收刀边骂道:"早就知道癞蛤蟆会吐泡,真是腌臜!"

长木修越用力,便越被渔网拖入湖底,眼见他从高声叫骂挣扎,到渐渐没了气力,逐渐沉沉在了深深的湖底。

周瑜不忍让小乔看这些,扳过她的身子,让她背对着湖面,一直牢牢牵着她的双手。不知过了多久,吕蒙前来报道:"都督,癞蛤蟆死透了,可要把他的脑袋削下来,祭奠在讨逆将军墓前?"

"不必了,他不配。"周瑜语气一如方才,波澜不惊,"乔夫人时常去陪伴伯符,若是看到这东西吓到岂不是不好,赶紧处理了便是。阴毒之人既除,我们也当早些赶回去,准备与曹贼一决雌雄了!"

## 第五十章 火烧赤壁

赤壁大江折弯处,烟波浩渺,云霭朦胧,两岸苍山如獬豸,似要将江上万余舳舻吞尽。

暗夜下,众舰船桅杆旌旗上硕大的篆体"曹"字甚不明晰,烈烈随风如招魂幡,令见者魂悸魄动;江水滔滔,数万甲船绳索相连,相击碰撞,发出隆隆响动,如熊咆龙吟,使闻者胆寒心惊。

周瑜率部乘舟逆浪而归,虽然除了长木修,但众人都知道,真正的硬仗尚在后面,皆提起着十二万分的精神。周瑜登岸后,牵着小乔回到了起居帐,见小乔神情闷闷的,他暂时将战事放在一旁,关切道:"方才……不该带你看那些的,长木修到底与你相识多年……"

小乔轻叹一声,转过身来,清亮的双眼红红的,我见犹怜:"我不是因为长木修,而是想起了姐夫。一转眼,姐夫竟然走了这么多年了……姐夫虽然嘴碎,总爱编派我,但在姑苏时,我住在府上数年,竟没有一点拘束难受的感觉,无论尚香小妹有什么,我也都必有一份。姐夫爱重姐姐,拿我也当亲妹妹一般对待,在宛城时,又给我们办了那样好的一场婚仪……周郎,我很小的时候,父亲便在外征战,我与姐姐相依为命,姐姐当真是嫁给姐夫之后,才不那般劳累辛苦,每日脸上都漾着幸福的笑,那么美。我也像是有了亲兄长一般,虽然时常被挖苦调侃,但也被关怀着,为何……姐夫那样好的一个人,这么早就没了……现下贼人终于死了,不知姐姐是否能宽慰几分,这些年……这些年她过得太苦了……"

周瑜如何不知大乔与孙策夫妇两人是何等的情深义重。他轻拍着小乔的瘦背,不住宽慰道:"杀了贼人并非伯符所愿,守好江东才是他最想看到的。等打完这一仗,夫人可以回姑苏去,陪陪妻姐,劝她宽心几分。不过,我周公瑾要先谢谢夫人。"

小乔抬眸困惑问道:"夫君谢我什么?"

"谢你在人前说的那席话。"周瑜半调侃半认真说道,"若非长木修,也不知此生能否听到夫人说,跟我在一处,便想不起任何人……"

小乔忙抬手掩住飞红的面颊,嗔道:"还不知阿蒙他们私下会怎么笑我……"

周瑜环住小乔,在她耳畔轻道:"我们要好,旁人只会羡慕,哪里会笑话?琬儿,方才渡江时,你一直在看曹军的舰船,可是有些担心吗?"

"没想到,曹贼竟在这样短的时间内,得了这么多舰船。那么长长的一串,竟一眼望不到头。"

"船多人众,乍看着实慑人,但前几日交手已经能看得出,士兵水土不服、士气低迷,加之今冬疫病流行,已是强弩之末。夫人且放心,过不了几日,我军便会将其大破。你一夜未睡,定是累了,快点歇着,为夫守着你。"说罢,周瑜将小乔抱回了榻上,轻轻拍着她瘦削的身子,未几,小乔便安然睡着了。

天亮后,周瑜召帐下众将议事,开门见山道:"前几日,曹贼派兵袭击我部,被我部反歼,不如趁我部士气高昂,一举灭之,各位将军以为如何?"

众将如何不想速战速决,只是战争形势复杂,稍有不慎,便可能落入曹军的圈套。程普忖了忖,说道:"这几日军中皆传曹军之中疫病盛行,不辨真假。若是贸然与之交锋,一来怕损耗太大,二来也怕将病气过入我军之中。"

"末将不怕死!"吕蒙站起身,紧紧腰带道,"末将无妻无小,便让我率敢死队百人,漏夜潜入曹贼军营,一把火把他们全烧死算完!"

"横野中郎将的意思,是说我等贪生怕死吗?"

听到军中老将质疑,吕蒙方觉察自己说错了话,忙摆手:"啊,那倒不是……"

一直没有言语的黄盖此时接口:"周都督,听了阿蒙的话,末将有一想法:这几日,曹军为了让晕船的士兵们好受些,将舰船用绳索固定,首尾相连,若能以火攻之,必能杀伤众多,且我军驻地不被牵累!"

听了黄盖的话,众将陷入激烈讨论中,似是觉得此计虽妙,却颇有纰漏,譬如如何冲破曹军的防线,譬如如何能保证火不被曹军扑灭,等等。

周瑜久久没有言语,脑海中蓦地浮现出那银枪少年的身影,如旭日般光芒万丈。

犹记得那是十余年前的冬日,如此间一般寒冷,周瑜与孙策一道御马,欲渡江北上寻正率部作战的孙坚。行到此地附近,天寒地冻,百里渡口竟无人摆渡,唯有一条小船横在波涛江水间,却没有船桨。

两人不觉有些无措,及至天黑亦未得渡江之法。谁知夜间忽然刮起了极大的东风,江浪起伏,孙策拊掌大笑:"嚯,今日是望日,可是这月亮在襄助你我了!"

那少年的笑容弥散在了昨日,周瑜回过神,眸底除了怀念,更透着坚毅决绝:"那便依黄公此计,三日后随周某在此大破曹军!"

计策既定,这几日全军上下将帅一心,皆在费力准备,无一刻得闲。眼见终于到了此月十五,东风强力遒劲,江涛汹涌,周瑜知道,决胜之期便在此时,即刻准备行动。

此夜虽为望日,但流云遮月,异常晦暗,联军将士悄无声息地在为战事做准备,周瑜则负手穿梭在众人之间,激发士气,一刻不歇。

距离约定之期不过一炷香的工夫了,今夜雾气极大,对岸的万千艨艟在缭绕雾气中不慎明晰。周瑜嘴角泛起一丝志得意满的笑,一转身,竟看到小乔拿着他的貂裘披风施施然走来。

"夫人莫担心,"周瑜望着美如画中仙的妻子,轻轻笑道,"明日一早,这些碍眼的来犯之敌便会消失了。"

小乔眼波盈盈,踮脚为周瑜披上了裘裳:"先前你说,在这世上,你不会输给任何人,唯独会输给我……可你知道吗?我是这世上最不肯让你输的人。"

周瑜心下一震,揩摸着小乔白嫩的小脸儿,无限怜惜:"有你这话,为夫更会殚精竭虑……夜里风大,回帐等我,明晚还要用夫人熬的温粥。"

小乔莞尔一笑,轻轻点点头,转身离开,没有半分犹疑,只因为不想周瑜看见她陡然垂落的泪。

周瑜如何不知道,便是再相信自己,小乔亦会担心。但想守住她,守住江东千万个家,他责任重大,不能有半分懈怠。眼见时辰已到,周瑜召令官上前,朗声吩咐道:"开始罢。"

黄盖与甘宁、凌统等人各乘艨艟,篷中塞满柴草,淋满膏油,整装待发。周瑜立在岸上,对其一礼,几人亦回礼,而后一头扎入了浓雾夜色中。

程普率部登上斗舰,作为敢死队的策应,紧随而发。此时刘备亦穿甲执戈而来,与周瑜见礼后,两人率陆战部队开拔,打算抢登乌林,水陆共进,一举歼灭曹军。

东风遒劲,黄盖所率艨艟先于众人冲破浓雾,出现在曹军视野内。曹军弓弩手即刻手执弓箭上前,万箭齐发。黄盖瞪大双目,目眦尽裂,立于船头高声唤道:"我黄公覆受孙氏恩惠多年,今日即便战死犹未有分毫懊悔,点火!"

轰的一声,艨艟点起了数丈蹿天的火光,乘着东风,如利箭般扎向曹操的数万舰船。凌统等小将亦毫不示弱,点燃舰船冲向曹军。火势顷刻点燃木质船板,曹军上下乱作一团,马上汲水灭火,却分毫赶不上火苗随风流窜的速度,一时间,数万艨艟樯倾楫摧、灰飞烟灭。

与此同时,周瑜与刘备率部登陆乌林。吕蒙早已按捺不住,驰马劈刀阔斧杀向弃船逃窜的曹军。一时间惨叫声、马鸣声、告饶声不绝于耳。

赤壁岸边,小乔迎风而立,看着对岸冲天的火光,泪珠滚落如雨。经此一战,她的周公瑾必当功垂千古,但她知道,那并非是他心之所向,唯有江东富庶、百姓安居，方是他一生所望。

作为他的妻，他守住江东百姓，她便守住他的安康。小乔轻轻喃道："今日大胜，除了温粥，再做两个好菜罢……"

曹军连连败退，行至华容道处，泥泞难行。曹操无法，只能令老弱残兵身背茅草卧在泥道上，供骑兵踏马而过，被踩死溺死之人不计其数。这位南征北战的一代枭雄做梦也想不到，竟会输给一个与自己儿子年岁相若的年轻人，还输得这般狼狈，带出邺城的二十余万之兵，回还时竟只剩寥寥万人。他回身望着烧成酡红色的天幕，无限伤怀道："郭奉孝在，不使孤至此……"

傍晚时分，周瑜留余部继续追逐曹军，自己则先率受伤的前锋部队回到赤壁修整。老将黄盖多处烫伤，令人既心疼又钦佩。周瑜前往慰问，表彰众将之功后，反身回到了起居帐。

小乔小炉上煨着清粥，整个人却昏然欲睡。周瑜见此，忙灭了炉火，才要抱她回榻，小乔却醒了过来，欢喜道："你回来了！"

"夫人可是一夜未眠？若是累了，便不要做饭了，倘若烫着你可怎么得了？"

小乔轻轻摇摇头，抿唇笑道："不是昨夜没睡才困的……周郎，虽然没有找郎中把脉，但根据以往的经验，我应当是又有身子了。而且……此一次跟从前怀那两个小子不一样，一点也不想吃酸杏，反倒爱吃辣的，估摸着是你的女儿要来了……"

这些时日殚精竭虑，终于有了昨夜的大胜，周瑜欢喜之余略感疲倦，此时听了小乔的话，却一点倦意也没了，一把将她抱在怀中，重重吻上了她的樱唇。

东风有意，轻掀帘栊，两相依偎间，缱绻无限。谁说君臣必然相忌，纨绔只知膏粱，倾国佳人与盖世功业难两全。滚滚江水，流不尽英雄血，纵隔千秋万代，亦知公瑾伯符天挺秀，二乔国色绝代，连桥至亲，共守江东铸佳话，千古凭吊，一樽还酹江月！